世界传世藏书 图文珍藏版

世界十大名著

马松源⊙主编

线装书局

世界十大名著

战争与和平

（俄罗斯）托尔斯泰⊙著　　亢继军⊙译

线装书局

第八部

一

在安德烈公爵和娜塔莎订婚之后,皮埃尔没有任何明显的原因,猛然感觉再也回不到过去的生活。即便他从未怀疑他的恩师启发他的真理,虽然那他曾无比着迷的内心自我修养在最开始向往的时日给了他无比的喜悦,——在安德烈公爵和娜塔莎订婚后和在约瑟夫·阿列克谢耶维奇去世后(这两个消息几乎是同时接到的)先前生活的魅力对于他全部消失了。生活仅剩下了一个空架子:他的寓所,里面住着一个美丽的夫人——她现在正受到某个当权人物的礼遇,彼得堡的所有朋友和呆板无聊的公务让皮埃尔猛然感觉先前那种生活格外地可憎。他没有再写日记,回避着会友们,再次开始去俱乐部,饮酒无度,身边全是单身汉朋友,他过着如此的生活,甚至海伦·瓦西里耶夫娜认为必须和他做一次慎重的谈话了。皮埃尔认为她想得不错,为了保持她的名声,就来到了莫斯科。

在莫斯科,他刚进入他那位有衰老的和正在衰老的伯爵小姐以及大批仆人的巨大府邸的时候,在他游遍全城时刚一看见镀金袈裟前无数烛光的伊韦尔教堂、雪地还没有被压脏的克里姆林广场、西夫采夫·弗拉若克的车夫和棚户的时候,在他刚一看见那些不思进取、慢慢悠悠地度过自己的余生的莫斯科老头们的时候,当他刚一看见老太太们、莫斯科的太太小姐们、莫斯科的芭蕾舞和莫斯科的英国俱乐部的时候,——他觉得如同到了自己家里,来到了一个如此平静的港湾。在莫斯科居住好似穿上了件半新的长衫,惬意、舒服、肮脏。

整个莫斯科社交界,自小到老,如同迎接一位盼望已久的客人般地热烈欢迎他的到来。在莫斯科的上流社会认为,皮埃尔是一个最惹人爱、善良、反应快、快乐、心胸开阔的怪人,是一个漫不经心而对人热忱的旧式的俄罗斯贵族。他的钱袋时常空空如也,因为它对每个人都敞开着的。

义演、劣等绘画、雕像、慈善团体、茨冈人、学校、募捐宴会、狂饮酒会、共济会、教会、书籍——他不会拒绝任何一个人、任何一件事,如若不是有两个借过他太多钱的朋友主动来监护他的话,他一准儿得把所有财产都分个干净。任何一次宴会,任何一次晚会,他都会与会。喝完两瓶马尔高酒之后,他刚刚坐在沙发上,他便被人们围将起来,接着开始了谈话、辩论、吵闹。哪儿发生争吵,只要他和蔼地微笑一下或者说一句意思的笑话,那儿就烟消云散了。倘若没有他参加共济会的聚餐,那么就显得无聊乏味,气氛沉闷。

在单身汉的晚餐之后,他面带友善而甜蜜的微笑,答应愉快的伙伴们的要求,站起来跟他们一块到某个地方去,接着兴奋激动的欢呼声在青年人当中响起来。在舞会上,假使缺一个舞伴,他就来跳舞。年轻的太太小姐们都喜欢他,原因是他不追求某个人,对任何人都十分客气,尤其是在晚餐后。"他很招人喜欢,他是一个中性动物,"人们如是评价他。

和皮埃尔一般退休的侍从,在莫斯科有几百个之多,他们老老实实地度过自己的余生。

七年前,他才从国外归来时,如果有人对他说,他吗,去筹划什么,他的航道早已打通,永远定好了,不管他如何折腾,准是依然如故,他听了肯定会大吃一惊。怎么也不会相信!难道不是他有时一心想在俄国实现共和,有时想当拿破仑,有时想做哲学家,有时想做战略家和征服拿破仑的人吗?难道不是他认为有罪的人类有可能获得新生、并且热烈希望他们获得新生以及自己达到最高完善的阶段吗?难道不是他曾经开办学校和医院,并且解放过农奴吗?

但结果完全相反——他现在是一个不忠实的妻子的富有的丈夫,一个喜欢吃吃喝喝、不时把衣服敞开来骂骂政府的退休侍从,一个莫斯科英国俱乐部会员,还有,再就是一个在莫斯科交际场到处受欢迎的红人。他一时难以接受那个思想,说他现在就是七年前他所鄙视的莫斯科退休侍从。

有时他安慰自己说,他不过暂时过这种生活;但后来另一种想法使他吃惊不小,有多少跟他一样的人,齿发完好地进入这种生活和这个俱乐部,等到从那儿出来时,齿发全无了。

当他在自以为是的时刻想到自己的情况时,他觉得他和先前他所鄙视的那些退休的侍从根本不同,那些人庸俗、愚蠢、自鸣得意,对自己的处境心安理得,"但是我呢,直到现在仍然不自满,仍旧想为人类做点事情,"他在自以为是的时刻想。"但是也可能,我的那些同事也和我一样,也曾挣扎过,在生活中寻找一条新的道路,也和我一样,被那种环境的力量、社会和出身的力量,那种人类无力抗拒的自然的力量引到我所走的道路,"他在虚心的时刻这样想。在莫斯科生活了一个时期,他已经不再鄙视那些和他同命运的同事了,而是喜欢、尊重他们,而且像怜悯自己一样怜悯他们了。

皮埃尔不再像以前那样绝望、抑郁、厌恶人生了;所有的一切,现在都进入了内心,并且一刻也没离开过他。"为了什么目的?什么缘故?这个世界在搞些什么?"他每天都不时惶惑地问自己,不自觉地探索人生的意义;但是经验告诉他,这些问题是得不到解答的,于是他就抓紧回避它,拿起书来读,或者上俱乐部,或者去找阿波隆·尼古拉耶维奇闲聊那些街谈巷议。

"海伦·瓦西里耶夫娜除了自己的身体之外,从来对什么都漠不关心,这是世界上最愚蠢的女人,"皮埃尔想道,"然而人们却以为她绝顶聪明、风雅之至,都对她崇拜得了不得。拿破仑·波拿巴在他还是一位伟人时,人人都鄙视他,但当他变成可怜的小丑以后,弗朗茨皇帝却把自己的女儿献给他当情妇。西班牙人通过天主教感谢上帝,为的是六月十四日他们打败了法国人,而法国人为了他们六月十四日打败西班牙人也同样通过天主教向上帝感恩。我的共济会会友们用血宣誓,他们愿意为邻人牺牲一切,但是他们对为贫民捐款连一个卢布也不肯出。我们都宣讲基督的教义——恕罪和爱邻人,为此在莫斯科建筑了众多的教堂,可是昨天就有一个逃兵死于鞭笞之下,在临刑前,那个爱和恕教义的执行者——一个老神父,让那个士兵吻十字架。"

皮埃尔想尽一切办法忘却。主倘若读书。为了忘却这些难以解决的问题,他读书,顺手拿起什么就读什么,回到家里,当仆人还在替他脱衣服的时候,他已经拿起书来读了——从读书过渡到睡眠,从睡眠过渡到在客厅和俱乐部闲谈,从闲谈过渡到狂饮、和女人厮混,从狂饮又过渡到闲谈、读书和小酌。酒对于他越来越成为生理的同时也是精神的需要了。虽然医生对他说,因为他肥胖。酒对他是危险的,可是他仍旧喝得很多。

早上空着肚子的时候,一切老问题依旧显得无法解决,十分可怕,于是皮埃尔赶忙拿起书来读,倘若这时有人来看他,他就兴奋极了。

在皮埃尔看来,所有的人都像士兵一样逃避生活:有的追求功名,有的留恋赌场,有的编纂法律,有的沉溺女色,有的玩物丧志,有的跑马走狗,有的混迹政界,有的打猎取乐,有的嗜酒成癖,还有的从事国务活动。"无所谓大人物或者小人物,全都一样;都想方设法地只求能够逃避生活!"皮埃尔想。"只求别看见它,别看见这个可怕的它。"

二

初冬,尼古拉·安德烈伊奇·博尔孔斯基公爵带着女儿来到了莫斯科。由于他的经历,由于他的聪明才智和独创精神,尤其是由于当时人们对亚历山大皇朝的热情已经衰退,还由于反法和爱国的思潮当时在莫斯科占主导地位,尼古拉·安德烈伊奇公爵当即成了莫斯科人格外崇敬的对象,而且成为莫斯科反政府派的中心。

这一年公爵老多了。在他身上出现明显的衰老迹象:时常突然入睡,对近事的健忘和对远事的记忆,以及他充当莫斯科反对派首领的幼稚虚荣心。虽然如此,这位老人,特别是在每天晚上,穿着皮上衣,戴着扑过粉的假发出来喝茶,如果有人提他一下,他就胡乱地谈起陈年旧事,或者更加没有条理地、激烈地抨击时局,每当这时,他仍旧能使全体客人肃然起敬。在来访者眼中,那座老式的宅第和其中高大的壁镜、古老的家具、扑过粉的仆人,以及严峻而精明的老人(他本人就是上一世纪的老古董)和他那十分崇敬他的温良的女儿和好看的法国女人,这一切构成一种庄严而赏心悦目的气象。可是客人们没有想到,在他们会见主人的两三个小时之外,一昼夜还有二十一、二个小时,在这期间,在这个家庭里进行着秘密的内部生活。

这种内部生活近来使玛丽亚公爵小姐日子很难过。在童山,使她精神振奋的与神亲们的谈话和孤独——她的最大的乐趣,在莫斯科享受不到了,而都市生活的好处和欢乐,她又没得到。她不去交际场;人人都知道,她父亲不让她一个人出门,而他自己因健康欠佳,又不能外出走动,所以就没有人请她去赴宴会和晚会了。玛丽亚公爵小姐彻底放弃了结婚的希望。有时,可以作为未婚夫的年轻人登门拜访,但她看见尼古拉·安德烈伊奇公爵接待和送走他们时,态度冷淡,神色愠怒。玛丽亚公爵小姐没有朋友:这次来莫斯科,她对两个最亲近的朋友感到失望:一个是布里安小姐,公爵小姐对她原来就不能推心置腹,现在觉得她有点讨厌了,并且因为某些原因,她开始避免和她见面;另一个是朱莉,她住在莫斯科,玛丽亚公爵小姐连续跟她通了五年信,可是这次重新见面,公爵小姐却觉得彼此非常隔膜。当时,由于兄弟的死,朱莉成为莫斯科最有钱的未婚姑娘之一,她在社交界忙得不可开交。她被年轻人包围起来,她以为那些年轻人一下子看出了她的优点。一个久涉社交界的小姐到了一定的时期,就会觉得,她最后的结婚机会已经到了,她的终身这时不决定,就永远不可能决定了,朱莉正是达到了这样的时期。每到星期四,玛丽亚公爵小姐就含着忧郁的微笑想起,她现在没有可以通信的人了,因为朱莉就在这里,每星期都和她见面,然而即使见面也不能给她一点喜悦。玛丽亚公爵小姐也没有可以交谈的人,没有可以倾诉苦衷的人,而在这期间苦恼的事又是太多。安德烈公爵回来结婚的日期快要到了,他为此事托她在父亲跟前说情但没有办成,并且相反,事情看来根本无望了:一提起罗斯托娃伯爵小姐,老公爵就发脾气,他本来就时常情绪不佳。近来又给玛丽亚公爵小姐添了一个新的苦恼,就是她教六岁小侄子的功课。在她和尼古卢什卡相处的时候,她惊奇地发现她自己也具有她父亲那种急躁的脾气。尽管她对自己说过许多次,教侄儿时不要激动,但是几乎每次拿起教鞭坐下来教法语字母时,她总是想快些、轻易些就把自己的知识灌输给孩子,而孩子早已提心吊胆了,眼看姑姑就要生气,孩子注意力稍不集中,她就浑身发抖,发急,冒火,提高了声音,有时拉着他的胳膊,罚他站墙角,她自己也为自己凶狠的坏脾气哭起来,尼古卢什卡也跟着她呜咽起来,不等许可就离开墙角,走到她跟前,从她脸上拉下她那双被泪水沾湿的手,安慰她。然而最使公爵小姐烦恼的是她父亲经常朝着她发的、最近已经达到残忍程度的怒气。他不仅蓄意侮辱她,损害她,并且让她知道,她不论做什么都有错。近来在老头子身上出现一个最使玛丽亚公爵小姐痛苦的新的特征,这就是跟布里安小姐大大亲热起来。在接到儿子要结婚的消息后,他第一个开玩笑的念头就是,倘若安德烈结婚,那么他就和布里安结婚,玛丽亚小姐觉得,为了使她难堪,他近来固执地对布里安小姐表示格外的亲热,以此来发泄对女儿的不满。

有一天,在莫斯科,当着玛丽亚公爵小姐的面(她觉得父亲有意在她跟前这样做),老公爵吻布里安小姐的手,并且把她拉到怀里,抱着她亲热一番。玛丽亚公爵小姐忽然面红耳赤,从屋里跑了出去。几分钟后,布里安小姐到玛丽亚公爵小姐这里来,她微笑着,用她那甜蜜的声音讲述什么事情。玛丽亚公爵小姐赶忙擦干眼泪,迈着坚定的步子走到布里安面前,她气急败坏,向法国女人大叫大嚷起来:

“卑劣,下流,不是人,乘人之危……”她说不下去了。“滚出我的房去,”她喊道,接着大哭起来。

第二天,公爵跟女儿一句话不说;但是她注意到,午饭时,他吩咐先给布里安小姐上菜。饭后,当仆人照老习惯又先给公爵小姐递咖啡的时候,公爵忽然勃然大怒,举起拐杖向菲利普掷过去,当即命令送他去当兵。

“不听话……我说过两遍了! 就是不听! 全家以她为首,她是我的最好的朋友,”公爵喊道。“倘若你胆敢再一次,”他在盛怒之下对玛丽亚公爵小姐喊道,“像昨天那样在她面前放肆,我要叫你知道谁是家中的主人。滚开! 我不愿看见你;向她道歉!”

玛丽亚公爵小姐向阿马利娅·叶夫根尼耶夫娜(布里安小姐的俄国名字和父称)道了歉,替自己也替向她求情的仆人菲利普,向父亲也道了歉。

在这样的时刻,玛丽亚公爵小姐心中充满一种因牺牲而骄傲的感情。突然间,在这样的时刻,她亲眼看见她所谴责的父亲不是在找眼镜,就是对刚发生的事情转眼就忘,再不然就是举起他那无力的腿不稳地迈着步子,回头看看有没有人看见他的衰弱,再不然,在饭桌上,在没有客人激发他的时候,他忽然打起盹来,餐巾掉下来,颤颤巍巍的脑袋垂到盘子上。“他老了,不中用了,而我却竟敢说他的闲话!”在这样的时刻,她时常带着憎恶自己的心情想。

三

1811 年,在莫斯科住着一位迅速红极一时的法国医生,他身材高大,仪容俊美,和蔼可亲,莫斯科人人都说他是一个医术超群的大夫——此人姓梅蒂维埃。

一贯嘲笑医学的尼古拉·安德烈伊奇公爵,最近接受布里安小姐的劝告,请这位大夫到家里来,而且和他熟悉起来。梅蒂维埃每星期到公爵那儿去一两次。

公爵的命名日——圣尼古拉节,全莫斯科都来向他致敬,但是他命令不接待任何人,只请少数几个人吃饭,他把这几个人的名单交给玛丽亚公爵小姐。

一早就来祝贺的梅蒂维埃,认为当医生的理应不同,他这样对玛丽亚公爵小姐说,于是就去见公爵。可是命名日那天早上,老公爵心情极糟糕。整个早上他在家中走来走去,找每个人的碴儿,假装不懂得别人对他说的话,别人也不懂得他的话。玛丽亚公爵小姐深知每当他忧心忡忡、念念有词地唠叨时,最后总要爆发一阵狂怒,整个早上,她就像在一支扳开枪机的枪前面,等待那不可躲避的射击。在医生没来之前,早上平安地过去了。玛丽亚公爵小姐把医生让进去之后,就拿一本书坐在客厅门旁,为的是能听得见书房里发生的事情。

先是听见梅蒂维埃的声音,接着是父亲的声音,然后是两个声音一齐说,门忽然敞开了,门口出现了惊慌失措的梅蒂维埃,接着出现了公爵的身影,他头戴睡帽,身穿睡衣,气得脸都变了形。

"你不懂?"公爵喊道。"我懂! 法国间谍! 波拿巴的奴才,奸细,滚出我的家门——滚,我说!"他砰的一声把门关上。

梅蒂维埃耸了耸肩膀,来到布里安小姐面前,她是闻声从邻室跑来的。

"公爵身体不太好——胆病,还有脑充血。不要慌张,明天我再来,"梅蒂维埃说,他急匆匆地走了。

只听门里传出穿拖鞋的脚步声和叫骂声:"奸细,叛徒,到处是叛徒! 在我的家里连一分钟的安宁都没有!"

梅蒂维埃走后,老公爵把女儿叫来,于是他那满腔怒火一股脑发泄在她身上。他说她不该把一个奸细放进来。他不是已经吩咐过,叫她开一张单子,不在名单上的人不要放进来吗? 为什么放这个坏蛋进来! 她是祸首。他说,和她相处,他得不到片刻的安宁,不能安平静静地死去。

"哎呀,我的天啊,必须分开,必须分开,您要理解这个,您要理解! 我现在再也无法忍受了,"他说着,走出屋去。后来,他似乎担心她不善于自我安慰,又转回来,极力装出心平气和的样子,补充说:"您不要以为我对您说这话是在气头上,不,我很安静,我考虑好了;必须要这么办,——分开,您给自己找个地方吧! ……"可是他按捺不住,看来连他自己也十分痛苦,晃着拳头对她喊道:

"好歹有哪个笨蛋把她娶走就好了!"他砰的一声关上门,把布里安小姐叫了去,书房里终于平静下来了。

下午两点钟,选定的六位客人来赴宴了。这六位是:大名鼎鼎的拉斯托普钦伯爵、洛普欣公爵和他的侄子、公爵的老战友恰特罗夫将军,还有属于年轻一代的皮埃尔和鲍里斯·德鲁别茨科伊,都在客厅里等候他。

前几天来莫斯科度假的鲍里斯,很想谒见尼古拉·博尔孔斯基公爵,他十分善于博得公爵的欢心,使得公爵为他打破了在家里不接待单身青年的常规。

公爵家并不是所谓"上流社会",可是这个在莫斯科默默无闻的小圈子,受到它的接待却是极大的荣幸。对于这一点,鲍里斯在上星期才知道,当时总司令当着他的面请拉斯托普钦在圣尼古拉节去用午餐,拉斯托普钦说他不能去:

"每到这一天我总要到老古董尼古拉·安德烈伊奇公爵那儿表示敬意。"

"噢,对了,对了,"总司令回答说。"他还好吗?……"

这一小群人饭前聚在摆设着旧家具的老式的高大客厅里,活像法庭在开庄严的会议。大家都默不作声,即使谈话,也把声音放得极低。尼古拉·安德烈伊奇公爵出来了,他严肃而沉默。玛丽亚公爵小姐比平日更显得宁静而胆怯。客人们勉强敷衍她一下,因为看见她对他们的谈话根本没兴趣。只有拉斯托普钦伯爵一个人为使谈话不致中断,他时而谈最近本城的新闻,时而谈政界的新闻。

洛普欣和老将军偶尔参加一下谈话。尼古拉·安德烈伊奇公爵倾听着。谈话的腔调一听便知没有一个人赞成政界的现状。人们讲的那些事件,显然是证明情况越演越糟;可是,不论是谈论还是评论某件事,只要矛头刚一涉及皇帝陛下,谈话的人就住了口,或者被别人岔开。

吃饭的时候,谈到最近的政治新闻:关于拿破仑侵占奥尔登堡大公的领土以及俄国递交欧洲各国的反对拿破仑的照会。

"波拿巴对待欧洲就像海盗对待掳到手的船一样,"拉斯托普钦伯爵说,重复他已经说过好几遍的话。

"有人建议用其他领地来换奥尔登堡公国,"尼古拉·安德烈伊奇公爵说。"他们这样把大公们搬来搬去,就像我把农奴从童山搬到博古恰罗沃和梁赞的庄园那样。"

鲍里斯也参加了谈话。尼古拉·安德烈伊奇公爵看了看这个年轻人,好像想对他讲点什么,但改变了主意,认为他太年轻了,不应当对他说他所要说的话。大家议论说照会的措辞很重要。

"看来耍笔杆子的到处都是,"老公爵说,"彼得堡人人都在写,不仅写照会,并且写法律。我的安德留沙就在那儿为俄国写了成卷的法律条文。如今人人都在写!"他不自然地笑起来。

谈话停顿了片刻;老将军咳嗽几声以引起注意。

"诸位听说过前不久彼得堡检阅的事了吗?新任的法国公使太不像话!"

"怎么?对了,我听到一点,他当着陛下说了不得体的话。"

"皇上请他注意看看掷弹兵师和分列式,"将军继续说,"那个公使竟然毫不注意,并且说,在我们法国没有人注意这类小事。皇上一言不发。据说,下次检阅的时候,皇上完全没理睬他。"

大家都不说话了:对这件与皇帝陛下有关的事情上,是不能擅自妄言的。

"狂妄!"公爵说。"你们知道梅蒂维埃吧？今天我把他从我这里赶了出去。他到这儿来,居然让他进来见我,虽然我吩咐过不让任何人进来,"公爵愤愤地看了女儿一眼,说。他于是讲起他和这个法国医生的全部谈话,以及为什么他坚信梅蒂维埃是一名奸细的原因。虽然理由很不充分,也不明确,可是没有人反驳他。

在热菜之后,斟上了香槟酒。客人们从位子上站起来向老公爵祝寿。玛丽亚公爵小姐也走到他面前。

他看了看她,眼神冷漠并且愤怒,他把刚刮过的皱巴巴的腮帮子向她伸过去。他脸上的表情对她说,早上谈的话他并没忘,他的决定依然照旧,只不过由于有客人在场,他现在不好对她说罢了。

喝咖啡的时候,老年人坐在一起。

尼古拉·安德烈伊奇公爵更活跃了,他对当前的战争发表了看法。

他说,只要我们向日耳曼人仍旧寻求联盟,干预欧洲的事务,那么,我们同波拿巴的战争就会是不幸的。我们既不应为奥地利也不应为反对奥地利而打仗。我们整个政策应当放在东方,至于对付波拿巴,只需陈兵边界,实行强硬的政策,使他永远不敢像1807年那样跨过俄国边界,也就够了。

"公爵,我们怎么可以跟法国人打仗啊!"拉斯托普钦伯爵说。"难道我们能讨伐我们的老师和神灵吗？看看我们的青年,看看我们的太太小姐吧。我们的神灵是法国人,我们的天堂是巴黎。"

他把嗓门提高些,以便让大家都能听见他说话。

"服装是法国的,思想是法国的,感情是法国的！您掐着梅蒂维埃的脖子把他赶出去,原因是他是法国人,是坏蛋,但是我们的太太小姐却匍匐在他的脚下在他后面爬行。昨天我参加了一个晚会,那里五个女人中就有三个天主教徒,但是她们差不多是赤身裸体地坐在那儿。咳,瞧瞧咱们的青年吧,公爵,真想把彼得大帝的手杖从博物馆里取出来,依照俄国方式痛打一顿,把他们那股子蠢劲打掉！"

大家都不说话了。老公爵满脸笑容,他望着拉斯托普钦赞许地晃了晃脑袋。

"喂,再见,阁下,多多保重,"拉斯托普钦说,他以他独有的敏捷站了起来,把手伸给公爵。

"再见,亲爱的,您的话像古筝,永远听不烦！"老公爵握着他的手,把腮帮子伸给他吻。其余的人也跟着拉斯托普钦站起来。

四

玛丽亚公爵小姐坐在客厅里听老人们闲谈和评论,她根本不理解她所听到的;她总在想,客人们是否看出了她父亲对她敌视的态度。她几乎没注意那个曾经三次来访的德鲁别茨科伊在整个吃饭时间对她的关注和殷勤。

玛丽亚公爵小姐带着漫不经心和探询的目光望着皮埃尔,他是最后走的一位客人,在老公爵出去以后,客厅里只剩下他们俩的时候,他拿着帽子,面带笑容,来到她跟前。

"可以再坐一会吗?"他一边说,一边坐在玛丽亚公爵小姐旁边的靠背椅里。

"可以,可以,"她说。她的眼神仿佛在说:"您什么也没看出吗?"

皮埃尔饭后的心情很畅快,他眼睛望着前面,静静地微笑着。

"公爵小姐,您早就认识这个年轻人吗?"他说。

"哪个年轻人?"

"德鲁别茨科伊。"

"不,不久……"

"怎么样,您喜欢他吗?"

"是啊,他是个讨人喜欢的年轻人……您为什么问我这个?"玛丽亚公爵小姐说,心里继续考虑早上和父亲的谈话。

"因为我观察过:年轻人老请假来莫斯科,其目的就是来找有钱的未婚妻。"

"您对这观察过吗?"玛丽亚公爵小姐说。

"是的,"皮埃尔微笑着继续说,"这个年轻人眼下奉行的宗旨是,哪儿有有钱的待嫁姑娘,他就到哪儿去。我对他可看透了。他现在拿不定主意进攻谁:进攻您还是进攻朱莉·卡拉金娜小姐。"

"他常到他们那儿去吗?"

"常去。您知道追求女性最新的方法吗?"皮埃尔说,他快活地微笑着,看来他心中正怀着善意嘲笑的快乐心情,而这正是他在日记中经常自我责备的那种情绪。

"不清楚,"玛丽亚公爵小姐说。

"现在,要想得到莫斯科小姐的欢心,需要做出多愁善感的样子。他在卡拉金娜小姐面前多愁善感的了不得。"皮埃尔说。

"真的吗?"玛丽亚公爵小姐说,她望着皮埃尔的和善面孔,心中不住地思索自己的不幸。她想:"倘若能有一个可以倾诉衷肠的人,我的痛苦就会减轻点了。皮埃尔正是这样的人,我想向他倾吐一切。他是那么善良,那么高尚。跟他谈谈,我心里会轻松些,他会给我出主意的!"

"您嫁给他,好不好?"皮埃尔问。

"哎呀,我的天啊,伯爵! 有时候我简直愿意嫁给任何人,"玛丽亚公爵小姐忽然带着哭声说起来,连她自己也感到意外。唉,爱一个亲人而觉得……(她声音颤抖地继续说)除了使他苦恼,什么都不能为他做,并且知道不能改变这种状况时,心里是真痛苦啊。这么一来,只有一走了之,但是我往哪儿去呢?"

"您怎么了,出了什么事吗,公爵小姐?"

但是公爵小姐没说完,就哭了起来。

"我不知道我今天是怎么回事。不要管我吧,忘掉我说的话吧。"

皮埃尔的快乐心情一下子消失了。他关切地探问公爵小姐,请她把心里的话全说出来,把她的苦恼告诉他;可是她只是一个劲地说,请他忘掉她的话,她也不记得她说过什么了,她没有什么苦恼,除了他已经知道的那桩苦恼,就是安德烈公爵的婚事可能会引起父子的争吵。

"对于罗斯托夫家的事,您听到什么吗?"为了换个话题,她问。"我听说他们不久就要来这儿了。我也天天盼安德烈回来。我希望他们在这儿见面。"

"他眼下对这个问题有什么看法?"皮埃尔问道,他说的他,就是老公爵。公爵小姐摇摇头。

"但是怎么办呢? 这一年剩下没几个月了。这件事是不可能的。但愿我在开头的时候能够帮哥哥的忙。我希望他们快点来。我希望和她交个朋友……您早就认识他们了,"玛丽亚公爵小姐说,"请您真心诚意地把一切真相告诉我,她到底是个怎样的姑娘,您以为她怎么样? 不过要告诉我全部真实的情况;您知道,因为安德烈做这件违反父亲意志的事,太冒险了,我希望知道……"

一种难以言明的本能告诉皮埃尔:这许多有保留的说明,以及要他说出全部真相的反复请求,都表明玛丽亚公爵小姐对将来的嫂嫂不怀好感,她盼望皮埃尔不赞成安德烈公爵的选择;可是皮埃尔说出了与其说是他所想到的,不如说是他所感觉的。

"我不知道怎样答复您这个问题,"他说,不知为什么脸红了。"我简直不知道这个姑娘是一个什么样的人,我无论如何也无法分析她。她十分有魅力。为什么说她是有魅力的,我不知道:关于她能够说的,只有这些。"玛丽亚公爵小姐叹了一口气,她脸上的表情仿佛说:"是的,这正是我料到的和害怕的。"

"她聪明吗?"玛丽亚公爵小姐问。皮埃尔沉思起来。

"我看她不聪明,"他说,"但是又很聪明。她不愿显露聪明……不是的,她的确富有魅力,如此而已。"玛丽亚公爵小姐又不以为然地摇摇头……

"啊,我很愿意喜欢她!倘若您比我先见到她,您把我的话告诉她。"

"我听说,他们近几天就要到了,"皮埃尔说。

玛丽亚公爵小姐把她的计划告诉皮埃尔,罗斯托夫家里的人一到,她就和未来的嫂嫂接触,努力设法使老公爵和她熟悉起来。

五

　　鲍里斯想找一个有钱的姑娘结婚,在彼得堡没能如愿,他抱着这同样的目的来到了莫斯科。在莫斯科,鲍里斯在朱莉和玛丽亚公爵小姐这两个最有钱的姑娘之间犹豫不决。玛丽亚公爵小姐虽然长得不好看,但是他觉得比朱莉有吸引力,但是不知为什么,追求博尔孔斯卡娅总觉得有点别扭。上次在老公爵命名日和她见面时,他试图跟她谈谈知心话,但她每次回答得都文不对题,很明显她没有听出他的话音。

　　朱莉正相反,虽然她作风特别,只有她所特有,可是她愿意接受他的追求。

　　朱莉二十七岁了。自从她的兄弟们死后,她成了巨富。她现在变得简直难看了;可是她以为她不但依然美丽,并且比以前更迷人了。下面两件事更加强了她的错觉,第一,她成为非常富有的待嫁姑娘;第二,她岁数越大,男人和她交游时就越有安全感,因而也越随便,他们享受她的晚餐、晚会以及在她那儿热闹的聚会,却可以不负什么责任。十年前,男人不便每天到有十七岁大姑娘的人家去,怕影响她的声誉,也怕自己受到限制,现在可以大胆地每天去了,对待她可以不把她当作未婚的姑娘,而当作没有性别的熟人。

　　这年冬天,卡拉金家在莫斯科是最快乐、最好客的家庭。除了特邀的晚会和宴会之外,卡拉金家天天高朋满座,尤其是那些男客,午夜十二点才吃饭,一坐就坐到凌晨两三点。没有哪次舞会、娱乐、戏剧是朱莉放过的。她的装束打扮一直是最时兴的。可是,虽然如此,朱莉似乎对一切都悲观失望,她逢人便说,她既不相信友谊,也不相信爱情,也不相信人生的任何欢乐,只期待在天国那儿安息。但这并不妨碍她寻欢作乐,也不妨碍去她那儿的年轻人快乐地消磨时光。

　　朱莉对鲍里斯分外亲切:她可怜他如此年轻就厌倦人生,她尽管自己饱受人生的痛苦,却尽可能地给予他友谊的安慰,而且把她的纪念册给他看。鲍里斯在纪念册上给她画了两棵树,并做了题词:"村野的树啊! 你的灰暗的枝干向我们诉说着凄凉和忧郁。

　　在另外一个地方,他画了一座坟墓,题道:

　　死是得救,死是安慰。啊! 死是解脱痛苦的唯一避难所。

　　朱莉说,这个题词好极了。

　　"忧郁的微笑含有无穷的魅力。"她把从书里抄来的这句话逐字念给鲍里斯听。

　　鲍里斯为此写了一首诗献给她。

你多愁善感的人儿，
恰似一杯毒酒，
没有你，
就没有我的幸福。
温柔的忧郁啊！
快来安慰我孤独的心……

朱莉给鲍里斯弹竖琴，她弹的是最悲哀的夜曲。鲍里斯给她朗诵《可怜的丽莎》，好几次不得不停住朗诵，因为他激动得透不过气来。朱莉和鲍里斯在大庭广众场合相遇的时候，两人认为在这冷漠的人间他们是唯一相互了解的一对。

常去卡拉金家的安娜·米哈伊洛夫娜，在和主妇玩牌的时候，对于朱莉的陪嫁，作了详细的调查（陪送奔萨省两处田庄和下城森林）。安娜·米哈伊洛夫娜看见那极其细致的悲哀气氛把她的儿子和有钱的朱莉结合起来，认为是天作之合，甚为感动。

"我们亲爱的朱莉，永远是如此迷人和忧郁，"她对那位小姐说。"鲍里斯说，只有在您府上，他的心才得到安宁。他经历过许多次的失意，他这个人又是如此多愁善感，"她对主妇说。

"哎呀，亲爱的，近来我真喜欢朱莉啊，"她对儿子说，"我简直无法给您描述！怎么能不叫人爱呢？这么一个天仙般的人物！咳，鲍里斯啊，鲍里斯！"她停了一下。"我真怜惜她的母亲啊，"她接着说，"今天她把从奔萨送来的账单和信件拿给我看（她们的田庄可大呢），真可怜，全靠她一个人：人人都骗她！"

听着母亲说话，鲍里斯微微一笑。他温和地讥笑她那天真的狡诈，但是他留心听她说话，有时注意向她打听奔萨和下城的田庄情况。

朱莉早就等待她那忧郁的崇拜者向她求婚了，并且打算接受；但是鲍里斯对她那急切想结婚的劲头，对她的矫揉造作，心里有一种说不出的厌恶，同时还害怕失去真正的恋爱机会，这一切都阻碍他向她求婚。他的假期快完了。朱莉看出鲍里斯犹豫不决，有时她也想到，他不喜欢她；但是女人的自我陶醉给了她安慰，她对自己说，他不过是不好意思讲恋爱罢了。不过，她那忧郁的情调开始转为烦躁，在鲍里斯动身前不久，她采取了一个决定性的计划。在鲍里斯的假期快完了的时候，在卡拉金家的客厅里出现了阿纳托利·库拉金，于是朱莉突然没有了忧郁情调，变得非常快活，对库拉金大献殷勤。

鲍里斯一想到他当了一次笨蛋，徒然费了一个月的功夫在朱莉面前表演吃力的忧郁情调，并且眼看已经到手而且在想象中派了适当用场的奔萨田庄的收入落到别人手里（尤其是落到愚蠢的阿纳托利手里），一想到这里，鲍里斯就觉得受了侮辱。于是他驱车前往卡拉金家，拿定主意去求婚。朱莉快乐地迎接他，随便地说她在昨晚的舞会上多么快活，问他什么时候动身。虽然鲍里斯这次来是要谈爱情的，因此有意做得温柔多情，但是他却激动地谈起女人的朝三暮四来了：说女人很容易从忧郁过渡到欢乐，她们的心情是随着追求她们的人而变换的。朱莉恼怒了，她说，确实如此，女人需要花样翻新，总是老一套，谁都会厌倦的。

"在这方面，我可以奉告您……"鲍里斯本来想对她说几句讽刺的话；但是就在这一刻，他心中突然有一种令人气恼的想法，很可能白费了一场心血，一无所得地离开莫斯科（像这种情形在他还从来没有过呢）。他说了一半就停住了，垂下眼睛，不看她的面孔，说："我到这儿来，根本不是为了和您吵架。恰恰相反……"他瞧了她一眼，看能不能说下去。她的恼怒突然消失得无影无踪了，一对不安的、哀求的眼睛，带着贪婪的期待目光看着他。"我会设法少看见她的，"鲍里斯想。"既然开了头，就得干到底！"他忽然满脸通红，向她抬起眼睛，对她说："我对您的感情，您是知道的！"用不着多说了：朱莉的脸焕发出胜利和得意的光彩；但她逼着鲍里斯把在这种场合应当说的话通通向她说出来，说他爱她，从来没有像爱她那样爱过任何一个女人。她知道，凭奔萨的田庄和下城的森林，她可以这样要求，并且她也得到了她所要求的。

未婚夫和未婚妻从此不再提那撒落着凄凉和忧郁的树了，只计划将来如何布置彼得堡的辉煌住宅，拜访亲友和准备举行盛大婚礼所必需的东西。

六

伊利亚·安德烈伊奇伯爵在一月底带着娜塔莎和索尼娅来到莫斯科。伯爵夫人的健康状况依然欠佳，不能同行，——而等待到她康复又不可能：安德烈公爵随时都可能来到莫斯科；另外，必须置办嫁妆，必须出卖莫斯科近郊的田庄，还必须趁老公爵在莫斯科的时候，向他引见他未来的儿媳。罗斯托夫在莫斯科的住宅没有生火；此外，他们不想久住，伯爵夫人也没同来，所以伊利亚·安德烈伊奇决定到莫斯科暂时住在玛丽亚·德米特里耶夫娜·阿赫罗西莫娃家里，她早就向伯爵提出她的邀请了。

夜晚，罗斯托夫的四辆雪车驶进旧马厩街玛丽亚·德米特里耶夫娜的宅院。她一个人住在这儿。她的女儿已经出嫁。她的儿子全在官府供职。

她为人豪爽，对每个人总是那么率直地、大声地、坚决地说出自己的意见，她似乎是用她整个身心责备别人任何一点缺点、情欲和嗜好，这些东西在她身上绝对不会有的。一大早她就开始料理家务，然后，每逢节日就去做礼拜，做完礼拜就去拘留所和监狱；而在平时，她穿戴好了后，就接待有求于她的人，然后就吃饭；在摆有丰盛美味菜肴的餐桌上，常常有三四位客人；饭后玩一局波士顿牌;夜晚她叫人读报纸和新书给她听,而她一面编织活计。她不大出门,如果破例出门,一定是去拜访城内最显要的人物。

当罗斯托夫家的人到来,前厅门上的滑轮吱响起来,罗斯托夫家的人及其仆从进来的时候,她还没睡。玛丽亚·德米特里耶夫娜戴着眼镜,昂着头,站在大厅门口,带着严厉、生气的神色望着进来的人。要不是她关心备至地吩咐仆人怎样安置客人和客人的行李,人们还会以为她痛恨这些前来的人,马上就要把他们赶走似的。

"伯爵的行李吗?拿到这边来,"她同谁也不打招呼,指着箱子说。"小姐的,这边,左边。喂,你们在那儿讨什么好!"她对使女们生气地说。"快去烧茶炊!——长胖了,长得好看了,"她说,拽着娜塔莎的风帽,把面庞冻得发红的娜塔莎拉到身边。"嗬,好冷啊!快脱脱衣服吧,"她对伯爵喊道。"大概冻坏了吧。喝茶的时候拿罗姆酒来!索纽什卡,你好,"她对索尼娅说。

当大家脱掉外衣,弄掉了旅途的风尘,过来喝茶的时候,玛丽亚·德米特里耶夫娜挨个儿亲吻大家。

"你们来了,住在我这儿,我十分兴奋,"她说。"早该来了,"她说,然后专注地瞧了瞧娜塔莎……"老头子在这儿,天天盼望儿子。你一定,一定要见见他。好,以后再谈这个吧,"她又说,转脸看了索尼娅一眼,意思是说在她面前不好谈这个问题。"现在听我说,"她转身对伯爵说,"明天你要干什么?请哪些人来?请申申?"她屈起一个指头,"爱哭的安娜·米哈伊洛夫娜,两个啦。她和儿子都在这儿。打算给儿子婆亲!然后就是请别祖霍夫了,是不是?他和妻子都在这儿。他躲她来着,可是她跟着追来了。他星期三在我这儿吃过饭。她们呢,"她指着两个姑娘说,"明天我带她们去伊韦尔小教堂,然后顺便到奥贝尔-夏尔姆时装店去一趟。我想全套都要换新的吧?不要看我的样儿,现在的袖子——这么肥!前几天,年轻的伊琳娜·瓦西里耶夫娜公爵夫人来我这儿:简直吓死人,两只胳膊似乎套一对大水桶。如今每天有新花样。明天你有什么事要做?"她厉声问伯爵。

"事情都凑在一块了,"伯爵答道。"要给姑娘们买些衣裳,这儿还有一个买主,要买莫斯科近郊的田庄和房子。倘若您能行行好,我想找个时间到马林斯科耶去一两天,两个姑娘扔给您照管。"

"行啊,行啊,在我这儿保管没问题。在我这儿就像在监护委员会一样安全。我带她们去该去的地方,对她们该骂就骂,该疼就疼,"玛丽亚·德米特里耶夫娜一边说,一边用大手摸了摸她的宠儿和教女娜塔莎的脸。

第二天早上,玛丽亚·德米特里耶夫娜带两个姑娘去伊韦尔小教堂,然后到奥贝尔-夏尔姆太太那儿,这位太太是如此怕玛丽亚·德米特里耶夫娜,以至于她经常折本卖给她衣服,只求快些把她打发走。玛丽亚·德米特里耶夫娜差不多订购了全部嫁衣。回来后,她把所有的人都赶出房间,只留下娜塔莎,叫她的宠儿坐在她的扶手椅上。

"好,现在咱们谈谈吧。我祝贺你有了未婚夫。你捞到一个好样的!我为你兴奋;他从小我就认识。"娜塔莎兴奋得红了脸。"我喜欢他,也喜欢他的全家。现在你听我说。老头子尼古拉公爵对儿子的婚事很不满意,这你是清楚的。老家伙的脾气坏极了!当然啦,安德烈公爵不是小孩子,不是非靠他不行,但是违背家长的意志进家门总不大好。家庭要和和气气,你亲我爱。你是个聪明的孩子,知道应该怎么办才好。你要和和善善、通情达理地去应付。那样一切都会好的。"

娜塔莎默不作声,玛丽亚·德米特里耶夫娜以为她是害羞,其实她是不愿别人干预她和安德烈公爵爱情的事,在她心目中,他们俩的爱情与一切俗事根本不同,她认为没有人能理解它。她只爱和了解安德烈公爵一个人,他爱她,他过两天就来接她。此外她什么也不需要。

"你可知道,我早就认识他了,玛申卡,你的小姑子,我也喜欢。大姑小姑,是非满屋,但是这一位连苍蝇都不伤害。她求我尽快让你们见见面。明天你和父亲到她那儿去,对她一定要亲近一些:你比她年轻。你的那个人来了后,你和他妹妹、他父亲都认识了,他们都喜欢你。你说对不对?这样要好点,是吧?"

"好的,"娜塔莎勉强回答说。

七

第二天,听从玛丽亚·德米特里耶夫娜的建议,伊利亚·安德烈伊奇伯爵带着娜塔莎去见尼古拉·安德烈伊奇公爵。伯爵这次造访,心情极不痛快:他从心里感到害怕,他和老公爵最后一次见面是在征兵的时候,当时因为他没有缴足兵员名额,老公爵对于他的宴请的回答,是狠狠地训斥了他一顿,他对这事记忆犹新。娜塔莎穿着自己最好的衣服,她的情绪却好极了。"他们不可能不爱我,"她想,"我总是被人疼爱的。并且我愿意为他们做他们所希望的一切,情愿爱他——因为他是父亲,情愿爱她,因为她是妹妹,他们不可能不喜欢我!"

他们驱车来到弗兹德维仁卡街一座阴郁、古老的宅第门前下了车，走进门厅。

"上帝多多保佑吧，"伯爵半开玩笑半认真地说；但是娜塔莎发现她父亲刚走进前厅，就慌张起来，他胆怯地、轻声问公爵和公爵小姐是否在家。在通报他们来访之后，公爵的仆人中间发生了一阵忙乱。跑去通报的仆人被另一个仆人拦住，他们小声嘀咕什么。一个女仆跑进大厅，也急忙说句什么话，提到公爵小姐。最后，一个老仆走出来，向罗斯托夫父女禀道，公爵不能接见，公爵小姐有请他们。最先出来迎接客人的是布里安小姐。她对他们父女非常客气，领他们去见公爵小姐。公爵小姐沉着地跑出来迎接客人，她神色激动、惊慌，脸上泛起红晕，尽力做出神态自若和欢喜的样子，就是做不到。玛丽亚公爵小姐第一眼就不喜欢娜塔莎。她觉得她打扮得太漂亮，愉快得轻浮，并且爱虚荣。其实玛丽亚公爵小姐不明白，在她没有看见未来的嫂子之前，她因为嫉妒她的美貌、青春和幸福，还有嫉妒她哥哥对她的爱情，对她就没有好感。除此之外，玛丽亚公爵小姐这时心情之所以激动，还因为在通报罗斯托夫父女到来时，老公爵嚷道，他不愿见他们，倘若玛丽亚公爵小姐愿意的话，那就让她接见吧，可是不要让他们去见他。玛丽亚公爵小姐决定接见罗斯托夫父女，可是每时每刻都在担心，怕公爵做出什么乖张的动作，因为由于罗斯托夫父女的来访，他好像非常激动。

"亲爱的公爵小姐，我把我的歌手带来见您，"伯爵一边说，一边鞠躬，他老是心神不安地回头张望，似乎担心老公爵突然走进来。"你们互相认识认识，我真兴奋。可惜，可惜，公爵身体欠佳，"又说了几句客套话，他站起来。"倘若可以的话，我把我的娜塔莎留在您这儿一刻钟，我到安娜·谢苗诺夫娜那儿去一趟，很近，就在养狗场，随后我来接她。"

伊利亚·安德烈伊奇想出这个外交的巧计，是为了给未来的姑嫂一个畅谈的机会，同时也是为了避免碰见他所畏惧的公爵。娜塔莎知道父亲的惧怕和不安，所以感到屈辱。她为父亲脸红，因为脸红更加生气，她用大胆的、挑战的目光看了看公爵小姐。公爵小姐对伯爵说，这样她十分兴奋，而且请他在安娜·谢苗诺夫娜那里最好多坐一会儿，于是伊利亚·安德烈伊奇就走了。

玛丽亚公爵小姐想和娜塔莎单独在一起谈谈，她向布里安小姐看了一眼，但是她只顾待在房里不走，一个劲儿谈莫斯科的娱乐和剧院。娜塔莎觉得受了屈辱，因为她觉得公爵小姐接见她似乎是赏光似的。因此，什么都使她不快乐。她讨厌玛丽亚公爵小姐。她觉得她长得太丑，装腔作势，枯燥无味。娜塔莎突然精神委顿了，说话腔调变得随便了，这样更使玛丽亚公爵小姐跟她疏远了。正在谈话时，突然传来快步走来的脚步声。玛丽亚公爵小姐脸上现出惊慌的神色，房门打开了，公爵戴着白睡帽，穿着睡衣走了进来。

"啊，小姐，"他说，"小姐，伯爵小姐……罗斯托娃伯爵小姐，倘若我没弄错的话……请原谅，请原谅……我不知道，小姐。上帝见证，我不知道您光临舍下,我这样穿戴,是来找女儿的。请原谅……上帝见证,我不知道,"他加重"上帝"这两个字。娜塔莎站起来行了礼。

"请原谅,请原谅！上帝见证,我不知道,"老头子嘟囔着说,从头到脚把娜塔莎打量了一番,随后就走了出去。布里安小姐开始谈起公爵的病情。娜塔莎和玛丽亚公爵小姐无言地你看看我,我看看你,她们对视得越久,不说出她们需要说出的话,她们相互之间的猜忌也就越增加。

伯爵回来了,娜塔莎见到父亲就不顾礼貌地表示兴奋,而且急着要走:当时,她差点痛恨那位年纪大的、令人乏味的公爵小姐,她居然把她置于如此难堪的地位,和她待了半小时,她连提都没提安德烈公爵。"要知道,在这个法国女人面前,我不能第一个提起安德烈公爵,"娜塔莎想。玛丽亚公爵小姐这时也同样的苦恼。她知道她应该对娜塔莎说些什么,可是她办不到,因为布里安小姐妨碍了她,其次,她难以开口提起这桩婚事。当伯爵已经走出屋时,玛丽亚公爵小姐快步走到娜塔莎跟前,握住她的手,深沉地叹了一口气,说:"等一等,我有句话……"娜塔莎讥笑地看着玛丽亚公爵小姐。

"亲爱的娜塔莉,"玛丽亚公爵小姐说,"您知道,我庆幸哥哥找到了幸福……"娜塔莎注意到这个停顿,猜出了停顿的原因。

"我想,公爵小姐,现在谈这事不方便,"娜塔莎说,然而泪水已经哽住了喉咙。

"我说了什么,做了什么！"她才走出屋,就这样想。

这天等娜塔莎来吃午饭,等了很久。她坐在她房里大哭,一面哭,一面抽抽搭搭地擤鼻子。索尼娅站在她身旁,吻她的头发。

"娜塔莎,你哭什么,"她说,"他们跟你有什么关系？一切都会过去的,娜塔莎。"

"不是的,你不知道,真气人……就似乎我……"

"别说了,娜塔莎,又不是你的错,何苦呢？吻我吧,"索尼娅说。

娜塔莎抬起头来,吻了吻女友的嘴唇,把泪痕纵横的脸偎依在她身上。

"我不能说,我不知道。谁都不怪,"娜塔莎说,"全怪我。然而这真叫人痛苦。唉,他怎么不来啊！……"

她两眼通红地出来吃饭。

八

这天晚上,罗斯托夫家的人去看歌剧,票是玛丽亚·德米特里耶夫娜弄到的。

娜塔莎本不想去,但盛情难却:玛丽亚·德米特里耶夫娜专门为她订的座。她穿好衣服来到大厅里等父亲,她照了照镜子,看见自己很美,十分美,这更令她哀怨了;然而这是一种甜蜜的、钟情的哀怨。

"我的上帝啊,倘若现在他在这儿,我肯定不会像从前那样,像个笨蛋似的,怯生生的,而要大大方方地拥抱他,偎依他,逗得他用探索的、好奇的眼睛看我,然后逗他笑,像从前那样笑,他那双眼睛——我是怎样地看那双眼睛啊!"娜塔莎想。"他父亲和他妹妹跟我有什么关系:我只爱他一个人,爱他,爱他,爱他的面孔和眼睛,爱他那刚毅而又童稚的微笑……算了,还是别想他,现在不想他,忘记他,完全忘记他。我受不了这样的等待,我快要哭了,"于是她离开镜子,竭力使自己不要哭出来。"索尼娅爱尼古连卡怎么就爱得那么沉稳,那么安静,并且那么长久地、耐心地等待着!"她望着穿戴完毕、手中拿着扇子走进来的索尼娅,心中想。"不,她是另一种人。我做不到!"

娜塔莎觉得自己这时格外柔顺,格外温情,爱别人和知道别人也在爱她,已经无法使她满足了:她现在需要、马上就需要拥抱心爱的人,并且把她那满腔的情话倾吐出来,同时也听他诉说爱情。她坐在父亲身旁,思虑地望着路灯的光在结冰的车窗上闪烁,她觉得自己更深地陷入了爱情,也更加伤感了,几乎忘了同谁在一起和到哪儿去。罗斯托夫家的马车缓缓地驶到剧院门前。娜塔莎和索尼娅提起裙裾赶忙跳下车来;伯爵由仆人搀扶着下了车,于是三个人夹在正在入场的男男女女和卖戏报的中间,走进一楼包厢的走廊。从虚掩的门缝里,已经传出音乐的声音。

"娜塔莉,你的头发,"索尼娅低声说。侍者恭敬地、匆忙地在小姐们面前走过去,打开包厢门。门里的音乐声更响了,眼前突然闪现一排排坐着袒胸露臂的太太小姐的、灯烛辉煌的包厢,以及人声嘈杂、服装鲜明的池座。一位走进附近包厢的贵妇,用女人嫉妒的目光向娜塔莎瞟了一眼。娜塔莎整整衣衫,同索尼娅一起走过去,看了一下对面一排排灯火通明的包厢,然后落了坐。一种她久未体验的感觉——数百双眼睛投向她那赤裸的手臂和脖颈的感觉,突然又快乐又不快乐地紧紧抓住了她,唤起与这种感觉有关的回忆、愿望与激动。

两个出色的姑娘——娜塔莎和索尼娅,以及与莫斯科久违的伊利亚·安德烈伊奇伯爵,引起了普遍的注意。另外,大家都隐隐约约知道娜塔莎和安德烈公爵早已订婚,知道罗斯托夫家人那时起就一直住在乡下,因此都怀着好奇的心情看一看这个俄国杰出人物之一的未婚妻。

大家都说,娜塔莎住在乡下变得更好看了,而这天晚上,由于她情绪激动,分外好看。她那勃勃的生气和美丽,再加上对周围一切冷漠的态度,给人以深刻的印象。她那双乌黑的眼睛凝视着每一个人,但不寻找任何人,她那赤裸到肘弯以上的胳膊靠在丝绒的包厢边缘上,不自觉地跟着序曲的拍子一张一合,把戏报揉皱了。

"瞧,那不是阿列宁娜吗?"索尼娅说,"可能是同母亲在一起,是不是?"

"我的天啊！米哈伊尔·基里雷奇更胖了!"老伯爵说。

"你们瞧！安娜·米哈伊洛夫娜那顶高帽子!"

"卡拉金一家子,朱莉和鲍里斯也在那儿。"

"德鲁别茨科伊求婚了！我今天才听说,"走进罗斯托夫家包厢的申申说。

娜塔莎朝着父亲看的方向望去,看见朱莉,满面春风地坐在母亲身边。

在她们身后露出鲍里斯的头,头发梳得溜光。他含着微笑把一只耳朵俯向朱莉的嘴。他低头望着罗斯托夫家的人,微笑着对未婚妻说什么。

"他们在谈我们,谈我和他呢!"娜塔莎想。"他肯定是在安抚未婚妻对我的嫉妒。真是庸人自扰！我和他们毫不相干,倘若他知道这一点就好了。"

后面坐着安娜·米哈伊洛夫娜,她脸上带着听天由命、怡然自乐的神情。在他们的包厢里有一种为娜塔莎所熟悉和羡慕的气氛——未婚夫陪伴着未婚妻。她转过脸来,突然想起早上拜访时所受的屈辱。

"他凭什么不愿认亲？唉,还是别想这个,在他回来之前不去想它!"她自言自语,观望池座里熟悉和不熟悉的面孔。在池座前排正中间,多洛霍夫背靠着乐池栏杆站着,他站在剧场最显眼的地方,知道整个大厅都在注意他,可是却像站在自己房间里一样随便。他四周是一群莫斯科最出色的青年,他在他们中间首屈一指。

伊利亚·安德烈伊奇伯爵笑着捅了捅红着脸的索尼娅,向她指指她先前的崇拜者。

"认出来了吗?"他问。"他从哪儿冒出来的,"伯爵转身问申申,"他不是很长时间不见了吗?"

"很长时间没露面了,"申申回答说。"他到过高加索,又从哪儿逃走了,据说在波斯某个大公手下当大官,在那儿杀死了波斯王的一个兄弟;嗬,莫斯科的太太小姐们简直都发狂了！都是为了他。现在是三句话离不开多洛霍夫:人们用他来发誓,提起他的名字就像尝到蜜糖似的,"申申说。"多洛霍夫和阿纳托利·库拉金,这两个宝贝把咱们的太太小姐的魂都搅乱了。"

一位高大貌美的贵妇进入隔壁的包厢,她梳着一条大辫子,裸露着雪白、丰满的肩膀和脖颈,戴着两大串珍珠。

娜塔莎情不自禁地注视着她的脖颈、肩膀、珍珠项链和她的发式,欣赏肩膀和项链之美。当娜塔莎又一次看她的时候,那位贵妇回头张望了一下,遇见伊利亚·安德烈伊奇伯爵的目光,她向他点点头,而且嫣然一笑。这位贵妇就是皮埃尔的妻子别祖霍娃伯爵夫人。交游很广的伊利亚·安德烈伊奇探过身去和她说话。

"来这儿很长时间了吧,伯爵夫人?"他说。"一定去,一定去府上拜望。我这次来是为了办点事情的,把两个女儿也带来了。听说谢苗诺娃的演技奇妙绝伦，"伊利亚·安德烈伊奇说。"彼得·基里洛维奇伯爵从来都想着我们。他在这儿吗？"

"是的，他想去拜访您，"海伦说，留心看了看娜塔莎。

伊利亚·安德烈伊奇伯爵坐回自己的位子。

"漂亮，是吧？"他对娜塔莎悄声说。

"尤物！"娜塔莎说。"怪不得叫人一见钟情！"这时传来序曲的最后和音，指挥棒敲响了。几个迟到的男人在池座里入了座，幕升起了。

幕一升起，包厢和池座一下子平静了，所有的男人，老年的和年轻的，穿制服的和穿燕尾服的，所有的女人，在裸露的身上戴着宝石的女人，都怀着贪婪的好奇心把全部注意力转向了舞台。娜塔莎也开始看戏了。

九

舞台中间是平滑的地板，两边是画有树木的彩色纸板，后面是拖到地板的麻布。舞台中间坐着几个穿红上衣和白裙子的少女。一个很胖的穿白绸衣服的少女单独坐在一张矮凳上，矮凳后面贴着一块绿纸板。她们都在唱。唱完的时候，那个穿白衣的少女走到提词人的小室前，一个粗壮的、大腿上穿紧身绸裤的男人，拿着一顶戴羽毛的帽子和短剑，走到她面前，伸开两臂唱起来。

最初是那个穿紧身裤的男人独唱，然后她独唱。随后两个人都不唱了，乐队奏起乐来，那个男的抚摸白衣少女的手，是在等待与她合唱的拍子。他们俩合唱完了，所有的观众都鼓掌叫好，这两个扮情人的男女，微笑着伸开两臂，鞠躬致谢。

娜塔莎在乡居之后，而且在目前心情严肃的时候，觉得舞台上所有的都是粗野的，令人吃惊的。她不能集中注意力观看剧情的发展，连音乐也听不进去：她只看见彩色的纸板，奇装异服的男女在明亮的灯光下乱动、说话和唱歌；她明白那是表演，可是一切却是那么怪诞和虚假，矫揉造作，她不禁为演员害羞，有时又觉得好笑。她环视四周，在观众的脸上寻找她内心所有的那种讪笑和困惑的感情；但是所有的面孔对舞台上的表演全部都是那么聚精会神，娜塔莎觉得，都表现出假装的赞赏。"想必应该如此！"娜塔莎想。她来回地时而看看池座里一排排搽了油的脑袋，时而看看包厢里袒胸露臂的女人，格外注意看看邻座的海伦，她几乎是赤身露体，沐浴在明亮的灯光里和被观众散发的体温弄得温暖的空气中，含着静静的、安详的微笑，聚精会神地望着舞台。娜塔莎不知不觉进入了好久不曾体验的陶醉状态。她已经忘记她是谁，她在哪儿，她眼前发生了什么事。她在看，在想，忽然，一些毫不连贯的、最奇怪的思想在她头脑里闪过。她时而想跳到包厢边缘上唱那个女演员所唱的咏叹调，时而想用扇子碰一下那个坐在她身边的小老头,时而想向海伦俯过身去,胳肢她。

在将要开始演唱咏叹调,舞台上悄然无声的时候,通到罗斯托夫家的包厢那一边的池座的门打开了,传来脚步声。"这就是库拉金!"申申低声说。别祖霍娃伯爵夫人微笑着向进来的人转过身去。娜塔莎顺着别祖霍娃伯爵夫人的目光望去,看见一个异常俊美的副官带着自信而又彬彬有礼的神气向他们的包厢走来。这是早在彼得堡舞会上她就见过而且引起她注意的阿纳托利·库拉金。他走起路来神气活现。尽管表演已经开始,他还是沉着地从走廊的地毯上走过去,悠然自得地把头抬得高高的。他向娜塔莎瞟了一眼,走到妹妹跟前,把戴着手套的手放在她的包厢边缘,向她点点头,然后弯下身来指着娜塔莎问她什么话。

"十分可爱!"他说,显然是在讲娜塔莎。然后他走到头排坐在多洛霍夫身旁,快活地向他挤挤眼,微微一笑,然后把一只脚跷到乐池的围栏上。

"兄妹俩真相像!"伯爵说。"两人都很漂亮。"

申申放低声音向伯爵讲述库拉金在莫斯科的一桩风流趣闻,娜塔莎侧耳细听,只因他讲过她可爱。

第一幕完了;池座的人全站起来,乱哄哄地出出进进。

鲍里斯来到罗斯托夫家的包厢,他漠然地接受了祝贺,然后挑起眉头,露出随便的笑容,向娜塔莎和索尼娅转达了他的未婚妻邀请她们参加婚礼,说完就走了。娜塔莎带着快乐和妖媚的微笑和他谈话,而且祝贺鲍里斯的新喜。在陶醉状态中,她觉得一切都是简单并且自然。

差不多赤身露体的海伦坐在她的邻座,对任何人都是那么一副笑脸;娜塔莎对鲍里斯也同样是这么一副笑脸。

海伦的包厢挤满了人,被最显赫、最聪明的男人们包围着,他们仿佛想让大家都知道他们和她相识。

在整个幕间休息时,库拉金和多洛霍夫都站在乐池前面,不断地向罗斯托夫家的包厢看。娜塔莎知道他在谈论她,这使她非常兴奋。她甚至转过身来,使他能够看到她的侧面,她认为她这个姿势最美。在第二幕开始前,池座里出现皮埃尔的身影,罗斯托夫家的人自从到莫斯科后还没见过他。他精神忧郁,但比上次娜塔莎看见他时更胖了。他对谁都不留心,一直向前排走去。阿纳托利走到他面前,望着而且指着罗斯托夫家的包厢,对他说什么。皮埃尔一见娜塔莎,兴致就来了,赶忙穿过一排排座位,向他们的包厢走去。他走到他们跟前,用臂肘支撑着包厢边沿,微笑着和娜塔莎谈了很久。在和皮埃尔谈话时,娜塔莎听见别祖霍娃伯爵夫人包厢里有男人的声音,她认为这是库拉金的声音。她回头看了看,正碰见他的目光。他差不多是笑容满面,用叹赏的、亲热的目光直望着她的眼睛。

第二幕的布景是在纸板上画的纪念碑,天幕上的一个圆洞是月亮,灯罩盖着脚灯，开始奏起低音小号和低音提琴，从左右两边走出许多穿黑长袍的人。他们挥舞着双手，手中握着像短剑的东西；随后又跑来一些人要拖走那个原先穿白衣、现在穿蓝衣的少女。他们不是立刻把她拖走，而是同她一起唱了很久后，才把她拖走，后台响了三下金属的声音，所有的人都跪下来唱祈祷词。这一切表演有好几次被观众的欢呼声打断。

在这一幕进行时，娜塔莎每次向池座张望，总看见阿纳托利·库拉金在注视她。看见他对她是那么着迷，使她很快乐。

第二幕结束时，别祖霍娃伯爵夫人站起来，转身对着罗斯托夫家的包厢，她招呼老伯爵，她不理会那些进到她包厢的人，含着和蔼的微笑和他说话。

"请您给我介绍一下您那可爱的女儿们吧，"她说。"她们把全城都轰动了，但是我还不认识她们呢。"

娜塔莎站起来向这位雍容华贵的伯爵夫人行礼。这位仪态万方的美人的夸奖，使她兴奋得脸都红了。

"我现在也想做一个莫斯科人了，"海伦说。"把如此好的珍珠埋在乡下，您怎么舍得啊！"

别祖霍娃伯爵夫人真可谓名不虚传，的确是一个富有魅力的女人，她特别善于阿谀奉承，并且做得一点不露痕迹，非常自然。

"不，亲爱的伯爵，请您让我陪一陪您的女儿们。我这次来这儿住不多长。你们也是这样。我保证设法使您的女儿开心。早在彼得堡我就听到很多有关您的情况了，那时就想认识您，"她带着她那永远不变的迷人的微笑对娜塔莎说。"我从我的侍从德鲁别茨科伊——您早就听说他要结婚了，——那里听说过您，从我丈夫的朋友博尔孔斯基，安德烈·博尔孔斯基公爵那里听说过您，"她格外加重地说，暗示她知道博尔孔斯基与娜塔莎的关系。为了能够更好地相互认识，她恳求让其中一位小姐到她的包厢里看戏，娜塔莎于是过她那边去了。

第三幕舞台上的布景是宫殿，点着许多蜡烛，墙上挂着留有短须的骑士画像。站在舞台中央的两个人，可能是国王和王后，国王看样子有点胆战心惊，他摇晃着右手，胡乱地唱了一段，然后就坐到猩红的宝座上。先穿白后穿蓝的少女，这时只穿一件衬衣，披散着头发，站在宝座旁边。她悲伤地对着王后唱；可是国王严厉地把手一挥，于是从两边走出赤脚的男女，他们一起跳起舞来。接着小提琴用高音奏起欢快的典调，有一个光着粗腿和细胳膊的女人，离开其余的人，走进侧幕，整整上衣，然后走到舞台中间跳起舞来，同时用一只脚拍打另一只脚。池座里的观众全体鼓掌叫好。接着一个男的站在台角。乐队更响地吹打起洋琴和小号，于是这个男的独自赤着脚跳起舞来，跳得非常高，并且迅速地摆动着两脚。池座、楼座和包厢里的人们都拼命鼓掌欢呼，然后那个男的停下来，微笑着向各方鞠躬。然后别的光着腿的男女又接着跳舞，然后其中一位国王伴着乐声呐喊一声，大家又唱起来。但是突然间，狂风大作，乐队奏起半音音阶和降低了的七度音和弦，所有的人都跑了，又拖走其中一个人，幕落了。观众中间又是一阵震耳欲聋的喧哗声和噼啪声，观众都带着狂喜的表情喊叫。

娜塔莎已经不感到奇怪了。她心情快乐，兴奋地微笑着环视四周。

"真不错，是吧？"海伦对她说。

"啊，是的"，娜莎回答道。

十

幕间休息时，海伦的包厢里吹来一股冷风，门打开了，阿纳托利弓着身子，生怕碰着人，走了进来。

"请让我来给您介绍我的哥哥，"海伦说，她的目光担心地从娜塔莎转向阿纳托利。娜塔莎转过小脑袋，微笑了。阿纳托利不管是近看还是远看都非常漂亮，他在她身边坐下，说他早在纳雷什金家的舞会上，就有幸碰见她，使他难忘，当时他就盼望能有一天认识她。库拉金同女人在一起时比在男人圈子里要聪明得多，单纯得多。他言谈大胆并且随便，娜塔莎觉得奇怪又快乐，使她吃惊的是，在这个有那么多的传闻的人身上不仅没有什么可怕的地方，恰恰相反，这个人却有一张最天真、最愉快、最憨厚的笑脸。

阿纳托利·库拉金问她对表演的感觉如何，他告诉她，谢苗诺娃上次演出时，摔了一跤。

"您知道吧，伯爵小姐，"他说，他突然像对一个熟人似的说起来，"我们举办一次化装赛会；您最好也参加：那一定十分热闹。大家在阿尔哈罗夫家聚会。请您一定来，真的，好吗？"他说。

他说话时，微笑着的眼睛看着娜塔莎的脸、脖颈和赤裸的手臂。娜塔莎当然明白他在欣赏她。这使她快乐，可是她总觉得局促不安。当她不看他时，她感觉他在看她的肩膀，她不由自主地截住他的视线，叫他最好看她的眼睛。可是和他的目光相遇时，她惊恐地感觉到，他和她之间根本没有她和别的男人之间通常所感到的那种羞怯的隔膜。连她自己也不明白是怎么回事，五分钟后，她觉得她和这个人已经非常接近了。当她把脸转过去的时候，她担心他从后面捉住她的裸露的手臂，吻她的脖颈。他们谈论一些最平常的事情，可是她觉得，他们之间已经是非常接近，这是她和别的男人从来没有的情形。

在无话可说的时刻，阿纳托利瞪着他那鼓眼睛执拗地瞅着她，娜塔莎为了打破沉默，问他是否喜欢莫斯科。娜塔莎问过后，脸红了。她老觉得，她同他谈话是一件不体面的事。阿纳托利笑了笑，似乎在鼓励她。

"起先我不大喜欢，那是因为，一个城市要怎样才讨人喜欢呢？需要有美丽漂亮的女人，您说是吧？但是现在就特别喜欢了，"他说，望着她。"伯爵小姐，您去参加化装赛会吧？一定去，"他说，伸手去摘她戴的花球，压低声音说："您会是最漂亮的。去吧，亲爱的伯爵小姐。"

"他现在会怎么样呢？他不好意思了吧？生气了吧？要不要挽回一下？"她问自己。她不由地回头看了看。她坦率地看了一下他的眼睛，他离她很近，他那自信，他那和善亲切的微笑，战胜了她。她坦率地看着他的眼睛，完全像他那样微微一笑。她又一次恐惧地觉得，他和她之间没有隔膜。

幕又升起了。阿纳托利夫走出包厢，他神态自若并且快活。娜塔莎回到父亲的包厢，她彻底被她置身其间的那个环境所征服了。她眼前发生的一切，她都觉得很自然。

第四幕里出现一个小鬼，他挥动一只手唱歌，一直唱到它脚下的板子被抽掉，它陷了下去。整个第四幕中，娜塔莎心慌意乱，那使她心神不定的原因是库拉金，她忍不住老注意他。当他们从剧院出来时，阿纳托利走到他们跟前，把他们的车叫来，扶着他们上车。在扶娜塔莎时，他握住她肘弯以上的手臂。使得娜塔莎心潮起伏，满脸通红，她转脸看了看他。他两眼发光，含着温柔的微笑，看着她。

回家以后，娜塔莎才能清醒地思考她所经历的一切，她突然想起了安德烈公爵，不禁吓了一跳，在从剧院归来大家围着吃茶的时候，她当着大家的面惊叫一声，满脸通红地跑出去。"我的上帝！我完了！"她对自己说。"我怎么可以这样呢？"她想道。她双手捂着脸，坐了好长时间，极力想弄明白她发生了什么事，她既弄不明白她发生的事，也弄不明白她的感觉是什么。她觉得一切都那么昏暗、模糊和可怕。"这是怎么回事呢？我对他感到惧怕是怎么回事？我现在感到受良心的责备又是怎么回事？"她想。

只有老伯爵夫人一个人是娜塔莎能把她想到的这一切在夜间，在床上对之诉说的。她知道索尼娅有自己的看法，听到她的坦白，要么是不理解，要么就是大惊小怪。娜塔莎想最好是自己解决那使她苦恼的问题。

"我是不是失去了安德烈公爵的爱情呢？她问自己，又带着自慰的嘲笑回答自己："我真傻，我干吗要问这个？我到底发生了什么事？什么事都没发生。我并没有做什么，也没有招惹什么人。不会有人知道，并且我永远不会再见到他，"她对自己说。"这么说来，问题是清楚的，什么事也没发生，没有什么可懊悔的，安德烈公爵会爱我这样的人的。可是为什么要说我这样的人呢？哎呀，上帝，我的上帝！为什么他不在这儿！"娜塔莎安静了一会儿，可是后来又有一种本能告诉她，虽然全部都是真的，虽然什么事都没发生，——可是本能告诉她，以前她对安德烈公爵爱情的纯洁性没有了。于是她把她和库拉金的全部谈话在心里又重温了一遍，回忆那个漂亮、大胆的人在搀扶她的手臂时的面孔、姿态和温柔的微笑。

十一

阿纳托利·库拉金住在莫斯科,是他父亲把他从彼得堡打发来的,他在那儿年年要花掉两万多卢布,此外,他父亲还得替他偿还同样数目的债务。

父亲对儿子说,他最后一次为他偿还一半的债,可是他得去莫斯科做他给他谋的差事——在总司令手下当副官,而且尽力在那儿结一门好亲事。他建议他去攀玛丽亚公爵小姐和朱莉·卡拉金娜。

阿纳托利同意了,他到莫斯科后住在皮埃尔家里。皮埃尔开始不大愿意接待他,但是后来对他也就习惯了,有时同他一块儿狂饮,而且给他钱用,说是借给他的。

申申说得对,阿纳托利一到莫斯科,就把整个莫斯科的太太小姐弄得神魂颠倒,尤其是因为他看不起她们,他显然宁可喜欢茨冈姑娘和法国女演员,据说他和那个挂头牌的演员乔治小姐的关系很密切。他不放过任何一次酒会,他通宵豪饮,酒量过人,出席上流社会所有的晚会和舞会。传说他和莫斯科的太太们闹了几次桃色新闻,在舞会上追求某些太太。但是他同小姐们,特别是同那些多半长得不好看的有钱的未婚小姐们,却不接近,何况阿纳托利两年前结过婚,这件事只有他的几个最亲密的朋友知道。两年前,他的团队在波兰驻扎时,一个不大富裕的波兰地主迫使阿纳托利娶了他的女儿。

阿纳托利很快就抛弃了妻子,他以寄给岳父一笔款子为条件,获得了充当单身汉的权利。

阿纳托利永远是心满意足的,他对自己的地位、对他本人和对其他人都满意。他既没有能力思考他的行为对其他人会有什么影响,也没有能力考虑他这种或者那种行为会有什么结果。他认为鸭子生来就应该生活在水里,而他被上帝创造出来,就应该每年有三万卢布的收入,就应该在社会中占最高的地位。他不论向什么人都借钱,并且显然是不会归还的。

他不是赌徒,至少他从来不想赢钱。他不爱慕虚荣。不管别人对他有什么看法,他都不关心。他更不会被指责贪图功名。他不吝啬,对任何人都是乐于帮助。他只爱一件事,——就是玩乐和女人。

多洛霍夫在经过流放和波斯冒险之后,这一年又在莫斯科出现了。他过着豪赌和狂饮的生活,和彼得堡的老伙伴库拉金打得火热,利用他达到自己的目的。

阿纳托利非常喜欢多洛霍夫的聪明和勇敢,多洛霍夫需要阿纳托利·库拉金的名望、门第和关系做钓饵,以诱使富家子弟加入他的赌帮,他利用他,拿他开心,但却不让他察觉。

娜塔莎给库拉金留下了强烈的印象。在看完戏回来吃晚饭时,他以行家的口气在多洛霍夫面前品评她那手、肩、脚和头发的优点,并且宣布他决心向她求爱。这种追求会有什么结果——阿纳托利不能考虑,也无法知道。

"是漂亮,老兄,但不是为咱们准备的,"多洛霍夫对他说。

"我对妹妹说,让她请她吃饭,"阿纳托利说。"好不好?"

"你最好等她出嫁以后……"

"你知道,"阿纳托利说,"我喜欢小姑娘:她一下子就晕头转向了。"

"你已经为一个小姑娘吃过亏了,"多洛霍夫知道阿纳托利结过婚,说。"要当心。"

"不会有第二次了! 是吧?"阿纳托利说着,大笑起来。

十二

看戏的第二天,罗斯托夫一家没有出门,也没有人来访。玛丽亚·德米特里耶夫娜背着娜塔莎跟她父亲密谈什么。娜塔莎猜想他们是在谈老公爵,这使她感到不安和屈辱。她每时每刻都在等着安德烈公爵,这一天两次派管家到弗兹德维仁卡去打听他的消息。他还没有到。她此刻比刚来的时候心情更沉重了。除了烦躁和对他的思念外,又加上跟玛丽亚公爵小姐和老公爵会见的令人不快的回忆,以及她弄不明的恐惧和不安。她总觉得,要么他永远不会来了,要么在他没有到来以前,她会出点什么事。她已经不能像从前那样安静地、一个人悄悄地思念他了。刚一想到他,在对他的回忆中就伴随着对玛丽亚公爵小姐、对老公爵、对上次的观剧、对库拉金等等的回忆。她向自己提出一个问题,她是不是问心有愧,她对安得烈公爵的忠实是不是被毁掉了,她又极力仔细回忆那个在她心中引起可怕的感情的人的每句话,每个姿势,脸上表情的每个细微的变化。在家里的人眼中,娜塔莎显得比平常更为活跃,其实她远不如以前那么安静和幸福了。

星期天早上,玛丽亚·德米特里耶夫娜请客人们去做午前祈祷。

"我不喜欢那些时髦的教堂,"她说,她以她的自由思想而骄傲。"上帝只有一个。咱们教区的司祭堂堂正正地服务,连助祭也是一样。在唱诗班里举行音乐会,哪还谈得上什么神圣? 我不喜欢,真是胡闹!"

玛丽亚·德米特里耶夫娜喜欢星期天,并且把星期天安排得像过节一样。

在做完祈祷回来喝过咖啡以后,在客厅里,仆人向玛丽亚·德米特里耶夫娜禀告,马车已经准备好。她披着专为出门拜访用的讲究的披巾,神色严肃,站了起来,说她要去见尼古拉·安德烈伊奇·博尔孔斯基公爵,去为娜塔莎的事进行说明。

　　玛丽亚·德米特里耶夫娜走后，夏尔姆夫人时装店的一个女裁缝来罗斯托夫家，娜塔莎关上客厅隔壁的房间，开始在那儿试新衣服，她十分喜欢这种消遣。正当她穿上一件上衣，对着镜子回头看看背后是否合身的时候，听见客厅里父亲和一个女人谈得非常起劲，一听见那女人的声音，她脸就红了。这是海伦的声音。娜塔莎还没来得及脱下试穿的衣裳，门就开了，别祖霍娃伯爵夫人走进来，她穿一件深紫色的丝绒高领连衣裙，满脸堆着微笑。

　　"啊，真迷人！"她对满脸通红的娜塔莎说。"真可爱！不行，这太不像话，我亲爱的伯爵，"她对跟着她进来的伊利亚·安得烈伊奇说。"住在莫斯科，怎么能哪儿也不去？不行，我可不能放过您！今天晚上乔治小姐在我那儿朗诵，还有一些其他的人；倘若您不把您那两个比乔治小姐还漂亮的美人儿带去，我就跟您绝交了。丈夫不在家，他到特韦尔去了，要不我就叫他来请你们了。一定去，一定，八点多钟。"她向恭敬地向她行礼的女裁缝点了点头，然后坐在镜旁的扶手椅里，优雅地展开她那丝绒连衣裙的褶子。她兴致勃勃，乱扯个不停，不停地赞赏娜塔莎的美丽。她仔细瞧了瞧她的衣裳，就夸奖起来，同时也夸奖她自己那件从巴黎买来的新衣裳，她劝娜塔莎也做这么一件。

　　"不过，您穿什么都行，可爱的姑娘，"她说。

　　兴奋的微笑始终挂在娜塔莎的脸上。受到这位可爱的别祖霍娃伯爵夫人的夸奖，使她欢喜异常，她简直像一朵鲜花怒放了，尤其因为以前她觉得这位夫人是那么不可接近，那么高贵，而现在对她竟然那么和善。娜塔莎越来越快活，她觉得她几乎爱上了这个美丽、仁慈的女人。而海伦赞美娜塔莎也是出于真心诚意，为的是让她兴奋兴奋。阿纳托求她替他撮合娜塔莎，她就是为这件事来罗斯托夫家拜访的。撮合哥哥和娜塔莎的念头使她很开心。

　　虽然以前她对娜塔莎有宿怨，因为在彼得堡她争去了她的鲍里斯，但是现在她不想这个了，她是以她的方式，希望为娜塔莎做好事。她在离开罗斯托夫家的人们时，把娜塔莎叫到一边。

　　"昨晚哥哥在我那儿吃饭——把我们笑得要死，他什么也不吃，他想您想得直叹气，我的美人儿。他爱您爱得发狂。"

　　娜塔莎听了这话，脸红得发紫。

　　"瞧脸红的，瞧脸红的，"海伦说。"一定要来。就是订了婚也该出去走走。"

　　"如此说来，她知道我订婚了，还有她和丈夫，和皮埃尔，和那个好人皮埃尔谈过而且笑过这件事了。看来，没有什么关系的。"娜塔莎想。"她是一位了不得的人，这么可爱，看来她是真心疼爱我，"娜塔莎想。"那么，为什么不去散散心呢？"娜塔莎睁大一对吃惊的眼睛望着海伦这样想。

　　吃中饭的时候，玛丽亚·德米特里耶夫娜回来了，她一言不发，神色严肃，很明显在老公爵那儿吃了败仗。她很激动，她没法心平气和地谈那件事。她回答伯爵的问题时只说，一切顺利，明天再说。听说别祖霍娃伯爵夫人来访，而且邀请去赴晚会，玛丽亚·德米特里耶夫娜说：

"我讨厌和别祖霍娃打交道，你们最好也少和她来往；既然已经答应了，那就去吧，散散心，"她对娜塔莎补上了一句。

十三

伊利亚·安德烈伊奇伯爵带着两个姑娘去访别祖霍娃伯爵夫人。晚会上人不少。但是这些人娜塔莎差不多都不认识。伊利亚·安德烈伊奇伯爵发现在场的人多数是一些以行为不检著称的男男女女，心中不甚兴奋。乔治小姐站在客厅的一角，被一群青年包围着。伊利亚·安德烈伊奇决定不参加牌局，一步不离两个女儿，等乔治小姐的表演一完，就告辞。

阿纳托利守在门口显然是在等罗斯托夫家的人。他和伯爵问好以后，立刻走近娜塔莎，跟在她后面。娜塔莎一见他，心中就充满了在剧院中有过的那种感觉——由于他喜欢她而得到虚荣心的满足，可是又为她和他之间没有道德的隔膜而恐惧。

海伦兴奋地招待娜塔莎，对她的美貌和打扮大加赞美。他们来到不一会儿，乔治小姐出去换装。人们在客厅里摆好椅子，都就了坐。阿纳托利给娜塔莎移近一把椅子，他想坐在旁边，可是留神看着娜塔莎的伯爵在她身旁坐了下来。阿纳托利在她身后坐下。

乔治小姐出来，两只赤裸的粗胳膊有两个小窝窝，一边肩上披着红披巾。

乔治小姐阴郁地环顾了一下听众，然后用法文朗诵一首诗。她有时声音高昂，有时庄严地仰起头低语，有时停顿一下，转着眼珠子发出难听的声音。

"美极了！太棒了！"四面八方喊起来。娜塔莎望着胖胖的乔治，什么也没听见，也没看见，也不明白她面前发生的事；陷入了一个奇异的、疯狂的世界，在这个世界，没法知道什么是好的，什么是坏的，什么是合理的，什么是疯狂的。阿纳托利坐在她后面，她惊恐地等待着将要发生什么事。

第一段独白之后，大家都站起来，围住乔治小姐向她表示他们的喜悦。

"她真漂亮！"娜塔莎对父亲说，她父亲和大家一块儿站起来，向女演员走过去。

"我不这样认为，因为我看见了您，"阿纳托利跟在娜塔莎后面说。"您美极了……自从我看见您，我就不停地……"

"来呀，来呀，娜塔莎，"伯爵转回来叫女儿。"她真漂亮！"

娜塔莎沉默不语，向父亲走去，用惊异的目光望着他。

朗诵过几次后，乔治小姐走了，别祖霍娃伯爵夫人请大家到大厅里去。

伯爵想告辞,可是海伦央求不要破坏她的即兴舞会。罗斯托夫和女儿们留了下来。阿纳托利请娜塔莎跳华尔兹,在跳舞的时候,他紧紧搂着她的腰,握着她的手,对她说,她很迷人,他爱她。在跳苏格兰舞时,她又和库拉金一起跳,当他们俩独自在一起时,阿纳托利只是静静地看着她。娜塔莎疑心在跳华尔兹舞时他对她说的话是在做梦。在跳完第一圈时,他又紧紧握她的手。娜塔莎向他抬起吃惊的眼睛。

"别对我说这种话吧,我已经订婚了,爱着另外一个人,"她急忙说……看了他一眼。阿纳托利神色镇静,也不因她说了这话而烦恼。

"别对我说这个吧,要我怎么办呢?"他说。"我说,我爱您爱得发疯,发疯,您是如此迷人,难道是我错吗?……该我们跳了。"

娜塔莎高兴愉快,而又惴惴不安,睁大吃惊的眼睛环顾四周,她好像比平常更快活。她差不多完全不理解这天晚上发生的事。跳完苏格兰舞和格罗斯法特舞父亲劝她回家,她请求再玩一会儿。不论她在哪儿,不论和谁谈话,她总觉得他在看她。后来她告诉父亲她到化妆室去整整衣裳。在小起居室里碰见了阿纳托利,只有他们俩在一起,阿纳托利握住她的手,用温柔的声音说:

"我无法去找您,可是,难道我永远见不到您了? 我发疯地爱您。难道就永别了? ……"他挡住她的去路,把他的脸挨近她的脸。

"娜塔莉?!"他的声音很低沉,"娜塔莉?!"

"我什么也不清楚,我没有什么可说的,"她的眼神这样说。

滚烫的嘴唇紧贴到她的嘴唇上,就在这瞬间,她觉得她又自由了,室内传来海伦的脚步声和衣服的窸窣声。娜塔莎转脸看了看海伦,她面红耳赤,浑身打战,她看了他一眼,就向门口走去。

"我只说一句话,"阿纳托利说。

她停住了。

"娜塔莉,只说一句话,"他一直重复这句话,看来他不知说什么好。

海伦和娜塔莎又回到客厅里。罗斯托夫和女儿们没有留下吃晚饭就走了。

回到家里,娜塔莎一整夜没有入睡,一个无法解决的问题折磨着她,她爱谁:爱阿纳托利还是爱安德烈? 她爱安德烈公爵——她清清楚楚地记得她是十分强烈地爱他。可是她也爱阿纳托利,这也是真的。"否则,这一切怎么会发生呢?"她想。"在分别的时候,我既然能够对他的微笑也报以微笑,我既然能够听任发生的那种事,那就是说,从见面时起我就爱他。那就是说,他善良、高尚、美好,令人无法不爱他。我爱他,又爱另外一个,这可叫我怎么办呢?"她对自己说。对这些可怕的问题她找不到答案。

世界传世藏书

世界十大名著

· 战争与和平 ·

图文珍藏版

十四

早上过去了。大家都起身,活动,谈话,女裁缝又来了,玛丽亚·德米特里耶夫娜又出来了,又招呼人们吃茶点。娜塔莎眼睛睁得大大的,似乎要拦截每一个投向她的目光,心神不定地看所有的人,极力做得和平时一样。

用过早点后,玛丽亚·德米特里耶夫娜在她的扶手椅里坐下,把娜塔莎和老伯爵叫到面前。

"听我说,朋友们,现在我把问题全部考虑过了,我给你们的劝告是这样的,"她开始说。"你们知道,昨天我到尼古拉公爵家去了;我和他谈了谈……他竟然嚷嚷起来。嚷嚷吓不倒我!我全对他说了!"

"那么他如何说呢?"伯爵问。

"他能说什么?狂妄自大……他听都不想听;咳,有什么可谈的,咱们已经把可怜的姑娘折磨得够了,"玛丽亚·德米特里耶夫娜说。"我的忠告是,办完事情就回家了,回到奥特拉德诺耶……在那儿等着……"

"哎呀!不行!"娜塔莎喊道。

"不,应该回去,"玛丽亚·德米特里耶夫娜说。"在那儿等着。倘若你的未婚夫现在就来——少不了要争吵,他独自同老头子把问题全说清楚了,然后再到你们那儿去。"

伊利亚·安德烈伊奇赞成这个建议,认为这个建议合理。倘若老头子心软了,那就更好了,那时再到莫斯科或者童山去见他;倘若不呢,那么只好违背他的意志在奥特拉德诺耶举行婚礼。

"很正确,"他说。"我很懊悔去见他,而且把她也带了去,"老伯爵说。

"有什么可懊悔的?既然来了,就得表示一下敬意。说到他不愿意,那是他的事,"玛丽亚·德米特里耶夫娜一面说,一面在钱包里找东西。"嫁妆已经准备好了,你们还等什么;没准备齐的东西,我派人给你们送去。虽然我舍不得你们,但还是走了好,上帝保佑。"她在钱包里找到了要找的东西,递给娜塔莎。这是玛丽亚公爵小姐的信。"是她写给你的。她很难过,可怜的人儿!她怕你认为她不喜欢你。"

"她就是不喜欢我,"娜塔莎说。

"别说蠢话了,"玛丽亚·德米特里耶夫娜大喝一声。

"我谁都不信;我知道她不喜欢我,"娜塔莎接过信,大胆地说,她脸上有一种坚决的表情,使得玛丽亚·德米特里耶夫娜更加留心地看了看她,并且皱起了眉头。

"别那样跟我说话吧,我的小姐,"她说。"我说的是实话,要回她信。"

娜塔莎没有答话，就回到房里看玛丽亚公爵小姐的信去了。

玛丽亚公爵小姐写道，因为她们之间发生的误会，她深感失望。不管她父亲的感情如何，玛丽亚公爵小姐说，她请娜塔莎相信，她爱她，因为她是她的哥哥选中的，为了哥哥的幸福她可以牺牲一切。

"其实"她写道，"您不要以为我父亲对您没有好感。他是有病的老人，要原谅他；他是慈善的，大度的，他绝对会疼爱给他儿子以幸福的人。"玛丽亚公爵小姐请求娜塔莎定一个时间，她和她再会一次面。

读完信，娜塔莎在书桌前坐下来写回信。但是在昨天发生了那一切以后，她还能写什么呢？"是的，是的，发生了那一切以后，现在已经根本不同了。"她对着刚写了个开头的信，坐在那儿想。"应该跟他决裂吗？真的得这样吗？这太可怕了！……"为了逃避这些可怕的念头，她去找索尼娅，和她一起挑选刺绣的花样。

午饭后，娜塔莎回到自己的卧室，又拿起玛丽亚公爵小姐的信。"难道事情就这样完了吗？"她想道。"难道这一切来得这么快，而从前的一切都毁灭了吗？"她像过去一样十分强烈地回忆她对安德烈公爵的爱情，但同时又觉得她爱库拉金。她想象自己当了安德烈公爵的妻子，一再地想象和他婚后幸福的情景，同时又想起昨天同阿纳托利会见的每个细节，她激动得浑身发烧。

"为什么这事不能两全呢？"有时，她完全糊涂地想。"只有那样我才能真正幸福，而现在我得选择，两者缺少一个，我都不会有幸福。不过有一样，"她想道，"把所发生的事情告诉安德烈公爵或者瞒着他——同样都不可能。但是对于那个人，不会有什么伤害。但是，难道我真的就割断那使我享受了很久的幸福的安德烈公爵的爱情吗？"

"小姐"，一个使女走进房来，带着神秘的神情低声说。"有个人叫我交给您。"使女递给娜塔莎一封信。"但是，看在基督面上……"使女又说，娜塔莎不加思索地、机械地拆开信封，开始读阿纳托利的情书，可是她一个字也没读懂，只知道这是他的信，是她所爱的那个人的信。"是的，她爱他，不然的话，怎么会发生已经发生的事呢？她手里怎么能有他写来的情书呢？"

娜塔莎用颤抖的双手拿着多洛霍夫为阿纳托利代笔写的热情洋溢的情书，她读着，觉得她从其中找到了她所感到的一切的回声。

"从昨天晚上起，我的命运就决定了：要么得到您的爱，要么死去。我没有别的出路，"这是信的开头。然后写道，他知道她的父母不会同意，这其中有难言的原因，可是，倘若她爱他，那么，她只要说一个是字，任何人间的力量都不能妨碍他们的幸福。爱情可以战胜一切。他可以秘密地把她带到天涯海角。

"是的，是的，我爱他！"娜塔莎想，她把信读了二十遍，从每字每句里寻找特别深刻的意义。

那天晚上玛丽亚·德米特里耶夫娜要到阿尔哈罗夫家去，希望两位姑娘同她一起去,娜塔莎借口头痛,留在家里。

十五

索尼娅深夜回来,走进娜塔莎的房间一看,吃了一惊,她发现娜塔莎和衣睡在沙发上。在她旁边桌上放着阿纳托利的信。

她一面读,一面细细察看正睡着的娜塔莎,在她脸上寻找她读过信后的反应,不过没有找到。脸是安静的、温和的、幸福的。索尼娅由于害怕和激动,脸色苍白,浑身打战,她憋得难过,紧抓住胸口,在扶手椅里坐下,泪水直流。

"我怎么一点也没看出来?这件事怎么弄到这步田地?难道她不爱安德烈公爵了吗?她怎么可以让库拉金这样干?他是骗子,是恶棍,这是一目了然的。尼古拉倘若知道这件事,他会怎么样?可爱的、高尚的尼古拉会怎么样?前天、昨天、今天,她的脸上露出不安的、坚决的和不自然的表情,原来就是因为这个,"索尼娅想道。"可是,她不可能爱他!或许她不知道是谁的信就拆开了。或许她感到受辱了。她不可能干这种事!"

索尼娅擦了擦眼泪,走到娜塔莎跟前,又细看她的脸。

"娜塔莎!"她说,声音低得几乎听不见。

娜塔莎醒了,她看见了索尼娅。

"啊,你回来了?"

娜塔莎温柔地拥抱女友。可是一看到索尼娅的神情惶惑不安,娜塔莎也惶惑不安和怀疑起来。

"索尼娅,你看了那封信了?"她说。

"看了,"索尼娅轻淡地回答说。

娜塔莎热情洋溢地微微一笑。

"不,索尼娅,我再也不能了!"她说。"我再也不能瞒着你了。告诉你吧,我们相爱!索尼娅,亲爱的,是他的信……索尼娅……"

索尼娅简直不相信自己的耳朵,睁大眼睛望着娜塔莎。

"那博尔孔斯基呢?"她说。

"哎呀,索尼娅,哎呀,你不知道我是多么快活!"娜塔莎说。"你不懂什么是爱情……"

"不过,娜塔莎,难道那一切都完了吗?"

娜塔莎把眼睛睁得大大的望着索尼娅,似乎不理解她的问话。

"这么说来,你要跟安德烈公爵断绝关系了?"索尼娅说。

"咳,你什么也不明白,别说蠢话啦,你听我说,"娜塔莎显出一瞬间的烦恼,说。

"不，我不能相信这件事，"索尼娅说。"我不明白。你整整一年爱着一个人，怎么突然间……你才见过他三次。娜塔莎，我不相信你说的，你是在胡闹。过不了三天你就全忘了……"

"三天，"娜塔莎说。"我觉得我早已爱他一百年了。我觉得在爱他之前，我没爱过任何人。你不能理解这个。索尼娅，别着急，你坐下来。"娜塔莎搂着她，吻她。"我听人家说，这种事是常有的，你可能也听说过，但是，我直到现在才体会到这种爱情。这跟以前的不同。我刚一看见他，就觉得他是我的主宰，我是他的奴隶，我无法不爱他。是的，奴隶！凡是他命令我的，我就照办。你不懂得这个。我有什么办法？索尼娅，你看我怎么办？"娜塔莎脸上带着幸福的表情说。

"可是你想一想你干的什么事，"索尼娅说，"我不能放任不管。秘密传递书信……你怎么能让他这样干？"她说。

"我对你说了，"娜塔莎回答，"我已经身不由己，你怎么不理解这个：我爱他！"

"我不能容许这种事，我要对人说，"索尼娅的眼泪夺眶而出，她喊叫起来。

"你怎么了，看在上帝的分上……你要对人说，你就是我的敌人，"娜塔莎说。"你是想叫我不幸，你是想把咱们俩分开……"

一见娜塔莎吓成那个样子，索尼娅哭了，为女友流下羞耻和惋惜的泪水。

"你们之间到底是怎么回事？"她问。"他对你说了什么？他为什么不到家里来？"

娜塔莎没有回答她的问题。

"看在上帝分上，索尼娅，你别告诉任何人，不要使我痛苦，"娜塔莎劝她说。"你要知道，这种事情是不能干涉的。我已经对你讲明白了……"

"但是为什么要保密呢？他为什么不到家里来呢？"索尼娅问。"如果真是那样的话，为什么他不公开向你求婚呢？安德烈公爵不是给了你完全的自由吗？这事我不相信。娜塔莎，你想想，可能有什么不可告人的原因？"

娜塔莎用惊奇的眼神望着索尼娅。看来，她还是第一次想到这个问题，她不知如何回答。

"什么原因，我不知道。反正有原因！"

索尼娅叹了一口气，不相信地摇了摇头。

"倘若有原因的话……"她开始说。但是娜塔莎看出了她的怀疑，惊慌地打断了她的话。

"索尼娅，不能怀疑他，不能，不能，你懂不懂？"她喊道。

"他爱你吗？"

"他爱我吗？"娜塔莎又说了一遍，对女友缺乏理解力露出惋惜的微笑。"你不是读过他的信，见过他吗？"

"倘若他不是一个正派人呢?"

"他……不正派?你能了解就好了!"娜塔莎说。

"倘若他是个正派人,那么他要么宣布他的意图,要么就不再和你见面;倘若你不愿意去办,那么我来办,我来给他写信,我去告诉爸爸,"索尼娅坚决地说。

"但是没有他,我就活不下去!"娜塔莎喊道。

"娜塔莎,我不知道你。你说的什么话!你想一想父亲和尼古拉吧。"

"我不需要任何人,除了他,我谁也不爱。你怎么敢说他不正派?难道你不知道我爱他吗?"娜塔莎喊道。"索尼娅,你走吧,我不想和你吵架,你走吧,看在上帝分上,走吧:我多么痛苦,你是看见的,"娜塔莎气势汹汹地喊道,极力压住她那激怒的、绝望的声音。索尼娅大哭起来,从房里跑出去。

娜塔莎走到桌前,干净利落地给玛丽亚公爵小姐写了她一清早都没写成的回信。她在信中简短地写道:她们之间的误会消除了,承蒙安德烈公爵出国时给她自由的厚意,她请公爵小姐忘掉一切,倘若她有对不起公爵小姐的地方,请她原谅,但是她不能做他的妻子了。现在,在她看来,一切都是这么简单明了,轻而易举。

罗斯托夫家的人打算星期五回乡下,伯爵星期三同一个买主到近郊他的田庄去了。

在伯爵出城那天,索尼娅和娜塔莎被邀请去赴库拉金的盛大宴会,玛丽亚·德米特里耶夫娜带她们去。在宴会上,娜塔莎又遇见阿纳托利,索尼娅看见,娜塔莎正和他说什么,不想让人听见,并且在整个宴会期间比以前更激动了。她们回家后,娜塔莎主动向索尼娅做了解释,这正是索尼娅所希望的。

"索尼娅,你对他还说三道四呢,"娜塔莎说,"今天我们两个做了一番解释。"

"嗯,怎么样?他说什么了?娜塔莎,我很兴奋,你没有生我的气。把一切,把所有的真实情况都和我说吧。他说什么了?"

娜塔莎沉思起来。

"哎呀,索尼娅,你倘若能像我一样了解他就好了!他说……他问我是如何应许博尔孔斯基的。当他听说我有回绝博尔孔斯基的自由,他十分兴奋。"

索尼娅忧心忡忡地叹了一口气。

"不过你并没有回绝博尔孔斯基呀?"她说。

"也许我早已回绝了呢!也许我和博尔孔斯基的事已经一刀两断了。为什么你把我想得这么坏?"

"我什么也没想,我只是不明白……"

"索尼娅,不用着急,你会全明白的。你会知道他是一个怎样的人的。不管是对我还是对他,你都不要往坏处想。"

"我对谁也不往坏处想:我对谁都喜爱,对谁都怜悯。但是我应该怎么办呢?"

索尼娅并没有因为娜塔莎跟她说话时所用的那种温柔的腔调而让步。娜塔莎脸上的表情越是温顺,越是讨好,索尼娅的表情就越是严肃和严厉。

"娜塔莎,"她说,"你叫我不要跟你讲话,我就不讲,现在是你自己先讲了。娜塔莎,我对他不信任。为什么要这么秘密?"

"又来了,又来了!"娜塔莎打断她的话。

"娜塔莎,我为你担心。"

"有什么可担心的?"

"我担心你会毁了自己,"索尼娅果断地说,连她自己都为她居然说出这样的话而吃惊。

娜塔莎的脸上又露出愤恨的表情。

"我毁掉,毁掉,我尽快毁掉自己。与您无关。该倒霉的不是您,是我。别管我,别管我。我恨你。"

"娜塔莎!"索尼娅惊惶地喊了一声。

"我恨你,我恨你! 你是我不可调和的敌人!"

娜塔莎从房里跑出去。

娜塔莎不再跟索尼娅讲话了,而且总是躲着她。她带着心神不安的惊奇和犯罪的表情在屋里走来走去,时而做这,时而做那,但是什么也做不成。

索尼娅虽然心里十分难过,但是她仍旧目不转睛地监视着她的女友。

在伯爵回来的前夕,索尼娅看见娜塔莎整个早上都坐在客厅的窗口,好像在等待什么,她对一个坐车经过的军官打手势,索尼娅认为那个军官就是阿纳托利。

索尼娅更加留心地观察她的女友,她发现娜塔莎在吃饭的时候和晚上精神状态古怪,不自然。

吃过茶以后,索尼娅看见一个畏畏缩缩的使女守候在娜塔莎门前。索尼娅让她进去,随后她停在门旁偷听,知道又送进了一封信。

索尼娅忽然明白了,娜塔莎今晚有一个可怕的计划。索尼娅敲娜塔莎的门。娜塔莎不让她进去。

"她要和他私奔!"索尼娅心里想。"她什么都做得出。今天她脸上有一种特别哀怨和坚决的神情。跟舅舅告别时,她哭了,"索尼娅回想。"对了,她肯定要和他私奔,——我怎么办呢?"她想,又想起一些显然表明娜塔莎有某种可怕意图的迹象。"伯爵不在。我怎么办呢? 给库拉金写信,要求他解释吗? 可是谁能叫他非回答不可呢? 给皮埃尔写信,安德烈公爵不是说在遇到不幸时才这样做吗? ……但是,或许她真的已经回绝了博尔孔斯基。偏偏舅舅不在!"

告诉对娜塔莎非常信任的玛丽亚·德米特里耶夫娜么,索尼娅觉得那太可怕了。

"但是无论如何,"索尼娅站在黑暗的走廊里想,"一定要抓住这个机会表明我没有忘记他家对我的恩情,表明我爱尼古拉。不行,哪怕我三天三夜不睡觉,我也不离开这条走廊,拼命也不能放她走,不能让他们家蒙受耻辱,"她想。

十六

阿纳托利近来搬到多洛霍夫那儿。拐走罗斯托娃的计划由多洛霍夫考虑和准备了好几天了,索尼娅在娜塔莎门前偷听并决定保护她的那天,这个计划正在付诸实现。娜塔莎答应晚上十点钟在后门与库拉金会合,库拉金事先准备好一辆三套马车,把她拉到离莫斯科六十俄里的卡缅卡村,那里有一个被免职的司祭给他们举行婚礼,在卡缅卡村备有换乘的马匹,再把他们送到华沙大路,然后再乘驿车逃往国外。

阿纳托利有护照,有驿马使用证,有从他妹妹那儿拿来的一万卢布,外加多洛霍夫替他借来的一万卢布。

两个证婚人中一个名叫赫沃斯季科夫,这个退职的小官吏是专为多洛霍夫的赌局跑腿的;另一个是退役的骠骑兵马卡林,这个和善软弱的人对库拉金抱有无限的敬爱。

多洛霍夫的大书房从墙壁到天花板挂满了波斯挂毯、熊皮和武器,多洛霍夫身穿旅行短袄和高筒靴,在书房里坐在放着算盘和钞票的书桌旁。阿纳托利敞着制服,从坐着证婚人的那间屋出来,穿过书房向后面一间房走去,他的仆人正在收拾东西。多洛霍夫在数钱和登记什么。

"我说,"多洛霍夫说,"得给赫沃斯季科夫两千。"

"那就给吧,"阿纳托利说。

"马卡林这个人为你赴汤蹈火,分文不取。你看,账就这样清了,"多洛霍夫拿账单给他看,说。"对不对?"

"对,当然对,"阿纳托利说,他并没有听多洛霍夫说话,笑容始终不离他的脸,只顾向自己的前面望着。

多洛霍夫砰的一声关上书桌盖,带着嘲讽的微笑向阿纳托利转过身来。

"我看,这件事还是拉倒吧;现在还有时间!"他说。

"笨蛋!"阿纳托利说。"别说废话了。你知道什么……谁也不知道这是怎么回事!"

"说真的,拉倒吧,"多洛霍夫说。"我跟你说正经的。你打的这个主意,你当是闹着玩的？"

"又来了，又来逗我了？见你的鬼去吧！呃？……"阿纳托利皱着眉头说。"说真的，现在哪有时间开这种愚蠢的玩笑。"于是他走出屋去。

多洛霍夫看见阿纳托利走出去，轻蔑而宽恕地笑了笑。

"你等一下，"他望着阿纳托利的背影说，"我不是闹着玩，我是说正经的，回来，回来。"

阿纳托利又走进来，集中全力望着多洛霍夫，显然情不自禁地对他服服帖帖。

"你听我说，我最后一次告诉你。我跟你开什么玩笑？我什么时候和你闹过别扭？是谁为你安排这一切的？是谁找到司祭的？是谁弄到护照的？是谁借到钱的？都是我。"

"那就谢谢你啦。你以为我不感激你吗？"阿纳托利叹口气，拥抱了多洛霍夫。

"我帮助你，但是我仍旧要对你说实话：这件事是十分危险的，细想起来，还是一件蠢事。你把她拐走，很好。但是，人家会就此甘休吗？你结过婚，人家会打听出来的。那样就要把你告到刑事法庭……"

"哎呀！废话，废话！"阿纳托利又皱起眉头，说。"我不是跟你说过了吗？"于是阿纳托利带着蠢人对他们用自己的头脑得出的结论特别的偏爱，重述对多洛霍夫已经说了一百遍的论断。"我已经对你说过了，我的结论是：倘若这桩婚事无效，"他屈起一个指头，说，"那么我就没有责任；倘若有效，那也同样没问题：反正在国外不会有人知道，你说是不是？别说了，别说了，别说了！"

"真的，拉倒吧！你只能给自己找麻烦……"

"见你的鬼去吧，"阿纳托利说，他抓住头发走到别的房间去了，但是立刻又转回来，盘起两腿坐在多洛霍夫面前的扶手椅里。"谁知道这是怎么回事！啊？你瞧跳得多厉害！"他拿起多洛霍夫的手贴在自己胸口上。"啊！那双俊脚，那双传神的眼睛！是吧？"

多洛霍夫露出冰冷的微笑，两只秀美而傲慢的眼睛炯炯发光，他看看阿纳托利，很明显想再拿他开开心。

"钱花完了，那时怎么办？"

"那时怎么办？啊？"阿纳托利又重复说，一想到未来，他的确感到两眼漆黑。"那时怎么办？我不知道……为什么要说这些废话！"他看了看表。"到时候了！"

阿纳托利到后面的房间去了。

"喂，快好了吧？你们拖拉什么！"他向仆人呵斥道。

多洛霍夫把钱收起来，叫人把上路前吃的酒菜拿来，然后就到证婚人赫沃斯季科夫和马卡林呆的房间去了。

阿纳托利在书房里撑着胳膊躺在沙发上,用手托着头,沉思地微笑着。

"来吃点东西。喝一杯!"多洛霍夫从另一间屋里向他喊道。

"我不要!"阿纳托利回答,仍然带着微笑。

"来吧,巴拉加来了。"

阿纳托利站起来,走进餐室。巴拉加是著名的三驾马车车夫,他认识多洛霍夫和阿纳托利并用他的三驾马车服务他们已经有六个年头了。当阿纳托利的团驻在特韦尔的时候,他不止一个晚上从特韦尔拉着他出发,天亮就赶到莫斯科,第二天夜里再把他拉回来。他许多次拉着多洛霍夫逃脱追逐,许多次拉着茨冈女人和"风骚娘儿们"在莫斯科街上兜风。他许多次为他们赶车时在莫斯科街上冲撞行人和别的马车夫,而他的老爷(他这样称呼他们)常常搭救他。他为他们赶死了不止一匹马。他不止一次挨他们的打,他们不止一次灌他香槟酒和他所喜爱的马德拉酒,他知道他们所干的每件胡闹的事,如果是一个普通老百姓干的话,早就该被流放到西伯利亚了。他们在豪饮的筵席上常常把巴拉加叫来,硬灌他酒,叫他跟着茨冈女人跳舞,他们经他的手花掉不止上千的卢布。他伺候他们,一年就有二十来次冒生命危险和吃皮肉之苦,为了他们的事,累死了那么多匹马,他们虽然多给他钱也抵偿不了。可是他喜爱他们,爱那种每小时十八俄里的疯狂的驰骋,爱撞翻马车,压倒行人,在莫斯科街上风驰电掣地飞奔。在已经不能跑得再快的时候,他爱听那醉酒的嗓音在他身后发出粗野的狂叫:"快!快!";他爱在那吓得面无人色、已经给他们让路的乡下人的脖子上痛打一鞭。"这才是真正的老爷!"他心里说。

阿纳托利和多洛霍夫也喜爱巴拉加,喜爱他那赶车的技术,喜爱他和他们有相同的爱好。巴拉加拉别的客人都讲价钱,两小时二十五卢布,并且多数情况下让他的伙计去赶,他自己只是偶尔亲自出马。可是对他称之为老爷的人们,总是亲自侍候,并且从来不索取代价。只是从侍仆那儿打听到他们有钱的时候,他才在几个月内有一次去找他们,每次去都是在早上没有醉酒的时候,进门就深深地鞠躬,要求救救他。老爷们总是请他坐下。

"您真的要救救我,费奥多尔·伊万内奇老爷,大人,"他说。"我连一匹马都没有了,您能借我多少就借多少,我好去赶赶集。"

阿纳托利和多洛霍夫手头有钱的时候,就给他一两千卢布。

巴拉加是一个二十七岁的汉子,头发淡褐色,红脸膛,脖子十分红并且粗,矮个子,翘鼻子,两只小眼炯炯放光。他穿皮袄,外套一件绸里子的很讲究的青灰色长外衣。

他向门对面的墙角画了十字,随后向多洛霍夫走过去,伸出一只小黑手。

"费奥多尔·伊万诺维奇!"他一面说,一面鞠躬。

"你好,老伙计。他来了。"

"你好,大人,"他向走进来的阿纳托利说,也向他伸出手来。

"你听我说,巴拉加,"阿纳托利把两手放在他肩上,说,"喜欢我不喜欢?嗯?现在是该你帮忙的时候了……你套的什么马?呃?"

"就按照您吩咐的,把您那专用的马套上了,"巴拉加说。

"喂,你听着,巴拉加!就是把三匹马都累死,也要在三小时内跑到地方。嗯?"

"累死了,那还怎么赶路?"巴拉加眨着眼说。

"当心我打烂你的狗脸,别开玩笑!"阿纳托利忽然瞪起眼睛喊道。

"哪敢开玩笑,"车夫笑着说。"为了老爷们,我何时心疼过马?马能跑多快,就让它跑多快。"

"啊!"阿纳托利说。"好,坐下吧。"

"坐吧,坐吧!"多洛霍夫说。

"我站一会儿,费奥多尔·伊万诺维奇。"

"坐下来,少废话,来喝一杯,"阿纳托利说,给他倒了一大杯马德拉酒。车夫一看见酒,眼睛就亮了。他推让一番后,就喝干了。

"什么时候出发,大人?"

"我看……这就走。巴拉加,要小心。怎么样?赶得到吗?"

"那就要看咱们出行是不是交了好运,否则怎么会跑不到啊?"巴拉加说。"咱们七个小时就赶到了特韦尔。或许您还记得,大人。"

"你知道吧,有一年圣诞节从特韦尔出发,"阿纳托利带着回忆的微笑对马卡林说,马卡林两眼睁得圆圆的,温顺地望着库拉金。"你信不信,马卡尔卡,我们飞奔,真叫人喘不过气来。遇见了大车队,我们就从两辆大车上压过去。是吧?"

"那几匹马真了不得!"巴拉加接着讲下去。

十七

阿纳托利从屋里出去,几分钟后又转回来,他身穿束着银腰带的皮袄,威武地歪戴着貂皮帽子,与他那俊秀的脸十分相称。他照了照镜子,手里端着一只酒杯。

"喂,费佳,别了,为了一切,多谢啦,别了,"阿纳托利说。"喂,伙伴们,朋友们……"他沉思了一下……"我青春时代的……别了,"他对马卡林和别的人说。

虽然大家都是要和他一起走的,但是阿纳托利很想对伙伴们说得既动人又庄严。他挺起胸脯,摇晃着一只脚,提高嗓门,慢吞吞地说:

"都举起杯来;巴拉加,你也来。我青春时代的伙伴们,朋友们,咱们玩也玩过了,乐也乐过了,福也享过了。是吧?今日一别,何时相见?我就要到国外去了。我们有过一段欢乐的日子,别了,弟兄们。祝诸位健康!乌拉!……"他干了一杯,把酒杯摔到地上。

"祝你健康!"巴拉加说,他也干了一杯。马卡林两眼含泪拥抱阿纳托利。

"唉,公爵,和你分别,我真难过,"他说。

"走了,走了!"阿纳托利喊道。

巴拉加刚想离开房间。

"不,站住,"阿纳托利说。"关上门,大家都坐下。就这么着。"门关上了,大家都坐下来。

"好,现在就出发吧,弟兄们!"阿纳托利站起来说。

仆人约瑟夫把挎包和佩刀递给阿纳托利,大家都走进前室。

"皮大衣在哪儿?"多洛霍夫说。"哎,伊格纳特卡!你去玛特廖娜·马特维耶夫娜那儿,取那件皮大衣,貂皮的。我听人家说过怎样拐走姑娘,"多洛霍夫挤了挤眼说。"她失魂落魄地拼命逃出来,只穿着家里穿的衣裳;你只要一耽搁——她马上又是哭,又是喊爸爸妈妈,很快就冻坏了,闹着非回去不可,——你得赶快用大衣把她裹起来,送到雪橇上。"

仆人拿来一件女式的狐皮大衣。

"笨蛋,我说的是貂皮的。喂,玛特廖什卡,貂皮大衣!"他大喝一声。

一个俊俏、瘦削、脸色苍白的茨冈姑娘,眼睛又黑又亮,乌黑的卷发泛着灰蓝色,披着红围巾,拿着一件貂皮大衣,跑了出来。

"没关系,我舍得的,你拿去吧,"她说,看样子,她舍不得那件貂皮大衣,但是又害怕她的主人。

多洛霍夫没有理她,拿过大衣就往玛特廖莎身上一披,把她裹起来。

"就是这样,"多洛霍夫说。"然后这样,"他说着,把领子绕着她的头竖起来,只在脸前面敞开一点。"然后就这样,看见吗?"他把阿纳托利的头凑近露着玛特廖莎妩媚笑脸的领口。

"好,再见,玛特廖什卡,"阿纳托利一边说,一边吻她。"唉,我在这儿的快活日子完成了!向斯乔普卡问好。好,别了!别了,玛特廖莎,你祝福我吧。"

"上帝保佑您,"玛特廖莎带着茨冈人的口音说。

门前停着两辆三马雪橇,两名剽悍的车夫勒住马。巴拉加坐上前面的雪橇,高高抬起臂肘,沉着地整理缰绳。阿纳托利和多洛霍夫跟着他坐下来。马卡林、赫沃斯季科夫和仆人坐在另一辆雪橇上。

"准备好了吗?"巴拉加问。

"走啦!"他喊了一声,把缰绳缠到手上,很快雪橇就沿着尼基丁林荫大道溜坡往下疾驰而去。

"驾!快,哎!……驾!"只听见巴拉加和坐在前座上的小伙计的喊声。

在波德诺文斯基大街跑了两段路,巴拉加勒住缰绳,又回过头来转了几转,在旧马厩街十字路口停下了。

小伙计跳下车来,阿纳托利和多洛霍夫下了车,沿着林荫道走去。走到一家大门前,多洛霍夫吹响了口哨。有口哨回应他,紧跟着跑出来一个女仆。

"进院子里来吧,要不会被人看见,她马上就出来,"她说。

多洛霍夫在大门口站着。阿纳托利跟着女仆走进院子,绕过墙角,走上门廊的台阶。

玛丽亚·德米特里耶夫娜的随从加夫里洛,一个身材高大的汉子,迎着阿纳托利。

"请您去见太太,"那人低声说。

"见什么太太?你是谁?"阿纳托利气喘吁吁地低声问。

"请进,我是奉命来请的。"

"库拉金!回来!"多洛霍夫喊道。"给人出卖了!回来吧!"

站在小角门的多洛霍夫正跟管院子的搏斗,那个人在阿纳托利进去后想把小角门锁上。多洛霍夫拼命推开管院子的,抓住往外跑的阿纳托利的手臂,把他拽出小角门,两人一起向三马雪橇跑去。

十八

玛丽亚·德米特里耶夫娜碰见索尼娅在走廊里哭泣,她逼索尼娅把一切都说了出来。她抓过娜塔莎的信,读完后,就拿着信去找娜塔莎。

"坏丫头,不要脸的东西,"她说。"你的话我连听都不愿听!"她推开用吃惊而无泪的眼睛望着她的娜塔莎,把她锁在房里,吩咐管院子的人把今晚的来人让进大门,但不要放他们出去,命令仆人把那些人带来见她,交代完了后,她就坐在客厅里等着拐骗的人。

加夫里洛回禀玛丽亚·德米特里耶夫娜说,来的人都逃了,她皱起眉头站起来,背着手在屋里走来走去,思考她怎么办。夜间十一点多钟,她摸了摸衣袋里的钥匙,就到娜塔莎房里去了。索尼娅在走廊里失声痛哭。

"玛丽亚·德米特里耶夫娜,让我进去看看她,看在上帝的分上!"她说。玛丽亚·德米特里耶夫娜没有管她,开了锁,走了进去。"可恶,下流……在我家里,下贱的丫头……我只是可怜她的父亲!"玛丽亚·德米特里耶夫娜努力压住满腔怒火,想道。"无论多么困难,我还是吩咐大家不要声张,瞒着伯爵。"玛丽亚·德米特里耶夫娜迈着坚定的步子走进房间。娜塔莎躺在沙发上,两手捂着脸,一动不动。

"好哇,真好哇!"玛丽亚·德米特里耶夫娜说。"在我家里会情人!装假也没有用。我是和你说话,你听着。"玛丽亚·德米特里耶夫娜摸了摸她的手。"你听我说。你这个丫头把脸丢尽了。我原想给你个好看,但是我可怜你父亲。我隐瞒着。"娜塔莎没有反应,可是由于呜咽,她的整个身子一起一伏。玛丽亚·德米特里耶夫娜转脸看看索尼娅,就在娜塔莎身旁的沙发上坐了下来。

"他从我手里逃脱,算他走运;但是我找得到他,"她粗声粗气地说。"我的话你听见没有?"她把她的大手伸到娜塔莎的脸下面,把她的脸转过来。玛丽亚·德米特里耶夫娜和索尼娅看见娜塔莎的脸全都大吃一惊。她两眼发亮,没有泪水,嘴唇紧闭,两腮下陷。

"别管我……我没什么……我……要死了……"她说,用力地从玛丽亚·德米特里耶夫娜手里挣脱,仍旧像原来那样躺着。

"娜塔莉娅!……"玛丽亚·德米特里耶夫娜说。"我是为你好。你躺着吧,就这样躺着,我不动你,你听着……我不数落你,说你有罪。你自己是清楚的。但是,你父亲明天回来,我对他说什么呢?嗯?"

娜塔莎又哭得全身颤动。

"他会知道的,还有你的哥哥,你的未婚夫!"

"我没有未婚夫,我早已回绝了,"娜塔莎喊道。

"反正都一样,"玛丽亚·德米特里耶夫娜接着说。"他们知道了,会怎样呢,他们会撒手不管吗?要知道他,你的父亲,我了解他,倘若他要求他决斗,那样好吗?嗯?"

"哎呀,别管我啦,为什么你们什么都管!为什么?为什么?谁叫你们来管的?"娜塔莎从沙发上欠起身来,凶狠地瞅着玛丽亚·德米特里耶夫娜,喊道。

"你想要怎么样?"玛丽亚·德米特里耶夫娜又发火了,大喊一声。"把你锁起来了吗?有人不让他到家里来吗?为什么要把你像茨冈姑娘那样给人拐走呢?……好,就说他把你拐走了吧,你以为他们找不到他吗?你的父亲,还有你的哥哥,还有你的未婚夫?他是坏蛋,是流氓,你要知道!"

"他比你们谁都好,"娜塔莎欠身喊起来。"倘若没有你们干涉……哎哟,我的上帝,这是怎么回事,这是怎么回事!索尼娅,到底为什么呀?都走开!……"她大哭起来,哭得十分伤心,只有感到自食其果的人才那样哭。玛丽亚·德米特里耶夫娜又要说话;可是娜塔莎大叫道:"走开!走开!你们都恨我,看不起我!"她又扑倒在沙发上。

玛丽亚·德米特里耶夫娜又数落了娜塔莎一阵,而且嘱咐她,要瞒着伯爵,如果娜塔莎下决心忘掉一切,对任何人都不露出发生什么事,那么就不会有人知道。娜塔莎没有回答。她不再哭了,但是她浑身发冷,老打寒战。玛丽亚·德米特里耶夫娜给她垫上枕头,盖上两床被子,亲自给她拿来菩提花露,娜塔莎一直不理她。

"好,让她睡吧,"玛丽亚·德米特里耶夫娜以为她睡着了,离开房间时这么说。可是娜塔莎没有睡着,仍旧睁着两只大眼睛呆呆地望着前面。娜塔莎整夜未睡,也没哭,也没和索尼娅说话,索尼娅夜里起来几次来到她跟前。

第二天,正像伊利亚·安德烈伊奇伯爵预先说的,快吃早饭的时候,他从莫斯科近郊的田庄回来了。他很兴奋:同买主已经谈妥了,现在再没有什么事使他非得留在莫斯科不可了,也不用跟伯爵夫人过分离的生活了。玛丽亚·德米特里耶夫娜迎接他,告诉他说,娜塔莎昨天极不舒服,请医生看过,已经好多了。这天早上娜塔莎没有出房门。她紧闭着干裂的嘴唇,睁着干巴巴的眼睛,呆呆地在窗口坐着,心神不安地看着街上的行人,匆忙地转脸看走进房来的人。她显然是在等待他的消息,等待他亲自前来或者给她来信。

伯爵进来看她时,她听见男人的脚步声,心神慌乱地转过身来,于是她的脸又恢复了淡漠、甚至愤恨的神情。她甚至没有站起来迎接父亲。

"你怎么了,我的天使,病了吗?"伯爵问。

娜塔莎沉默良久。

"是的,病了,"她回答。

伯爵关心地问她为什么脸色这么难看,是不是她的未婚夫出了什么事,她说没有什么事,请他不要挂心。玛丽亚·德米特里耶夫娜向伯爵证实了娜塔莎的话,说没出什么事。可是从假装生病、从女儿的心神不定、从索尼娅和玛丽亚·德米特里耶夫娜不自然的表情,伯爵清楚地看出,他不在的时候,一定出了什么事;但是他是那么害怕去想他所钟爱的女儿会出什么丢人的事,他是那么珍视他那恬适的心情,他不再细问,竭力使自己相信,并没有出什么特别的事情,只不过女儿健康欠佳因而推迟回乡的日期,使他感到不快罢了。

十九

皮埃尔自从妻子来莫斯科后,就打算到什么地方去,只求不和她在一起。

罗斯托夫家的人到莫斯科不久,娜塔莎给他的印象,迫使他急着去了却他的一桩心愿。他到特韦尔去见约瑟夫·阿列克谢耶维奇的遗孀,她早就答应把亡夫的一些文件交给他。

皮埃尔回到莫斯科时,他接到玛丽亚·德米特里耶夫娜一封信,请他到她那儿去商谈一件有关安德烈·博尔孔斯基及其未婚妻的非常重要的事情。皮埃尔一直躲避着娜塔莎。他觉得,他对她的感情太强烈了,已经超过一个已婚的人对朋友的未婚妻应有的感情。但不知什么命运常常把他和她连在一起。

"出什么事了呢? 他们有什么事和我有关呢?"他一边穿衣,一边想。"安德烈公爵快回来和她结婚就好了!"皮埃尔在去阿赫罗西莫娃家的路上想道。

在特韦尔林荫道上有人叫他。

"皮埃尔! 回来很久了吗? 一个熟悉的声音喊他。皮埃尔抬起头来。在两匹灰色的快马拉着的雪橇里,坐着阿纳托利和他那位形影相吊的朋友马卡林。阿纳托利笔直地坐着,海龙皮领围着下巴颏,微微地低着头。他面色红润鲜亮,歪戴着白羽饰的帽子,露出撒满细雪的、搽过油的卷发。

"是啊,这才真是聪明人!"皮埃尔心里说,"他只管眼前的享乐,此外什么都不能烦扰他,——所以他经常快活、满足、心安理得。只要能够像他那样,我有什么不能舍弃的呢!"皮埃尔羡慕地想道。

在阿赫罗西莫娃的前厅,仆人一边给皮埃尔脱皮大衣,一边说玛丽亚·德米特里耶夫娜请他到她的卧室里去。

推开大厅的门,他看见娜塔莎坐在窗口,她面孔瘦削、苍白、满脸怒容。她转脸看看他,皱起眉头,带着冷若冰霜的神情走出屋去。

"出了什么事?"皮埃尔刚走进玛丽亚·德米特里耶夫娜的房门就问。

"好事儿,"玛丽亚·德米特里耶夫娜回答。"我活了五十八岁,还从来没见过这么丢人的事呢。"皮埃尔发誓不把他所知道的事情说出去后,玛丽亚·德米特里耶夫娜告诉了皮埃尔事情的经过。

皮埃尔听着,耸起肩膀,张着嘴,简直不敢相信自己的耳朵。被安德烈公爵热爱着的未婚妻,从前那么可爱的娜塔莎·罗斯托娃,居然抛弃了博尔孔斯基,而看中笨蛋阿纳托利这个已婚的家伙(皮埃尔知道他结婚的秘密),并且如此爱他,居然同意跟他私奔! ——这是皮埃尔无法理解的。

从娜塔莎小的时候起,皮埃尔对她就有好印象,同现在对她的卑贱、愚蠢和残酷的概念,在他心目中无法调和。他想到了他的妻子。"她们都是同样,"——他一边自言自语,一边在想,有着同坏女人结合的可悲命运的,并不只有他一个人。然而他仍旧痛惜安德烈公爵,痛惜他的自尊心受到损害。他越是怜惜他的朋友,就越是怀着轻蔑甚至厌恶的心情想到娜塔莎。他不知道,娜塔莎的内心充满了失望、羞愧、屈辱。

"怎么说要举行婚礼!"皮埃尔听了玛丽亚·德米特里耶夫娜的话,说。

"他不能结婚了:他已经结过婚了。"

"更糟了,"玛丽亚·德米特里耶夫娜说。"好小子! 好一个坏蛋! 她还在盼他呢,盼了一天多了。必须告诉她,至少她不会再盼他了。"

玛丽亚·德米特里耶夫娜得知阿纳托利结婚的详情后,痛骂了他一顿,以泄心头的愤恨,然后向皮埃尔说明为什么要请他来。玛丽亚·德米特里耶夫娜担心伯爵或者随时都可能回来的博尔孔斯基知道这件事,要求库拉金决斗,所以请他以她的名义命令阿纳托利离开莫斯科,而且不准他在她眼前露面。皮埃尔了解到老伯爵以及尼古拉和安德烈公爵的危险处境,答应按照她的意思去做。她简单明了地说明了她的要求后,就把他让到客厅里。

"当心,伯爵什么都不知道,你也要做得什么都不知道似的,"她对他说。"我去跟她说用不着盼了! 你愿意的话,就留下吃饭吧,"玛丽亚·德米特里耶夫娜向皮埃尔喊了一声。

皮埃尔见到老伯爵。他有些不自然,并且心情烦躁。这天早上娜塔莎已经告诉他,她回绝了博尔孔斯基。

"真糟,真糟,"他对皮埃尔说,"这些没娘的女孩子真难办;我非常后悔这次到这儿来。我对您无话不谈。您可听说过,跟谁都没商量就回绝了未婚夫。虽然我对这门亲事并不多么称心。虽然他是一个好人,但是违反父亲的意志是不会有幸福的,说实在的娜塔莎并不愁没有求婚的。但是,事情就这样迁延下来,可是,不得父母的同意,就来这么一下,怎么行呢! 现在她又病了,谁知道是怎么回事! 难啊,伯爵,对付没娘的女儿,难啊……"皮埃尔看出伯爵心里烦乱,努力改变话题,可是伯爵又回到那件使他苦恼的事。

索尼娅慌慌张张地走进客厅。

"娜塔莎不大舒服;她在她的房间里,希望见见您。玛丽亚·德米特里耶夫娜也在那儿,也请您去一趟。"

"对了,您和博尔孔斯基很谈得来,她肯定是要您转达什么,"伯爵说。"哎呀,我的上帝,我的上帝! 过去一切多么好哇!"他心烦意乱地走出房去。

玛丽亚·德米特里耶夫娜告诉娜塔莎说,阿纳托利是结过婚的,娜塔莎不信,要皮埃尔亲自去证实。在送皮埃尔去娜塔莎房间穿过走廊的时候,索尼娅把这事告诉了他。

娜塔莎坐在玛丽亚·德米特里耶夫娜身旁,脸色苍白,态度冰冷,皮埃尔一进门,她就用探询的目光迎着他。她不笑也不向他点头,只是用力地望着他,她那目光只追问他一件事:在对待阿纳托利的态度上,他是友人,还是像其他人一样,是敌人?

"他全知道,"玛丽亚·德米特里耶夫娜指着皮埃尔对娜塔莎说。"让他告诉你,我说的是不是真话。"

娜塔莎时而望望这个又看看那个。

"娜塔莉娅·伊利尼奇娜，"皮埃尔低下头开口说，他心里怜悯她，同时又感到厌恶，"这是真还是假，对您来说，应该是一样的，因为……"

"这么说来，说他结过婚不是真的了？"

"不，是真的。"

"他早就结了婚吗？"她问。"您敢发誓吗？"

皮埃尔对她发了誓。

"他还在这儿吗？"她赶忙问。

"是的，我刚才还看见过他。"

她实在无力说下去了，打手势让大家走开。

<h2 style="text-align:center">二十</h2>

皮埃尔没有留下吃饭，他立刻走出房间，坐车走了。为了找阿纳托利·库拉金，他驱车走遍全城，他一想起他，全身的血液就涌上心来，使他憋得难受。滑雪场、茨冈女人的家、科莫涅诺家——都没有他。皮埃尔驱车到俱乐部。俱乐部仍旧像平常一样：来吃饭的客人三三两两地坐在一起，向皮埃尔问好，说城里的新闻。侍者都知道他认识的人和习惯，在向他问过好后，说，在小餐厅已经给他留了一个位子，米哈伊尔·扎哈雷奇公爵到图书馆去了，帕维尔·季莫费伊奇还没有来。皮埃尔的一个熟人在谈天气时，问他可听说一件闹得满城风雨的事：库拉金拐走了罗斯托娃，是真的吗？皮埃尔听了哈哈大笑，他说这全是胡说，因为他才从罗斯托夫家来。他向所有的人打听阿纳托利；有人告诉他说他还没来，有人说他今天要来吃饭。他在大厅里来回走动，等客人都上满了，仍旧没等到阿纳托利，他没有吃饭就回家了。

他所寻找的阿纳托利这一天在多洛霍夫家吃饭，同他商量如何补救弄糟了的事情。他觉得必须和罗斯托娃见一面。晚上他到妹妹那儿，同她商量关于安排会面的事。当皮埃尔白白走遍莫斯科全城回到家里时，仆人向他禀报，阿纳托利·瓦西里耶维奇公爵在伯爵夫人那儿。伯爵夫人的客厅坐满了客人。

皮埃尔没有跟妻子打招呼，虽然他回来后还没见到她（他觉得此刻她比任何时候都可恨），他进入客厅，看见阿纳托利，就向他走过去。

"啊，皮埃尔，"伯爵夫人向丈夫走过去，用法语说。"你不知道我们的阿纳托利的处境……"她停住了，从丈夫低低垂下的头，从他那发光的眼睛，从他那坚决的步子，她看出了那股狂怒和粗暴的可怕表情，这是她所熟悉、并且在和多洛霍夫决斗后她所亲自领教过的这种表情。

"您到哪儿，哪儿就出现伤风败俗和罪恶，"皮埃尔对妻子说。"阿纳托利，跟我来，我有话跟您说，"他用法语说。

阿纳托利转脸看了看妹妹,顺从地站起来,要跟皮埃尔走。

皮埃尔抓起他的胳膊,把他拽到身边,走出屋去。

阿纳托利迈着平时那种潇洒的步子跟着皮埃尔。然而他脸上显出不安的神情。

走进书房,皮埃尔关上门,向阿纳托利转过身来,眼睛不看他的脸。

"您答应罗斯托娃伯爵小姐要和她结婚吗?您想拐走她?"

"亲爱的,"阿纳托利用法语回答道,"对于这种腔调的审问,我认为没有回答的必要。"

皮埃尔那张本来就苍白的脸,因为狂怒变得更难看了。他用他那只大手抓住阿纳托利的制服领子,把他摇来摇去,直到阿纳托利脸上露出非常惊恐的神情。

"我说,我有话要跟您谈谈……"皮埃尔重复说。

"怎么了,这是胡闹。嗯?"阿纳托利说。

"您是流氓,是无赖,我不明白是什么东西拦住了我,可惜我没能用这东西砸烂您的脑袋,"皮埃尔说,他拿起一个沉甸甸的吸墨器,举起来恐吓,接着又赶快放回原处。

"您答应要娶她吗?"

"我,我,我没想到;并且,我从来都没答应,因为……"

皮埃尔打断了他的话。

"您有她的信吗?问您有没有信?"皮埃尔向阿纳托利走过去。

阿纳托利看看他,赶紧把手伸到衣袋里。

皮埃尔把给他的信接过来,推开挡路的桌子,一下坐到沙发上。

"别害怕,我不会把您怎么样的"皮埃尔看见阿纳托利害怕的样子,说。"信,放在我这儿,这是第一,"皮埃尔似乎自言自语背诵似的。"第二,"他站起来踱步,沉吟了片刻,接着说,"您明天就必须离开莫斯科。"

"但是我怎么能……"

"第三,"皮埃尔不听他说话,接着说,"关于您和伯爵小姐的事,永远不许您提一个字。当然,我无法禁止您做这件事,可是,倘若您还要一丁点儿良心的话……"皮埃尔默默地在屋里来回走了好几趟。阿纳托利坐在桌旁,紧皱着眉头,咬着嘴唇。

"总有一天您会明白,除了您取乐,还有别人的幸福和安宁,为了您能寻欢作乐,却毁掉了别人的一生。拿我老婆这样的女人开心,——那是您的权利,她们知道您要求她们的是什么。她们有同样放荡的经验对付您;可是答应一个少女和她结婚……欺骗,偷盗……您怎么会不明白,这跟殴打老人或者小孩一样卑劣无耻!……"

皮埃尔停住不说了,看了看阿纳托利,他那目光已经不是愤怒的,而是询问的了。

"这个，我不知道。嗯？"阿纳托利说，随着皮埃尔克制自己的愤怒，他渐渐恢复了勇气。"这个，我不知道也不愿知道，"他不看皮埃尔说，下巴颏微微颤抖着，"不过，您对我说出这样的话：卑劣无耻之类的话，我，作为一个体面的人，不许任何人这样对我说话。"

皮埃尔惊奇地望着他，极力想弄清楚他要怎么样。

"虽然是你我之间私下里说的话，"阿纳托利接着说，"我还是不能……"

"怎么，您需要赔礼道歉吗？"皮埃尔嘲笑他说。

"至少您可以收回您的话。嗯？倘若您要我按照您的意思办事的话。嗯？"

"我收回，我收回，"皮埃尔说，"我也请您原谅。"皮埃尔看了看扯下来的纽扣。"钱也有，倘若您需要路费的话。"阿纳托利笑了。

这种从妻子那里他就已经熟悉的胆怯而卑劣的微笑，又惹恼了皮埃尔。

"下贱，没有心肝，一门孬种！"他说，便走出屋去。

第二天，阿纳托利到彼得堡去了。

二十一

皮埃尔去见玛丽亚·德米特里耶夫娜，通知她关于驱逐库拉金出莫斯科，已经照她的意思办妥了。全家都处在惊慌和焦虑之中。娜塔莎病得十分厉害，玛丽亚·德米特里耶夫娜秘密地告诉他，就在向她说明阿纳托利已经结婚的那天晚上，她服了她偷偷弄到的砒霜。她吞了一点，就吓坏了，把索尼娅叫醒，对她说了。由于及时采取了解毒措施，现在她已经脱离了危险；但是还很衰弱，根本谈不上把她送回乡下了，已经派人去接伯爵夫人了。皮埃尔见到了张皇失措的伯爵和泪痕满面的索尼娅，但是没能见到娜塔莎。

皮埃尔这一天在俱乐部用餐，到处都听到人们谈论企图抢劫罗斯托娃的事件，他坚决否认这些说法，他向所有的人担保什么事都没有发生，只是阿纳托利向罗斯托娃求婚，遭到拒绝罢了。皮埃尔觉得，他有责任隐瞒事实真相，恢复娜塔莎的名誉。

他怀着惧怕的心情等待安德烈公爵回来，每天都到老公爵那儿去打听他的消息。

尼古拉·安德烈伊奇公爵从布里安小姐那儿知道了城里流传的所有的谣言，也读了那封娜塔莎写给玛丽亚公爵小姐的解除婚约的信。他好像比平时兴奋，而且急切地盼望着儿子归来。

阿纳托利走后又过了几天，皮埃尔接到安德烈公爵的短简，告知他回来了，让皮埃尔顺便到他那儿去一趟。

安德烈公爵到了莫斯科之后,刚一落脚,就从父亲手里接到娜塔莎写给玛丽亚公爵小姐关于取消婚约的信(这封信是布里安小姐从玛丽亚公爵小姐那儿偷去交给公爵的),而且从父亲口中听到关于抢劫娜塔莎、添枝加叶的叙述。

安德烈公爵是头天晚上到的。皮埃尔第二天一早就去找他。皮埃尔本以为安德烈公爵同娜塔莎处在同样的状态,可是当他进入客厅,听见安德烈公爵在书房里起劲地高声谈论彼得堡的阴谋事件的时候,觉得很惊奇。老公爵和另一个人的声音有时打断他的话。玛丽亚公爵小姐出来迎接皮埃尔。她叹了一口气,好像是表示对哥哥不幸的同情;但是皮埃尔发现事情根本不是这样。

"他说他料到这种事,"她说,"我知道,他的高傲性格不许他露出他的感情,可是他在这个问题上,仍旧比我所预料的好,好得多。"

"难道一切就完全完了吗?"皮埃尔说。

玛丽亚公爵小姐惊诧地望着他。她甚至不明白怎么会提出这个问题。皮埃尔走进书房。安德烈公爵变化很大,身体显然养好了,然而眉头新添一道横纹,他身穿便服,面对父亲和梅谢尔斯基公爵站着,起劲地打着手势,热烈地争论着。

他们是在谈论斯佩兰斯基,关于他忽然被流放和他被诬告叛国的消息才传到莫斯科。

他看见皮埃尔,停住不说了。

"你好吗?又胖啦,"他精神饱满地说。"是的,我很健康,"他回答皮埃尔的问话,冷冷一笑。皮埃尔明白,他的冷笑是说:"我很健康,可我的健康已经没有人需要了。"

安德烈公爵尽力讨论和烦心的事无关的问题,当其他人都走后,他对皮埃尔说:"原谅我,我麻烦你了……"皮埃尔知道安德烈公爵想谈娜塔莎,他宽宽的脸上露出怜悯和同情的神色。皮埃尔的表情激怒了安德烈公爵;他坚决地说:"我收到了罗斯托娃伯爵小姐的退婚信,也已经听到了令兄向她求婚之类的传说。是不是真的?"

"是真的,也不是真的,"皮埃尔刚想说;但是安德烈公爵拦住了他。

"这是她的信和肖像,"他说。他从桌上拿起一束东西递给皮埃尔。

"把这个交给伯爵小姐,倘若你看见她的话。"

"她病得十分厉害,"皮埃尔说。

"那么她还在此地?"安德烈公爵说。"库拉金公爵呢?"他急促地问。

"他早就走了。她命在旦夕了……"

"我很同情她的病,"安德烈公爵说。他像他父亲似的,冷酷、凶狠、不快乐地笑了笑。

"那么说来,库拉金先生并没有赏给罗斯托娃伯爵小姐求婚的光荣?"安德烈公爵说,用鼻子嗤了几声。

"他不能结婚,因为他已经结过婚了,"皮埃尔说。

安德烈公爵不快活地笑起来,又十分像他的父亲。

"现在他——令兄,在哪儿?我可以问问吗?"他说。

"他到彼得堡去了……其实我也不知道,"皮埃尔说。

"好的,这无所谓,"安德烈公爵说。"你向罗斯托娃伯爵小姐转达,她过去和现在都是自由的,我祝她万事如意。"

皮埃尔拿着那束信。安德烈公爵专注地向皮埃尔凝视,似乎在想他是不是还应该说点什么,或者等待皮埃尔是否有话要说。

"您听我说,您还记得咱们在彼得堡时候的争论吧,"皮埃尔说,"可记得关于……"

"记得,"安德烈公爵赶忙回答,"我说过,要原谅堕落的女人,但是我没说我能够原谅。我不能够。"

"难道这可以相提并论吗?……"皮埃尔说。安德烈公爵打断了他的话。尖声喊道:

"是啊,再向她求婚,宽宏大度,如此等等?……是啊,这很高尚,但是我不能追随……倘若你愿做我的朋友,那么你永远别跟我谈这个,……谈这一切。好啦,再见。你可以交给她吗?……"

皮埃尔走出屋去,到老公爵和玛丽亚公爵小姐那儿去了。

老头比平常显得活跃。玛丽亚公爵小姐仍旧像从前那个样子,但皮埃尔看出她对哥哥的婚事受挫感到兴奋。

吃饭的时候,谈到就要到来的战争。安德烈公爵不住地说话,时而同父亲争论,时而同瑞士教师德萨尔争论,皮埃尔很明白他所以这么活跃的原因。

二十二

那天晚上,皮埃尔到罗斯托夫家去履行他接受的委托。娜塔莎没有起床,伯爵到俱乐部去了,皮埃尔把信件交给索尼娅,然后,就去见玛丽亚·德米特里耶夫娜,她很想知道安德烈公爵得知那个消息后有什么反应。后来索尼娅走进玛丽亚·德米特里耶夫娜的房间。

"娜塔莎一定要见彼得·基里洛维奇伯爵,"她说。

"那怎么行啊,把他请到她那儿去,是吗?你们那儿没有收拾啊,"玛丽亚·德米特里耶夫娜说。

"不,她已经穿好衣服到客厅里了,"索尼娅说。

玛丽亚·德米特里耶夫娜只是耸耸肩膀。

"伯爵夫人什么时候到啊,真是把我折磨坏了。你得注意,不要什么话都对她说,"她对皮埃尔说。"骂她吧,又不忍心,她太可怜了,太可怜了!"

娜塔莎在客厅中间站着,她消瘦,面色苍白,神情严峻,根本没有皮埃尔所想的羞愧神态。皮埃尔在门口出现时,她有点慌,拿不定主意是向他走过去呢,还是等他走过来。

皮埃尔急忙向她走去。他以为她一定会像往常那样,把手递给他;可是她走到他面前就站住了,深沉地呼吸着,两只臂膀毫无力气地垂下来,跟她走到大厅中间准备唱歌时的姿势非常相像,可是神情完全不同。

"彼得·基里雷奇,"她很快地说,"博尔孔斯基公爵曾经是您的朋友,他现在也是您的朋友,"她更正说(她觉得,过去的一切一去不复返了,现在的一切则是另一个样子了)。"他曾经对我说过,让我去求您……"

皮埃尔默默地望着她,呼哧呼哧地喘着气。他内心是责备她的,而且尽力鄙视她;但是现在,他很可怜她,心里已经没有责备她的余地了。

"他现在在这儿,请您对他说……请他原……原谅我吧。"她停住了,呼吸得更快了,但是没有哭。

"好……我对他说,"皮埃尔说,"可是……"他不知说什么好了。

娜塔莎害怕皮埃尔可能有其他想法。

"不,我知道一切都完了,"她赶忙说。"不,那永远不可能了。我只不过是为了我做了对不住他的事而痛苦罢了。请您只对他说,我求他宽恕,宽恕,宽恕我的一切……"她全身颤抖,坐到椅子上。

皮埃尔心里充满了从来没有体验过的怜悯感情。

"我一定对他说,我一定对他再说一遍,"皮埃尔说,"可是……我想知道一件事……"

"要知道什么呢?"娜塔莎的眼神在问。

"我想知道您是否爱过……"皮埃尔不知道如何称呼阿纳托利,一想到他,脸就红了。"您是否爱过那个坏人?"

"别叫他坏人吧,"娜塔莎说。"可是我什么也不知道,什么也不知道……"她又哭了。

于是一种更强烈的怜悯、温柔和爱慕的感情涌上皮埃尔的心头。他听见扑簌簌的泪水在他的眼镜下面流,他不愿让人看见。

"不要再谈了吧,好朋友,"皮埃尔说。

他那声调的和蔼、温柔、亲切,使娜塔莎突然觉得十分奇怪。

"咱们不要再谈了,好朋友,我把事情都告诉他;但是我求您一件事——把我当您的朋友,倘若您需要帮助、忠告,或者只是想找个人谈谈心——不是现在,而是当您心情好起来的时候,——就想到我吧。"他拿起她的手吻了吻。

"我会是很幸福的,倘若我能……"皮埃尔不知怎么说了。

　　"不要对我这样说吧:我不配!"娜塔莎喊道,想从房里出去,可是皮埃尔握住她的手。他知道他还有话要对她说。但当他说出来的时候,他对自己的话感到很惊奇。

　　"别那么说,别那么说,您的生活道路还远着呢,"他对她说。

　　"我的生活道路? 不! 我的生活道路全完了,"她怀着羞愧和自卑的心情说。

　　"全都完了?"他说。"假如我不是我,而是世界上最漂亮、最聪明,最好的人,而且是自由的,那么此刻我就跪下向您求婚和求爱了。"

　　许多天以来,娜塔莎第一次流下了感激和感动的眼泪,她看了看皮埃尔,就走了。

　　她走后,皮埃尔差不多是跑着到了前厅,忍着哽住喉咙的、因为感动和幸福而要流出的眼泪,他没有伸进袖子,披上皮大衣,就上了雪橇。

　　"现在到哪儿去,您老?"赶车的问。

　　"到哪儿去?"皮埃尔问自己。现在还能到哪儿去呢? 难道到俱乐部或者到人家去做客吗? 比起他所受的感动和爱情,比起她最后一次含着泪水向他那温柔、感激的一瞥,——比起这一切,所有的人都显得非常可怜,十分乏味。

　　"回家,"皮埃尔说,虽然零下十度,他仍旧敞开熊皮大衣,露出他那宽阔的、欢快地呼吸着空气的胸脯。

　　天气严寒并且晴朗。在肮脏的、半明半暗的街道上方,在黑乎乎的屋顶上方,伸展着撒满繁星的灰暗天空。皮埃尔只是在仰望天空的时候,才不觉得人世的一切,比起他现在灵魂的高度,是多么卑劣可耻。在阿尔巴特广场的入口,一大片灰暗的星空展现在皮埃尔的眼前。差不多是在这片天空的中间,在圣洁林荫道上方,悬着一颗巨大明亮的彗星,据说这是一颗预示着各种灾难和世界末日的彗星,它不同于众星的是它低垂地面,放射白光,高高地翘起长尾巴。但是在皮埃尔心中,这个拖着光芒四射的长尾巴的明星,没有引起一点恐惧的感觉。恰恰相反,皮埃尔怀着欣赏的心情,用那被泪水浸湿了的眼睛望着这颗璀璨的明星——它以无法形容的速度,沿着抛物线在无限的空间飞驰。皮埃尔觉得,这颗彗星和他那颗生机勃勃地走向新生活、变得软化和振奋起来的心灵全然吻合。

第九部

一

1811 年末，西欧军队开始加强战备，并开始集中，1812 年，几百万军队（包括运输和供应人员）由西而东向俄国边境运动，从 1811 年起，俄国军队也开始向边境集结。六月十二日，西欧军队越过俄国边境，战争宣告开始了。几百万互相敌对的人们，犯下了无数暴行，他们欺骗、背叛、盗窃、作伪、发行伪币、抢劫、放火、杀人。

是什么引起这场严重的事件呢？它的原因是什么呢？史学家说，其原因是奥尔登堡公爵的受辱，大陆体系的破坏，拿破仑的野心，亚历山大态度强硬，外交家的错误，等等。

所以，只要梅特涅、鲁缅采夫或者塔列兰在朝见和招待晚会的时候，认真做一番努力，或者拿破仑应该给亚历山大写一封信："我愿意把公国交还奥尔登公爵"，战争就不会发生了。

当然，当时的人们就是这样理解那次战争的。在拿破仑看来，战争的原因是英国的阴谋（他在圣赫勒拿岛就这样说过）；英国的议员们认为，战争的原因是拿破仑的野心；奥尔登堡公爵认为，战争的原因是他无辜遭受的暴行；商人们认为，战争的原因是使欧洲崩溃的大陆体系；老军人和将军们认为，主要的原因乃在于他们必须有事可做；当时帝王复辟主义者认为必须恢复好的原则，而外交家们则认为，一切都因为 1809 年俄奥联盟未能瞒过拿破仑，还因为一七八号备忘录措词措辞拙劣。

当时的人们意见纷纭，莫衷一是。而后来的人们则发现这次战争是多种因素、各种原因综合影响的结果。

历史自有它自己的规律。

1812 年的拿破仑，虽然比任何时候好像更有权来决定到底让不让流自己人民的血，其实他比任何时候更服从必然的法则，被迫为共同的事业、为历史完成那必须完成的事。（而他却觉得他的行动是自由的。）

西方的人们向东方进发从而造成了互相屠杀。

　　苹果成熟了就掉下来，——它为什么掉下来？是因为地心引力吗？是因为茎干枯了吗？是因为太阳把它晒干了吗？是因为它太重了吗？是因为风吹了它吗？是因为树下有一个小孩想吃它吗？

　　这都不是原因。这只是各种条件的偶然结合的结果。植物学家认为苹果之所以落下来，是因为细胞组织腐败等等原因，站在树下的小孩却认为，因为他想吃苹果，而且为此做了祈祷，所以它才掉下来，植物学家和小孩都一样正确。说拿破仑去莫斯科是因为他想去，说他毁灭是因为亚历山大盼着他毁灭，这样说的人，也对也不对，同样，一座被刨倒的一百万普特的山之所以倒下来，是因为一个工人用十字镐刨了最后一下，这样说的人也对也不对。在各种历史事件中，那些所谓的伟大人物，不过是给事件命名的标签罢了，他们也正如标签一样，与事件本身联系极少。

　　他们每一个行动，他们觉得似乎都是他们独断专行，其实从历史的意义来看，却不是随心所欲的，而是与整个历史进程相关联，并且是很久很久以前就决定了的。

二

　　五月十六日，拿破仑离开了停留了三个星期的德累斯顿，他在那里时，一些亲王、公爵、国王、甚至还有一个皇帝，在他周围形成一个宫廷。临行时，拿破仑对那些应得表彰的亲王、国王和皇帝给予亲切的慰抚，对那些他不满意的国王和亲王给予申斥，把珍珠和钻石，送给奥国的皇后，而且温情地拥抱玛丽亚·路易莎皇后，据他的历史学家说，她和他离别时，仿佛依依不舍，——她把他当作丈夫，虽然拿破仑在巴黎另有妻室。尽管外交家们还坚信和平的可能性，并为此努力，尽管拿破仑皇帝给亚历山大皇帝的亲笔信中诚恳地保证，他不希望战争，他永远爱他，尊重他，——但是他仍旧动身去追赶军队，每到一站都发出新的命令，敦促军队快速从西方向东方挺进。他坐一辆六匹马拉的旅行轿式马车，被一群少年侍从、副官和卫队簇拥着，顺着路过波森、托伦、但泽和柯尼斯堡等城的大道进发。每到一处，都有成千上万的人怀着担惊受怕的心情热烈地欢迎他。

　　军队从西向东推进，他乘着六套马车驰向同一方向。六月十日他赶上了军队，在维尔科维斯基森林一个波兰伯爵的庄园里过夜。

　　第二天，拿破仑乘坐四轮马车到了部队前头，抵达涅曼河，为了察看渡河地点，他换上波兰军装，来到河岸上。

　　拿破仑看见河对岸的哥萨克，看见广漠的草原，莫斯科城就在草原的中央。他完全出人意料，违反战略和外交的考虑，竟然命令前进，第二天他的军队开始横渡涅曼河。

　　十二日一大早，他走出帐篷，用望远镜眺望军队洪流从维尔科维斯基森林涌出、随后注入搭在涅曼河上的三座浮桥上。军队知道皇帝在场，都用眼睛寻找他，他们看见山上帐篷前面有一个离开随从、身穿常礼服、戴着帽子的人影，就都抛起帽子，高呼："皇帝万岁！"——于是一个跟着一个，川流不息地从隐蔽他们的大森林里涌出来，然后分开，从三座桥上过到对岸。

　　军人因皇帝的亲征而士气昂扬。这些人脸上全是一样的表情，那就是对久已期待的长征的喜悦，对那个站在山头、穿着常礼服的人的狂喜和忠诚。

　　六月十三日，拿破仑骑着马向横架在涅漫河上的一座桥飞奔而去，不断的欢呼声使他震耳欲聋；但这种到处都伴随着他的欢呼声，使他心烦意乱，使他无法专心考虑一直萦绕在心头的军事问题。他驰过浮桥，到达对岸后，向左急转弯，然后朝着科夫诺方向飞驰，那些兴高采烈的近卫猎骑兵在他前面开路。他驰到宽阔的维利亚河，就在驻扎河岸的波兰枪骑兵团附近停住了。

　　"万岁！"波兰人也热烈地喊起来，他们乱了队形，你挤我拥地争着看他。拿破仑仔细地察看了这条河，然后下了马，在河岸上的一段圆木上坐下了。他打了个手势，有人递给他一副望远镜，他把望远镜放在欢欢喜喜跑过来的少年侍从的背上，开始向对岸察看。然后他低头细看摊在几根圆木上的地图。他说了一句什么，于是他的两个副官向波兰枪骑兵驰去。

　　"说什么？他说什么？"当一个副官驰到波兰枪骑兵队伍跟前，队伍里传出询问的声音。

　　命令寻觅一个过河的浅滩。波兰枪骑兵上校，一个相貌堂堂的老人，涨红了脸，激动得语无伦次，问副官可不可以让他带领他的枪骑兵不找浅滩，就泅水过河。他像一个请求允许骑马的小孩似的，怀着生怕遭到拒绝的心情，请求允许他当着皇帝的面游过河。副官说，皇帝对这种热心想必会满意的。

　　副官的话音刚落，这个老军官立刻喜形于色，两眼发亮，举起佩刀，高呼："万岁！"——于是命令枪骑兵随他来，他用马刺刺了一下马，就向河边驰去。他生气地给他胯下的踌躇不前的马一记猛刺，那马就扑通一声跳进水里。几百名枪骑兵也跟着他跳进水里。河中心的急流又冷又怕人。枪骑兵从立刻掉下来。有些马淹死了，有些人也淹死了，其余的努力向对岸游去，虽然半俄里外就有一个浅滩，但是，他们以在拿破仑眼前泅水过河和淹死为荣。副官回来后，找了个合适的时机，请皇帝注意那波兰人对皇帝的忠心。

　　他早就形成一种信念：在世界任何地方，从非洲到莫斯科维亚草原，只要他在场，无一例外地使人大大吃惊，舍己忘我地疯狂。他要来他的马，驰回他的驻地去了。

　　虽然派了船去搭救，仍旧有四十来名枪骑兵淹死了。大多数挣扎着游回原来的岸上。上校和几个人游过河，勉强爬上对岸。他们刚一上岸，就高呼："万岁!"心满意足地望着拿破仑刚才在那儿站着、现在已经离开的地方,他们认为自己很幸运。

傍晚,拿破仑发了两道命令,一道是命令尽快将俄国伪币运来,输入俄国,另一道是命令枪毙一个撒克逊人,因为在他的一封信里有关于法军的情报,然后又发出第三道命令——把那个根本没必要泅水过河的波兰上校编入拿破仑自任团长的荣誉团。

三

俄国皇帝这时在维尔纳已经住了一个多月了。对于人人都料到的战争,仍旧毫无准备。没有制定一个统一的作战计划。对于拟议中的几个计划应当采取哪个,原本就举棋不定,在皇帝来大本营后,更加犹豫不决了。三路军队各有自己的总司令,但统帅各路军队的总指挥官却没有。

皇帝在维尔纳住得越久,对战争的准备就越少,因为人们都等得厌倦了。看来,皇帝左右的人都全心全意地设法使皇帝过得快活,使他忘掉当前的战争。

就在拿破仑发出横渡涅曼河的命令,他的先头部队击退哥萨克,进入俄国边境的那天,亚历山大正在参加舞会。

那是一个快活的辉煌的晚会;内行的人说,这么多的美人聚到一起是少见的。别祖霍娃伯爵夫人是随皇帝从彼得堡来维尔纳的贵妇们中间的一个,她也参加了晚会,她那被誉为俄罗斯美的庞大身躯使体态轻盈的波兰贵妇们黯然失色。她十分惹人注意,连皇帝也和她跳了一次舞。

鲍里斯·德鲁别茨科伊,把妻子撇在莫斯科,也来参加了舞会。鲍里斯现在已经不再寻求庇护,已经成了一位地位荣耀的富人,和他高官显爵的同辈平起平坐了。

午夜十二时,舞会仍在进行。海伦没有得到一个合适的舞伴,主动邀请鲍里斯跳玛祖尔卡舞。他们是第三对。鲍里斯冷冰冰地望着海伦那丰美的裸臂,谈一些老相识,同时,不论是他自己还是别人都没留意到,他一直在窥视大厅里的皇帝。皇帝没有跳舞;他站在门口。

玛祖尔卡舞刚刚开始的时候,鲍里斯看见皇帝的亲信之一——侍从武官巴拉舍夫向皇帝走去,违背宫廷的礼法,皇帝正在和一个波兰贵妇说话,在皇帝的近旁站住了。皇帝和那个贵妇说了几句话,就疑问地向他看了一眼,看来他明白肯定有重要的原因,巴拉舍夫才这样做,他向贵妇微微点点头,就向巴拉舍夫转过身来。巴拉舍夫刚一说话,皇帝的脸上就现出吃惊的神情。他拉起巴拉舍夫的臂膀,和他一起穿过大厅,两旁的人自然而然地给他闪出两三俄丈宽的路来。

挽着巴拉舍夫从大厅的旁门向灯烛辉煌的花园里走去。

鲍里斯继续跳了几轮玛祖尔卡舞,但他心里却不停地想:巴拉舍夫带来了什么消息,他用什么方法比别人先得到那个消息。

在他不得不挑选舞伴的那一轮,他低声对海伦说,他想挑选大约已经到阳台上去的波托茨卡娅伯爵夫人,随后他就滑过镶木地板,向着门外的花园跑去,看见皇帝同巴拉舍夫朝阳台走去,他站住了。皇帝和巴拉舍夫向门口走来。鲍里斯似乎没来得及躲避似的,着慌了,恭敬地靠到门框上,低下头来。

皇帝激动地说出下面的话:

"不宣战就进入俄国! 只要有一个武装敌人留在我的国土上,我决不讲和,"他说。鲍里斯看出,皇上觉得这几句话说得十分痛快:他对他自己说的话感到满意,可是却不满意鲍里斯听到了他的话。

"不要让任何人知道!"皇帝紧皱眉头,又说。鲍里斯知道这是说给他听的。他闭上眼睛,低着头。皇帝又走进大厅,在舞会上又待了半小时左右。

鲍里斯第一个知道法军渡过涅曼河,这样他就可以向一些要人炫耀,说他时常能知道别人无法知道的事情,这样,他就抬高了自己。

法军渡过涅曼河的消息之所以特别令人感到意外,是因为它是在白白等了一个月之后,并且是在舞会上传来的! 皇帝最初听到这个消息时,出于气愤和屈辱,说出了那句后来成为名言的话,他本人也非常喜欢这句话。皇帝从舞会回去后,凌晨两点钟,派人召来秘书希什科夫,叫他给军队写一道命令,并给大元帅萨尔特科夫公爵下了一道上谕,他要求在命令中必须把"只要有一个武装的法国人留在俄国的土地上,决不讲和"这句话加进去。

第二天,他给拿破仑写了一封信。

> 皇帝仁兄大人:尽管我对陛下所负的义务信守不渝,可是昨天我得悉您的军队已越过俄国边境,直到现在我才刚刚接到从彼得堡送来的通牒,洛里斯东在谈到这次进犯时,引通牒的话对我说,自从库拉金公爵申请护照的时候起,陛下就认为您和我已经进入战争状态了。巴萨诺公爵

拒发护照所持的种种理由，使我万万想不到，我国大使申请护照这一行动竟成为入侵的借口。实际上，正如那位大使所声明的，我并未授权他提出那个申请；我一得悉这个消息，就马上对库拉金公爵表示我的不满，命令他照旧履行他的职务。假如陛下不愿为这类误会而流我们两国人民的血，同意从俄国领土上撤退贵国军队，我一定不介意过去发生的一切，我们之间是可以和好的。不然的话，对于完全不由我方挑起的进攻，我将被迫奋起反击。陛下，您仍然有可能使人类避免另一次战争的灾难。

亚历山大（签字）

四

六月十三日凌晨二时，皇帝召见巴拉舍夫，向他读了这封信，并命令他将此信亲自送交法国皇帝。在派遣巴拉舍夫时，皇帝对他又说了一遍：只要在俄国土地上还有一个武装的法国人，他就不讲和，命令他一定要向拿破仑转达这句话。皇帝在信中没有写这句话，是因为他觉得在进行最后的和解尝试的时候，讲这种话是不适宜的；可是他吩咐巴拉舍夫一定要把这句话转达给拿破仑。

六月十三日夜里，巴拉舍夫带着一名号手和两名哥萨克出发了，天亮时到了涅曼河右岸法国前哨阵地雷孔特村。他被法国的骑哨拦住了。

一个身穿红制服、头戴皮帽子的法国骠骑兵军士，喝令巴拉舍夫站住。巴拉舍夫没有立刻停下，仍旧缓步行进。

那个军士皱起眉头，不满地骂了一句，用马的胸部挡住巴拉舍夫，他握住军刀，粗鲁地呵斥俄国将军，说他是不是聋子，怎么听不见对他说的话。巴拉舍夫告知了自己的姓名和身份。军士派一名士兵去找军官。

那个军士不再管巴拉舍夫，开始和同事们谈论他们团队的事，对俄国将军连看也不看。

巴拉舍夫平时接近最高的权势，三个小时之前还同皇帝谈话，因为所处的地位，他已经习惯于受人尊敬，但是在这儿，在俄国的领土上，遇到这种敌对的态度，并且竟然如此粗暴无礼，使他不胜骇然。

太阳刚从乌云后面升起；空气清新，含着露水。畜群正在从村里赶到大路上来了。云雀唱着清脆的歌，一个接着一个，扑梭梭地从田野里腾空飞起。

巴拉舍夫向周围张望着，等候军官从村里出来。俄国哥萨克、号手和法国的骠骑兵不时无声地互相打量着。

一位法国骠骑兵上校，看样子刚起床，骑一匹肥壮的大灰马，带着两名骠骑兵出来了。不管是那军官还是士兵，甚至他们的马，都有一种得意扬扬和炫耀阔绰的神气。

战争刚开始，军容还很整饬，差不多像平时准备检阅似的，只是在服装上有点耀武扬威，以及在战争才开始时常有的那种激动和逞强的意味。

那个法国上校强力忍住不打哈欠，但是他很有礼貌，显然知道巴拉舍夫负有重大使命。他带他绕过他的士兵从散兵线后面走，而且对他说，他要谒见皇帝的愿望，可能很快就会实现，因为据他所知，皇帝的住处离此很近。

他们穿过雷孔特村，在村中经过法国骠骑兵的拴马桩，经过众多的岗哨和士兵，最后从村子另一边走出来。上校说，两公里外就是师长的驻地，他将接待巴拉舍夫，并领他到他要去的地方。

太阳已经升高了，在鲜绿的草木上欢快地照耀着。

他们骑马刚走过一家小酒店，正想上山坡时，山脚下迎面驰来一群骑马的人，为首的骑一匹黑马，此人身材高大，戴一顶羽饰帽子，曲卷的黑发垂到肩上，身穿红斗篷，向前伸着两条长腿。这个人策马向巴拉舍夫奔来，他那帽子上的羽毛、身上的宝石和金带，在明亮的六月阳光下闪光和飘动。

当法国上校尤尔涅恭敬地低声说："这是那不靳斯王"的时候，那个向巴拉舍夫驰来的骑者离巴拉舍夫只有两匹马的距离了，这个骑者戴着手镯和项圈、帽子上插着白羽毛，满身珠光宝气，脸上带着得意扬扬的表情。果然，此人就是缪拉。为什么他是那不勒斯王，虽然完全是一件莫名其妙的事，但是人们仍旧这样称呼他，他本人也相信这一点，所以他摆出比先前更加庄严、更加了不起的神态。因为他相信他真的是那不勒斯王，所以在他离开那不勒斯前，和妻子在街上散步时，有几个意大利人向他喊："国王万岁"时，他带着感伤的微笑对妻子说："哎！他们不知道明天我就要走了！"

虽然他深信他是那不勒斯王，但是最近，在他奉命又回军队之后，尤其在但泽见到拿破仑，他那至尊的舅子对他说了"我立你为王，是要你按照我的方式、而不是按照你的方式来统治。"以后，他就愉快地干起他所熟悉的事了，像一匹养得上了膘、却还不太肥的马，感到它已经被套到车上，在车辕中间撒欢游戏，而且打扮得尽量华贵，于是欢欢喜喜，得意扬扬，沿着波兰国土上的道路奔跑起来，连它自己也不明白奔向何处和为什么这样奔跑。

他一看见俄国将军，就摆出国王的架子，威严地昂起卷发脑袋，疑惑地看了看那个法国上校。上校恭敬地向国王陛下禀告了巴拉舍夫的使命，可是他说不清巴拉舍夫这个姓氏。

"德·巴尔-马歇夫！"国王说，"很兴奋认识您，将军，"当这位国王开始急速地大声说话时，他那国王的尊严一下子消失得无影无踪了，他不自觉地换成了他那固有的天真和蔼的腔调。他把手放在巴拉舍夫坐骑的鬃毛上。"将军，您的看法如何？一切都像是要打仗的样子"。他说。

"陛下，敝国皇帝并不想打仗……"巴拉舍夫说，他一口一个"陛下"，这个称号在那个被称谓的人听来是很新鲜的,可是用得太多,就不免令人不自在了。

缪拉听德·巴拉舍夫先生说话时,脸上露出得意的神情。可是,他觉得作为一个国王和同盟者,必须和亚历山大的使者谈些国家大事。他翻身下马,离开他的随从几步,挽着巴拉舍夫的手臂,和他一起散步,谈话,尽力谈得有意义。他提到拿破仑对于要求从普鲁士撤兵一事很生气,尤其是这个要求张扬了出去,冒犯了法国尊严。巴拉舍夫说,这个要求毫无冒犯的地方,因为……缪拉打断了他的话:

"那么,您不认为亚历山大皇帝是战争的发动者吗?"他忽然说,脸上带着天真,愚蠢的微笑。

巴拉舍夫说他为什么认为首先发起战争的是拿破仑。"啊,亲爱的将军,"缪拉又打断他的话,"我衷心希望两国的皇帝能够达成协议,使违反我的意愿的战争得以早日结束。"但他说这话的腔调,用的是主子尽管争吵,而仆人却仍旧愿意友好的腔调。随后他把话题转到探问大公爵的情况,问起他的健康状况,回忆和他一起在那不勒斯度过的快乐而有意义的时光。然后,突然缪拉仿佛想起了他为王的身份:挺起胸膛,摆出他行加冕礼时的姿态,挥动着右手说:"我不再耽搁您了,将军,祝您成功。"随后他到恭候他的随从那儿去了。

巴拉舍夫骑马继续赶路,依缪拉所说,大约很快就会见到拿破仑。但事与愿违,在下一个村子,达乌步兵军团的哨兵像前沿阵地散兵线一样,拦住了巴拉舍夫,叫来一个军团长副官,把他领进村去见达乌元帅。

五

达乌是拿破仑手下的阿拉克切耶夫——他虽然不像阿拉克切耶夫那么胆小,然而他却是一样的一丝不苟,一样残酷,一样靠残酷来表现自己的忠诚。

巴拉舍夫在一家农民的棚屋里见到了达乌元帅,他正坐在木桶上查账。一个副官在他身旁站着。原本可找到较好的住处,但是,有一种人偏要置身在阴暗的角落里,这样他就可以摆出一副阴森森的面孔,达乌元帅就是这种人。因此,这种人总是匆匆忙忙,埋头苦干。这种人最大的乐趣和需要就是当他面对生气勃勃的事物时,他就越发阴沉而顽强地活动。巴拉舍夫被带进来,于是达乌享受这种乐趣的机会到来了。俄国将军进来时,他干得更加起劲了,他透过眼镜瞅了瞅巴拉舍夫那张由于晴丽的晨光和同缪拉的谈话而变得容光焕发的面孔,他没有站起来,几乎连动也不动,他把眉头皱得更紧,凶恶地冷笑了一声。

达乌看出因为他这种接待,巴拉舍夫脸上露出不快乐的表情,他抬起头来,冷冷地问他要干什么。

巴拉舍夫以为,他所以受到如此的待遇,是因为达乌不知道他是亚历山大皇帝的高级侍从,并且是要见拿破仑皇帝的代表,巴拉舍夫赶紧通报了自己的官职和使命。与他的希望相反,达乌听了以后,变得更凶、更粗暴了。

"您的公文呢?"他说:"您把它交给我,我来送呈给皇帝。"

巴拉舍夫说,他奉命亲自呈交皇帝。

"您的皇帝的命令,只能在你们那里执行,在这里,"达乌说,"叫您怎么办,您就得怎么办。"

为了加强俄国将军在暴力之下的感觉,达乌派副官去叫值班军官。

巴拉舍夫取出内封皇帝信件的公文,放到桌上。达乌拿起公文。

"您完全有权尊重我或不尊重我,"巴拉舍夫说,"可是请您注意,我荣任皇帝陛下的高级侍从武官……"

达乌沉默地看了他一眼,巴拉舍夫脸上露出的激动和局促不安的神色,很使他心满意足。

"您将要受到应有的接待,"他说,把书信揣到衣袋里,走出了棚屋。

过了一会儿,元帅的副官德·卡斯特列先生进来,把巴拉舍夫领到了给他准备的住处。

这天巴拉舍夫就在棚屋里和元帅一块在架在木桶上的门板上进餐。

第二天一大早,达乌必须外出,他把巴拉舍夫请来,严肃地对他说,他要他留在这里待命,随行李车同行,而且,除了跟德·卡斯特列先生外,不许跟任何人谈话。

在过了四天孤独、寂寞、怀着屈从于他人权势之下和卑微的感觉的生活之后,在跟随元帅的行李车和这个地区的法国占领军行进了几站路之后,巴拉舍夫被送到现在被法军占领的维尔纳,进了他四天前从那儿走出的城门。

第二天,皇帝的侍从杜仑伯爵来见巴拉舍夫,说,拿破仑皇帝愿意接见他。

四天前,也是这座房子,门外站着普列奥布拉任斯基团的岗哨,而现在,却站着两名身穿敞襟蓝制服、头戴皮帽的掷弹兵,另外还有侍候拿破仑出来的一队骠骑兵和枪骑兵,一群服饰华美的侍从武官、少年侍从以及将军们,这些人全站在阶前拿破仑的坐骑周围。拿破仑就在维尔纳一座宅邸里接见他。

六

虽然巴拉舍夫对宫廷的排场司空见惯,但拿破仑行宫的豪华和奢侈仍然使他大吃一惊。

杜仑伯爵把他带到一间大接待室,那里有很多将军、宫廷侍从和波兰贵族,其中有许多人是巴拉舍夫在俄皇宫廷中见过的。杜罗克说,拿破仑皇帝在散步前将接见俄国将军。

等了几分钟,值班的侍从走进大接待室,向巴拉舍夫鞠躬,请他跟他来。

巴拉舍夫走进一间小接待室,室内有一道通书房的门,俄国皇帝就是在这间书房里派他出使的。巴拉舍夫站着等了一会儿。门里响起脚步声。两扇门忽的一下敞开了,一时鸦雀无声,这时书房里响起另一种坚定的果断的脚步声:这就是拿破仑。他刚穿好骑马的装束。他穿一身青灰色制服,憨着襟,露出垂到滚圆的肚皮上面的背心,白麋皮裤紧箍着又肥又粗的大腿,脚蹬一双长筒靴。他那短发刚刚梳理过。从制服的黑领里露着白白胖胖的脖颈;他身上散发着香水味。在他那下巴颏突出的胖脸上,摆出皇帝接待时既庄严又慈祥的表情。

他出来了,每走一步就猛颠一下,稍微向后仰着头。宽厚的肩膀,下意识地挺胸胰肚,发胖短小的身形。可以看得出,他的心情很好。

作为答谢巴拉舍夫恭敬地鞠躬,他点了头,走到他面前,立刻就说起来,就像一个珍惜每一分钟的人,不屑于打腹稿,相信他永远说得好,知道应当说什么。

"您好,将军!"他说。"您送来亚历山大皇帝的信,我接到了,见到您很兴奋。"他那双大眼睛向巴拉舍夫的脸看了一眼,很快又向别处望过去了。

显然,他对巴拉舍夫这个人不感兴趣。看来,他只关心他心里所想的。他身外的一切,对于他没有任何意义,因为他觉得,世上的一切无不受他的意志的支配。

"不管是现在还是过去,我都不喜欢战争,"他说,"可是,我是被迫的。就是现在,我也愿意接受你们能够给我的所有解释。"于是他简单明了地说明他对俄国政府不满的原因。

从法国皇帝说话声调的安静和友好判断,巴拉舍夫深信他是希望和平的,是愿意谈判的。

"陛下,敝国皇帝,"当拿破仑把话说完,询问地看了看俄国使臣时,巴拉舍夫开始说他早就准备好的话,但是皇帝对他凝视的目光使他心慌。"您着慌啦——定定神吧。"拿破仑仿佛这样说,他含着一丝笑意望着巴拉舍夫的制服和帽子。巴拉舍夫恢复过来,说,亚历山大皇帝不认为库拉金申请护照一事就是造成战争的充分理由,库拉金这样做是他一意孤行,并未得到皇上的同意,亚历山大皇帝不希望战争,同英国也没有什么关系。

"还说没有,"拿破仑插了一句,似乎生怕自己发脾气,皱紧眉头,微微点了点头,表示巴拉舍夫可以说下去。

巴拉舍夫把奉命要说的话都说了,接着他又说,"亚历山大皇帝盼望和平,他可以同意谈判,不过得有一个条件,那就是……"巴拉舍夫说到这里吞吞吐吐起来:他记起了亚历山大皇帝没有写进信里的那句话,但是他命令一定要把那句话插进给萨尔特科夫的上谕里面,而且叫巴拉舍夫转告拿破仑。巴拉舍夫记得那句话:"只要有一个武装敌人留在俄国土地上,就决不讲和,"可是有一种复杂的心情封住了他的嘴。他虽然想说这句话,但是说不出口。他沉吟了一下,说:"条件就是法国军队必须撤到涅曼河以西。"

拿破仑看出巴拉舍夫在说最后一句话时,神色不安;拿破仑的脸抽搐了一下。他在原地站着,开始用那比先前更高更急促的声音说起来。在他讲下面的话时,巴拉舍夫不时垂下眼来,忍不住观察拿破仑的小腿肚的颤抖,他的声音越高,抖得就越厉害。

"我希望和平并不亚于亚历山大皇帝,"他开始说。"我不是十八个月以来就致力于和平吗?我等待解释等了十八个月。为了能开始谈判,还要我做什么呢?"他一边说,一边用他那白胖的小手用力打着疑问的手势。

"把军队撤到涅曼河以西,陛下,"巴拉舍夫说。

"撤到涅曼河以西?"拿破仑说。"那么,现在要撤到涅曼河以西——只要撤过涅曼河以西就行了吗?"拿破仑又重复说,向巴拉舍夫看了一眼。

巴拉舍夫恭敬地低下头来。

四个月前要求退出波美拉尼亚省,而现在只要退到涅曼河以西就行了。拿破仑猛然转过身去,在屋里踱来踱去。

"您说,为了谈判,要求我撤到涅曼河以西,正如两个月前要求我撤到奥德河和维斯杜拉河以西,你们就可以同意谈判。"

他沉默地从一个屋角走到另一个屋角,然后又在巴拉舍夫面前站住了。他的左腿比先前抖得更快了。拿破仑是知道的。"我的左小腿颤抖是一个伟大的征兆。"他后来说过。

"像撤过奥德河和维斯杜拉河之类的建议,可以向巴顿亲王提出,向我提出可不行,"拿破仑差不多大声尖叫起来,完全出乎他自己的意料。"即使你们给我彼得堡和莫斯科,我也不能接受这个条件。您说,是我挑起这场战争的吗?是谁先到军队去的?是亚历山大皇帝,不是我。你们现在向我建议开始谈判,当我花了数百万,当你们和英国联盟并且形势对你们不利——你们才要求和我谈判!你们和英国联盟是什么目的?它给了你们什么?"他急促地说,显然,他已经转了话题,不是谈媾和的好处,不讨论媾和的可能性,而是一味证明他多么有理和有力量,证明亚历山大是多么无理和错误了。

他这段开场白的用意,当然是为了表明形势对他有利,并且表示,虽然如此,他仍旧愿意举行谈判。但是他一说开了头,就越说越控制不住他的舌头了。

他现在所说的话,无非是抬高自己,同时侮辱亚历山大,也就是做了他刚接见时所最不愿做的事情。

"听说你们和土耳其讲和啦?"

巴拉舍夫肯定地点了一下头。

"缔结了和约……"他开始说。可是拿破仑没让他说下去。看来他需要独白,就像娇纵惯了的人常有的那样,他控制不住暴躁的脾气,说个没完没了。

"是的,我知道你们没有得到摩尔达维亚和瓦拉几亚,就同土耳其缔结了和约。我原本可以给你们皇帝这两个省份的,就像我把芬兰给他那样。是的,"他继续说,"我曾经答应并且会把摩尔达维亚和瓦拉几亚给亚历山大皇帝的,可是现在他得不到这两个美丽的省份了。他原可以把这两个省并入他的帝国版图的,仅仅在一个朝代,他就可以把俄罗斯从波的尼亚湾扩展到多瑙河口。就是叶卡捷琳娜大帝也不过如此,"拿破仑说,他的情绪越来越激昂了,在屋里来回踱步,把他在提尔西特对亚历山大本人说的话,差不多一字不差地又对巴拉舍夫说一遍。

"亚历山大皇帝的朝代本来可以成为一个十分美好的朝代的。"

他遗憾地看了看巴拉舍夫,巴拉舍夫刚要说话,他又连忙打断了他。

"凭我的友谊没有得到的东西,他还能指望得到它和寻求得到吗?……"拿破仑说,耸耸肩膀。"但是,不,他宁愿被一些我的敌人所包围,那都是些什么人呢?"他继续说。"像施泰因、阿姆菲尔德、贝尼格森、温岑格罗德之流的人物,他都弄到身边。施泰因是一个被逐出祖国的叛徒;阿姆菲尔德是一个好色之徒和阴谋家;温岑格罗德是一个法国籍的亡命徒;贝尼格森比起别人来,有点像军人的样了,不过仍旧是个草包,1807年他束手无策,他只能唤起亚历山大皇帝可怕的回忆……假定他们中用,用他们倒也罢了,"拿破仑继续说。他的话几乎跟不上他那不断涌出来的、他觉得正确或者有力的思想。"他们不论是在战时还是在平时都不中用!据说巴克雷最能干;但是,就他的现在的活动来看,我不那样认为。他们在干什么,这些朝臣都在干什么啊!普弗尔提出建议,阿姆菲尔德争论不休,贝尼格森来回研究,负有作战使命的巴克雷拿不定主意,一拖再拖。只有一个巴格拉季翁算是军人。他为人愚蠢,但是他有经验,有眼光,做事果断……你们年轻的君主在这群不成器的人们中间扮演什么角色呢?他们损坏他的名誉,把所有的责任都推到他身上。一个皇帝只有当他是一个军事家时,他才有资格参加军队。他说这句话显然是不客气地向一国之君挑衅。因为拿破仑知道亚历山大皇帝很希望成为一个军事家。

"战役已经开始一个星期了,你们连维尔纳都守不住。你们被切成两半,被赶出波兰各省。你们的军队怨声载道。"

"正相反,陛下,"巴拉舍夫说,吃力地追随着这一连串排炮似的话语。"我军个个摩拳擦掌……"

"我都知道,"拿破仑打断了他的话,"我全知道,我知道你们各营的人数如同知道自己的一样。你们的军队不足二十万人,可是我的军队比你们多三倍;我对您说实话,"拿破仑说,他忘了他的实话不会有什么意义。"我对您说实话,我在维斯杜拉河这边有五十三万人。土耳其帮不了你们的忙!他们是一堆废物,同你们讲和就是一个证明。瑞典人——他们命中注定要受疯狂的国王的统治。他们过去的国王是个疯子;他们废掉了他,换了一个叫柏尔纳道特的,他立刻就发了疯,因为作为瑞典人,只有疯子才跟俄国联盟。"拿破仑恶意地笑笑,又把鼻烟壶凑到鼻子跟前。

对于拿破仑的每句话,巴拉舍夫都想并且也有理由反驳;他不停地做出要说话的姿势,但是拿破仑老打断他。巴拉舍夫不同意瑞典人发疯,他想说,俄国支持瑞典,因为瑞典是一个孤岛;但是拿破仑怒吼一声,把他的声音压了下去。拿破仑一发脾气,就需要说话,说了又说,无非是向人证明他是正确的。巴拉舍夫感到难堪,他作为一个使臣,担心有失尊严,觉得必须反驳;但作为一个人,在拿破仑莫名其妙气得发昏的情况下,他在精神上畏缩了。他知道,拿破仑现在说的每句话,都没有意义,在头脑清醒的时候,连他自己想起来都觉得害羞。巴拉舍夫站在那儿垂着眼睛,瞅着拿破仑那两条不停地活动着的粗腿,尽可能避开他的目光。

"你们的同盟和我有什么相干?"拿破仑说。"我有我的同盟——这就是波兰:他们有八万人,打起仗来勇猛得像狮子。他们就要有二十万人了。"

大概是因为他说了这句明显的谎话,并且巴拉舍夫仍旧带着那副屈从命运的神情站在他面前默不作声,惹得他更加气愤了,他猛然转过身来,走向前去,直冲着巴拉舍夫的脸,用他那雪白的两手用力并且迅速地比画着,差不多是大喊起来:

"告诉您说吧,倘若你们挑动普鲁士反对我,告诉您说吧,我一定把它从欧洲地图上抹掉,"他说,他的脸刷白,因为愤恨变了样子。"是的,我一定把你们赶过德维纳河,赶过第聂伯河,我一定恢复那个阻挡你们的障碍物,波兰。是的,这就是你们将来的命运,这就是你们疏远我而得到的报应,"他说,又在屋子里来回走了几趟,肥胖的双肩抽搐着。他把鼻烟壶放到衣袋里,又掏出来举到鼻孔上闻了几次,最后在巴拉舍夫面前站住了。他沉默了一会儿,含着讥笑看着巴拉舍夫的眼睛,低声说:"你们的皇帝本来可以有个多么美好的朝代啊。"

巴拉舍夫觉得不得不予以反驳,他说,在俄国看来,情况并非如此灰暗。拿破仑不出声,还是带着讥笑望着他,显然没有听他的话。巴拉舍夫说,俄国对战争十分乐观。拿破仑大度地点了点头,仿佛说:"我知道,您这样说是您的责任,可是连您自己也不相信您的话,您被我说服了。"

在巴拉舍夫说完了话的时候,拿破仑又拿出鼻烟壶来闻了闻,同时用脚在地板上敲了两下,这是叫人的信号。门开了;一个侍从恭敬地躬着腰递给皇上帽子和手套,另一个侍从递给他手绢。拿破仑看也不看他们,向巴拉舍夫转过身来。

"请代我向亚历山大皇帝保证,"他接过帽子说,"我永远地对他忠诚:我十分了解他,我高度评价他的崇高品质。您请回吧。"说完拿破仑便向门口匆匆走去。接待室里的人都跑过去,跟着他下了楼梯。

七

在拿破仑同他谈了那些话以后，在发了一阵脾气和最后冷淡地说再见以后，巴拉舍夫认为，拿破仑不但不愿再见他，并且将尽力不碰见他这个受辱的使臣，主要因为他是有失体统和暴跳如雷的情景的目击者。可是令他奇怪的是，他居然从杜伦那儿接到了皇帝的邀请。

赴宴的还有贝歇尔、科兰库尔和贝蒂埃。

拿破仑对巴拉舍夫笑脸相迎，态度亲近。他不但没有窘态，或者为早上的大发雷霆而内疚，反倒竭力鼓励巴拉舍夫。很明显，拿破仑认为他根本不会有什么错误，在他的观念中，他所做的一切都是好的，其所以好，并不是因为别的什么原因，而是因为那是他做的。

皇帝骑马游了一趟维尔纳城，心情非常快乐，城里的人群欢欣若狂地迎送他。他所经过的街道，家家窗口都挂着毯子、旗帜、他的姓名的花字，波兰妇女们向他挥动手绢。

入席的时候，他让巴拉舍夫坐在他身边，他待他不但亲热，并且把巴拉舍夫当作同情他的计划而且为他的成功而兴奋的他的朝臣。他在言谈之间提到莫斯科，于是向巴拉舍夫打听俄国首都的情况，他不但像一个旅行者出于好奇地问一个他要去的新地方，并且带着肯定的口气，认为作为一个俄国人的巴拉舍夫，肯定会以他有这种好奇为荣。

"莫斯科有多少居民，有多少住宅？莫斯科称为圣莫斯科，是真的吗？莫斯科有多少教堂？"他问。

听到有二百多座教堂的回答后，他说：

"要这么多教堂干什么？"

"俄国人笃信上帝，"巴拉舍夫回答。

"但是大量的修道院和教堂从来就是人民落后的象征，"拿破仑说，他转脸看看科兰库尔，希望他对这一见解给予赞赏。

巴拉舍夫恭敬地表示，对法国皇帝的意见不能同意。

"每个国家都有各自的风俗习惯，"他说。

"可是，在欧洲就没有这类情况，"拿破仑说。

"请陛下原谅，"巴拉舍夫说，"除了俄国，还有西班牙也有很多教堂和修道院。"

巴拉舍夫这句暗示不久前法军在西班牙的败绩的话，根据巴拉舍夫后来的讲述，在亚历山大宫廷里得到极高的评价，但是现在在拿破仑的宴席上却不大受赞赏，没引起多少反应就过去了。

从元帅们疑惑的神情可以看出，他们对那句从巴拉舍夫的语气知道有所讽刺的俏皮话到底是何含意，都莫名其妙。"就算那是一句俏皮话，可是我们听不懂，也许它完全就无俏皮可言，"元帅们脸上的表情这样说。这个回签这么不被赏识，甚至拿破仑干脆就不理会它，他天真地问巴拉舍夫，从这儿到莫斯科最近的路线要经过哪些城市。在整个吃饭时间都保持警惕的巴拉舍夫回答说：正像条条大路通罗马，条条大路也通莫斯科。有许多路，在各种不同的路中间，有一条查理十二选择的通到波尔塔瓦的路，巴拉舍夫说，因为这句巧妙的回答，他忍不住兴奋得满脸通红。巴拉舍夫还没有说完最后"波尔塔瓦"这几个字，科兰库尔就谈起从彼得堡到莫斯科的道路多么难走，回忆起他在彼得堡的情景。

饭后都到拿破仑书房里喝咖啡，四天前，这儿是亚历山大皇帝的书房。拿破仑坐下来，抚摸着塞弗尔咖啡杯，让巴拉舍夫坐在他身边的椅子上。

人们有一种人人皆知的饭后心情，这种心情比任何原因更能使人怡然自得，并且把每个人都当作朋友。拿破仑正是怀着这样的心情。他觉得身边都是崇拜他的人。他认为巴拉舍夫吃过他的饭后也是他的朋友和崇拜者。拿破仑带着快乐的和有点讥讽的微笑对他转过脸来。

"听说这个房间是亚历山大皇帝住过的。真奇怪，是真的吗，将军？"他说，一点都不怀疑他的话会使对方快乐，因为他的话说明他拿破仑比亚历山大高明。

巴拉舍夫无话可说，默默地低下头来。

"是的，在这间屋里，四天前温岑格罗德和施泰因开过会议，"拿破仑仍旧含着讥讽的、自信的接着说。"使我不能理解的是，亚历山大皇帝为什么要把我个人的敌人都弄到他身边。这一点……我不明白。难道他没想到我也可以这么办吗？"他带着疑问的神情向巴拉舍夫转过脸来，显然，这个回忆又引起他那仍未消去的早上的怒气。

"就让他知道我怎么办吧，"拿破仑说，他站起来，用手把咖啡杯推开。"我一定把他的亲属、符腾堡的、巴顿的、魏玛的亲属全部从德国赶走……是的，我一定把他们赶走。就让他在俄国为他们准备避难所吧！"

巴拉舍夫低下头，表示，他很想告辞。拿破仑没有看出他的表情。

"亚历山大皇帝为什么要担任军队的统帅？这有什么用？战争是我的职业，而他的工作是做皇帝，而不是指挥军队。为什么他要担起这个责任？"

拿破仑又取出鼻烟壶，静静地走了几趟，然后忽然走到巴拉舍夫跟前，含着一丝笑意，仍旧是那么自信、迅速、单纯，似乎他在做一个不但重要的，并且使巴拉舍夫兴奋的事情，他把手举到这位四十岁的俄国将军的脸上，揪住他的耳朵，轻轻地拉了拉，撇了撇嘴唇微微一笑。

在法国宫廷里，被皇帝揪耳朵，被看作极大的恩宠。

"给将军备好了马没有？"他又说，点点头以答谢巴拉舍夫的鞠躬。

"把我的那些马给他,他要走很远的路呢……"

巴拉舍夫带回的信是拿破仑给亚历山大皇帝的最后一封信。所有谈话的详情都向俄国皇帝转达了,于是战争开始了。

八

安德烈公爵在莫斯科和皮埃尔见面后,他对他家里的人说他有事要去彼得堡,而事实上他是希望在那儿遇见阿纳托利·库拉金公爵,他认为必须遇见他。到彼得堡后,他得知库拉金已经不在那儿了。皮埃尔预先通知他的内兄,说:安德烈公爵在找他。阿纳托利立刻从陆军大臣那儿得到委任,于是到摩尔达维亚部队里去了。安德烈公爵在彼得堡见到一直对他有好感的老上司库图佐夫将军,库图佐夫将军建议安德烈公爵和他一块去摩尔达维亚部队,老将军被任命担任那儿的总司令。安德烈公爵接到在总司令部供职的任命以后,就到土耳其去了。

安德烈公爵认为给库拉金写信要求决斗是不对的。在没有新理由的情况下,安德烈公爵认为由他首先挑战,是有损于罗斯托娃伯爵小姐的名誉的,所以他寻找机会和库拉金见面,以便找一个决斗的新借口。但是在土耳其军队里他也没有碰到库拉金,他在安德烈公爵到后不久就回俄国去了。在一个新国家和新环境里,安德烈公爵心情较为轻松。自从未婚妻变心以后,过去他感到幸福的那些,现在反而使他痛苦,从前他所极为珍视的自由和独立,现在使他觉得更难过。现在甚至害怕回忆那些向他启示无限光明前景的思绪。他现在只关心与过去无关的现实问题,他越热衷眼前的问题,过去就离他越远。仿佛过去悬在他头上那个无限遥远的苍穹,突然变为低矮、有限、压着他的拱顶,那里面所有的东西都很明了,并没有什么永恒和神秘的东西。

在他所有工作中,他觉得在军队里服务最简单也最熟悉。他在库图佐夫司令部值班的时候,他的执着和勤恳,使库图佐夫吃惊。在土耳其没有找到库拉金,安德烈公爵认为没必要再回到俄国追踪他;不过他明白,不论时间过去多么长久,只要一遇见库拉金,他就会向他挑战,就像一个饥饿的人不能不向食物扑过去一样,虽然他很鄙视他,虽然他给自己找出许多条理由使他觉得他不值得降低身份同他发生冲突。可是一想到耻辱未雪,心头之恨未得发泄,他那人为的安宁——也就是他给自己安排的劳碌的、多少出于野心和虚荣的活动,就受到干扰。

1812年,同拿破仑开战的消息传到布加勒斯特后(库图佐夫在那里已经住了两个月,日夜和一个瓦拉几亚女人厮混),安德烈公爵要求库图佐夫把他调到西线方面军。库图佐夫对博尔孔斯基以其勤奋来责备他的懒散,早已感到厌烦了，很兴奋把他打发走，就让他到巴克雷·德·托利那儿去执行任务。

在未到达驻在德里萨军营的军队之前，安德烈公爵顺路到童山去了一趟，童山距他所走的斯摩棱斯克大路仅有三俄里。最近三年来，安德烈公爵的生活变化很大，他思考的很多，感受的很多，见到的很多，可是当他到达童山的时候，这儿的一切，都依然如故，生活方式也依然如故，不由得使他觉得奇怪和出乎意外。当他驱车驰进林荫道，经过童山住宅的石头大门时，就像进入一座因受魔法而沉睡的古堡似的。这所宅第仍旧是那样庄严，那样清洁，那样寂静，仍然是那些家具，那些墙壁，那些音响，那些气味以及那些只不过有点见老的怯怯的面孔。玛丽亚公爵小姐仍旧是那样小心谨慎、样子不漂亮、上了岁数的姑娘，她永远在惊悸和痛苦中、在郁郁寡欢中度过最好的年华。布里安小姐仍然是那样尽情享受她的生命的每刻，满怀喜悦，自鸣得意，卖弄风情。安德烈公爵觉得，她只是变得更自信罢了。他从瑞士带回来的那个教师德萨尔，尽管穿着一身俄罗斯式的常礼服，操着一口半通不通的俄语和仆人说话，可是仍旧是一个才智有限、有学识和有德行的学究先生。老公爵在身体上唯一的变化是在一边嘴里少了一颗牙齿；他仍旧是那副老脾气，只是对外界发生的事更容易动怒，更多疑罢了。只有尼古卢什卡长高了，样子变了，面颊红扑扑的，满头乌黑的卷发，兴奋和大笑的时候，他那好看的小嘴上唇不自觉地翘起来，跟故去的小公爵夫人一模一样。尽管表面一切都照旧，但是，自从安德烈公爵离开这儿后，这些人的内部关系变了。家庭的成员分成两个互相敌视的阵营，现在只是看在他的面上，才改变了平时的生活方式，大家当着他面待在一起。老公爵、布里安小姐、建筑师属于一个阵营，属于另一个阵营的是玛丽亚公爵小姐、德萨尔、尼古卢什卡以及所有的保姆和乳母。

他在童山期间，家里所有的人都在一块吃饭，可是所有的人都感到尴尬不安，安德烈公爵觉得他是客人，因为他，大家才有这样的例外，有他在场，大家都很拘束。第一天吃饭的时候，安德烈公爵就不由得感到了这一点，于是沉默了，老公爵看出他的神色不自然，也阴沉着脸子一声不吭，一吃完饭就回自己房间去了。晚上，安德烈公爵去见他，努力使他提起精神，给他讲起小伯爵卡缅斯基的远征，可是老公爵出乎意外地和他谈起玛丽亚公爵小姐，责备她迷信，说她不爱布里安小姐，他说，真正忠于他的只有布里安小姐一个人。

老公爵说，倘若他得了病，那都怨玛丽亚公爵小姐；她故意折磨他，惹他生气；因为她的溺爱和蠢话，使尼古拉小公爵学坏了。老公爵很明白，是他折磨自己的女儿，她的生活很苦，可是他也知道他不能不折磨她，她活该如此。"为什么安德烈公爵看到了这一点，而闭口不谈他的妹妹？"老公爵在想，"他是不是觉得我是坏人或者是老糊涂了，莫名其妙地疏远自己的女儿而亲近一个法国女人？他不明白，所以要向他解释，要让他好好听一听，"老公爵这样想。于是他开始解释他为什么无法容忍女儿的愚蠢的性格。

"倘若您问我，"安德烈公爵眼睛不望着父亲，说，"我本不想说；但是如果您问我的话，那么我就把我意见坦白地告诉您。如果说您和玛莎之间有误会和不和的话，那么我绝对不能怪她，因为我知道她是很敬爱您的。如果您问我，"安德烈公爵暴躁地说，他近来总是容易暴躁，"我可以说的只有一点：如果有误会的话，那么，其原因全在那个微不足道的女人，这个人不配当我妹妹的陪伴。"

老头子开始时定睛望着儿子，咧着嘴不自然地微笑，露出牙齿中间的新豁口。

"什么陪伴？亲爱的？嗯？你们已经谈过了！嗯？"

"爸爸，我不想做一个审判官，"安德烈公爵说，声调恼怒并且生硬，"可是，是您先向我挑战，我说过，并且还要说，玛丽亚公爵小姐没有错，而有过错的是那些……全是那个法国女人的过错……"

"唔，判罪啦……判我的罪啦！"老人低声说，安德烈公爵觉得他的声音有点窘，可是，接着他忽然跳起来，大叫道："给我滚，给我滚！连你的影子也别让我看见！……"

安德烈公爵想立刻离开家，可是玛丽亚公爵小姐劝他再留一天。这一天安德烈公爵没有和父亲见面，老头子没出来，除了布里安小姐和吉洪，不让其他人进他的房门，他问了好几次，他儿子走了没有。第二天临走前，安德烈公爵来到他儿子的房间。那个健壮的、像母亲一样生着卷发的小孩坐在他的膝盖上。安德烈公爵给他讲故事，但是没讲完，他便沉思起来。他想的不是好看的小儿子，他是在想自己。他对儿子表示亲热，把他抱在膝头，希望唤起内心对他的柔情，但他觉得，他怎么也找不到往日对儿子的柔情了。

"讲呀，"儿子说。安德烈公爵没有回答他，把他从膝上抱下来，走出房去。

安德烈公爵一旦丢开他日常的工作，尤其是一回到他曾经幸福地生活过的那个往日的环境，愁闷就会强烈地袭击他，于是他就赶忙避开那些回忆，找点事情做做。

"你不走不行吗，安德烈？"妹妹对他说。

"谢谢上帝，我可以走开了，"安德烈公爵说，"我很可惜你走不了。"

"你干吗这样说！"玛丽亚公爵小姐说。"现在你要去参加可怕的战争，他又如此衰老，你怎么说出这样的话！布里安小姐说，他老问你呢……"她刚一开口说话，她的嘴唇就发颤了，眼泪簌簌地落下来。安德烈公爵转过身去，在室内来回踱步。

"啊，我的上帝！我的上帝！"他说。"你会想不到，一件东西和一个什么人，不管多么无足轻重，都可以使人招致不幸！"他说，他那愤怒的口气使玛丽亚公爵小姐吃惊。

她知道，他所谓无足轻重的人，指的不只是使她不幸的布里安小姐，并且是指那个毁掉他的幸福的人。

"安德烈,我只求你一件事,我恳求你,"她说,碰了碰他的臂肘,用饱含泪水的眼睛望着他。"我了解你。不要以为不幸是人造成的。人是上帝的工具。""不幸是上帝赐给的,不是人造成的。人是他的工具,他们是没有罪的。倘若你觉得谁得罪了你,那么你就忘掉他吧,宽恕吧。我们没有权利去惩罚。你会明了宽恕的幸福的。"

"倘若我是女人,我一定会这样做,玛丽亚,那是女人的品德。可是男人不应该忘记和宽恕,"他说,尽管此刻他没想到库拉金,可是没有发泄的怒火忽然在心中燃烧起来。"倘若玛丽亚公爵小姐已经劝我宽恕,那就是说,我早就应该惩罚了,"他想。他不再回答玛丽亚公爵小姐,这时他开始想他在遇见库拉金时(他知道库拉金目前在军队里)那痛快的、复仇的时刻。

玛丽亚公爵小姐恳求哥哥多留一天,她说,倘若安德烈没有和父亲和解就走了,那会使父亲伤心的;但是安德烈公爵回答说,大概他不久就从军队回来,他一定给父亲写信,现在在家住得越久,关系也就会越恶化。

"再见,安德烈,再见,安德烈! 记着,不幸都是来自上帝,人们是永远没有罪的。"这是他向妹妹告别时听到妹妹的最后的几句话。

"是啊,事情也只得这样!"安德烈公爵驱车走出童山住宅的林荫道时,想道。"她这个可怜无辜的人,只好受昏聩的老头子的折磨吧。老头子知道自己不对,但是改不了。我的孩子在成长,享受生之欢乐,他将来在生活中也和每个人一样,不是被骗就是骗人。我到军队里去,为什么?——连我自己也不明了,我希望碰见那个我所鄙视的人,给他一个打死我和嘲笑我的机会!"生活条件仍旧没变,但过去它们是和谐一致的,而如今一切都破碎了。一些没有联系的、毫无意义的现象,一个跟着一个在安德烈公爵的思想中显现。

九

六月底,安德烈公爵来到总司令部。皇帝所在的第一军在德里萨设置了防御工事;第二军在撤退,日夜兼程与第一军会师,据说,它和第一军被数量庞大的法军切断了。人人都不满意俄国军队的军事情势;可是谁也没想到有入侵俄国各省的危险,谁也没估计到战争会大大超过西部波兰各省。

安德烈公爵在德里萨河岸找到他受命到其部下任职的巴克雷·德·托利。因为营盘附近没有大的村镇,众多的将军和随军的宫廷大臣都安顿在河两岸方圆十俄里的村子中最好的宅院里。巴克雷·德·托利住在离皇帝四俄里的地方。他板着脸孔很客气地接待博尔孔斯基。他说,他将奏明皇上再确定他的职务,临时请他留在他的司令部。安德烈公爵希望在军队里找到阿纳托利·库拉金,可是他不在这儿,使博尔孔斯基很兴奋。目前安德烈公爵最关心的是正在发生的大规模的战争,他很兴奋能有一段时间不再为库拉金的问题而分心。在头四天,没有派他什么任务,他骑着马巡视营地,他依靠自己的知识和同知情人的谈话,尽量对每个营地有一个准确的概念。可是每个营地的防御工事是否有利,对于安德烈公爵仍旧是一个没有解决的问题。根据自己的军事经验,他已经得出一个结论,在战争中,最深思熟虑的计划并没有什么意义(正如他在奥斯特利茨战役中见到的),问题全在于怎么处理忽然的、预见不到的敌人的行动,还在于如何和由谁来指挥整个战役。为了弄清楚这个问题,安德烈公爵利用他的地位和熟人,极力深入了解军队的指挥以及参加指挥的人员和派别的情况,于是他对形势得出如下的认识。

皇帝在维尔纳的时候,军队分成三个军:第一军由巴克雷·德·托利统率,第二军由巴格拉季翁统率,第三军由托尔马索夫统率。皇帝驻在第一军,但并不是以总司令的名义。据通令声称,皇帝不指挥军队,皇帝只是驻在军队。另外,也没有御前总指挥参谋部,只有一个皇帝行辕参谋部。跟随他的是皇帝行辕参谋长——掌管军需的将军博尔孔斯基公爵,还有另外几名将军和侍从武官、外交官以及一大批外国人,但这不是军队的参谋部。此外,在皇帝跟前没有职务的还有:阿拉克切耶夫——前陆军大臣,贝尼格森伯爵——是大将,皇太子康士坦丁·帕夫洛维奇大公,鲁缅采夫——首相,施泰因——前普鲁士大臣,阿姆菲尔德——瑞典将军,普弗尔——作战计划主要起草人,侍从武官长保罗西——撒丁流亡者,沃尔佐根以及其他许多人。虽然这些人没有军职,但因为他们所处的地位,他们却有不容忽视的影响,往往一个军团长或者甚至总司令不知道贝尼格森,或者大公,或者阿拉克切耶夫,或者博尔孔斯基是以什么身份向他们问话或者给予某种忠告,也不知道那种以忠告的形式提出的指示是出自他本人还是出自皇帝,也不知道是否应该执行。但这不过是表面的情况,皇帝和所有这些人在场的实质意义,从宫廷侍臣的观点看(皇帝在场,所有的人都成为宫廷侍臣),是人人都明白的。那意义就是:皇帝没有担任总司令的名义,可是他号令全军;他身边的人都是他的助手。阿拉克切耶夫是忠诚的执行人和监督,是皇帝的侍卫;贝尼格森是维尔纳省的地主,本质上是一个优秀的将军,能够出谋划策,而且可以随时替代巴克雷。大公在那儿是因为他兴奋待在那儿。施泰因在那儿是因为他也能出谋划策,还因为亚历山大皇帝对他的人品有极高的评价。阿姆菲尔德是拿破仑的死敌,并且是一位自信的将军,相信他常常能影响亚历山大。保罗西在那儿是因为他敢于说话而且果断。侍从武官长在那儿是因为他们到处总是跟随着皇帝的,最后,也是最主要的,普弗尔在那儿是因为他拟定了反对拿破仑的作战计划,而且使亚历山大相信这个计划是可取的,因此他在掌管全部的军事。和普弗尔一块的有一个沃尔佐根,他比普弗尔本人更能用明了易懂的方式表达普弗尔的思想:普弗尔是一个尖刻的、自信到目空一切的、书本上的理论家。

除了上述那些俄国人和外国人外（特别是外国人，他们都具有在异国活动的人们所特有的大胆，每天都提出新的惊人的想法），还有许多次要人物，他们随军原因是那儿有他们的老上司。

从这个庞大、忙碌、辉煌、骄傲的集团里所有的意见和议论中间，安德烈公爵看出比较明显的划分为以下的倾向和派别。

第一派是普弗尔及其追随者，一些军事理论家，他们相信有一门军事科学，这种科学有其不变的规则，如运动战、迂回战等等法则。普弗尔及其追随者要求退到腹地，按照伪军事理论所规定的精确法则，对这种理论的任何偏离，都被视为野蛮、胡闹或者别有用心。属于这一派的有德国亲王们，沃尔佐根、温岑格罗德以及其他人，多数都是德国人。

第二派与第一派相反。正如常有的情形，有一种极端的代表就会有另一种极端的代表。这派人在维尔纳的时候就请求攻入波兰，要求不受预定计划的约束。这一派的代表除了是大胆行动的代表以外，还是民族主义的代表，因此在辩论中变得更为偏激了。他们都是俄罗斯人：巴格拉季翁，叶尔莫洛夫和其他人。当时有一则广为流传的关于叶尔莫洛夫的笑话，说他曾经请求皇上恩典——封他为德国人。这派人缅怀苏沃洛夫，他们说不应该总在考虑，在地图上插针，而应该战斗，打击敌人，御敌于国门之外，不要损伤士气。

最得皇上信任的第三派，是那些调和于两派之间的宫廷侍臣们。这一派多数不是军人，阿拉克切耶夫就属于这一派，他们所想所说，都是普通人所说所想的。他们说，毫无疑问，战争，尤其是同波拿巴（又叫他波拿巴了）这样的天才作战，要求最深思熟虑的计划和渊博的科学知识，在这方面普弗尔是一个英才；可是同时必须承认，理论家往往有其片面性，所以不要全部信任他们，要听一听普弗尔的反对派的意见，还要听听在军事上有实战经验的人们的意见，然后将这一切加以综合。这一派主张按照普弗尔的方案保住德里萨营地，但要改变其他各军的行动路线。虽然这样的改变达不到什么目的，可是这一派却觉得这样会好些。

第四派最著名的代表是大公皇太子，这位皇太子最难忘怀的是他在奥斯特利茨战役所体验的失望，当时他头戴钢盔，身穿骑兵制服，就像去阅兵似的骑着马走在近卫军前头，实指望干净利落地打垮法军，却鬼使神差地陷入了第一线，好不容易才从乱军中逃了出来。这一派在发表意见时具有坦率的优点和缺点。他们怕拿破仑，领教过他的力量，也认识到了自己的弱点，他们直率地说出了这一点。他们说："除了悲哀、耻辱和毁灭之外，什么结果也得不到！我们放弃了维尔纳，放弃了维捷布斯克，我们还要放弃德里萨。唯一明智的办法就是趁我们还没有被赶出彼得堡，尽快缔结和约！"

这个观点在军界上层很有市场，在彼得堡和内阁也得到支持，内阁首相鲁缅采夫为了其他政治原因也赞成和平。

第五派是巴克莱·德·托利的忠实信徒,他们与其说把巴克莱看作一个人,不如说把他看作陆军大臣和总司令。他们说:"不论他是什么吧(他们总是这样开始说),总之,他是一个正直的、精明强干的人,没有比他更好的人了。把实权交给他吧,因为打仗不可能没有统一的指挥,他会叫人知道他能够做什么,就像他在芬兰所表现的那样。倘若说,我们的军队井然有序,精力充沛,未遭受一点损失就撤到德里萨,那完全归功于巴克莱。倘若现在用贝尼格森代替巴克莱,那一切都完了,因为贝尼格森在 1807 年就看出他是一个无能之辈了,"这一派说。

第六派——贝尼格森派却正好相反,这一派说,不论怎么说,再没有比贝尼格森更能干、更有经验的人了,不论你怎么折腾,最终还是要请教他。这一派证明说,我们退到德里萨,是最可耻的失败,是严重的错误。他们说:"错误犯得越多越好:至少可以尽快使大家明白,这样下去是不行的。我们需要的不是什么巴克莱,而是像贝尼格森这样的人,他在 1807 年已经显过身手,拿破仑曾给过他公正的评价,能使人心悦诚服地承认权威的人,只有贝尼格森一个人。"

属于第七派的全是皇帝身边的人物——不管哪个皇帝身边总有一些人,尤其是在那些年轻皇帝身边,而在亚历山大皇帝身边就更多了;他们是一些将军和侍从武官,他们热情地忠于皇上,像罗斯托夫在 1805 年那样,不是把他当作皇帝,而是作为一个人,崇拜他,他们在他身上不但看出一切美德,而且看出人类所有的优秀品质。这些人虽然钦佩皇帝拒绝统率军队的谦虚态度,可是不赞同这种过分的谦虚,他们坚持认为,他们所崇拜的君主放弃对自己过分不信任的态度,公开宣布做军队的统帅,下面成立一个总指挥大本营,亲自指挥军队,需要时可以向有经验的理论家和实干家咨询,这样可以极大地鼓舞军心。

第八派人数最多,其数量之大与其他各派相比,相当于九十九对一。这一派既不赞成和平,也不赞成战争,既不赞成进攻,也不赞成在德里萨和在任何地方设防,既不支持巴克莱、皇帝、普弗尔,也不支持贝尼格森,他们只谋求一件事,一件最重要的事:为自己谋求最大的利益和愉快。在皇帝的行辕里,满布着扑朔迷离的阴谋诡计,在这一潭浑水里,可以捞到在别的时候意想不到的好处。有人只是怕丢掉既得的地位,于是今日同意普弗尔,明天又同意反对普弗尔的人,后天又宣称他对某个问题完全同意。为的是只要能逃避责任和讨好皇帝就行。还有些人为了捞取好处,让皇帝注意自己,于是大喊大叫,拥护皇帝前一天暗示过的某一件事,在会议上争论和喊叫,向不同意的人要求决斗,表明他准备为集体利益而牺牲。还有第三种人,在两次会议的中间,当反对派不在场的时候,直截了当地乞求给他一次津贴,以报答他的忠实服务,他知道这时不会有人拒绝他。第四种人想方设法地让皇帝看见他在埋头苦干。第五种人为了了却梦寐以求的夙愿——陪皇帝吃饭,全力以赴地证明某种刚出现的意见的正确或错误,多多少少地举出有点正确和力量的论据。

这一派人人都在追求卢布、勋章和官爵,为此他们紧紧盯着皇恩风向标,一见风向标指向某一方向,就一窝蜂地向那个方向刮风,这样就使得皇帝更难于把风向标扭到其他方向。在这动荡不安的局面中,在这使得一切全处在分外惊恐不安的严重危险的威胁下,在这阴谋、虚荣、冲突、各种观点和感情的漩涡中,加上这些人的种族各有不同,这人数最多的、专谋私利的第八派,给共同的事业带来了极大的混乱。不管发生了什么问题,这一窝蜂在前一个问题上还没嗡嗡完,又飞向那个新问题,用他们的嗡嗡之声压倒和湮没那些真诚的辩论声音。

正当安德烈公爵来到军队的时候,在这八派之外,又形成了一派,第九派,这一派开始提高自己的声音。他们是一些年事已高、通情达理、有政治经验和干练的人,他们不赞同各种互相矛盾的意见中的任何一种,对大本营发生的事冷眼旁观,设法摆脱当前这种方向不明、意志不坚、混乱一团和软弱无力的境况。

这一派人都在说也在想,所有的坏事主要来自在军队里进驻皇帝及其军事人员;不明确的各种关系,互相牵制,左右摇摆,全带到军队里了,这在宫廷里还可以,在军队里则有害无益;皇帝应当治理国家,不应该统率军队;摆脱这种境况的唯一办法就是皇帝及其随行人员离开军队;单是皇帝在场,为了保护他个人的安全,就使五万军队瘫痪;一个最坏的、然而独立自主的总司令,也比一个最好的、然而因受皇帝在场及其权威的影响而缩手缩脚的总司令要好得多。

当安德烈公爵在德里萨闲住的时候,内阁大臣希什科夫——上述那派主要代表之一,给皇帝写了一封信,巴拉舍夫和阿拉克切耶夫也同意在信上签名。他利用皇帝准许他议论大局之便,借口皇帝必须鼓舞首都人民的战斗精神,恭请皇帝离开军队。

由皇帝亲自鼓舞民众和号召民众保卫祖国(而这要看皇帝是否亲临莫斯科)——这正是俄国胜利的主要原因,为了给皇帝离开军队找个借口,提出的这个建议,被皇帝接受了。

<h2 style="text-align:center">十</h2>

这封信还未呈交皇帝的时候,一天在吃饭时,巴克雷转告博尔孔斯基说,皇帝要召见安德烈公爵,向他垂询有关土耳其的情况,当天下午六时安德烈公爵来到贝尼格森的寓所。

这一天皇帝行辕接到一件可能危及我军的拿破仑的新的行动的消息,事后证明这个消息不确。这天早上,米绍上校陪同皇帝视察德里萨工事,他向皇帝说,普弗尔所构筑的这个防御阵地,被认为是空前的战术杰作,它可以致拿破仑于死地,其实,这个阵地全无用处,是俄国军队的坟墓。

安德烈公爵来到贝尼格森将军的寓所。寓所坐落在河岸上的地主的大住宅里。贝尼格森和皇帝都没在那儿;皇帝的侍从武官长切尔内绍夫接待了博尔孔斯基,对他说,皇帝带领贝尼格森和保罗西今天第二次视察德里萨阵地工事,对阵地工事是否适用表示极大的怀疑。

切尔内绍夫在一进门的房间里,坐在窗口看小说。这个房间从前可能是个大厅;屋里还有一架风琴,风琴上放着一些地毯,墙角放着贝尼格森的副官行军床。这个副官就坐在那儿。他很明显被宴会或者事务弄得精疲力竭,坐在卷起的铺盖上打瞌睡。厅里有两道门:一道门通以前的客厅,右首的门通书房。在那先前的客厅里,遵照皇帝的意思正召集一次非军事会议(皇帝喜欢含含糊糊),出席会议的,只是一些出于目前的困境皇帝想知道他们的意见的人。这不是军事会议,似乎是为皇帝个人阐明某些问题而召开的特邀会议。被邀请的有:瑞典将军阿姆菲尔德,侍从武官沃尔佐根,温岑格罗德——就是拿破仑称为法国逃亡者的那个人,米绍,托尔,根本不是军人的施泰因伯爵,最后是普弗尔本人,安德烈公爵听说,他是一切事情的核心。因为安德烈公爵到后普弗尔才来,他向客厅走过去的时候,普停下来和切尔内绍夫谈了一会儿,所以安德烈公爵趁机仔细打量了他一番。

普弗尔穿一件俄罗斯式的将军服,他像化妆游行的人似的,把一件不合身的衣裳裹在身上,刚一看,安德烈公爵觉得面熟,其实他根本没见过他。在他身上具有魏罗特尔、马克、施米特以及其他许多安德烈公爵在1805年见过的德国军事理论家所具有的特点;可是他比他们更典型。像这么一位集上述那些德国人的特点于一身的德国军事理论家,安德烈公爵还从没见过。

普弗尔是个矮个子,很瘦,但是骨架大,体格粗壮,臀部宽阔,肩胛骨棱角分明。他满脸皱纹,眼窝深陷。他走进房间,心神不安地四处张望,似乎他对这间房里的一切,都觉得可怕似的。他笨手笨脚地扶着佩刀,和切尔内绍夫说话。看样子,他想尽快穿过房间,结束行礼和问候,只有在地图前面坐下来着手工作,他才觉得舒服。当他听切尔内绍夫说皇帝去视察按照他的理论构筑的工事时,他匆匆地点了点头,带着讽刺的意味笑了笑。他自言自语地嘟囔了一句,那声音就像所有自信的德国人一样,低沉并且急速。安德烈公爵听不清他说的话,想走过去,但是切尔内绍夫把他介绍给了普弗尔,而且说,安德烈公爵才从土耳其回来,那儿的战事结束了。普弗尔向安德烈公爵瞟了一眼,与其说是看他,不如说只是目光扫过他去看别处,然后大笑说:"这是因为战术运用的正确。"他轻蔑地笑笑,就向那传出说话声的房间走去了。

普弗尔本来就爱发脾气挖苦人,现在竟有人背着他视察他的阵地而且妄加指责,显然惹得他分外恼火。安德烈公爵从这次和普弗尔短暂的会见,再靠他对奥斯特利茨战役的回忆,给这位将军勾画出了一幅鲜明的画像。普弗尔是那些自信到不可救药、一成不变、宁愿殉道的人们中间的一个，这种人只能是德国人。

1806 年，普弗尔是在耶拿和奥尔施泰特两地作战计划的拟定人之一；但是他从那场战争的结局中一点也没看出他的理论的错误。相反，在他看来，没有按他的理论去做，是失败的唯一原因。他幸灾乐祸地讽刺说："我早就说过，整个事情都要完蛋。"普弗尔太爱自己的理论，以致忘了理论的目的是在实际中应用；他们因为爱理论而憎恨一切实践，不愿知道它。他甚至为失败而兴奋，因为实际背离了理论，才招致失败，这更证明了他的理论的正确性。

他和安德烈公爵及切尔内绍夫说了几句有关当前战争的话，他的神情仿佛在说，我早就知道一切都要弄糟的。

他走进另一个房间，立刻就从那儿传出了他那低沉而愤慨的声音。

十一

安德烈公爵还未来得及用目光把普弗尔送走，贝尼格森就急急地走了进来，向博尔孔斯基点点头，边走边给他的副官一些指示，就进书房去了。皇帝还在后面，贝尼格森赶到前面来准备迎接皇帝。切尔内绍夫和安德烈公爵走到门廊台阶上，面带倦容的皇帝下了马。保罗西侯爵对皇帝说着什么。皇帝向左侧低着头，听保罗西非常热烈地啰唆，看来皇帝盼着结束谈话，开始向前走，但是那个满脸通红、神情激动的意大利人，居然忘记了礼节，跟在他后面继续说：

"至于那个建议构筑德里萨阵地的人。"保罗西说，这时皇帝已经走上台阶，看见安德烈公爵，打量了他一下。

保罗西仿佛忍不住，不顾一切地继续说："陛下，至于那个建议构筑德里萨阵地的人，我看他只有两个地方好去：一个是疯人院，一个是绞刑架。"皇帝没听完，也许完全没有听那个意大利人的话，认出博尔孔斯基，就和蔼地对他说：

"看见你很兴奋，去参加他们的会吧，在那儿等等我。"皇帝走进书房。彼得·米哈伊洛维奇·沃尔孔斯基公爵、施泰因男爵跟着他走进去，把门带上。安德烈公爵和他在土耳其就认识的保罗西一块走进了客厅。

彼得·米哈伊洛维奇·沃尔孔斯基公爵担任大约相当于皇帝的参谋长的职务。他带着一卷地图从书房出来，走进客厅，把地图摊在桌上，转达了几个问题，想听听大家对这些问题的意见。情况是，夜里接到一个消息（后来证实不确），说法军打算迂回进攻德里萨阵地。

第一个发言的是阿姆菲尔德将军，他提出一个完全新的、毫无道理的（只不过表示他也能提出一个意见）方案——在通往彼得堡和莫斯科的大路两侧构筑阵地，他认为应该在那儿集结军队等待敌人，这样才能摆脱现在的困境。这是建议中的一个,这些建议如同其他的建议都同样有充足的理由,倘若不考虑战争具有怎样的具体特点的话。有些人反对他的意见,有些人赞成。年轻的上校托尔比任何人都热烈地反对瑞典将军的意见,在争论的时候,他从衣兜里掏出写满字的笔记本,他请求让他念一遍。托尔从长篇大论的笔记中提出了一个与阿姆菲尔德和普弗尔完全不同的作战计划。保罗西在驳斥托尔时,提出了一个向前挺进和进攻的计划,依他说来,只有这样才能使我们摆脱不知所措的状态和我们所处的陷阱(他这样称呼德里萨阵地)。在争论的时候,普弗尔和他的译员沃尔佐根(他是普弗尔和宫廷关系的桥梁)默不作声。普弗尔只是轻蔑地哼哧鼻子,把脸扭过去,表示他不屑于反驳他听到的废话。当主持讨论的沃尔孔斯基公爵请他发表意见时,他只说:

"何需问我?阿姆菲尔德将军已经提出一个后方暴露的绝妙的阵地。要么进攻,这很好。要么退却。也很好。何必问我?"他说。"你们对一切不是比我知道得更清楚吗?"可是沃尔孔斯基皱紧眉头说,他是代表皇帝问他的,于是普弗尔站起来,兴致勃勃地说:

"一切都破坏了,一切都弄乱了,人人都想表示他比我高强,可是现在又来求我。怎么补救呢?没有什么要补救的。要完全按照我规定的原则去做,"他用瘦骨嶙峋的指头敲着桌子说。"困难在哪儿?"他走到地图前面,用指头点着地图,急促地讲起来,他证明一切意外的情况都不能改变德里萨阵地的适当性,一切都预见到了,倘若敌人真的要迂回,那么它绝对被消灭。

保罗西不懂德语,用法语向他提问。沃尔佐根来帮助法语说得不好的他的长官,为他做翻译,他有点追不上普弗尔的话,普弗尔急促地证明说,一切的一切,不但已经发生的,就连可能发生的一切,在他的计划中都已预见到了,倘若现在有困难的话,那全部的过错都在于没有严格地分毫不差地执行他的计划。他不时露出讥讽的冷笑一再证明,最后,轻蔑地停止了证明。沃尔佐根继续用法语代他说明他的思想,不断地对普弗尔说:"对不对,大人"普弗尔有如一个在战斗中杀红了眼的人,打起自家人来了,愤怒地呵斥沃尔佐根,说:"那当然,还用得着解释吗?"保罗西和米绍异口同声地用法语向沃尔佐根进攻。阿姆菲尔德用德语对普弗尔说话。托尔用俄语向沃尔孔斯基解释。安德烈公爵静静地听着,观察着。

在这些人里面,最引起安德烈公爵同情的,就是那个愤怒、坚决、固执己见的普弗尔。在这些人中间,显然只有他不为自己着想,不敌视任何人,只想着实践那按照他多年辛苦研究出来的理论所拟定的计划。他是可笑的,他的冷嘲热讽是令人不舒服的,但是他对自己理想的无限忠诚,却令人肃然起敬。此外,除了普弗尔,在所有人的发言里面,有一种对拿破仑天才的恐惧和惊慌失措。他们都假想拿破仑无所不能,对于他防不胜防,都用他可怕的名字互相推翻彼此的设想。只有普弗尔自己认为拿破仑和反对他的理论的人都是野蛮人。可是,除了尊敬的感情以外，普弗尔还使安德烈公爵觉得可怜。从宫廷大臣们对他的态度来看，从保罗西胆敢对皇帝说出那些话来看，从普弗尔本人有点失望的神情来看，很明显，别人全知道，连他本人也感觉到，他倒台的日子已经不远了。虽然他十分自信，具有德国人那种嬉笑怒骂的性格，使人觉得可怜。他尽管表面愤怒和蔑视，其实他已经绝望了，因为用大规模的实验来检验和证明他的理论的正确性的唯一机会，现在从他的手中失掉了。

讨论持续了很久，他们越是讨论得久，争论就越激烈，以致大喊大叫，互相诽谤，因而也就越不能从中得出一个概括的结论。安德烈公爵听了各种语言的说话声以及这么多的设想、计划、辩驳和叫喊，他对这些只有不胜惊讶而已。自从他从事军事活动以来，很早并且经常就有一个想法——没有也不可能有什么军事科学，因而也就不可能有什么所谓军事天才，目前在他看来已经是一个非常明显的真理了。"如果一场战争的条件和环境没弄清楚也不可能弄清楚，参加战斗的兵力也无法弄得明确，那怎么谈得上关于那场战争的理论和科学呢？谁也不知道也不可能知道敌我两方明天会是怎样的处境，谁也不可能知道这个或那个部队的力量怎样。有时候，不是胆小鬼在前面喊："我们被切断了！"——于是就开始溃逃了，就是一个快活的、大胆的小伙子在前面喊："乌拉！"——一个五千人的部队就抵得上三万人，申格拉本战役就是这样的；有时五万人就会在八千人面前逃跑，例如奥斯特利茨战役。在这种军事行动中，根本谈不上什么科学，因为什么情况都没法明确，一切都取决于众多的条件，而那些条件起作用的时间，又在谁也料想不到的瞬间。阿姆菲尔德说，我军被切断了，而保罗西则说，法军陷入我军夹击之中；米绍说，德里萨工事之无用，乃在于它是背河布阵，而普弗尔则说，这正是阵地的威力所在。托尔提出一个计划，而阿姆菲尔德提出另一个计划；都好，也都不好，所有建议的好坏只有在事件完成的时候才能看得清楚。那么为什么大家都在谈军事天才呢？难道一个人能够及时下令送面包干，指挥哪个向左，哪个向右就算天才吗？事实正相反，我所知道的最好的将军全是一些愚人，或者是一些漫不经心的人。巴格拉季翁是最好的，连拿破仑也承认。还有波拿巴本人！我记得他在奥斯特利茨战场上他那副自鸣得意的蠢相。一个好统帅不但不需要天才和某些特殊的品质，而是相反，他需要没有那些最高尚、人类最优秀的品质——仁爱、诗人气质、温情、怀疑精神。他必须见识短浅，坚信他所作所为极为重要（否则他就不会有足够的耐心），只有这样，他才能成为一个勇敢的统帅。上帝保佑，千万别成为那种人——今天爱惜什么人，明天又怜惜什么人，老思量什么是对的，什么是不对的。不言自明，对那些有权有势的人，自古以来人们就已经为他们编造了一套天才的理论。其实，军事功勋获得与否，并不取决于他们，而取决于队伍中喊："我们完了！"或者喊："乌拉！"的人。

安德烈公爵一边听着讨论，一边这样思考着，直到保罗西叫他，他才回转过来,这时大家都离开座位要走了。

第二天阅兵的时候,皇帝问安德烈公爵愿意在哪儿服务,安德烈公爵没有请求留在皇帝身边,却请求到军队服务,这样他就永远没有了置身于宫廷的机会。

十二

罗斯托夫在开战前接到父母一封信,信中告知他关于娜塔莎的病情以及跟安德烈公爵解除婚约的事(他们说是娜塔莎主动回绝的),他们又要求他退伍回家。尼古拉接到信后,并不想请假或者退伍,他给父母回信说,他非常惋惜娜塔莎生病和解除婚约,他一定尽力实现他们的愿望。他给索尼娅另写了一封信。

"我心灵中钟爱的朋友,"他写道。"除了荣誉,没有什么东西可以阻止我回到你的身边。可是现在,在开战之前,倘若把个人的幸福放在对祖国的爱和责任之上,那么,不但在全体同事面前,并且对我自己说来,也是不光彩的。然而这是最后一次离别了。你可以相信,战争一旦结束,如果那时我还活着,你也还爱我,我要抛开一切,马上飞到你的身边,把你永远拥抱在我火热的胸怀里。"

确实,只是因为要打仗,才使得罗斯托夫不能按照他的许诺回去和索尼娅结婚。奥特拉德诺耶秋天的狩猎,冬天的圣诞节,以及索尼娅的爱情,在他面前展现出一幅幽静的乡村生活图景,那种愉快而宁静的生活是他从前不知道而现在吸引着他的。"一个贤淑的妻子,几个孩子,一群好猎狗,十来套凶猛的狼狗,农事,邻人,被选举出来为地方服务!"他想。但是现在是战争,要留在团队里,既然非这样不可,那么,尼古拉·罗斯托夫按其性格对团队生活也是满意的,他在这种生活中也能找到乐趣。

尼古拉假满回来,受到同伙的热烈欢迎,他被派去置办马匹,从乌克兰买到一些出色的马,这使他十分兴奋,并且也博得了长官的赞赏。在他外出时,他被提升为骑兵大尉,当团队按战时编制扩大名额时,他又回到从前的骑兵连。

战争开始了,团队向波兰挺进,发了双饷,来了新的军官、新的士兵和新的马匹;普遍有一种随开战而来的激昂而欢快的心情;罗斯托夫意识到他在团队里有利的地位,全部浸沉在军队生活的乐趣中,虽然他知道迟早要丢掉这种生活。

因为国家的、政治的和战略的种种理由,军队从维尔纳撤退了。每后退一步,总司令部里就上演一番各种利害、主张和感情的冲突。可是对保罗格勒团的骠骑兵说来,在夏季最好的时节,带着充足的给养撤退,是最简单、最愉快的事情。泄气、不安和阴谋,只有在司令部里才有,而在一般官兵中间,没有人会问去什么地方和为什么去。倘若有人为撤退而惋惜，那不过是因为必须离开已经住惯了的营房和漂亮的波兰姑娘罢了。倘若有谁偶尔觉得情况不妙，那么他也像一个模范军人的样子，强作愉快，不去想整个局势，只管眼前的事情。当初在维尔纳附近驻扎，和波兰地主们交朋友，期待而且受到皇帝和别的高级司令官的检阅，那时过得真快活。后来命令撤退到斯文齐亚内，把无法带走的给养销毁。斯文齐亚内值得骠骑兵记忆的，只是因为那是一个"醉营"——这是全军送给斯文齐亚内营盘的绰号，此外还因为在斯文齐亚内军队受到许多控告，说他们利用征粮的命令，除了征粮之外，还抢走了波兰地主的马匹、车辆和地毯。罗斯托夫记得斯文齐亚内，是因为他到达这个村镇的第一天，就把司务长撤了职，原因是他对付不了全体骑兵连的醉鬼，他们瞒着他盗用了五桶陈年啤酒。从斯文齐亚内越撤越远，撤到德里萨，然后又从德里萨往后撤，快撤到俄国的边境了。

七月十三日，保罗格勒团首次打了一大仗。

七月十二日夜，战斗的前夕，下了一场带冰雹的暴风雨。

保罗格勒团的两个连，在已经抽穗但被马彻底踩倒了的黑麦地里露宿。下着瓢泼大雨，罗斯托夫和一个青年军官伊林坐在临时搭起的棚子里。他们

团里一个留着长长的络腮胡子的军官，从司令部回来的路上遇见雨，走进了罗斯托夫的棚子。

"我才从司令部回来，伯爵。您可听说过拉耶夫斯基立了大功吗？"于是这个军官把他在司令部听来的萨尔塔诺夫战役的详细经过讲了一遍。

罗斯托夫缩着脖子，吸着烟斗，散漫地听着，不时地瞧瞧那个偎依着他的青年军官伊林。这个小军官是一个刚来团队的十六岁的孩子，他现在和尼古拉的关系，正像七年前尼古拉和杰尼索夫的关系。伊林在所有方面都努力学罗斯托夫，像一个女人似的爱上了他。

留两撇胡子的军官——兹德尔任斯基，讲得神采飞扬，他说萨尔塔诺夫水坝一战，是俄国的忒摩比利，拉耶夫斯基的事迹可与古代英雄媲美。拉耶夫斯基冒着可怕的炮火，带着两个儿子冲上水坝，父子并肩战斗。罗斯托夫听着这个故事，默不作声，他对兹德尔任斯基的兴高采烈不但不表同情，相反，却露出

羞于听他讲述的样子,虽然不想反驳他。在奥斯特利茨和1807年战役之后,罗斯托夫凭他个人的经验得知,人们在讲述战绩的时候,时常说谎,他自己就扯过谎;其次,他有丰富的经验,知道在战场上发生的事,根本不像我们想象和讲述的那样。因此他不喜欢兹德尔任斯基的故事,也不喜欢兹德尔任斯基本人,这个满脸胡子的人有个习惯,总爱俯身凑近听他话的人的脸,在狭小的棚子里紧靠着罗斯托夫。罗斯托夫沉默地望着他。"第一,在那个要冲上去的水坝上肯定非常混乱和拥挤,如果拉耶夫斯基真的带领儿子上去,那么,这并起不了什么作用,最多对他周围十来个人发生一些影响,"罗斯托夫心里想道,"其余的人不可能看见拉耶夫斯基是怎样以及同谁冲上水坝的。并且,就是那些看见这个情景的人,也不会极为感动,因为在那性命交关的时刻,谁还顾得上拉耶夫斯基的骨肉之情?其次,萨尔塔诺夫水坝能否拿下,并不是祖国存亡的关键,不能和忒摩比利隘口战役相提并论。这么看来,何苦做出这样的牺牲?又何必让儿子也来参加战斗?换我的话,不用说不会把弟弟彼佳带到那儿,就连伊林——他虽然不是我的亲人,可他是一个善良的孩子,也要被安置到安全的地方,"罗斯托夫一面听兹德尔任斯基说话,一面想。但是他没有说出他的想法:他在这上头也是有经验的。他知道这类故事可以为我军增光,所以要装作相信的样子。他现在就是这样做的。

"我可受不了啦,"伊林看见罗斯托夫讨厌兹德尔任斯基的谈话,就说。"袜子,衬衫都湿透了。我去找个避雨的地方。雨似乎下得小了。"伊林走出去,兹德尔任斯基也跟着走了。

五分钟后,伊林踏着泥泞跑回棚子来。

"乌拉!罗斯托夫,快走,找到了!离这儿二百步左右有一家小酒馆,咱们的人都在那儿。那儿至少可以烘干衣裳,玛丽亚·亨里霍夫娜也在那儿。"

玛丽亚·亨里霍夫娜是团队医生的妻子,是医生在波兰娶的一个年轻貌美的德国女人,这个医生不是因为没有财产,就是因为初婚不愿离开年轻的妻子,他带着她随军东奔西走,在骠骑军官中间,医生的吃醋经常成为说笑的话题。

罗斯托夫披上斗篷,叫拉夫鲁什卡拿着东西,同伊林一块走了,他们冒着小雨,时而在泥里滑行,时而踏着水,远方的闪电时断续地照亮了黑夜。

"罗斯托夫,你在哪儿?"

"在这儿。好大的闪电!"他们交谈着。

十三

小酒馆门前停着医生的篷车,酒馆里已经有五六个军官。玛丽亚·亨里霍夫娜,一个胖胖的淡黄头发的德国女人,身穿短上衣,头戴睡帽,在一进门角落里一张宽凳上坐着。她的医生丈夫在她后面睡觉。罗斯托夫和伊林迎着一阵快活的惊叫声和大笑声走进酒馆。

"嗬！你们这儿好快活，"罗斯托夫笑着说。

"您怎么错过了大好机会？"

"好家伙！瞧这一对落汤鸡！不要弄湿了我们的客厅。"

"不要弄脏了玛丽亚·亨里霍夫娜的衣裳，"几个声音一齐说。

罗斯托夫和伊林赶忙找一个不致使玛丽亚·亨里霍夫娜感到难堪的角落换湿衣裳。他们走到隔扇后面；可这间小贮藏室挤得满满当当的，一个空箱子上点着一支蜡烛，三个军官坐在那儿打牌，他们无论如何也不愿让出地方来。玛丽亚·亨里霍夫娜拿出一条裙子当帷幔，罗斯托夫和伊林就在帷幔后面，在带来背包的拉夫鲁什卡的帮助下，换上干衣服。

在一只破炉子里生着火。有人找来一块木板搭在两个马鞍上，铺上马被，弄来一个茶炊、食品箱和半瓶罗姆酒，请玛丽亚·亨里霍夫娜做主人，大家围着她坐下来。有人递给她干净的手绢，让她擦擦那纤弱的小手，有人把短上衣铺在她的小脚上防潮，有人把斗篷挂在窗户上挡风，有人赶走她丈夫脸上的苍蝇，以免闹醒他。

"别管他，"玛丽亚·亨里霍夫娜露出怯怯的、幸福的微笑，说，"他一夜没睡，总是睡得如此香甜。"

"不行，玛丽亚·亨里霍夫娜，"那个军官回答，"要巴结巴结大夫。将来他替我截胳膊锯断腿的，或许会对我发发慈悲。"

只有三只茶杯；水脏得直接看不出茶的浓淡，茶炊里只有六杯水，但这样更令人兴奋：按照年龄的大小按顺序从玛丽亚·亨里霍夫娜不太干净的短指甲的小胖手里接过茶杯。看来，这天晚上所有的军官确实都爱上了玛丽亚·亨里霍夫娜甚至隔壁三个玩牌的军官也服从向玛的亚·亨里霍夫娜献殷勤这个普遍的情绪，很快丢下牌过到茶炊这边来了。玛丽亚·亨里霍夫娜看见自己周围这群漂亮并且彬彬有礼的青年，兴奋得容光焕发。

茶匙只有一把，糖却很多，搅不过来，因此决定她轮流给每个人搅和。罗斯托夫接过自己的杯子，掺进一点罗姆酒，请玛丽亚·亨里霍夫娜搅和。

"但是你并没放糖啊？"她总是微笑着说，似乎不管她说什么，也不管别人说什么，都很可笑，并且别有用意似的。

"我不要糖，只需您亲自用手搅一搅就行了。"

玛丽亚·亨里霍夫娜同意了，她找茶匙，却已经被别人拿走了。

"您用手指头搅吧，玛丽亚·亨里霍夫娜，"罗斯托夫说，"那样更好。"

"烫！"玛丽亚·亨里霍夫娜高兴得红了脸，说。

伊林提来一桶水，把罗姆酒往水桶里滴了几滴，他走到玛丽亚·亨里霍夫娜面前，请她用指头搅搅。

"这是我的杯子,"他说。"您只要把指头伸进去一下,我就把水喝光。"

茶炊喝干后,罗斯托夫拿出一副牌,提议和玛丽亚·亨里霍夫娜一块玩"国王"。抓阄来决定谁和玛丽亚·亨里霍夫娜搭档。按照罗斯托夫的规定:谁做了"国王",谁就有权吻玛丽亚·亨里霍夫娜的手,谁做了"坏蛋",谁就得在医生醒来时,给他烧好茶炊。

"倘若玛丽亚·亨里霍夫娜当了'国王'呢?"伊林问。

"他本来就是女王!她的命令就是法律。"

牌戏刚开始,医生的乱蓬蓬的头忽然从玛丽亚·亨里霍夫娜身后抬了起来。他早就醒来了,细听人们在说什么,他觉得人们所说所做的一切毫无可乐、可笑和好玩的地方。他的面孔又郁闷又颓丧。他不同军官们打招呼,搔了搔头,请挡着路的人让他过去。他刚一走,全体军官就哄然大笑,玛丽亚·亨里霍夫娜脸红得泪水都涌了出来,这么一来,她在军官们眼中显得更可爱了。医生从外面回来,对妻子说,雨已经停了,要挪到篷车里过夜,否则东西要给人偷光了。

"我派一个勤务兵看着……派两个!"罗斯托夫说。"行了,大夫。"

"我亲自去站岗!"伊林说。

"不,诸位,你们都睡过了,我有两夜没合眼了,"医生说,他郁闷地在妻子身旁坐下,等着牌局终了。

医生阴沉着脸子,斜看着他的老婆,军官们瞧着他那样子更乐了,许多人忍不住笑出声来,赶忙为他们的笑找一个随便的借口。当医生领走老婆,和她一起进了篷车后,军官们在小酒馆里也躺下了,盖上潮湿的大衣;但是大家好久无法入睡,时而谈论刚才医生惶惶不安的样子和他妻子的兴高采烈,时而跑到外面,回来报告篷车里有什么动静。罗斯托夫好几次蒙上头想睡;但是又有什么议论吸引了他,又开始谈起来。

十四

两点多钟了,仍没有人入睡,这时司务长进来传达进驻奥斯特罗夫纳的命令。

军官们仍旧有说有笑,连忙准备出发;又烧了一茶炊泥水。可是罗斯托夫没等喝茶,就到骑兵连去了。天已经亮了;雨也停了,乌云在散开。又湿又冷,特别是穿着没有干透的衣裳更觉得又湿又冷。罗斯托夫和伊林两人走出小酒馆,在晨光熹微中看了一下被雨淋得发亮的医务车的皮篷,车帷下面露出医生的两只脚,在车中间的坐垫上,能看见他妻子的睡帽,听见她熟睡的呼吸声。

"真的,她太可爱啦!"罗斯托夫对和他一块出来的伊林说。

"好迷人的女人!"十六岁的伊林严肃地回答说。

半小时后,骑兵连在大路上排好了队。传出了"上马!"的口令,士兵们画了十字,开始上马。罗斯托夫在前面骑着马,发出"开步走!"的口令,——于是,骠骑兵四人一排,顺着两边长着白桦树的大道,跟着步兵和炮兵出发了,只听见马蹄踩在泥泞的路上的扑哧声,佩刀的锵锵声和压低的说话声。

在那泛红的东方,青紫色的乌云碎片迅速被风吹散了。天慢慢亮了。乡村道路上生长着的卷曲小草,受到夜雨的湿润,更鲜亮了;低垂的白桦枝条,也是湿漉漉的,迎风摇曳,撒下晶莹的水珠。士兵的面孔越发看得清楚了。罗斯托夫和紧紧跟着他的伊林,骑着马在两行白桦之间靠路边行走。

罗斯托夫在出征途中不骑战马,而骑一匹哥萨克马。他是识马的行家,又是猎人,不久前他得到一匹顿河草原的高头烈马,骑着它没有谁能追得上。骑这种马对于罗斯托夫是一种享受。他在想马,想早上,想医生的妻子,可就是没想即将到来的危险。

先前罗斯托夫去打仗时,总是胆怯;现在他却感觉不到一点的惧怕。并不是因为他闻惯了火药味而不怕(对危险是不能习惯的),而是学会了在危险面前控制自己。他养成了一个习惯,就是参加战斗时,什么都可以想,就是不去想那件好像最使人关心的事——当前的危险。在最初服役的时候,不论他怎样骂自己胆小鬼,但是他做不到这一点;可是随着岁月的流逝,自然而然地就做到了。他和伊林并马在桦树中行走,时而顺手从枝条上扯下几片叶子,时而用脚磕磕马肚皮,时而把抽完的烟斗不转身就递给身后的骠骑兵,他是那么沉着,愉快安闲,就仿佛他是出来兜风似的。他不忍看那话很多、心神不定的伊林的激动的脸;他凭经验知道,这个骑兵少尉现在正等待着恐惧和死亡,内心是多么痛苦,同时他也知道,除了时间,没有任何东西能治好他。

太阳在乌云下刚一出现,风就停了,似乎风不敢破坏雨后夏日早上的美景;水珠仍旧在洒落,却已经是垂直地落下,——四周全是寂静。太阳完全露出了地平线,接着又钻入它上面一长条乌云里。几分钟后,太阳撕破乌云边缘,又在乌云上边出现了。周围都明亮起来,闪着光。似乎响应亮光似的,前方随即响起了大炮声。

罗斯托夫还没来得及考虑和断定炮火的远近,奥斯特曼-托尔斯泰伯爵的副官就从维捷希斯克驰来,命令跑步前进。

骑兵连绕过急速快走的步兵,驰下山坡,穿过一个空无一人的村庄,又上了一个山坡。马也出汗了,人也热得满脸通红。

"立定,看齐!"前面传来营长的口令。

"左转弯,开步走!"前边传来口令。

骠骑兵顺着我军阵地走到左翼,停在第一线的枪骑兵后面。右边是我军密集的步兵纵队——这是后备军;在山上更高的地方,在明净空气中,在晨光明亮的斜照中,在最远的地平线上,可以望见我军的大炮。也能看见前面谷地里敌人的纵队和大炮。我们的散兵线已经在谷地里投入战斗,可以听见他们和敌人互相射击的声音。

罗斯托夫就像听到最快乐的音乐似的,听到这久已不曾听过的声音,觉得很舒服。特啦啪-嗒-嗒-嗒啪! ——有时噼里啪啦一齐响,有时一声接着一声地。周围又沉寂了,随后,似乎放爆竹似的,又噼噼啪啪响起来。

骠骑兵在原地不动站了一个来小时。炮轰也开始了。奥斯特曼伯爵带着侍从从骑兵连后面驰来,停下来和团长谈了几句话,就朝山上的炮位驰去。

奥斯特曼刚离开,枪骑兵就听到一声口令:

"成纵队,准备冲锋!"他们前面的步兵分成两排,让骑兵通过。枪骑兵出动了,长矛上的小旗飘动着,飞奔着朝在山下左方出现的法国骑兵冲去。

枪骑兵刚冲到山下,骠骑兵就奉命上山掩护炮兵。骠骑兵站到枪骑兵的阵地上,从散兵线那儿就呼啸着飞来没有命中的炮弹。

罗斯托夫很久没听见这种声音了,觉得比以前的射击声更使他兴奋,高兴。他挺直身子,细细观看山前开阔的战场,整个身心都集中在枪骑兵的行动上。枪骑兵向法国龙骑兵扑了过去,在烟雾中混成一团,五分钟后,枪骑兵退了回来,不是退回原地,而是退到左边。在骑着枣红马的橙黄色的枪骑兵中间和后面,能看见一大片骑灰色马、穿蓝制服的法国龙骑兵。

十五

罗斯托夫用他那锐利的猎人眼睛第一个望见那些蓝色的法国龙骑兵追赶我们的枪骑兵。混乱的枪骑兵人群,和追赶他们的法国龙骑兵,越来越接近了。已经可以看见那些人正在互相厮杀,互相追击,挥动胳膊,或者挥动佩刀。

罗斯托夫就像看猎犬追捕野兽似的,看着眼前发生的一切。他用嗅觉就能感到,要是现在就同骠骑兵向法国龙骑兵冲锋,他们会站不住脚的;可是,要冲锋,就得立刻冲锋,一分一秒都缓不得,否则就迟了。他环顾四周。大尉站在身旁,他也同样目不转睛地望着下面的骑兵。

"安德烈·谢瓦斯季扬内奇,"罗斯托夫说,"我们可以把他们冲垮……"

"倒是厉害的一着,"大尉说,"的确是……"

罗斯托夫没听完他的话,就策动坐骑,驰到骑兵连前头,他还没来得及发出出动的口令,和他有同感的骑兵连都随他之后策动了战马。罗斯托夫自己也不知道他为什么这样做。他做这一切,正像他在打猎时所做的那样,没有思索,没有考虑。他看见龙骑兵离得近了,人们在奔跑,队形很乱;他知道,他们是坚持不住的,他知道,时机只在转瞬之间,若一放松,就一去不返了。炮弹是那么起劲地在他周围呼啸,马是那么跃跃欲奔,几乎笼它不住。他策动了马,发出口令,就在这同一瞬间,他听见身后展开队形的骑兵连响起得得的马蹄声,飞奔着向山下的龙骑兵冲去,他们刚下得山来,大步地奔跑就换为疾驰,随着接近自己的枪骑兵和追赶他们的法国龙骑兵,就越跑越快。离龙骑兵很近了。前面的龙骑兵看见了骠骑兵,开始向后转,后面的停住了。罗斯托夫抱着堵截狼的心情,完全放开他的顿河马,疾驰着堵截混乱的龙骑兵。有一个枪骑兵站住了,一个步兵怕被马踩着,伏在地上,有一匹失掉鞍子的马混在骠骑兵中间。差不多所有的龙骑兵都往后逃跑了。罗斯托夫从中选择了一个骑灰色马的,向他追去。他在路上遇见了一个灌木丛;那匹骏马驮着他从灌木丛飞跃过去,差点把尼古拉颠下马鞍,眼看再有几秒钟就追上敌人——他所选择的目标了。那个从他的制服看来是一个军官的那人,他在灰色立刻弯着腰,用佩刀赶着马飞奔。转瞬之间,罗斯托夫的马的前胸碰着了那个军官的马屁股,几乎把它碰翻,就在这一瞬间,罗斯托夫自己也不知为什么,举起佩刀,向那个军官劈去。

就在这一刹那,罗斯托夫的全身劲头突然没了。那个军官倒了,他的倒下与其说是因为刀劈,他的肘弯上方只受了一点轻伤,不如说是因为马的冲撞和恐惧。罗斯托夫勒住马,用目光观看他的敌人,看看他战胜的是什么人。那个法国龙骑兵军官一只脚在地上跳动,另一只挂在马镫上。他吓得眯缝着眼,似乎等着随时挨另一下,他皱着眉头,带着恐怖的神情从下往上望着罗斯托夫。他的脸苍白,溅满了泥,头发淡黄色,样子年轻,下巴上有一个酒窝,一双浅蓝色的眼睛,一点不像沙场上含有敌意的脸,而是一副最平常的家常的脸。在罗斯托夫还没决定怎样对付他之前,那个军官就喊道:"我投降!"他慌慌张张想把脚从马镫里抽出来,但是抽不出,他那一对惊慌的蓝眼睛不时地仰望着罗斯托夫。驰过来的骠骑兵帮他把脚抽出来,扶他坐到鞍子上。骠骑兵在四面八方收容龙骑兵:有一个受了伤,满脸是血,不肯放弃他的马;另一个抱着骠骑兵,坐在他的马屁股上;第三个由骠骑兵扶上马。前头的步兵一边跑一边射击。骠骑兵带着俘虏急忙驰向后方。罗斯托夫同别人一块往回走,一种不快乐的感觉使他心中发闷。俘虏这个军官和劈他一刀,引起了他一种他不明原因的模糊的、混乱的感觉。

奥斯特曼-托尔斯泰伯爵迎接回来的骠骑兵,叫来罗斯托夫,向他表示感谢,而且说,他要把他的英勇行为报告皇帝,申请授予他圣乔治十字勋章。在罗斯托夫被叫去见奥斯特曼伯爵的时候,他记起他不待命令就发起冲锋,现在长官叫他,肯定是为他擅自行动而处罚他。所以奥斯特曼的一番赞扬和应许给他奖赏,本应该会使他受宠若惊的;但是仍旧有一种不痛快的漠然感觉,使他恶心。"是什么使我苦恼呢?"他在离开将军时问自己。"是为伊林吗?不是,他安然无恙。我做了什么丢脸的事吗?不是,根本不是那回事!——另有一种类似后悔的东西使他痛苦。——是了,是了,是因为那个下巴有一个小酒窝的法

图文珍藏版

国军官。我清晰地记得,我举起手臂又停住了。"

罗斯托夫看见押走的俘虏,他驰到他们后面,想看看那个下巴有一个小酒窝的法国军官。他穿一身古怪的制服,骑一匹骠骑兵的驮马,心神不定地四外张望。他臂上的伤可以不算是伤。他向罗斯托夫装出笑脸,向他挥手致意。罗斯托夫仍旧觉得不舒服,有点内疚似的。

当天和第二天,罗斯托夫的朋友和同事都看出他郁闷不乐,不是生气,而是沉默不语,若有所思,神情专注。他喝酒毫无兴致,总是一个人躲起来在思考什么事情。

罗斯托夫老在思考那使他惊奇的辉煌的战功,赏他圣乔治十字勋章,而且得到勇士的名声,——可是有一点总也弄不明白。"这么看来,他们比我们还害怕!"他想。"难道这一切就叫作英雄气概吗?那个生着小酒窝和蓝眼睛的人有什么罪?他是多么惊慌啊!他以为我要杀死他。我为什么要杀死他呢?我的手发抖了。但是授给我圣乔治十字勋章。我不明白,一点也不明白!"

正当罗斯托夫思考这些问题,无论如何也弄不明白是什么东西使他不安的时候,服役的幸运车轮转到了他身上。在奥斯特罗夫纳战役之后,他第一个被提升,把一营骠骑兵交给他指挥,在需要勇敢的军官的时候,他受到了信任。

十六

伯爵夫人得到娜塔莎生病的消息后,虽然她还没康复,十分虚弱,她还是带着彼佳和全家来到莫斯科,于是罗斯托夫全家从玛丽亚·德米特里耶夫娜家搬到自己的住宅,而且彻底在莫斯科住下来。

娜塔莎的病非常严重,以至于她的病因、她的行为和与未婚夫决裂的思虑,全已退到次要的地位,这对她本人和对她的双亲倒是一桩幸事。她病得如此厉害,已经使人不再去想她在这一切事情中有什么过错,她不吃不喝,夜不成眠,眼看着消瘦下去,时常咳嗽,从医生的言谈中,知道她的病十分危险。现在只想想方设法挽救她。医生们来给娜塔莎看病,有时会诊,互相指责,开了他们所知道的各种各样的药方;但是他们谁也没想到一个简单的道理,那就是他们不可能知道娜塔莎所患的病。

倘若不按时给丸药,给温和的饮料,给鸡肉饼,不遵守医生嘱咐,那么,索尼娅,伯爵和伯爵夫人岂不是无事可做了吗?他们怎么能不采取什么措施,眼看着娜塔莎就这样瘦弱下去呢?事情弄得越严重,越复杂,周围的人就越感到安慰。倘若伯爵没有为娜塔莎的病花掉数千卢布,并且为了把病治好再花好几千卢布;倘若她还不见好,他不惜花几千卢布送她出国,在那儿给她会诊;倘若他不能详细讲一讲梅蒂维埃和费勒如何不懂医道,弗里茨如何高明,而穆德罗夫如何诊断得更好;——倘若他没能做到这一切,他对爱女的病怎么能够忍受下去呢? 倘若伯爵夫人不能有时和生病的娜塔莎吵吵嘴,为了她未能全部遵照医嘱,那么,伯爵夫人岂不是无所事事了吗?

"像你这样不听医生的话,不按时吃药,就永远甭想好!"她气恼得忘了忧愁,说。"这不是好玩的,你会弄成肺炎的,"倘若索尼娅没有得到这样的喜悦感:她在最初的三夜不曾脱衣裳,准备严格按照医生的嘱咐行事;并且现在她也常常熬夜,为了不错过给病人服下药丸,那么,她会怎么样呢? 甚至娜塔莎本人,显然她也说什么药都治不了她的病,这都是胡闹,——她也兴奋地看到人们为她做出这么多的牺牲,她不得不在规定的时间服药。她甚至兴奋她不遵从医生的嘱咐,以表示她不相信医疗和不珍惜自己的生命。

医生天天来,号脉,看舌苔,不理会她那悲伤的表情,和她说说笑笑。可是当他走进另一个房间,伯爵夫人紧跟着他走进去的时候,他就换成了一副严肃的面孔,若有所思地摇着头,说,虽然有危险,他希望这最后一剂药能奏效,要等着看效果;病多半是在精神上,可是……

伯爵夫人极力不让自己和医生察觉,把一枚金卢布塞到医生手里,每次都是怀着宽慰的心情回到病人那儿。

娜塔莎的症候是吃得少,睡得少,咳嗽,精神一直是萎靡不振。医生说病人不能没有医药,因此就让她在空气窒息的城里待着。1812 年的夏天罗斯托夫全家没有到乡下去。

虽然服了大量的药丸、药水和药粉,喜欢小玩意的肖斯太太收集了许多盛药的小瓶和小盒,虽然缺少已经习惯了的乡村生活,但是青春占了上风:娜塔莎的悲伤开始蒙上一层日常生活的印象,已经不那么痛苦地揪她的心了,逐渐地成为过去了,娜塔莎身体慢慢好起来。

十七

娜塔莎比较安静了,但是并不快活。她不但回避所有外界的欢乐:舞会、滑冰、音乐会、剧院;并且任何一次笑都是笑中含泪的。她不能唱歌。她刚一开始笑或者想独自一人唱歌时,就被眼泪哽住了:那是悔恨的泪,对那一去不复还的纯洁时光回忆的泪;恼恨的泪,恼恨她徒然毁掉了那本来可以过得幸福的青春生活。她尤其觉得,笑和歌唱对她的悲伤是一种亵渎。她根本无心调情逗乐,甚至不需要克制自己。她嘴里这样说,心里也这样想:这个时期任何男人,在她看来都和小丑娜斯塔西娅·伊万诺夫一样。内心的警卫严格禁止她有什么欢乐。并且她已经不再有往日的生活情趣,那无忧无虑、满怀希望的少女时代的生活情趣。最使她难受的是回忆往日的秋天,打猎,"大叔",以及和尼古拉一起在奥特拉德诺耶度过的圣诞节。就是再过上一天那样的时光,她也肯付出任何代价! 但是这一切都永远地结束了。预感没有欺骗她:自由自在和随时都准备享受各种欢乐的生活,已经一去不复返了。可是还要活下去。

她快乐地想到,她并不像她以前所想的那么好,而是比世界上其他人都坏,并且坏得多。可是这还不够。她知道这一点,她问自己:"以后怎么办呢?"以后什么也看不到。生活里毫无欢乐,而生活在流逝。娜塔莎尽力不让任何人感到负担,不妨碍任何人,她自己什么也不需要。她避开家里所有的人,只有和弟弟彼佳在一块才感到轻松。比起和别人在一块,她更愿意和他在一起;和他面面相对,不时大笑起来。她差不多不出家门,在常到他家来的人中,她只欢喜皮埃尔一个人。没有哪一个比别祖霍夫伯爵待她更温存,更小心,同时又严肃的了。娜塔莎在不自觉之中感受这种温柔体贴,因此和他在一块得到了极大的愉快。然而,她甚至不感谢他的温存。在她看来,皮埃尔做什么好事都是不费力的。皮埃尔好像很自然地对每个人都好,他做好事并没有邀功的意思。娜塔莎有时看出皮埃尔在她面前局促不安,态度不自然,尤其是当他害怕在谈话中可能有什么会引起娜塔莎难堪的回忆的时候。她看出这一点,她以为这是由于他禀性善良和腼腆,照她的理解,他对所有的人,包括她在内,都一视同仁。自从在她极度激动的时候,他无意中说出,倘若他是自由的话,他要跪下向她求婚和求爱以后,皮埃尔再没有向娜塔莎表露过自己的感情;在娜塔莎看来,那些是安慰她的话,不过是像大人在安慰啼哭的小孩时随便说的话。不是因为皮埃尔是一个已婚的人,而是因为娜塔莎觉得她和皮埃尔之间隔着很强大的精神上的障碍,——她觉得她和库拉金之间就没有这种障碍,在她头脑里从没出现过这样的想法:在她和皮埃尔的关系中不可能从她这方面,更不可能从他那方发生爱情,不但如此,就连男女之间那种温柔多情、羞羞答答、富有诗意的友谊(她知道不少这样的例子),也不可能。

刚过圣彼得斋戒日,罗斯托夫家在奥特拉德诺耶的女邻居阿格拉菲娜·伊万诺夫娜·别洛娃来莫斯科朝拜这儿的圣徒们。她提议娜塔莎斋戒祈祷,娜塔莎马上兴奋地接受了这个主意。娜塔莎不顾医生禁止一大早外出的要求,执意要斋戒祈祷,并且不像罗斯托夫家里平常那样做的,只是在家里做三次祈祷就算完事,而是要像阿格拉菲娜·伊万诺夫娜那样,要整个星期每天都不错过晚祷、弥撒和晨祷。

伯爵夫人兴奋娜塔莎如此热心;在医药治疗无效之后,她心中暗自希望祈祷比药物更能治女儿的病,她虽然提心吊胆地瞒着医生,但她还是满足了娜塔莎的愿望,并把她托付给别洛娃。阿格拉菲娜·伊万诺夫娜夜里三点钟就来叫醒娜塔莎,但是十有八九发现她是醒着的。娜塔莎怕睡过了晨祷的时间。娜塔莎匆忙地洗过脸,谦逊地穿上最坏的衣裳,披上旧斗篷,走到被朝霞照得明亮的空荡无人的大街上。依照阿格拉菲娜·伊万诺夫娜的劝告,娜塔莎不在自己的教区做祈祷,而是到另外一个教堂,据虔诚的别洛娃说,那里面有一位过着极其严肃和高尚生活的神父。教堂里的人总是极少;娜塔莎和别洛娃在圣母像前停下来。每当她早上凝视着被烛光和晨光照亮的圣母暗黑的脸庞,听着那她紧跟着念和努力在理解的祷文的时候,在这伟大的不可知的事物面前,娜塔莎总有一种没有过的谦卑感觉,当她听懂了祷词的时候,她那带有个人色彩的感情就和她的祷词融合起来;当她不懂的时候,她更快乐地想到,想懂得一切的愿望是令人骄傲的,懂得一切是不可能的,只要相信和皈依上帝就行了,因为她觉得,此时此刻上帝支配着她的灵魂。她画十字,鞠躬,当她对自己卑鄙的行为感到恐惧,弄不明白时,只求上帝宽恕她,对她发慈悲。最能使她动心的是忏悔的祷告。大清早回家时,只碰见去上工的泥瓦匠,扫街的清道夫,回到家里,所有的人还在睡觉,这时她体验到一种前所未有的感情,她觉得有可能改正错误和有可能过一种纯洁、幸福的新生活。

连续一个星期她的这种感觉天天都在增加。幸福的一天终于到来,她穿着雪白的细纱衣裳领过圣餐归来,好久以来,她第一次感觉心平气和,不为她眼前的生活感到压抑。

这一天来给娜塔莎看病的医生,吩咐她继续服用他两个星期以前开的药粉。

"每天早晚一定要坚持吃药,"他说,显然,他对自己的成功非常满意。"不过,还是不能大意。伯爵夫人,您就放心吧。"医生一面利落地接过一枚金币,握在手心里,一面开玩笑地说,"她不久就会又跳又唱了。最后一剂药十分、十分有效。她大有起色了。"

伯爵夫人喜形于色地回到客厅。

十八

七月初,莫斯科越来越多地流传着令人惊恐的战事消息:都在议论皇帝告民众书,议论皇帝离开军队回到莫斯科。因为直到七月十一日还没有见到宣言和告民众书,关于俄国情势的流言更夸大了。传说皇帝的离开是由于军队处境危险,还说斯摩棱斯克已经失守,拿破仑的军队上百万,唯有奇迹才能拯救俄国。

七月十一日,星期六,宣言出来了,但是仍没印好;在罗斯托夫家做客的皮埃尔,答应明天把宣言和告民众书带来,这些东西他可以从拉斯托普钦伯爵那儿弄到。

那个星期天,罗斯托夫家的人照例到拉祖莫夫斯基家的教堂做弥撒。正是七月的炎热天气。罗斯托夫家的人在教堂门前下车的时候,已是十点钟了。来拉祖莫夫斯基家的教堂做弥撒的,都是莫斯科的名门贵族以及罗斯托夫家的老相识。娜塔莎陪着母亲,走过去的时候,听见一个年轻人谈论她:

"这是罗斯托娃,就是那个……"

"瘦多了,但是很美!"

她听见,也许是她感觉到,有人提起了库拉金和博尔孔斯基的名字。其实,她常常有这种感觉。她常常觉得人人都在看她,都在想她的遭遇。娜塔莎在人多的地方总是感到痛苦,心如死灰,她穿一件镶黑色花边的藕荷色的连衣裙,尽力像一般女人那样在人群中走过,她越是保持安静、端庄,她内心就越痛苦和羞愧。她知道她很美,实际情况也是如此,但这并不能像先前那样使她兴奋。相反,近来这反而使她更难过,尤其是在这城市中炎热的明朗夏天。"又是一个礼拜日,又是一个星期,"她一边回忆她在这儿度过的那个礼拜日,一边自言自语,"仍然过着没有生活的生活,仍然是从前轻松地过着的那个环境。漂亮,年轻,并且我知道现在我是善良的,从前我不好,而现在我是善良的,我知道,"她在想,"但是,就这样不为任何人徒然虚度这最美好、最美好的年华。"她站在母亲身边,和站在近处的熟人互相点点头。娜塔莎细细打量女人们的装束,指责一位站在近处的女人的举止和她不合礼法地把十字划得太小,立刻又悔恨地想到人家评论她,而她现在评论人家,突然听到祈祷的声音,她为自己的卑劣感到心惊,为她又失去往日的纯洁而战栗。

一位仪表堂堂、衣着整洁的小老头念祷文,他那温文尔雅的庄严神情感动了礼拜者的心灵,大家都肃然起敬,平静下来。教堂的门关上了,帘幕缓缓地拉上了,不知什么地方发出神秘的低语声。连她自己也不理解为什么胸中充满了泪水,一股又喜悦又苦恼的感情使她激动。

"教导我应当怎么办,我应当怎样生活,我如何才能永远、永远改过自新!……"她想。

助祭走上布道台,在胸前画了十字,庄严地高声朗诵祷文:

"让我们一起向主祷告吧。"

"让我们全体在一起不分等级,没有仇恨,因兄弟的友爱而联合起来——向主祷告吧,"娜塔莎想。

"为了升入天堂,为了我们的灵魂得救!"

"为了天使的世界和住在我们上方的全体神明,"娜塔莎祷告说。

在为战士祈祷的时候,娜塔莎想起了哥哥和杰尼索夫。在为在海上和陆上旅行的人祈祷的时候,她想到了安德烈公爵,为他祝福,而且求上帝饶恕她,为了她做了对不住他的事情。在为爱我们的人祈祷的时候,她为家里的人——为父亲、母亲、索尼娅祈祷,第一次感到她对他们的过失是多么大。在为恨我们的人祈祷的时候,她在心中想出仇人和恨她的人,也为他们祈祷。

念完祷文,助祭在胸前画了十字说:

"把我们自己和我们的生命交给我主基督!"

"把我们自己交给上帝,"娜塔莎在心中默念着。"我的上帝啊,我完全服从你的旨意,"她想。"我无所求,也不希望什么;教导我应当怎么办,怎样运用自己的意志! 你千万要收留我,收留我!"娜塔莎怀着真诚的心情说。

在祷告的时候,伯爵夫人不停地回头看女儿那副感动的、眼睛发亮的面孔,她祈求上帝帮助她的女儿。

出人意料,在礼拜的中间,没有按照礼拜的程序(娜塔莎是非常熟悉这些程序的),助祭忽然拿起小板凳,放在圣体栏栅门前。一个神父走了出来,他理了理头发,吃力地跪下来。大家全跟着跪下,都迷惑地面面相觑。这是刚从最高会议送来的祷文,祈求俄国从敌人入侵下得救的祷文。

"全能的上帝,我们的救主啊,"神父开始朗读,非常感人,不可抗拒地感动着俄国人的心。

"权威至高无上的上帝,我们的救主啊! 今天请你以怜悯和祝福的心,来看待你卑微的子民,请宽大为怀,听取我们祈祷,宽恕我们并可怜我们! 纷扰你的国土并企图毁灭全世界的敌人,在与我们为敌;彼等无法无天,纠集一起,图谋推翻你的王国,毁灭你的圣城耶路撒冷,毁灭你爱的俄罗斯;玷污你的庙堂,倾倒你的祭坛,亵渎你的圣龛。主啊,歹徒们将横行到几时? 逞凶到几时?

"上帝啊! 我们向你请求,请倾听我们:请伸张你的神威,帮助我们最笃信上帝、最有权威的仁君亚历山大·帕夫洛维奇陛下;请念其正直,念其文弱,赐予你理所应得,使他保护我们,保护你所选定的以色列。请降福于其意念,降福于其所为,降福于其事业;请用你全能的双手加强他的王国,让他克敌制胜。请保佑他的军队,那些武装起来,并以你的名义全力准备战斗的人们,请赐予他们铜弓,请拿起矛与盾来助战;请让那些加害于我们的人遭到诅咒与羞辱;愿他们在你忠诚的武士面前如风前的尘沙,愿你强有力的天使他们溃散而逃,愿他们在毫无察觉中陷入圈套,愿他们因暗施诡计而自食其果;让他们跪倒在你的臣仆脚下,被我们的军队一扫而光。主啊! 你能拯救强者和弱者;你是上帝,世人不能胜过你。

"我们祖先的上帝啊! 不要忘记你历来的慈悲、怜悯和仁爱;请不要对我们不予理睬,请宽容我们的渺小,请以你的宽大慈悲为怀,不计较我们的错误与罪过。请为我们创造洁净之心,复活我们正义的精神,加强我们对你的信仰,坚定我们的希望,激励我们彼此真诚相爱,请以团结精神武装我们,以保卫你赐予我们世代相传的土地,不要让恶人统治你所降福的人们的命运。

"阿,上帝,我们的主,我们信仰你,依仗你。主啊,请今日就赐予我们你的仁慈,使我们得救,让你的子民因你赐予的仁慈而欢欣雀跃吧,打击我们的敌人,让他们在你忠实臣仆的脚下迅速毁灭。你是一切信仰你的人的保护者,救主和胜利之源,一切光荣归于你,归于圣父、圣子、圣灵,无尽无休,直至永恒。

阿门。"

娜塔莎现在的心灵最容易动情,这个祷告对她的影响是强烈的。

十九

皮埃尔从罗斯托夫家出来,回味着娜塔莎感激的目光,遥望那高悬空中的彗星,从这天起,他感到,在他的生活中出现了新的东西。因为永远折磨他的那个问题,即尘世间一切都是梦幻和没有意义的问题,在他的心中消失了。那个可怕的问题:"为了什么? 为了什么目的?"过去不管做什么,心中老是想着这个问题,现在并不是给他另外换了一个问题,也不是对先前的问题有了答案,而是在他心目中总有个她。不管是在听还是亲自参加那无聊的谈话,不论是在看书还是听到日常生活中的卑劣无耻和愚昧无知,已经不像先前那样令他吃惊了;他不再问自己:既然一切都是过眼云烟和不可知,人们为何还忙忙碌碌,可是他总在回忆最近一次他所看见的她的模样,并且他的一切怀疑都消失了,并不是她解答了他心目中的问题,而是一想到她,就马上把他带到另一个光明璀璨的精神境界,里面没有是或者非,那是一个令人值得活下去的美和爱的境界。不论在他面前出现多少人世间卑鄙的事,他总对自己说:

"就让某人盗窃国家和沙皇吧,而国家和沙皇总是赐他以荣誉;她昨天向我微笑,要我去看她,我爱她,永远不会有人知道这件事,"他想。

皮埃尔依旧出入交际场,仍旧大量饮酒,过着清闲懒散的生活,因为除了在罗斯托夫家消磨时光外,还必须打发剩余的时间。但是最近从战地传来越来越令人不安的消息,同时娜塔莎的健康逐渐恢复了,她在他心中已经不再引起往日那种有所节制的怜悯感情,而这时一种无名的烦躁情绪越来越萦绕着他。他觉得,他目前所处的景况不会继续很久了,一场势必改变他全部生活的惨剧将要临头,他不耐烦地寻找这场即将到来的惨剧的预兆。

在朗读那篇祷文的前一天,他曾答应罗斯托夫家把《告俄国民众书》和军队最新的消息带给他们。第二天一早皮埃尔去拉斯托普钦伯爵家,在那里碰上了一个刚从军队来的信使。

这个信使是莫斯科舞会的常客,皮埃尔认识他。

"请原谅,您能不能帮我的忙?"信使说,"我有满满一口袋家信。"

其中有一封是尼古拉·罗斯托夫给他父亲的信。皮埃尔拿了这封信。另外,拉斯托普钦伯爵把刚印好的皇帝《告莫斯科民众书》、刚发给军队的几项命令和他的最新的告示交给了皮埃尔。皮埃尔看了看给军队的命令,其中有一份命令载有伤亡和受奖人员的名单,他在名单上发现尼古拉·罗斯托夫被奖给四级圣乔治勋章,在同一命令中,发现安德烈·博尔孔斯基被任命为猎骑兵团团长。虽然他不愿意向罗斯托夫家里的人提博尔孔斯基,但他急于想用他们儿子获奖的消息使他们兴奋,于是把铅印的命令和信打发人先送到罗斯托夫家,而把《告民众书》、告示以及其他命令留下来,以便在吃饭的时候亲自带给他们。

和拉斯托普钦伯爵的谈话,——他谈话时忧心忡忡,慌慌忙忙;和信使的相遇,他对前方军情,漠不关心;关于莫斯科发现间谍和传单的谣传——传单上说,拿破仑在秋季前将占领俄国两座都城;关于皇帝明天将要亲临的谈论——所有这一切,以新的力量在皮埃尔心中唤起激动和有所期待的感情,自从出现彗星,尤其是自从开战以来,皮埃尔总是怀着这种感情。

皮埃尔很早就想服兵役,他原本可以这样做的,但是有两件事对他不利;第一,他是共济会会员,受誓言的约束,共济会是宣传永久和平消灭战争的;第二,他看见许多莫斯科人穿着军服,宣传爱国主义,他羞于照样做。

二十

每到星期天,总有关系亲密的熟人在罗斯托夫家吃饭。

皮埃尔想一个人见到他们,所以就去了。

近一年来,皮埃尔发胖了。

他气喘吁吁,口中念念有词地走上了楼梯。他的车夫已经用不着问他是不是需要等候。他知道,伯爵在罗斯托夫家里在十二点之前是不会离开的。罗斯托夫家的仆人兴奋地跑过来给他脱斗篷,接过手杖和帽子。皮埃尔按照俱乐部的习惯,把手杖和帽子都放在前厅。

他在罗斯托夫家见到的第一个人,就是娜塔莎。他在前厅脱斗篷时,就听见她的声音了。她正在大厅里练习唱歌,他知道,自从她得病后,就没有唱过歌了,所以她的歌声使他又惊又喜。他轻轻推开门,看见娜塔莎穿一件做礼拜时常穿的雪青色连衣裙,她边走边唱。当他开门时,她是背朝着他的,但当她猛然转过身来,看见他那张吃惊的胖脸的时候,她的脸红了,快步向他走来。

"我想试试再唱一下,"她说。"这总算有点事儿干,"她好像抱歉似的又补上了一句。

"好极了。"

"您来了,我十分兴奋! 我今天快活极了!"她说,皮埃尔在她身上又看到好久不见的活泼情态。"您可知道,尼古拉得圣乔治十字勋章了。我真为他自豪啊。"

"当然知道,命令是我送来的。好了,我不打扰您了,"说着就要往客厅走。娜塔莎挡住他。

"伯爵,怎么啦,嫌我唱得不好吗?"她红着脸说,疑问地望着皮埃尔。

"哪里……为什么？正好相反……但是，您为什么这样问我？"

"连我自己也不知道，"娜塔莎赶紧回答，"不过我不愿做您讨厌的事情。我一切都相信您。您不知道，您对我是多么重要，您为我做了多少事情……"她说得很快，没有注意皮埃尔的脸红了。"在那同一命令中我看见了他，博尔孔斯基（她提起他时，说得很快，声音又低），他又在俄国服役了。您以为怎样，"她说得又快又急，"他有一天会原谅我吗？他不会永远对我抱有恶感吧？您以为怎样？您以为怎样？"

"我以为……"皮埃尔说。"他没有什么要宽恕您的……倘若我处在他的地位……"，在皮埃尔的脑海中立刻再现出了那天的情景：他安慰她说，如果他不是他自己，而是世界上最好的人，并且是个自由的人，他会跪下向她求婚，于是，仍旧是那种怜悯、柔情和爱慕的感情充满了他的心胸，仍旧是那些话来到他的嘴边，可是她不给他说这些话的时间。

"您啊-您，"她说，满怀热情地说出这个您字，"您是另一回事了。我不知道有谁比您更善良，更宽厚，更好的了，并且也不可能有这样的人。倘若当时没有您，甚至现在没有您，我不知道我会怎么样，因为……"泪水一下子涌出她的眼眶；她转过身去，拿起乐谱举到眼前，又唱起来，又在大厅里走来走去。

这时彼佳从客厅跑进来。

彼佳现在已经十三岁了，嘴唇又厚又红，像娜塔莎的嘴唇。他打算考大学，但最近他和同伴奥博连斯基秘密决定去当骠骑兵。

他请求皮埃尔打听一下骠骑兵要不要他。

皮埃尔不听彼佳说话，在大厅里来回踱步。

彼佳拉拉他的胳臂，让他注意他。

"我的事情怎么样了，彼得·基里雷奇，看在上帝的面上！全靠您啦，"彼佳说。

"啊，是了，是了，你托的事。去当骠骑兵吗？我去说，我去说。今天就去说。"

"怎么样，亲爱的，怎么样，宣言弄到了吗？"老伯爵问。"伯爵夫人在拉祖莫夫斯基家做礼拜，听到了新的祷文。祷文好极了，她说。"

"弄到了，"皮埃尔回答。"明天皇帝就要到……举行了贵族十分会议，据说，一千人中要抽十人去当兵。对了，我还没向您道喜呢。"

"是的，是的，感谢上帝。军队有什么消息？"

"咱们的军队又后退了。据说已经撤到斯摩棱斯克了，"皮埃尔回答。

"我的上帝，我的上帝！"伯爵说。"宣言呢？"

"告民众书！啊，对啦！"皮埃尔在衣袋里掏起来，却没有找到。他一边拍身上的衣袋，一边吻走过来的伯爵夫人的手，眼睛不安地东张西望，显然是在等待娜塔莎，她早不唱了，却没有走进客厅。

"真的,我不知道我把它放在哪儿了,"他说。

"看你,总是丢三落四的,"伯爵夫人说。

娜塔莎进来了,她脸上带着柔和而高兴的神情,她坐下来,默默地望着皮埃尔。她一进来,皮埃尔阴郁的面色,顿时容光焕发,他一面找文件,一面向她瞟了几眼。

"真的,我忘在家里了,我回去一趟。必须……"

"那您就来不及吃饭了。"

"对了,并且车夫也走了。"

可是,到前厅找文件的索尼娅,在皮埃尔的帽子里找到了。皮埃尔想要朗读。

"先别念,吃过饭再说,"老伯爵说,显然他想从朗读中得到极大的乐趣。

吃饭的时候,大家喝香槟酒祝罗斯托夫健康,申申讲城里的新闻:老格鲁吉亚公爵夫人的病情,梅蒂维埃从莫斯科偷偷溜走,有一个德国人被押到拉斯托普钦那儿,说这个德国人是个"暗探",他对老百姓说,这不是什么"暗探",只是一个德国糟老头子,随后就命令把他放了。

"在捕人呢,在捕人呢,"伯爵说,"所以我也交代伯爵夫人,要少说法国话,目前不是时候。"

"你们听说吗?"申申说。"戈利岑公爵请了一位俄国教师,在学俄语呢——在街上讲法语已经变得不安全了。"

"怎么样,彼得·基里雷奇,怎么招募民兵呀,您也要跨上战马吗?"老伯爵对皮埃尔说。

皮埃尔整顿饭默不作声,若有所思。在对他说话时,他看了看伯爵,似乎没听懂似的。

"是的,是的,要去打仗,"他说,"得了吧!我算什么战士!并且一切都如此奇怪,真奇怪!连我自己也不明白。我不知道,我对军事不感兴趣,可是在现在,谁对自己都不能负责了。"

饭后,伯爵舒适地坐在安乐椅里,带着严肃的面孔,叫以朗诵见长的索尼娅读《告民众书》。

"通告我们古都莫斯科。"

"敌人以强大的兵力进犯我们的边境。他来毁灭我们亲爱的祖国了,"索尼娅卖力地朗读。伯爵闭上眼睛,听到一些句子,不停地发出叹息声。

娜塔莎笔直地坐在那里,用探究的目光时而看看父亲,时而望望皮埃尔。

皮埃尔感到她的目光,可是尽力不回头看。每读到雄壮威严的句子,伯爵夫人就不以为然地摇摇头。她从这些字句里面只听见威胁着她儿子的危险一时还完不了。申申撇着嘴,带着嘲讽的意味微笑着,准备一有机会就加以嘲笑,比如对索尼娅的朗读,对伯爵会说出的什么话,倘若想不出更好的借口,就嘲笑

《告民众书》。

　　读到威胁俄国的危险,皇上对莫斯科寄予的希望,尤其是对名门贵族寄予的希望的时候,索尼娅的嗓音颤抖了,这主要因为大家全都聚精会神地听她读,她读到最后几句话:"我们刻不容缓地到首都人民中间去,到全国各地去,同我们的民团会商并指挥他们,他们目前正阻击敌人前进,还有的正在组织起来打击敌人,不论敌人在哪儿出现。就让敌人妄图加在我们身上的毁灭命运落到他们自己头上吧,让从奴役中解放出来的欧洲赞美俄罗斯的名字吧!"

　　"好,说得好极了!"伯爵喊道,他睁开湿润的眼睛,时断时续呼哧了几声鼻子。"只要皇上一声令下,我们牺牲一切也在所不惜。"

　　申申还没来得及说出他的嘲笑,娜塔莎从她的座位上一跃而起,向父亲跑过去。

　　"真可爱啊,这个爸爸!"她一边说,一边吻他,又向皮埃尔瞟了一眼,带着她那又恢复了的不自觉的妩媚和活泼。

　　"好一个女爱国者!"申申说。

　　"并不是什么爱国者不爱国者,不过是……"娜塔莎气愤地回答。"您对什么全都觉得好笑,这根本不是笑话……"

　　"谈不上玩笑!"伯爵也说。"只要一声令下,我们就都上……我们不是那些德国佬……"

　　"你们注意到没有,"皮埃尔说,那上面说:"要进行会商。"

　　"不管那儿要进行什么……"

　　这时,谁也没有注意彼佳走到父亲跟前,他满脸通红地说:

　　"现在我要干脆地说,爸爸,对妈妈也照样说,你们让我参军去吧,因为我不能……这就是我要说的……"

　　伯爵夫人吃惊地把两眼往上一翻,两手一拍,生气地对丈夫说:

　　"扯出事来了吧!"她说。

　　可是,这时伯爵从慷慨激昂中镇静了下来。

　　"得了,得了,"他说。"又跑出一个战士! 别胡闹:要好好读书。"

　　"这不是胡闹,爸爸。奥博连斯基·费佳比我小,他也要去,反正我现在什么也学不进去,正当……"彼佳停住了,脸红得冒汗,仍旧说下去:"正当祖国遭到危险的时候。"

　　"够了,够了,胡闹……"

　　"是您自己说的,我们可以牺牲一切。"

　　"彼佳! 我告诉你,住嘴,"伯爵呵斥道,转脸看了看妻子,她脸色苍白,定睛看着小儿子。

　　"我对您说了。彼得·基里洛维奇也要对您说……"

　　"我告诉你,你这是胡说,毛孩子就想当兵! 好了,好了,我告诉你,"伯爵拿起那些文件,就往外走。大概他是想在午睡前再读一遍。

"彼得·基里洛维奇,走,咱们吸烟去……"

皮埃尔窘迫不安,犹豫不定。娜塔莎那对高兴的眼睛闪着奇异的光,很亲切地不停地看着他,这使他陷入了这种状态。

"不,我恐怕该回家了……"

"怎么回家,您不是要在我们这儿待到晚上……您近来又不常来。并且我的这个……"伯爵和蔼地指着娜塔莎说,"只有您在的时候她才兴奋……"

"对了,我忘记了……我不得不回去……有事情……"皮埃尔赶忙说。

"那么就再见吧,"伯爵说着就走出房去。

"您为什么要走?您为什么心神不安?为什么?……"娜塔莎问皮埃尔,挑战似的望着他。

"因为我爱你!"他想说,但是没有说出口,脸红得要流泪,他垂下了眼睛。

"因为我最好还是少到您这儿来……因为……不是,我只是有事情……"

"为什么?不,告诉我,"娜塔莎本来口气很坚决,可是一下子停住了。他们俩吃惊地、窘迫地互相望着。他想微笑一下,但不可能:他的微笑含有辛酸的苦味,他静静地吻了吻她的手,就走了出去。

皮埃尔暗下决心,再也不到罗斯托夫家去了。

二十一

彼佳在遭到坚决的拒绝后,回到自己房里,锁上门,痛哭起来。当他去喝茶时,一言不发,神色阴郁,两眼哭得通红,大家全装作没看见。

第二天皇帝驾到。罗斯托夫的几个家仆请假去看皇帝的驾临。这天一大早,彼佳就长时间地穿戴,梳洗,把硬领弄得和大人的一样。他对着镜子皱着眉头,做各种姿态,耸耸肩,最后,不和任何人打招呼,戴上制帽,不让人看见,从后门出去了。彼佳打算见到皇上,直接向某一位侍从说明(彼佳以为皇帝周围经常围着一大批侍从),他这个罗斯托夫伯爵,虽然年幼,却愿意为祖国服务,年幼不能成为为祖国效忠的障碍,他准备着……彼佳在要出门的时候,想好了许多要对侍从说的好听的话。

彼佳估计他向皇帝毛遂自荐之所以能够成功,正是因为他是一个孩子,可是同时,他整理硬领、发型,步伐庄重而从容,把自己装成一个成年人。但是他愈向前走,他就愈被克里姆林宫附近愈来愈多的人群所吸引了,他就愈忘记遵守大人所有的庄重从容的派头。人很多,大家互相挤起来。一个农妇对他呵斥道:"你瞎撞什么,小少爷,你没看见大家都站住不动。挤个什么劲儿呀!"

"大家都来挤吧!"农妇的仆役说,也开始活动他的臂肘,把彼佳挤到门洞里的角落里。

彼佳用手擦擦满脸的汗水,整整汗湿的领子。

彼佳觉得他的外表弄得十分不体面,他怕照这个样子,侍从是不会让他去见皇上的。可是,因为拥挤,修饰一番,或者换个地方,又根本不可能。在路过的将军中间有一位是罗斯托夫家的熟人。彼佳想向他求援,但他认为这与大丈夫气概水火不相容。当全部马车过完的时候,人群有如潮涌把彼佳带到站满了人的广场上。不但广场上,并且斜坡上,屋顶上,到处都是人。彼佳刚到广场上,他就清清楚楚听到整个克里姆林宫充满了钟声和谈笑声。

有一阵子广场比较宽松,但是忽然间,人们都脱帽,一直向前冲去。彼佳被挤得喘不过气来,大家都在喊:"乌拉!乌拉!"彼佳踮起脚尖,被人推来挤去,但是除了周围的人群,他什么也看不见。

所有人表情都非常感动和兴高采烈。一个站在彼佳身旁的女商贩号啕大哭,眼泪直流。

"父亲,天使,老天啊!"她一边说,一边用手指抹眼泪。

"乌拉!"周围的人们在呼喊。

人群在一个地方停了一会儿;然后又向前涌去。

彼佳几乎忘了一切,咬紧牙关,把眼睛瞪得像野兽似的,拼命向前挤,一面用臂肘推搡,一面喊"乌拉!"可是在他身边的人们,也同样喊着"乌拉!"

"皇帝原来是这样!"彼佳想道。"不行,我不能自己把呈文递给皇上,这样太冒失了!"虽然如此,他仍旧拼命往前钻,他从他前面的一道缝隙中望去,有一条铺着猩红地毯的空地在他眼前一闪;但是这时人群忽然跟跟跄跄往后退(前面的巡警推挡那些太靠近卫队行列的人群;皇帝从宫里正向圣母升天大教堂走去),彼佳的肋骨意外地受了猛地一撞,又被挤了一下,他两眼发黑,失去了知觉。当他醒过来时,一个教士模样的人,大约是一个助祭,他用一只手臂把他挟在腋下,用另一只手臂挡住挤过来的人群。

"挤死人了!把小少爷挤死了!"助祭说。"这样不行!……轻一点……挤死人了,挤死人了!"

皇帝步入圣母升天大教堂。人群又安静下来,于是助祭把脸色苍白、呼吸困难的彼佳带到大炮那儿。有些人觉得彼佳很可怜,忽然人们都来看他,在他四周拥挤起来。站在他跟前的人们照料他。解开他的常礼服,把他放在高高的炮台上,责骂那些挤他的人。

"这样能把一个人踩死。真不像话!真是要出人命了!瞧这可怜的孩子,脸色白得像白纸,"几个声音说。

彼佳不久就清醒过来了,他的脸上又泛起红晕,疼痛也过去了,以这暂时的不快乐,却换来炮台这个位置,他想从这个位置上看见返回的皇帝。彼佳已经不再想递呈文了。只要能看见他——他就认为自己是幸福的了。

在圣母升天大教堂做礼拜的时候——这是一次为皇帝驾临和为同土耳其讲和而举行的联合祈祷,人群散开了;小贩出现了,叫卖糖饼和彼佳十分喜欢吃的罂粟糖饼,又可以听见日常的谈话了。一个女商贩把挤破的披巾给人看,她说她是出大价钱买来的;另一个女贩说,如今丝绸都涨价了。救彼佳的那个助祭和一个官吏说,那天是某某和某某神父陪同主教主持礼拜。两个小市民正在同几个农奴姑娘调笑。所有这些谈话,尤其是同姑娘们的调笑,对象彼佳这样年龄的男孩是最有吸引力的,但是这些谈话现在却引不起彼佳的兴趣;他坐在那尊炮的高台上,一想到皇帝,想到对他的爱戴,心中仍旧非常激动。

忽然从河岸传来礼炮声,人们向河岸蜂拥而去——去看怎会放炮。彼佳也想往那儿跑,但以保护小少爷为己任的助祭不让他去。这时从圣母升天大教堂跑出来许多军官、将军、侍从,然后又走出几个人,人群又脱下帽子,那些跑去看放炮的人,都跑了回来。最后,从大教堂门里走出四个穿制服,佩绶带的男人。"乌拉!乌拉!"人群又高呼起来。

"什么人?什么人?"彼佳问周围的人,但是没有人回答他;大家都入迷了,彼佳选了四个中的一个,他因为兴奋,泪水模糊了眼睛,他看不清那个人,虽然那人不是皇帝,他满怀喜悦,用狂热的声音喊"乌拉!"而且决定,不管怎样明天他要当一个军人。

人群跟着皇帝跑,一直到皇宫,才散了。已经很晚了,彼佳还没吃东西,他大汗淋漓;但是他不回家,同剩下的人群站在宫殿前面,在皇帝进餐时,向宫殿的窗户张望,还在期待着什么,很羡慕那些正走上宫殿门厅,前去和皇帝共进午餐的达官贵人,也羡慕那些宫廷侍者。

在皇帝吃饭的时候,瓦卢耶瓦转脸对窗口望望,说:

"民众还想再见一见陛下。"

用完饭,皇帝吃着饼干站起身来,走到阳台上。民众,当中也有彼佳,向阳台涌过去。

"天使,老天啊!乌拉!父亲啊!……"民众喊道,彼佳也跟着喊,又有一些农妇和几个男人，高兴得哭起来。皇帝手里拿着的一片吃剩的饼干，落在阳台的栏杆上，从栏杆上掉到了地上。一个穿短上衣的车夫，向那块饼干扑过去，把饼干抓在手里。人群中有几个人向车夫扑过去。皇帝看到这情景，让人递给他一盘饼干，开始从阳台上撒饼干。彼佳两眼充血，被挤坏的危险更使他紧张，他向饼干冲过去。他冲过去，绊倒一个正在抢饼干的老太太。老太太虽然躺倒在地，但仍不认输。彼佳用膝盖推开她的手，抓起一块饼干，他像怕错过机会，又高呼"乌拉！"嗓子已经嘶哑了。

皇帝走了，接着大部分人也散了。

"我就说嘛，还要再等一等——果不其然，等到了，"人群中。传来愉快的谈话声。

虽然彼佳感到非常幸福，他走回家的时候依旧闷闷不乐，他知道，这一天的欢乐完结了。彼佳离开了克里姆林宫，不是直接回家，而是找他的伙伴奥博连斯基，一个也要参军的十五岁的少年。回到家里，他坚决地宣称，倘若不让他参军，他就逃跑。第二天，伊利亚·安德烈伊奇伯爵虽然没有完全屈服，但是出门去打听，看能不能给彼佳谋一个较安全的位置。

二十二

两天后，十五日早上，斯洛博达宫门前停着数不清的马车。

每座大厅都挤满了人。第一座里面，是穿制服的贵族，第二座里面，是佩带奖章、留着大胡子、穿着蓝灰色长衣的商人。从贵族会议大厅里，传来谈话声和走动声。在皇帝的挂像下面一张大桌子旁，最显贵的大官坐在靠背椅里；但大多数贵族都在大厅里走来走去。

所有这些贵族，都是皮埃尔每天不是在俱乐部里就是在他们家里见过的，现在他们全都身着制服。格外引人注目的是那些老头子，他们两眼昏花、牙齿脱落，脑壳光秃，面孔浮肿，或者满脸皱纹，瘦骨嶙峋。他们多半坐在座位上一声不吭，倘若他们走动一下，找人说说话，那也是专找某个年轻人。所有这些人的面孔，有一种矛盾的表情：对某种重大庄严事情的期待和对日常的、昨天的事情的关怀，如对波士顿牌局、彼得鲁什卡厨师、季娜伊达·德米特里耶夫娜的健康及其他诸如此类事情的关怀。

一大早，皮埃尔身着一件贵族制服，来到大厅。他心情非常激动：这次不平常的集会，不但有贵族，并且也有商人参加——包括三级会议的各阶层，引起他一连串久已搁置的、但却深深印在心中的关于《民约论》和法国大革命的联想。他在《告民众书》中看到一句话，说皇上返回首都是为了跟民众共商国是的，这更肯定了他的想法。所以他认为，他期待已久的重要事件将要到来了，于是他走来走去,观察,倾听,可是各处都没有发现他所关心的那种思想。

宣读皇帝的宣言,引起了一阵狂喜,随大家谈论着散开了。皮埃尔除了听到一些日常的话题,还听到人们谈论:皇上进来时,首席贵族应该站在什么地方,何时举行招待皇帝的舞会,各县分开还是全省统一……等等;但一涉及战争和如何召来贵族,就含糊其词了。大家都更愿意听而不愿意说了。

一个中年男子,英气勃勃,仪表堂堂,穿一身退役的海军服,正在一个大厅里说话,身旁围着许多人。皮埃尔走近倾听起来。伊利亚·安德烈伊奇伯爵穿一身叶卡捷琳娜时代的将军服,含着微笑在人群中走来走去,所在的人他全认识,他也走近这一群人,就像他平常听人讲话那样,带着和善的笑容,听人说话,不停地赞许地点头,表示同意。那个退役海军的谈吐无所顾忌。皮埃尔挤到中间,注意地听了听,相信讲话的人确实是一个自由主义者,是和他心目中完全不同意义的自由主义者。海军军人的声音特别响亮,悦耳,是贵族所特有的男中音,有一种惯于纵酒和发号施令的味道。

"斯摩棱斯克人向皇上建议组织民团。难道斯摩棱斯克人的话对于我们就是命令?倘若莫斯科省的高尚贵族认为有必要,他们可以用其他办法效忠皇上。难道我们忘了 1807 年的民团!结果得到好处的只是那些吃教会饭的,再就是小偷强盗……"

伊利亚·安德烈伊奇伯爵含着微笑,赞许地点着头。

"试问,难道我们的民团对国家有好处吗?毫无好处可言!只能浪费我们的财产。最好是再征兵……否则,复员回来的,兵不像兵,庄稼人不像庄稼人,只落个浪荡胚子。贵族不珍惜自己的性命,我们全去参军,人人都去招兵,只要圣上一声号召,我们全都去为他牺牲,"这位演说家激昂慷慨地说。

伊利亚·安德烈伊奇欢喜得直咽口水,不停地碰碰皮埃尔,但是皮埃尔也急于想说话。他挤向前去,他觉得自己很高兴,可是他还不知道他为什么高兴,也不知道他要说什么。他刚要开口,一个离那个讲话的人站得很近的枢密官——此人牙齿掉得精光,有一张聪明的面孔,却满脸怒容,打断了皮埃尔的话,他显然惯于主持讨论和处理问题,他的声音很低。

"我认为,阁下,"枢密官含糊不清地说,"我们被召来不是讨论现在对国家更有利的是什么——是征兵还是成立民团。我们是来响应皇帝陛下对我们的号召的。到底征兵有利还是成立民团有利,我们听从最高当局的裁决……"

皮埃尔突然给他那满腔义愤找到发泄的机会。那位枢密官对现在贵族当务之急提出迂腐而狭隘的观点,皮埃尔对此予以无情的驳斥。皮埃尔走向前去制止住他。连他自己也不清楚要说什么,但却开始热烈地说起来。

"请原谅,阁下,"他开始说,"虽然我不同意这位先生,也不同意这位先生……但是我认为,贵族被请来,除了表一表他们的同情和喜悦,还应当共商拯救我们祖国的大计。我认为,"他激昂地说,"倘若皇上看见我们只是一些把自己的农奴献给他的农奴主，只是我们把自己充当炮灰，而没有得到救……救……救亡的策略，那么，皇上是不会满意的。"

许多人看到枢密官露出轻蔑的微笑和听见皮埃尔信口开河，就从人群中走开了；可是伊利亚·安德烈伊奇对皮埃尔的话非常满意，正像他对海军军人的话，枢密官的话一样，总之，他对任何人的话，全都满意。

"我认为，在讨论这种问题之前，"皮埃尔接着说，"我们应当问问皇上，恭敬地请陛下告诉我们，我们有多少军队，我们的军队和正在作战的部队情况怎样，然后……"

但是，皮埃尔还没有把话说完，就受到了三方面的攻击。攻击他最厉害的是一个他的老相识斯捷潘·斯捷潘诺维奇·阿普拉克辛，此人是玩波士顿牌的能手，对皮埃尔一贯怀有好感。斯捷潘·斯捷潘诺维奇身穿制服，不知是因为这身制服还是由于别的原因，皮埃尔在他面前看见一个全然不同的人。斯捷潘·斯捷潘诺维奇脸上忽然露出老年人的凶相，向皮埃尔呵斥道：

"第一，启禀阁下，我们无权向皇上询问这件事；第二，俄国贵族就算有这种权利，皇上也不可能回答我们。军队是要看敌人的行动而行动的——军队的增和减……"

另外一个人的声音打断了阿普拉克辛的话，这个人中等身材，四十岁左右，前些日子皮埃尔在茨冈舞女那儿经常看见他，是一个蹩脚的牌手，他今天也因穿了制服而变了样，他向皮埃尔迈进了一步。

"而且不是发议论的时候，"这是那个贵族的声音，"而是要行动：战火已经蔓延到俄国。我们的敌人打来了，它要灭亡俄国，践踏我们祖先的坟墓，抢走我们的妻子和儿女。我们要动员起来，人人都勇往直前，人人都为沙皇圣主战斗！"他瞪着充血的眼睛，喊道。从人群中发出几声赞许的音。"为了保卫我们的信仰、王位和祖国，我们俄罗斯人不惜流血牺牲。倘若我们是祖国的男儿，就不要光说空话吧。我们要让欧洲知道，俄国人站起来保卫俄国了，"那个贵族喊道。

皮埃尔想反对，但是一句话也说不出。他觉得，问题不在他的话包含什么思想，而是他的声音，总没有那个生机勃勃的贵族说得响亮。

伊利亚·安德烈伊奇在那圈人群后面点头称赞；在那人说到最后一句话的时候，有几个人突然转身对着演说的人说：

"对，对，就是这样！"

皮埃尔想说他并不反对献出金钱、农奴，甚至他自己，但是，想要解决问题，必须弄清楚情况，可是他张口结舌，一个字也说不出。许多声音叫喊，发表意见，弄得伊利亚·德烈伊奇应接不暇，忙于点头；人群聚了又散，散了又聚，吵吵嚷嚷，一齐向大厅里一张大桌子涌去。皮埃尔的话不仅未能说完，并且粗暴地被人打断，人们推开他，避开他，像对待共同的敌人一样。这种情况之所以发生,并不是由于对他的话——在他之后又有许多人发表演说,他的意见早被人忘记了,——而是因为,为了鼓舞人群,需要有具体可见的爱的对象和恨的对象。皮埃尔就成为恨的对象。在那个贵族慷慨陈词之后,又有许多人发了言,人们都是一个调子。很多人都说得极好,并且有独到的见解。

《俄罗斯导报》出版家格林卡被人认出来了,这位出版家说,地狱应当用地狱来反击。

"对!对!"几个人赞同地重复说。

人群向一张大桌子走去,桌旁坐着几位身着制服,佩带缓带,白发秃顶的七十来岁的高官显贵,几乎都是皮埃尔常见的,看见他们在他们家里逗小丑们取乐,或者在俱乐部里打波士顿。人群向桌子走去。讲话的人一个接着一个,有时两个人一齐讲。在这热气腾腾和拥挤的气氛中,有些人在搜索枯肠,想找点什么,好赶快说出来。皮埃尔认识的那几个大官坐在那儿,一会儿看看这个,一会儿看看那个,脸上的表情,说明他们觉得很热。然而皮埃尔情绪却高昂起来,那种普遍表示牺牲一切在所不惜的气概,也感染了他。他坚持自己的意见,但是他觉得犯了什么错误,想辩解一下。

"我只是说,当我们知道急切需要的是什么的时候,我们的牺牲才会更有价值,"他尽力压倒别人的声音,赶忙说。

一个离得最近的小老头转脸看了他一眼,马上被桌子另一边的声音吸引了过去。

"是的,莫斯科就要放弃了!它将成为赎罪的牺牲品!"有人喊道。

"他是人类的敌人!"另一个人喊道。"让我来说……先生们,挤死我了!……"

二十三

这时,这群贵族让出一条道来,拉斯托普钦伯爵快步从闪开的人群中走进大厅,他身着将军服,肩挎缓带,下巴突出,生着一对灵活的眼睛。

"皇帝陛下立刻就到,"拉斯托普钦说,"我才从那儿来。我认为,处在我们现在这样的景况,没有什么可考虑的。蒙皇上降旨把我们和商人召来,"拉斯托普钦伯爵说。"那边已经有数百万献出来了(他指了指商人的大厅),而我们的任务是提供民团,绝不珍惜自己……至少我们能够做到这个!"

坐在桌旁的那些大官开会讨论了。整个会议都非常平静。在经过刚才的喧哗之后,听到老人们一个跟一个地说:"同意,"有的为了变个样,说:"我也是那个意见,"等等,会开得十分沉闷。

文书奉命记录莫斯科贵族的决议:莫斯科贵族和斯摩棱斯克贵族一样,每千名农奴抽民兵十名,并配给全部装备。开会的先生们总算松了一口气,发出椅子的响声,一个个全到大厅中间,随便挽起哪一位的胳膊,闲聊起来。

"皇上!皇上!"忽然整个大厅里都响遍了喊声。所有的人都向门口拥去。

皇帝走进了大厅。每个人的脸上都露出既恭敬又畏惧的好奇神情。皮埃尔站得较远,皇帝的话听不太清楚。他只听懂皇帝谈到国家处境危险,谈到他寄予莫斯科贵族的希望。有人向皇帝报告刚才贵族做出的决议。

"诸位先生!"皇帝的声音颤抖了;人群动荡一下又静了下来,皮埃尔清楚地听见了皇帝十分感动的、富有人情味的声音,他说:"我从来就不怀疑俄罗斯贵族的热心。今天贵族们的热心超出了我的期望。我代表祖国感谢你们。诸位先生,我们要行动——时间最宝贵……"

皇帝停住了,人群挤在他的周围,从各处传来欢喜的赞叹声。

"是的,最宝贵的是……皇帝的话,"伊利亚·安德烈伊奇在后面失声痛哭地说,事实上他什么都没听见,一切都是他自己想当然。

皇帝从贵族大厅步入商人大厅。他在那里停了十来分钟。皮埃尔和别的人都看见,皇帝从商人大厅出来时,眼睛含着感动的泪水。后来才听说,皇帝刚一对商人讲话,就热泪直流,他用颤抖的声音讲完了话。皮埃尔看见皇帝的时候,他正走出来,两个商人陪着他。一个是身躯肥胖的承包商,皮埃尔认识他,另一个是商人的首领,面孔消瘦,留一撮山羊胡子。两人都哭泣着。那个瘦子两眼含泪,而体胖的承包商号啕大哭,一个劲地说:

"生命,财产,全拿去吧,陛下!"

皮埃尔此时除了想说他什么都不在意,一切都可以牺牲外,就再不想别的了。他想到他那带有宪政倾向的演说,就觉得惭愧;他想找机会改正这一点。别祖霍夫得知马莫诺夫伯爵献出一团人,便当即向拉斯普钦伯爵声明,他愿出一千人连带给养。

老罗斯托夫在对妻子讲述时,不由得老泪横流,他当即答应了彼佳的要求,而且亲自去给他报名。

第二天,皇帝走了。所有参加集会的贵族都脱掉了制服,又在家中安居和上俱乐部,漠然地命令管家去办理民团的事,他们对自己所做的事,都感到惊奇。

第十部

一

 拿破仑之所以同俄国开战,是因为他必须去德累斯顿,被荣誉冲昏了头脑,想穿波兰军服,六月早上的诱惑而野心勃勃,不能不先是当着库拉金的面,而后是当着巴拉舍夫的面大发雷霆。

 亚历山大之所以拒绝谈判,是因为他觉得他个人受侮辱。巴克莱·德·托利千方百计以最好的方式统率军队,是为了尽职尽责和赢得伟大战略家的荣誉。罗斯托夫之所以跃马向法军冲锋,是因为他一见平坦的田野就按忍不住要纵马驰骋。同样,参加这场战争的无数的人都是依照他们各人的禀性、习惯、条件和目的而行动的。他们畏惧,虚荣,欢乐,愤慨,议论,认为他们知道他们所做的事,知道他们这样做都是为了自己,其实他们都是不自觉的历史工具。所有实际的活动家不可改变的命运就是这样,并且他们官做得越大,自由就越少。

 现在,1812 年的活动家,早已退出历史舞台,他们个人的兴趣消失得无影无踪,只有当时的历史结果展现在我们的面前。

 这些人竭力追求他们各自的目的,从而造成一个巨大的后果,当时没有一个人(不管是拿破仑还是亚历山大,更不用说战争的某一个参加者了)对这个结果有任何预见。

 现在已经清楚 1812 年法军覆灭的原因了。再不会有人争论,拿破仑的法国军队覆灭的原因有二,一是他们深入俄国腹地,却就是不做过冬的准备;二是因为焚烧俄国城市而在俄国人民中激起对敌人的仇恨。可是,当时不但没有人预见到,只有通过这种途径才能使世界上最优良的、由最优秀的统帅指挥的八十万军队在碰到最没有战斗力、经验缺乏、并且由缺乏经验的统帅指挥的俄国军队时,遭到覆灭;不仅没有人预见,并且在俄国人方面,常常全力以赴地妨碍那唯一能够拯救俄国的事情的实现,同时在法国人方面,虽然拥有经验丰富和所谓天才军事家拿破仑,却竭尽全力在夏末把战线拉长到莫斯科,也就是做那使他们必然走向灭亡的事情。

 在有关 1812 年历史论著中,法国的作者总是津津乐道拿破仑如何感觉到战线拉长的危险,他怎样寻找决战的机会,他的元帅们怎样劝他在斯摩棱斯克停下来,而且引另外一些论据,证明当时已经感到那场战争的危险;而俄国的作者更愿意谈论什么战役一开始就有一个引诱拿破仑深入俄国腹地的战争计划,这个计划有人说是普弗尔拟的,有人说是某个法国人拟的,有人说是托尔拟的,有人说是亚历山大皇帝本人拟的,而且引用一些笔记、方案和书信,说其中果然有这种作战方案的暗示。可是,所有这些暗示,不论是俄国人做出的还是法国人做出的,之所以现在公之于世,只是因为既成的事件证实了这些暗示。倘若事件没有实现,这些暗示就会被人遗忘,就像当时众多的相反的暗示和设想,因为不正确而被人遗忘一样。对于任何事件的结局,总有很多预测,不论事件的结局是什么,总有人会说:"我当时就说过,非是这样不可,"而众多根本相反的预测却被人忘得一干二净。

说拿破仑已经意识到战线拉长的危险,在俄国人方面,说诱敌深入俄国腹地,同样都是属于这一类预测,而史学家只能十分牵强地才能把这些想法强加在拿破仑身上,把那些计划强加在俄国军事将领身上。全部事实都与这些预测完全相反。在战争初期,在俄国方面,不但没有诱敌深入俄国腹地的打算,并且在法国最初入侵俄国的时候,却想方设法地阻止法军的深入,拿破仑不但不怕战线拉长,并且每前进一步就当作胜利而得意扬扬,也不像过去各次战役那样急着寻找决战的机会。

战争刚一开始,我们的军队就被切断,我们当时努力追求的唯一目的,就是各支军队的会合,虽然军队的会师对于退却和诱敌深入腹地并没有好处。皇帝御驾亲临部队,是为了鼓励部队坚守每寸俄国土地,而不是为了退却。按照普弗尔的计划,在德里萨部署庞大的阵营,不再向后撤退。每后退一步,总司令就受到皇帝的斥责。不要说焚烧莫斯科,就是让敌人打到斯摩棱斯克,对皇帝说来也是难以想象的,当军队会合起来的时候,皇帝对斯摩棱斯克的失陷和焚毁,未能背城打一大仗,极为不满。

皇帝这样想,而俄国的将领和俄国全民一想到我们退到腹地,更加愤慨。

拿破仑把俄军切断后,仍旧向俄国腹地推进,放弃了几次决战的机会。八月他在斯摩棱斯克一心只想怎样继续前进,我们现在看出,这种继续深入对于他很明显是毁灭性的。

事实雄辩地说明,拿破仑既没有预见到向莫斯科进军的危险,亚历山大和俄国将领们当时也没有打算引诱拿破仑深入,而且他们所想的都是相反的东西。拿破仑被引进俄国腹地,并不是因为某人的计划。一切都是偶然发生的。几支军队在战役初期被切断。我们努力会合各军的目的,是想打一仗,阻止敌人的进攻,但是在力求会合时避免和最强大的敌人作战,无意中形成锐角形往后撤退,这样我们就把法军引到了斯摩棱斯克。我们成锐角形撤退,并不都是因为法军在两支军队之间推进,——这个夹角之所以变得愈来愈锐,我们也就愈退愈远,那是因为巴克莱·德·托利是一个不孚众望的德国人,他的下级巴格拉季翁憎恨他,巴格拉季翁统率着第二军,尽量拖延不与巴克莱会师,为了不受他的指挥。巴格拉季翁迟迟不去会师(虽然会师是所有指挥官的主要目标),因为他觉得,在行军中他的军队会遭到危险,最好是再向左向南退却,同时骚扰敌人的侧翼和后方,在乌克兰补充他的军队。看来,他所以打这个主意,是因为他不愿意隶属于可憎的、级别比他低的德国人巴克莱。

皇帝在军队里驻留,是为了鼓舞军队,可是他的御驾亲征和犹豫不定,以及大批的顾问和计划,削弱了第一军的战斗力,于是这个军撤退了。

原打算坚守德里萨阵地的;但是突然间,一心想当总司令的保罗西以其充沛的精力影响亚历山大,于是普弗尔的整个计划就被放弃了,一切军务都交给了巴克莱。可是巴克莱不孚众望,他的权力是有限的。

军队被打散了,没有统一的指挥,巴克莱没有声望。一方面,因为这种混乱,军队被切断,这位德国人总司令的声誉不高,就出现了犹豫不定和避免战斗(倘若军队集结一起,并且不是巴克莱指挥军队,那就非打一仗不可),另一方面,对德国人的愤慨和爱国热情的激发,愈来愈高涨。

最后皇帝终于离开了军队,他离开军队最好的借口就是宣称他必须鼓舞首都人民掀起一场人民战争。皇帝的莫斯科之行使俄国军队壮大了三倍。

皇帝离开军队是为了不妨碍总司令权力的统一,期盼以后能够采取更坚决的措施;可是军队中的领导情况更加混乱和无力了。贝尼格森、大公和一大群高级侍从留在军队中监视总司令的行动,时常给他鼓劲,巴克莱觉得他处在这些国家的耳目之下更不自由了,对于决定性的行动更谨慎了,总是避免作战。

巴克莱主张慎重。皇太子暗示这是通敌,要求决战。柳博米尔斯基、布拉尼茨基、弗洛茨基之流的人物,吵得如此凶,以至于使得巴克莱借口给皇上递送文件,把这帮波兰高级侍从打发到彼得堡,然后对贝尼格森和大公进行一场公开的斗争。

最后,不论巴格拉季翁多么不乐意,终于在斯摩棱斯克会师了。

巴格拉季翁驱车前往巴克莱的官邸。巴克莱佩上肩带出来迎接,并向级别比他高的巴格拉季翁报告。巴格拉季翁尽力做得很大度,虽然级别高,仍然做他的部下;可是做了部下,和他更合不来了。依照皇帝的命令,巴格拉季翁亲自向皇上报告。他在给阿拉克切耶夫的信中写道:"我皇的旨意,可是我跟那位大臣(巴克莱)无法相处。看在上帝的分上,请您随便把我派到哪儿,哪怕让我指挥一个团,而在这里我待不下去;整个大本营都是德国人,俄国人简直受不了了,并且毫无意义可言。我本以为我忠心耿耿地为皇上和祖国服务,而结果却是为巴克莱服务,说实话,我是不乐意的。"一群布拉尼茨基、温岑格罗德之流的人物越发搅坏了各司令之间的关系,结果更不统一了。准备在斯摩棱斯克向法军进行一次进攻。一个将军被派去视察阵地。这个将军憎恨巴克莱,他骑马到一个朋友——军团长那儿坐了一整天,然后就回到巴克莱那儿,对他没有看见的未来战场说得一无是处。

正当在未来战场问题上争论不休和施展阴谋诡计的时候,正当我们寻找法军而搞错他们的所在地的时候,法军突破涅韦罗夫斯基师团,抵达斯摩棱斯克城下。

为了挽救我们的交通线,不得不在斯摩棱斯克打一场毫无准备的战斗。仗是打了。双方都阵亡数千人。

斯摩棱斯克在违反皇帝和全民意志的情况下放弃了。但是斯摩棱斯克是居民受省长的欺骗自己焚毁的,倾家荡产的居民给其他俄国人做出了榜样,他们都想着自家的损失,心中燃起对敌人的怒火,向莫斯科逃去。拿破仑仍旧前进,我们后退,结果是拿破仑必然失败。

二

儿子走后第二天,尼古拉·安德烈耶维奇公爵把玛丽亚公爵小姐叫到自己房里。

"怎么样,你现在满意了吧?"他对她说,"弄得我和儿子吵了一架!满意了吧?你就希望这样!满意了吧?……真叫我伤心,真叫我伤心。我老了,不行了,这也是你希望的。你就兴奋吧,兴奋吧……"在这之后,玛丽亚公爵小姐有一个星期没看见父亲。他病了,没有离开自己的书房。

使玛丽亚公爵小姐惊奇的是,她发现老公爵在生病期间,也不让布里安小姐到他房里去。只叫吉洪一个人伺候他。

过了一星期,公爵出来了,又过着先前的生活,在建筑和园艺上十分下功夫,而且停止了和布里安小姐过去的关系。

玛丽亚公爵小姐每天一半时间用在尼古卢什卡身上,看着他复习功课,教他俄语和音乐,同德萨尔谈话;另外半天读书,同老保姆和神亲们一块消磨时间。

玛丽亚小姐对战争的看法同一般妇女对战争的看法一样。她为参加战争的哥哥担心,对强迫人们互相残杀不明白,对人类的残酷感到恐怖;可是她不清楚这次战争的意义,她以为跟过去的战争一样。虽然时常同她谈话、非常关心战况的德萨尔把他的想法极力讲给她听,虽然前来找她的神亲们总是按照她们自己的理解讲述老百姓所谣传的基督的敌人入侵多么可怕,尽管和她又恢复通信的朱莉——现在是德鲁别茨卡娅公爵夫人,从莫斯科给她寄来洋溢着爱国热情的信,她仍旧不理解这次战争的意义。

"我用俄文给您写信,我的善良的朋友,"朱莉写道,"因为我憎恨一切法国人,连同他们的语言,我几乎听不得人家讲那种语言…在莫斯科因为我们满怀热情崇拜皇帝,我们十分振奋。

"我那可怜的丈夫现在住在犹太人的客栈里,受苦,挨饿;但是我所得到的消息,使我更加鼓舞。

"您肯定听说拉耶夫斯基的英雄事迹了,他搂着两个儿子说:'我和他们同归于尽,可是决不动摇!'的确,虽然敌人比我们强大两倍,但是我们屹立不动。我们尽力打发时光;战时就像战时嘛。阿琳娜公爵小姐整天和我在一块,一边揪棉线团,一边谈得兴致勃勃;只少您不在这儿,我的朋友……"如此等等。

玛丽亚公爵小姐之所以不明了这次战争的意义,主倘若因为老公爵从来不谈战争,也不承认它,并且在饭桌上嘲笑谈论这次战争。公爵的口气是那么安静而自信,使得玛丽亚公爵小姐毫无疑问地相信他。

整个七月,老公爵都很活跃,甚至生气勃勃。他又开辟一座花园,为家奴盖房子。唯一使玛丽亚公爵小姐不安的是,他睡眠极少,并且改变了他睡在书房的习惯,每天都换个睡觉的地方。有时他命令在走廊里打开他的行军床,有时他躺在客厅沙发上或者坐在高背安乐椅上和衣假寐,同时他不让布里安小姐,而是叫家童彼得鲁沙给他朗读;有时他就在饭厅里过夜。

八月一日,接到安德烈公爵第二封信。第一封信是在他走后不久接到的,安德烈公爵在那封信中恭请父亲原谅他的顶撞,并请他恢复对他的慈爱。老公爵给他回了一封亲切的信,在这封信后,就和法国女人疏远了。安德烈公爵的第二封信是在法军占领后的维捷布斯克附近写的,信中简要地叙述了战役的整个过程,并附有示意图,以及对今后战局的预想。安德烈公爵在这信中对父亲说,他住在那儿不合适,离战场太近,正处在军用交通线上,劝他到莫斯科去。

这天吃饭的时候,因为德萨尔提起,听说法军已经开进维捷布斯克,使得老公爵想起安德烈公爵的信。

"今天接到安德烈公爵的信,"他对玛丽亚公爵小姐说,"你看过了吧?"

"没看过,爸爸",公爵小姐惊慌地回答。她连接到信都未听说,当然没有读信。

"他在信里谈到这次战争,"公爵说,带着那早已成为他的习惯的、一提到目前的战争就露出的轻蔑微笑。

"一定十分有趣,"德萨尔说。"公爵能够知道……"

"啊,很有趣!"布里安小姐说。

"您去给我拿来,"老公爵对布里安小姐说。"您知道,就在小桌上的镇纸下面。"

布里安小姐兴奋地跳起身来。

"不用啦,"他皱紧眉头,喊了一声。"你去吧,米哈伊尔·伊万内奇!"

米哈伊尔·伊万内奇起身到书房去。他刚走,老公爵就神色不安地四顾,他扔下餐巾，亲自去取信。

"什么都不会干，弄得乱七八糟。"

在他走开后，玛丽亚公爵小姐、德萨尔、布里安小姐、甚至尼古卢什卡无言地你看看我，我看看你。老公爵拿着信和蓝图，迈着急急步子走了回来，米哈伊尔·伊万内奇跟着他，在整个吃饭时间，他把信和蓝图放在身边，没有让任何人朗读。

回到客厅里，他把信递给玛丽亚公爵小姐，随后摊开新建筑蓝图，一边看着蓝图，一边命令她大声念。玛丽亚公爵小姐在念信的时候，用疑惑的目光向父亲瞥了一眼。他在看蓝图，陷入了沉思。

"您对这个问题有什么想法，公爵？"德萨尔大着胆子问。

"我？我？……"公爵说，似乎不快活别人把他弄醒似的，目光仍旧不离开建筑蓝图。

"很有可能，战场就要移到我们这儿来了……"

"哈—哈—哈！战场！"公爵说。"我说过，现在还要说，战场是在波兰，敌人永远不可能越过涅曼河。"

德萨尔吃惊地看了看公爵，当敌人已经到了第聂伯河，他还说涅曼河；可是玛丽亚公爵小姐不记得涅曼河的地理位置，认为她父亲说得对。

"冰雪融化的时节，他们就要陷在波兰的沼泽里。他们只不过看不出这一点罢了，"公爵说，大约他是在想他觉得还是不久前的 1807 年的战役。"贝尼格森本来应该早些进入普鲁士，那就别有一番情景了……"

"但是，公爵，"德萨尔怯生生地说，"信里提到维捷布斯克……"

"嗯，信里提到吗？是的……"公爵不快活地说。"是的……是的……"他的面色突然变得阴沉起来。他停了一会儿，"是的，他在信中说，法军在哪条河被击溃了？"

德萨尔垂下眼睛。

"公爵在信里并没提到这件事，"他低声说。

"真的没提吗？哼，我不会瞎编的。"大家半响没有说话。

"是的……是的……喂，米哈伊尔·伊万内奇，"他忽然抬起头来，指着建筑蓝图说，"你说说你认为怎样改……"

米哈伊尔·伊万内奇走到蓝图前面，公爵和他谈了谈新建筑蓝图，随后生气地瞅了玛丽亚公爵小姐和德萨尔一眼，就回自己房里去了。

玛丽亚公爵小姐看见，德萨尔看她父亲的目光是那么惶惑和惊讶，看到他沉默不语，而且吃惊地发现她父亲把信忘在了客厅的桌上。

傍晚，米哈伊尔·伊万内奇被公爵派到玛丽亚公爵小姐这儿来取忘在客厅里的安德烈公爵的信。玛丽亚公爵小姐把信给了他。虽然这对她是不快乐的，但是她还是向米哈伊尔·伊万内奇询问了她父亲在做什么。

"总是忙，"米哈伊尔·伊万内奇说，带着既恭敬又讥讽的微笑。"对那幢新房子十分不放心，读了一会儿书，现在，"米哈伊尔·伊万内奇压低声音说，"肯定是伏在案上写遗嘱呢。"（近来公爵喜爱的工作之一是整理一些死后留传后世的文件，他叫这些文件为遗嘱。）

"要把阿尔帕特奇派往斯摩棱斯克吗？"玛丽亚公爵小姐问。

"当然啦，他已经等了很长时间了。"

三

当米哈伊尔·伊万内奇拿着信回到书房的时候，公爵正坐在打开的公事桌前面，戴着眼镜和眼罩，烛台上也罩着灯罩，把拿着文件的手伸得远远的，摆出一副颇为庄严的姿势在读文件，这些文件在他死后将呈给皇帝御览。

在米哈伊尔·伊万内奇进去时，他正在读文件并且两眼含泪。他从米哈伊尔·伊万内奇手中接过信，揣到衣袋里，放好文件，然后把阿尔帕特奇叫来。

他在一张小纸条上写着在斯摩棱斯克要办的事，在室内一面踱步，一面发出命令。

"第一件，信笺，听着，要八贴，就照这个样品；金边的……一定要按这个样子；火漆，封蜡——按照米哈伊尔·伊万内奇开的单子。"

他在室内来回走了几趟，为了看备忘小本。

"然后把有关证书的信亲自交给总督。"

随后要买新房子的门闩，必须要照公爵亲自设计的式样。再就是订制一个盛放遗嘱的硬纸匣。

对阿尔帕特奇做指示持续了两个多小时。公爵仍旧没有把他放走。他坐下沉思，闭目打盹。阿尔帕特奇动了一下。

"行了，去吧，去吧；有事再叫你。"

阿尔帕特奇出去了。公爵又到公事桌前，向它望了一眼，抚摩了一下他的公文，随后又关上，在桌旁坐下给总督写信。

他封好信站起来，已经很晚了。他想睡觉，但是他知道他睡不着，一上床，一些最坏的想法就会涌上心头。他叫来吉洪，同他一块到各个房间察看，以便吩咐他今晚在哪儿安放床铺。他走来走去，审视每个角落。

他觉得各处都不好，最糟的是书房里那张他睡惯了的沙发。他觉得那张沙发可怕，或许是因为他睡在那上面曾经有过痛苦的思绪。什么地方都不好，只有休息室里钢琴后面那个角落还算过得去：他从来还没有在那儿睡过。

吉洪同一个仆人搬来一张床，铺起来。

"不是这样，不是这样的！"公爵怒斥道，他亲自把床挪得远离墙角四分之一,接着又挪近了一些。

"终于把事办完了,该休息了,"公爵想道,于是他叫吉洪给他脱去衣裳。

因为脱上衣和裤子太吃力,公爵烦躁地皱着眉头,脱了衣裳,他沉重地往床上一坐,轻蔑地瞅着他那焦黄干瘦的腿,好像若有所思。他不是在沉思,而是拖延把两条腿费劲抬起来挪到床上的时间。"唉哟,真艰难啊!唉哟,快点结束这些苦事吧,主呵!您放我回去吧!"他想。他抿紧嘴唇,费了很大的力气才躺了下来。但是他一躺下,整个床就突然在他身下均匀地荡来荡去,好似在沉重地喘气和冲撞。差不多每晚都是如此。他睁开刚闭上的眼睛。

"不得安宁,该死的!"他怒气冲冲地不知斥责谁。"是的,是的,还有一件重要的事,十分重要,我留待夜里上了床才办的。门闩?不是,这个我已经交代过了。不对,有那么一件事,仿佛是在客厅里提到的。玛丽亚公爵小姐撒了个什么谎。德萨尔——这个笨蛋,似乎说过什么来着。衣袋里有件东西——我不记得了。"

"季什卡!吃饭的时候讲什么来着?"

"讲米哈伊尔公爵……"

"住嘴,住嘴。"公爵用手拍桌子。"对了,我记起了,安德烈公爵的信。玛丽亚公爵小姐念过。德萨尔仿佛说过维捷布斯克。现在我来念。"

他吩咐把信从衣袋里取出来,把那张放着一杯柠檬水和螺旋形的蜡烛的小茶几挪近床边,他戴上眼镜,开始读起来。只有在夜深人静,在绿灯罩下,凑近暗淡的灯光读信时,他才第一次恍然悟出信里说的意思。

"法国人到了维捷布斯克,再有四站路程他们就到斯摩棱斯克了;或许他们已经到了。"

"季什卡!"吉洪一跃而起。"行了,不用了,不用了!"他喊道。

他把信藏在烛台下面,闭上眼睛。在他的想象中出现了多瑙河,明朗的中午,芦苇,俄国营地,他这个年轻的将军,脸上没有一丝皱纹,精力充沛,兴致勃勃,面色红润,走进波将金帐篷,对朝廷这个宠臣如火烧一般的嫉妒心理如此强烈,以至于现在仍然像当时一样使他激动。他想起第一次和波将金会面时所说的话。他眼前又出现了那位矮胖的、胖脸蜡黄的皇太后,她第一次接见他时所说的亲切的话以及她那微笑,又想起在灵台上她的脸,想起当时在她的棺木前为了争着前去吻她的手同祖博夫发生的冲突。

"唉,快点,快点回到那个时代,让现在的一切快点,快点结束,叫他们别管我,让我平静平静吧。"

四

尼古拉·安德烈伊奇·博尔孔斯基公爵的田庄童山,在斯摩棱斯克以东六十俄里,离莫斯科大道三俄里。

在公爵给阿尔帕特奇做指示的那天晚上,德萨尔求见玛丽亚公爵小姐,他告诉她,因为公爵健康不好,并且对自己的安全也不采取什么措施,而从安德烈公爵来信看来,留在童山是不安全的,因此他劝公爵小姐给总督写一封信,让阿尔帕特奇带到斯摩棱斯克,求他把战局和童山所受到的威胁程度告诉她。德萨尔为玛丽亚公爵小姐小姐代笔写了一封给总督的信,她签了字,就交给阿尔帕特奇,交代他把信交给总督,若遇到危险,就尽早赶回来。

阿尔帕特奇接到指示后,就戴上白绒毛帽子,像公爵似的拿着手杖,由家里的人陪伴着,走出来坐上三套皮篷马车。

大铃铛给包了起来,小铃铛也填上纸。公爵不允许人在童山坐带铃铛的车。但是阿尔帕特奇爱在出远门时带着大小的铃铛。阿尔帕特奇的"朝臣"们——乡长、账房先生、厨娘、哥萨克小孩、车夫以及各种家奴,全出来给他送行。

女儿把鸭绒垫子放在他背后和身下。他的老姨子悄悄塞给他一个包袱。一个车夫挽扶着他上车。

"嘿,老娘儿们全出动!老娘儿们,老娘儿们!"阿尔帕特奇活像老公爵,喘息着急促地说,接着坐到篷车里。阿尔帕特奇对乡长作了最后几点关于事务的指示,然后,不再摹仿公爵,从秃头上脱下帽子,画了三次十字。

"您,听到什么风声……您就回来吧,雅科夫·阿尔帕特奇;看在基督的面上,怜惜怜惜我们,"妻子向他喊道,她是指有关战争和敌人的谣传。

"老娘儿们,老娘儿们,老娘儿们全出动!"阿尔帕特奇自言自语说,然后上路了,他向四外张望,田野里,有的地方黑麦已经黄熟,有的地方茂密的燕麦还青枝绿叶,有的黑土地刚犁过二遍。阿尔帕特奇坐在车上欣赏着当年春播作物少有的好收成,瞧了瞧黑麦的地块,有些地方已经开始收割,他计算着播种和收割,然后又想想有没有忘记公爵的吩咐。

在路上喂过两次马,八月四日傍晚,阿尔帕特奇到达了那个城市。

阿尔帕特奇在路上遇见过辎重车和军队。快到斯摩棱斯克时,他听见远方的枪声,但枪声并没有使他吃惊。最使他吃惊的是,在邻近斯摩棱斯克时,他看见一些士兵正在割一片长势很好的燕麦,显然是用来喂马,燕麦地里驻扎着兵营;这个情况使阿尔帕特奇大为吃惊,可是他立刻就把这忘了,一心只想自己的事。

阿尔帕特奇的一切生活兴趣,三十多年来,仅仅局限在公爵的意志圈子里,他从来不越出这个圈子。凡是与执行公爵的指示无关的事,他丝毫不感兴趣。

八月四日傍晚,阿尔帕特奇到达斯摩棱斯克,在第聂伯河对岸、加钦斯克郊区一家店栈落脚,店主叫费拉蓬托夫,三十年来阿尔帕特奇已经在他那儿住惯了。十二年前,费拉蓬托夫借阿尔帕特奇的光,从公爵手里买了一处小树林,从此就做生意,现在在省城里已经有了宅子、客栈和面粉店。费拉蓬托夫是一个四十岁左右的庄稼汉,肥胖,脸色黑里透红,厚嘴唇,还有一个凸起的大肚子。

费拉蓬托夫身穿背心、花布衬衫,站在靠街的店铺中。看见阿尔帕特奇,就向他走过去。

"欢迎,欢迎,雅科夫·阿尔帕特奇。人家都出城,你倒进城,"店主说。

"怎么回事,为什么出城?"阿尔帕特奇说。

"我也说嘛,——老百姓愚蠢。都是怕法国人呗。"

"老娘儿们的见识,老娘儿们的见识!"阿尔帕特奇随口说。

"我也是这么说嘛,雅科夫·阿尔帕特奇。我说,已经有了命令,不让他们进来,——那就是说,我一定进不来。每辆大车要价三个卢布——简直没有基督徒的良心!"

雅科夫·阿尔帕特奇心不在焉地听着。他要了一个茶炊和喂马的干草,喝足了茶,就躺下睡了。

客栈门前大街上,整夜都在过军队。第二天,阿尔帕特奇穿上坎肩,出去办事去了。是一个晴丽的早上,八点钟就相当热了。是收割庄稼的好日子,阿尔帕特奇心中想道。听见城外有枪声。

八时开始,步枪声中夹着大炮的轰鸣。大街上有许多不知向何处奔忙的人,还有许多士兵,可是跟平时一样,马车来来往往,商人站在铺子里,教堂举行礼拜。阿尔帕特奇走遍了商店、官府、邮局和总督家。在政府机关,在商店,在邮局,人们全在谈论军队,谈论已经开始攻城的敌人;大家不知道应当怎么办,大家都尽力互相安慰着。

阿尔帕特奇在总督门前看见许多人,哥萨克,总督的旅行马车。雅科夫·阿尔帕特奇在门廊里碰见两个贵族,其中一个是他认识的。他认识的那个贵族过去是警察局长,正在激动地说话。

"要知道,这可不是闹着玩的,"他说。"单身汉倒也罢了。一人倒霉一人当,但是,一家十三口子,还有所有的财产……简直家破人亡,竟然到了这步田地,这算什么官府衙门?……哼,就该绞死这些强盗……"

"行了,行了,别说了,"另一个人说。

"我犯什么法,让他听见好了!我们又不是狗,"这位前任警察局长说,他环视一下,看见了阿尔帕特奇。

"啊,雅科夫·阿尔帕特奇,你来干什么?"

"奉大人之命,前来谒见总督先生,"阿尔帕特奇说,他自负地抬起头,一只手放在怀里,每当他提起公爵时,总会摆出这个姿势……"叫我打听一下局势,"他说。

"你就打听去吧,"一个地主喊道,"弄得连一辆大车也找不到,什么都没有!……这不是,你听见了吗?"他指着传来枪声的地方说。

"把老3百姓都给毁了……狗强盗!"他又嘟囔了一句,就走下台阶。

阿尔帕特奇摇了摇头,上楼去了。在接待室里有商人、妇女、官吏,他们都沉默无语。办公室的门开了,大家全站起来向前移动。从门里跑出一个官吏,同一个商人说了几句话,叫一个脖子上挂着十字架的胖官吏跟他来,又进到门里去了,显然是为了避免大家投向他的目光和向他提出问题。阿尔帕特奇向前挪动出两步,在那个官吏再走出来时,他一手插进扣着的常礼服胸襟里,向那个官吏搭话,递给他两封信。

"博尔孔斯基公爵元帅递交阿什男爵先生的信,"他的口气使得那个官吏转向他,接过他的信。几分钟后,总督接见了阿尔帕特奇,匆促地对他说:

"回去禀知公爵和公爵小姐,就说我毫无所知:我是遵照最高当局的指示行动的——就是这个……"

他递给阿尔帕特奇一份公文。

"不过,由于公爵健康不佳,我劝他们去莫斯科。我也马上就动身。你禀报……"可是没等总督说完,一个满头大汗、一身尘土的军官跑进门来,用法语说了几句什么。总督脸上露出恐慌的神情。

"去吧,"他向阿尔帕特奇点了点头,随后向那个军官询问什么。当他走出总督办公室的时候,那些热切、惊慌、无可奈何的目光投到了阿尔帕特奇身上。阿尔帕特奇不禁谛听这时已经越来越激烈的枪炮声,他赶忙回到客栈。总督给阿尔帕特奇的文件内容如下:

"我向您保证,斯摩棱斯克城尚无任何危险,并且它根本不会受到威胁。我从一方面,巴格拉季翁从另一方面于二十日在斯摩棱斯克会师,两支军队合力保卫贵省同胞,誓将祖国的敌人全力击退,否则,我们英勇的战士将一直战斗到最后一个人。您由此可知,您有充分权力安抚斯摩棱斯克居民,因为受到这两支如此英勇军队保卫的人们,一定相信会取得胜利。"(巴克莱·德·托利给斯摩棱斯克总督阿什男爵的指示,1812 年。)

街上的人们惊惶不安地来来往往。

满载着食具、椅子、柜子的大车,时常地从住宅大门里出来,在大街上行驶着。费拉蓬托夫家隔壁门前,停着几辆马车,女人们一边告别,一边大哭着嘱咐什么。

阿尔帕特奇迈着比平时急匆匆的步子走进客栈,一直向停放他的车马的棚子走去。车夫在睡觉;他叫醒他,吩咐他套车,随后走进穿堂。正屋里传出孩子的哭声,一个女人撕肝裂肺的号啕声,费拉蓬托夫嘶哑的怒吼声。厨娘像一只受惊的母鸡,在穿堂里乱窜。

"打死人了——老板娘给打死了!……打得好厉害啊,拖来拖去!……"

"为了什么?"阿尔帕特奇问。

"她央求逃难。妇道人家嘛!把我带走吧,她说,不要让我和孩子们一起都毁掉吧;人家都走光了,她说,咱们为什么不走?于是就打她,打得十分厉害,把她拖个半死!"

阿尔帕特奇似乎同意这些话,点了点头,不想接着听下去,就向店主居室对面的房间走去,他买的东西放在那儿。

"你这个恶棍,凶手,"这时,一个瘦削、面色苍白的女人抱着一个孩子喊道,她的头巾也被扯掉了,她冲出门口,下了台阶往院子里跑。费拉蓬托夫跟着追了出来,他一看见阿尔帕特奇,就整整背心,理理头发,打了个哈欠,跟着阿尔帕特奇进屋去。

"就要动身吗?"他问。

阿尔帕特奇不回答,也不回头看店主,只顾收拾买来的东西,他问该付多少店钱。

"那好算!怎么样,见到总督了吗?"费拉蓬托夫问。"有什么决定吗?"

阿尔帕特奇说,总督一句肯定的话都没说。

"干我们这一行的,怎么走得了?"费拉蓬托夫说。"到多罗戈布日的每辆大车竟要七卢布。因此我说:他们没有基督徒的良心!"他说。

"谢利瓦诺夫,这家伙星期四投了个机,每袋面粉九卢布卖给军队。怎么样,喝杯茶吧?"他又说。套车的时候,阿尔帕特奇同费拉蓬托夫一起喝茶,谈论粮价、年景,以及秋收的好天气。

"可停了,"费拉蓬托夫喝完三杯茶,站起来说,"肯定是咱们占了上风。已经说了不让他们进来嘛。那就是说,有力量……前些日子,听说马特维·伊万内奇·普拉托夫把他们赶进了马里纳河,一天之内淹死一万八。"

阿尔帕特奇收好东西,交给进来的车夫,跟店主结了账。一辆轻便马车驶出大门,传来车轮、马蹄和小铃铛的声音。

早就过了后半晌了;一半街道已经遮着阴影,另一边太阳照得非常亮。阿尔帕特奇向窗外看了一眼,向门口走去。忽然从远方传来呼啸和落地的奇怪声音,接着是一片隆隆的炮声震得玻璃乱打战。

阿尔帕特奇走到大街上;街上有两个人向大桥跑去。四面响起炮弹的呼啸声、碰击声,榴弹爆炸声。这是下午四点多拿破仑命令一百三十多尊大炮向这座城市轰击。老百姓开始时并不知道这次轰击的意义。

榴弹和炮弹降落的声音,起初只引起人们的好奇心。在这之前在棚子里大哭的费拉蓬托夫的妻子,现在平静了,抱着孩子来到大门口,静静地望着行人,倾听着枪炮声。

厨娘和一个伙计也来到大门口。大家都怀着好奇的心情用力看一看从他们头上飞过的炮弹。从街角拐过来几个人，高兴地谈论着。

"好大的劲头！"有一个人说。"把房顶、天花板打得碎片纷飞。"

"像猪似的，把地都拱起来了！"另一个人说。"瞧，真了不起，瞧，真带劲！"他笑着说，"多亏跳开了，否则把你炸个稀巴烂。"

大家向讲话的人围拢来。这几个人停住脚步，讲述一颗炮弹落在他们身旁的房屋上的情景。这时，又有一些炮弹不断地从人们头上飞过，时而发出迅速沉闷的啸声，这是一种圆形炮弹，时而听到悦耳的呼啸，这是榴弹。阿尔帕特奇坐上皮篷马车。店主站在门口。

"有什么可看的！"他对厨娘喊道，那个厨娘穿着红裙子，卷着袖子，摇摆着两只裸露的臂肘，到街角去听人说话。

"真是奇怪，"她说，听见主人喊她，就往回走。

又响起了呼啸声，这一次离得十分近，有如飞鸟俯冲下来，只见街心火光一闪，有个东西爆炸了，街道弥漫着硝烟。

"混账东西，你这是怎么啦？"店主喊着向厨娘跑去。

就在这一瞬间，四周响起妇女们的哀号、小儿惊吓的哭声，一群人脸色苍白，默默地围着厨娘。厨娘的呻吟声和念叨的声音，从这群人中间很清楚地传出来。

"唉哟，我的亲人啊！我的好人啊！可别让我死！我的好人啊！……"

五分钟后，街上没有一个人了。被榴弹碎片打伤大腿的厨娘被抬到厨房里。阿尔帕特奇、他的车夫、费拉蓬托夫的妻子和几个孩子、管院子的，全躲在地窖里听外面的动静。隆隆的炮声、炮弹的呼啸声和厨娘的哀号（她的声音压倒一切别的声音），一刻也没停过。女店主时而摇晃、抚慰婴儿，时而向走进地窖的人问还留在外面的丈夫在哪儿。走进地窖的伙计告诉她，店主和别人一块到大教堂抬斯摩棱斯克显灵的圣像去了。

薄暮，炮声渐渐沉寂下去了。阿尔帕特奇走出地窖，站在门口。原本明朗的傍晚天空，到处弥漫着烟雾。一钩高悬中天的新月，透过烟雾闪着奇异的光辉。可怕的炮声停止后，寂静笼罩着整个城市，只有全城到处都仿佛传出的脚步声、呻吟声、远处的叫喊声和火场的毕剥声打破了沉寂。厨娘的呻吟声现在也停止了。有两处火场腾起团团的黑烟，接着扩散开来。穿着各种制服的士兵，象从捣毁的蚁穴中逃出的蚂蚁似的，胡乱地朝着不同的方向有的走，有的跑。阿尔帕特奇看见其中几个士兵跑进费拉蓬托夫的院子里。阿尔帕特奇来到大门口。一个团队匆匆忙忙前拥后挤地向后撤退，把街道都堵塞了。

"这个城市放弃了，走吧，走吧！"那个看见他的身影的军官对他说，立刻又转身呵斥那些士兵：

"谁敢往人家里乱跑，我就给他厉害的！"他大喝一声。

阿尔帕特奇回到屋里喊车夫，吩咐他要出发。费拉蓬托夫全家人都跟着阿尔帕特奇和车夫走出来。一直不作声的妇女们,一看见滚滚的黑烟,尤其是看见这时在暮色中已经很显眼的火头,望着起火的地方号啕大哭。在街道的另一头传来同样的哭声。阿尔帕特奇和车夫在房檐下哆嗦着两手整理弄乱了的缰绳和边套。

阿尔帕特奇坐着车赶出大门时,看见敞着门的费拉蓬托夫的铺子里有十来个士兵一边大声说话,一边把面粉和葵花子装进口袋和背包。这时费拉蓬托夫从街上回来,走进铺子。他看见士兵,本想喊叫一声,可是忽然停住了,他抓住头发哈哈大笑,笑中带着哭腔。

"都拿走吧,弟兄们! 不要留给魔鬼!"他喊道,拿起口袋扔到街上。有些士兵吓跑了,有些还在装。费拉蓬托夫看见阿尔帕特奇,转身对他说话。

"完了! 俄国!"他大叫道。"阿尔帕特奇! 完了! 我要亲手放火。完了……"费拉蓬托夫朝院子跑去。

士兵把街道全堵塞了,阿尔帕特奇过不去,只得等着。费拉蓬托夫的妻子和孩子们也坐在一辆大车上,等着过去。

已经完全是黑夜了。天空出现了星星,新月不时地从烟雾中露出来。在通往第聂伯河的斜坡上,在士兵和别的车辆中间缓慢行进的阿尔帕特奇的车和女店主的车,不得不停下来。离停车的十字路口不远的一条胡同里,一处宅子和几家店铺在着火。火快着尽了。火苗突然熄灭,隐没在黑烟里,忽然又燃亮了,把人们的脸照得清清楚楚。火场前隐约有几个黑人影,可以听见人们的谈话声和喊叫声。阿尔帕特奇见他的车一时没法过去,就从车上下来,拐到胡同里去看火。士兵不停地在火前窜来窜去,阿尔帕特奇看见两个士兵和一个穿军大衣的人从火场里拖出一段烧着的圆木,还有几个人抱着干草到街对面的院子里去。

阿尔帕特奇来到一大群人跟前,这些人站在一座火烧得正旺的高大的仓库前面。四面墙都着火了,后墙倒了,木板房顶塌陷了,椽子都在燃烧。人群在等待房顶倒塌的时刻。阿尔帕特奇也在等待这个时刻。

"阿尔帕特奇!"忽然一个熟悉的声音喊道。

"我的天啊,原来是大人,"阿尔帕特奇回答,他立刻就听出是小公爵的声音。

安德烈公爵披着斗篷,骑着一匹黑马,正站在人群后面看着阿尔帕特奇。

"你怎么在这儿?"他问。

"大……大人,"阿尔帕特奇说着就哭起来……"大……大人,我们真的完了吗? 我的老天……"

"你怎么在这儿?"安德烈公爵又问。

这时大火突然发出强烈的亮光,阿尔帕特奇在亮光中看见少主人的脸色苍白并且疲惫。阿尔帕特奇讲他怎样被派到这里,费了好大的劲才走出来。

"怎么，大人，我们真的完了吗?"他又问。

安德烈公爵没有回答，他掏出笔记本，在撕下的一页纸上用铅笔写起来。他给妹妹写道：

> "斯摩棱斯克放弃了，一星期后童山将被敌人占领。你们马上动身去莫斯科。派一名信差到乌斯维亚日，把你们动身的日期马上通知我。"

他写完后，把那一页纸交给阿尔帕特奇，他口头交代他，如何安排公爵、公爵小姐以及小儿子和教师的出行，怎样以及在何地立刻给他回信。没等他说完这些指示，一个参谋长带着侍从骑马向他驰来。

"您是团长吗?"参谋长喊道，声音安德烈公爵听来耳熟。"当着您的面烧房子，您却站着不动？这是什么意思？您要负责，"贝格喊道，他现在是步兵第一军左翼司令的副参谋长，正如贝格所说，这是一个很称心的美差。

安德烈公爵看了看他，没有搭理，仍旧和阿尔帕特奇说话：

"你回去说，我十号等待回信，倘若十号我还没得到他们动身的消息，我就要放弃一切，亲自到童山去。"

"我，公爵，说这话，只是因为必须执行命令，"贝格认出安德烈公爵，说，"因为我一直都是严格地执行……请您原谅我，"贝格辩解说。

火焰中发出断裂的声音。火熄了一会儿；滚滚的浓烟从房顶下面涌上来。火焰中又是一声可怕的巨响，一个巨大的东西塌了下来。

"——哟!"人们随着仓库房顶倒塌的响声吼叫起来，被烧的粮食发出面饼的香味。火焰又起来了，照亮了站在火场周围的人们的脸。

那个穿呢子军大衣的人举起一只手，喊道：

"好哇！烧得好哇！弟兄们，好哇！……"

"这就是房主，"几个声音齐声说。

"就这样吧，"安德烈公爵对阿尔帕特奇说，"就按我的话禀告。"于是，贝格也策马驰进了胡同。

五

军队从斯摩棱斯克继续撤退。敌人尾随而来。八月十日，安德烈公爵指挥的团队所走的大道，正好从通往童山的路口经过。炎热和干旱已经持续了三个多星期。每天曲卷的白云飘过天空，时断时续地遮住太阳；可一到傍晚，又晴空万里，落日坠入殷红的暮霭中。只有晚上的露水滋润着土地。禾秆上的谷粒晒干了，撒落下来。沼地干涸了。牲畜在被太阳烤焦的草地上找不到饲料而饿得嗥叫。只有夜间在暂时存着露水的树林里,才有点凉意。但是在路上,在行军的大道上,甚至在夜里,甚至在沿着森林的路上,也没有一丝凉意。沙土被搅起几俄寸深的路上,是不会看到露水的。天一亮,就开始行军。辎重车、炮车步兵在深没脚踝的松软的、令人窒息的、滚热的尘土里无声地行进着。一部分沙土被人的脚和车轮搅和着,另一部分飞扬起来,在军队的头上形成尘埃的云朵,那尘土钻进行人和牲畜的眼睛、毛发、耳朵、鼻孔,钻进肺里。太阳升得越高,尘埃的云朵也就升得越高。一丝风也没有,人们在这凝滞不动的大气中喘不过气来。人人都用手绢捂着鼻子和嘴。每到一个村子,大家都蜂拥到井边。人们争着喝水,一直喝得见到烂泥。

安德烈公爵指挥一个团,他整天都忙于处理团队的杂务、官兵的福利,接受命令和发出命令。斯摩棱斯克的大火和该城的放弃,对于安得烈公爵是一个新纪元。对敌人的新仇使他忘掉个人的悲伤。他一门心思只想团队的事情,关心他的士兵和军官,待他们很亲切。团里都称他为我们的公爵,以有他为骄傲,爱戴他。可是,凡是能引起他回忆过去的一切,都使他反感,因此,在对待过去的那个圈子,他只求尽到职责就行了。

的确,在安德烈公爵看来,一切都是暗淡悲惨的,尤其是在八月六日放弃斯摩棱斯克以后(他认为该城是可以并且应当保卫的),在年老多病的父亲不得不逃往莫斯科,让他那心爱的、盖满了房子并且迁进了居民的童山任人抢劫以后,更觉得暗淡悲惨了;可是,虽然如此,多亏有个团队,安德烈公爵可以想一点别的事情,跟日常问题根本无关的事情——想他的团队。八月十日,他的团队所在的纵队,来到童山一线。两天前,安德烈公爵接到消息,知道他父亲、儿子和妹妹已经去了莫斯科。虽然安德烈公爵在童山已经无事可做,但是他生性爱自找烦恼,于是决定顺便到童山去一趟。

他吩咐备马。他路过池塘,以前这里总有几十个农妇一边闲聊,一边用棒槌捶打和洗衣裳,现在连个人影也没有,一排小筏子,一半歪进水里,在池塘中漂浮着。安德烈公爵来到更夫的小屋。在石头大门入口处,没有人,门锁着。花园的小路上已经长满了杂草,牛犊和马在英国式的花园里游荡。安德烈公爵来到暖房前:玻璃打碎了,木桶里的小树有的倒了,有的枯死了。他叫园丁塔拉斯。没有人答应。绕过暖房来到观赏花木园,他看见雕花的板条栅栏都坏了。一个老农(安德烈公爵小时候在大门前经常见他)坐在绿色长椅上编织树皮鞋。

他耳聋,没有听见安德烈公爵的脚步声。他坐在那张老公爵平时喜欢坐的长椅上,身边一棵被折断的木兰枯枝上,悬挂着树皮。

安德烈公爵来到住宅前。老花园里几株菩提树被砍掉了,一匹花马带着一匹马驹在宅前的玫瑰花丛里游逛。百叶窗都钉死了。只有楼下一个窗户是开着的。一个家奴的孩子看见安德烈公爵,就跑进宅子里。

阿尔帕特奇送走了家眷,一个人待在童山;他正在家里读《圣徒传》。他得知公爵到来,鼻梁上还架着眼镜,就扣着外衣,走出宅院,赶忙到公爵跟前,二话没说,吻着安德烈公爵的膝盖就哭起来。

随后他转过脸去,对自己的软弱感到生气,开始向他报告家中的情况。贵重值钱的东西全都运到博古恰罗沃了。百十俄石的谷物也运走了;干草和春播作物,这是阿尔帕特奇预言将要空前丰收的作物,还在发青的时候就被军队征用和割掉了。农民们倾家荡产,有的也到博古恰罗沃去了,少数人留了下来。

安德烈公爵没等他说完,就问父亲和妹妹是何时离开的? 意思是什么时候去的莫斯科。阿尔帕特奇以为是问何时去博古恰罗沃的,回答说,是七号走的,随后又详细谈起家务事,请求给予指示。

"可以不可以把燕麦给军队,让他们打个收条? 咱们还剩六百石燕麦呢,"阿尔帕特奇问。

"如何回答他呢?"安德烈公爵想道,他看着被太阳照得发光的老头的秃顶,从他的表情可以看出,他自己也知道这些问话是不合适的,只是提出这些问题来排遣自己的苦恼罢了。

"行,给他们吧,"他说。

"倘若您看见花园里乱糟糟的,"阿尔帕特奇说,"那是防不胜防的:过了三个团,并且在这儿过夜,尤其是来过龙骑兵。我记下了指挥官的官衔和姓名,将来好递呈文。"

"喂,你怎么办呢? 敌人来了,你还留在这儿吗?"安德烈公爵问他。

阿尔帕特奇把脸转向安德烈公爵,看了看他,突然庄严地举起了一只手:

"主是我的保护人,他的旨意一定会实现!"他说。

一群农民和家奴,全脱了帽子,从草地上向安德烈公爵走来。

"别了!"安德烈公爵向阿尔帕特奇弯下身来,说。"你也走吧,把能带走的东西全带走,叫老百姓到梁赞的庄子或者到莫斯科近郊的庄子。"阿尔帕特奇抱着公爵的腿,痛哭起来。安德烈公爵轻轻地推开他,碰了一下马,就沿着林荫道疾驰而去。

那个老头仍然无动于衷,坐在观赏花木园里,敲打着树皮鞋楦,两个小姑娘用襟兜着李子跑到那儿,碰见了安德烈公爵。大一点的女孩,一看见少主人,脸上露出惊惶的神情,拉住她的小伙伴的手,两人一块躲到桦树后面,来不及拾起掉在地上的青李子。

安德烈公爵连忙转过脸去,生怕她们知道他看见了她们。他可怜那个好看的受惊的小姑娘。他不敢看她,可又抑制不住想看她。看见这两个小姑娘,他领悟到,世上还有一种对他全然陌生的、然而是他同样感兴趣的、合情合理的人性的存在,这时,一种新的欣慰之感在他心中油然而生。很明显,这两个小姑娘只想着一件事——把这些青李子带走,吃光,而不被抓住,安德烈公爵也和她们一块希望她们的事情能够成功。他不禁再一次望她们一眼。她们觉得危险已经过去,于是从躲藏的地方跳出来,尖着嗓子说着什么,兜起衣襟,迈开晒黑了的小小光脚板,在草地上欢快地、迅速地跑开了。

安德烈公爵离开行军路上的尘埃区,觉得清爽了一点。可是离童山不远,他又来到大路上,他赶上了正在一个不大的池塘旁休息的团队。午后一点多钟。太阳令人难以忍受地烤晒着背脊。尘埃仍旧一动不动地悬在停下来休息的人声嘈杂的军队的头上。没有风。安德烈公爵在走过堤坝时闻到了池塘水藻和清凉的气息。他很想钻进水里——不论水多么脏。他环顾了一下传来叫声和笑声的池塘。池塘猛涨了半俄尺,堤坝上都漫了水,因为池塘里满是士兵。所有这些赤裸的雪白躯体,又笑又叫地在脏水里扑扑通通地玩水。这样扑扑通通的玩水,有点欢快的意味,因而也就是显得格外凄凉。

一个金黄头发的年轻士兵,安德烈公爵知道他是第三连的,小腿肚系着一条皮带,在胸前画了个十字,为了更好地跑着跳水,往后倒退了几步;另一个黑脸膛、头发蓬松着的军士,站在齐腰深的水里,筋肉发达的躯干哆哆嗦嗦,一面用两只黑手捧水浇头,一面欢快地喷着鼻子。池塘上响起一片互相泼水声、尖叫声、扑扑通通的跳水声。

岸上,坝上,池塘里,到处都是雪白的、健康的、肌肉发达的躯体。军官季莫欣,长着一个红鼻子,正在坝上擦身,看见公爵,现出羞怯的样子,可是他还是毅然对他说:

"痛快着呢,大人,您也下去吧!"他说。

"太脏,"安德烈公爵皱了皱眉头,说。

"我们给您腾地方。"于是季莫欣连衣服也没穿,就跑去叫人给腾地方。

"公爵要洗澡。"

"哪个公爵? 我们的公爵吗?"几个声音一同说,大家都连忙往岸上爬,安德烈公爵费了好大的劲才劝阻了他们。他想最好在棚子里洗洗淋浴。

"肉,身体,炮灰!"他看着自己赤裸的身体,颤抖起来,不是因为冷,而是因为他对在脏水池洗澡的众多的炮兵的躯体有一种难言的反感和恐怖。

八月七日,巴格拉季翁公爵在位于斯摩棱斯克大道米哈伊洛夫卡村的驻地写了下面这封信:

"仁慈的阿列克谢·安德烈耶维奇伯爵阁下:

(他是写给阿拉克切耶夫的,但是他知道他的信将呈皇上御览,所以竭尽全力地字斟句酌,周密思考。)

"我想,关于斯摩棱斯克落入敌手,那位大臣已经做了报告。这么一个最重要的地方,居然轻而易举地被放弃,真让人痛心,沮丧,全军都陷入了失望。在我这方面,我曾很恳切地当面说服他,后来又给他写信;他根本不听。我敢用我的名誉向您保证:拿破仑从来没有像那次那样陷入困境,他就是损失一半军队也攻不下斯摩棱斯克。我们的军队不论过去还是现在都打得非常顽强。我以一万五千人坚守了三十五个小时以上,并且痛击他们;可是他连十四个小时也不愿坚持。这是耻辱,是我军的污点;我觉得他本人也不该活在世上。倘若他报告说,我军损失很大,那是不真实的;或许四千左右,不会更多,甚至不到此数;就是损失一万,又当如何,战争嘛!然而敌人的伤亡却不计其数……

"他多守两天有什么困难呢?总可以守到他们自动撤退;因为他们人和马都没有水。他向我保证决不退却,但他突然送来新的部署指令,说他当夜就要离开。如此打下去是不行的,我们会把敌人很快引到莫斯科的……

"传闻您在考虑讲和。千万不能讲和!已经付出如此巨大的牺牲和这么疯狂的退却,然后来一个妥协:您就会让全俄罗斯反对自己,我们每个人都将耻于穿戴制服。事已至此,就得打下去,直打到俄国还有力量,人们还能站立起来。……

"应当一个人指挥,不应当两个人指挥。您的那位大臣在内阁可能是一个好大臣;但是作为一个将军,不但不好,简直糟透了,但是我们祖国的全部命运却交给了他……我真的懊恼得发狂;原谅我写得这样直率。显然,主张讲和以及推荐那位大臣指挥军队的人,并不爱皇帝,他是希望我们全部毁灭。因此我对您说实话准备民兵吧。因为那位大臣以其最娴熟的技巧正在把紧跟着他的客人引向首都。全国对皇帝侍从沃尔佐根先生抱有极大的怀疑。人人都说,与其说他像我们的人,不如说他更像拿破仑的人,他常常给那位大臣出主意。我不但对他十分客气,并且像一个班长似的服从他,虽然我的级别比他高。这是痛苦的;可是,因为爱我的恩主和皇上,我只好服从。我只是为皇上惋惜,他把一支优秀的军队托付给这种人。想想看吧,我们在退却中因为疲劳和在医院中

世界传世藏书

世界十大名著

·战争与和平·

图文珍藏版

损失了一万五千多人;倘若进攻,就不会有这样的事。看在上帝的面上,请告诉我,我们这样惊慌,把如此善良和勤劳的祖国交给那些恶棍,使每个臣民感到憎恨和耻辱,我们的俄罗斯——我们的母亲——将会怎么说呢?我们为什么胆怯,我们怕谁呢?那位大臣优柔寡断,胆怯,糊涂,动作迟缓,拥有一切恶劣的品质。全军都痛哭失声,都骂他罪当万死……"

六

自从 1805 年以来,我们和波拿巴和了又战,战了又和,我们立了许多次宪法,又废了宪法,可是,安娜·帕夫洛夫娜的沙龙和海伦的沙龙,依旧跟七年前、后者跟五年前一样。在安娜·帕夫洛夫娜那儿,人们依旧满腹狐疑地在谈论波拿巴的业绩,从他的业绩和从欧洲的君主们的姑息,看出了阴险的诡计,其唯一的目的就是使以安娜·帕夫洛夫娜为代表的宫廷集团感到不快乐和不安。在海伦那儿(鲁缅采夫亲自光临那里,并认为她是聪明绝顶的女人),跟 1808 年一样,1812 年人们依旧在谈论伟大的民族和一代伟人,对于和法国人决裂,则不胜遗憾,按照海伦沙龙的客人们的意见,认为应缔结和约。

最近,自皇帝从军队回来后,这两个对立的沙龙集团引起了一点波动,几次发生相互攻讦,可各个集团的倾向性仍然未变。安娜·帕夫洛夫娜集团接待的法国人仅限于顽固的保皇党人,这儿的爱国思想表现在不上法国剧院,认为供养一个剧团的费用,抵得上一个军团的费用。他们热情地注视着战事的进展,传播对我军有利的流言。在海伦的圈子里,也就是在鲁缅采夫和法国的人的圈子里,人们反对关于敌人和战争的残酷的谣言,议论拿破仑有议和的意图。在这个圈子里,责备那些出这样主意的人——他们太仓促地下令,让那受皇太后保护的皇家女子学校做好迁往喀山的准备。在海伦的沙龙里,人们想象中的战争,不过是以虚张声势开始,不久就会以言归于好结束,住在彼得堡的比利宾,现在已经和海伦亲如一家,他的意见主宰一切,他说,决定问题的不是火药本身,而是发明火药的人。在这个圈子里,人们嘲笑莫斯科人的狂热虽然说得很小心,然而损得厉害,妙语横生,关于莫斯科人的狂热的消息,是随着皇帝的到来,一起传到彼得堡的。

在安娜·帕夫洛夫娜的圈子里正相反,对这种狂热倍加赞赏。身居要职的瓦西里公爵成为这两个小集团的连接环节。

在皇帝到后不久,瓦西里公爵在安娜·帕夫洛夫娜那儿谈起战事,他严厉谴责巴克莱·德·托利,可是任命谁担任总司令,却犹豫不决。其中一位以品学兼优闻名的客人说,他今天看见新任彼得堡民军首领库图佐夫在部里主持新兵登记事宜,随后小心地说出自己的看法:库图佐夫是一个有求必应的人。

安娜·帕夫洛夫娜愁容满面地笑笑,说,库图佐夫除了惹皇上生气外,什么也干不成。

"我在贵族会议上说了又说,"瓦西里公爵插嘴说,"可是他们不听我的。我说,选他当民军司令,皇上不快活。他们不听我的。"

"都是一些反对狂,"他继续说。"反对谁啊?所有这一切都是因为我们向愚蠢的莫斯科人的狂热学样,"瓦西里公爵说,他一时糊涂,竟忘了在海伦那里才应该嘲笑莫斯科人的狂热,而在安娜·帕夫洛夫娜这里应当予以赞扬。可是他接着就改正了。让库图佐夫伯爵,一个俄国最老的将军,主持招募事宜,难道是合适的吗?怎么能让一个连马都不能骑、开会打瞌睡、脾气坏得了不得的人担任总司令!他在布加勒斯特自我暴露得够瞧的了!暂且不论他够不够将军的料子,难道在这紧急关头非得起用一个老朽的瞎子不行吗?一个真正的瞎子!瞎眼将军,真有意思!他两眼漆黑。可以玩捉迷藏……的确什么也看不见!"

没有人反对他。

七月二十四日这话全都正确。可是七月二十九日授予库图佐夫以公爵的称号。授予公爵的称号或许意味着要摆脱他,因此,瓦西里公爵的意见依旧正确,虽然他现在不急着发表这个意见。可是八月八日石开一次讨论战局的委员会,出席会议的有萨尔特科夫元帅、阿拉克切耶夫、维亚济米季诺夫、洛普欣和科丘别伊。委员会认为战事失利是因为指挥不统一,虽然委员的成员知道皇上讨厌库图佐夫,但是委员会经过简短的磋商,仍旧提议任命库图佐夫为总司令。同一天库图佐夫被委任为统率全军和各军区的全权总司令。

七

在彼得堡发生这些事情时,法军已经越过斯摩棱斯克仍旧向前推进,离莫斯科越来越近了。

在斯摩棱斯克后,拿破仑先生在多罗戈布日以西的维亚济马,然后又在察列沃—扎伊米希寻找战机;但因为无数情况的冲突,在到达离莫斯科一百十二俄里的波罗金诺之前,俄军都未能应战。拿破仑在维亚济马下令,挥军向莫斯科长驱直入。

莫斯科使拿破仑心神不得安宁。在维亚济马至察列沃—扎伊米希的行军途中,拿破仑骑一匹草黄色马,他的随从有近卫军、亲兵、少年侍从和副官。参谋长贝蒂埃待在后面审问一个被骑兵捉来的俘虏。他带着翻译官勒洛涅·狄德维勒飞马追上拿破仑,带着兴致勃勃神情勒住马。

"怎么办?"拿破仑说。

"是普拉托夫部下的哥萨克,他说,普拉夫正在与大部队会合,库图佐夫被任命为总司令。"

拿破仑笑笑,吩咐给这个哥萨克一匹马,把他带到他这儿来。他想和他谈谈。几名副官疾驰而去,一小时后,那个先是伺候杰尼索夫,后来让给罗斯托夫的农奴拉夫鲁什卡,身穿勤务兵的短上衣,骑一匹法国骑兵的马,脸上带着狡猾、醉态、快活的表情,来到拿破仑跟前。拿破仑命令他和他并马而行,问他:

"您是哥萨克吗?"

"是哥萨克,大人。"

拉夫鲁什卡头天晚上因为喝醉了酒,弄得老爷没吃上饭,挨了一通鞭子,派他到村里去找鸡,他在那儿忙于抢劫,被法军俘虏了。拉夫鲁什卡粗野,胆大,见过世面,以为他们的任务就是干下流和狡诈的勾当,为了主子什么事都干得出,主人怀有什么鬼胎,尤其是有什么虚荣心理和猥琐小事,他都能狡诈地猜到。

拉夫鲁什卡落到拿破仑这伙人中间,他没有拘束的感觉,只知道全力以赴地为新主人服务。

他很清楚这就是拿破仑本人,在拿破仑面前比在罗斯托夫或者手执皮鞭的司务长面前,不会更觉得局促不安,因为不管是司务长还是拿破仑在他身上都剥夺不了什么东西。

他把在勤务兵中间闲扯的事情都说了出来。有些是真实的。但是,当拿破仑问他,俄国人有什么看法,他们能不能打败波拿巴的时候,拉夫鲁什卡眯起眼睛,沉吟起来。

他看出这里面有微妙的诡计,像拉夫鲁什卡这类人,在什么事情里面都能看出诡秘的伎俩,他紧锁眉头,停了一会儿。

"事情是这样的:倘若立刻打仗,"他若有所思地说,"并且是迅雷不及掩耳,这样的话,就行。可是,倘若再过三天,错过了日子,那么,战事可就拖下去了。"

勒咯涅·狄德维勒微笑着转达了。虽然拿破仑看起来心情十分畅快,但他没有微笑,命令这句话再重述一遍。

拉夫鲁什卡看出了这一点,为了使他兴奋,装作不知道他是谁。

"我们知道你们有个波拿巴,打败了世界上所有的人,至于我们嘛,那就是另一回事了……"他说。翻译官转达了他的话,但省略去了末尾的句子,拿破仑微微一笑。静静地走了几步后,拿破仑对贝蒂埃说,告诉这个顿河的孩子,和他谈话的是皇帝,看看对他会产生什么影响。

拉夫鲁什卡懂得这是给他出难题,拿破仑以为他会大为吃惊。他为了讨好新主子,当即装作吓得目瞪口呆。

拿破仑赏赐了拉夫鲁什卡，命令给他自由。而拉夫鲁什卡向自己的前哨驰去。在心里编造一些根本没有发生、而准备讲给自己的人听的事情。他不打算讲他实际遭遇，因为他觉得这不值得一讲。他寻找哥萨克，沿途打听普拉托夫部队所属的团队，傍晚，他找到了尼古拉·罗斯托夫，他正骑上马准备和伊林一块到村外去兜风。他给拉夫鲁什卡换了一匹马，把他也带了去。

八

并不像安德烈公爵所想的，其实，玛丽亚公爵小姐并没有到莫斯科，也没有避开危险。

自阿尔帕特奇从斯摩棱斯克回来后，老公爵突然如梦方醒。他命令召集各乡民兵，把他们武装起来，而且给总司令写信，通知总司令他决定留下来保卫童山，直到最后关头，至于总司令是否设法保卫童山（俄国最老的将军之一可能在童山被俘房或者被打死，）请总司令自行定夺，同时向家里的人宣布，他不离开童山。

公爵自己留在童山，可是他指示把公爵小姐和小公爵送到博古恰罗沃，然后，再从那里到莫斯科。公爵小姐对父亲一反他往日的消沉状态，夜以继日地活动，她不能撇下他一个人不管，生平第一次对他表示了不服从。她拒绝动身，公爵对她大发雷霆。他把平时对她说的不公平的话全说了出来。他尽力加罪于她，说她折磨他，唆使儿子和他吵架，对他怀有卑鄙的猜疑，她全部的任务就是毒害他的生活，于是他把她赶出书房，对她说，倘若她不走，他也无所谓。他说，全然不要知道她的存在，但警告她，她绝对不要在他跟前露面。与玛丽亚公爵小姐的担心相反，老公爵没有命令她非走不可，只是说别让他看见她，这使玛丽亚公爵小姐十分兴奋。她知道，这证明她留下来不走他内心深处是兴奋的。

尼古卢什卡走后的第二天，老公爵一早全副披挂去见总司令。四轮马车已经备好了。公爵小姐看见他身穿制服，佩戴着全部勋章，从家里出来，到花园里去检阅武装起来的农奴和家奴。玛丽亚公爵小姐靠窗坐着，听着他从花园里发出的声音。忽然从林荫道里跑出几个大惊失色的人。

玛丽亚公爵小姐跑出门外，穿过花径，跑到林荫道上。迎面走来一大群民兵和家奴，在人群中间有几个人拖着身穿制服、佩戴勋章的小老头。玛丽亚公爵小姐向他跑过去。他脸上先前那种严厉果断的表情，换了一副怯弱和屈服的表情。没法清楚他要说什么。人们架着他的胳膊把他送到书房，安放在沙发上。

请来的医生当天夜里给他放了血，说公爵右半身中风瘫痪。

留在童山越来越危险了，公爵中风的第二天，全家迁到博古恰罗沃。医生也跟了去。

他们到达博古恰罗沃时,德萨尔带着小公爵已经到莫斯科去了。

瘫痪的老公爵在博古恰罗沃安德烈公爵新建的房子里躺了三个星期,病情没什么变化。老公爵不省人事。他不停地嘟噜着什么,抽动着眉毛和嘴唇,没法知道他是否知道他周围的一切,有一点是确切知道的那就是很痛苦,很想还说点什么。可是谁也不知道他说什么。

医生说,他那不安的状态并不表示什么,那不过是生理上的原因;可是公爵小姐却不同意,因为她在他跟前的时候,他就更加不安,这肯定了她的想法,她认为他是想对她说点什么。他显然在肉体和精神上都非常痛苦。

治愈的希望是没有的。迁移他也不可能。倘若死在迁移的途中,那可怎么办?"是不是完结了更好些,干脆完结!"玛丽亚公爵小姐有时这样想。她夜以继日地守护他,说来可怕,她日夜看护他,不是希望找到病情好转的迹象,而是希望找到死亡的迹象。

公爵小姐意识到自己有这种感情,尽管她觉得很怪,可是她内心却有这种感情。对于玛丽亚公爵小姐更可怕的是,自从父亲生病以后(甚至可能更早,或许在她和父亲相处时,就有所期待),那所有在她内心潜伏着的、被遗忘了的个人心愿和希望,在她心中复苏了。多少年来都没有在头脑里出现过的念头——关于自由生活,甚至关于爱情和家庭幸福的可能性,如此等等的念头,像魔鬼的诱惑似的在她的想象里不住地徘徊。有一个问题,不论怎样驱逐它,在她头脑中总是挥之不去,那就是在办完后事以后,她如何安排自己的生活。这是魔鬼的诱惑,玛丽亚公爵小姐是知道的。她知道,如何对付它的武器只有祈祷,于是她试着祷告。她摆出祈祷的姿势,望着圣像,念祷词,可是她祈祷不下去。她觉得她现在是在另一个世界。她没法祈祷,也哭不出来,因为俗世的思考包围着她。

留在博古恰罗沃变得危险起来。到处都传来法国人逐渐推进的消息,在离博古恰罗沃十五俄里的一个村子里,一家庄园被法国的散兵游勇抢劫了。

医生坚持要求把公爵迁得远一些;首席贵族派一名官吏来见玛丽亚公爵小姐,劝她赶快离开。警察局长专程来博古恰罗沃,他说,法国军队已经到了离这儿四十俄里的地方,在各村里散发传单,倘若公爵小姐在十五日以前不带着父亲离开这里,他就不能负责了。

公爵小姐打算十五日动身。准备行装,发指示忙了她一整天。十四日至十五日夜间,她跟往常一样,在公爵卧病的隔壁房间里和衣而卧。她醒了好几次,听见他发出吭吭哧哧,嘟嘟囔囔声音,床的响声和给他翻身的吉洪和医生的脚步声。她好几次附门倾听,想进去,又不敢。虽然他没说,可是玛丽亚公爵小姐看得出,他一看见她为他担忧的表情就不快活。她看见他十分不满地回避她的眼神。她知道在夜间这个不寻常的时间进去,肯定会惹他生气。

她从来没有这样怜惜,这样害怕失去他。她忆起她平生和他相处的日子,她在他每句话、每个行动里都发现他对她的疼爱。在这些回忆中间,那个魔鬼的诱惑——在他死后她如何安排她的自由的新生活的念头,不时闯进她的想象中。但是她带着厌恶的心情赶走这些思想。快到早上的时候,他平静下来,她也睡着了。

她很晚才醒来。在才醒来时,她意识到,父亲的病占据了她整个的心。她醒来附门细听屋里的情形,她听见他仍旧呻吟哼哼哧哧,她叹息着暗自说道,仍旧是那个样子。

“应该是个什么样子?我想要他怎么样呢?我想要他死!”她对自己厌恶地想道。

她穿好衣裳,洗了脸,念完祈祷词,就走到门廊上。门廊前面停着几辆大车。

早上温暖而阴沉。玛丽亚公爵小姐在门廊上站着,对自己内心的卑劣不时地感到恐惧,在见父亲之前,她清理了一下自己的思绪。

医生下楼向她走来。

“他今天好些,”医生说。“我在找您。他或许说得清楚些,头脑比较清醒。咱们一起去吧。他在叫您呢……”

听到这个消息,玛丽亚公爵小姐的心狂跳起来,她脸色苍白,为了不致晕倒,她靠住门框。正当玛丽亚公爵小姐整个心灵充满可怕的罪恶诱惑的时刻去见他,和他说话,看到他的眼神,这让她既痛苦又兴奋,并且有点心惊胆战。

“咱们去吧,”医生说。

玛丽亚公爵小姐走进父亲的房间,来到床前。他靠得高高地仰卧着,直瞪着左眼,右眼有点斜视,眉毛和嘴唇一动不动。他整个人瘦小得可怜。他的脸消瘦下去了,变小了。玛丽亚公爵小姐走向前去吻他的手。他的左手紧握她的手,很明显他等她很久了。他牵动她的手,他的眉毛和嘴唇抽动着。

她惊惶地望着他,用力猜测他想叫她怎么样。她换了个姿势,靠近一点,使他的左眼能够看见她的脸,他平静了。随后他动了动嘴唇和舌头,发出声音,他要说话了,怯怯地望着她,显然怕她不懂他的话。

玛丽亚公爵小姐专注地望着他。看见他使出可笑的劲儿转动舌头,玛丽亚公爵小姐垂下眼帘,努力压住升到喉头的痛哭。他说了句话,重复了好几次。玛丽亚公爵小姐听不懂;她尽力猜测他在说什么。

“嘎嘎——波噫……波噫……”他重复了好几次……

怎么也不明白他说什么。医生以为他猜着了,重复他的话问道:“您是说:公爵小姐害怕吗?”他摇摇头,又重复发出那个声音……

“心里,心里难过,”玛丽亚公爵小姐揣测着说。他肯定地呜呜了几声,拿着她的手在胸口上各个部位按来按去。

"整个的心！都在惦记你……整个的心，"在这之后，他的发音比刚才清楚得多了，因为这时他相信人们了解他了。玛丽亚公爵小姐把头贴在他的手上，竭力隐藏自己的哭泣和眼泪。

他用手抚摸她的头发。

"我整夜都在叫你……"他说。

"倘若我知道……"她含着泪说。"我不敢进来。"

他握着她的手。

"你没有睡吗？"

"我没有睡，"玛丽亚公爵小姐摇摇头说，她不由得顺从父亲，她也像他那样，说话时用力打手势，似乎舌头也不听使唤似的。

"亲爱的……"也许是说："好孩子……"玛丽亚公爵小姐听不清楚；从他的眼神表情来看，可能是说了一个温柔的、亲切的词儿，这是他从来没有说过的。"为什么不进来呢？"

"可是我愿意，愿意他死！"玛丽亚公爵小姐想道。他沉默了一会儿。

"谢谢你……女儿，好孩子……为了一切，为了一切，谢谢……原谅……谢谢，原谅……谢谢！……"泪水从他眼睛里流出来。"去叫安德留沙，"他突然说，一说出这个要求，他脸上就露出孩子似的胆怯和不信任的神情。好像他自己也清楚他这个要求是没有意义的。

"我接到他一封信，"玛丽亚公爵小姐回答。

他带着惊奇和胆怯的神情望着她。

"他在哪儿？"

"他在军队里，爸爸，在斯摩棱斯克。"

他闭上眼睛，沉思了很久；然后，似乎在回答自己的疑问，而且证明他现在什么都明白，什么都记起来了，肯定地点点头，睁开了眼睛。

"是啊，"他说，声音清晰而低沉。"俄国完了！他们把俄国给毁了！"他又闭上眼睛，流出了泪水。玛丽亚公爵小姐再也忍不住了，望着他的脸，也哭了起来。

他又闭上眼睛，停止了哭泣。他对着眼睛做了个手势；吉洪知道他的意思，给他擦了擦眼泪。

随后他睁开眼睛，又说了一阵谁也听不明白的话，最后只有吉洪一个人懂得，转达了他的话。

"穿上你那件白衣裳，我喜欢那件白衣裳，"他说。

玛丽亚公爵小姐听懂了这句话，她哭的声音更高了，医生搀起她的手，把她从屋里领到阳台上，让她镇静，去照应一下动身的事。玛丽亚公爵小姐离开公爵后，他又说起儿子，说起战争，说起皇帝，气愤地牵动着眼眉，提高了声音，他又发作了第二次，也是最后一次中风。

玛丽亚公爵小姐站在凉台上。天晴了，阳光照耀，天气热起来了。她除了对父亲的爱，什么都不明白，什么都不想。什么都不觉得，她觉得，在此时之前，她从来没有这样爱过父亲。她跑到花园里，沿着安德烈公爵新栽的菩提树小道向下面的池塘跑去。

"是的……我……我……我。我盼着他死。是的，我盼着快点结束……我盼望平静……将来我会怎么样呢？当他不在的时候，我还有什么平静可言，"她在花园里一边快步走着，一边念叨着，两手按住胸口，她抽搐着。她沿着花园转了一圈子，又来到住宅前面，她看见迎面走来的布里安小姐和一个不相识的男人。这个男人是县的首席贵族，他是来告诉公爵小姐必须尽快离开的。玛丽亚公爵小姐听他说话，但不明白他说什么；她把他领到家里，请他用早点，陪他坐下。然后，他向首席贵族道歉，就向老公爵的房门走去。医生带着惊惶的神色出来对她说，不能进去。

"走吧，公爵小姐，走吧，走吧！"

玛丽亚公爵小姐又回到花园里，在假山下池塘边的草坪上坐下。她不知道她在那里坐了多久。忽然有一个女人沿着小径跑来的脚步声惊醒了她。她站起来，看见她的女仆杜尼亚莎，很明显她是跑来找她的，那女仆好像被小姐的神色吓了一跳，突然站住了。

"公爵小姐，请您……公爵……"杜尼亚莎时断时续说。

"我立刻就去，就去，"公爵小姐赶忙说，不让杜尼亚莎说完她要说的话，竭力不看杜尼亚莎，往家里跑去。

"公爵小姐，上帝的旨意来了，您应当做好各种准备，"首席贵族在门口迎着她，说。

"不要管我。这是没有的事！"她嚷道。医生想拦住她。她推开他，向门里跑去。"为什么这些人大惊失色地阻拦我？我不需要任何人！他们在这儿干什么？"她推开门，在这本来昏暗的房间里，白天的亮光不禁使她毛骨悚然。屋里有几个妇女和一个保姆。她们都从床前给她让路。公爵仍旧躺在那张床上；但是他那平静的面孔上的严厉表情使玛丽亚公爵小姐在门槛上停住不动了。

"不，他没有死，这不可能！"玛丽亚公爵小姐自言自语，走到他跟前，克服恐惧，把嘴唇贴近他的面颊。但是她立刻躲开他。她对他满怀的柔顺感情消失了，换成了恐惧。"没有了，再没有他了！他不在了，而在这儿，在他生前所在的地方，有一种陌生的、敌意的东西，有一种令人畏惧、战栗和反感的神秘的东西……"玛丽亚公爵小姐两手捂住脸，倒在医生的手臂上。

九

博古恰罗沃在安德烈公爵来住之前，是一处主人从来不到的庄园，博古恰罗沃的农民有着与童山的农民根本不同的个性。他们在口音、衣着、习俗和童山的农民全都不同。他们被称为草原居民。他们到童山帮助收割或在挖池塘和沟渠时，老公爵一直夸奖他们能吃苦耐劳，但是不快活他们那股子桀骜不驯的野性。

不久前安德烈公爵在博古恰罗沃短期的居住以及他所创建的一些设施——医院、学校和减轻代役租，等等，对于改变他们的风俗并没起多少作用，恰恰相反，更加强了老公爵称之为野性难驯的特点。在他们中间常常可以听到一些闪烁其词的谣言，时而说要把他们全编入哥萨克，时而说要他们改信新的宗教，时而说沙皇颁布了什么告示，时而议论一七九七年对保罗·彼得罗维奇的宣誓（他们说当时已经赐给自由，可是被地主取消了），时而又提起彼得·费奥多罗维奇在七年后重新复位后，那时一切都十分自由，非常简单，没有什么麻烦的了。关于战争和波拿巴，以及有关他的入侵的传闻，在他们头脑中，跟基督的敌人、世界末日和绝对的自由等模糊的观念混在一起。

博古恰罗沃郊区所有的大村庄，全是属于官方和收代役租的地主的。极少有地主在这一带地方常住，家奴和识字的农奴也十分少，在这一带农民的生活中，那种俄罗斯人民生活的神秘潜流比其他地方都明显并且强烈。二十年前这个地方的农民曾发生过一次向某些温暖的河流迁移的运动，这就是这些潜流中的一个表现。成百上千的农民，其中就有博古恰罗沃的农民，忽然卖掉牲口，带着家眷向东南进发。他们成群结队地出发，一个个地赎身，逃跑，或坐车，或步行，朝着温暖的河流走去。许多人受到了惩罚，被流放到西伯利亚，许多人在途中冻死，饿死，许多人自动转了回来，这场运动就像它的开始一样，看不出其中有什么明显的原因，就自然而然地安静下去了。但是这股暗流在这帮人中间并没有停止，并且在积聚着新的力量，当它爆发时也是那么奇怪，突如其来，并且也是那么简单，自然，有力。现在1812年，跟这帮人接近的人看得出，这股暗流正在加紧酝酿，离爆发的日子已经很近了。

阿尔帕特奇是在老公爵临终前不久来到博古恰罗沃的，他看出，在这些人中间有一种激动不定的情绪，与童山方圆六十里的情况相反，那儿全部的农民都去逃难（放弃自己的村庄，任凭哥萨克蹂躏），而在博古恰罗沃周围草原地带，据说农民与法国人发生了联系，他们收到很多在他们之间散发的传单，大家全留下来没动。他从心腹的家奴得知，前几天赶官家大车的农民卡尔普带回一个消息，说哥萨克对居民逃亡的村子全都洗劫一空，但是法国人却秋毫无犯。他们知道还有一个农民昨天从法军占领的维斯洛乌霍沃村带回一张法国将军的布告，布告上说他们不会残害居民，只要他们留在原处不动，不管取什么东西，都按价付钱。为了证明这一点，这个农民从维斯洛乌霍沃带回预付干草钱一百卢布钞票（他不知道那全是些假票子）。

还有更重要的是，阿尔帕特奇知道，就在他命令村长集合大车把公爵小姐的行李运出博古恰罗沃那天早上，村里举行了一次集会，会上决定不搬走，要等待。可是时间已不允许等待了。八月十八日公爵去世那天，首席贵族竭力劝说玛丽亚公爵小姐当天就动身，因为局势已经十分危急。他说，十六日以后他就不负责了。公爵去世的当天晚上，他走了，说第二天公爵下葬时再来。可是第二天他不能来了，因为据他们得到的消息，法军迅速地向前推进了，他只来得及带走眷属，把贵重物品从他的庄园里运走。

村长德龙（老公爵叫他德龙努什卡）管理博古恰罗沃已经快三十年了。

德龙身板结实，精神旺盛，刚一上年纪就满脸大胡子，直到六、七十年岁还不变，没有一丝白发，不掉一颗牙，六十岁仍像三十岁一样挺拔有力。

德龙也像别的农民一样，参加过向温暖的河流迁移运动，回来不久当上了博古恰罗沃的村长，从那时起，在这个职位上成功地干了二十三年。农民们怕他甚于怕主人。主子们——老公爵、小公爵，以及管家的，全都尊重他，戏称他为"家务大臣"。德龙在整个服务期间，一次没有醉过酒，也没有病过；不管一连几夜不睡觉，也不管干了多么劳累的活儿，从没有露出过丝毫的倦容，他不识字，可是从来没忘掉过一笔账，他卖掉好几大车的面粉，从来没忘掉一普特面粉，从来没忘掉在博古恰罗沃的每俄亩土地上随便一堆收获的粮食。

在老公爵下葬那天，阿尔帕特奇把德龙叫来，吩咐他为公爵小姐的马车准备十二匹马，另外要十八辆运输大车，以备从博古恰罗沃动身。虽然农民都是交代役租的，但在阿尔帕特奇看来，执行这个命令不会有什么困难，因为博古恰罗沃有二百三十个赋役户，这些农户都很殷实。可是村长德龙听了这个命令，沉默地垂下了眼皮。阿尔帕特奇把他知道的农民的名字念给他听，命令从这些农民中要车辆。

德龙回答说，这些农户的马都拉脚去了。阿尔帕特奇又说出别的农户。德龙说，这些农户没有马：有的马去拉官差，有的马不中用，还有的马因短缺饲料全饿死了，照德龙说来，不仅找不到拉行李车的马，连拉坐的马也难找到。

阿尔帕特专注地看了看德龙，眉头紧皱起来。就像德龙是一个模范的村长一样，阿尔帕特奇也没有白白管理了二十年公爵的田庄，是一个模范的管家。他直觉地就能了解那些与之打交道的老百姓的需要和本能，他在这方面具有高度的才能，所以说他是一个出色的管家。他向德龙看了一眼，立刻就明白，德龙的回答并不代表他本人的思想，而是代表博古恰罗沃村公社普遍的情绪，这个村长已经屈从村公社的影响。同时他知道发了财的和被全村仇视的德龙，必然会在地主和农奴两个阵营之间动摇不定。他在他的眼神里看出了这个动摇。于是阿尔帕特奇皱着眉头向他走近了些。

"德龙努什卡，你听着！"他说。"你少跟我说废话。安德烈·居古拉伊奇公爵大人亲自交代我，全体老百姓都必须离开，不能留在敌占区，皇帝也有这样的命令。谁留下来，谁就是沙皇的叛徒。听见没有？"

"听见了！"德龙不抬眼睛，回答说。

阿尔帕特奇不快活这个回答。

"哎，德龙啊，不会有好结果的！"阿尔帕特奇摇着头说。

"全看您怎么办吧！"德龙悲哀地说。

"唉，德龙，算了吧！"阿尔帕特奇又重复说，摆出庄严的姿势，指着德龙脚下的地板。"我不但看透你，就连你脚下三俄尺深也看得透，"他盯着德龙脚下的地板说。

德龙慌了，匆忙瞟了阿尔帕特奇一眼，又垂下眼睛。

"收起你的废话吧，告诉老百姓要离开家到莫斯科去，而且把运公爵小姐行李的大车明儿一早也准备好，你也不要去开会。听见没有？"

德龙突然跪下来。

"雅科夫·阿尔帕特奇，革了我的职吧！把钥匙从我手里拿走吧，把我革职吧，看在上帝的面上。"

"算了吧！"阿尔帕特奇声色俱厉地说。"我可以看透你脚下三俄尺深的地方。"

德龙站起来，又想说点什么，可是阿尔帕特奇没让他说：

"您怎么会有这个念头？啊？……您心里是怎么想的？啊？"

"我拿老百姓怎么办呢？"德龙说。"他们都疯了。对他们我也是那么说嘛……"

"我也是那么说嘛，"阿尔帕特奇说，"他们在狂饮吧？"

"全都疯狂了。雅科夫·阿尔帕特奇：运来了第二桶酒。"

"你听着。我到警察局长那儿去一趟，你去应付那些老百姓，叫他们回心转意，把大车准备好。"

"是，听见了，"德龙回答。

雅科夫·阿尔帕特奇不再坚持了。他在长期统治老百姓中知道，使人们服从的主要手段就是不要向他们露出怀疑他们可能不服从。从德龙口里得到顺从的"是啦——您老"这句回复，雅科夫·阿尔帕特奇感到满意，虽然他不但怀疑，并且差不多相信，不借助军队的力量是弄不到车的。

果然，到晚上车还没有收集起来。在村里的酒馆里又举行了集会，在集会上决定把马赶到树林里，而且不出大车。阿尔帕特奇没有把这事告诉公爵小姐。他吩咐从童山来的大车上把他的行李卸下来，把那些马套在公爵小姐的马车上，随后他就去找上级官府去了。

十

在父亲安葬后，玛丽亚公爵小姐关在自己房里，不让其他人进来。女仆来到门前,禀告阿尔帕特奇前来请示出发的事。(这还是在阿尔帕特奇和德龙谈话之前的事。)玛丽亚公爵小姐从沙发上欠起身来,冲着关闭的门说,她任何地方也不去,叫人别打扰她。

玛丽亚公爵小姐卧室的窗户是朝西开的。她面对墙壁躺着,她那模糊的思想集中在一点上:她在想不可知的死和在这之前她不知道、在父亲患病期间才表现出来的内心的卑劣。她想祈祷,但又不敢祈祷,不敢在她现在的心境中向上帝求援。

太阳照到对面的墙上,夕阳的斜晖射进敞开的窗口,照亮了房间。她的思路一下子停住了。她无意识地坐起来,整理了一下头发,走到窗前,忍不住深深地吸着傍晚的清凉空气。

"是的,现在你可以随心欣赏傍晚的风光了!他已经不在了,谁也不会打扰你了,"她在内心说道,倒在椅子上,头靠着窗台。

有人用娇柔的声音在窗外花园里轻轻叫她的名字,吻她的头,她抬头看了看。原来是布里安小姐,她穿一件黑衣裳,戴着黑纱。她轻轻地走到玛丽亚公爵小姐跟前,叹着气吻她,哭泣起来。玛丽亚公爵小姐看了看她。她想起和她过去的冲突,对她的猜疑;还想起他近来改变了对布里安小姐的态度,不见她,由此看来,玛丽亚公爵小姐内心对她的责备是太不公平了。"难道不是我,不是我盼着他死吗?我有什么资格责备别人呢!"她想道。

玛丽亚公爵小姐想象着布里安小姐的处境,最近她离群索居,而同时又得依靠她,过着寄人篱下的生活。她对她怜悯起来。她温和地望了望她,把手伸给她。布里安小姐立刻哭起来,吻她的手,念叨着公爵小姐遭到的不幸,把自己装成一个同情不幸的人。她说,在不幸的时刻,唯一的慰藉就是公爵小姐允许她分担她的不幸。她说,在这巨大的悲痛面前,所有过去的误会应该一笔勾销,她觉得她在各方面都是清白的,他在那个世界会看见她的眷恋和感激的。公爵小姐听着她,不明了她的话,只是不时看看她,听听她的声音。

"您的处境分外可怕,亲爱的公爵小姐,"布里安小姐沉默了一会儿,说。"我明白您从来不会,现在也不会想着自己;可是因为我爱您,我不得不这样做……阿尔帕特奇到您这儿来过吗?他和您谈这动身的事吗?"她问。

玛丽亚公爵小姐没有回答。她不明白是什么人要走,要到那儿去。"现在还能做什么事,想什么事呢?难道不是一样吗?"她没有说话。

"您可知道,小姐,"布里安小姐说,"您可知道咱们的处境十分危险,咱们被法军包围了;现在走,太危险了。倘若走的话,恐怕准会被俘虏,上帝才知道……"

玛丽亚公爵小姐望着她的女伴,不清楚她在说什么。

"哎,真希望有人了解我,我现在对一切,对一切都无所谓,"她说。"当然罗,我不管怎样也不愿撇开他就走……阿尔帕特奇对我说过走的事……您和他谈谈吧,我对什么都不能,也不想管……"

"我和他谈过。他希望我们明天就走;可是我想,目前最好还是留下,"布里安小姐说。"因为您会同意,在路上碰到大兵或者暴动的农民——那真可怕。"布里安小姐从手提包里取出一张法国将军拉莫的文告,上面告诉居民不得离家逃走,法国当局将给他们应有的保护,她把文告递给公爵小姐。

"我想,最好是求助于这位将军,"布里安小姐说,"我确信他会给您应有的尊重的。"

玛丽亚公爵小姐读那张文告,默默地哭泣使她的脸颤抖起来。

"您从谁手里拿到这个的?"她说。

"可能他们从我的名字知道我是法国人,"布里安小姐红着脸说。

玛丽亚公爵小姐拿着文告站起来,她脸色苍白,走出屋子来到安德烈公爵以前的书房里。

"杜尼亚莎,去叫阿尔帕特奇,德龙努什卡,或者别人到我这儿来,"玛丽亚公爵小姐说,"告诉阿马利娅·卡尔洛夫娜,不要来见我,"她听见布里安小姐的声音,又说。"要赶快走! 快点走!"玛丽亚公爵小姐说,她一想到她或许留在法军占领区,就不寒而栗。

"要让安德烈公爵知道我在法国人手里,那还得了! 要让尼古拉·安德烈伊奇·博尔孔斯基公爵的女儿去求拉莫将军先生给予她保护,而且接受他的恩惠,那绝对不行!"她越想越觉得可怕,以致使她战栗,脸红,感到从未体验过的愤怒和骄傲。她想象她的处境是多么困难,多么屈辱。"他们那些法国人住在这个家里;拉莫将军先生占着安德烈公爵的书房;翻弄和读他的信和文件来取乐。他们恩赐我一个房间;士兵们掘我父亲的新坟,拿走他的十字架和勋章;他们对我讲述如何打败俄国人,装作同情我的不幸……"玛丽亚公爵小姐在想,她觉得必须用父亲和哥哥的思想来代替自己的思想。对于她个人,不管留在哪儿,会发生什么事,全无所谓;她觉得她同时还是死去的父亲和安德烈公爵的代表。她忍不住用他们的思想来思想,用他们的感觉来感觉。她到安德烈公爵的书房去,极力体会他的思想,来思考她目前的处境。

生活的需求,本来她认为随着父亲的去世不复再有了,但是它突然以前所未有的力量在玛丽亚公爵小姐面前出现,而且占有了她。

她激动得满脸通红,在屋里来回踱步。时而派人叫阿尔帕特奇,时而派人叫米哈伊尔·伊万诺维奇,时而派人叫吉洪,时而派人叫德龙。杜尼亚莎、保姆和所有的女仆都不能断定布里安所宣布的事到底有多少正确的成分。阿尔帕特奇不在家;他到警察局去了。被叫来的建筑师米哈伊尔·伊万内奇来见玛丽亚公爵小姐,他睡眼蒙眬,什么也不能回答她。被召唤来的老仆人吉洪,面孔瘦削,带着无法磨灭的悲哀印记,他对玛丽亚公爵小姐所有的问话都回答"是——您老,"他望着她,差点忍不住要大放悲声。

最后,德龙走进房来,他向公爵小姐深深地鞠躬,在门框旁站住了。

玛丽亚公爵小姐在屋里走了一趟,在他对面停下来。

"德龙努什卡,"玛丽亚公爵小姐说,在她心目中,她把他当作忠实的朋友,就是这个德龙努什卡,他每年去赶维亚济马集市的时候,每次都给她带来一种特制的甜饼,面带笑容交给她。"德龙努什卡,现在,在我们遭遇到不幸之后,"她才开始说话就停住了,再也没有力量说下去。

"全都凭上帝的旨意,"他叹息说。他们沉默了一会儿。

"德龙努什卡,阿尔帕特奇不知到哪儿去了,我没有可问的人。有人说我走不得,是真的吗?"

"为什么你走不得,大人,可以走,"德龙说。

"有人对我说,有敌人,路上危险。亲爱的,我什么也不能做,什么也不清楚,我身边一个人也没有。今天晚上或者明天一大早,我就要走。"德龙不说话。他蹙着眉头,瞟了公爵小姐一眼。

"没有马,"他说,"我对雅科夫·阿尔帕特奇已经说过了。"

"为什么没有马?"公爵小姐说。

"都是上帝的惩罚,"德龙说。"有的马被军队征用了,有的马饿死了,遇到今年这个年景。不但没有东西喂马,连人也饿得要死!有的人一连三天吃不上饭。什么都没有,彻底破产了。"

玛丽亚公爵小姐专注地听他对她说的话。

"庄稼人都破产了?他们没有粮食?"她问。

"他们要饿死了,"德龙说,"还谈得上什么大车……"

"你为什么不早说,德龙努什卡?难道不能救济吗?我要尽力……"玛丽亚公爵小姐觉得,在现在这种时刻,当她的心头充满了悲伤的时刻,人们还要分成富的和穷的,并且富人不能救济穷人,有这种想法是十分奇怪的。她隐约地知道和听说,地主家都有储备粮,那是给农民备荒的。她也知道,不管是哥哥还是父亲都不会拒绝救济贫困的农民的;关于给农民分配粮食,她想亲自过问,可是在这个问题上她担心说错话。她十分兴奋,能有一件操心的事作为借口,可以忘掉自己的悲伤而不致受良心的责备。她向德龙努什卡仔细询问农民的急需,而且询问博古恰罗沃的地主储备粮的情况。

"我们不是有地主储备粮吗?我哥哥的?"她问。

"地主储备粮一点没动,"德龙骄傲地说,"我们的公爵没有发放的命令。"

"把它发放给农民吧,他们需要多少就发放多少:我代表哥哥允许你发放,"玛丽亚公爵小姐说。

德龙一句也没说,只是深深地叹了一口气。

"你把粮食分给他们吧,倘若粮食还够分给他们的话,全分了吧,我代表哥哥命令你,你告诉他们:我们的,也是他们的。为了他们,我们什么都不在乎。

你就这样说吧。"

公爵小姐说话的时候，德龙专注地望着她。

"你把我开除吧，好小姐，看在上帝面上，吩咐人接收我的钥匙吧，"他说。"我当了二十三年的差，一次差错没出过；开除我吧，看在上帝面上。"

玛丽亚公爵小姐不理解他想要她做什么，他为什么请求开除他。她告诉他，她从来没有怀疑过他的忠心，她愿意为他和为农民做任何事。

<h1 style="text-align:center">十一</h1>

在这之后过了一小时，杜尼亚莎前来向公爵小姐报告一个消息：德龙来了，依照公爵小姐的命令，农民们全在谷仓旁边集合，有话要跟女主人说。

"我并没叫他们来，"玛丽亚公爵小姐说，"我只是告诉德龙努什卡，把粮食分给他们。"

"看在上帝面上，亲爱的公爵小姐，叫人把他们赶走吧，千万不要到他们那儿去。那不过是个圈套，"杜尼亚莎说，"等雅科夫·阿尔帕特奇回来，咱们就走……您千万不能去……。"

"什么圈套？"公爵小姐吃惊地问。

"我的确知道，看在上帝面上，一定听我说。您只要问问保姆就知道了。听说他们都不愿意按照您的命令离开村子。"

"你扯到哪儿去了。我并没有命令他们离开村子……"玛丽亚公爵小姐说。"把德龙努什卡叫来。"

德龙来了，他证实了杜尼亚莎的话；农民是按照公爵小姐的命令来的。

"可是我并没有召集他们，"公爵小姐说。"你可能传错了话。我只是叫你把粮食分给他们。"

德龙没有答话，叹了一口气。

"如果您下命令，他们就会散的，"他说。

"不，不，我去见他们，"玛丽亚公爵小姐说。

不管杜尼亚莎和保姆的劝阻,玛丽亚公爵小姐来到门廊上。德龙、杜尼亚莎、保姆和米哈伊尔·伊万内奇跟在她后面。

"他们或许以为我给他们粮食,是要他们留下来不动,而我自己离开,扔下他们让法国人糟蹋,"玛丽亚公爵小姐想。"我应许他们在莫斯科近郊庄园按月发给口粮,安排住处;我相信,安德烈处在我的地位肯定会做得更多,"她一边想,一边在暮色苍茫中向站在谷仓旁的人群走去。

人群开始移动,聚拢到一起,迅速地摘下帽子。玛丽亚公爵小姐垂下眼帘,衣裙绊着腿,走近他们。各种眼睛,老年的和青年的,都在看着她,还有那么多不同的面孔,使得玛丽亚公爵小姐连一面孔也看不见,她觉得必须一下子和所有的人说话,她不知道应当怎么才好。但又是那个意识——意识到她是父亲和哥哥的代表,使她鼓起了力量,于是她壮着胆子开始讲话。

"你们来了,我非常兴奋,"玛丽亚公爵小姐开口说,她垂下眼睛,觉得心跳得厉害。"德龙努什卡告诉我,战争使你们破了产。这是我们共同的不幸,为了你们,我不惜献出一切。我要离开了,因为这儿已经十分危险,敌人离得非常近了……我把一切都给你们,我的朋友们,我求你们拿走一切,拿走我们所有的粮食,你们就不会缺吃少用的了。倘若有人对你们说,我给你们东西是为了叫你们留在这里,那不是实话。相反,我请求你们带着你们的全部财产搬到我们莫斯科近郊的庄园去,在那儿有我负责,保证你们不会过穷日子。给你们住宅和粮食。"公爵小姐停住了。只听见叹息声。

"我这样做,不只是我个人的意思,"公爵小姐接着说,"我这样做是代表我去世的父亲,你们的好主人,代表我的哥哥和他的儿子。"

她又停住了,没有人打破她的沉默。

"我们的不幸是共同的,让我们共同分担这个不幸吧。我的一切,也是你们的一切,"她说,环顾站在她面前的人的面孔。

所有的眼睛都带着同样的表情望着她,她不能知道这种表情的意义。不知道是好奇、忠诚、感激,还是惊慌和不信任,可是所有脸上的表情都是一样的。

"我们很满意您的恩典,但是,我们不能拿地主的粮食,"后面传来一个声音。

"为什么?"公爵小姐说。

没有人回答,玛丽亚公爵小姐环视人群,她看出,现在所有的眼睛一碰到她的目光,就立刻垂下来。

"为什么你们不要?"她又问。没有人回答。

玛丽亚公爵小姐为这种沉默感到窘迫;她极力捕捉随便什么人的目光。

"你们为什么不说话啊?"她对面前一个挂着拐棍的老人说。"倘若你认为还需要什么,你就说吧。我什么都可以做到,"她捉住他的目光,说。但是他似乎对这很生气,把头完全低下来,咕哝了一句。

"有什么同意不同意的,我们不需要粮食。"

"怎么,要我们抛弃一切?不同意。不同意……我们决不同意。我们同情你,但决不同意。你自己走吧,一个人走……"人群中说。人人脸上都露出同样的表情,但这时根本不是好奇和感激的表情,而是愤怒坚决的表情。

"你们可能没有理解我的话,"玛丽亚公爵小姐带着忧愁的微笑说。"你们为什么不愿走呢?吃的住的,我都向你们保证。但是在这儿敌人会把你们弄得倾家荡产的……"

可是,群众的声音盖住了她的声音。

"我们绝对不同意,就让敌人来破坏吧!不要你的粮食,我们决不同意!"

玛丽亚公爵小姐又在人群中捕捉随便什么人的目光,但是没有一个人的目光是注视着她的;很显然,眼睛都在回避她。她觉得奇怪和难堪。

"你瞧,她说得倒好听,跟她去当奴隶!把家毁掉去当奴隶去吧。可不是嘛!我给你们粮食,她说!"人群中发出这些声音。

玛丽亚公爵小姐低着头离开人群走回家去了。她又把命令向德龙重述了一遍,叫他明天准备好启程的马,然后回到自己的房里,她思绪如麻,一人待在房里。

十二

这天夜里,玛丽亚公爵小姐在她卧室敞着的窗旁坐了很久,细听从村里传出的农民的谈话声,可是她不去想他们。她觉得她不管怎样想他们,也不会理解他们。她总在想一件事——那就是自己的不幸,在经过一段关心现实生活之后,这个不幸,对于她已经成为过去了。她现在已经可以回忆,能够哭泣和祈祷了。日落后,风停了。夜是宁静的,空气非常新鲜。十二点时人声渐渐沉寂下去,鸡叫头遍,从树后升起一轮满月,清凉的、乳白色的雾弥漫开来,寂静笼罩着村庄和宅院。

不久前才过去的图景——父亲的病和临终的时刻,一幅接着一幅在她的脑海里浮现。现在她带着忧郁的欢乐仔细回味这些画面的形象,只是惊恐地排除最后那个他死亡的景象,在这寂静、神秘的夜晚,即便浮光掠影地想象一下那个景象,她也没有勇气。这些图景在她的脑海里是那么清晰,连微小的细节都历历在目,她觉得这些图景忽而是现实的,忽而是过去的,忽而是未来的。

她忽而生动地想起他发病的情景,人们架着他从童山的花园里出来,他用无力的舌头咕噜着什么,扭动着白眉毛,不安地、怯生生地望着她。

"他当时就想说他临死那天对我说的话,"她想。"他常常在想他对我说的话。"于是她回忆起了他在童山发病的前一天夜里一切详细的情景,当时玛丽亚公爵小姐就预感到灾祸临头,所以违反他的旨意留在他身边。她没有睡,夜里蹑手蹑脚地下了楼梯,来到她父亲那天夜里在那儿过夜的花房门前,侧耳细听他的声音。他和吉洪在说什么,他的声音疲惫不堪并且非常痛苦。看来他很想和人谈话。"他为什么不叫我呢?为什么他不让我和吉洪换一个位置呢?"玛丽亚公爵小姐当时和现在都这样想。"他现在永远不会对什么人谈他心里的话了。他原本可以说出他要说的话的,本来应该是我,而不是吉洪,听到和懂得他的话的,可是这样的时机,不管是对他还是对我,都一去不再来了。为什么当时我不进屋去呢?"她想。"也许他当时就会对我说出他在去世那天说的话。并且当时他和吉洪谈话中就有两次问起我。他想看见我,可是我却站在门外。他和不了解他的吉洪谈话是很感伤、很难受的。记得他和他谈话时提到丽莎,就像她还活着似的,他忘记她已经死了,吉洪提醒他说,她已经不在了,于是他大声呵斥:'笨蛋!'他是很痛苦的。隔着门我听见他躺在床上,高声喊叫:'我的上帝啊!'为什么当时我不进去呢?他能把我怎样呢?我有什么可损失的呢?或许当时他就得到慰藉,可能已经对我说出那句话了。"于是玛丽亚公爵小姐出声地重述他临死那天对她说的那个亲切的字眼。"亲-爱-的!"玛丽亚公爵小姐重复这个字眼,于是她放声大哭,流着使心灵得到轻松的眼泪。现在他的面孔就在她的眼前。可是那不是她从记事的时候认识的、时常从远处看见的面孔;而是一张胆怯、懦弱的面孔。

"亲爱的,"她又说了一遍。

"他说这话时,在想什么呢?他这时在想什么呢?"她的脑海里突然出现了这个问题,作为这个问题的回答,她在眼前看见了他,他那表情是他在棺材里用白手巾包着头的面孔的表情。于是一阵恐怖向她袭来,现在向她袭来的正是那天刚一接触他,那种神秘的、令人反感的东西的那种恐怖。她想思索点别的,想祈祷,但什么也做不成。她睁大眼睛望着月光和阴影,她每时每刻都在等待着看见他那死人的面孔,她觉得,笼罩着住宅内外的寂静空气紧紧钳制着她。

"杜尼亚莎!"她喃喃地说。"杜尼亚莎!"她疯狂地呼喊起来,从一片寂静中挣脱出来,向女仆的住室跑去,迎面碰见向她跑来的保姆和女仆们。

十三

八月十七日,罗斯托夫和伊林,带着才从俘虏营放回来的拉夫鲁什卡和一个骠骑军传令兵,骑着马从离博古恰罗沃十五俄里的驻地扬科沃出行——试骑一下伊林新买来的马并查访这一带村子里有无干草。

最近三天来,博古恰罗沃处在对峙的两军之间,俄军的后卫和法军的先锋都十分容易到那儿去,罗斯托夫是一个有心计的骑兵连长;他想抢在法国人之前,取用博古恰罗沃的军需品。

罗斯托夫和伊林心情很快乐。他们在路上有时向拉夫鲁什卡询问拿破仑的故事来取乐,有时互相比赛,试试伊林的马,他们就这样驰向博古恰罗沃一位公爵的庄园,希望在那儿找到大批家奴和漂亮姑娘。

罗斯托夫不知道也没有想到,他要去的那个村子就是和她妹妹定过婚的博尔孔斯基的庄园。

在快进入博古恰罗沃之前,罗斯托夫和伊林撒开他们的马,顺着斜坡作最后一次赛跑,罗斯托夫赶过伊林,第一个跑进博古恰罗沃村的街上。

"你跑到前面去了,"满脸通红的伊林说。

"是啊,一路上都在前面,不管在草地还是在这儿,"罗斯托夫回答说。

"我的那匹法国马,大人,"拉夫鲁什卡在后面说,他管他那匹拉车的驽马叫法国马,"准能跑赢,但是,我不愿丢别人的面子。"

他们骑着马缓步向站着一大群农民的谷仓走去。

农民们看见来了几个骑马的人,有的脱帽,有的没有脱。从酒馆里出来两个高个老头,长着满脸的皱纹和稀疏的胡子,摇摇晃晃,唱着不成调的歌,朝军官们走来。

"好样的!"罗斯托夫笑着说。"这儿有干草吗?"

"都是一个神气……"伊林说。

"快……快……活……活,我的心肝呀……宝贝儿……"两个醉汉露出幸福的微笑唱道。

从人群里走出来一个农民,走到罗斯托夫面前。

"你们是什么人?"他问。

"法国人,"伊林笑着回答。"这就是拿破仑本人,"他指着拉夫鲁什卡回答说。

"这么说来,你们是俄国人吧?"那个农民又问。

"你们这儿的军队多吗?"另一个小个农民走近他们,问道。

"很多,很多,"罗斯托夫回答说。"你们都聚在这儿干什么?"他又说。"是过节吗?"

"老头们在开会,商议公社的事情,"那个农民回答,说着就走开了。

就在这时,在通往庄主宅院的路上出现了两个女人和一个戴白帽子的人,他们向军官走来。

"那个穿粉红色的归我,注意别乱抢!"伊林看见向他坚决走来的杜尼亚莎,说。

"是咱们大家的!"拉夫鲁什卡向伊林挤挤眼说。

"你要什么,我的美人儿?"伊林笑着说。

"公爵小姐有吩咐,她想知道你们是哪个团队的和你们的尊姓大名?"

"这是罗斯托夫伯爵,骠骑兵连长,我是您的忠实的仆人。"

"我的心肝呀……宝贝儿……"那个醉汉一边唱,快活地微笑着,一边用眼睛瞅着和姑娘谈话的伊林。跟在杜尼亚莎后面的阿尔帕特奇向罗斯托夫走来,很远就脱掉帽子。

"我斗胆打扰您,大人,"他把一只手揣到怀里,恭敬地说,但同时对这个军官的年轻很有轻视的意味,"我们家小姐,本月十五日已故上将尼古拉·安德烈耶维奇·博尔孔斯基公爵的女儿,因为这些人的愚昧无知而陷入困境,"他指着那些农民说,"欢迎您光临……不知可否,"阿尔帕特奇带着苦笑说,"请您离开几步,不然当着……不太方便,阿尔帕特奇指着两个在他左边来回晃悠的农民。

"啊!……阿尔帕特奇……啊?雅科夫·阿尔帕特奇!……好极了!看在上帝面上,饶了我们吧!啊?……"那两个农民笑嘻嘻地对他说。罗斯托夫看了看喝醉的老头,笑了。

"或许这使大人很开心吧?"雅科夫·阿尔帕特奇用手指着那两个老头,带着庄重的神情说。

"不,这没有什么可开心的,"罗斯托夫一面说,一面骑马往前走。"这是怎么回事?"他问。

"我斗胆向大人禀告,此地的粗野乡民不让小姐离开庄园,气势汹汹地要把马卸掉,一早就装好了车,可是公爵小姐就是走不了。"

"居然有这样的事!"罗斯托夫喊了一声。

"我向您禀告的是实际情况,"阿尔帕特奇又说。

罗斯托夫下了坐骑,把马交给传令兵,就和阿尔帕特奇一起向住宅走去,边走边询问详细情况。的确,昨天公爵小姐建议给农民发放粮食,她向德龙和集会的人说明了自己的态度,把事情弄得如此糟,以至于德龙终于交出钥匙,和农民站到了一边,不再听从阿尔帕特奇的使唤。早上公爵小姐吩咐套车起程,大批的农民聚在谷仓前面,派出人来声称,他们不让公爵小姐离开村子,说是有命令不准运走东西,他们要卸掉马。阿尔帕特奇出来劝说他们,但他得到的回答是,公爵小姐不能走,有不准离开的命令;他们说,请公爵小姐留下来,他们仍旧服侍她,一切全顺从她。

当罗斯托夫和伊林在路上驰骋的时候,玛丽亚公爵小姐不听阿尔帕特奇、保姆和女仆的劝阻,吩咐套车要动身;但是看见驰来几个骑兵,以为来的是法国人,车夫都逃散了,家里响起了一片妇女们的大哭声。

"我的爷呀,救命恩人!上帝派你来了,"罗斯托夫走过前厅的时候,听见一片感激的声音。

当人们把罗斯托夫引见给玛丽亚公爵小姐的时候,她正惊慌失措,无力地坐在大厅里。她不知道他是什么人,是来干什么的,对她会怎么样。她看见他那俄罗斯人的脸型和他走进来的步态以及他一开口说的那些话,就认出他是她那个阶层的人,她用她那深沉、明亮的目光看了他一眼,她说起话来激动得结结巴巴。罗斯托夫立刻觉得这次的相遇具有浪漫情调。"一个孤立无援、悲伤万分的姑娘,孤身一个人落入粗鲁狂暴的农奴手里,任凭他们摆布!多么离奇的命运把我引到这儿!"罗斯托夫听着,看着她,想道。"她的面貌和神情多么温顺,高尚!"他听着她怯生生地讲述,想道。

当她讲到这一切是发生在父亲下葬的第二天,她的声音颤抖了。她转过脸去,随后,她怕罗斯托夫以为她是故意引起他的怜悯,她疑问地、惊慌地看了看他。罗斯托夫的眼睛里含着泪水。玛丽亚公爵小姐注意到了这一点,感激地看了看罗斯托夫,她那目光是那么明亮,使人忘记了她那并不漂亮的面貌。

"公爵小姐,我偶然走到这里,能够为您效劳,真是说不出的荣幸,"罗斯托夫站起来说。"您动身吧,我以自己的名誉向您担保,只要您允许我护送您,决不会有人胆敢找您的麻烦,"他似乎向一位皇族妇女敬礼一样,恭敬地鞠了一躬,就向门口走去了。

罗斯托夫的态度好像表明,虽然与她相识是一件幸事,但他却不想趁她不幸来接近她。

玛丽亚公爵小姐懂得而且非常珍惜这种态度。

"我十分,十分感激您,"公爵小姐用法语对他说,"可是我希望这一切只是一场误会,谁也没有过错。"公爵小姐忽然哭起来。"原谅我,"她说。

罗斯托夫皱起眉头,又深深鞠了一躬,走出屋去。

十四

"怎么样,可爱吗?不,老弟,我的那个穿粉衣裳的才迷人呢,她叫杜尼亚莎……"可是伊林一瞧罗斯托夫的脸色,就不出声了。他看见他的主人和连长实在怀着另外一番心思。

罗斯托夫凶狠地瞪了伊林一眼,没有搭理他,就急忙向村子走去。

"我要让他们知道厉害,非收拾他们不可,这些强盗!"他自言自语。

阿尔帕特奇极力做到不跑,迈着步子紧赶,才勉强追上罗斯托夫。

"请问作了什么决定?"他追上他,问。

罗斯托夫停下脚步,握紧拳头,忽然严厉地向阿尔帕特奇迈了一步。

"决定?什么决定?你这个老东西!"他向他呵斥道。"你怎么管的家?啊?农民造反,你就管不了吗?你本人就是叛徒。我知道你们这些人,我要剥掉你们的皮……"他似乎担心他那满腔的怒火白白浪费掉,扔下阿尔帕特奇,快步向前走去。阿尔帕特奇克制住受辱的感情,迈开步子,紧紧追赶罗斯托夫,不住地向他提出自己的意见。他说,农民很顽固,在现在这种时刻,没有武装队伍,跟他们作对是不明智的,先派人去把军队叫来,这样是不是会好些。

"把军队叫来收拾他们……我要跟他们较量较量,"尼古拉说些没有意义的话,这种没有理性的兽性愤怒和要发泄愤怒的需要,使他喘不过气来。他并不想应当怎么办,迈着急促、坚决的步子,不自觉地向人群走去。他越走近人群,阿尔帕特奇就越觉得,他这种不明智的行动可能会产生良好的效果。那群农民一见他那急促而坚决的步子和皱起眉头的果断表情,也有同样的感觉。

在这几个骠骑兵刚进村,罗斯托夫去见公爵小姐之后,人群中发生了混乱和争吵,有些农民说,来的是俄国人,也许怪罪他们扣留小姐。德龙也是这个意见;但是当他刚一有这种表示,卡尔普和另外一些农民就起来攻击这位辞职的村长。

"公社给你敲骨吸髓有多少年了?"卡尔普训斥他。"你当然不在乎啦!你挖出钱罐子,带走了事,我们家毁不毁掉,与你都不相干,是吗?"

"有命令,要维持秩序,任何人不许离开家,一草一木都不准带走,就是这样!"另一个叫道。

"轮到你儿子去当兵,你准是舍不得你那宝贝疙瘩,"忽然一个小老头对德龙进攻了,他说得极快,"拿我万卡去当炮灰。唉,我们只有死的份儿!"

"可不是,我们只有死的份儿!"

"我并不是公社的冤家对头,"德龙说。

"当然罗,你早已填满肚皮了!……"

罗斯托夫带领着伊林、拉夫鲁什卡和阿尔帕特奇刚来到人群跟前,卡尔普走出来,露出一丝笑意,把手指插进宽腰带里。德龙正好相反,他躲到后排去了,人群更紧地拢到了一起。

"喂,你们这儿谁是村长?"罗斯托夫快步走到人群前面,喊道。

"村长吗?您找他干什么?……"卡尔普问。

但是没等他说完,帽子就从他头上飞走了,他挨了猛烈的一掌,脑袋向一旁歪了一下。

"脱帽,叛徒!"罗斯托夫大声喊道。"村长在哪儿?"他狂怒地喊道。

"村长,叫村长呢……德龙·扎哈雷奇,叫您呢,"人群中传出急促的声音,帽子都从头上脱下来了。

"我们决不造反,我们是守规矩的,"卡尔普说,同时,后面有几个声音突然一齐说:

"是老人们决定的,当官的太多了……"

"还犟嘴?……造反!……强盗!叛徒!"罗斯托夫嚎叫一些没有意义的词句,嗓音都变了,他抓住卡尔普的脖领。"把他捆起来!"他喊道,虽然那儿除了拉夫鲁什卡和阿尔帕特奇以外,没有能捆他的人。

拉夫鲁什卡跑过去,反剪起卡尔普的两只胳膊。

"是不是要我把我们那边山下的人叫来？"他喊道。

阿尔帕特奇喊出两个农民的名字，叫他们来捆卡尔普，那两个农民顺从地从人群走出来，解下他们的腰带。

"村长在哪儿？"罗斯托夫喊道。

德龙皱着眉头，脸色苍白，从人群中走出来。

"你是村长吗？捆起来，拉夫鲁什卡！"罗斯托夫喊道。又有两个农民出来捆德龙，德龙就像帮助他们似的把自己的腰带解下来递给他们。

"你们大家听我说，"罗斯托夫对那些农民说，"你们马上都回家去，不要再让我听见你们的声音。"

"怎么，我们并没有做什么不好的事，我们只是一时糊涂。只是胡闹了一场……我就说嘛，这样不行，"传出互相责备的声音。

"我不是对你们说了吗，"阿尔帕特奇说，他又开始行使他的权力。"这样不好，孩子们！"

"都怨我们糊涂，雅科夫·阿尔帕特奇，"一些声音回答，人群马上在村子里四散了。

两个被绑的农民被带到主人的宅院。两个喝醉酒的农民紧跟着他们。

"嘿，我倒要瞧瞧你！"其中一个对卡尔普说。

"哪能这样跟老爷们讲话呀？你想到哪儿去了？"

"笨蛋，"另一个也说，"真是个大笨蛋！"

两个小时后，几辆大车停在博古恰罗沃住宅的院子里。农民们搬出主人的东西装到车上，关在大柜子里的德龙，按照玛丽亚公爵小姐的意思放了出来，站在院子里指挥农民们。

"你那样放，不对，"一个高个子圆脸农民，从女仆手里抢过一口小箱子，说。"要知道，这也是钱买的。你为什么乱扔，干吗要捆上绳子——它会磨坏的。这样我不喜欢。做什么都应该仔细认真，都要有个定规。例如这就应该用椴皮子包上，盖上干草，那才像样。看起来也舒服！"

"这是书，书，"另一个搬出安德烈公爵的书橱的农民说。"你小心别绊着！老沉老沉的，孩子们，好多书啊！"

"是啊，老在写，也不玩玩！"那个高个子圆脸农民指着放在顶上的大厚本的辞典，很有意思地挤了挤眼，说。

罗斯托夫不愿老是去打扰公爵小姐，没去见她，在村子里等她出来。等到玛丽亚公爵小姐的车辆从宅院里出来时，罗斯托夫骑着马，一直把她送到离博古恰罗沃十二俄里驻扎我军的路上。在扬科沃客栈前面，他恭敬地和她告别，第一次吻了吻她的手。

"看您说的，"当玛丽亚小姐感谢他搭救她的时候，他红着脸回答，"随便一个警察局长都办得到的事。倘若我们打仗的对手是农民的话，我们就不会让敌人深入这么远了,"不知怎的他有点害羞,竭力改变一下话题。"这次同您认识,是我的荣幸。再见,公爵小姐,祝您幸福并得到慰藉,再见。倘若您不愿使我脸红的话,请不要说感谢的话。"

可是,倘若说她不再用言语来感谢他的话,她已经用她那因为感激和柔情而容光焕发的脸上的全部表情来感谢他了。她无法相信他不应当受到感谢。相反,她认为毫无疑问,倘若没有他的话,她准会毁在暴徒和法国人手里;他为了搭救她,甘冒最明显和最可怕的危险;他是一个具有崇高灵魂、高贵气度的人,善于理解她的处境和不幸,这一点也是毫无疑问的。他那善良、正直的眼睛,在她诉说自己不幸的遭遇而哭泣的时候,他那双涌出泪水的眼睛,总在她的脑际萦绕。

当玛丽亚公爵小姐和他告过别,只剩下一个人的时候,她忽然含着泪想:她是不是爱上他了?

在去莫斯科的路上,虽然公爵小姐的处境并不很好,同她坐一辆车的杜尼亚莎好几次看见,公爵小姐向车窗外探出身子,是又欢喜又忧伤地微笑着。

"我就是爱上了他,又怎么样呢?"玛丽亚公爵小姐想道。

不论她多么羞于承认她的初恋是爱那个可能永远不会爱她的人,但她安慰自己说,永远不会有人知道这件事,倘若直到老死也不对别人提起她第一次也是最后一次爱上一个人,她也不悔恨。

她有时想起他的眼神、他的同情、他说的话,她觉得幸福是不可能的。就在她这么想的时候,杜尼亚莎看见她含着微笑望着车外。

"正巧他到博古恰罗沃来,并且不早不晚!"玛丽亚公爵小姐想道。"正巧他的妹妹拒绝了安德烈公爵!"玛丽亚公爵小姐从这一切中看到了神的旨意。

玛丽亚公爵小姐给罗斯托夫的印象是十分快乐的。他一想起她,就兴致勃勃。当同事们得知他在博古恰罗沃的奇遇,跟他开玩笑,说他去找干草,却找到了一位全俄国最富有的未婚妻,罗斯托夫一听就冒火。罗斯托夫所以恼火,是因为,这个念头不止一次地违反他的意志在他头脑里出现。就尼古拉个人来说,他不可能娶一个比玛丽亚公爵小姐更合适的妻子:和她结婚会使公爵夫人兴奋,会改善他父亲的境况;尼古拉还觉得,会使玛丽亚公爵小姐幸福。

但是索尼娅呢?许下的誓言呢?当人们拿博尔孔斯基公爵小姐跟他开玩笑的时候,正是这个原因惹得罗斯托夫恼火。

十五

库图佐夫在受命指挥全军以后,想到了安德烈公爵,给他送去了一道到总部报到的命令。

安德烈公爵来到察列沃-扎伊米希那天，正赶上库图佐夫检阅军队。安德烈公爵停在村里牧师的宅旁，那儿停着一辆总司令的马车，他在大门旁的长凳上坐下等待库图佐夫。从村外的田野里时而传来军乐声，不时传来欢呼新总司令"乌拉!"的巨大吼叫声。离安德烈公爵十来步远的大门旁边，有两个勤务兵、一个通信员和一个管家，他们趁公爵不在，天气又好，走了出来。一位小个子骠骑兵中校，骑马来到大门前，他看了看安德烈公爵，问道:勋座大人是不是就在这儿，他何时回来。

安德烈公爵说，他不是勋座司令部的人员，也是才到的。骠骑兵中校问那个勤务兵。那个勤务兵带着蔑视的腔调对他说:

"什么，勋座大人吗? 可能快回来了。您有什么事?"

骠骑兵中校对那个勤务兵的腔调报以微笑，他下了马，把马交给传令兵，随后来到安德烈公爵跟前，对他弯了弯身致敬。博尔孔斯基在长凳上挪挪身子让座。骠骑兵中校在他身边坐下。

"您也是在等总司令的吗?"骠骑兵中校说。"听说，人人都见得到，谢天谢地。否则同那些德国人打交道，够倒霉的! 难怪耶尔莫洛夫要申请入德国籍。现在或许咱们俄国人也能说上话了。谁知道搞的什么名堂。只顾后退，一个劲地后退。您参加过战役吗?"他问。

"我有幸参加过，"安德烈公爵回答说，"不但参加撤退，并且在撤退中失去我所有的一切，且不说田庄和亲爱的家园……我父亲就是死于忧愤。我是斯摩棱斯克人。"

"啊? ……您是博尔孔斯基公爵吗? 认识您，我很兴奋。我是杰尼索夫中校，大家都知道我叫瓦西卡，"杰尼索夫说，他握着安德烈公爵的手，用十分和善的目光望着博尔孔斯基的脸。"是的，我听说了，"他深表同情地说，停了一会儿，又接着说:"简直是野蛮人的战争。这一切都十分好，只是对那些代人背黑锅的不好。您是安德烈·博尔孔斯基公爵吗?"他摇了摇头。"非常兴奋，十分兴奋和您认识，"他握着他的手，带着感伤的微笑又说。

安德烈公爵听娜塔莎讲过，知道杰尼索夫是她的第一个求婚人。这段又甜蜜又痛苦的回忆现在又触动了他那敏感的创伤，近来已不去想它了，但是在灵魂深处依旧感到痛楚。近来的印象太多了，如放弃斯摩棱斯克，他的童山之行，前不久父亲逝世的消息等这些严肃的事情，他的感受是那么多，以至于过去那些印象久已淡薄了，即使记起来，对他的作用也远没有先前那样强烈了。可是对杰尼索夫来说，由博尔孔斯基这个名字引起的一连串的回忆，却是富有诗意的遥远过去，当时在用过晚饭和听过娜塔莎歌唱之后，他不知道是怎么回事，居然向一个十五岁的少女求起婚来了。他想起当时的情景和他对娜塔莎的爱情，禁不住微微一笑，随后立刻转向他现在最热心、最专注的事情上面去了。这就是他在撤退期间在前哨服务时想出的作战计划。他曾经把这个计划递给巴克莱·德·托利,现在他想向库图佐夫提出。这个计划的论据是:法军的战线拉得太长,我军没必要从正面堵截法军,应该攻击他们的交通线,或者一面正面作战,一面攻击他们的交通线。他向安德烈公爵说起了他的计划。

"他们守不住整个战线。这是不可能的。我保证突破他们的战线;给我五百人,我把他们的交通线切得一塌糊涂,准行! 唯一的办法,就是打游击战争。"

杰尼索夫站起来,打着手势,向安德烈公爵讲述他的计划。他在讲述时,从检阅的地方传来军队的呐喊声,这声音越来越不连贯,夹杂着军乐和歌声。村里传来马蹄声和喊声。

"他来了,"站在大门旁的哥萨克喊道,"来了!"

博尔孔斯基和杰尼索夫向大门走去,那儿站着仪仗队,他们看见库图佐夫骑着一匹枣红小马顺着大街走来。一大群侍从将官跟随着他。巴克莱几乎和他并马而行。一大群军官在他们后面和周围一边跑,一边喊"乌拉!"

副官们先驰进院子。库图佐夫不耐烦地策着那匹在他沉重的身体下稳步慢行的马,他把手举到他那白色的近卫重骑兵军帽边,不停地点头。他走到向他敬礼的仪仗队前面时,他用长官的沉着目光默默地、专注地看了看他们,随后转向他周围那群将军们和军官们。他的脸上现出微妙的神情;他带着惶惑的姿态耸了耸肩。

"有这么棒的小伙子,还老是退却,退却!"他说。"好了,再见,将军,"他又说,策马经过安德烈公爵和杰尼索夫面前向大门走去。

"乌拉! 乌拉! 乌拉!"人们在他身后喊道。

自从安德烈公爵上次看见库图佐夫之后,他更胖了,面皮松弛,浮肿。但是安德烈公爵所熟悉的那只瞎眼、伤疤,以及他脸上疲倦的表情,依然如旧。他穿着军服,肩上斜挂着细皮条鞭子,戴着白色的近卫重骑兵军帽。

"嘘……嘘……嘘……"他吹着口哨,骑马进了院子。他脸上现出快慰喜悦的神情。他从马镫里抽出左脚,然后倾着整个身子,使劲皱着眉头,吃力地把左脚迈过马鞍,用臂肘支着膝盖,哼哧了一声,整个人歪倒在准备扶他的哥萨克们和副官们的手臂上。

他定了一下神,眯起眼睛环视四周,他看了看安德烈公爵,仿佛不认识他,迈着他那一颠一颠的步子向门廊走去。

"嘘……嘘……嘘,"他吹着口哨,又转脸看了看安德烈公爵。

"啊,你好,公爵,你好,亲爱的朋友,来吧……"他一面环视,一边疲倦地说,挺费劲地登上门廊地板。他解开扣子,坐到门廊里的一条长凳上。

"你父亲怎么样?"

"昨天接到他去世的消息,"安德烈公爵说。

库图佐夫吃惊地看了看安德烈公爵,接着摘下制帽,画了十字:"愿他在天国安息! 我们所有的人都要服从上帝的旨意!"他深深地叹了一口气,沉默了一会儿，"我敬爱他，我衷心地同情你。"他拥抱安德烈公爵，把他搂到他那肥厚的胸脯上，很久很久没有放开。当他放开他时，安德烈公爵看见库图佐夫厚厚的嘴唇在颤抖，眼里含着泪水。他叹了口气，两手按住长凳想站起来。

"走，到我那儿去吧，咱们谈一谈，"他说；可是，正在这时，杰尼索夫，不顾站在门廊旁的副官的阻拦，他响着马刺、大胆地沿着台阶走上门廊。库图佐夫两手支着长凳，生气地望着杰尼索夫。杰尼索夫自报了姓名，声称他有关于国家利益的重大事情要向勋座大人报告。库图佐夫用疲倦的目光看着杰尼索夫，摆出一副厌烦的姿势，抬起两手，交叉在肚子上，说："有关国家的利益？是什么事？说吧？"杰尼索夫像姑娘似的脸红了（看见这个满脸胡须、苍老、常常喝酒的脸上现出红晕，让人觉得奇怪），开始大胆地讲述他切断斯摩棱斯克和维亚济马之间敌军防线的计划。杰尼索夫在那地区住过，熟悉那一带的地形。他的计划当然是好的，尤其是他说话的口气带有很强的信心。库图佐夫看看自己的脚，偶尔望一望隔壁的院子，似乎在等待那边有什么不快乐的事情。果然，在杰尼索夫讲述的时候，从那所小屋里出来一个腋下夹着公事包的将军。

"怎么样？"杰尼索夫还在讲述，库图佐夫说。"已经准备好了吗？"

"准备好了，勋座大人，"将军说。库图佐夫摇摇头，似乎说："一个人如何能办完这么多事，"于是接着听杰尼索夫陈述。

"我用俄国军官高尚诚实的誓言来保证，"杰尼索夫说，"我一定能切断拿破仑的交通线。"

"基里尔·安德烈耶维奇·杰尼索夫，军需总监是你什么人？"库图佐夫打断了他的话。

"是家叔，勋座大人。"

"噢！我们是老朋友了，"库图佐夫满意地说。"好的，好的，亲爱的，你留在总部吧，明天咱们再谈谈。"他向杰尼索夫点了点头，就伸手去拿科诺夫尼岑递来的文件。

"是不是请勋座大人到屋里去，"值勤的将官说，"要审查几份计划和签署一些文件。"从门口走出一个副官报告说，室内都准备好了。但是，看样子库图佐夫想办完事再回屋里去。他皱了皱眉……

"不，亲爱的，吩咐把桌子搬来，我就在这儿看文件，"他说。"你别走，"他对安德烈公爵说。安德烈公爵站在门廊上听那个值勤将军说话。

在值勤将军报告时，安德烈公爵听见门里有女人的低语声和绸衣的窸窣声。他朝那边瞧了几眼，看见门里有一个穿粉红衣裳，包雪青色丝头巾，丰满、红润的美丽少妇，她捧着一个盘子，很明显是在等待总司令进去。库图佐夫的副官低声对安德烈公爵说，这是女房东，牧师的老婆，她将向勋座大人献盐和面包。"她很漂亮，"库图佐夫听到这话，回头看了看。

库图佐夫对于那个值勤将军的报告只发出一个关于俄国军队在战地抢劫

的指示。在报告结束时,值勤将军呈上一个因士兵割青燕麦,地主要求各军长官赔偿的文件,请勋座大人在上面签字。

听了这件事,库图佐夫咂咂嘴,摇了摇头。

"扔到炉子里……投到火里去! 我直接告诉你说吧,亲爱的朋友,"他说,"把所有这些东西全投到火里。庄稼,让他们尽情割吧,木材,让他们尽情烧吧。我不发命令许可这样做,也不禁止,可我不能赔偿。非这样不行。"他又看了看那个文件。"哦,德国人真精细!"他摇头,说。

十六

"好,总算完了,"库图佐夫签署了最后一个文件,说,他吃力地站起来,带着快活的表情向门口走去。

那个牧师太太血一下子涌到脸上,她端起准备了好久而未能献上的盘子。深深地鞠了一躬,把盘子捧到库图佐夫面前。

库图佐夫眯起眼睛,脸上露出笑容,用手托住她的下巴,说:

"真漂亮的美人儿! 谢谢,好孩子!"

他从裤袋里掏出几枚金币放在她的盘子里。

"怎么样,过得好吗?"库图佐夫一边说,一边向给他准备的房间走去。牧师太太绯红的面颊上笑开了两个酒窝,她跟他走进正房。副官到门廊上请安德烈公爵和他一道吃早饭;半小时后,安德烈公爵又被召唤到库图佐夫那儿。库图佐夫仍旧穿着那件敞开的军服,躺在沙发上。

"坐下,坐在这儿,咱们谈谈,"库图佐夫说。"悲痛啊,悲痛。但是要记住,亲爱的朋友,我也是你的父亲,第二个父亲……"安德烈公爵说父亲临终的情况和路过童山时所见的情况对库图佐夫说了一遍。

"弄成什么样子……弄成什么样子!"库图佐夫突然说,他很激动,显然,从安德烈公爵的叙述中,他清楚地想象到俄国现在的处境。"假我以时日,假我以时日,"他不愿继续这个使他激动的话题,说:"我叫你来,是想让你留在我身边。"

"多谢勋座大人,"安德烈公爵回答说,"但是我担心我不适合再做参谋工作了,"他含着微笑说,库图佐夫看到了他的微笑。库图佐夫疑问地看了看他。"主要的,"安德烈公爵又说,"我已经习惯了团队的生活,我喜欢那些军官们,似乎军官们也喜欢我。离开团队,我会觉得可惜。倘若我辞谢在您身边服务的光荣,那么请相信我……"

库图佐夫脸上,露出聪明、和善、同时又含有一点讥笑的表情。他打断博尔孔斯基的话:

"可惜,我十分需要你;不过你是对的,你是对的。我们这儿倒不缺人。顾问有的是,可是缺少人才。倘若所有的顾问都像你到团队里服务,我们的团队就不会是现在这个样子了。我在奥斯特利茨就记得你……记得,记得,我记得你举着军旗,"库图佐夫说,安德烈公爵脸上立刻现出欢快的红晕。库图佐夫拉了拉他的手,把脸给他吻,安德烈公爵又看见老头眼里含着泪水。虽然安德烈公爵知道库图佐夫好流泪,他现在因为对他的父亲表示同情而对他特别亲切,怜恤。对奥斯特利茨的回忆,使安德烈公爵既快乐又得意。

"上帝保佑,走你自己的路吧。我知道,你的路,是一条光荣的路。"他停了一会儿。"在布加勒斯特,当时我不得不派遣一个人。"于是库图佐夫谈起了土耳其战争和缔结和约。"是啊,我受到了不少的责难,"库图佐夫说,"为了那场战争,也为了和约……是一切来得全都恰当其时。那儿的顾问也比这儿的少……"他又谈起顾问,显然这个问题一直占着他的心。"咳,顾问,顾问!"他说。"倘若谁的话都听,那么我们在土耳其,和约就缔结不成,战争也结束不了。欲速则不达。要是卡缅斯基不死,他会遭殃的。他用三万人突击要塞。拿下一个要塞并不难,难的是赢得整个战役。而要做到这一点,需要的不是突击和冲锋,而是忍耐和时间。卡缅斯基把兵派往鲁修克,可是我只派去了两样东西(忍耐和时间),比卡缅斯基拿下了更多的要塞,还逼得土耳其人吃马肉。"他摇了摇头,"法国人也要落这个下场! 相信我的话,"库图佐夫高兴地说,"我要让他们吃马肉!"他的眼睛又被泪水模糊了。

"然而总该打一仗吧?"安德烈公爵说。

"打一仗是可以的,倘若大家全愿意的话,没有什么可说的……不过要知道,亲爱的朋友:没有比忍耐和时间这两个战士更强的了;这两位什么都能完成,但是顾问们却不同意。一些人要这样,另一些又要那样。怎么办呢?"他问,等待着回答。"你说说看,叫我怎么办?"他重复说,他的眼睛闪着光辉。"我告诉你怎么办,"他见安德烈公爵不回答,于是说。"我告诉你怎么办:我是如何办的。倘若你拿不准,"他停了一下,"那你就先等一下,"他一字一顿地说。

"好了,再见,好朋友;记住,我真心实意和你共同承受你的损失,我不是你的勋座,不是公爵,也不是总司令,我是你的父亲。你缺少什么,就来找我。再见,亲爱的。"他又拥抱他,吻他。

安德烈公爵在同库图佐夫会见后回到团里,对于整个战局和受此重任的人,他全放了心。他越是看到在这个老人身上没有个人的东西,似乎有的只是热情奔放的习惯,而没有分析事件和做出结论的才智,只有静观事件趋向的能力,他就更加放心,觉得一切都会安排妥帖的。"他没有任何个人的东西。他什么也不思虑,他什么也不做,"安德烈公爵想道,"但是他听取一切,记取一切,把一切安排得妥妥帖帖。他知道,有一种东西比他的意志更强,更重要,——这就是事件的必然过程,他善于观察这些事件,善于明白这些事件的意义,因为对这些事件的理解，他善于放弃对那些事件的干预，放弃那原本另有打算的个人意志。最主要的，"安德烈公爵想道，"为什么信任他呢，这是因为他是俄国人，虽然他读让利斯夫人的小说和说法国谚语，还因为当他说：'弄成什么样子！'的时候，他的声音颤抖了，当他说他'迫使他们吃马肉'的时候，他抽噎了。"正是由于人人都有这种或多或少、模模糊糊的感情，人民才有共同的想法和普遍的赞同，违反宫廷的意思，选择了库图佐夫当总司令。

十七

皇帝离开莫斯科之后，莫斯科的生活依旧按照平常的轨道运行，这个生活之流是如此平凡，以致很难令人想起前些日子高涨的爱国俱乐部的成员就是不惜任何牺牲的祖国子孙，唯一能够令人记起皇帝在莫斯科期间那种普遍的爱国热情的事情，就是有人出人、有钱出钱的号召，这事当即做起来后，就加以法律和正式官方的形式，成为非做不可的了。

随着敌人渐渐逼近莫斯科，莫斯科人对自己处境的看法，不仅没有变得更严肃，反而变得更轻浮了。在危险迫近时，人内心常常有两个同样有力的声音：一个声音叫人考虑危险的性质和避免危险的方法；另一个声音说，既然预见一切和躲避事件的必然发展不是人力所能做到的，就无须白费气力和自寻烦恼去考虑危险了，最好在苦难未到来之前别去想它，只想快乐的事。现在莫斯科居民正是这样。

拉斯托普钦散发一种传单，上方画着一个酒馆、一个酒保、一个莫斯科小市民卡尔普什卡·奇吉林，（这个奇吉林曾当过后备兵，他喝多了几杯，听说波拿巴要进攻莫斯科，发起火来，用脏话痛骂所有的法国佬，他走出酒馆，在鹰形的招牌下面，开始对聚在那儿的民众讲起话来，）这张传单受到人们的广泛讨论。

在俱乐部拐角的屋子里，人们聚在一起看传单，有些人喜欢卡尔普什卡对法国人的嘲笑，他们说：法国佬被大白菜催肥了，肚子被稀饭撑破了，被菜汤撑死了，他们全是小矮人，一个农妇用干草叉一下子叉起三个扔了出去。有些人讨厌这种调子，说这太庸俗和愚蠢了。他们说，拉斯托普钦把所有法国人甚至外国人全赶出了莫斯科，他们中间有拿破仑的奸细和间谍；不过，讲这些话主要还是为了转述拉斯托普钦在遣送那些外国人时说的俏皮话。人们谈到马莫诺夫将为他的团队准备八十万卢布的开销，别祖霍夫为他的士兵花费得更多，但是，在别祖霍夫的行为中最精彩的表演是，他自己穿上军装，骑马走在团队的前头，对前来观看的人全部免费，分文不取。

朱莉明天将要离开莫斯科，正在举行告别晚会。

"别祖霍夫这个人非常可笑，但是他是非常和善，十分可爱。尖酸刻薄算什

"罚款!"一个身穿民军服装的年轻人说,朱莉称他为我的骑士,他将陪朱莉去尼日尼。

在朱莉的社交圈子里,也和莫斯科许多社交圈子一样,规定只准说俄语,说法语要受罚,罚款交给捐献委员会。

"为了带法国腔,要再罚一次,"客厅里一位俄国作家说。"'算什么取乐'不是俄国话。"

"您不肯饶人,"朱莉不理作家的话,仍旧对那个民军说。"我的骑士,我说了法语,我认罚,"她说,"可是,为了乐于对您说实话,我想再付一次款;至于法语腔调,我不能负责,"她对全家说:"我没有戈利岑公爵那样有钱有时间请教师学俄语。啊,他来了,"朱莉说。"说到太阳,就看见阳光,"女主人对皮埃尔亲切地微笑着,说,"我们正说您呢,"朱莉说,"我们说您的团队一定比马莫诺夫的好。"

"唉呀,别提我的团队了,"皮埃尔一边回答,一边吻女主人的手,在她身边坐下。"团队把我腻烦死了!"

"您一定是亲自指挥那个团队吧?"朱莉说,她和那个民军相互递了个狡黠的、讥笑的眼神。

有皮埃尔在场,那个民军已经不那么有骑士风范了,可是对朱莉微笑的含意,他脸上现出困惑不解的神情。皮埃尔尽管漫不经心,心地宽厚,可是皮埃尔的人品立刻把任何当着他的面嘲笑他的企图刹住了。

"不,"皮埃尔看了看自己肥胖、庞大的躯体,笑着回答。"我会成为法国人最好的目标,并且,我怕我爬不上马去……"

朱莉在闲谈时,提到罗斯托夫家。

"听说他们的家事极糟,"朱莉说。"他是真糊涂——我是说伯爵这个人。拉祖莫夫斯基要买他的住宅和莫斯科近郊的田庄,但是总在拖着。他要价太高了。"

"不,听说立刻即可成交,"一个客人说。"眼下在莫斯科置办产业是发疯的事。"

"为什么?"朱莉说。"难道您认为莫斯科有危险吗?"

"那您为什么要走呢?"

"我?问得真奇怪。我走是因为……是因为大家都走,还因为我不是贞德,也不是亚马孙人。"

"对呀,对呀,再给我一些碎布。"

"倘若他善于管理家务,他可以还清所有的债务,"那个民军仍在谈罗斯托夫。

"倒是一个忠厚老头,就是太不行。他们为什么在这儿住这么久?他们很早就要回乡下。娜塔莉现在好像好了吧?"朱莉狡黠地微笑着问皮埃尔。

"他们在等小儿子呢,"皮埃尔说。"他参加了奥博连斯基的哥萨克部队,到白采尔科维去了。在那儿整编为团队。可是现在他已经调到我的团队,他们每天都在盼他。伯爵早就想走,但是伯爵夫人在没见到儿子之前,无论如何不肯离开莫斯科。"

"前几天我在阿尔哈罗夫家看见他们。娜塔莉又漂亮起来了,又活泼了。她唱了一支浪漫曲。有些人多么轻易就把一切全忘掉了!"

"忘掉什么?"皮埃尔不快活地问。朱莉微微一笑。

"您可知道,伯爵,像您这样的骑士,只有在苏扎夫人的小说里才找得到。"

"什么骑士?为什么?"皮埃尔涨红了脸问。

"得了,得了,亲爱的伯爵,全莫斯科都知道。"

"罚款!罚款!"那个民军说。

"好吧,好吧。弄得人不敢说话了,真烦人!"

"全莫斯科都知道什么了?"皮埃尔站起来,生气地说。

"得了,伯爵,您知道!"

"我什么都不知道,"皮埃尔说。

"我知道您跟娜塔莉好,所以……不,我一向跟薇拉更好。"

"不对,太太"皮埃尔仍旧用不满的腔调说。"我全然没有担任罗斯托娃小姐的骑士这个角色。我几乎已经一个月没到他们那儿去了。但是我不懂这种残酷……"

"谁为自己辩护,谁就是揭发自己。"朱莉微笑着,挥动着棉线团,说,为了不让对方辩解,随即改变了话题。"听我说,我知道什么来着!可怜的玛丽亚·博尔孔斯卡娅昨天到莫斯科了。您知道她死去了父亲吗?"

"真的吗?她在哪儿?我很想去看她,"皮埃尔说。

"昨天我和她待了一个晚上。她就要和她侄儿一块到莫斯科近郊的田庄去,今天或者明儿一早。"

"她怎么样,还好吗?皮埃尔说。

"还好,十分悲伤。您可知道谁救了她?这真是一个传奇故事。是尼古拉·罗斯托夫。她被包围了,那些人要杀害她,伤了一些她的人。他冲进去把她救了出来……"

"又一个传奇故事,"那个民军说。"一定是为全体老小姐都能出嫁,才来这次大逃难的。卡季什是一个,博尔孔斯卡娅又是一个。"

"您可知道,我敢相信,她真的有点爱上那个年轻人了。"

"罚款!罚款!罚款!"

"但是用俄国话应该怎么说呢?……"

十八

皮埃尔回到家里,仆人递给他两张拉斯托普钦的传单。

第一张传单说,谣传拉斯托普钦伯爵不准人们离开莫斯科,——不确实,恰恰相反,拉斯托普钦伯爵欢迎太太小姐们和商人的妻子离开莫斯科。"可以少点恐惧,也就少点传闻,"传单上说,"但是我以生命担保,那个恶棍绝到不了莫斯科。"这句话使皮埃尔清楚地看出,法国人一定会到莫斯科。第二份传单是说我们的大本营是在维亚济吗,维特根施泰因伯爵打败了法国人,但是因为许多居民想要武装起来,所以军火库为他们准备了武器:军刀、手枪、长枪,这些武器将被廉价卖给居民。皮埃尔对着这些传单沉思起来。

"我是前去服军役,到部队里去呢,还是等一等?"他不停地向自己提出这个问题。他拿起一副牌,摆起牌阵来。

"如果牌阵摆得成功,"他洗好牌,把牌拿在手里,眼睛向上望着,自言自语说:"如果成功,那就是说……说什么呢?"他还没来得及注定应该说什么的时候,书房门外传来大公爵小姐的声音,她问能不能进来。

"那就是说,我应该去参军,"他对自己说。"进来,进来,"他又对公爵小姐说。

"请原谅,表弟我来找您,"她用责备和激动的口吻说。"总得要想个办法才行! 总是这样算怎么回事呀? 人家全离开莫斯科了,老百姓在闹事。我们怎么老不走?"

"正相反,看来一切都平安无事,表姐,皮埃尔带着开玩笑的态度说。

"可不是嘛,平安无事……好一个平安无事! 瓦尔瓦拉·伊万诺夫娜今天对我讲,我们的军队打得多么好。这倒很光彩。可是老百姓却猖狂的了不得,不肯听话,连我的使女也变野了。如此下去,她们很快就要打我们了。简直不敢上街。法国人说不定哪天就要来,我们还等什么! 我只求您一件事,表弟,"公爵小姐说,"请吩咐人把我送到彼得堡去吧:不论我怎么样,反正我在波拿巴统治下活不下去。"

"得了,表姐,您从哪儿听来的这些情报? 相反……"

"我决不做您的拿破仑的顺民。别人愿意怎样就怎样……倘若您不想这样办……"

"我办,我办,我立刻就发命令。"

公爵小姐喃喃自语地在椅子上坐下。

"不过,您听到的消息不可靠,城里各处都非常安静,什么危险都没有。您看,我才读过……"皮埃尔把传单给公爵小姐看。"伯爵这样写的,他要用生命担保,决不让敌人进莫斯科。"

"唉呀,您的那位伯爵,"公爵小姐凶狠地说,"他是个伪君子,坏蛋,是他撺掇老百姓闹事的。他不是在那些混账的传单上写过吗,不论是谁,抓住他的头发就往拘留所送(多么愚蠢)!他又说,是谁抓住的,荣誉就归谁。这就是他献殷勤的好结果。瓦尔瓦拉·伊万诺夫娜说,就因为她说了一句法国话,老百姓几乎把她打死……"

"就是这么一回事……您把一切太放在心上了,"皮埃尔说,开始摆他的牌阵。

虽然牌阵摆通了,皮埃尔还是没到军队里去,留在莫斯科这座空城里,整天都在惊慌、犹疑、恐惧中,同时又在喜悦中期待什么可怕的事情。

第二天傍晚,公爵小姐走了,皮埃尔的总管来通知他说,他不卖掉一处庄子,就没有装备一个团所需的费用。总之,总管告诉皮埃尔说,建立一个团的主意,一定会使他破产的。皮埃尔听着总管说话,忍不住想笑出来。

"那您就卖了吧,"他说。"没办法,我现在无法打退堂鼓!"

情况变得越糟,尤其是他的家业的情况变得越糟,皮埃尔就越兴奋,他所期待的灾难临近也就越明显。城里差不多没有皮埃尔的熟人了。朱莉走了,玛丽亚公爵小姐走了。亲近的熟人中,只有罗斯托夫一家没有走,但是皮埃尔不太到他们那儿去。

一天,皮埃尔出门散心,到沃罗佐沃村去看列比赫制造的用于消灭敌人的大气球,这只气球还没做好,可皮埃尔听说,气球是遵照皇上的意愿制造的。

皮埃尔在回家的路上,看见行刑台旁有一群人,他就停下来,下了车。一个被指探为奸细的法国厨子正在受鞭刑。鞭刑刚完,拷打的人从行刑凳上解下一个穿蓝裤子、绿坎肩、可怜地呻吟着、一脸红胡子的胖子。站在旁边的另一个罪犯,脸色苍白,身体瘦削。看来两个都是法国人。皮埃尔挤进人群,他的神情很像那个瘦削的法国人,既惊慌又痛苦。

"这是怎么回事?是什么人?为了什么?"他问。没有人答话。那个胖子站起来,紧皱着眉头,耸耸肩,不向周围看,把他的坎肩穿上;但是突然,他的嘴唇颤抖了,他哭了。人们大声谈起话来,皮埃尔觉得,他们大声谈话是为了抑制他们的怜悯感情。

"他是某公爵的厨子……"

"怎么样,先生,看来俄国的酱油到法国人嘴里就变成醋了……酸得龇牙咧嘴的,"一个站在皮埃尔旁边的小职员说。那个小职员环顾四周,似乎在等待对他玩笑的赞赏。有些人笑了,有些人仍旧吃惊地望着给另一个罪犯脱衣服的行刑手。

皮埃尔哼哧着鼻子,皱着眉头,急忙转身回到马车旁,在他走回去坐车的时候,不住地自言自语。他一路上有好几次浑身打战,大声地喊叫,以致车夫问他：

"您有什么吩咐吗？"

"你往哪儿走？"皮埃尔对车夫喊道。

"您不是要去见总司令吗？"

"笨蛋！畜生！"皮埃尔喊起来，他极少这样骂他的车夫。"我说过要回家；快走，糊涂虫。我今天就必须离开，"他自言自语地说。

皮埃尔在看到那个受刑的法国人和围着行刑台的人群以后，就下了决心，他再也不能留在莫斯科了，他今天就要去参军。

一回到家，皮埃尔就吩咐他那闻名全莫斯科的车夫叶夫斯塔菲耶维奇：他今天就要到莫扎伊斯克去参军，要求把他的几匹鞍马送到那儿。这些事无法当天就安排好，依叶夫斯塔菲耶维奇的意思，皮埃尔的行期得推迟到第二天，以便把替换的马赶到路上。

二十四日，雨过天晴，午饭后皮埃尔离开了莫斯科。当夜在佩尔胡什科夫换马的时候，皮埃尔听说那天傍晚打了一场大仗。人们都在说，在佩尔胡什科夫这儿，地面都被炮声震得打战。皮埃尔问谁打胜了，没有人能够回答。（这是二十四日舍瓦尔金诺村战役。）第二天黎明，皮埃尔到达莫扎伊斯克。

莫扎伊斯克所有的房屋都驻了兵，皮埃尔的马夫和车夫在这儿的客栈迎接他，客栈也没有空房间：全住满了军官。

莫扎伊斯克城里和城外到处有军队驻扎和通过。到处可以看到哥萨克、步兵、骑兵、大车、炮弹箱和大炮。皮埃尔匆匆忙忙向前赶路，他离莫斯科越远，越深入这士兵的海洋，就越感到焦急不安和一种从没有体验过的新鲜的喜悦。他有一种快乐的感觉，那就是，构成人们幸福的一切——生活的舒适、财富以致生命本身，比起某种东西来，都是虚妄的东西……比起什么东西呢，皮埃尔弄不明白，也不愿去弄清楚为了何人，为了何事而牺牲一切，才使他认为十分美好。他对他为之而牺牲的东西并不感兴趣，但是牺牲本身对于他是一种新鲜的愉快感情。

十九

八月二十四日，在舍瓦尔金诺多面堡打了一仗，二十五日，双方都没开火，二十六日，波罗底诺战役打响了。

舍瓦尔金诺和波罗底诺两次战役为了什么和怎样挑起来、怎样应战的呢？为什么打起波罗底诺战役？不管是对法国人还是对俄国人，这次战役都是没有意义的。这次战役，对俄国人来说，最直接的结果是促进了莫斯科的毁灭（这是我们怕得要命的），这个结果甚至在当时就是明显的，然而拿破仑还是发动了这次战役,而库图佐夫也奋起应了战。

倘若两位统帅都以理智为指导,拿破仑应当明白,他深入两千俄里,在极可能损失四分之一军队情况下发动一场大战,他必将走向毁灭;库图佐夫也同样应当明白,冒着损失四分之一军队的危险应战,他一定会失掉莫斯科。这在库图佐夫就像算术题一样明显。

在波罗底诺战役之前,我们的兵力与法国相比,大约是五比六,战役之后,是一比二,也就是战役以前是十万比十二万,战役以后是五

万比十万。然而聪明并且富有经验的库图佐夫应战了。被人称为天才统帅的拿破仑发动了那次战役,损失了四分之一的军队,战线更拉长了。倘若说他认为占领莫斯科就像维也纳一样,可以结束战争,可是有很多证据证明并非如此。拿破仑的史学家说,他在占领了斯摩棱斯克之后就想停止前进,他知道战线拉长的危险,占领莫斯科不可能是战争的终结,因为在斯摩棱斯克他就看到,留给他的那些俄国城市是怎样的情景,他多次表示愿意进行谈判,但一次也没得到答复。

库图佐夫和拿破仑这样做都是不由自主和没有意义的。可是后来史学家对于这些既成的事实牵强地证明两个统帅的预见和天才,事实上,这些统帅只是历史的工具。

对于另外一个问题:波罗底诺战役以及在这之前的舍瓦尔金诺战役是怎样打起来的,也存在着一个完全错误的概念。史学家是这样描绘的:

俄国军队在从斯摩棱斯克撤退时,就为大会战寻找最有利的阵地,在波罗底诺找到了这样的阵地。

在莫斯科到斯摩棱斯克的大路左侧,跟大路差不多成直角——从波罗底诺到乌季察,俄国人事先在那儿构筑了防御工事。

在这个阵地的前方,在舍瓦尔金诺高地,设有一个观察敌人设防的前哨,二十四日,拿破仑进攻这个前哨,占领了它;二十六日,开始进攻已经进入波罗底诺战场的全部俄军。

史书上是这样写的，而这是完全歪曲的，任何愿意深入研究事情真相的人，都能十分容易弄清楚这一点。

俄国人并没有寻找最好的阵地；正相反，他们在退却中放弃了许多比波罗底诺好的阵地。他们没有据守这些阵地中的任何一个：因为库图佐夫不快活采纳不是他所选择的阵地，还因为人们对大会战的要求还不是很强烈，还因为率领民军的米洛拉多维奇还没有赶到，还由于其他众多的原因。事实是，以前所放过的阵地都比较强，波罗底诺阵地（大会战的地点）不仅不强，比起俄罗斯帝国其他地点，都更不像一个阵地。

在大路左边与大路成直角的波罗底诺战场上的阵地（就是大会战的地点），俄国人不仅没有设防，并且在1812年八月二十五日以前，从没想到在这个地点会打一大仗。以下事实可以证明这一点：第一，不仅二十五日以前那里没有战壕，并且二十五日开始挖的那些战壕，到二十六日也没完成；第二，舍瓦尔金诺多面堡的形势可以作为证明，那个在发生战斗的阵地前面的舍瓦尔金诺多面堡，是没有什么意义的，为什么比其他据点更要加强那个多面堡呢？为什么要消耗所有的力量，损失六千人，把它守到二十四日深夜呢？如果是为了观测敌人，只要一个哥萨克侦察班就够了。第三，作战的那个阵地不是预先想到的，而舍瓦尔金诺多面堡也不是那个阵地的前哨，因为直到二十五日，巴克莱德·托利和巴格拉季翁还认为舍瓦尔金诺多面堡是阵地的左翼，而库图佐夫本人在那次战役以后，在一时气愤之下写的报告中，也说舍瓦金诺多面堡是阵地的左翼。波罗底诺战役实际上是在一个完全意外的、几乎没有工事的地点上打响。

事情显然是这样的：沿科洛恰选定了一个阵地，那条河穿过大路是成锐角，而不是成直角，因此左翼是在舍瓦尔金诺，右翼靠近诺沃耶村，中心在波罗底诺，也就是在科洛恰和沃伊纳两河汇流的地方。这个阵地是以科洛恰河为掩护，阻止沿斯摩棱克大路进犯莫斯科的敌军。

拿破仑二十四日来到瓦卢耶瓦，他没有看见（史书上说他看见了）从乌季察到波罗底诺的俄国阵地（他不可能看见那个阵地，因为它并不存在），他也没有看见俄国的前哨，可是在追击俄军后卫的时候，他碰到了俄军阵地的左翼——舍瓦尔金诺多面堡，出乎俄国人所料，拿破仑把他的军队弄过科洛恰河。这样，俄国人已经没有时间来迎接大会战了，只好把他们本来要据守的左翼阵地撤掉，占据一个没有构筑工事的新阵地。拿破仑转移到科洛恰河对岸，也就是大路的左边，这样拿破仑就把即将爆发的战斗从右边移到了左边（从俄军方面看），移到了乌季察、谢苗诺夫斯科耶和波罗底诺之间的平原上，二十六日的大战就在这个平原上打响了。

如果拿破仑不在二十四傍晚到达科洛恰河，如果他当晚没有立刻下令攻击多面堡，而是在第二天凌晨开始攻击的话，那就不会有人怀疑舍瓦尔金诺多面堡是我们的左翼了；而战斗也就会像我们所预料的那样进行了。在那种情况下，我们可能会顽强地守卫舍瓦金诺多面堡，同时从中央或者从右面袭击拿破仑，而二十四日大会战就会在预定的筑有工事的阵地上进行了。但是，由于对我们的左翼进攻是在紧接着我们的后卫撤退的晚上，还因为俄国的军事将领不愿意或者没有时间在二十四日晚就开始大会战，以致波罗底诺战役的第一仗，在二十四日就打输了，并且显然导致了二十六日那一仗的失败。

在舍瓦尔金诺多面堡失守后，二十五日晨我们已经没有左翼阵地了，于是只好把左翼往后撤，随便选一个地方匆忙地构筑工事。

可是，只说俄军仅用薄弱的、未完成的工事来防守还不够，更糟的是俄军将领不承认既成事实（左翼失守，当前的战场已经从右向左转移），仍旧停留在诺沃耶村至乌季察这一带拉长了阵地上，所以，在战斗开始后，不得不把军队从右方调向左方。这么一来，在整个战斗期间，俄国方面仅有对方一半的兵力以抵抗法军对我们左翼的进攻。

由此可见波罗底诺战役并不是在一个选定的，设了防的阵地上进行的，也不是俄国的兵力稍弱于敌人，事实上俄国人因为失掉舍瓦尔金诺多面堡，被迫在一个开阔的、几乎没有防御工事的地带，兵力比法军少一半的情况下迎接波罗底诺战役的。在这样的条件下，不仅战斗十小时和打一场不分胜败的战斗不可想象，就是坚持三小时而不使军队崩溃和逃跑也是不可想象的。

二十

二十五日早上，皮埃尔离开莫扎伊斯克。出了城就是陡峭的山坡，右边山上有一座教堂，皮埃尔下了马车，徒步前进。他后面有一个骑兵团队正在下山坡，团队前面有一队歌手。赶车的农民吆喝着，响着鞭子，不住地在车子两边奔走。每辆车上坐着或躺着三四个伤兵，大车在陡峭的山坡石路上颠簸着。伤兵包着破布，脸色苍白，紧闭着嘴，皱着眉头，抓住车栏杆在车上颠动和互相碰撞。差不多所有的伤兵全都带着孩子般的天真好奇地看着皮埃尔那顶白帽子和绿燕尾服。

皮埃尔的车夫生气地吆喝伤兵运输队，叫他们靠边走。骑兵团唱着歌走下山坡，把路都堵塞了。皮埃尔停下来被挤到山路的边沿，山路挡住了太阳，阳光照不到这儿，又冷又潮湿。皮埃尔头顶上是晴朗的八月的早上，教堂发出快乐的钟声。一辆伤兵车停在皮埃尔身旁的路边上。

一个老年伤兵，跟着车步行，他用没受伤的那只手抓住大车，转脸看了看皮埃尔。

"我说，老乡，是不是就把我们扔到这儿？还是送到莫斯科？"他说。

皮埃尔正在沉思，没有听见他的话。他不时看看迎着伤兵车走来的骑兵团队,有时也看看他身旁的大车,车上的伤兵两个坐着,一个躺着,他觉得,在他们身上就含有他所关心的问题的解答。在车里有一个坐着的,可能脸上受了伤,整个脑袋全包着破布。他的嘴和鼻子都歪到了一边。这个伤兵望着教堂画十字。另一个是年幼的孩子,金黄色的头发,脸上一点血色也没有,带着和蔼的笑望着皮埃尔;第三个趴在那儿,看不见他的脸。骑兵歌手们从车子旁边走过。

"咳,你在何方……倔强的人儿……

"你流落在异乡……"他们唱着士兵舞曲。似乎响应他们,高处不停地发出叮当的钟声,然而另有一番欢乐意味。另外,还有一种不同的欢乐:对面山坡顶上那灼热的阳光。但是山坡下,伤兵车旁边,喘息着的小马附近,皮埃尔站着的地方,却全是潮湿、阴暗和忧愁。

那个肿脸士兵气愤地望着骑兵歌手。

"嗬,公子哥儿!"他责备说。

"这个年头,不但看见了士兵,也看见了庄稼汉!庄稼汉也被赶上战场,"那个站在车后面的士兵带着苦笑对皮埃尔说。"现在什么都不分了……要老百姓全都冲上去,一句话——莫斯科。他们要拼到底啊。"虽然那个士兵说得不清楚,可是皮埃尔明白他的意思,点头表示赞同。

道路通了,皮埃尔下了山坡,继续前进。

皮埃尔一路上东张西望,寻找熟悉的面孔,可是各处遇见不同兵种的陌生的军人面孔,他们全都奇怪地看他那顶白帽子和绿燕尾服。

走了四俄里,他才碰到第一个熟人,他兴奋地招呼他。这个熟人是军医官。他坐着一辆篷车,迎着皮埃尔的面赶来,他身旁坐着一个青年医生,他认出皮埃尔,就叫停下车来。

"伯爵! 大人,您怎么到这儿来了?"医生问。

"想来看看……"

"好哇,好哇,就要有可看的了……"

皮埃尔下了车,站在那儿跟医生谈起来,说他打算参加战斗。

医生劝别祖霍夫直接去见勋座。

"在开战的时候,您为什么要到这谁也不知道、谁也找不到的地方,"他说,向年轻的同事递了个眼色,"无论如何,勋座是认识您的,会厚待您的。老兄,就这么办吧,"医生说。

医生看上去很疲劳并且匆忙。

"您是这么想的……但是我还想问您,阵地在哪儿?"皮埃尔说。

"阵地?"医生说。"那可不是我的事。过了塔塔里诺沃,那儿有很多人挖战壕,您爬上那个高岗,就能看见了,"医生说。

"从那儿可以看见吗? ……倘若您……"

医生打断了他的话,向篷车走去。

"我原本可以送您，但是，我的事情多得到这儿(他在喉咙上比画了一下)，我必须赶到兵团司令那儿。我们的情况怎么样？……您可知道，伯爵，明天就要打一场大仗；一支十万人的军队，最少要有两万伤员，但我们的担架、病床、医士、医生，还不够六千人用的。我们有一万辆大车，但是还需要其他东西；那只好自己看着办吧。"

在那怀着好奇心看他的帽子的人们中间，有两万人注定要受伤和死亡(可能就是他看见的那些人)，这个古怪的念头不禁使皮埃尔吃惊。

"他们或许明天就死掉，他们为什么除了死以外还想别的呢？"

"骑兵们去打仗，路上遇见伤兵，可是他们却丝毫不去想那正在等待他们的命运，只是向伤兵瞟一眼就走过去了。在他们之中有两万人注定要死亡，可是他们对我的帽子却感到惊讶！奇怪！"皮埃尔在去塔塔里诺沃的路上想道。

在道路的左边有一所地主的住宅，那儿有几辆马车、带篷的大车、一些勤务兵和哨兵。勋座就住在那儿。但是皮埃尔来到这儿的时候，他不在，差不多一个参谋人员也没有。他们都做礼拜去了。皮埃尔坐上车向戈尔基进发。

皮埃尔的车上了山，进入山村里一条不大的街上，皮埃尔在这儿第一次看见了农民军，他们头戴饰有十字架的帽子，身穿白衬衫，他们大声谈笑，兴致很高，满头大汗，正在路右边一座长满青草的高大土岗上干活儿。

他们中有很多人在挖土，另外一些人用手推车在跳板上运土，还有一些人站在那儿不动。

两个军官站在土岗上指挥他们。皮埃尔看见这些农民为他们当上军人而开心，他又想起了莫扎伊斯克那些伤兵，他终于明白了那个兵说要老百姓全都冲上去这句话的意思。

二十一

皮埃尔下了车，从干活儿的民兵身旁走过，爬上那个医生告诉他从那儿可以看见战场的土岗。

这时是上午十一点。太阳高挂在皮埃尔的左后方，透过清洁的空气，明晃晃地照耀着他面前的土地。

斯摩棱斯克大路从左上方穿过，经过一座坐落在土岗前下方五百来步有白色教堂的村子(这村子就是波罗底诺)曲折地伸展着。大路从村子下面过去，跨过一座桥，起伏地经过几个山坡，盘旋着越爬越高，一直伸展到六俄里外的瓦卢耶瓦村(现在拿破仑就在那儿驻扎)。过了瓦卢耶瓦村，大路就隐没在森林里了。在那座白桦和枞树的森林里，在大路的右边，科洛恰修道院的十字架和钟楼在太阳下闪光。在那黛青色的远方，在森林和大路的左边和右边，许多地方可以看见冒烟的篝火和不明数量的敌军和我军。右边,沿科洛恰河和莫斯科河流域,是峡谷纵横的山地。在峡谷中间,可以看见别祖博沃村和扎哈林诺村。左边地势较平坦,有长着庄稼的田地,可以看见一座被烧掉的冒烟的村子——谢苗诺夫斯科耶村。

皮埃尔从左右两边所看到的一切,都很不明确。战场左右两边都不像他所想象的那样。到处都找不到他希望看见的战场,只看见田野、草地、军队、篝火的烟、村庄、丘陵、小河;皮埃尔不管如何观看,也不能找到阵地,甚至分不清敌人和我们的队伍。

"得问一个清楚情况的人,"他想,于是转身问一个军官,那个军官正好奇地端详他。

"请问,"皮埃尔对那个军官说,"前面是什么村子?"

"是布尔金诺吧?"那个军官问他的伙伴。

"波罗底诺,"另一个改正说。

那个军官十分兴奋有一个谈话的机会,于是凑近皮埃尔。

"那儿是我们的人吗?"皮埃尔问。

"是的,再往前去就是法国人,"那个军官说。"那儿就是他们,看得见。"

"哪儿? 哪儿?"皮埃尔问。

"那不是,就在那儿!"军官用手指着河对岸左边的烟雾,他脸上的神情既严肃又认真,皮埃尔碰到许多面孔都是这种表情。

"啊,那是法国人! 哪儿呢? ……"皮埃尔指着左边的土岗,那周围有一些队伍。

"那是我们的人。"

"啊,是我们的人! 哪边呢?"皮埃尔指着远处有一棵大树的土岗,旁边是一个坐落在山谷里的村子,篝火在冒烟,还有一些黑乎乎的东西。

"这又是法国人,"那个军官说。(这是舍瓦尔金诺多面堡。)"昨天是我们的,现在是他的。"

"那么我们的阵地呢?"

"阵地?"那个军官带着微笑说。"这个我可以给您讲讲,因为我修筑过我们所有的工事。在那儿,看见么,我们的中心在波罗底诺,就在那儿。"他用手指着前面有白色教堂的村子。"那儿是科洛恰河渡口。就在那儿,看见么,那边洼地上还堆放着干草呢,您瞧,那儿还有一座桥。那是我们的中心。我们的右翼就在那儿(他指正右方,在山谷的远方),那儿是莫斯科河,那儿我们有三个多面堡,修筑得非常坚固。右翼……"军官说到这儿停住了。"您知道,这很难说得明白……昨天我们的左翼在那儿,在舍瓦尔金诺,在那儿,看见么,那儿有一棵橡树;现在我们左翼后撤了,现在在那儿,那儿——您瞧见那个村子和烟吗? ——那是谢苗诺夫斯科耶,而这儿,"他指拉耶夫斯基土岗。"不过,战斗不一定在这儿进行。他把军队调到这儿，只是一种诡计；他极可能从右边迁回莫斯科。可是，不管在哪儿打，我们的人明天都要大大地减少！"那个军官说。

一个年老的中士在军官说话的时候走过来，静静地等待他的长官把话说完；但是，他显然不喜欢军官在这个地方说这种话，他打断了他的话。

"该去取土筐了，"他说，口气很严厉。

军官似乎慌了神，他似乎明白了他不该说这种话，只可以在心里想会有多少伤亡。

"对了，又得派三连去，"军官赶忙说。

"您贵干，是大夫吗？"

"不是，我随便看看，"皮埃尔回答。

"咳，该死的东西！"军官跟在他后面，捂着鼻子从干活的人们身边跑过去，说。

"瞧，他们！……抬着来了……那是圣母……立刻就要到了……"突然传来嘈杂的人声，军官、士兵、民兵都沿着大路向前跑去。

在波罗底诺山脚下出现教堂的队列。在尘土飞扬的大路上，前面整整齐齐走着的是步兵，他们光着头，枪口冲下，步兵后面响起教堂的歌声。

没有戴帽子的士兵和民兵绕过皮埃尔，向那队人跑去。

"圣母来了！保护神！……伊韦尔圣母！……"

"斯摩棱斯克圣母，"另外一个人更正说。

民兵们——就是那些在村子里的，还有好些正在炮兵连干活儿的，全扔下铁锹向教堂的队列跑去。在尘土飞扬的路上行进着的一营人后面，是穿着法衣的神父们——一个戴着高筒僧帽的小老头、一群僧侣和唱诗班。再后面就是士兵和军官抬着一幅黑脸圣像。这是从斯摩棱斯克运出而且从此就跟着军队的圣像。圣像的四周是成群的不戴帽子的军人，他们走着，跑着，鞠躬到地。

圣像抬到山上就停下了；读经员重新点起手提香炉，祈祷开始了。阳光直射着；微风吹动着人们的头发和圣像的饰带；歌声在苍穹下显得并不非常响亮。一大群光头的军官、士兵和民兵围着圣像。在神父和读经员后面空地上站着一些官员。

围着圣像的人群忽然闪开来，推挤着皮埃尔。从人们匆忙地让路来看，向圣像走来的可能是一个非常重要的人物。

这是视察阵地的库图佐夫。他在回塔塔里诺沃的路上前来祈祷。皮埃尔从他与众不同的特殊身形，立刻认出了库图佐夫。库图佐夫穿着一件长长的礼服，背脊微驼，满头白发，没有戴帽子，浮肿的脸上有一只因受伤而流泪的白眼睛，他走进人群，停在神父后面。他用习惯的动作画了十字，一躬到地，深沉地叹了口气，低下了白发苍苍的头。库图佐夫身后是贝尼格森和侍从。虽然总司令的出场引起了全体高级官员的注意，而民军和士兵却不看他，仍旧接着祷告。

祈祷结束了,库图佐夫走到圣像面前,吃力地跪下来,鞠躬到地,半天想站起来,但因为身体笨重和衰弱,站不起来。最后他终于站起来,去吻圣像,又鞠了一躬,一只手触到地面。将军们都跟着他一起做;接着是军官们照样做了,在军官之后,士兵们和民兵拥挤着,践踏着,喘息着,带着激动的神情在地上爬行。

二十二

皮埃尔被挤得跌跌撞撞,向四处张望着。

"伯爵,彼得·基里雷奇!您怎么在这儿?"不知是谁在叫他,皮埃尔回头看了看。

鲍里斯·德鲁别茨科伊用手弄了弄脏了的膝盖,微笑着向皮埃尔走来。鲍里斯,一副戎马倥偬、剽悍英武的气派,身穿一件长外衣,象库图佐夫似的肩上挎一根马鞭。

这时,库图佐夫向村子走去,走近一户人家,在阴影里坐在一个哥萨克跑着送来的一张长凳上,又有一个哥萨克赶快铺上一块毯子。一大群装束华丽的侍从围着总司令。

圣像向前移动了,一大群人跟着。皮埃尔站在离库图佐夫三十来步的地方,在跟鲍里斯谈话。

皮埃尔说他希望参加战斗,而且观察一下阵地。

"好哇,您这样做很好,"鲍里斯说。"您可以从贝尼格森伯爵要去的地方把一切看得一清二楚。我就在他的部下。我一定向他报告。倘若您想巡视阵地,跟我们来:我们立刻就去左翼。随后咱们回来,请您在我们那儿过夜,咱们可以凑一局牌。您不是认识德米特里·谢尔盖伊奇吗?他也在那儿住,"他指着戈尔基村第三家房屋。

"但是我很想看看右翼,听说右翼十分强,"皮埃尔说。"我想从莫斯科河出发,把整个阵地全走一遍。"

"好的,这以后再说,主要的是左翼……"

"是的,是的。博尔孔斯基的团队在哪儿,您能指给我吗?"皮埃尔问。

"安德烈·尼古拉耶维奇吗?咱们从那儿经过,我领您去找他。"

"我们的左翼怎么样?"皮埃尔问。

"我对您说实话,私下里谈,谁知道左翼是怎样一个情况,"鲍里斯说,压低了声音,"贝尼格森伯爵根本不是那么设想的。他原打算在那个山岗上设防,根本不是现在这样……可是,"鲍里斯耸了耸肩。"勋座不同意,或许他听了什么人的话。要知道……"鲍里斯没有把话说完,因为库图佐夫的副官凯萨罗夫来了。"啊!派西·谢尔盖伊奇,"鲍里斯带着随随便便的微笑对凯萨罗夫说。

"我正给伯爵介绍咱们的阵地呢,真奇怪,勋座对法国人的意图料得真准!"

"您是说左翼吗?"凯萨罗夫说。

"是的,是的,正是。我们的左翼十分、十分坚固。"

虽然库图佐夫把参谋部多余的人全打发走了,鲍里斯却能不受这次调动的影响而留在司令部。鲍里斯在贝尼格森伯爵那儿谋了个位置,贝尼格森伯爵认为德鲁别茨科伊是一个无价之宝。

军队上层有两个泾渭分明的派别:库图佐夫派和参谋长贝尼格森派。鲍里斯属于后一派,谁也没有他那样善于奴颜婢膝,曲意讨好库图佐夫,而同时又给人以老头子不行、一切全由贝尼格森主持的感觉。现在到了战斗的决定时刻,库图佐夫就该垮台了,大权将会交给贝尼格森,或者,就算库图佐夫打了胜仗,也要使人觉得一切功劳都归于贝尼格森。鲍里斯整天情绪很激动。

在凯萨罗夫之后,又有一些皮埃尔的熟人走过来,他来不及回答他们有关莫斯科的询问,也来不及听他们对他的讲述。每个人的表情都是既高兴又惊慌。但是皮埃尔觉得,其中有些人心情紧张,是因为关心个人的得失,而另外一些人脸上的表情却是关心整体的生死问题的表情。库图佐夫看见了皮埃尔和围着他的那群人。

"叫他来见我,"库图佐夫说。副官转达了勋座的意思,于是皮埃尔就向长凳走去。但是有一个普通的民军在他前头向库图佐夫走去。这个人是多洛霍夫。

"这家伙怎么在这儿?"皮埃尔问。

"这个骗子手,没有他钻不到的地方!"有人回答皮埃尔。"他早就降为士兵了。现在他要提升了。他递上一些计划,夜里爬到敌人的哨兵线⋯⋯是条好汉!⋯⋯"

皮埃尔脱帽,恭敬地向库图佐夫鞠躬。

"我认为,倘若我向勋座大人报告,您可能会把我撵走,也许会说,您已经知道我所报告的事,即使如此,对我也没有什么坏处⋯⋯"多洛霍夫说。

"是的,是的。"

"倘若我是对的,我就会给社国带来利益,我随时愿意为祖国牺牲。"

"是的⋯⋯是的⋯⋯"

"如果勋座大人需要不吝啬自己生命的人,请记起我⋯⋯或许勋座大人用得上我。"

"是的⋯⋯是的⋯⋯"库图佐夫又说,眯起含有笑意的眼睛望着皮埃尔。

这时,鲍里斯以其侍从武官特有的灵活性,迅速来到皮埃尔身边,靠近了首长,对皮埃尔说:

"民兵全穿上了干净的白衬衫,准备为国牺牲了。真英勇啊,伯爵!"

鲍里斯对皮埃尔说这话,目的是为了让勋座听见。他知道库图佐夫肯定会

注意这句话,果然,勋座对他说:

"你说民兵怎么来着?"他问鲍里斯。

"勋座大人,他们穿上白衬衫,准备明天去赴死。"

"啊!……英勇卓绝、无与伦比的人民!"库图佐夫说,他闭上眼睛,摇了摇头。"无与伦比的人民!"他重复叹息着。

"您想闻闻火药味吗?"他对皮埃尔说。"是的,令人快乐的气味。非常荣幸作为尊夫人的崇拜者。她好吗?我的住处可以供您使用。"

库图佐夫向他的副官的弟弟安德烈·谢尔盖伊奇·凯萨罗夫招手。

"马林那首诗是怎么说来着,怎么说的?就是咏格拉科夫的那几句:'你在兵团里充教师爷……'你说说看,你说说看,"库图佐夫说。凯萨罗夫背诵起来……库图佐夫微笑着,随着诗的节奏点着头。

当皮埃尔离开库图佐夫时,多洛霍夫走近皮埃尔,握起他的手。

"我很兴奋在这儿看见您,伯爵,"他不顾别人在场,大声说,语气非常坚定并且庄重。"在这只有上帝知道咱们之间谁会活下来的前夕,我兴奋能有这个机会对您说,我为咱们中间曾经发生的误会而抱歉,我希望您对我不再有什么芥蒂。请您原谅我。"

皮埃尔看着多洛霍夫,不知对他说什么好。多洛霍夫含泪拥抱皮埃尔,吻了吻他。

鲍里斯对他的将军说了几句话,于是贝尼格森伯爵向皮埃尔转过身来,邀他一起去视察战线。

"这会使您感兴趣的,"他说。

"是的,十分有趣,"皮埃尔说。

半小时后,库图佐夫向塔塔里诺沃进发,贝尼格森带着他的侍从,皮埃尔也跟着,视察战线去了。

二十三

贝尼格森离开戈尔基,沿着山坡大路向大桥进发,这就是军官指给皮埃尔看的那个阵地中心,在它旁边河岸上堆放着干草的那座桥。他们驰过桥,进入波罗底诺,再向左转,从士兵和大炮旁边经过,来到士兵在那儿挖地土的高岗。这个多面堡当时还没有名,后来叫作拉耶夫斯基多面堡或者叫作高地炮台。

皮埃尔没有格外注意这个多面堡。他不知道,这个地方比起波罗底诺战场其他地方,对他来说,是一个更值得纪念的地方。随后他们经过一条山沟来到谢苗诺夫斯科耶村,士兵们正在那儿从农舍和烘干室里拖木头。然后,他们上山,下山,经过一片黑麦地,沿着在坎坷不平的耕地上刚被炮兵踏出来的道路驰到正在构筑的突角堡。

贝尼格森在突角堡停下来，向前眺望那昨天还是我们的舍瓦尔金诺多面堡，可以看见几个骑马的人。军官们说，那里面有拿破仑，要不就是缪拉。大家都极力望那一群骑马的人。皮埃尔也往那边看，竭力猜测那几个影影绰绰的人影中间哪一个是拿破仑，后来，骑马的人下了土岗就不见了。

贝尼格森开始讲解我军的整个形势。皮埃尔听着贝尼格森的讲解，极力想弄清目前战役的真相，但是他十分苦恼，感到自己脑子不够用。他根本没听懂。贝尼格森停住了，看见仔细倾听的皮埃尔的身影，突然对他说：

"您可能不感兴趣吧？"

"啊，正相反，十分有趣，"皮埃尔说了违心的话。

他们离开突角堡向左转，在一片稠密的白桦树林中，顺着一条蜿蜒的小道前进。来到树林中间，一只兔子跳到他们面前的路上，被马蹄声吓得惊慌失措，沿着他们面前的路跳了很久，引起了大家的注意和哄笑，直到几个声音一起吆喝它，它才跳到路旁的密林里。在树林里又走了两三俄里，他们来到一片林中空地上，这儿驻扎着防守左翼的图奇科夫兵团的队伍。

在这极左翼的地方，贝尼格森起劲地讲了很久，之后发出皮埃尔觉得重要的军事命令。在图奇科夫的队伍前面有一个高地。这个高地没有驻扎军队。贝尼格森说，不据守制高点而把军队放在山下面，简直是发疯。有几个将军也表示了相同的意见。其中一个非常具有军人的暴烈脾气，他说把军队放在这儿是等着敌人来屠杀。贝尼格森自作主张，命令军队全都转移到高地上去。

左翼的部署，使皮埃尔更加怀疑自己对军事的理解能力。听贝尼格森和将军们批评军队驻在山下，皮埃尔十分明白他们所说的，也同意他们的意见；但是，正因为如此，他无法明白那个把军队放在山下的人怎么会犯这样明显、重大的错误。

皮埃尔不知道，这些军队布置在那儿，并不像贝尼格森所想的那样是为了守卫阵地，而是隐蔽起来打伏击的。贝尼格森不清楚这一点，不向总司令报告，自作主张把军队调到了前面去。

二十四

八月二十五日，晴朗的八月傍晚，安德烈公爵在克尼亚兹科沃村的一间破旧棚屋里，他的团就驻在村边。他从破墙的裂缝看见沿着篱笆下面的一排白桦树，一片堆放着燕麦垛的田地，以及上面冒着炊烟（士兵们在烧饭）的灌木丛。

安德烈公爵觉得，现在他的生活尽管憋闷，没有人关心，痛苦，但依旧像在奥斯特利茨战役前夕那样，心情既激动又焦躁。

安德烈公爵已经接到和发出明天作战的命令。这时他无事可做。他沉思起来,他想到了可怕的死。可是,他的思绪主要地还是停留在他生平三大不幸上面。他对女人的爱情,父亲的去世和占领半个俄国的法国人的入侵。"爱情!……这个我觉得充满了神秘力量的小姑娘。我多么爱她啊!我曾经制定过关于爱情以及和她共同生活的幸福的计划。啊,我这个天真的孩子!"他凶狠地高声说。"当然啦!我坚信会有理想的爱情,在我整年不在的时候,她对我一定忠贞不渝!她一定为了跟我离别而憔悴。这一切都太简单了……这一切都格外简单,令人厌恶!"

"我父亲也在建设童山,认为那是他的地方,他的土地,他的空气,他的农民;可是拿破仑来了,不承认他的存在,象从路上踢开一块木片似的把他踢开了,把他的童山以及他的全部生活摧毁了。而玛丽亚公爵小姐说,这是上天的考验。但是他已经死了,也不会复活,这考验又为了什么呢?他永远不再存在了!不再存在了!那么这对谁是一个考验呢?祖国,莫斯科的毁灭!明天我就可能被打死了——甚至不是被法国人,而是被自己人打死,于是法国人过来拖起我的腿和头,把我扔进坑里,免得我在他们鼻子底下发臭,随后新的生活条件形成了,其他人也就习惯了那些生活条件,而我却不会知道它们了,我已经不存在了。"

他望了望那排白桦树,黄的、绿的树叶一动不动,雪白的树皮在阳光下闪耀。"死,明天我被杀死,我就不存在了……这些东西都存在,可是我不存在了。"他想象着他不存在时生活中的情景。这些闪光和投出阴影的白桦树,这些曲卷的彩云,这些篝火的烟——他觉得四周全改了样子,似乎变得可怕和吓人了。他的脊背打了一阵寒战。他赶快站起来,走出棚屋,到外面去散步。

听见棚屋后面有人说话。

"谁在那儿?"安德烈公爵吆喝一声。

红鼻子上尉季莫欣,曾是多洛霍夫的连长,因为缺少军官,现在成了营长,他怯生生地走进棚屋。在他后面走进一个副官和团部的军需官。

安德烈公爵赶忙站起来,听军官们向他报告公事,接着对他们做了一些指示,正要让他们走的时候,屋后传来熟悉的低语声。

"见鬼!"一个人被绊了一下,说。

安德烈公爵从棚屋里往外看,看见是皮埃尔,地上一根杆子差点把他绊倒。安德烈公爵遇见他那个阶层的人,总觉得不快活,尤其怕见他,因为皮埃尔使他记起他前次莫斯科之行的痛苦时刻。

"噢哟,是你呀!"他说。"哪阵风把你吹来了?真想不到。"

在他讲这话时,他的眼神和脸上的表情不只是冷淡,甚至是敌视,皮埃尔立刻察觉出了这一点。他兴奋地向棚屋走去,可是,一见安德烈公爵脸上的表情,就觉得不自在起来。

"我来……嗯……您知道……我来……我觉得非常有趣，"皮埃尔说，他这一天已经好多次无意识地重复"有趣"这个字眼。"我想看一看战斗。"

"是的，是的，共济会员们对战争有什么意见？怎样才能防止战争啊！"安德烈公爵嘲讽地说。"莫斯科怎么样？我家里的人怎么样？他们都到莫斯科了吗？他认真地问。

"他们都到了。是朱莉·德鲁别茨卡娅告诉我的。我去看过他们，但是没有遇见。他们到莫斯科近郊的庄园去了。"

二十五

军官们想告辞，但是安德烈公爵大约是不愿意和他的朋友单独在一起，于是他请他们坐一会儿，喝杯茶。板凳和茶都拿来了。军官们惊奇地望着皮埃尔肥胖庞大的身躯，听他讲莫斯科的情况，讲他在巡视中所见的我军的部署。安德烈公爵一句话不说，他的神情是如此不快活，以致弄得皮埃尔在讲话时不得不更多地对着和善的营长季莫欣，而较少地对着博尔孔斯基。

"那么整个军队的部署你全清楚了？"安德烈公爵打断他的话。

"是的，怎么？"皮埃尔说。"我不是军人，不敢说都弄懂了，但大体的部署大约是弄清楚了。"

"你比别人知道得多，"安德烈公爵说。

"是吗！"皮埃尔狐疑地说，从眼镜上方看着安德烈公爵。"您对任命库图佐夫有什么看法？"他说。

"我对这个任命非常兴奋，我所知道的只有这些，"安德烈公爵说。

"请您谈谈您对巴克莱·德·托利有什么意见？在莫斯科谁知道人家都怎样议论他。您觉得他怎样？"

"你问他们，"安德烈公爵指着军官们说。

皮埃尔带着虚心请教的微笑看着季莫欣，大家全都带着同样的微笑看他。

"自从勋座阁下上任以来，大人，大家又看见光明了，"季莫欣说，他胆怯地时而看看他的团长。

"那是为什么呢？"皮埃尔问。

"就比如柴火或者饲料吧，我向您报告。我们从斯文齐亚内撤退时，一根干草都不敢动。我们走后，他（指拿破仑）得了，不是这样吗，大人？"他对公爵说，"你可不能动。为了这种事，我们团有两名军官被送交军事法庭了。可是勋座阁下来了，这就不算回事了。我们看见光明了……"

"那么他为什么禁止呢？"

季莫欣望了望周围，对这个问题不知怎么回答。皮埃尔又向安德烈公爵问这个问题。

"为了使地方不受到破坏,以便留给敌人受用,"安德烈公爵挖苦说。"理由十分充分:不许抢劫地方,不让士兵养成抢劫的习惯。在斯摩棱斯克他的判断也正确,他说法国人可能会包围我们,因为他们的兵力比我们强。但是他不能理解一个事实,"安德烈公爵突然用尖厉的声音喊道,"他不能明白,我们在那儿第一次为俄罗斯土地而战斗,我在军队中从来没有见过那样高昂的士气,我们一连两昼夜打退了法国人,这一胜利使我们的力气增加了十倍。他下令撤退,所有的努力和损失全都白费了。他不是内奸,他极力把一切都做得尽量地好,把一切都考虑得尽可能周到;可是正因为如此,他是不中用的。他现在不中用,正是由于他像德国人一样,对每件事都认真而精细地考虑。怎么对他说呢……譬如说吧,你父亲有一个德国仆人,他是一个十分好的仆人,比你更能满足你父亲的一切要求,当然让他干下去;但是倘若你父亲病得要死了,你就把这个仆人撵了,你亲自笨手笨脚伺候你父亲,你比那个熟练的、然而却是一个外国的仆人,更能安慰他。巴克莱就是这样。当俄国太平无事的时候,一个外国人可以服侍它,他是一个顶好的大臣,可是一旦它处在生死存亡的关头,就需要自家的亲人了。而你们俱乐部的人却胡说他是内奸!诽谤他是内奸,到后来只好为你们错误的非难而羞愧,突然由内奸捧为英雄和天才,那就更不公道了。他是一个诚实的、极为认真的德国人……"

"可是,据说他是一个精明的统帅呢,"皮埃尔说。

"我不知道什么是精明的统帅,"安德烈公爵讥笑地说。

"精明的统帅,"皮埃尔说,"他能预知一切偶然的事件……他能猜到敌人的意图。"

"可这是不可能的,"安德烈公爵说,似乎在说一个早已解决了的问题。

皮埃尔吃惊地看了看他。

"不过,"他说,"大家都说,战争就像下棋。"

"是的,"安德烈公爵说,"但是有点区别,下棋每走一步,你可以随便想,下棋不受时间的限制,另外还有一点区别,那就是马永远比卒子强,两个卒子比一个卒子强,而在战争中,一个营有时比一个师还强,有时反倒不如一个连。没有人能弄清楚军队的相对力量。相信我,"他说,"倘若说参谋部的部署具有决定性的作用,那么,我就在那儿从事部署工作了,但是我没有那样做,而荣幸地到团里服务,和这些先生们共事,我认为明天的战斗的确取决于我们,而不是取决于他们……胜利从来不取决于将来,也不取决于阵地,也不取决于武装,甚至不取决于数量;尤其是不取决于阵地。"

"那么取决于什么呢?"

"取决于士气——我的,他的,"他指着季莫欣说,"每个士兵的士气。"

安德烈公爵向季莫欣看了一眼,季莫欣困惑不解地望着他的团长。安德烈公爵一反他平时的沉默少言，现在好像激昂起来。他显然不由得要说出突然来到他的脑际的那些思想。

"谁下定决心去争取胜利，谁就能胜利。为什么奥斯特利茨战役我们吃了败仗？我们的损失差不多和法国人一样，但是我们过早地认输了，——所以就败了。而我们之所以认输，是因为我们无须在那儿战斗：只想快点撤离战场。'打败了——快点逃跑吧！'于是我们逃跑了。倘若直到明天我们都不说这话，那么，天知道会是什么情况。明天我们就不会说这话了。你说：我们的阵地，左翼太弱，右翼拉得太长，"他继续说，"都是扯淡，根本不是这回事。明天我们面临着什么？千百万个偶然事件在瞬息之间就决定了胜负，这要看：是我们还是他们逃跑或者将要逃跑，是这个人被打死，或者那个人被打死；至于现在所做的都是儿戏。问题是，和你一块巡视阵地的那些人，不仅对促进整个战役的进展不会有所帮助；并且只有妨碍。他们只关心自己的利益。"

"在这关键的时刻吗？"皮埃尔责备地说。

"在这关键时刻，"安德烈公爵重复了一遍，"对他们来说，这个时刻不过是能够暗害敌手和多得一个十字勋章和绶带的机会罢了。明天对我来说，那就是：十万俄国军队和十万法国军队聚在一起互相厮杀，事实是，这二十万人，谁打得最凶，不惜牺牲，谁就会战胜。你想知道的话，我可以告诉你，不论那儿出现什么情况，也不论上层是如何妨碍，明天我们一定胜利，我们一定胜利！"

"大人，这就是真理，正确无错的真理，"季莫欣说。"现在还有什么人怕死！我那营的兵，您信不信，全不喝酒了：他们说，不是喝酒的时候。"大家沉默了。

军官们站起来。安德烈公爵跟他们走出棚屋，对副官发出了一些命令。军官们走后，皮埃尔走近安德烈公爵，正想开口讲话，他们听见离棚屋不远的路上有马蹄的声音，安德烈公爵往那边一看，认出是沃尔佐根和克劳塞维兹，一个哥萨克跟随着。他们一边谈话，一边走近来。

当他们走过后，安德烈公爵怒冲冲地哼了一声。

"那么，您以为明天这一仗能打胜吗？"皮埃尔说。

"是的，是的，"安德烈公爵随意地说。"倘若我有权的话，我要做一件事，"他又开口说，"我不收容俘虏。俘虏是什么东西呢？法国人毁掉我的家园，现在又在毁掉莫斯科。他们是我的敌人，在我看来，他们都是罪犯。季莫欣以及全军都有这样的看法。应该把他们处死！他们实在是我的敌人，不可能成为我的朋友，不论他们在蒂尔西特是怎样谈判的。"

"是的，是的，"皮埃尔，望着安德烈公爵，说，"我非常、非常同意您的意见！"

从莫扎伊斯克山下来这一整天使皮埃尔不安的那个问题，现在他觉得十分清楚了，彻底解决了。他懂得了这场战争和当前的战役的所有意义和重要性。

他在那天见到的一切,他所看见的那些大有深意的严肃的表情,被一种新的光辉照亮了。他看见那些人脸上都有一种爱国热忱,这使他明白了那些人为什么那样从容地去死。

"不收容俘虏,"安德烈公爵仍旧说。"单这一条就能使战争改观,减少一些战争的残酷性。因而现在我们在战争中所奉行的——真是令人作呕,诸如宽大为怀之类。这种宽大和同情——就像千金小姐的宽大和同情,她一看见被宰杀的牛犊就晕倒;她是十分慈善,见不得血,但是她却津津有味地蘸着酱油吃小牛肉。我们谈论什么战争法,骑士精神,军使的责任,对不幸者的怜悯,等等。都是废话。1805年我领教过什么叫骑士精神和军使的责任:他们欺骗我们,我们也欺骗他们。他们抢劫人家的住宅,发假钞票,屠杀我的孩子们和我的父亲,同时却大谈什么战争的规律和对敌人的宽大。不收容俘虏,而是屠杀和赴死!谁如果到我这个地步,遭受过相同的痛苦……"

安德烈公爵想过,莫斯科不管失守与否,就像斯摩棱斯克已经失守一样,对于他全无所谓,可是忽然间,他停住不说了。他沉默地来回走了几趟,他的眼睛像发热病似的闪闪发光,当他又说话时,嘴唇哆嗦着:

"倘若战争没有宽大,那么我们就会只有在值得赴死的时候,就像现在这样,才去打仗了。那时,就不会由于保罗·伊万诺维奇得罪了米哈伊尔·伊万诺维奇而开战了。那时,军队的紧张程度就不会像现在这样。那时,拿破仑所率领的这些威斯特法利亚人和黑森人就不会跟随他到俄国来了,我们也不会糊里糊涂地到奥国和普鲁士去打仗了。

安德烈公爵感慨万千,激动得说了很多。"不过,你该休息了,我也该睡了,你快回戈尔基吧,"安德烈公爵突然说。

"噢,不!"皮埃尔回答说,用吃惊、同情的目光望着安德烈公爵。

"走吧,走吧:战斗前需要睡个好觉,"安德烈公爵说。他快步来到皮埃尔跟前,拥抱他,吻他。"再见,你走吧,"他喊道。"我们会不会再见,不会……"他赶忙转身走进棚屋。

天已经黑了,皮埃尔看不清安德烈公爵脸上的表情。

皮埃尔无声地站了一会儿,想他是跟他进去呢还是回去。"不,他不愿意我再进去!"皮埃尔"我知道,这是我们最后一次见面了。"他深深叹口气,就骑马回戈尔基去了。

安德烈公爵回到棚屋里,躺在毯子上,就是睡不着。

他闭上眼。他又想起了娜塔莎。"我了解她,"安德烈公爵想道。"不但了解,并且我爱她那内在的精神力量,她的真诚,她的由衷的坦率爽直,她那似乎和肉体融为一体的灵魂……正是她这个灵魂,我爱得这么强烈,这么幸福……"他突然想起他的爱情是如何结束的。"他根本不需要这些东西,他不了解这些东西。他只看到她是一个娇艳的小姑娘,他不屑于同她共运命。而我呢?直到现在他还活着,并且过得很快活。"

安德烈公爵似乎被人烧了一下似的,跳了起来,又在棚屋里走来走去。

二十六

八月二十五日,波罗底诺战役的前夜,法国皇宫长官德波塞先生和法布维埃上校前来拿破仑在瓦卢耶瓦的驻地觐见他们的皇帝,前者从巴黎来,后者从马德里来。

德波塞先生换上朝服,叫人把他带给皇帝的礼盒在他前面抬着,走进拿破仑的帐篷的第一个房间,他一边同他周围的拿破仑的副官谈话,一边打开礼盒。

法布维埃没进帐篷,在帐篷门口和他认识的将军们说话。

拿破仑皇帝还没有从他的卧室出来,正在化装。他哼哧着鼻子,清清嗓子,不时转过他那肥厚的背脊,有时转过多毛的肥胖的胸脯,让近侍刷他的身体,另一个近侍用大拇指按住瓶口,正向皇帝身上洒香水,近侍的神情仿佛说,只有他一个人清楚应该在什么地方洒和洒多少香水。拿破仑的短发是湿的,散乱在前额上。他的脸虽然浮肿焦黄,却表现出生理上的满足。他蜷缩着身子,发出哼哼的声音。一个副官走进卧室,向皇帝报告昨天的战斗抓了多少俘虏,他报告完后,然后站在门旁,等着让他退出去。拿破仑皱着眉头,翻眼看了看副官。

"好了!让德波塞进来,法布维埃也进来。"

"是!陛下"那个副官走出了帐篷。

两个近侍急忙给陛下穿好衣服,于是他穿着近卫军的制服,迈着坚定的步子,走进接待室。

这时德波塞两只手正忙着把他带来的礼物放在正对着皇帝进门地方的椅子上。没想到皇帝这么快就穿好了衣裳走了出来。

拿破仑立刻就看出了他们在做什么,而且猜出他们还没有做好。他不愿他们失掉使他吃惊的愉快。他假装没有看见德波塞先生,只把法布维埃叫过来。拿破仑严厉地皱着眉头,静静地听法布维埃讲述他的军队在萨拉曼卡作战多么勇敢和忠诚,只想不辜负他们的皇帝,唯恐不能讨他欢心。那场战争的结局是可悲的。拿破仑在法布维埃报告中间插了几句讥讽的话,仿佛没有他在那儿,他并不期望事情会有别样的结果。

"我一定在莫斯科挽回影响,"拿破仑说。"再见。"他又说,把德波塞叫来,德波塞这时已经布置好令人吃惊的场面——把那件东西放在两把椅子上,上面盖着一块布。

德波塞用那只有波旁王朝的旧臣才知道的礼节,深施一礼,走向前去递上了一封信。

拿破仑兴奋地接见他,揪了揪他的耳朵。

"您赶来了,我很兴奋。巴黎有什么议论吗?"他说,突然改变了刚才那副严厉的表情,换了一副和蔼的样子。

"陛下,全巴黎都在想念您呢。"德波塞回答。虽然拿破仑知道德波塞一定要说这一类的话,虽然他在头脑清楚的时候知道这是不真实的,可是他听了德波塞的话仍觉得快乐。他又揪了揪他的耳朵以示赏赐。

"让您走这么远,很抱歉。"他说。

陛下!我完全料到会在莫斯科城下见到您。德波塞说。

拿破仑微笑了一下,心不在焉地抬头向右边看了看。副官走过来,递给他一个鼻烟壶。拿破仑拿起它。

"是的,您来得巧,"他说,把打开的鼻烟壶移近鼻子,"您喜欢旅行,三天后您就能观光莫斯科了。您可能没料到会看见亚洲的首府。您可以做一次快乐的旅行了。"

德波塞鞠了一躬,表示感谢。

"啊!这是什么?"拿破仑说,他看见朝臣们都在看一件用布覆盖着的东西。德波塞以其宫廷式的灵巧,侧着身子倒退两步,揭开了那块布,说:

"皇后献给陛下的礼物。"

这是日拉尔用鲜明的色彩画的一幅孩子的肖像,这是奥国公主为拿破仑生的儿子,不知何故人们都管这个孩子叫罗马王。

对画家画这幅画的寓意,不论是在巴黎,还是拿破仑本人,都是清楚的,而且十分称心。

"罗马王。"他用优美的手势指着画像,说。"好极了!"他走到肖像跟前,做出用力沉思的神态。他觉得,他现在一言一行都将成为历史。他觉得他现在最好的做法就是,虽然他的伟大足以使他的儿子玩耍地球,但是,与这伟大相对照,他表现了父性的慈爱。他的眼睛模糊了,他向前移了移,在肖像前面坐下。他打了个手势——于是所有的人全踮着脚尖走了出去,让这位大人物一个人在那儿享受。

他坐了一会儿,用手摸了摸画像凸起发亮的地方,他站起来,又把德波塞和值日官叫来。他下令把肖像移到帐篷前面,让那些在他帐篷附近守卫的老近卫军也享受一下观赏罗马王——他们所崇拜的皇帝的儿子和继承人的幸福。

果真不出他所料,在他赏赐德波塞先生以光荣——和他共进早餐的时候,听到了帐篷外面那些跑来看画像的老近卫军官兵的欢呼声。

"皇帝万岁!罗马王万岁!"传来一片欢呼声。

早餐后,拿破仑当着德波塞的面口授他给军队发布的命令。

"简短而有力!"拿破仑在读完他那不必加以修改的告示时说。告示如下:

"战士们!这是你们久已渴望的战斗。胜利寄托在你们身上。我们必须取得胜利;胜利能给我们需要的一切:舒适的住宅,早日返回祖国。希望你们能像在奥斯特利茨、弗里德兰、维捷布斯克和斯摩棱斯克那样战斗。让我们的子孙后代骄傲地回忆你们今天的丰功伟绩。让他们每个人在提到你们的时候都说:他参加过莫斯科城下的大战!"

"莫斯科城下!"拿破仑又说,随后邀请喜欢旅行的德波塞先生去散步,他走出帐篷,向备好的马走去。

"陛下,您太仁慈了,"德波塞在应邀陪皇帝去散步时,说,事实上他很想睡觉,并且他不会骑马,也怕骑马。

但是拿破仑向这位旅行家点头示意,于是德波塞只得骑马。当拿破仑走出帐篷时,近卫军在他儿子画像前的喊声更高了。拿破仑皱起眉头。

"把它拿开吧,"他指着画像说。"参观战场在他还太早。"

德波塞闭上眼睛,低下头,深深地叹息了一声。

二十七

八月二十五日这一整天,拿破仑是在立刻度过的:他观察地形,研究他的元帅们递上来的计划,亲自给将军们下命令。

俄军原来沿着科洛恰河的战线被突破了,这部分战线——俄军的左翼,因为二十四日舍瓦尔金诺多面堡的失守,向后退了。这部分新的战线没有防御工事,也无河可守,它面对一片广阔的平原。不管是军人还是非军人都一看便知,法国人正是应该进攻这部分战线。对于这个问题,好像无须多加考虑,也无须皇帝和他的将军们那么操心和奔忙,尤其不需要特别突出的能力——也就是人们爱加在拿破仑身上的所谓天才;但是后来描述这一事件的史学家们,当时在拿破仑身边的人们,以及拿破仑本人,却别有想法。

拿破仑骑着马在战场上巡视,带着思考的神情观察地形,他点点头或者摇摇头,以表示同意或者怀疑,他只是把最后的结论以命令的形式传达给跟随他左右的将军们,但他做出这些决定经过什么指导思想,却不对他们讲。

拿破仑看过舍瓦尔金诺多面堡对面的地形之后,思考了一会儿,指出了要在明天天亮以前布置两个炮兵阵地的地点,以攻打俄军的防御工事,又指出与炮兵阵地并列的地点放置野战炮。

随后,他就回到大本营,依照他的口授写下了战斗部署。

"埃克米尔公爵据守的平原上夜间新建的两个炮兵阵地,黎明时要向对面两个敌人的炮兵阵地开火。

同时,第一团炮队司令佩尔涅提将军,率领康庞的三十尊大炮以及德塞和弗里昂两师的全部榴弹炮,向前推进,开火,用榴弹压倒敌人的炮兵阵地,参加战斗的有：

二十四尊近卫军炮队的炮

三十尊康庞师的炮

八尊弗里昂和德塞两师的炮

共计六十二尊炮。

第三兵团炮兵司令富歇将军要把第三、第八兵团的榴弹炮,共计十六尊,安置在担任轰击敌人左方工事的炮兵阵地两侧,比处计有炮四十尊。

索尔比埃将军应做好准备,一接到命令,马上用近卫军的全部榴弹炮轰击敌人的防御工事。

在炮击中间,波尼亚托夫斯基公爵直奔那个村子,通过树林迂回敌人的阵地。

康庞将军通过树林夺取第一个堡垒。

照此进入战斗后,将依敌人行动随时发布命令。

一听见右翼炮声,左翼当即开始炮击。莫朗师和总督师的狙击兵,一见右翼开始进攻,马上猛烈开火。

总督要占领波罗底诺,然后越过三座桥,和莫朗和热拉尔两师直奔高地,总督率领这两个师进攻多角堡,并与其他部队进入战斗。

这一切都必须有序地完成。尽可能保留后备部队。

莫扎伊斯克附近御营,1812 年 9 月 6 日。"

倘若我们对拿破仑天才实事求是的话,那么,战斗部署是极其模糊和混乱的。这四项命令没有一项是能够实现的,事实上也没有实现。

这个部署的第一项说得太绝对了,因为倘若果真放在原处,根本无法射到俄军阵地。

第二项命令是,波尼亚托夫斯基通过树林向那个村子进军迂回俄军的左翼。实际上没有做到,因为波尼亚托夫斯基在向那个村子进军的时候,在那儿遭到了图奇科夫的阻击,不可能迂回俄国的阵地。

第三项命令:康庞将军通过树林夺取第一座堡垒。康庞那一师并没有占领第一座堡垒,因为从树林里一出来,该师不得不在霰弹下面整理队伍。

第四项:总督要占领那个村子(波罗底诺),然后越过三座桥,协同莫朗和热拉尔两师直奔高地(对他们的行动方向和时间并未发出指示),总督率领这两个师进攻多角堡,并与其他部队进入战斗。

事实上,总督从左方通过波罗底诺向多面堡进攻,而莫朗和弗里昂两师则同时由正面进攻。

所有这一切以及部署中的其他各点,也不可能执行。总督越过波罗底诺,在科洛恰被打退了,无法再前进了;多面堡没有被莫朗和弗里昂两师占领,只是在战斗快结束的时候才被骑兵攻下。这么一来,部署中的那些命令没有一项是被执行了的。部署中又说,战斗照这样开始后,将依照敌人的行动随时发布命令,因此,似乎是在战斗时,拿破仑将发出所有必要的命令;但事实并非如此,也不可能做到,因为在战斗时拿破仑离战场十分远,战斗的过程他不可能知道(这在后来才知道的)他的命令没有一项是在战斗中切实可行的。

二十八

许多史学家说,波罗底诺战役法国人打败是因为拿破仑感冒了,倘若他没有感冒,在战斗之前和在战斗期间他的作战命令一定更加有天才,俄国一定失败,而世界的面貌也就会改变了。一些史学家认为,俄国的缔造是因为一个人的意志——彼得大帝的意志,法国由共和变为帝制,法国的军队开进俄国,也是因为一个人的意志——拿破仑的意志,俄国所以强盛,是因为拿破仑在八月二十六日患了重感冒,这些论断在一些史学家看来当然是合乎逻辑的。

如果波罗底诺战役的发动或者不发动取决于拿破仑的意志,发出这个或者那个命令也决定于他的意志,那么,显然能够影响他表现意志的伤风感冒可能是俄国得救的原因,如此说来,那个在二十四日忘了给拿破仑防水靴子的侍仆也就是俄国的救星了。

二十九

拿破仑在第二次仔细地巡视了前线归来后,说:

"棋盘摆好了,比赛明天就开始了。"

他让人给他拿潘趣酒,叫来德波塞,开始和他谈巴黎,谈他的改革,他对宫廷琐事记得十分清楚,这位宫廷长官大为惊奇。

喝完第二杯潘趣酒,拿破仑觉得明天将有一桩严重的事情在等待着他,就休息去了。

他对这件事情太关心了,以至于无法入睡,夜晚的潮湿更加重了他的感冒,凌晨三点钟,他大声擤着鼻子,走进帐篷的大房间。他问俄国人是否已经撤退,人们回答说,敌人的火光仍旧在原来的地方。他点了点头。

值日副官走进帐篷。

"拉普，你觉得咱们能打胜吗？"他问副官。

"绝对没问题，陛下，"拉普回答说。

拿破仑看了看他。

拉普说："陛下，您说过瓶塞既然已经打开，就得把酒喝掉。

拿破仑皱起眉头，默默地坐了好久。

"军人真可怜！"他忽然说，"自斯摩棱斯克以来，伤亡很大。拉普，我们的近卫军还完整吧？"他疑问地说。

"是，陛下，"拉普回答。

拿破仑拿起一片药放到嘴里，看了看表。他不想睡了，离天亮还早；用发命令来消磨时间是不行了，因为所有的命令已经发出，现在正在执行了。

"面包干和米都发给近卫军了吗？"拿破仑严厉地问。

"是的，陛下。"

"可是米呢？"

拉普回答说，他已经传达了皇帝关于发米的命令，但是拿破仑不满意地摇摇头，好像不相信他的命令已被执行。仆人拿着潘趣酒进来。拿破仑吩咐给拉普一只杯子，然后沉默不语地一口接着一口饮酒。

"我既没有味觉，也没有嗅觉，"他闻着杯子说。"这场伤风可把我害苦了。他们谈论医学。他们连伤风都治不了，还算什么医学？科维扎尔给我这些药片，可是一点用也没有。他们能治什么？什么也治不了。""拉普，您知道什么是军事艺术吗？"他突然问。"这是在一定的时间比敌人强的艺术。仅此而已。"

拉普没有回答。

"明天我就要和库图佐夫打交道了！"拿破仑说。"等着瞧吧！您记得吧，他在布劳指挥一支军队，一连三个星期他都没有骑马去视察工事。等着瞧吧！"

他看看表。刚四点钟。没有睡意，酒也喝完了，仍旧无事可做。他站起来，来回走了两趟，穿上保暖的外衣，戴上帽子，走出了帐篷。夜又黑又潮；仅仅能感觉到的湿露从天上降下来。近处法国近卫军的篝火着得不亮，远处俄国军队篝火透过烟雾闪着亮光。四周全是静悄悄的，可以清楚地听见法国军队进入阵地的沙沙声和脚步声。

拿破仑在帐篷前面走了走，看了看火光，细听了一下脚步声，他从一个高个子的卫兵面前走过，这个戴着毛皮帽的卫兵在他的帐篷前站岗，他一看见皇帝就把身子挺得像一根黑柱子，拿破仑在他面前站住了。

"你是哪年参军的？"他问，他对士兵说话时，总是拿腔拿调喜欢用既粗鲁又和气的军人口吻。那个士兵回答了他。

"啊，是个老兵了！你们团里领来米了吗？"

"领到了,陛下。"

拿破仑点点头,接着就走开了。

五点半钟,拿破仑骑着马到舍瓦尔金诺村。

天逐渐亮了,万里晴空。被丢弃的篝火在晨光中快燃尽了。

右方响起一声沉重的炮声,炮弹划破寂静,接着消失了。过了几分钟。响起第二、第三声炮击,震荡着空气;从右方不远的地方,又沉重地响起第四、第五声炮击。

最初的炮击声还没有沉寂,别的炮击就开始了,接二连三,争先恐后,众炮齐发,响成一片。

拿破仑带着随从来到舍瓦尔金诺多面堡,下了马。战斗开始了。

三十

皮埃尔回到戈尔基,命令马夫把马备好,第二天一早叫醒他,接着就在鲍里斯让给他的间壁的一个角落里睡着了。

第二天早上,当皮埃尔醒来的时候,屋里已经没有人了。小窗户的玻璃震得乱颤。马夫站在床前推他。

"大人,大人,大人,……"马夫不看皮埃尔,不停地推他的肩膀,一面推,一面呼唤。

"什么? 开始了吗? 到时候啦?"皮埃尔醒来说。

"您听听炮声,"这个退伍的士兵——马夫说,"老爷们都出动了,勋座也走过去了。"

皮埃尔赶忙穿上衣服,跑到门廊上。外面天气晴朗,空气新鲜,露珠儿闪光,令人非常快乐。太阳刚从乌云里挣扎出来,被破碎的乌云遮成两半的光线越过对面街上的屋顶,射到渗着露水的大路上,照到房屋的墙上,照到围墙上的窗眼上和站在屋旁的皮埃尔的马身上。外面的炮声听得更清楚了。一个副官带着一名哥萨克在街上驰过。

"到时候了,伯爵,到时候了!"副官喊道。

皮埃尔让马夫牵着马跟他走,他顺着街步行到他昨天观看战场的那个土岗上。土岗上有许多军人,参谋人员正在用法语谈话,看见库图佐夫白发苍苍的脑袋和他那缩进两肩之间的白发的后脑勺。库图佐夫正用望远镜观看前面的大路。

皮埃尔顺着阶梯登上土岗,他一看见面前的美景,就陶醉了。这仍旧是他昨天在这山岗上看见的景致;但是现在这一带地方满山遍野全是军队、枪炮的硝烟,从皮埃尔左后方升起的太阳,在早上清新的空气中把它那略带金黄色和玫瑰色的亮光和长长的黑影投射到地面上。远方的树林,仿佛一块雕刻的黄绿宝石。瓦卢耶瓦村后面,斯摩棱斯克大道从那里穿过,大道上全是军队。近处是金黄色的田野和小树林。前后左右,周围全是军队。一切都是生机勃勃,庄严壮丽,并且出人意料;可是,最使皮埃尔吃惊的是波罗底诺和科洛恰河两岸平川地带战场的景象。

在科洛恰河上面,在波罗底诺村和村的两边,尤其是左边,弥漫着晨雾,雾在融化,消散,被刚升起的太阳照得透明,雾中一切变得五彩缤纷。枪炮的硝烟和雾混在一起,在烟雾里,到处闪烁着早上的亮光透过烟雾可以看见白色的教堂。波罗底诺农舍的屋顶,密集的士兵,绿色的子弹箱和大炮。所有这一切都似乎在浮动,因为到处都弥漫着烟和雾。在雾气腾腾的波罗底诺附近的洼地上,以及在它以外的高地上,尤其是在战线的左方,在树林、田野、洼地、高地的顶端,似乎无中生有似的不停地腾起大炮的团团浓烟。

噗! ——忽然现出圆的、浓密的、淡紫的、灰色的和乳白色的烟。

"噗-噗"——升起两团烟,它们互相碰撞着,混合着;"砰-砰"——接着就是两声炮响。

皮埃尔十分想到那有烟、有闪光的刺刀和大炮,有活动,有声响的地方去。他转脸看了看库图佐夫和他的侍从,用他的印象来和别人的印象对比一下。他觉得大家和他同样,全怀着一样的心情望着前面的战场。各个脸上这时都焕发着那种感情。

"去吧,亲爱的朋友,去吧,愿基督与你同在,"库图佐夫一面对站在他身旁的将军说,一面望着战场。

那个将军领了命令之后,就从皮埃尔面前走过,下了山岗。

"到渡口去!"将军严厉地回答一个参谋人员的问话。

"我也去,我也去,"皮埃尔心里想着,就追随那个将军去了。

那个将军骑上哥萨克给他带过来的马。皮埃尔走到给他牵马的马夫那儿。皮埃尔问了问哪匹马比较驯良,就往一匹马身上爬,他抓住马鬃,脚尖朝外,脚跟挤着马肚子,他觉得眼镜就要掉下去,但是他无法从马鬃和缰绳上腾出手来,只好跟着将军跑开了,把站在山岗上看他的参谋人员全逗乐了。

三十一

皮埃尔跟着的那个将军,下山以后猛然向左转,从皮埃尔的视野中消失了,皮埃尔驰进他前面的步兵队伍里。他想从他们中间走过去;可到处全是兵,他们脸上的表情一样,全是那么心事重重,似乎都在想着一件看不见的,却显然非常重要的事情。他们都带着不满的疑问目光看这个戴白帽子的胖子,不知为何他骑着马来踩他们。

"干吗骑着马在队伍中间乱闯!"一个人对他喊道。又有一个人用枪托捣他的马,皮埃尔几乎控制不住受惊的马,趴在鞍鞒上,驰到士兵前面比较宽敞的地方。

他前面是一座桥,桥旁站着一些士兵在射击。皮埃尔驰到他们跟前。皮埃尔不知不觉来到科洛恰河桥头,这座在戈尔基和波罗底诺之间的桥,是法国人占领波罗底诺之后进攻的目标。皮埃尔看见前面那座桥,桥两边和在他昨天看见的有一排排干草的草地上,有些士兵正忙乱着;这儿虽然枪炮声不断,但是皮埃尔怎么也没想到这个地方就是战场。他没听见到处都是呼啸的子弹和从他头上飞过的炮弹声,也没看见河对岸的敌人,很长时间也没注意在离他不远的地方躺着许多死伤的人。他脸上总是带着笑容向四处张望。

"那个人在前沿干什么?"又有人对他喊道。

"靠左走,靠右走,"有些人对他喊叫。

皮埃尔向右走去,意外地碰见他认识的拉耶夫斯基将军的副官。这个副官怒目向皮埃尔看了一眼,本来也想呵斥他,但是认出他后,向他点点头。

"您怎么到这儿来了?"他说了一句,就向前驰去。

皮埃尔感到这不是他待的地方,不但无事可做,又怕妨碍别人,就跟着副官驰去了。

"这儿怎么啦?我可以跟着您吗?"皮埃尔问。

"等一等,等一等,"副官回答,他驰到一个站在草地上的胖上校跟前,向他传达了几句话,随后才向皮埃转过来。

"您怎么到这儿来了?"他微笑着对皮埃尔说。"您真是好奇啊?"

"是的,是的,"皮埃尔说。那副官勒转马头,向前走了。

"这儿还算好,"副官说,"左翼巴格拉季翁那儿,打得热火朝天。"

"真的吗?"皮埃尔问。"那在什么地方?"

"来,咱们一起到土岗上去,从我们那儿看得十分清楚。我们的炮兵阵地还行,"副官说。怎么样?"来不来?"

"好,跟您去,"皮埃尔说,他环视周围,找他的马夫。皮埃尔这才看见受伤的人,有的吃力的步行着,有的被抬在担架上。就在他昨天骑马经过的草地上,一个士兵静静地横躺在干草旁边,歪着头,军帽掉在一旁。"为什么不把这个抬走?"皮埃尔刚想说,但是他看见副官也在朝那个方向回头看,并且表情严峻,就不再问了。

皮埃尔没能找到他的马夫,他和副官顺着山沟向拉耶夫斯基土岗驰去。皮埃尔的马落在了副官后面。

"看来您不大会骑马,伯爵?"副官问。

"不,没什么,不知为什么它老是一蹦一蹦的,"皮埃尔不解地说。

"咳!……它受伤了,"副官说,"右前腿,膝盖上方。可能是中弹了。祝贺您,伯爵,"他说,"火的洗礼。"

他们在硝烟中经过第六兵团,大炮在后面震耳欲聋地射击着,他们来到一座小的树林。树林里清凉,寂静,很有秋意。皮埃尔和副官下了马,步行走上土岗。

"将军在这儿吗?"登上山岗时,副官问。

"刚才还在这儿,现在走了,"人们指着右方,回答他。

副官回头看了看皮埃尔,仿佛不知现在如何安排他才好。

"不必费心,"皮埃尔说。"我到土岗上去,可以吗?"

"去吧,从那儿全看得见,也不太危险。等一会儿我来找您。"

皮埃尔向炮兵阵地走去,那个副官骑着马走了。他们再没有见面,好久以后皮埃尔才得知,那个副官在当天失去了一只胳膊。

皮埃尔上去的那个土岗是一处鼎鼎大名的地方,在它四周死了好几万人,法国人认为那是全阵地中最重要的据点。

这个多面堡就是一座三面挖有战壕的土岗。战壕里共有十尊大炮,这时正在发射。

山岗两旁的防线还有一些大炮,也在不停地射击。炮后不远的地方是步兵。皮埃尔登上这座土岗,怎么也没想到,这条挖得很浅的壕沟,安置着几尊正在发射的大炮,是这次战役中最重要的地点。

相反,皮埃尔觉得,这个地方是这次战役中最不重要的地方之一。

皮埃尔登上土岗,在战壕尽头坐下,带着下意识的快活的微笑望着身边发生的事情。皮埃尔有时站起来,尽量不妨碍那些装炮、转炮、拿着口袋和火药不停地在炮垒里从他身边跑过的士兵。这个炮垒的大炮不停地射击,震耳欲聋,周围笼罩着硝烟。

与在掩护部队中间的恐怖感觉相反,这儿的炮兵连只有为数不多的人在忙碌着,它被一道战壕与其他作战部队隔开,——却有一种大家都感觉到的欢乐气氛。

皮埃尔的出现,最初使这些人感到不快乐。士兵从他面前走过时,都奇怪地斜着眼看他那副样子。一个高个子、长腿、麻脸的炮兵军官,似乎在查看最后那尊大炮的发射情况,来到皮埃尔跟前,好奇地看了看他。

一个圆脸的小军官,还是个孩子,很明显是才从中等军校毕业的,他对交给他的两尊大炮指挥得十分起劲,对皮埃尔非常严厉。

"先生,请您让开点,"他对他说,"这儿不行。"

士兵们望着皮埃尔,不以为然地摇摇头。但是当大家全相信这个戴白帽子的人不但不做什么坏事,并且他或者安平静静地坐在土堤的斜坡上,或者带着胆怯的微笑彬彬有礼地给士兵们让路,像在林荫道上似的安闲地在弹雨中散步,这时,对他敌意的怀疑逐渐变为亲热和调笑的同情,正像士兵们对他们的小狗、公鸡、山羊等等这些生活在军队里的动物的同情。士兵们不久就把皮埃尔纳进了他们的家庭把他当作自家人,给他起外号。"我们的老爷",他们这样叫他,在他们中间善意地拿他取笑。

一个炮弹在离皮埃尔两步远的地方开了花。他弄去身上的土,微笑着环顾四周。

"您怎么不害怕,老爷,真行!"一个红脸、宽肩膀的士兵露出满嘴结实的白牙,向皮埃尔说。

"难道你害怕吗?"皮埃尔问。

"哪能不怕?"那个士兵回答。"要明白它是不会讲客气的。扑通一声,五脏六腑就全出来了。不能不怕啊,"他笑着说。

有几个士兵带着和善的笑脸停在皮埃尔身边。他们似乎没料到他像普通人一样说话,这个新发现使他们大为开心。

"我们当兵的是吃这行饭的。可是一位老爷,真奇怪。这才是个老爷!"

"各就各位!"那个青年军官对聚在皮埃尔周围的士兵喊道。这个青年军官对待士兵和长官非常认真和严格。

整个战场枪炮声越来越密,尤其是巴格拉季翁的凸角堡所在的左翼,可在皮埃尔这儿,硝烟蔽空,差不多什么都看不见。并且,皮埃尔的所有的注意力都集中用来观察炮垒里这个小家庭的人们(与其他的家庭隔绝)。最初由战场的景象和声音引起的高兴的感情,现在换成了另外一种感情,特别是在看见一个孤独地卧在草地上的士兵以后。他开始坐在战壕的斜坡上观察他周围人们的脸。

快到十点钟的时候,有二十多人被抬出炮垒;两尊炮被击毁,炮弹越来越密集地落在炮垒上,飞来的炮弹不停地发出嗡嗡声和呼啸声。但是炮垒里的人们好像不理会这些;只听见到处是谈笑声和戏谑声。

"馅儿饼,热的!"一个士兵对呼啸着飞来的炮弹喊道。"不是到这儿!是冲步兵去的!"另一个士兵看到炮弹飞过去,落到掩护队伍里,哈哈地笑着又说。

"怎么,是你的老伙计吗?"又一个士兵对那个在炮弹飞过时蹲下去的乡下人嘲笑说。

有几个士兵聚在胸墙后面看前面发生了什么事。

"散兵线撤了,瞧,往后退了,"他们指着胸墙外说。

"管自己的事,"一个老军士呵斥他们。"往后撤退,肯定是后边有事。"那个军士抓住一个士兵的肩膀,用膝盖顶了他一下。引起了一阵哄笑。

"快到五号炮位,把它推上来!"人们从一旁喊道。

"一、二、三,一齐来,来个纤夫式的,"这是更换炮位的欢快的喊声。

"哟,几乎把我们老爷的帽子给打掉了,"那个红脸的滑稽鬼龇着牙讥笑皮埃尔。"咳,孬种,"他对着一颗打在炮轮上和一个人腿上的炮弹骂道。

"看你们这些狐狸!"另一个士兵嘲笑那些弓着身子进到炮垒里来抬伤员的民兵说。

"是不是这碗粥不合你们的口味?哼,真是乌鸦,吓成那个样子!"他们对民兵们喊道,那些民兵站在被打掉一条腿的士兵面前徘徊不定起来。

"这呀,那呀,小伙子呀,"他们学那些民兵说话。"就讨厌这一套!"

皮埃尔发现,每当落下一颗炮弹,每当受到损失,大家就更加活跃了。

皮埃尔不看前面的战场,对那儿发生的事也漠不关心;他全部注意力都被吸引在这个火热的场面,他觉得他的灵魂里也在燃烧着同样的烈火。

非常钟的时候,在炮垒前面矮林里和在卡缅卡河沿岸的士兵撤退了。从炮垒上可以看见,他们用步枪抬着伤员,从炮垒附近向后跑过去。有一个将军带着随从登上土岗,同上校谈了一会儿,生气地看了看皮埃尔,就下去了,命令站在炮垒后面的士兵卧倒,以减少危险。从炮垒的右方步兵队伍中间,传来擂鼓和发口令的声音,从炮垒上可以看见那些步兵正向前挺进。

皮埃尔从胸墙上方望去。有一个人分外引起他的注意。这是一个脸色苍白的年轻军官,他带着佩刀,一面往后退,一面不安地向四周张望。

步兵队伍被烟吞没了,传来拉长的喊声和密集的步枪射击声。几分钟后,成批的伤员和担架从那儿走过来。落到炮垒上的炮弹更加稠密了。有几个躺倒的人没被抬走。大炮近旁的士兵更忙碌,更活跃了。已经没有人去关心皮埃尔了。有两次人们生气地呵斥他挡路。那个年长的军官沉着脸,迈着急匆匆的大步,从一尊大炮到另一尊大炮来回地走。那个青年军官脸更红了更用劲地指挥士兵。士兵们传递炮弹,转动炮身,装炮弹,把自己应当完成的事情做得紧张而又干净利落。他们像在弹簧上跳跃似的来回走动。

这时,那个年轻的军官跑到年长的军官跟前,把手举到帽檐上。

"报告,上校先生,只有八发炮弹了,还要发射吗?"他问。

"霰弹!"那个向胸墙外观察的年长军官没有答话,喊了一声。

突然发生了一件事;那个年轻军官哎哟一声,弯着腰,坐到了地上。在皮埃尔眼里,一切都变得奇怪,模糊,暗淡。

炮弹一个接一个飞来,打到胸墙上,士兵身上,大炮上。皮埃尔原先没有在意这些声音,现在听到的只有这一种声音了。炮垒右侧,士兵一边喊着"乌拉"一边跑,皮埃尔觉得他们似乎不是向前,而是向后跑。

一颗炮弹打在皮埃尔面前的胸墙边上,尘土撒落下来,他眼前有一个黑球闪了一下,扑通一声,打到什么东西上面。正要走进炮垒来的民兵,向后去。

"都用霰弹!"军官喊道。那个军士跑到军官面前,惊慌地低声说,已经没有火药了。

"一帮子强盗,全在干些什么!"军官一面喊,一面转向皮埃尔。那个年长的军官脸通红,冒着汗,紧锁眉头的眼睛闪着光。"快跑步到后备队去取弹药箱!"他生气地把目光避开皮埃尔,对他的士兵大喝一声。

"我去,"皮埃尔说。那个军官没有搭理他,迈开大步向另一边走去。

"不要放⋯⋯等着!"他喊道。

那个奉命去取弹药的士兵,撞了皮埃尔一下。

"唉,老爷,这不是您待的地方,"他边说边跑了下去。皮埃尔跟着他跑,绕过那个青年军官坐着的地方。

炮弹从他头上飞过,落在他的前后左右,皮埃尔跑到下面。"我到哪儿去?"他已跑到绿色弹药箱跟前,忽然想起来了。他犹疑地停下来,不知是退回去还是向前去。突然,一个气浪把他抛到了后面地上。就在这一瞬间,一团火光对他一闪,同时,轰鸣、爆炸和呼啸,震得他的耳朵嗡嗡地响。

皮埃尔清醒过来,用两只手撑着地坐在那儿;他身边的那个弹药箱不见了;只有烧焦的碎木片和破布散落在烧焦的草地上,一匹马拖着散了架的车辕,从他身边飞跑过去,另一匹马,躺在地上,发出凄厉的长啸。

三十二

皮埃尔吓坏了,跳起来就向炮垒跑去,就像从包围他的恐怖中逃回唯一的避难所似的。

皮埃尔一走进战壕,就发现炮垒里已经听不见射击的声音,然而有些人正在做什么。他看见老上校背朝着他趴在胸墙上,似乎在察看地下什么东西似的,他还看见一个士兵一面向前想挣脱那几个抓住他的胳膊的人,一面喊着"弟兄们!"他还看见其他一些奇怪的事情。

可是,他还没来得及明白上校已经被打死,那个喊"弟兄们!"的士兵已经被俘房,眼看着另一个士兵被刺刀捅进后背。才跑进战壕,就有一个又瘦又黄、满脸流汗、身穿蓝制服、手持军刀的人,喊叫着朝他冲过来。对方的冲撞,皮埃尔本能地自卫起来,因为他们相互并没有清楚,就撞到了一起,皮埃尔伸出两手,一只手抓住那人肩头(那人是法国军官),另一只手掐住他的喉咙。那个军官丢掉军刀,抓住皮埃尔的脖领。

有好几秒钟,他们俩都用惊慌的目光打量对方陌生的面孔,两个人都不清楚他们是在做什么,也不知道应该怎么办。"是我被俘了呢,还是他被我俘房了?"他们俩都这样想。可是十分显然,那个法国军官比较倾向于认为他是被俘了,因为皮埃尔那只有力的手,出于本能的恐惧的驱使,把他的喉咙掐得越来越紧。那个法国人正想说话,忽然,在他们的头上低低地、可怕地飞过一颗炮弹,皮埃尔似乎觉得法国军官的脑袋削掉了似的,因为他很快把头低了下去。

皮埃尔也低下头,松开两手。那个法国人不再想谁俘虏了谁,就跑回炮垒去了,皮埃尔跑下土岗,在死伤的人身上磕磕绊绊,他好像觉得那些死伤的人总想抓住他的腿。可是,他还没来得及下去,迎面跑来一大群密集的俄国士兵,他们呐喊着,快活地、拼命地、跌跌绊绊往炮垒上跑。

一度占领炮垒的法国人逃跑了。我们的队伍喊着"乌拉"在后面追,追得远远地离开了炮垒,也没法叫住他们。

从炮垒上带下来一群俘虏,其中有一个受伤的将军,军官们把他围起来。成群的伤员有皮埃尔认识的,也有不认识的,有俄国人,也有法国人,他们走着,爬着,用担架抬着,从炮垒上下来,他们的面孔因为痛苦全变了形。皮埃尔登上他刚才在那儿待过一个多小时的土岗,已经找不到一个人了。这里有很多他不认识的死人。可他也认出几个。那个青年军官依旧弯着腰坐在胸墙边一滩血泊里。那个红脸的士兵还在抽搐,但是没有人来抬他。

皮埃尔跑下了土岗。

"不,现在他们应该住手了,现在他们应该为他们做过的事感到恐惧了!"皮埃尔想,迷迷糊糊地朝着那撤离战场的成群担架队走去。

被浓烟遮着的太阳升得更高了,在前面,尤其是在谢苗诺夫斯科耶村的左方,有些东西在烟雾里沸腾着,隆隆的枪炮声、炮弹的爆炸声,不仅没有减弱,反而加强了,就像一个人声嘶力竭地拼命喊叫。

三十三

波罗底诺战役的主要一仗是在波罗底诺和巴格拉季翁的凸角堡之间一千俄丈的空间进行的。在波罗底诺和凸角堡之间的战场上,在树林近旁,在两边都看得见的空地上,主要的战斗是用最简单、最普通的方式进行的。

双方用了几百尊大炮相互轰击,于是战斗开始了。

随后,当硝烟弥漫着整个战场的时候,法军德塞和康庞两个师从右方进攻凸角堡,总督缪拉的几个团从左方进攻波罗底诺。

拿破仑站在舍瓦尔金诺多面堡上,这儿离凸角堡有一俄里。离波罗底诺直线距离超过两俄里,所以拿破仑不可能看见那里的情况,何况烟雾弥漫,遮住了整个地区。进攻凸角堡的德塞师,直到进入横在他们和凸角堡之间的冲沟,才被发现。他们一进入冲沟,凸角堡上的大炮和步枪一起发射,浓烟遮蔽了冲沟对面的高坡。在烟雾中闪着黑影,但是,他们是移动,还是站着,是法国人还是俄国人,从舍瓦尔金诺多角堡却看不清楚。

太阳已经照得明晃晃的了,倾斜的光线照到拿破仑的脸上,他用手遮住眼睛看凸角堡。烟雾在凸角堡前面蔓延开来。有时透过射击声可以听见呐喊声，但是不能知道他们在那儿做什么。

拿破仑站在土岗上用望远镜观望，在小小的圆筒里他看见了烟和人，有时是自己的人，有时是俄国人；但是一用肉眼看，他就看不见刚看见的东西在什么地方了。

他下了土岗，在土岗前面走来走去。

他不时停下来，听听枪炮声，看看战场。

不管从土岗下面他所站的地方，不管从土岗上面他的将军们现在所站的地方，甚至从那些凸角堡上——那儿有俄国兵，有法国兵，他们时而同时出现，时而轮流出现，没法看清楚那儿发生的事。一连几个小时，在这个地区，在枪炮不住的射击声中，忽而出现步兵，忽而出现骑兵，其中有俄国的，有法国的；他们出现，倒下，射击，相遇，双方都不知道应该怎么办，叫喊着，往回逃跑。

从战场上，川流不息地向拿破仑驰来他派出的副官以及他的元帅们的传令兵，向他报告战斗的情况。可是在瞬息万变的战斗中，这些报告都只能算作假的。

从凸角堡驰来一脸色苍白、神色惊慌的副官，向拿破仑报告说，法军的进攻被打退，康庞受伤，达乌阵亡，而事实上，就在那个副官说法军被打退的时候，凸角堡已经被法军另一支部队占领，达乌还活着，只是受了点震伤。拿破仑就是依据这些不可避免的谎报发布命令的，那些命令不是他发布之前就执行了，就是不能执行和未被执行，

元帅们和将军们离战场较近，可也和拿破仑一样，没有参加战斗，只是偶尔走到步枪射程以内，并不向拿破仑请示，自己就发出了命令，可是就是他们的命令也跟拿破仑的命令一样，也是偶尔才被执行。经常出现与他们的命令相反的情况。奉命前进的士兵，一遇见霰弹就往回跑；奉命坚守一个地点的士兵，一看见对面突然出现俄国人，有时往后跑，有时扑向前去，骑兵也不等命令就去追击逃路的俄国人。又譬如，两团骑兵越过谢苗诺夫斯科耶冲沟，刚爬上山坡，就勒马回头，狠命往后跑。步兵的行动也是这样，有时根本不是朝命令他们去的方向跑。所有的命令：何时向何地移动大炮，何时派步兵去射击，何时派骑兵去冲杀俄国步兵，——所有这些命令全是在队伍里最接近士兵的军官发出的，不但没有请示拿破仑，甚至没有请示内伊、达乌和缪拉。

三十四

拿破仑的将军们——达乌、内伊和缪拉，都离火线十分近，甚至有时亲临火线，他们有好几次把大批严整的队伍投到火线上去。但是，与先前历次战役常

有的情形相反,不仅没有预期的敌人溃逃的消息,而那大批严整的队伍从火线逃回来,溃不成军,十分狼狈。他们就重新再把他们整顿一番,但是人数越来越少了。中午,缪拉派他的副官到拿破仑那儿请求援兵。

拿破仑坐在土岗上正在喝潘趣酒,缪拉的副官骑马到来,保证说,如果陛下再给一个师,肯定能把俄国人打垮。

"增援?"拿破仑带着诧异的神情说,他望着那个留着黑色长卷发的俊美少年副官,仿佛没听懂他的话似的。"增援!"拿破仑心里想。"他们手中有一半的军队,去进攻软弱的、没有防御工事的俄国人的一翼,为什么还要援兵!"

"告诉那不勒斯王,现在战场情势还未明朗,你先回去吧……"拿破仑严厉地说。

那个长发秀美的少年副官,没把手从帽檐上放下来,深沉地叹了口气,又跑回去了。

拿破仑站起来,把科兰库尔和贝蒂埃叫来,跟他们谈一些和战斗没有关系的事。

在谈话中间,贝蒂埃的目光转向一个将军,这个将军带着侍从,骑着汗淋淋的马向土岗跑来。这是贝利亚尔。他下了马,快速走到皇帝跟前,大胆地高声说明增援的必要。他发誓说,如果皇帝再给一个师,俄国人肯定完蛋。

拿破仑耸了耸肩,没有回答,仍旧散步。贝利亚尔大声热烈地同皇帝身边的侍从将军们谈话。

"您太性急了,贝利亚尔,"拿破仑又走到刚来的将军前说,"在战斗激烈的时候,极容易犯错误的。你再去看看,随后再来见我。"

贝利亚尔还没走多远,又有一个使者从战场的另一方骑马跑来。

"噢,又有什么事啊?"拿破仑说,那腔调就像一个人总被打扰而惹怒了似的。

"陛下,公爵……"副官刚要说。

"请求增援?"拿破仑带着愤怒的神色说。副官表示肯定地低下头,接着开始报告;但是皇帝转过身去不看他,走了两步,停住,又走回来,叫来贝蒂埃。"要派后备军了,"他说,微微摊开两臂"您看派谁去?"他问贝蒂埃。

"陛下,派克拉帕雷德师吧?"对于所有的师、团、营都了如指掌的贝蒂埃说。

拿破仑赞同地点点头。

那个副官向克拉帕雷德师跑去,几分钟后,那支驻在土岗后面的青年近卫军出发了。拿破仑无言地朝那个方向看着。

"不,"他突然对贝蒂埃说,"我不能派克拉帕雷德。派弗里昂师去吧,"他说。

虽然用弗里昂师来代替克拉帕雷德师并没有什么好处,并且这时阻留克拉帕雷德而改派弗里昂有着显然的欠妥和迟延,但是命令严格地执行了。

弗里昂师也像其他的师一样,在战场烟雾中隐没了。副官们从各处不断驰来,他们仿佛商量好了似的,全说同样的话。全要求增援,全说俄国人坚守阵地,并且说炮火很猛烈,法国军队在那炮火下逐渐减少。

拿破仑坐在折椅上沉吟起来。

那个从早上起来没吃东西,爱旅行的德波塞先生,走到皇帝面前,斗胆恭请陛下用早餐。

"我希望现在就可以向陛下庆贺胜利了,"他说。

拿破仑一语不发,摇了摇头。德波塞先生以为他是否定胜利,不是否定早餐,就微笑着恭敬地说,能吃饭而不吃,世上没有这个道理的。

"走开……"拿破仑突然面色阴冷地说,而且把脸转过去。德波塞先生脸上露出抱歉、后悔的微笑,迈开滑行的步子走到别的将军那儿去了。

拿破仑情绪颓丧,恰似一个一向走运的赌徒,疯狂地下赌注,一直都是赢的,可是突然间,正当他对赌局的一切可能性都精打细算好了的时候,却感到把路子考虑得越周到,输的可能性就越大。

军队依然如故,将军依然如故,准备依然如故,部署依然如故,他本人依然如故,这全是他肯定的,他还清楚,他现在比过去经验丰富多了,老练多了,并且敌人也同奥斯特利茨和弗里德兰战役时一样,然而可怕的振臂一挥,打击下来却魔术般地软弱无力。

仍然是以前那些肯定成功的方法:炮兵集中轰击,后备军冲锋以突破防线,接着是骑兵突击——这些方法全用过了,不但没有取得胜利,并且从各处传来同样的消息:将军们伤亡,必须增援,不能打退俄国人,自己的军队陷入混乱。

从前,只需发两三道命令,说两三句话,元帅们和副官们就带着祝贺的笑脸跑来报告缴获的战利品:成队的俘虏,大炮和辎重,缪拉只请求让他的骑兵去收集辎重车。在洛迪、马伦戈、阿尔科拉、耶拿、奥斯特利茨、瓦格拉木等地方全是如此。但是现在他军队碰到了什么奇怪地事情。

虽然占领了一些凸角堡,拿破仑看出,这与他以前所有的战役不同,根本不同。他看出,他所感受的,他身边那些富于作战经验的人也同样感受到了。所有的面孔全是忧虑,所有的目光都相互回避着。只有德波塞一个人不清楚所发生的事情的意义。有长久战争经验的拿破仑很清楚,持续进攻八个小时,用尽一切努力仍未赢得这场战役,这意味着什么。他清楚,这一仗可以说是打输了,眼前的战局正处在千钧一发的时刻,随便一个最小的偶然事故,就可以毁掉他和他的军队。

他静静地回顾这次对俄国奇怪的远征,这次远征没打过一次胜仗,两个月来连一面旗帜、一门大炮、一批军队,都没有缴获或俘虏,他看身边的人们深藏忧愁的面孔,听俄国人始终坚守阵地的报告——于是一种可怕的感觉,有如做了一场噩梦似的感觉,抓住了他的心,他忽然想到可能毁掉他的那些偶然机会。俄国人或许攻打他的左翼,也可能中央突破,他本人也可能被流弹打死。所有的一切都是可能的。以前每次战役,他只思考成功的可能性,而现在却有无数不幸的可能性摆在他面前,一个人梦见一个暴徒攻击他,他挥起臂膀给那个暴徒用力的一击,他明白这一击准能消灭他,可是他觉得他的臂膀软绵绵的,像一块破布似的无力地垂下来,一种不可避免的灭亡的恐怖威胁着这个束手无策的人。

俄国人正在进攻法军左翼的消息,引起了拿破仑这种恐怖。他在土岗下面沉默地坐在折椅上,垂着头,臂肘放在膝盖上。贝蒂埃走到他面前,建议去视察战线,准确地了解一下实际的情况。

"什么?您说什么?"拿破仑说。"好,吩咐备马。"

他骑马到谢苗诺夫斯科耶去了。

弥漫在整个战场的硝烟缓慢地消散着,拿破仑走过的地方,马和人,有的单个,有的成堆,躺在血泊中。如此恐怖的景象,在这么一个小小的地方有这么多的死人,拿破仑和他的其他任何一个将军都从来没有见过。一连十个小时、令人耳鼓疲惫不堪的大炮轰鸣,给这种景象增添了特殊的意味。拿破仑登上谢苗诺夫斯科耶高地,透过烟雾,看见一队队俄国人。

在谢苗诺夫斯科耶和土岗后面,站着俄军的密集队形,他们的大炮不停地轰击,战线上笼罩着浓烟。拿破仑勒住马,又陷入了刚才被贝蒂埃唤醒的沉思;他无力阻止他面前和他周围发生的事,无力阻止那被认为由他领导和由他决定的事,因为失败的缘故,他头一次觉得这件事是不必要的和可怕的。

一个将军走到拿破仑面前,向他提议把老近卫军投入战斗。站在拿破仑身旁的内伊和贝蒂埃交换了一个眼色,对这位将军没有任何意义的建议轻蔑地笑了笑。

拿破仑低下头,沉默了良久。

"我不能让我的近卫军去送死"他说,然后勒转马头,回舍瓦尔金诺去了。

三十五

库图佐夫垂着白发苍苍的头,放松沉重的身子,坐在铺着毯子的长凳上,也就是坐在皮埃尔早上看见的那个地方。他不发什么命令,只对别人的建议表示同意或者不同意。

他听取报告,在下级要求他指示的时候,就给他们指示;但是,在他听取报告的时候,好像并不关心报告者所说的是什么内容,使他感兴趣的是报告者脸上的表情和说话的语气中所含的东西。多年的战争经验使他知道,老年人的智慧使他懂得,领导数十万人作拼死战斗,绝不是一个人自己能够胜任的,他还知道决定战斗命运的,不是总司令的命令,不是军队所占的地形,不是大炮和杀死人的数量,而是士气,他正是在注视这种力量。尽量运用他的权力指导这种力量。

库图佐夫整个面部的表情是注意力集中,镇静,紧张。

上午十一时,他得到消息说,被法军占领的凸面堡又夺回来了,但是巴格拉季翁公爵受了伤。库图佐夫惊叹一声,摇了摇头。

"快去彼得·伊万诺维奇公爵那儿,仔细探听一下,是怎么回事,"他对一个副官说,接着向站在他后面的符腾堡公爵转过身来。

"请殿下指挥第一军,好吗?"

公爵才离开不大一会儿,大约还没走到谢苗诺夫斯科耶村,他的副官就回来向勋座报告说,公爵请求增援军队。

库图佐夫皱了皱眉头,命令多赫图罗夫,指挥第一军,请公爵回到他这儿来,他说,在这样关键的时刻,他离不开公爵。当传来缪拉(其实是波纳米将军)被俘的消息时,参谋人员全向他祝贺,库图佐夫微笑了。

"要等一等,诸位先生,"他说。"仗是打赢了,俘虏缪拉并不是什么了不得的事。但是,还是等一等再兴奋吧。"他虽然这样说,仍旧派一名副官把这个消息通告全军。

当谢尔比宁从左翼驰来报告法军占领凸角堡和谢苗诺夫斯科耶村的时候,库图佐夫从战场上传来的声音和谢尔比宁的脸色猜到,消息是坏的,他仿佛想活动活动腿脚,站了起来,挽起谢尔比宁的臂膀,把他带到一边。

"你去一趟,亲爱的,"他对叶尔莫洛夫说,"去看看有什么困难。"

库图佐夫在俄军阵地的中心——戈尔基。拿破仑对我方左翼的进攻被打退了数次。在中央,法军没有越过波罗底诺一步。乌瓦罗夫的骑兵从左翼赶跑了法国人。

下午两点多种,法国人的进攻停止了。在所有从战场回来的人的脸上,在他身边的站着的人们的脸上,库图佐夫看到了十分紧张的表情。库图佐夫对出乎意外的成功感到满意。但是老头子的体力不行了。有好几次他的头低低地垂下,似乎要跌下去似的,他老在打瞌睡。人们给他摆上了饭。

将级副官沃尔佐根,就是那个从安德烈公爵那儿经过时说,战争必须移到广阔的地区的人,也就是巴格拉季翁非常憎恶的那个人,在吃饭的时候来到库图佐夫这儿。沃尔佐根是巴克莱派来汇报左翼战况的。谨慎小心的巴克莱·德·托利见到成群的伤兵逃跑,军队的后卫混乱,考虑了战局的所有情况,断定战斗失败了,派他的心腹来见总司令就是报告这个消息的。

库图佐夫正在费劲地吃烤鸡,他眯着微含笑意的眼睛,看了看沃尔佐根。

沃尔佐根随便迈着步子,嘴角噙着有点轻蔑的微笑,一只手差不多没碰着帽檐,走到库图佐夫面前。

沃尔佐根对待勋座,故意做出轻慢的态度,表示他这个受过高等教育的军人,让俄国人把一个没用的老头子当作偶像吧,而他明白他是和谁打交道。他凶狠地向摆在库图佐夫面前的碟子看了一眼,就开始依照巴克莱命令的和他自己看见和了解的向老先生汇报左翼的战况。

"我军阵地全部的据点都落入敌人手中,没法反击,因为没有军队;士兵纷纷逃跑,不能阻止他们,"他报告说。

库图佐夫不再咀嚼,他吃惊地望着他,仿佛不懂他在说什么。沃尔佐根看出他很激动,于是堆着笑脸说:

"我认为我无权向勋座隐瞒我所看见的……军队真的乱了……"

"您看见了吗?您看见了吗……"库图佐夫皱着眉头喊道,他一下子站起来,向沃尔佐根紧走几步。"您怎么……您怎么敢!……"他用颤抖的两手做出威吓的姿势,气喘吁吁地喊道。"您怎么敢,阁下,对我说这种话。您什么也不知道。代我告诉巴克莱将军,他的报告不确切,对于战斗的真实情况,我总司令比他知道得更分明。"

沃尔佐根想辩解,但是库图佐夫打断了他的话。

"左翼的敌人被打退了,右翼也打败了。倘若您没看清楚,阁下,就不要说您不知道的事。请您回去通知巴克莱,我明天肯定要向敌人进攻。"库图佐夫严厉地说。大家都不作声,只听见喘息的老将军沉重的呼吸。"敌人各处都打退了,为了这我要感谢上帝和我们勇敢的军队。战胜敌人,明天把他们赶出俄国神圣的领土,"库图佐夫画着十字说,忽然老泪横流,声音哽咽了。沃尔佐根耸耸肩,撇撇嘴,默不作声地走到一旁。

"啊,这不是他来了,我的英雄,"这时一个体格魁伟、仪表英俊的黑发将军登上土岗,库图佐夫看着他说。他是拉耶夫斯基,他全天都是在波罗底诺战场的主要据点度过的。

拉耶夫斯基报告我军坚守阵地,法国人不敢再进攻了。

库图佐夫听了他的报告,用法语说:

"如此说来,您不会认为我们需要撤退了!"

"正相反,勋座,我们应该坚持。在胜负未定的时候,坚持就是胜利,"

拉耶夫斯基回答话。

"凯萨罗夫!"库图佐夫叫他的副官。"坐下写明天的命令。还有你,"他对另一个副官说,"到前线去宣布,明天我们要进攻。"

在库图佐夫同拉耶夫斯基谈话和口授命令的时候,沃尔佐根从巴克莱那儿回来了,他报告说,巴克莱·德·托利将军希望能拿到元帅发出的那份命令的明文。

库图佐夫不看沃尔佐根,叫人写那份命令,前总司令所以要书面命令,肯定是为了摆脱个人的责任。

有一种神秘的链条，使全军同心同德，并成为战争的主要神经，这就是被称为士气的东西，库图佐夫的话和他所下的第二天进攻的命令，就是顺着这条链子传遍全军每个角落的。

传到这条链子的最后一环的时候，已经不是原来的话和原来的命令了。在军队互相传说的故事，几乎与库图佐夫说的话根本不同；但是他的话的含意却传到了各处，因为库图佐夫所说的话并不是出于狡猾的计谋，而是表达了总司令和每个俄国人心灵中的感情。

得知我们明天要进攻敌人，而且从最高指挥部证实了他们所希望的事，疲惫、动摇的人们感到了安慰和鼓舞。

三十六

安德烈公爵的团留在后备队，直到下午一点钟，后备队仍旧在猛烈的炮火下驻在谢苗诺夫斯科耶村后面，没有行动。一小时后，这个团已经伤亡了二百多人，仅仅向前移到谢苗诺夫斯科耶村和土岗炮垒之间的一片踩平了的燕麦地，那一天，土岗炮垒里伤亡了好几千人，下午一点多钟，敌人的几百尊大炮集中火力对它猛轰。

这个团在这儿没动，也没放一枪，又丢掉了三分之一的人。从前方，尤其是从右方，在停滞不散的硝烟里，大炮隆隆地发射着，前面那一带神秘的区域，整个地面全遮着烟雾，从那里不断飞出咝咝作响的炮弹和缓慢地呼啸而过的榴弹。有时，仿佛让人们休息一下，连续一刻钟炮弹和榴弹都从上空飞过去了，可是有时，一分钟工夫团里就损失几个人，不停地拖走阵亡的，抬走受伤的。

随着每次新的打击，还没有被打死的人的生存机会越来越少了。团在三百步距离排成营纵队，虽然如此，全团人都受同一情绪的支配。全团人都沉默不语，面色阴郁。队伍里极少谈话声，即使有人谈话，但是一听见中弹声和喊："担架！"声，谈话就停了。大部分时间，全团人遵照长官的命令坐在地上。有的摘下帽子，专心地把褶子弄平，然后再折起来；有的抓一把干土，在手心里搓碎，用来擦刺刀；有人揉一揉皮带，把带扣勒紧；有人把包脚布细细弄平，随后重新把脚包好，穿上靴子。有些人用犁过的地里的土块搭小屋，或者用麦秸编东西。大家全都仿佛全神贯注在这些事情上。

安德烈公爵也像团里其他的人一样，脸色苍白而阴郁，他背着手，低着头，在燕麦地旁的草地上从一个田垄走到另一个田垄，他无事可做，也无命令可发。一切都任其自然，阵亡的人被拖到战线外面，受伤的人被抬走。队伍靠拢起来。倘若有士兵跑开，他们立刻就赶回来。最初，安德烈公爵认为鼓舞士气，给士兵

637

做一个榜样是他的责任,因此在队伍里走来走去;但是后来他才认识到,他没必要教他们,也没有什么可教他们的。他和每个士兵一样,全部的心力全在努力逃避想象他们处境的危险。他在草地上走来走去,慢慢地拖着两只脚,蹭得地上的草沙沙作响,眼睛看着靴子上的尘土;他时而迈着大步,尽力踩上割草人在草地留下的脚印,时而数自己的脚步;计算走一俄里要经过多少两条田垅之间的距离;时而摘几朵长在田垄上的苦艾花,放在手掌上揉碎,随后闻那强烈的甘苦香味。昨天所想的东西一点也没有了。他什么也不想。他用疲倦的听觉细听那老是同样的声音,分辨枪弹的尖啸声和炮弹的轰隆声,看第一营的士兵那些已经看烦的脸,他在等待着。"它来了……这一个又是冲着我们来的!"他细听着从硝烟弥漫的地带发出的越来越近的呼啸声,心里想道。"一个,两个!又一个!打中了……"他停下来看了看队伍。"不是,飞过去了。但是这个打中了。"他又开始走来走去,用力迈大步,想用十六步走到另一条田垅。

呼啸声和落地声!离了五步远的地方,一颗炮弹炸开了干土,接着就消失了。一阵寒战不由得溜过他的脊背。他又看了看队伍。可能又有许多伤亡;在第二营聚着一大群人。

"副官先生。"他喊道,"命令他们不要聚在一起。"副官执行了命令,然后走到安德烈公爵面前。一个营长从另一方向驰来。

"当心!"传来一个士兵惊慌的喊声,这时一颗带着呼啸声疾飞的榴弹,落在离安德烈公爵两步远的营长的马旁边,发出砰的一声。那匹马不顾露出恐怖的样子好不好,先打了一个响鼻,竖起前蹄,差点把那个少校掀下来,然后向一边跑走了。马的恐惧感染了人们。

"卧倒!"扑倒在地上的副官喊道,安德烈公爵站在那儿犹犹豫豫。一颗榴弹在他和副官之间,在耕地和草地的边缘,在一丛苦艾旁边,像陀螺似的冒着烟旋转。

"难道这就是死吗?"安德烈公爵一边想,一边用全新的、羡慕的眼光看青草,看苦艾,看那从旋转着的黑球冒出的一缕袅袅上升的青烟。"我不能死,不愿死,我爱生活,爱这青草,爱大地,爱空气……"他这样想着,同时想到人们全在看着他。

"可耻呀,副官先生!"他对副官说:"多么……"他没能把话说完。就在这瞬间,发出了爆炸声,闻到浓烈的火药气味,安德烈公爵向一边猛然一冲,举起一只手,胸脯向下摔倒了。

几个军官向他跑过来。右侧腹部流到草地上一大片血。

叫来的担架民兵停在军官们身后。安德烈公爵俯卧着,脸埋在草里,发出沉重的呼呼噜噜的喘气声。

"你们干吗站着不动,赶快过来!"

农民们走过来,抓住他的肩膀和腿抬起来,但是他凄惨地呻吟着,农民们相互看了一下，又把他放下来。

"抬起来，放下，总之是一样！"。有一个声音喊道。他们又托住他的肩膀抬起来，放到担架上。

"啊，我的上帝！我的上帝！这是怎么啦？……肚子！这一下可完了！哎呀！我的上帝！"军官们之间发出叹息声。"炮弹蹭着我的耳朵飞过去，"副官说。几个农民把担架搭在肩上，匆忙顺着他们踏出的小路向救护站走去。

"步子走齐……喂！……老乡！"一个军官吆喝道，抓住那些走得不稳、颠动担架的农民的肩膀，叫他们停一下。

"合上步子，你怎么啦，赫韦多尔，我说，赫韦多尔，"前面的那个农民说。

"这就对啦，好的，"后面那个调好步子的农民，兴奋地说。

"大人吗？啊？是公爵？"季莫欣跑过来，向担架看了看，声音颤抖地说。

安德烈公爵睁开眼，从担架里看了看说话的人，又垂下了眼皮。

民兵们把安德烈公爵抬到林边，那儿有几辆大车，救护站就在那儿。救护站是在小白桦树林边搭了三个帐篷。树林里停着大车和马。马正在吃饲料口袋里燕麦，麻雀飞到马跟前啄食撒下来的麦粒。乌鸦闻到血腥味，不耐烦地狂叫着，在白桦树上飞来飞去。在帐篷四周两俄亩的地主，一些穿着各种服装的、血渍斑斑的人们卧着，坐着，站着。伤员四周站着许多脸色沮丧、神情专注的担架兵，维持秩序的军官怎么也赶不走他们。士兵们不听军官的话，仍旧挂着担架站在那儿，仿佛想要了解这种景象的深奥意义，神情专注地观看他们眼前发生的事。帐篷里一会儿传出凶狠的大声哀号，一会儿传出悲惨的呻吟。担架员迈过还没包扎的伤员，把团长安德烈公爵抬到一座较近的帐篷，停在那儿听候指示。安德烈公爵睁开眼睛，很久弄不清楚他周围是怎么回事。他记起了草地、苦艾、耕地、旋转的黑球和他那热爱生活的激情。离他两步远，有一个头上包着绷带、黑发秀美的高个儿军士，挂着一根大树枝站在那儿高声说话，引起了大家的注意。他的头和腿都被子弹打伤。他周围聚着一群伤员和担架员，感动地听他讲话。

"我们把他狠狠揍了一顿，揍得他丢盔卸甲，屁滚尿流，连那个国王也给抓住了！"那个军士一双火热的黑眼睛闪着光，环视着周围，喊道。"后备军如果及时赶到，弟兄们，准能把他全给报销，我敢向你担保……"

"但是，现在不是一切全无所谓了吗？"他想"来世会是怎样的，今世曾是怎么样的？我以前为什么那样留恋生命？在生命中有一种我过去和现在都不懂的东西。"

<h2 style="text-align:center">三十七</h2>

从帐篷里走出来一个医生，围着一条血渍斑斑的围裙，他两只手也沾满了

血,一只手的小指和拇指夹着的一支雪茄。他抬头往西边看,可目光越过受伤的人。他很想休息一下,左右转了一会儿,叹了口气,垂下眼睑。

"好,就来吧,"这是他回答医助的话,后者向他指了指安德烈公爵,于是吩咐把他抬进帐篷。

候诊的伤员们纷纷议论起来。

"看来在那个世界也只有贵族老爷好过",一个伤员说。

安德烈公爵被抬进来,放在一张刚腾出来的、医助正在冲洗的桌上。安德烈公爵看不清帐篷里的东西。各处的痛苦呻吟,他的大腿、肚子和背脊剧烈的疼痛,分散了他的注意力。他所看到的身边的一切,他觉得融合成了一个总的印象——赤裸的、血淋淋的人的肉体仿佛充满了这座低矮的帐篷。

帐篷里有三张台子。两张已经被占着了,安德烈公爵被放在第三张台子上。有一会儿没人管他,他忍不住地看了另外两张台子上的情形。最近的台子上坐着一个鞑靼人,从扔在旁边的制服看来,可能是一个哥萨克。四个士兵扶着他。一个戴眼镜的医生正在士兵肌肉发达的栗色背脊上切除什么东西。

"哎哟,哎哟,哎哟……"鞑靼人像杀猪似的喊叫。另一张围着好多人的台子上,平卧着一个大胖子,向后仰着头(他那卷发、头发的颜色、他的头型,安德烈公爵觉得很熟悉。)几个医助按住那个人的胸脯,不让他动弹。一条雪白的大粗腿迅速地、像发疟疾似的颤抖着。那个人抽泣着,哽咽着。两个医生——其中一个脸色苍白,哆哆嗦嗦,——静静地在那人的另一只发红的腿上做着什么。戴眼镜的医生做完了鞑靼人的手术,给他盖上军大衣,擦着手,来到安德烈公爵跟前。

他对安德烈公爵的脸看了一眼,赶忙转过身去。

"给他脱衣服,干吗站着不动?他愤愤地对医助们说。

当一个医助卷起袖子,急忙给安德烈公爵解纽扣,脱衣服的时候,安德烈公爵想起了自己最早、最遥远的童年。医生低低地俯下身来查看伤势,摸了摸,深深地叹了一口气。随后他对人打了个手势。安德烈公爵因为腹内的剧痛失去了知觉。他醒来的时候,他大腿里的碎骨已经取出,炸开的肉被切除了,伤口也包扎好了。有人往他脸上洒水。安德烈公爵刚一睁眼,医生就向他弯下身来,无言地在他嘴唇上吻了吻急忙地走开了。

自从经受过那次痛苦以来,安德烈公爵体验到很久不曾有过的一种幸福的感觉。他一生那些最美好、最幸福的时光,尤其是最遥远的童年,那时,有人给他脱衣,把他抱到小床上,保姆唱着催眠曲哄他睡觉,那时,他把头埋在枕头里,他对生活只有一个感觉,那就是觉得自己非常幸福,——在他想象中,这样的时光甚至不是过去,而是现实。

医生们在安德烈公爵觉得那人的头型非常熟悉的伤员四周忙活着,把他扶起来,安慰他。

"给我看看……噢噢噢噢！噢！噢噢噢噢！"传来他那不时被打断的、惊慌不安的、痛得无可奈何的呻吟。听见这呻吟，安德烈公爵直想哭。不知是为了他悄悄地死去，还是为了他舍不得离开人世，为了那一去不回的童年的记忆，为了他在受苦，别人也在受苦，那个人在他面前那么悲惨地呻吟，——不论为了什么，他直想哭，流出孩子般的、善良的、差不多是快乐的眼泪。

人们给那个伤员看了看他那条被截去的、沾满血渍的、还穿着靴子的腿。

"噢！噢噢噢噢！"他像女人似的痛哭起来。那个站在伤员身边挡住了他的脸的医生，这时走开了。

"我的上帝！这是怎么回事？他为什么在这儿？"安德烈公爵自言自语。

他认出那个不幸的、痛哭失声、虚弱无力、刚被截去腿的人是阿纳托利·库拉金。人们扶起他，递给他一杯水，但是他那颤抖着肿起的嘴唇总是挨不到杯子边。阿纳托利痛苦地啜泣着。"是的，这是他；是的，这个人不知怎地和我是这么密切和痛苦地连在一起，"安德烈公爵还没弄明白眼前到底是怎么回事，心中想道："这个人和我的童年，和我的生活有什么关系呢？"他自问，但是找不到解答。忽然，在安德烈公爵的想象中，从纯洁可爱的童年世界中浮现出另一种新的意外的记忆。他记起1810在舞会上第一次看见娜塔莎，想起她那纤细的脖颈和纤细的手臂，她那每天都在高兴状态的、又惊又喜的面庞，于是在他的心灵中唤醒了对她的眷恋和柔情，比什么时候都更生动，更强烈的眷恋和柔情。他这时想起了他同库拉金之间的关系。安德烈公爵想起了一切，于是对他的热烈的怜悯和挚爱充满了他那幸福的心。

安德烈公爵忍不住流出了温柔、深情的眼泪，他哭了，哭人们，哭自己，哭他们和自己的错误。

"对弟兄们、对爱他人的人的同情和爱，对恨我们的人的爱，对敌人的爱，——是的，这就是上帝在人间传播的、玛丽亚公爵小姐教给我而我从前不懂的那种爱；这就是我为什么舍不得离开人世，这就是我所剩下来的唯一的东西，倘若我还活着的话。但是现在已经晚了。我清楚这一点！"

三十八

死伤遍野的可怕景象，再加上头脑昏涨以及二十个他所熟悉的将军伤亡的消息，往日有力的胳膊变得软弱无力的感觉，这一切在爱看死伤的人、以此作为考验自己的精神力量的拿破仑身上引起了一种意想不到的印象。这天战场上的可怕景象使他的精神力量屈服了，而他原来却认为他的功绩和伟大全来自这种精神力量。他赶忙离开战场，回到了舍瓦尔金诺土岗。他坐在折椅上，脸姜黄并且浮肿，心情沉重，眼睛混浊，鼻子通红，声音沙哑，他忍不住奋拉着眼皮，倾听射击的声音。他怀着病态的忧愁企望结束那场由他挑起的战争,但是他已经无法阻止它。他现在只企盼一件事,那就是休息、平静和自由。但是,当他在谢苗诺夫斯科耶高地时,炮兵司令向他建议,调几个炮兵连到这些高地上,对聚在克尼亚济科沃前面的俄国军队加强火力。拿破仑同意了,而且命令向他报告那些炮兵连作战的效果。

一名副官前来报告说,遵照皇帝的命令,调来二百尊大炮轰击俄军,但是俄军依旧坚守着。

"他们被我们的炮火成排地撂倒,可是他们就是不动,"那个副官说。

"他们还嫌不够!……"拿破仑声音沙哑地说。

"什么?"那个副官没听清楚,问道。

"狠狠地轰击他们。"拿破仑皱着眉头,嗓子嘶哑地说。

其实不等他发命令,事情已经做了,他所以发命令,只不过因为他认为人们在等候他的命令。于是他又回到他原先那个充满了某种伟大的幻影的虚幻世界,又驯服地做起注定要由他扮演的那个残酷、可悲、沉重、不人道的角色。

俄国人在波罗底诺取得了胜利,这种胜利不是用缴获几个绑在棍子上的布片,(所谓军旗)来标志的胜利,也不是军队占领了和正在占领着地盘就算胜利,而是使敌人相信他的敌手的精神的优越和他自己的软弱无力的那种精神上的胜利。法国侵略者像一头发狂的野兽,在它跳跃狂奔中受了致命伤,感到自己的死期将至;但是它无法停止,正如人数少一半的俄国人一路避开敌人的锋芒,无法停止一样,在这次猛力地推动之下,法国军队仍旧能够冲到莫斯科;但是在那儿,俄国军队不用费力,法国军队在波罗底诺受了致命伤,在流血,它必将走向灭亡。波罗底诺战役的直接结果是拿破仑从莫斯科逃跑,沿着斯摩棱斯克旧路逃回去,五十万侵略军毁灭,拿破仑的法国在波罗底诺第一次遇到精神上更强大的敌手而陷于崩溃。

第十一部

一

十九世纪最初的十五年,欧洲出现了几百万人的十分运动。人们抛下他们平日的职业,从欧洲一边跑到另一边,抢劫和相互屠杀,胜利和陷入绝望,几年之间,整个生活的运行改变了,出现一种先高涨后衰退的激烈运动。这运动的原因是什么,它的规律是什么?

二

操着十二种语言的欧洲人侵入俄国。俄国军队和居民为了避开冲突向后撤到斯摩棱斯克,再由斯摩棱斯撤到波罗底诺。法国军队以不断增长的冲力直奔莫斯科,奔向它的目标。它这冲力在接近目标时,就更加大了,就像下坠的物体越接近地面,它的速度就越大一样。然后,它后面是数千俄里饥饿的含有敌意的国土;前面离目标只有几十俄里。拿破仑的士兵全有这样的感觉,入侵得以自然地向前推进,全靠这股冲力。

俄国军队越往后退,对敌人的仇恨火焰也就越来越炽烈;在后退中,它积累了力量而且壮大起来。在波罗底诺打了一仗。双方的军队都没垮掉,但是俄国军队打了这一仗后,当即撤走,其所以如此,正如一个球碰到另一个具有更大冲力的球必然反跳回来一样;那个猛力直冲的侵略的球,虽然失去了它所有的力量,也必然再向前滚一段路。

俄国人退了一百二十俄里——退过了莫斯科,法国人到达了莫斯科,在那儿停下来。此后一连五星期没有战事。法国人就地驻扎。他们就像一只受了致命伤的野兽,流着鲜血,在舐它的伤口,在莫斯科徒然停留了五个星期,突然,没有什么新的原因,回头往后逃走了:他们向卡卢日斯卡雅大路窜去,除了在小雅罗斯拉维茨城下打了一个胜仗外,他们没打过一场大仗,就以更高的速度逃回了斯摩棱斯克,再从斯摩棱斯克逃往维尔纳,逃往别列济纳河,向更远的地方逃走了。

世界传世藏书

世界十大名著

·战争与和平·

图文珍藏版

八月二十六日晚,库图佐夫和全体俄国军队都认为,波罗底诺这一仗打赢了,库图佐夫递给皇帝的报告也是这样说的。库图佐夫下令准备新的战斗,给敌人最后一击,这样做不是要欺骗什么人,而是因为他知道敌人已经被打败,每个参加战斗的人也全清楚这一点。

但是,当天和次日,接二连三地传来骇人听闻的损失和军队伤亡半数的消息,新的战斗在实力上已经成为不可能了。

再来一次战斗是不可能的,因为情报还没有收集起来,伤员还未收容好,弹药也没有补充,阵亡人数仍未统计,代替战死者的新军官还没有委任,士兵们还饿着肚子,并且睡眠不足。

然而同时,就在那次战斗的第二天早上,法国军队自动地向俄国军队冲上来了。库图佐夫想在第二天发动进攻,全体军队也是这样想。但是,只有进攻的愿望是不够的;还要有做这件事的可能性,而这种可能性却没有。无法不后退一天的行程,然后又不能不后退另一天和第三天的行程,最后,九月一日,当军队退到莫斯科时,虽然士气高涨到极点,但是客观的形势却要求军队退到莫斯科以东。于是军队又退了最后一天的行程,把莫斯科让给敌人。

三

俄国军队从波罗底诺撤退后,在菲利附近驻扎下来。视察阵地回来的叶尔莫洛夫来见元帅。

"在这样的阵地作战简直不可能,"他说。库图佐夫惊讶地看了看他,叫他重复一遍。在他说完以后,库图佐夫向他伸出手来。

"把手伸给我,"他说,把对方的手翻过来摸了摸他的脉搏,说:"你不舒服,亲爱的。仔细想一想你说的算什么话。"

在离莫斯科多罗戈米洛夫城门六俄里的波克隆山上,库图佐夫下了马车,坐在路边一张条凳上。一大群将军们聚在他周围。这群显赫的人物分成了好几个组,在谈论阵地的利弊,军队的状况,提出的计划,莫斯科的情形,总之,都在谈论军事问题。大家都觉得这是一次军事会议,虽然并未召集这样的会议,也没有人叫它军事会议。大家所谈的都是共同的问题。假如有人谈到或者打听私人的事情,总是低声私语,马上又谈起共同的问题。在这些人中间完全听不见说笑声,甚至看不见笑脸。很明显,大家都努力保持着应有的风度。所有小组在互相交谈时,都极力靠近总司令,并且尽量让他听见他们的谈话。总司令听而且有时询问他周围的人在说什么,但他不参加谈话,也不发表意见。他听了听某一组的谈话,多半是带着失望的神情扭过脸去,就似乎他们所说的完全不是他想听的。有些人对选定的阵地发牢骚,与其说是批评那个阵地本身,倒不如说是批评选定阵地的人的聪明才智；另一些人证明说，两天前就应该发动那场战役；又有一些人谈论萨拉曼卡战役，一个刚刚来到的法国人克罗萨讲述了战役的经过。拉斯托普钦伯爵在第四组里说，他愿意和莫斯科民兵一同战死在首都的城墙下，但是他依旧不能不感到遗憾，因为他对情况一无所知，假如他事先知道的话，那就根本不同了……第五组显示他们对战略的深思熟虑，正在谈论军队应当采取的方向。第六组讲的全是废话。库图佐夫越来越忧心忡忡。从所有这些谈话中，库图佐夫只看出一点：保卫莫斯科实际上根本不可能，也就是说，其不可能的程度是如此之大，以至于如果有哪个总司令发疯硬要打一仗，那一定会造成混乱，并且仗仍然打不起来；其所以打不起来，是因为所有高级将领不但认为那个阵地不能守，并且在他们的谈话中只讨论在放弃那个阵地之后可能发生的情况。指挥官怎么能把他们的军队带到他们认为不能作战的战场上去呢？下级军官，甚至士兵们也认为那个阵地不行，所以无法抱着必败的信念去打仗。如果说贝尼格森主张坚守这个阵地，还有些人在讨论它的话，这个问题的本身已经没有意义，这不过是作为争论和施展阴谋诡计的借口罢了。库图佐夫是了解这一点的。

贝尼格森选好了阵地，竭力显示他那俄罗斯爱国精神，主张坚决保卫莫斯科。贝尼格森的如意算盘，库图佐夫看得非常清楚：如果保卫战失败，就把责任推给库图佐夫，因为他不战就带着军队退到麻雀山，如果成功，就归功于他个人，如果否定他的意见，那么，放弃莫斯科的罪责就没有他的份儿。然而，现在老头子关心的并不是这个阴谋。有一个可怕的问题占有了他。对于这个问题，他从任何人那里都找不到答案。现在他心中只有这么一个问题："难道是我让拿破仑到莫斯科来的吗？我什么时候这样做了？这个可怕的问题究竟是在什么时候决定的呢？莫斯科必须放弃，军队必须撤退，这道命令必须发出。"发出这道可怕的命令就等于交出军队的指挥权。他不仅爱权力，掌握惯了权力，并且他坚信，他命中注定要拯救俄国，因此才有按照人民的意志，把他选为总司令这件事的发生。他相信，全世界只有他一个人对常胜的拿破仑无所畏惧；但是一想到他不得不发布那道命令，他就不寒而栗。然而必须有个决定，必须结束他周围那些过于随便的谈话。

他把职位比较高的一些将军叫来。

"不论我的脑袋是好是坏，现在只有靠它了。"他从条凳上站起来，然后骑着马到菲利去了，他的马车停在那儿。

四

下午两点钟，在农民安德烈·萨沃斯季亚诺夫家一间宽敞、比较好的小屋里举行了军事会议。这个农民一大家子人,都挤进小过厅对面一间堆放杂物的屋子里。只有安德烈的六岁孙女玛拉莎留在那间大屋的炕炉上,勋座抚爱她,吃茶时给她一块糖。玛拉莎在炕炉上羞怯地看着一个个走进来、坐在屋角圣像下宽凳子上的将军们。库图佐夫单独坐在炕炉后边黑暗的角落里。他深深地陷进一张折叠的扶手椅里,不断咳咳呛呛地清嗓子,抻一抻军大衣的衣领,虽然衣领是敞着的,似乎仍然卡他的脖子。进来的人一个个走到陆军元帅面前;他跟一些人握手,向另一些点头。副官凯萨罗夫试图拉开库图佐夫对面的窗帘,可是库图佐夫生气地向他摆手,凯萨罗夫明白了勋座的意思,他不愿让人看见他的脸。

在摆着地图、计划、铅笔、纸张的农家的杉木桌周围,聚的人太多,勤务兵不得不又拿来一个条凳放在桌子旁边。几个新来的人坐到这个条凳上。在前面一排,正对着圣像下面,坐着巴克莱·德·托利,他脖子上挂着圣乔治十字勋章,苍白的脸带有病容,隆起的前额和秃顶连成一片。从昨天开始他就打摆子,这时他正发冷,浑身酸痛。坐在他身旁的乌瓦罗夫,他正很快地打着手势对巴克莱讲述着什么事情。矮胖的多赫图罗夫挑起眼眉,双手叠在肚子上,全神贯注地倾听着。另一边坐的是奥斯特曼-托尔斯泰伯爵,他一只手托着他那硕大的脑袋,似乎在想心事。拉耶夫斯基带着不耐烦的神情习惯地向前卷着他鬓角的黑发,时而看看库图佐夫,时而看看房门。科诺夫尼岑则面带温柔而机敏的微笑。他碰到玛拉莎的目光,向她挤挤眼,逗得小姑娘莞尔一笑。

大家都在等贝尼格森,他借口再视察一遍阵地,实际上是要吃完他那可口的饭菜。从四点钟等到六点钟,一直没有开始讨论,大家都在低声闲谈。

贝尼格森一走进屋,库图佐夫便从角落里移近桌子,但仅移到不让桌上的蜡烛照亮他的脸的地方。

贝尼格森首先提出了开会的议题:"是不战就放弃俄罗斯神圣的古都呢,还是保卫它呢?"接着是一阵长时间的冷场,所有的人都沉着脸,在寂静中只听见库图佐夫气愤地喘气和咳嗽。所有的眼睛都望着他。玛拉莎的眼睛也望着老爷爷。她离他最近,她看见他就似乎要哭的样子。但是这种情形持续了不长时间。

"俄罗斯神圣的古都!"他突然发言了,用愤怒的声音重复着贝尼格森的话,他这是指出这句话的虚伪性。"我可以告诉您,这个问题对俄国人是毫无意义的。(他向前探出他那沉重的身躯。)提出这种问题是不行的,这种问题是没有意义的。我们邀请诸位来开会所要讨论的问题,是军事问题,是这么一个问题:"拯救俄国靠军队,是打一仗而冒损失军队和莫斯科的风险比较有利呢,还是不战就放弃莫斯科比较有利? 我是想知道诸位对这个问题的意见。"(他又向后靠到扶手椅背上。)

讨论开始了,贝尼格森依旧不肯认输。他虽然同意巴克莱和别人的意见,认为在菲利打一场防御战不可能,可是他满怀俄罗斯爱国精神和对莫斯科的热爱,提议在夜间把军队从右翼调到左翼,第二天攻击法军的右翼。意见产生了分歧,对这个意见有的赞成有的反对。叶尔莫洛夫、多赫图罗夫和拉耶夫斯基同意贝尼格森的意见。他们不明白这个会议并不能改变不可避免的战局的发展趋势,实际上莫斯科当时已经放弃了。其余的将军们懂得这一点,他们把莫斯科问题放在一边,只谈军队在撤退时应采取的方向。玛拉莎目不转睛地望着她面前的情形,对这个会议的意义有她自己的理解。她觉得这不过是"老爷爷"和那个"穿长袍的"(她这样称呼贝尼格森)两人之间的争吵。她看出,他们俩对话时都带着怒气,而她内心是向着老爷爷的。在争论中,她看见老爷爷向穿长袍的投了迅速机敏的一瞥,使他无言以对:贝尼格森突然脸通红,气愤地在屋里走来走去。贝尼格森之所以这么激动,是因为库图佐夫对贝尼格森所提出的夜间把军队从右翼移到左翼以进攻法军右翼的意见的利弊,在发表自己的意见时,其声调十分安静而安详。

"诸位,"库图佐夫说,"我无法赞同伯爵的计划。在离敌人很近的地方调动军队,总是危险的,军事历史也证实了这一点。

就拿弗里德兰战役来说吧,那次战役……伯爵一定记得很清楚,并算不上成功,就因为我们的军队在太靠近敌人的地方重新布置……"接着是一阵短暂的沉默,然而大家都觉得沉默的时间很长。

讨论又恢复了,但时时中断,好像再没有什么可说的了。

在一次中断的时候,库图佐夫深深地叹了口气,似乎准备要说话似的。大家都转脸看着他。

"诸位,看来打破瓶瓶罐罐得由我来赔偿了,"他慢慢地站起来,走到桌旁。"诸位,你们的意见我都听了。有的不同意我的意见。但是我以皇帝和祖国授给我的权力,命令撤退。"

将军们开始散了,都带着严肃和默默无言的谨慎的神情,就仿佛送完了葬走散似的。

有几个将军放低了声音,用与他们在会议上说话时截然不同的腔调,告诉总司令一点什么事。

将军们走后,库图佐夫用臂肘支着桌子坐了很长时间,他总在想那个可怕的问题:"什么时候,究竟是什么时候决定放弃莫斯科的? 这是谁的罪过?"

"我没想到这个,"他对深夜走来的副官施奈德说,"我没料到"

"您应该休息一下了,勋座,"施奈德说。

"不行! 让他们也像土耳其人一样吃马肉,"库图佐夫没有回答,用他那胖胖的拳头擂着桌子喊道,"他们也将要落这么一个下场的,只要……"

五

当时,在退出莫斯科与焚毁莫斯科这一事件中,拉斯托普钦(我们都觉得他是这一事件的领导者)采取了与库图佐夫截然相反的行动。

放弃莫斯科与焚毁莫斯科这一事件,也和在波罗底诺战役后军队不战而退到莫斯科以东一样,同样都是不可避免的。

每个俄国人,不是靠推理,而是靠我们和我们祖先心中的感情,就能够预见到所发生的一切。

从斯摩棱斯克到俄国土地上所有的城市和农村,不用拉斯托普钦伯爵和他的传单的干预,在莫斯科发生的事,在那里也同样发生了。人民冷漠地等待着敌人,他们不闹事,不焦急,而是安静地等待着自己的命运,相信他们在困难的时刻能找到办法。只要敌人刚一逼近,最富有的居民就撇下自己的财产逃跑了;穷人留下来,他们烧掉和毁掉留下来的东西。

1812 年在俄国社交界就有这样的认识,甚至预感到莫斯科将要失守。那些早在七月和八月上旬就开始离开莫斯科的人们,说明他们已经想到了这一点。那些离开的人们带走他们能够带走的东西,丢下住宅和一半财产。

"逃避危险是可耻的;只有胆小鬼才逃离莫斯科,"有人对他们说,拉斯托普钦在他的传单里暗示他们说,逃离莫斯科是一种耻辱。他们不好意思落个胆小鬼的名声,不好意思离开,但是他们仍旧离开了,因为他们知道非这样不可。他们为什么离开呢?不能认为是拉斯托普钦用恐怖把他们吓跑的。人们全在逃走,并且最先逃走的全是一些富有的、受过教育的人,他们十分清楚,维也纳和柏林都保存完整,在拿破仑占领这些城市期间,居民们和可爱的法国人相处得非常融洽,那些法国人当时很受俄国人,尤其是俄国妇女的欢迎。

他们之所以逃走,是因为对俄国人来说,不可能有这样的问题:法国人统治莫斯科有好坏之别。受法国人统治绝对不行:这比什么都坏。在波罗底诺战役之前,他们就开始逃离,波罗底诺战役之后逃得更快了,根本不理会有保卫莫斯科的号召,不理会有莫斯科总督打算抬着伊韦尔圣母像去打仗的声明,不理会有消灭法国人的气球,不理会有拉斯托普钦传单中的大放厥词。他们明白,打仗是军人的事,倘若军队不能打仗,那么,带着小姐和家奴去三山打拿破仑是不行的,那只有走,只能听任自己的财产被毁掉。他们各自逃走了,而正是因为他们都逃走,才实现了一个成为俄罗斯人民最光荣的伟大事件。那个早在六月就带着黑奴和女仆们从莫斯科启程到萨拉托夫省乡下去的太太,模糊地感觉到她不愿做波拿巴的奴隶,并且害怕被拉斯托普钦伯爵的命令留下,她做了一件简单而真正的拯救俄国的伟大事业,可是拉斯托普钦伯爵怎么样呢,他时而笑话逃走的人,时而疏散政府机关,时而把不能用的武器发给一群酒鬼,时而高抬着圣像游行,时而禁止奥古斯丁神父搬走圣者遗骸和圣像,时而征用莫斯科一切私人车辆,时而用一百三十六辆车搬运列比赫制造的气球,时而暗示他要烧掉莫斯科,时而讲他放火烧了他自己的住宅,向法国人发了一篇宣言,愤怒地指责他们破坏了他的孤儿院;时而命令民众捉奸细,把奸细全交给他,时而又责备民众捉拿奸细,时而把所有法国侨民全赶出莫斯科,时而又许可莫斯科所有法国侨民的中心人物奥贝尔—夏尔姆夫人留在城内,时而却下令逮捕和放逐没有多少罪过的年高德重的邮政局长克柳恰廖夫;时而在三山召集民众攻打法国人,时而为了要摆脱民众,叫他们去杀人,而他自己却从后门溜掉了;时而说他为莫斯科的不幸而悲伤,此人不清楚当前发生的事件的意义,一心只想做一点使人吃惊的事,只想做一番爱国的英雄事业。

六

海伦跟随宫廷从维尔纳回到彼得堡,却陷入困境。

在彼得堡,海伦受到一位身居国家要职的大人物的格外保护。在维尔纳,她又和一个年轻的外国亲王关系密切。海伦回到彼得堡,亲王和那位大官两人全在彼得堡,两人都声称他们有保护的权利,这对海伦还是一个新课题:要和两方保持亲密的关系而又不得罪任何一方。

这对于其他女人好像是困难的,几乎是不可能的事,而对别祖霍娃伯爵夫人来说,根本不当回事,她享有最聪明的女人的声誉,绝非偶然。倘若她隐瞒自己的行为,耍手腕想从尴尬的处境中解脱出来,那她就等于自认有罪,反倒会坏事;但是海伦却相反,像一个无所不能的大人物,即刻站到正确的立场,并且她衷心地相信自己正确,把所有别人都放在有罪的地位。

当那个年轻的外国人责备她的时候,她高傲地抬起头,向他半转过身来,斩钉截铁地说:

"哼,男人就是自私。我为您牺牲自己,反而得到这样的报答。阁下,您有什么权利这样对待我?"

大官好像要说什么。海伦打断了他的话。她说道:"或许他对我的感情超出了父爱,但是,你让我怎么办好呢?我只求对得起自己的良心。"她把手放到她那高高耸起的美丽的胸脯上,抬着头说道。

"请听我对您说"

"您只有娶了我才有权这样说。"

"这根本不可能。"

"您不想娶我,您……"海伦说着哭了。那个大官只好安慰她;海伦含着眼泪说,没有什么东西能够妨碍她结婚,有这样的例子,她说她始终不是她丈夫的妻子,她是一个无谓的牺牲品。

"但是法律,宗教……"那个大官算是服了,说。

"法律,宗教……倘若这些玩意儿办不到这种事,那要它干什么用!"海伦说。

大官大为吃惊,他怎么就没想到这么简单的道理呢?于是他去请教那些同他要好的耶稣教的教友们。

几天以后,海伦在石岛举行了一次愉快的宴会,在宴会上,人们给她引见了一位耶稣会教士德若贝尔先生,这是一个上了年纪、白发苍苍、十分可爱的人物,他和海伦在花园里灯光下,在音乐伴奏声中谈了好久,他们谈对上帝的爱,对基督的爱,对圣母圣心的爱,谈唯一真正的天主教给予人们的慰藉,海伦感动了,泪水涌上她和德若贝尔先生的眼睛,声音也颤抖了。第二天,德若贝尔先生在晚上单独来拜访了海伦,从此以后,他就经常到她家去了。

有一天,他把她领到天主教堂里,她跪在祭坛前面。他把手放在她头上,事后她对人说,她感到有一股清凉的风吹进她的灵魂,人家对她说,这就是神恩。

不久,给她领来一位老神父,他听了她的忏悔,宽恕了她的罪过。第二天,给她送来一只盛着圣餐的匣子,供她使用。几天以后,海伦兴奋地得知,她已经入了真正的天主教会,很快,教皇就要亲自批准她,给她寄来证书。

在这期间,在她身边发生的一切和她本人遇到的一切,如此多的聪明人以快乐、精细周密的方式对她表示关怀,她现在打扮得鸽子一样洁净(她现在只穿白衣服,扎白缎带),——所有这一切都使她十分兴奋;可并不会因为兴奋而忘记了她的目的。就像常有的情形,一个愚蠢的人比许多聪明人更诡计多端,她知道,所有这些花言巧语和奔忙的目的,都是为了要她改信天主教,然后从她那儿为耶稣会捐些款,在拿出钱来之前,她坚持要为她办好摆脱丈夫的各种手续。一次,她和忏悔神父谈话时,坚决要求他回答一个问题:她的婚姻关系到底对她约束到什么程度。

他们坐在客厅的窗口。黄昏时分。窗外飘来花香。海伦穿一身露着肩膀和胸脯的白衣服。老神父保养得十分好,下巴刮得光光的,生着一张令人喜爱的嘴巴,一双白净的手温顺的交叠在膝盖上,靠近海伦坐着,嘴角露出精明的微笑,不时地用欣赏她的美丽的目光安静地看一看她的脸,说出他对他们共同关心的问题的看法。海伦不安地微笑着,看着他那卷发和刮得光光的、发青的胖胖的腮帮,她每时每刻都在等待着转换新的话题。但是那个神父虽然在欣赏谈话对手的美貌,享受与她接近的快活,但是很显然,他只关心处理本职工作。

这位良心指导者发表了如下的意见。您不了解您所作所为的意义,就发誓忠贞于一个男人,而那个男人不相信结婚的宗教的意义就结了婚,这样就犯了亵渎神圣罪。这种婚姻没有它应有的两方面的意义。然而,虽然如此,誓言对您仍旧具有约束力。您违背了誓言。您这样就犯了什么罪呢？是轻罪还是死罪？是轻罪。因为您的行为没有恶意。倘若您现在为了生儿育女再次结婚，您的罪会得到宽恕的。但这个问题又分为两个方面：第一……"

"不过，我认为，"感到无聊的海伦突然带着迷人的笑脸说，"我既然笃信了真正的宗教，我就不能受虚伪的宗教约束了。"

七

海伦明白，从宗教的观点看，那件事原本既简单又容易，而她的指导者却把它弄得十分复杂，那是因为他们担心世俗当局对这问题的看法。

于是，她决定在上流社会做好准备工作。她挑逗那个显贵的老头的醋意，把她对另一个求爱者说过的话告诉他，也就是提出这样的问题，要想拥有她，只有一个办法就是娶她。那个年老的大官刚一听到一个有夫之妇要改嫁，和那个年轻人一样，吓了一跳，可海伦认为这跟姑娘出嫁一样简单，她这坚定的信念也影响了他。如果海伦露出一丁点儿犹疑、害羞或掩饰，那么事情就会弄糟；事实上，不但没有掩饰和害羞的痕迹，并且相反，她带着一派天真娇憨的神情对她的一些亲密的朋友说（这等于告诉了整个彼得堡），亲王和那个大官都向她求婚，两个人她都爱，她不愿让哪怕一个感到痛苦。

于是一个流言很快传遍了彼得堡，流言不是说海伦要和她丈夫离婚，而是传播了如下的流言，说不幸的可爱的海伦正在徘徊，不知道应该嫁给两个人中的哪一个。问题已经不是这桩婚事是否有可能，而是嫁给谁比较好，宫廷是如何看法。不错，确实也有些思想保守的人不能理解这样的问题，他们认为这种意图有违婚姻的圣礼；可是这种人不多，并且他们默不作声，多数人感兴趣的问题是海伦交的好运和选择哪个配偶较好。至于一个女人在丈夫还活着的时候就嫁给另外的男人，是好事还是坏事，他们避而不谈。

只有那年夏天来彼得堡看儿子的玛丽亚·德米特里耶夫娜·阿赫罗西莫娃敢于当众违反公论，发表了自己的意见。有一次，在舞会上，玛丽亚·德米特里耶夫娜碰见了海伦，她把她拦在舞厅中央，在四周一片沉默气氛中，她没好气地对她说：

"听说你扔掉自己的丈夫要嫁人了。你以为这是你的新发明吗？已经有人走到你前面了，亲爱的。这点子早就不新鲜了。凡是坏女人全是这么办的。"玛丽亚·德米特里耶夫娜在说这些话时，习惯地摆出威吓的姿势，卷起宽大的袖筒，严肃地环顾四周，走了过去。

虽然人们都怕玛丽亚·德米特里耶夫娜，但是在彼得堡都把她看作一个可笑的人。瓦西里公爵近来格外经常忘记他说过的话，一样的话能说上一百遍，每次看见女儿说：

"海伦，我有话跟你说，"他把她领到一边，朝下拉她的手，对她说。"我知道，你吃了很多苦，乖孩子你愿意怎么办就怎么办吧。这就是我对你的建议。"他总是掩藏着非常激动的心情，把他的腮帮贴了贴女儿的腮帮，就走开了。

比利宾是海伦亲密的朋友，在海伦的男朋友中，他是一个时常在贵夫人府邸走动、永远不会坠入情网的人，有一次在亲密的小圈子里，比利宾对那个问题表示了自己的看法。

海伦用她那戴着戒指的白净的手碰了碰他的燕尾服的袖子，说："比利宾，我亲爱的，我该怎么办？这两个人中我应该选择哪一个呢？"

比利宾皱着眉头，嘴角含着微笑，沉思了一下。

"作为一个真正的朋友，您知道，倘若您嫁给了那个亲王。（这是指那个年轻人），"他屈起一个指头，"您就没有做另一个人的太太的机会了，并且还会招来宫廷的麻烦。您可以嫁给老伯爵，您可以使她兴奋，然后……那个亲王就可以娶您这个显贵的遗孀了。"

最后，比利宾终于如释重负。

"您真够朋友！"海伦容光焕发，又一次碰了碰比利宾的衣袖。"但是，这两个人我都爱，我不想让他们当中的任何一个痛苦。为了他两个人，我愿牺牲生命。"

比利宾耸了耸肩膀，表示对这种难办的事，他也无能为力了。

"这个女人真厉害，她想做三个人的老婆。"比利宾心里想道。

"但是，我问您，您的丈夫怎样看这个问题呢？"他说，因为他的声誉卓著，不怕提出这样幼稚的问题而降低自己的身价。"他同意吗？"

"啊！他很爱我！"海伦说，不知为什么她觉得皮埃尔也爱她。"他愿为我做任何事。"

"离婚也愿意？"他说。

海伦大笑起来。

倘若说有谁敢于怀疑这桩正在进行的婚事，那么，海伦的母亲库拉金公爵夫人就是其中的一个。她常常为嫉妒自己的女儿而烦恼，而现在所嫉妒的事情是公爵夫人最关心的事情，她就不能容忍了。她就这个问题请教了一位俄国神父：在丈夫还活着的时候能不能离婚和再嫁，神父告诉她，这是不允许的，并且使她兴奋的是，那个神父给她看一段《福音书》的经文，在那段经文里断然否定了在丈夫活着的时候再婚的可能性。

公爵夫人自以为有了这些不容争辩的论据作武器，一大早就坐着车去找女儿，她想一个人见到她。

海伦听了母亲反对的意见后，温和地、嘲讽地笑了笑。

"《福音书》里说得很清楚：谁愿意娶一个离过婚的女人……"老公爵夫

人说。

"咳,妈妈。少说废话吧。您全不明白。按我的地位,我有我应尽的义务。"

海伦说。

"可是,我的好孩子……"

"咳,妈妈,您怎么就不明白,神父是有宽恕权的……"

正在这时,海伦家里的女伴进来报告说,亲王殿下在大厅里等着见她。

"不,告诉他,他说话不算数,我不想见他。"

"伯爵夫人,一切罪过都应得到宽恕。"一个长脸长鼻子的金发年轻人走了进来,说。

老公爵夫人恭敬地站起来,行了屈膝礼。那个进来的年轻人没理会她。公爵夫人向女儿点了点头,轻轻地走了出去。

"不,还是她对,"老公爵夫人想道,亲王殿下的出现,使她的信念幻灭了。"她是对的;怎么我们在一去不回的青春时候就不懂得这个呢? 这很简单呀,"老公爵夫人坐在车里想道。

八月初,海伦的事情彻底确定了,她给她丈夫写了一封信告知他,她打算嫁给NN,还说她信了唯一真正的宗教,并请他履行离婚所必需的所有手续,送信人将告诉他应办的手续。

这封信到皮埃尔家里的时候,他正在波罗底诺战场上。

八

波罗底诺战役就要结束的时候,皮埃尔又一次从拉耶夫斯基的炮垒跑下来,和一群伤兵顺着山谷向克尼亚济科沃村走去,走到救护站,他看见血,听到喊叫和呻吟,就赶忙混进士兵群里,仍旧往前走。

皮埃尔现在只想一件事,那就是尽快从这一天他所感受的可怕的印象中逃出来,回到日常生活中来,在自己的房里躺在床上平静地睡一觉。只有在日常生产的环境中他才觉得他能够明了他自身和他所见到的和感受的一切。但是那种日常生活的环境却到处都找不到。

虽然在他走着的大路上没有炮弹和枪弹的呼啸,但是四周仍旧战场一样。仍旧是那些痛苦的、疲乏的、有时淡漠得出奇的面孔,仍旧是那些血,那些军大衣,那些射击声,枪声虽然离得十分远,可依旧引起恐怖;此外再加上天气闷热,尘土飞扬。

沿着莫扎伊斯克大道走了大约三俄里,皮埃尔在路边坐下。暮色降临大地,隆隆的炮声平息下来。皮埃尔倚着胳膊肘躺了好久,在黑暗中望着从他身旁走过的影子。他总觉得有一颗炮弹呼啸着向他飞来;他颤抖着欠起身来。他不记得他在这儿待了多久。半夜,有三个士兵弄来一些干树枝,在他身边停下,点起火来。

士兵们斜着眼看皮埃尔,把火点着后,放上一口锅,把面包干掰碎放到锅里,还放一点肥肉。食物和肥肉的香味混杂着烟味。皮埃尔抬了抬身子,叹了一口气。那三个士兵边吃边谈,并不管皮埃尔。

"你是干什么的?"一个士兵突然问皮埃尔,他问的意思很明显就是皮埃尔心中所想的:你想吃,我们可以给你,但是我们要知道你是不是好人?

"我? 我? ……"皮埃尔说,他觉得必须尽量降低自己的社会地位,为跟士兵更接近,更为他们所了解。"说实话,我是民兵军官,但是我的弟兄们不在这儿;我来参加战斗,跟自己的人失掉了联络。"

"你看你!"一个士兵说。

另一个士兵直摇头。

"好,你想吃就吃吧,尝尝我们的面糊糊!"第一个士兵说,他把木勺舔干净,递给皮埃尔。

皮埃尔坐近火堆,开始吃锅里的面糊糊,他觉得,他从来没吃过这么好吃的东西。当他对着锅弯下身来贪馋地一大勺一大勺地舀着吃的时候,他的脸被火光照亮了,士兵们静静地望着他。

"你要到哪儿去? 你说说!"一个士兵又问。

"我去莫扎伊斯克。"

看来,你是贵族吧?"

"是的。"

"叫什么名字?"

"彼得·基里洛维奇。"

"那好啦,彼得·基里洛维奇,咱们一块走,我们领你去。"

士兵们和皮埃尔一块摸黑朝莫扎伊斯克走去。

当他们走近莫扎伊斯克,爬陡峭的山路进城的时候,鸡已经叫了。皮埃尔只顾跟着士兵走,全然忘了客栈是在山下,他已经走过了。如果不是在半山腰碰见他的马夫,他肯定不会想起这个的(他已经失魂落魄了);他的马夫到城里找他,在返回客栈的路上,看见黑暗中发白的帽子,认出了皮埃尔的。

"大人,"他急促地说,"他们还以为没希望了呢。您干吗步行啊? 您还要到哪儿去,请问!"

"哎呀,对了"皮埃尔说。

士兵们停住了。

"怎么,找到自己的人了?"其中一个说。

"再见! 彼得·基里洛维奇,似乎是吧? 再见,彼得·基里洛维奇!"另一些声音说。

"再见，"皮埃尔说，就同马夫一块到客栈去了。

"应该给他们点什么！"皮埃尔抓着衣兜想道。"不，不必啦，"似乎有一个声音对他说。

客栈已经没有空房了，都满了。皮埃尔穿过院子，蒙起头睡在他的马车里。

九

皮埃尔头刚挨着枕头，就觉得睡着了；可是忽然间，差不多跟现实一样清晰，响起了砰砰的射击声、呻吟声、喊叫声、炮弹的落地声，闻到了血腥和火药味，于是他感到恐怖和死的畏惧。他吃惊地睁开眼睛，从大衣底下抬起头来。院子里悄无声息的。只有一个勤务兵在大门口，一边踏着泥浆，一边和店东谈话。在皮埃尔的头顶上，在黑暗的棚屋里，有鸽子被他坐起来的响声惊动了，拍打了翅膀。满院子散发着和平的、此时使皮埃尔感到兴奋的、强烈的客栈气味，还有干草、马粪和焦油的气味。在两间灰暗的棚屋之间，可以看见繁星点点的晴空。

"谢天谢地，再没有那个了，"皮埃尔想，又蒙上头睡了。"恐惧的感觉真是可怕，我对它屈服真是可耻！可是他们……他们一直是那么坚定，那么沉着……"他想。皮埃尔所说的他们，就是士兵——那些炮垒上战斗的，那些给他饭吃的，那些向圣像祈祷的士兵。他们——这些奇特的、在这之前他所不了解的他们，在他的思想中，和其他任何人清清楚楚地、截然不同地区分开来。

"当一名士兵，一个地地道道的士兵！"皮埃尔迷迷糊糊地在心中想道。"把整个身心都投入在这种共同生活中，深入地体验使他们变成他们那个样子的一切。但是，怎样抛掉自己身上所有多余、可恶的东西呢？怎样抛掉身外的一切负担呢？一个时期我能做到这一点。我可以依照我的意愿离开父亲。我还可以在多和多洛霍夫决斗以后被罚去当兵。"在皮埃尔想象中浮现出他要求多洛霍夫决斗的那次俱乐部的宴会。他欠起身来，就在这一瞬间，他觉得腿很冷，原来腿露了出来。

他觉得挺害臊的，赶忙用手捂着他的腿，大衣果真从腿上滑下去了。皮埃尔在盖好大衣的时候，睁眼一看，见到的仍旧是棚屋、柱子、院子，但是现在这一切全泛着青灰色，明亮了，面上有一层露水或霜花的闪光。

"天亮了，"皮埃尔想。"但是，我不要这个。"

后来皮埃尔在回忆这些思想的时候，虽然这些思想是由当天的印象引起的，但是他相信它们是他身外什么人对他说的。

"战争，是人类自由对上帝法律的服从，并且是最艰苦的服从，"有一个声音这样说。"朴实是对上帝的顺从。他们是朴实的。他们不说,只是做。人怕死,就得不到什么东西。谁不怕死,一切全都归他。不经历一番忧患,人就不知道自己的局限,就不能认识自己,最难的是善于在自己的灵魂中把所有事物的意义联合起来。把一切联合起来?"皮埃尔自言自语。"不,不是联合。无法把思想联合起来,而是把这一切思想结合起来——这才是应该做到的!是的,得结合起来!得结合起来!"皮埃尔满心欢喜地反复自言自语,他觉得,正是这些话,也只有这些话,才表达出了他想表达的,而且彻底解决了使他烦恼的问题。

"是的,得结合起来,是结合的时候了。"

"得套车了,是套车的时候了,大人!大人,"一个声音在反复地说,"得套车了,是套车的时候了……"

车夫叫醒了皮埃尔。太阳已经照到皮埃尔的脸上了。他看了看肮脏的客栈的院子,在院子中间的井旁边,几个士兵正在饮几匹瘦马,几辆大车正赶出大门。皮埃尔愤愤地转过脸去,闭上眼睛,又倒在马车座位上。"不,我不要这个,我不要看见和了解这个,我要弄懂在梦中启示我的东西。我应该怎么办呢?结合,可是怎样把一切结合起来呢?"皮埃尔担心地感到,他在梦中所见所想的一切,全泯灭了。

马夫、车夫和店东全告诉皮埃尔说,一个军官来告知说,法国人就要到莫扎伊斯克了,我们的人正在撤退。

皮埃尔站起来,吩咐套车,追赶他们,他步行穿过那座城市。

军队开拔了,留下上万的伤员。在各家院子里和窗口里全能看见伤员,大街上也挤满了伤员。在街上运伤兵的车四周,发出一片喊叫,咒骂和拳击的声音。皮埃尔的马车追上了他们,他让一个相识的受伤的将军坐上他的车,和他一起回莫斯科。在路上皮埃尔得知了他内兄和安德烈公爵的死讯。

十

三十日,皮埃尔回到了莫斯科。要到城门口的时候,拉斯托普钦伯爵的副官向他迎过来。

"我们四处找您,"副官说。"伯爵非要见您不可。他请您立刻到他那儿去,有一件非常重要的事。"

皮埃尔没有回家,雇了一辆马车,就到总督那儿去了。

拉斯托普钦伯爵这天早上刚从郊外索科尔尼茨别墅回到城里。伯爵住宅的前厅和接待室挤满了官员,已经见过伯爵的瓦西里奇科夫和普拉托夫对他说,保卫莫斯科已经不可能,莫斯科要放弃了。这个消息虽然瞒着居民,可官员们、各机关的首长们,和拉斯托普钦伯爵一样,全知道莫斯科将要落入敌手;但是他们为了推卸责任，全来向总督请示他们掌管的部门应该怎么办。

皮埃尔进入接待室时，一个军队的信使从伯爵的房间走了出来。

信使对人们向他提出的问题一个劲地摆手，穿过大厅走了出去。

在接待室等候时，皮埃尔睁开疲倦的眼睛环顾室内的官员们，有老的和少的，文的和武的，大的和小的。大家全现出不满和不安的样子。皮埃尔走到一群官员面前，其中有一个他认识的。他们和皮埃尔打过招呼后，仍旧谈他们的话。

"先疏散，过后再回来，万无一失；处在现在的情况，不管怎样负不了责。"

"你瞧他写的什么，"另一个人指着手里拿着的印刷品，说。

"这是另一回事了。那是给老百姓看的，"第一个人说。

"那是什么？"皮埃尔问。

"是一张新传单。"

皮埃尔拿过来，读起来。

"库图佐夫阁下为了同前来的部队尽快会合，已越过莫扎伊斯克，并建立了坚固的阵地，敌人不会忽然向他进攻。已经从这里给他运送四十八尊大炮和火药，阁下说，他要保卫莫斯科到最后一滴血，直至进行巷战，弟兄们，你们不要为政府机关关闭而担心：秩序一定要维持，我们要用我们的法庭收拾那些坏蛋！必要时，我可以召集城市和农村的青年。一两天内我将发出号召，现在还不需要，暂且我不作声。斧头是好东西，猎熊的矛也不错，可最管用的还是三股叉；一个法国佬并不比一束黑麦重。明天午饭后，我要把伊韦尔圣母像抬到叶卡捷琳娜医院给伤兵治病。我们在那里祈求圣水；使他们快点康复；我现在十分健康：本来一只眼有病，可是现在，我两眼雪亮。"

"但是，军界的人告诉我，"皮埃尔说，"在城里作战绝对不可能，并且阵地……"

"就是嘛，我们也是那么说嘛，"第一个官员说。

"他说'我本来一只眼有病，可是现在，我两眼雪亮，'是什么意思？"皮埃尔说。

"伯爵生过针眼，"那个副官笑着说，"我告诉他，人们来问，他怎么啦，他听到这个很不安。伯爵，"副官突然带着笑脸对皮埃尔说，"怎么听说您的家庭也出点事儿？听说伯爵夫人，您的太太……"

"我什么都没听到，"皮埃尔冷淡地说。"您听到什么了？"

"咳，您知道，反正人们老是爱瞎猜疑。我只是道听途说。"

"您到底听到什么了？"

"听说，"副官还是堆着笑说，"伯爵夫人，您的太太，要到国外去。是胡说……"

"可能，"皮埃尔说，他不在意地环顾四周。"那是谁啊？"他指着一个穿着清洁的青灰色大衣的小老头,问道。

"他么,是一个商人,饭馆的老板、韦列夏金就是他。或许您听说那件布告的事了吧?"

"噢,原来他就是韦列夏金!"皮埃尔说,看着老商人那张坚强镇定的面孔,在他脸上寻找奸细的神情。

"这不是他本人。他是写布告的人的父亲,"副官说。"他儿子坐牢了,看来不会有什么好下场。"

一个戴勋章的小老头,还有一个脖子上挂着十字架的官吏,走到谈话的人们面前。

"您知道,"那个副官讲起来,"这是一桩糊涂案子。那篇宣言是两个月以前出现的。伯爵得到报告后,就命令追查。加夫里洛·伊凡内奇查出,那篇宣言经过六十三人的手。问其中的一个:'谁给你的?'——'某某给的'。于是问那个人:'谁给你的?'就这样最后问到韦列夏金……一个没受过什么教育的生意人,您知道,一个小老板,"副官微笑着说。"问他:'你从谁手里得到的?'他只能从邮政局长那里得到。很明显,他们事先全串通好了。他说:'谁也没给我,是我自己写的。'吓唬他,盘问他,他一口咬定:'是我自己写的。'就这样禀报给伯爵。伯爵吩咐把他叫来。'你的布告是从谁那儿弄来的?''我自己写的。'您猜伯爵怎么样!"副官带着骄傲的快活的微笑说。"伯爵几乎火冒三丈,想想看吧:居然那么胆大妄为,扯谎和顽固!……"

"噢!伯爵是想让他供出克柳恰廖夫,我明白了!"皮埃尔说。

"根本不需要,"副官惊惶地说。"就是没有这一条,克柳恰廖夫也有的是罪状,所以才把他流放了。问题是伯爵非常气愤。'你怎么会写呢?'伯爵说。他从桌上拿起一份《汉堡日报》——'这就是它。不是你写的,是翻译的,并且翻得十分糟,因为你这个笨蛋根本不懂法语。'您猜怎么着?'不,'他说,'我什么报纸都不看,是我写的。'倘若这样,你就是叛徒,我就把你交给法院审判,你就会绞死。你说,是谁给你的。——'我什么报纸都不看,是我写的。'结果就是这样。伯爵把他父亲叫来:这个老头子也是死不承认。于是把他儿子交付审判,可能判了苦役。现在他父亲是来为他求情的。这小子坏透了。您知道,这种商人的子弟,全是些花花公子,专门玩女人的,不知在哪儿听了几次演讲,就不知如何是好了。这是一个地道的小流氓!"

十一

在这场新的谈话中间,皮埃尔被请去见总督。

皮埃尔走进拉斯托普钦伯爵的办公室。在皮埃尔刚进去,拉斯托普钦皱着眉头,用手揉搓着额头和眼睛。一个矮个子正在说什么,皮埃尔一进来,他立刻住嘴,走了出去。

"啊!您好,勇敢的战士,"那个人走出去,拉斯托普钦就说。"我听到您的伟大战绩了!但是问题不在这儿。请问您是不是共济会员?"拉斯托普钦伯爵说,口气非常严厉,似乎在这个问题上出了什么事,但是他可以原谅。皮埃尔没说话。"我知道,有各式各样的共济会员,我希望您不是那种名为拯救人类而事实上是想毁灭俄国的人。"

"是的,我是共济会员,"皮埃尔答道。

"那么好,我的好朋友!我想您肯定知道斯佩兰斯基和马格尼茨基已经被流放到他们应去的地方了;对克柳恰廖夫也要这么办,对其他那些假借建设所罗门圣殿但却竭力破坏自己祖国圣殿的人也要这样办。您可以知道我这样做是有道理的,倘若此地的邮政局长不是坏人的话,我也不至于流放他。我已经知道,你把自己的马车借给他,送他出城,您甚至替他保存文件。我为您好,不希望您遭灾祸,我比您年长一倍,我像父亲一样劝告您,不要跟那些人来往,您自己也要赶快离开这儿。"

"克柳恰廖夫到底犯了什么罪?"皮埃尔问。

"这是我的事,用不着您问,"拉斯托普钦嚷道。

"倘若说,有人控告他散发拿破仑的布告,可是并没有证据,"皮埃尔说(眼睛不看拉斯托普钦),"韦列夏金……"

"完全正确"拉斯托普钦一下子皱起眉头,打断反埃尔的话,喊的声音比刚才更高了。"韦列夏金是个叛徒和内奸,他应该受到他应得的处罚,"拉斯托普钦像一个人记起受辱的情景似的,怀着满腔的愤怒说。"我叫您来不是为了讨论我的事情,而是为了给您忠告,或者说是给您命令,倘若你喜欢这样说的话。我请您跟克柳恰廖夫之流的先生们断绝关系,而且离开这儿。我决不允许有任何胡闹的行为。"或许他忽然记起他是在斥责还没有犯罪的别祖霍夫,于是他友好地握起皮埃尔的手,又说:"对不起,我太不客气了。但是,我的好朋友,您打算怎么办? 我有时晕头转向! 请您原谅。"

"我一点打算没有"皮埃尔回答,他仍然连眼皮也不抬,没有改变脸上沉思的表情。

伯爵皱紧着眉头。

"请您听从我的建议,再见,亲爱的。对啦。"他在门口对他喊道,"听说伯爵夫人陷入了耶稣会神父们的魔手,是真的吗?"

皮埃尔皱着眉头,怒冲冲的,从来还没生这么大的气,什么也没回答,就从拉斯托普钦那儿走了出去。

他回到家里时,天已经黑了。那天晚上到他家要见他的,有八个人。他那个营里的上校、账房先生、管家以及几个请愿的人。这些人全有事来找皮埃尔,全要他来解决。皮埃尔对这些事一点也不清楚,也不感兴趣,他对每个问题都给予答复,仅仅是为了要摆脱那些人。终于,只剩下他一个人的时候,他拆开妻子的信,读了一遍。

"他们——炮垒上的士兵,安德烈公爵阵亡了……老头子……应该受苦受难……一切事物的意义……在于结合起来……老婆要嫁人……要忘却,要了解……"他走到床前,和衣倒在床上,立刻就睡着了。

第二天早上醒来,管家进来报告说,拉斯托普钦伯爵专门派一位警官来打听他走了没有。

十来个人有事来找皮埃尔,全在客厅里等他。皮埃尔赶忙穿好衣服,不去见那些等他的人,从屋后的门廊走出了大门。

从这时起,一直到莫斯科大破坏结束,别祖霍夫家里的人虽然四处寻找,再也没看见皮埃尔,也不知他的下落。

十二

罗斯托夫一家在九月一日以前,也就是法军入城的前夕,一直待在莫斯科。

自从彼佳参加奥博连斯基哥萨克团,开拔到该团成立的地方——白采尔科维城以来,伯爵夫人感到心慌意乱。她的两个儿子全都参军,都从她的翅膀下飞走了,说不定今天或者明天,就有一个、也许两个一块被打死,她的一个熟人的三个儿子就是这样死的,这个想法在那年夏天第一次十分鲜明地在她脑际萦绕。她想把尼古拉弄回来,想亲自去看彼佳,设法在彼得堡给他找个事做,可这两件事全都不可能。彼佳除非随着团队一块或者趁着调到别的现役团队的时候回家一趟,否则是不可能回来的。尼古拉目前不知在哪儿,自从接到那封详细描述他跟玛丽亚公爵小姐邂逅的信后,就再没有音信了。伯爵夫人夜不成眠,一合眼就梦见儿子被打死。经过好多次商量和交谈,伯爵最终想出了安慰伯爵夫人的办法。他把彼佳从奥博连斯基团调到了在莫斯科近郊整编的别祖霍夫团。虽然彼佳还是在军队里服役,但是这样调换一下,伯爵夫人就可以在自己的翅膀下看见一个儿子而得到慰藉,并且怀着一个希望——把彼佳安置在一个永远不会参加战斗的岗位,不让他再走。当只有尼古拉一人处在危险之中时,伯爵夫人觉得,她爱老大胜过爱所有其他孩子;可是当小儿子彼佳,这个调皮捣蛋、不好好学习、净毁坏家里的东西、惹得人人讨厌的彼佳,落入那些身材高大、样子可怕、心肠残忍的男人中间,那些人不知为了什么正在厮杀,也不知为了什么他们从中居然找到乐趣,——每当这时,做母亲的就觉得,她疼爱这个小儿子胜过疼爱其他的孩子,日夜思念中的彼佳回莫斯科的日子越近,伯爵夫人的心情就越是不安。她甚至想,她永远也看不到这个幸福了。在她跟前的不但有索尼娅,并且还有心爱的娜塔莎,甚至还有丈夫,但是这都惹她烦恼。"他们与我有什么相干,除了彼佳,我什么人都不要!"她想。

八月底,罗斯托家里的人接到尼古拉的第二封信。信是从沃罗涅日省寄来的,他是派到那个省去买马的。这封信并没有使伯爵夫人得到什么安慰。她知道一个儿子脱离了危险,就更为彼佳担心了。

虽然到了八月二十日,差不多所有罗斯托夫家的熟人全都离开了莫斯科,虽然所有的人都劝伯爵夫人赶快离开,但是她的宝贝,她所宠爱的彼佳,没有回来之前,这件事,她连听都不愿听。八月二十八日,彼佳回来了。对于母亲的迎接时那份过于温情的慈爱,这个十六岁的少年军官心中并不满意。虽然母亲向他瞒着她的意图——不再让他从她的翅膀下飞走,但是彼佳明白她的秘密,他有一种本能的畏惧,害怕和母亲在一块会心软,会变得婆婆妈妈(他私下这样想),他对她冷淡、躲避她,他在莫斯科停留期间,只和娜塔莎一块玩儿,他对她怀有一种恋人般的深厚的感情。

因为伯爵一向马马虎虎,八月二十八日还没有做离开的准备,等候从梁赞和从莫斯科郊区的庄子来搬运家产的大车,一直等到三十日才到。

从八月二十八日到三十一日,整个莫斯科都在奔忙,都在活动。每天都从罗戈米洛夫城门运来几千名波罗底诺战役的伤员,从其他一些门运出几千辆满载着居民和财物的大车。虽然有拉斯托普钦的传单,或许与传单无关,或许正因为有了这种传单,一些彼此相反、离奇古怪的谣言在全城流传着。有人说,不许任何人出城;有人却说,所有的圣像全从教堂里抬了出来,要强制疏散;有人说,波罗底诺战役把法国人打垮了,还要再打一仗;又有人说,俄国军队都被消灭了;有人说,由神父率领的莫斯科民兵开赴三山;有人在窃窃议论,说有命令禁止奥古斯丁离开,捉到一些奸细,农民正在暴动,离开莫斯科的人在路上遭到抢劫,等等。但是,人们是这样说说罢了,而实际上,那些走的人和留下的人,嘴里虽不说,却感觉到(尽管决定放弃莫斯科的菲利会议还没举行),莫斯科肯定要放弃,得赶快离开,保全自己的财物。每个人都有这样的感觉:一切都要突然被破坏和改变,但是直到九月一日还没有什么变化。就像一个被拉去行刑的囚犯,明明知道快要死亡,但是还向他四周观看,扶正没戴好的帽子,莫斯科也是这样仍旧不自觉地过着通常的生活,虽然知道毁灭的时限已经临近,到时候一切已经习惯了的生活常规都要遭到彻底破坏。

在莫斯科被占领的前三天,罗斯托夫全家全在忙于各种事务。家长伊利亚·安德烈伊奇伯爵坐着车在城里不住地跑来跑去,从各处收集流传的谣言,在家里对于出行的准备做了些一般的指示。

伯爵夫人照料收拾东西,她对任何人都不满意,老是跟着不停地从她身边跑开的彼佳,嫉妒他老找娜塔莎,老跟娜塔莎在一起玩儿。只有索尼娅一个人料理实际的事务:包装东西。但是索尼娅近来十分忧郁和沉默。尼古拉的来信提到玛丽亚公爵小姐,使伯爵夫人十分兴奋,当着索尼娅的面说,尼古拉和玛丽亚公爵小姐的相遇是天作之合。

"博尔孔斯基做那塔莎的未婚夫,我从没欢喜过,"伯爵夫人说,"可是我总在希望,并且我有一种预感,尼古连卡会娶公爵小姐。这真太好了!"

索尼娅觉得这是实话,重振罗斯托夫家业的唯一办法,就是只娶一位富家的小姐,而公爵小姐就是一个难得的配偶。但这对她十分痛苦。虽然难过,或许正因为难过,她负起指挥归置和包装东西这份苦差。整天忙活着。伯爵和伯爵夫人只要有什么要吩咐的,就得找她。彼佳和娜塔莎却相反,不但不帮助父母,反而碍手碍脚,弄得全家厌烦。差不多整天都听见他们在家里跑来跑去,喊叫和莫名其妙地笑。他们笑,兴奋,根本不是因为有什么可笑的;但是,他们打心眼里兴奋,快活,所以不论碰到什么,他们都觉得好笑,好玩儿。彼佳快活主倘若因娜塔莎快活,他经常以她的心情为转移。而娜塔莎所以快活,是由于她郁闷得太久了,现在没有什么使她记起郁闷的原因,并且她身体也好起来了。她快活,还因为有人赞美她,彼佳也赞美她。最主要的,他们所以快活是因为莫斯科近郊已经发生战事,将要在各城门打仗,就要发放枪支,人们全在奔忙,全在逃往什么地方去,总之,正在发生十分的事,这总是令人高兴,尤其是对于年轻人。

十三

八月三十一日,星期六,罗斯托夫家里所有的东西全都翻了个样。所有的门都敞着，家具全搬了出去，或者换了地方，镜子和画全摘了下来。各屋全摆着箱子，地上横七竖八地放着干草、包装纸和绳子。抬东西的农民和家奴迈着沉重的脚步在镶花地板上走来走去。院子里全是农民的大车，有几辆已经装满了，绑好了，有几辆还是空的。

院子里和屋里，到处都是说话声、脚步声、互相呼唤的声音。伯爵一早就出去了。伯爵夫人受不了忙乱和喧哗，头痛起来，头上包着一块浸醋的布，躺在一间新起居室里。彼佳不在家。索尼娅在大厅看着包装玻璃器皿和瓷器。娜塔莎坐在她的房间地板上，周围乱放着衣服，缎带和围巾，她手里拿着她参加彼得堡舞会时穿过的旧舞衣（现在已不时兴），目不转睛地凝视着地板。

娜塔莎觉得惭愧，其他人都那么忙，而她什么事都不做，那天一早起来，她好几次想动手干活儿；但是她安不下心来；她做什么事情都是一心一意，全力以赴，否则她就做不成，也不会做。在包装瓷器时，她在索尼娅身旁站了一会儿，想帮帮手，但是她马上就撒手不管，跑回她的房间装自己的东西去了。开始，她把衣服和缎带分给女仆们，觉得很有趣，但是后来，当剩下的东西仍旧需要包扎的时候，她就觉得索然无味了。

"杜尼亚莎，你来包扎吧，亲爱的？好不好？"

杜尼亚莎很兴奋由她来干，娜塔莎坐在地板上，手里拿着旧舞衣，在那儿出神，可她想的根本不是她现在应当想的事。隔壁女仆房里使女们的说话声和她们从房里向后门走去的匆匆的脚步声，把她从沉思中唤醒了。娜塔莎站起来向窗外看。街上停着许多载着伤兵的大车。

使女们、男仆们、女管家、保姆、厨师、车夫、前导御者、厨房打下手的，全站在门口看伤员。

娜塔莎拿起一块白手绢披到头上，两手揪着手绢的角，朝大街上走去。

曾做过女管家的玛夫拉·库兹米尼什娜老太婆，从站在门口的人群里出来，走到一辆带椴皮篷的大车面前，跟一个躺在车上的脸色苍白的青年军官谈话。娜塔莎移近了几步，怯生生地停下来，仍然揪着手绢，听女管家说话。

"那么说来，您在莫斯科什么人全没有？"玛夫拉·库兹米尼什娜说。"您最好找一个平静一点的住处……您就住到我们这儿。主人全家全要走了。"

"我不知道可不可以，"那个军官声音微弱地说。"那就是我们的长官……您去问问看，"他指着在街上顺着一溜大车走回来的、肥胖的少校。

娜塔莎睁着吃惊的眼睛，瞧了瞧受伤军官的脸，马上迎着少校走过去。

"伤员能住到我们家里吗？"她问。

少校微笑着把手举到帽檐上。

"您想让谁去住，小姐？"他眯缝着眼睛，微笑着说。

娜塔莎把她的问话重说了一遍，她的脸和整个姿态都是很严肃，虽然她还揪着手绢的角，但是少校不再微笑了，他先想了一下，好像在掂量怎样回答才

好,然后才给她一个肯定的回答,

"行啊,没什么不可以的,"他说。

娜塔莎微微点了点头,快步走到玛夫拉·库兹米尼什娜那儿,她正站在那个军官身旁,怀着怜悯的心情和他谈话。

"可以,他说,可以!"娜塔莎低声说。

那个军官的篷车拐进了罗斯托夫家的院子,几十辆伤员车应本城居民的邀请,都驶入各家的院子和波瓦尔大街各家的门口。接待新来的人们,这使娜塔莎十分欢喜。她和玛夫拉·库兹米尼什娜一块尽量多让一些伤员到自己的院子里来。

"还是要禀告老爷子才好,"玛夫拉·库兹米尼什娜说。

"没什么,没什么,反正全一样,咱们都搬到客厅里住一天,把咱们一半的房间让给他们。"

"瞧您说的,小姐,亏您想得出! 就是住厢房、下房、保姆的房子也得问一声呀。"

"那好,我去问问。"

娜塔莎跑回家里,踮着脚尖走进卧室,屋里有一股醋酸味和药水味。

"您睡了吗?"

"哎哟,哪儿睡得着!"伯爵夫人才打了个盹儿,醒来说。

"妈妈,亲爱的,"娜塔莎说,跪在母亲面前,把脸贴近她的脸。"对不住,请原谅,我把您惊醒了,以后再也不敢这样了。玛夫拉·库兹米尼什娜叫我来的,运来了一些伤员,全是军官,您答应吗? 他们没有地方安置;我知道,您肯定会答应的……"她一口气急促地说。

"什么军官? 把谁运来了? 我一点也不清楚"伯爵夫人说。

娜塔莎笑了,伯爵夫人也微微一笑。

"我知道您会答应的……那么我就这样去告诉了。"娜塔莎吻了吻母亲,站起来向门口走去。

在大厅里她遇见父亲,他带着不好的消息回到家里。

"咱们还傻待着呢?"伯爵懊恼地说。"俱乐部也关门了;警察也走了。"

"爸爸,我把伤员请进家里来了,行吗?"娜塔莎对他说。

"当然行啦,"伯爵随便地说。"问题不在这儿,现在我要求你们少管这些不相关的小事,要帮助收拾东西,准备走,明天就走……"于是伯爵对管家和仆人发出了一样的命令。从外面回来的彼佳在吃饭的时候讲述他的见闻。

他说,今天老百姓全在克里姆林宫领枪支,拉斯托普钦在他的传单里虽然说两三天内将发出号令,但是已经有了确切的命令,明天所有居民就拿着武器前赴三山,那儿将有一场血战。

在彼佳讲这个的时候,伯爵夫人怀着怯怯的恐惧望着她儿子高兴的面孔。

她知道,只要她说一句不让彼佳去参加这次战斗的话,他就会讲一些男子汉啦、荣誉啦,祖国啦之类倔强的、不容置辩的话,事情就会弄糟,所以,她是这样盘算的:趁战事没打起来就离开,把彼佳带走,做他的保卫者和庇护者,临时什么都不对彼佳说,晚餐后,她把伯爵叫来,含着眼泪求他赶快把她带走,倘若可能,当夜就带走。一直没露出任何畏惧的伯爵夫人,现在因为母爱而怀着女人不自觉的狡诈,说,倘若当夜不走,她肯定会吓死的。用不着假装,这时她真的什么都怕了。

十四

去看女儿的肖斯太太讲她在回家的路上,在肉商街一家酒店见到的情景,这使伯爵夫人更加恐惧了,她说有一些醉汉在酒店闹事,没法过去,她雇一辆马车绕小胡同回家;车夫告诉她说,那帮人把酒店的酒桶都打开了,说是有命令允许这样干。

饭后,罗斯托夫一家人高兴地忙着包扎东西,做动身的准备。老伯爵忽然管起事来,饭后他从屋里到院子,又从院子到屋里,不住地走来走去,胡乱地呵斥那些忙乱的人,弄得他们更加手忙脚乱。彼佳在院子里指挥。索尼娅对伯爵发出的自相矛盾的命令,不知应该怎么办,全都茫然失措了。满屋和满院子都是人们在喊叫,争论,喧哗。对什么事都热心的娜塔莎,也管起事来。开始的时候,她干预包装,别人都不信任他。人们是等着看她的笑话,都不听她的;可是她有一股子顽强的热情的劲儿,总得要人家服从她,倘若不听她的,她急得差点要哭出来,最后,她终于得到了人们的信任。费了她巨大的努力,提高了她的威信的第一件事,是包装地毯。伯爵家里有贵重的戈贝兰地毯和波斯地毯。当娜塔莎着手干活儿的时候,大厅里放着两口敞开的箱子:一口箱子差不多装满了瓷器,另一口装的是地毯。桌上还摆着很多瓷器,从库房里还不停地拿来。还得另装一口——第三口箱子,而且派人去取了。

"索尼娅,等一等,就这样我们全装得下,"娜塔莎说。

"不行,小姐,已经试过了,"餐厅侍者说。

"不,请等一下,"说着,娜塔莎从箱子里取出包着纸的盘子和碟子。

"盘子要放这儿,放到地毯里,"她说。

"三口箱子能把地毯装完就谢天谢地了,"餐厅侍者说。

"等一下,好不好。"娜塔莎开始快速、利落地挑选起来。"这个不要,"她是说基辅产的碟子,"这个可以,这个放到地毯里,"她是指的萨克森盘子。

"你少管吧,娜塔莎;行啦,让我们装吧,"索尼娅带着埋怨的口气说。

"哎呀,我的小姐!"管家说。但是娜塔莎不听,她把东西全扔了出来,又极快地装起来,决心把不好的地毯和瓷器不带走。于是都取出来重新装,果然,扔掉的全是一些不值钱的、不值得带走的东西,一切贵重的物品全装进两口箱子。但是盛地毯的箱子盖不上。实际上可以拿掉一些东西,但是娜塔莎坚持自己的意见。她装了,又重新改装,使劲地压,逼着餐厅侍者和彼佳(她把彼佳也拉来装箱)用力压箱盖,她也狠命地使劲。

"行啦,娜塔莎,"索尼娅说。"我看,是你对了,从上边拿掉一些嘛。"

"不行,"娜塔莎嚷道,她一只手拢住垂到汗津津的脸上的头发,一只手用力地按地毯。"压啊,彼佳,压!瓦西里奇,使劲压!"她嚷道。地毯压下去,箱盖合上了。娜达莎拍了拍手掌,兴奋得尖声叫起来。可只是一秒钟的事,转眼她又去做其他的事了,这时大家已经完全信任她了,当人们告诉伯爵,娜塔莉娅·伊利尼什娜改变了他的命令时,伯爵也没生气,家奴们有事就去问娜塔莎。多亏娜塔莎的指挥,事情进行得十分顺利:拿掉一些没用的东西,把最贵重的东西用最紧凑的方法装起来。

但是,无论全体人员怎么忙合,直到深夜还没有装完。伯爵夫人睡了,于是伯爵把行期延至第二天早上,他也休息去了。

索尼娅和娜塔莎和衣睡在沙发上。

那天夜里,另一个伤员被送到波瓦尔大街,站在大门口的玛夫拉·库兹米尼什娜把伤员让进罗斯托夫家的院子。她认为这个伤员肯定是个非常重要的人物。他乘一着一辆轻便马车,支着车篷,四周挡得严严实实。前座上,驭手旁边坐着一个老仆人。一个医生和两名士兵坐一辆车,跟在马车后边。

"请到我们家里来吧。主人们立刻就要走了,整个宅子就要空了,"老太婆对那个老仆人说。

"也许,"仆人叹了一口气,回答说,"不能活着到家了!我们在莫斯科自己有房子,就是离得远,也没人住了。"

"欢迎你们光临,我们主人家什么都有,"玛夫拉·库兹米尼什娜说。"他怎么样,伤得很重吗?"她又说。

仆人摆了摆手。

"活着送他到家是没有希望了!应当去问问医生。"于是,仆人下了马车,来到另一辆车跟前。

"好吧"医生说。

仆人回到马车跟前,望车里看了一眼,摇摇头,让驭手把马车拐进院子,停在玛夫拉·库兹米尼什娜跟前。

"主耶稣基督!"她喃喃地说。

玛夫拉·库兹米尼什娜让他们把受伤的人抬进屋里。

"主人家不会反对的……"她说,但是他们应当避免上楼,把受伤的人抬进厢房,安置在肖斯太太住过的房间。这个受伤的人是安德烈·博尔孔斯基公爵。

十五

莫斯科的末日到了。那是一个晴朗、秋高气爽的日子是星期天。像往日的星期天一样,教堂全鸣钟做礼拜。看样子,谁也不知道莫斯科将会怎么样。

只有两种社会现实标志着莫斯科当时的情势:老百姓,也就是贫民阶层,和物价。工人、成群结队的家奴和农民,其中也有小官吏、中学生、贵族,一大早就向三山进发了。这群人在那儿待了一会,没见拉斯托普钦到来,终于明白莫斯科将要被放弃,于是就散了,回到莫斯科城里,钻进酒店和饭馆里去了。这一天的物价也标示着时局。武器、黄金、车马不停地涨价,而纸币和城市的用品则不住地跌价,到这天中午,甚至有这样的情形,搬运贵重的物品,例如呢绒,要和搬运的车夫对半分,农民的马匹要价竟高达五百卢布;而家具、镜子、青铜器都白白地送人。

在罗斯托夫家气派庄严的古老住宅里,昔日生活条件的解体是不大明显的。在下人里面,在庞大的仆从中,夜间只有三人逃亡;而且没有偷盗什么东西;至于那些值钱的东西,来自庄园的三十辆大车,是一笔巨大的财产,惹得很多人眼红,愿出大价要罗斯托夫家出让。不但有人愿出大价买车,在八月三十一日晚上和九月一日早上,受伤的军官们还派勤务兵和听差到罗斯托夫家的院子,还有罗斯托夫家和邻近人家收容的伤员亲自艰难地走来,请求罗斯托夫家的仆人给他们弄几辆车,把他们送出莫斯科。管家虽然可怜这些伤员,然而断然拒绝了,他说,这件事他连提都不敢向伯爵提。不论你怎样可怜这些留下来的伤员,但是很明显,给了你一辆,就没有理由不给第二辆,最后所有的车都得给,甚至自己坐的车也得拿出来。三十辆救不了所有的伤员,在这场灾难中,还得顾自己和自己的家。管家就是这样替他的主人想的。

伊利亚·安德烈伊奇伯爵早上醒来,为了不惊醒到早上才入睡的伯爵夫人,轻轻地走出卧室,他穿着淡紫色的睡衣走出门廊。捆绑好的车停在院子里。坐人的马车停靠在门廊旁边。管家站在台阶边跟一个老勤务兵和一个胳膊绑着绷带、脸色苍白的青年军官谈话。管家一看见伯爵,就严厉地对军官和勤务兵做了个手势,叫他们走开。

"怎么样,瓦西里奇,都准备好了吗?"伯爵摸着自己的秃顶说,一边和蔼地看着军官和勤务兵对他们点点头。(伯爵喜欢结识生人。)

"马上就可以套车,大人。"

"那好哇,伯爵夫人一醒就动身,上帝保佑! 你们有什么事,先生们?"他对那个军官说。"您住在这儿吗?"那个军官走近一些。他那苍白的面孔突然泛起了红润。

"伯爵,做做好事吧,请允许我……看在上帝的分上……随便搭在您的车上一个地方,我什么东西都没有……我搭在装行李的车上……怎么都行……"没等军官说完,那个勤务兵就替他的主人向伯爵作了相同的请求。

"啊! 行,行,行,"伯爵急忙说。"我很兴奋,十分兴奋。瓦西里奇,你来张罗一下,腾出一两辆车,是啊……没啥……既然需要嘛……"伯爵发出了命令。但是,就在这一瞬间,那个军官炽热的感激神情已经承认了他的命令。伯爵环顾四周:院子里、大门旁,厢房的窗口,全都是伤员和勤务兵。他们全看着伯爵,都向门廊靠近着。

"请到画廊里去吧,大人,对于那些画,您有什么吩咐?"管家说。于是伯爵跟他一起进屋,他又重复了一遍命令:别拒绝请求搭车的伤员

"不要紧,有些东西可以卸下来,"他悄悄地、秘密地加了一句,仿佛怕被人听了去似的。

九点仲,伯爵夫人醒了,曾作过伯爵夫人的侍女、现在为她执行宪兵司令职务的玛特廖娜·季莫费耶夫娜,进来向她报告说,肖斯太太十分生气,小姐们的夏季衣服不能留在这儿不带走。伯爵夫人查问肖斯夫人生气的原因,原来把她的箱子从车上卸了下来,车子全在松绑——往下卸东西,让伤员坐上去,伯爵因为过于天真居然下令要带走这些人。伯爵夫人让人把丈夫请来。

"亲爱的,怎么了,我听说又把东西往下卸?"

"你知道,亲爱的,我正想来告诉你呢……伯爵夫人……有个军官来找我,恳求空出几辆空车运伤员。反正东西没了,还可以再挣;把他们丢在这儿,你想想,那会怎样! ……要知道,是在咱们家院子里,是咱们请人家来的,并且还有军官……真的,亲爱的,把他们送走吧……咱们怕什么呢? ……"伯爵怯生生地说,他平日一谈起金钱问题就是这个样子。

她摆出悲哀的、无可奈何的样子,对丈夫说:

"你听我说,伯爵,你已经弄得倾家荡产了,现在连我们的——孩子们的财产也要折腾掉。你自己也说过,家里的东西值十万卢布。我不答应,亲爱的,我不同意。随你的便吧! 伤员有政府管。他们是清楚的。你看对门的洛普欣家,前天就把东西运光了。看人家是怎么办的。只有我们这些笨蛋。你不可怜我,也得可怜可怜孩子们。"

伯爵挥了挥手,没有说话,就走出了房间。

"爸爸! 您怎么啦?"这时走进母亲房间的娜塔莎对他说。

"不怎么! 用不着你管!"伯爵生气地说。

"不,我全听见了,"娜塔莎说。"妈妈为什么不愿意?"

"有你什么事?"伯爵呵斥道。娜塔莎走到窗口,沉思起来。

"爸爸,贝格到我们这儿来了,"她望着窗外,说。

十六

罗斯托夫的女婿贝格,已经是胸挂两枚勋章的上校了,他仍旧占有一个平稳满意的职位——第二军第一师副参谋长。

九月一日,他从军队来到莫斯科。

他在莫斯科原没有什么事要办;但是他见大家全请假去莫斯科办点事,他认为他也有必要请假去关照一下家事和家务。

贝格乘一辆光洁的轻便马车,由两匹肥壮的黄骠马驾着,来到岳父的宅院。他细细地看了看院子里的车辆,一边上门廊的台阶,一边掏出手绢打了一个结。

贝格迈着从容的步子,小跑着从前厅走进客厅,拥抱了伯爵,吻了娜塔莎和索尼娅的手,连忙问候妈妈的健康。

"现在还谈得上什么健康? 你给我们讲讲,"伯爵说,"军队怎么样? 是撤退还是要再打一仗?"

"只有永恒的上帝才能决定祖国的命运,爸爸,"贝格说。"军队的士气非常旺盛,现在将领们,正在开会。将会怎么样,现在还不知道。但是,我可以实话告诉您,爸爸,八月二十六日那天的大战,我军所显示的那种英勇气概,真是找不到适当的字眼来形容……我告诉您,爸爸我实话告诉您,我们这些当官的,不但不用激励士兵,并且我们费了好大的劲儿才制止住这种英勇的、伟大的行为,"他说得又急又快。"巴克莱·德·托利不怕牺牲,身先士卒,我和您说。我们那个军团就守在山坡上。您可以想象!"贝格把他所有记得的故事讲一遍。娜塔莎专注地望着他,她那目光似乎在他脸上搜寻某个问题的答案,弄得他很不好意思的。

"总之,俄国战士表现得十分英勇,简直难以想象,值得夸耀!"贝格说,他转脸看了看娜塔莎,似乎想得到她的赞许,对她的目光报以微笑……""俄国不在莫斯科,它在它儿子们心中!"您说是不是,爸爸!"贝格说。

这时,伯爵夫人从卧室出来,带着劳累和不满的神情。贝格连忙跳起来,吻伯爵夫人的手,向她请安,摇头晃脑地表示同情,在她身边站住。

"是的,妈妈,我对您说真的,对每个俄国人,这都是一个艰难困苦的年头。但是,何必这么心慌呢? 您还有时间离开嘛……"

"我不懂下人们都在干些什么,"伯爵夫人对丈夫说,"我才听说,什么都还没准备好呢。得有个人照料照料。真叫人怀念米坚卡。事情真是没完没了!"

伯爵想说点什么,可是,忍住了。他从椅子上站起来,朝门口走去。

贝格这时似乎想擤鼻涕,掏出手绢,望着手绢的结子沉思起来,他忧心忡忡地晃着脑袋。

"我想求您帮一个大忙,爸爸,"他说。

"嗯?……"伯爵停住脚步,说。

"刚才我从尤苏波夫家门口经过,"贝格笑着说。"那个管家跑出来,我认识他,他问我要不要买点什么。因为好奇,我进去看了看,那儿有一只小衣柜和一个梳妆台。您知道,薇鲁什卡就盼望有两件东西,为这我们还争吵过呢。拉开来,还有一个英国式的暗抽屉,您知道吧?薇拉早就想要了。我想让她惊喜一下,我看见你们院子里有很多车。给我一辆吧,劳驾,我情愿出大价钱……"

"您对伯爵夫人说吧,我不当家。"

"倘若为难,那就算了,"贝格说。"我只是为了薇拉才十分想弄一辆。"

"咳,你们都给我滚吧,滚,滚,滚!……"老伯爵喊叫起来。

"我头都昏了。"他于是走出屋去。

伯爵夫人哭了。

"是的,是的,妈妈,真是艰难的年月啊!"贝格说。

娜塔莎跟着父亲走出去了,她似乎在苦思冥想一件事情,先跟着他走,接着跑下楼去。

彼佳站在门廊里给就要离开莫斯科的仆役发放武器。装好的车仍旧停在院子里。有两辆已经解了绳子,一个军官由勤务兵搀扶着正往一辆车上爬。

"你知道为了什么吗?"彼佳问娜塔莎。她没有回答。

"是为了爸爸想把车都腾出来给伤员,"彼佳说。"是瓦西里奇对我说的。依我看……"

"依我看,"娜塔莎突然把愤怒的脸转向彼佳,差不多大声喊起来,"依我看,这很卑劣,很可恶,十分……难道我们是德国人还是怎么的?……"她的喉咙哽咽得发颤,她怕满腔的怒火泄了劲儿,白浪费掉,就转身飞快地跑上楼去。贝格坐在伯爵夫人身边,孝敬地劝慰她。伯爵拿着烟头在室内走来走去。这时,娜塔莎气得脸变了样,像一阵暴风似的冲进屋来,快步到母亲跟前。

"这是卑劣! 这是可恶!"她喊道。"这不可能是您发的命令。"

贝格和伯爵夫人全都莫名其妙,惊惶地望着她。伯爵站在窗口,注意地听着。

"妈妈,那样不行;您瞧瞧院子里的现实吧!"她大喊大叫。"他们全都给丢下没人管了!……"

你怎么啦? 他们是谁? 你要怎么样?"

"伤员呀,还能是谁! 这样不行,好妈妈;这样不像话……好妈妈,这不像话,请原谅,……我的好妈妈,咱们何必带那么多东西呢,您瞧瞧院子里的情况吧……好妈妈! ……这样不行! ……"

伯爵站在窗口,一直听着娜塔莎说话。他突然哼哧了一下鼻子,把脸贴近了窗户。

伯爵夫人向女儿看了一眼,看见她因为母亲满面含羞,看见她那激动的神情,她明白了丈夫这时为什么不回头看她,不知所措地环顾四周。

"咳,你们爱怎么办就怎么办吧! 难道我妨碍了你们吗!"她说,很快就屈服。

"我的好妈妈,原谅我吧!"

但是伯爵夫人推开女儿,走到伯爵面前。

"亲爱的,该怎么办,你就怎么办吧……我不明白这种事情,"她说,负疚似地垂下眼睛。

伯爵噙着幸福的泪花,拥抱着妻子,她那含羞的脸兴奋地埋在丈夫怀里。

"爸爸,妈妈! 我可以下命令吗? 可以吗? ……"娜塔莎问。"我们仍旧可以带走最必要的东西……"娜塔莎说。

伯爵向她点点头,表示赞同,娜塔莎迈开敏捷的小腿穿过大厅,经过前厅,下楼来到院子里。

仆人们围着娜塔莎,没有相信她传达的命令,直到伯爵以本人和伯爵夫人的名义肯定了那个命令——把车都让给伤员,把箱子搬进储藏室,他们才相信,仆人们明白后,就欢欢喜喜地着手这项新工作。

全家仿佛要赎回早先没有这么做的罪过似的,都忙着运载伤员的事。伤员们从他们住的房间一拐一瘸地走出来,带着兴奋的笑脸围着车。得到车辆的消息传到了邻近各家,别家的伤员也都到罗斯托夫家来了,很多伤员要求不必卸东西,他们坐在上面就行了。可是卸车的工作一旦开了头,就制止不住了。反正全部卸掉或者留一半,都无所谓了。院子里到处散放着昨夜仔细装好的盛着瓷器、青铜器、图书和镜子的箱子,人们寻找着可以卸的车,又腾出一辆又一辆车来。

"还可以多带四个,"管家说,"我把我的车让出来,否则有的人怎么办?"

"把我装衣服的车也给他们吧,"伯爵夫人说,"杜尼亚莎可以和我坐一辆车。"

他们又让出装衣服的车,去接隔壁第二、第四家的伤员。全家主仆都欢天喜地。娜塔莎好久没有这么兴致勃勃,这么幸福了。

"我们把它放在哪儿呢?"仆人们说,他们正把一只箱子放在脚踏板上。"至少得留下一辆车才行啊。"

"那里面装的什么?"娜塔莎问。

"伯爵的书。"

"留下吧。瓦西里奇会收起来的。这个用不着。"

四轮马车全坐满了人;连彼得·伊里伊奇坐在什么地方都成问题了。

"他坐在前座上。你可以坐在前座上,是不是,彼佳?"娜塔莎喊道。

索尼娅也忙个不亦乐乎。可她忙的目的跟娜塔莎根本不同。她把应当留下的东西放置好；按照伯爵夫人的意思，全登记下来，而且设法尽量多带走一些东西。

十七

一点多钟的时候，罗斯托夫家的四辆满载着东西的车停在大门旁。伤兵乘的车一辆接着一辆驶出院子。

载着安德烈公爵的马车从门廊前经过时，引起了索尼娅的注意，她这时正跟一个使女在大门口一辆高大的四轮马车里为伯爵夫人弄座位。

"这是谁的马车?"索尼娅从车窗伸出身子问。

"您还不知道吗，小姐?"使女回答。"是一个受伤的公爵：他在咱们家住了一夜，也和咱们一块走。"

"是什么人啊？姓什么?"

"就是咱们家先前的姑爷，博尔孔斯基公爵!"使女叹了一口气回答说。"听说就要死了!"

索尼娅跳下马车，跑着去见伯爵夫人。伯爵夫人已经换了旅行的服装，披着披巾，戴着帽子，神色疲惫地在客厅里走来走去，等待家里的人在出发前聚在一块祈祷。娜塔莎不在屋里。

"妈妈，"索尼娅说，"安德烈公爵在这儿，受了伤，将要死了。他和我们一道走。"

伯爵夫人吃惊地睁大了眼睛，抓住索尼娅的手，向四周看了看。

"娜塔莎呢?"她说。

这个消息对于索尼娅和伯爵夫人来说，只有一个意义。她们知道她们的娜塔莎，她们对娜塔莎知道了这个消息后很可能会发生的事情所产生的恐惧，掩盖了她们俩对她们全喜欢的那个人的同情。

"娜塔莎还不知道呢；但是他和咱们同路，"索尼娅说。

"你说他就要死了吗?"

索尼娅点点头。

伯爵夫人拥着索尼娅哭了。

"天意不可思议!"她想，觉得那只无形的手正在一桩桩发生的事情上显灵了。

"妈妈，一切准备好了，您有什么吩咐吗？……"娜塔莎高兴地跑进来问道。

"没有什么，"伯爵夫人说。"准备好了，就走吧。"伯爵夫人朝手提包弯下身来，为的把神色不安的脸躲起来。索尼娅搂起娜塔莎，吻了吻她。

娜塔莎疑惑地看了看她。

"你怎么啦？出了什么事？"

"没事……没什么……"

"是对我十分坏的事吧？……到底怎么了？"敏感的娜塔莎问道。

索尼娅叹了口气，没有回答。伯爵、彼佳、肖斯太太、玛夫拉·库兹米尼什娜、瓦西里奇，全来到客厅，把门关上，大家坐下来，都不说话。谁也不看谁。就这样坐了一会儿。

伯爵第一个站起来，深深地叹了气，对着神像画了十字。大家也同样做了。接着伯爵开始拥抱留在莫斯科的玛夫拉·库兹米尼什娜和瓦西里奇，当他们抓住他的手，吻他的肩时，他轻轻地拍他们的背，说一些含糊不清的安慰话。伯爵夫人到祈祷室去了，索尼娅在那儿发现她跪在墙上残留的神像前面。（家传最宝贵的神像都随身带走了。）

门廊里和院子里，要走的仆人带着彼佳发给他们的匕首和军刀，裤脚塞进长筒靴里，把裤带和宽腰带勒得紧紧的，正和留下的仆人告别。

就像临行前经常有的情形，有很多东西忘记带，或者放的不是地方，两个随从在敞开的车门和车梯两旁站了好久，准备侍候伯爵夫人上车，在这工夫，使女们抱着靠垫和包袱跑到轿式马车、大四轮车和小四轮车，随后又跑回去了。

"老是丢三落四！"伯爵夫人说。"你不是不知道，我不能这样坐！"杜尼亚莎咬紧牙关，一句话不说，露出不满的神色，赶忙上车重新整理座位。

"咳，这些佣人！"伯爵摇着头说。

伯爵夫人的专用车夫叶菲姆高高地坐在前座上，甚至不回头看看后面在做什么。三十年的经验告诉他，离发出"出发！"的命令还早着呢，就是出发了，也还要停两次去取忘记带的东西，在这之后，还要停一次，伯爵夫人探出车窗交代他，天主保佑，下坡时可要小心。他知道这个，所以比那几匹马还要耐心地等待着，尤其是左边叫索科尔的枣红马正在用蹄子扒地，嚼马嚼子。最后大家坐好了，车梯折起来放进车里，车门关上，只等着去取首饰匣的人回来，伯爵夫人探出身来说了应该说的话。这时叶菲姆不慌不忙地脱下帽子，画了十字。骑在前导立刻的马夫和全体仆人也同样画了十字。

"上帝保佑，走了！"叶菲姆戴上帽了，说。"拉起来！"前导马夫赶马了。右边的辕马拉紧了套，高弹簧吱吱地作响，车身晃了一下。一个随从跑着跳上前座。轿式马车从院子赶上坎坷不平的马路时颠簸了一下，其他的马车也同时颠了一下，一队马车沿着大街往前移动了。轿式马车和大小四轮马车里的人们，都向对面的教堂画了十字。留在莫斯科的人们在马车两边步行着给他们送行。

娜塔莎从来没有体验过像今天这样快活的心情，她挨着伯爵夫人坐在马车里，看着缓缓向后移动的、被放弃的、动荡不安的莫斯科的城墙。她不时地探出车窗看那前前后后伴随着她们的一长溜伤员马车。差不多在最前边，可以看见安德烈公爵那辆支着车篷的马车。她不知道谁在那辆马车里,可每次看那一溜马车队的时候,她总用眼睛搜寻那辆马车。她知道那辆车在最前面。

在库德林诺,从尼基茨卡雅、普雷斯尼亚、波德诺文斯克街,发出几支与罗斯托夫家的车队差不多的车队,来到花园街,两列大车跟马车并排向前行进。

绕过苏哈列夫塔楼时,娜塔莎好奇地、迅速地望着坐车和徒步的行人,她突然惊喜地叫起来。

"我的老天! 妈妈,索尼娅,瞧,那是他!"

"谁? 谁?"

"瞧,真的,别祖霍夫!"娜塔莎说,她探出车窗外,看着那个高大肥胖的人,他穿一件车夫的长裿子,从他走路的样子和姿态来看,很明显是一个化了装的贵族,跟他一块有一个黄脸无须、穿一件粗呢外衣的小老头,他们正穿过苏哈列夫塔楼的拱门。

"真的是别祖霍夫,穿一件马车夫的长裿子,带着一个小老头! 真的,"娜塔莎说,"你们瞧,你们瞧!"

"不会的,那不是他。怎么会呢。净胡说。"

"妈妈,"娜塔莎喊起来,"要不是他,我敢把脑袋输给您! 我向您保证,停一下,停一下!"她对车夫嚷道;但是车夫停不了,因为从梅先大街又驶来许多大车和马车,朝罗斯托夫家的车吆喝,叫他们走动起来,不要挡别人的路。

果然,尽管比先前离得更远了,所有罗斯托夫家的人都看到了皮埃尔,或者说一个很像皮埃尔的人,穿一件马车夫的长裿子,低着头,神色严肃地在街上走,身边跟着一个好似仆人的没长胡须的小老头。那个小老头瞧见探出车外的面孔,恭敬地碰了碰皮埃尔的臂肘,指着马车对他说什么。皮埃尔老半天没听懂对他说的话;很明显他陷入了沉思。终于,他弄明白了他的话,向着指的方向望过去,认出了娜塔莎,他顺从第一个反应,立刻向马车径直走去。但是,他走了十多步,似乎想起了什么,又停住了。

探出车外的娜塔莎的脸泛起嘲弄的、亲切的笑容。

"彼得·基里雷奇,来啊! 我们认出您了! 太巧了!"她向他伸出手喊道。"您在干什么? 您怎么这个样子?"

皮埃尔抓住伸出来的手,一面走一面笨拙地吻它(因为马车还在行进)。

"您怎么了,伯爵?"伯爵夫人用惊奇和同情的口吻问。

"怎么了? 怎么了? 为什么? 别问我吧,"皮埃尔说,转脸看了看娜塔莎,其实他用不着看她,就早已感觉到她那光闪闪的目光的魅力了。

"您怎么样,打算留在莫斯科吗?"皮埃尔一声不吭。

"留在莫斯科?"他反问了一句。"是的,留在莫斯科。再见吧。"

"唉,我倘若个男的,我肯定同您一起留下来。唉,那该会有多么好啊!"娜塔莎说。"妈妈,让我留下吧。"皮埃尔恍惚地看了看娜塔莎,刚想说什么,可是伯爵夫人打断了他：

"我们听说您上过前线？"

"是的，我去过，"皮埃尔回答说。"明天将有战斗……"他刚想说，但是娜塔莎打断了他：

"您到底怎么了，伯爵？您怎么变得不像您了……"

"唉，别问了，别问我了，连我自己也不知道。明天……算了，不说了！再见，再见，"他说，"可怕的时代！"因此他让过马车，随后走上人行道。

娜塔莎仍旧探出车窗，含着亲热而略带讥讽意味的欢喜微笑，朝他望了好久。

十八

皮埃尔离家以后，在已故恩师巴兹杰耶夫的空房子里已经住了两天。事情是这样的。

皮埃尔回到莫斯科，见到拉斯托普钦伯爵，第二天醒来时，他很久不明了自己在什么地方，应该做什么。仆人向他禀报，在接待室等候他的人中，有一个法国人，带着海伦·瓦西里耶夫娜的信，一种混乱和绝望的情绪（这是他容易犯的）突然涌上心头。他忽然觉得，现在一切全完了，一切全乱了，一切都毁掉了，没有是和非，前途茫茫，摆脱这种景况的出路也看不出。他不自然地微笑着，嘟嘟哝哝地说什么，有时绝望地坐在沙发上，有时站起来，走到门前，从门缝里向接待室里窥视，有时挥动两臂又走回来，抓起一本书。管家第二次进来禀报皮埃尔，说那个带着伯爵夫人的信的法国人十分想见他，哪怕一分钟也好，又说巴兹杰耶夫的遗孀派人来请伯爵接管她丈夫的图书，因为巴兹杰耶娃想到乡下去。

"啊，好，我立刻去，等一下……算了……不，去告诉他，我这就去……"皮埃尔对管家说。

管家刚一出去，皮埃尔从桌上拿起帽子，就从后门出了书房。走廊里没有人。皮埃尔穿过整个走廊，来到楼梯前，他皱着眉，下到第一个平台。看门人正站在前厅的门边。这个平台，紧接着另一个道通往后门的楼梯。他沿着楼梯下去，走到院子里。没有人看见他。但是他刚走出大门，守在马车旁的车夫、看院子的人看见主人，全向他脱帽致意。皮埃尔感觉到向他投来的目光，他似乎一个把头藏到灌木林里怕人看见的鸵鸟似的，低下头，加快脚步，顺着大街走去。

这天早上，皮埃尔觉得所有要办的事中，最重要的是清理约瑟夫·阿列克谢耶维奇的图书和文件。

他雇了他遇到的第一辆马车，让车夫赶到主教塘大街，巴兹杰耶夫的遗孀

世界十大名著

·战争与和平·

图文珍藏版

就住在那儿。

皮埃乐不停地向四外张望那些离开莫斯科的大车行列,为了不致滑出那辆咯吱作响的破旧马车,他不停地挪动肥胖的身躯,他感到自己有一种小学生逃学的欣喜心情,于是和车夫闲聊起来。

车夫告诉他,今天克里姆林宫在发放武器,明天老百姓都要到三山城门外,那儿将有一场大战。

来到主教塘大街后,皮埃尔来到他很久没来的巴兹杰耶夫的家。他走到住宅的便门。格拉西姆应声而出。

"在家吗?"皮埃尔问。

"目前的局势十分紧,索菲娅·丹尼洛夫娜带着孩子到托尔若克乡下去了,大人。"

"我还是想进去,我想清理一下图书,"皮埃尔说。

"欢迎,请进,我已故的主人——只愿他升入天堂——已故主人的兄弟马卡尔·阿列克谢耶维奇留在家里,是的,他体弱多病,您是知道的,"老仆人说。

皮埃尔知道马卡尔·阿列克谢耶维奇是约瑟夫·阿列克谢耶维奇半疯的兄弟,是一个嗜酒如命的人。

"是的,是的,我清楚,咱们进去吧,进去吧……"皮埃尔说着,便进了宅院。一个身材高大、秃顶、红鼻子老头,穿着长衫,光脚穿着套鞋,站在前厅,一看见皮埃尔,就生气地咕哝了一句,走了。

"一个很聪明的人,可是现在,您看看,身体坏成什么样子了,"格拉西姆说。"书房封上了,没动过,索菲娅·丹尼洛夫娜吩咐过,等您那边来人,就把书搬走。"

皮埃尔进入那间最阴森的书房,还在恩师在世时,他每次进入这间书房,全是怀着诚惶诚恐的心情。这间自约瑟夫·阿列克谢耶维奇死后就没有动过的尘封的书房,现在更加显得阴森森的了。

格拉西姆打开一扇护窗板,踮着脚尖走了出去。皮埃尔在书房里走了一遍,来到一只藏手稿的书柜面前,取出一件当年曾是非常重要的共济会的圣物。这是附有恩师注释的《苏格兰教律》真本。他把手稿摆在面前,一会儿打开、一会儿合上,最后把手稿推开,用手托着头,沉思起来。

格拉西姆朝书房里望了好几次,看见皮埃尔一直是一个姿势坐在那儿。两小时地去了。格拉西姆大着胆子把门弄响,想引起皮埃尔的注意。但是皮埃尔没听见。

"要不要把车夫打发走?"

"啊,对啦,"皮埃尔醒悟过来,赶忙站起来说。"你听我说,"他说,抓住格拉西姆的外衣纽扣,用湿润的、高兴的眼睛从上到下打量那个小老头。"你听我说,你知道明天要打仗吗?"

"听人家说了，"格拉西姆答道。

"我求你不要告诉别人我是谁。你照我的话去办……"

"是，"格拉西姆说。"要给您拿点吃的吗？"

"不。我想要一件农民的衣服和一支手枪，"皮埃尔忽然红了脸，说。

"是，您哪，"格拉西姆沉思了一下说。

皮埃尔一个人在恩师的书房里度过了这一天的剩下的时间，格拉西姆听见他从一个角落到另一个角落不安地来回踱步，一面自言自语，随后就睡在给他铺好的床上，在那儿过夜。

格拉西姆是个生平见过许多怪事的仆人，对皮埃尔并不感到奇怪，并且似乎为自己有人可以侍候而感到兴奋，那天晚上他给皮埃尔弄来农民的长衫和帽子，而且答应明天把手枪也弄来，他甚至不想想要这些东西干什么用。这一晚，马卡尔·阿列克谢耶维奇两次趿着套鞋来到书房门口，停下来，用讨好的目光看皮埃尔，但是只要皮埃尔向他一转身，他就带着害羞和生气的样子掩上衣襟，赶忙走开了。就在皮埃尔穿上格拉西姆弄来的、蒸洗过的车夫的长衫，和格拉西姆一块到苏哈列夫塔楼去买手枪的路上，碰见了罗斯托夫一家子。

十九

九月一日夜，库图佐夫发出命令：俄国军队经过莫斯科向梁赞大路撤退。

先头部队当夜开拔。夜间行军的部队很沉着，他们慢慢地、庄重地行进着；但是黎明时分，行进的部队来到多罗戈米洛夫桥头，一眼望去，前面拥挤着匆匆过河的军队，再往前，过了桥的军队挤满了大街小巷，在他们后面，大群的士兵密密麻麻望不到尽头。莫名的惊慌和匆忙笼罩着军队。大家全向桥头涌来，抢着上桥，上浅滩，上渡船。库图佐夫坐车从后面的街道绕到莫斯科的另一边。

九月二日上午将近十点钟，广阔的多罗戈米洛夫郊区只剩下后卫部队了。军队有的到达了莫斯科另一边，有的已经离开了莫斯科。

就在这时，九月二日上午十点钟，拿破仑站在波克隆山上他的军队中间，眺望他眼前开阔的景象。从八月二十六日到九月二日，从波罗底诺战役到敌人进入莫斯科，在这个惊慌不安、令人难忘的一个星期，金秋的天气是如此不寻常，如此令人惊叹，低垂的太阳比春天还温暖，空气洁净而轻飘，一切全亮得耀眼，呼吸着秋天芬芳的空气，令人神清气爽，精神振奋，甚至夜间也是温暖的，在这温暖的黑夜，从天空不停的洒落着金色的流星，让人又惊又喜。

九月二日上午十时，就是这样的天气。早上的阳光是奇妙的。从波克隆山上眺望，莫斯科宽广地舒展着她的河流，她的花园和教堂，舒展着她那星罗棋布的在阳光下闪闪发光的圆屋顶，她似乎过着她的日常生活。

看见这座奇特的城市和她那从未见过的建筑式样,拿破仑心中不免有点嫉妒和情绪不安的好奇,正像人们见到他们不了解的异国情调的生活所感觉的那样,很明显,这座城市精力充沛,生气勃勃。从一些不明确的迹象,拿破仑在远处就能准确地分辨出活的和死的东西,他从波克隆山看到城里的生活在搏动,似乎感到这个美丽的巨大身躯在呼吸。

"我终于来到了这座名城!"拿破仑说,他下了马,让人把莫斯科地图摆在他面前,把翻译官勒洛涅·狄德维勒叫来。连他自己也觉得惊奇,盼望已久的、好像不可能实现的事情,现在终于如愿以偿了。在明朗的晨光下,他时而看看城市,时而看地图,检验城里的详细情况,将要占领这座城市的信心。使他激动并且担心。

"难道会不是这样吗?"他想。"这就是她,躺在我脚下的这座都城正静候自己的命运。亚历山大现在何处?他在想什么?奇特、美丽、庄严的城市!我应该采取什么态度跟他们见面!"他在想他的军队。"这就是她,这就是给那些信念不坚的人们的奖励,"他看着那些已经来到和正走过来站队的军队,心中暗想,"我一句话,一举手,就可以把这座古城毁掉。但是,我对战败者是仁慈的。我应该宽大为怀和真正伟大。但是,不,我不会真到莫斯科,"他忽然想道,"可是,她就躺在我的脚下,金色的圆屋顶和十字架在阳光下闪闪发光。但是我饶恕她。我要在野蛮和专制的古代纪念碑上写下正义和仁慈的伟大词句……这正是亚历山大最能理解的,我了解他。从克里姆林宫的高处,——是的,那是克里姆林宫,是的,——我给他们公正的法律,我让他们知道真正文明的意义,我使世代的王公大臣都怀念他们的征服者。我要对代表团说,我过去不喜欢、现在也不喜欢战争;我只是对他们朝廷的错误政策作战;我爱慕和尊敬亚历山大,我在莫斯科将接受我和我的人民都认为公道的和平条件。我不想利用战争的幸运使一个可敬的君主受到屈辱。王公大臣——我要对他们说:我不喜欢战争,我希望我的全体臣民全享受和平和幸福。并且,我知道,他们来见我会使我精神振奋,我要用我平日的态度对他们说话:明确、庄严和伟大。但是我真的能到莫斯科吗?是的,她就在那儿!"

"把那些王公大臣带来。"他对待从说。一个将军带着漂亮的侍从马上骑马寻找王公大臣。

两小时过去了。拿破仑吃完早饭,又站在波克隆山上同一个地方,等候着王公大臣。他对王公大臣要说的话早已想好了。那些话充满了尊严和拿破仑所理解的伟大。

拿破仑想在莫斯科以宽大为怀行事,这使他自己也感动了。他在想象中定了在沙皇宫中开会的日期,在这个会上俄国的达官贵人和法国皇帝的达官贵人应该共聚一堂。他在心中还任命了一位总督,这位总督应该是一个会笼络民心的人。听说莫斯科有很多慈善机构,他心里决定,所有这些机关都将要受到他的恩惠。他想，正如他在非洲穿带风帽的斗篷坐在清真寺里，在莫斯科他就得像沙皇一样仁慈。为了彻底感动俄国人的心，正如每个法国人一样，一想到多愁善感的事，就不能不记起母亲。于是他决定，他要在所有这些机关题上几个大字。但是，我真的来到了莫斯科吗？不错，莫斯科就在我面前。可是那座城市的代表团为什么这么长时间还不来呢？"他想。

其间，在皇帝侍从们的后面，将军和元帅们在焦急地议论。派去找代表团的人们回来了，带来的消息说，莫斯科是一座空城，人全逃走了。那些聚在一起议论的人全脸色刷白，焦急不安。使他们害怕的并不是莫斯科居民弃城逃走，而是应该怎样向皇帝报告这件事，怎样对他说，他等王公大臣白等了半天，除了成群的醉汉外，什么人也找不到，如何才不致使陛下陷入那种法国人所谓的可笑的可怕境地。一些人认为，不管怎样拼凑一个代表团，另一些人反对这个意见，认为应当对皇帝先做一点准备工作，随后再向他说明真相。

"总得告诉他……，"侍从们说。"但是，先生们"情况更加严重的是：皇帝正在思考他的宏伟计划，在地图前面沉着地来回踱步，不时把手遮在眼上眺望通到莫斯科的大路，露出快活的、骄傲的笑容。

现在，皇帝因为白白等待感到厌倦了，以他那演员的敏感，觉得庄严的时刻持续得太长，就会失掉庄严的意义了，他打了一个手势。打响了一声信号炮，那些从四面包围莫斯科的军队从特维尔、卡卢日斯基和多罗戈米洛夫等城门涌入了莫斯科。军队你追我赶，越来越快地向前推进，消失在扬起的尘雾中，喊声连成一片，震荡天空。

拿破仑被军队的行动所吸引，骑马跟着队伍来到多罗戈米洛夫城门，但是他在那儿又停下来，下了马，在财政部的土墙旁来回走了好久，等待那个代表团。

二十

莫斯科这时空空如也，城里还有人，但只有五非常之一的居民留了下来，可它是一座空城。它是空的，正如即将灭亡的没有蜂王的蜂房是空的一样。

这时，拿破仑愁眉苦脸，疲惫而且心神不定，在财政部土墙旁踱来踱去，等候代表团的到来，——虽然这是表面文章。可他认为是应该履行的礼节。

在莫斯科各个角落，还有一些人遵守旧守惯，并不明白他们在做什么，无目的地活动着。

当人们以适当的态度向拿破仑禀告说莫斯科已是一座空城时，他愤怒地向报告人看了一眼，又转身仍旧静静地踱来踱去。

"把马车拉过来，"他说。他和值日副官一起坐上轿式马车，向郊区驶去，

"莫斯科是座空城，真是叫人难以置信啊！"他自言自语，说。

他没有进城，就在多罗戈米洛夫郊区一家旅舍里住了下来。

二十一

夜里两点到第二天下午两点，俄国军队穿过莫斯科不停地撤退，把最后一批需要撤离的居民和伤员带走。

军队在转移时，在石桥、莫斯科河桥和雅乌兹河桥，发生了十分混乱的拥挤现象。

军队分两路绕过克里姆林宫，聚到莫斯科河桥和石桥，很多士兵趁着在那儿停留和拥挤的时候，从桥头转了回去，他们偷偷摸摸、一声不响地窜过瓦西里·布拉任内大教堂，从博罗维茨基城门折回小山岗，接着溜到红场，他们觉得那儿可以任意拿别人的东西。这一群就像买廉价商品的人，挤满了商场的所有通路和过道。但是这儿没有招揽顾客的商人的花言巧语，没有小贩和花花绿绿的女顾客——有的只是一些穿着制服和外套、没有带枪的士兵，他们空着手进去，接着带东西悄悄地走出来。那些伙计和掌柜的（他们人极少）失魂落魄地在士兵中间走来走去，他们把自己的店铺打开又锁上，和伙计们一块把货物运到其他地方去。在商场旁的广场上鼓手们在敲集合鼓。那些正在抢劫的士兵并不像以前那样招之即来。而相反，跑到离鼓声更远的地方去了。在士兵中间，在店铺和过道上，可以看见几个囚犯。有两个军官——一个制服上扎着腰带，骑一匹深灰色的马，另一个穿着外套，没有骑马，——站在伊利英卡街拐角上正在谈话。第三个军官骑着马来到他们面前。

"将军命令，立刻把他们全赶出来，不管怎样要赶出来，这太不像话！跑掉了一半人。"

"你往哪儿去？……你们往哪儿去？……"他对三个没有带枪，从他身旁向商场溜去的步兵呵斥道。"站住，坏蛋！"

"看你怎么把他们集合起来吧！"另一个军官说。"没法子集合他们；趁着最后一批还没走开，得赶快走，走了完事！"

"怎么走得了？人全在那儿站住了，挤在桥上，动也动不得。设一道哨兵线防止这最后一批人逃走，怎么样？"

"你们到那边去！把他们都轰出来！"那个上级军官喊道。

那个扎腰带的军官下了马，叫来一个鼓手，和他一块走进拱门，有几个士兵一起拔腿就跑。一个鼻翼两旁生着红色丘疹的商人，胖脸上带着镇静的神气，挥舞着两臂，匆忙而潇洒地向军官走来。

"大人，"他说，"行行好吧，保护我们吧。我们并不在乎这点小意思，欢迎

你们拿点什么！请吧，倘若要呢绒，我这就拿来，就是奉送您这样高贵的人两匹呢绒，我们也是兴奋的。因为我们觉得，这算怎么回事，简直就是抢劫！大人，能不能设个岗，以便让我们把铺子关起来……"

有几个商人聚在那个军官四周。

"唉！净讲些废话！"其中一个面孔严峻的瘦子说。"脑袋都掉了，还哭头发。谁爱拿就让他拿吧！"他使劲地挥了一下手，转过身去对着军官。

"伊万·西多内奇，你说得倒好，"第一个商人生气地说。"大人，您请进吧。"

"还说什么！"那个瘦子喊道。"我这儿有三家店铺，十万卢布的货物。军队走了，我的东西还保得住吗?，唉，你们这些人呀！"

"请进吧，大人，"第一个商人鞠着躬说，那个军官站在那儿不知怎么办好，脸上露出犹疑的神情。

"那不关我的事！"他突然喊道，随后快步顺着商场的通道向前走去。从一家开着门的店铺里传出打骂的声音，正当那个军官走到这家店铺门前时，一个囚犯被人从门里推出来。

这个人弯着腰从商人们和军官身边溜走了。军官大步流星地向店铺里的士兵走去。但是这时从莫斯科河桥上庞大的人群中传来可怕的喊叫声，为此那个军官便向广场跑去。

"怎么回事？怎么回事？"他问，但是他的同伴已经骑着马经过瓦西里·布拉任内大教堂冲着呐喊的方向跑去。那个军官骑上马，跟着他跑。当他跑到桥头时，发现两尊卸去前车的大炮、过桥的步兵、几辆翻倒的大车、几个士兵吃惊的和笑着的面孔。大炮边停着一辆双马大车。大车车轮后面趴着四只戴项圈的猎犬。大车载的东西堆得很高，车顶上一把四脚朝天的小椅子边，坐着一个农妇，她发出刺耳的绝望尖叫。其他的军官向那个军官解释，说人群喊叫和那个农妇尖叫，是因为叶尔莫洛夫将军来到人群里，听说士兵全跑到商店去了，成群的市民堵塞了大桥，他就下令卸掉两尊大炮的前车，摆出要向大桥开炮的样子。人群推翻车辆，彼此践踏着，拼命喊叫着，拥挤着，最终把桥疏通了，军队又向前行进了。

二十二

城里这里已经变得空空荡荡了。街上连一个人影也没有。住户的大门和店铺都上了锁；在一些酒馆附近，可以听见孤零零的喊叫声或者醉汉的歌声。街上没有坐车的人，只是偶尔传来行人的脚步声。波瓦尔大街一片寂静，荒凉。罗斯托夫家的大院里，到处撒着吃剩的干草，马粪，却看不到一个人影。在连同财产一起被抛弃的罗斯托夫的家，在偌大的客厅里，只有两个人。这就是看门人伊格纳特，还有和祖父瓦西里奇一起留在莫斯科的小厮米什卡。米什卡打开古钢琴，用一个手指弹着琴。看门人叉着腰站在大镜子前面快乐地微笑着。

"看我弹得多好！是吧？伊格纳特大叔！"那个孩子说，他忽然用双手拍打起琴键来。

"嗬，真行！"伊格纳特回答，他非常奇怪：他在镜子里的笑脸越来越开朗了。

"不要脸！真不要脸！"他们背后传来玛夫拉·库兹米尼什娜的声音。"嘿，看那个大胖脸还龇牙咧嘴呢。叫你们来干什么的？那边什么都没拾掇呢，瓦西里奇忙得要死。有你好看的！"

伊格纳特整理了一下腰带，收敛起笑容，恭顺地垂下眼睛，赶忙走出去。

"阿姨，我轻轻弹了一下，"那个孩子说。

"我也轻轻揍你一顿，淘气鬼！"玛夫拉·库兹米尼什娜向他挥了挥手，喊道。"去给你爷爷烧茶去吧。"

玛夫拉·库兹米尼什娜扫去灰尘，盖上古钢琴，长叹了一声，走出客厅，把门锁上。

玛夫拉·库兹米尼什娜来到院子里，琢磨现在应当到哪儿去：到厢房瓦西里奇那儿去喝茶呢，还是到贮藏室去收拾那些没有收拾好的东西？

寂静的街上传来迅速的脚步声。脚步声在角门前停住了；有人用力推门，把门闩鼻拍得啪啪地响。

玛夫拉·库兹米尼什娜向角门走去。

"找谁？"

"找伯爵，伊利亚·安德烈伊奇·罗斯托夫伯爵。"

"您是谁呀？"

"我是军官。我要见见他，"一个俄罗斯贵族的悦耳声音说。

玛夫拉·库兹米尼什娜开了角门。一个十八九岁、圆圆的脸非常像罗斯托夫家里的人的脸型的军官走进院子。

"家里的人都走了，少爷，昨天夜里走的，"玛夫拉·库兹米尼什娜和蔼地说。

青年军官站在角门口，是不是要进去，他有点犹豫不决，他弹了弹舌头。

"咳，真遗憾！……"他说。"我昨天来就好了……咳，非常可惜！……"

此时，玛夫拉·库兹米尼什娜满怀同情地细细打量青年军官脸上那种她所常见的罗斯托夫家族的相貌特征，打量他那破烂的军大衣和穿破了的靴子。

"您有事要见伯爵吗？"她问。

"既然这样……就没法子了！"那个军官懊丧地说，他抓住角门，似乎要走的样子。他又踌躇地停住了。

"您知道吗？"他忽然说，"我是伯爵的亲戚，他一直待我很好。这不是，您是看见的（他带着善良、快活的微笑看了看他的军大衣和靴子），都穿破了，我一个钱也没有；所以我想求伯爵……"

玛夫拉·库兹米尼什娜没让他把话说完。

"您略微等一下，少爷。一小会儿，"她说。那个军官刚从角门放开手，玛夫拉·库兹米尼什娜就转身迈着老年人的快步向后院厢房走去。

在玛夫拉·库兹米尼什娜跑着回到她的住处的工夫，那个军官低着头，看着他那双破靴子，含着微笑，在院子里走来走去。"我没碰到叔叔，真遗憾。可是这个老太太真好！她跑到哪儿去了？我怎样才能抄近道去赶团队呢？团队现在该到罗戈日城门了。"青年军官这时想。玛夫拉·库兹米尼什娜带着吃惊和坚决的神情，手里拿着方格手帕包，从拐角那里出现了。在离军官几步远地的地方，她打开手帕，从里面取出一张雪白的二十五卢布的钞票，匆匆地交给他。

"如果他大人在家，当然啦，是亲戚嘛，他们一定会……不过现在……"玛夫拉·库兹米尼什娜羞怯了，慌乱了。但是军官并不推辞，不慌不忙地接过钞票，谢过玛夫拉·库兹米尼什娜。"假如伯爵在家就好了，"玛夫拉·库兹米尼什娜一个劲地道歉。

"愿您和基督同在，少爷！上帝保佑您，"玛夫拉·库兹米尼什娜说。那个军官似乎在嘲笑自己,嘴角含笑老摇头,他在空荡的大街上向着雅乌兹桥差不多是跑着去追赶他的团队。

但是玛夫拉·库兹米尼什娜两眼湿润,关上角门后又站了很久,若有所思地摇着头,对一个不相识的青年军官突然产生了满腔母性的柔情和怜爱。

二十三

在瓦尔瓦尔卡大街有一所未竣工的楼房,下屋是酒馆,从那里传出醉汉的喊叫和歌声。在一间肮脏的小屋里,有十多个工人围着桌子坐在长板凳上。他们全喝醉了,满头大汗,眼睛浑浊,全身发紧,张大嘴巴打哈欠,他们正在唱一支什么歌。他们各唱各的调儿,唱得又累又吃力,很明显,他们并不是想唱,仅仅为了表明他们喝足了酒,在玩乐罢了。其中有一个高个儿小伙子,淡黄色头发,穿一件干净的青灰色长外衣,高出众人之上地站在那儿。假如没有那紧闭着的不断活动的薄嘴唇和浑浊、阴沉、呆滞的眼睛,他那张生着秀气的笔直鼻梁的脸,本该算是漂亮的。他站在唱歌的人们中间,显然一边在想什么,一边在他们上头庄严地、僵硬地挥动袖子卷到肘弯的雪白胳膊,不自然地用力张开肮脏的手指。他的大衣袖子老滑下来,小伙子连忙用左手又卷起来,好像必须露出这只挥动着的、筋肉突出的白胳膊。在唱歌的中间,从过道和门廊里传来斗殴和打人的喊叫声。那个高个儿小伙子把胳膊挥了一下。

"不要唱啦!"他用命令的口吻喊道。"打起来了,伙计们!"

他一边不停地卷袖子,一边向门廊走去。

工人们跟着他走。今天早上在高个儿小伙子带领下来喝酒的工人们,从工厂里拿了几张皮子给老板,所以得到了酒喝。附近铁匠铺的铁匠们听到酒馆里狂饮乱叫,以为酒馆遭抢了,就狠命往里闯,于是在门廊里发生了斗殴。

酒馆老板在门口和一个铁匠打起来,正当工人们走来的时候,那个铁匠挣脱老板,脸朝地倒在马路上。

另一个铁匠向门里冲去,用胸膛猛撞老板。

那个卷袖子的小伙子刚走到那儿,顺手就给正往门里冲的铁匠脸上一拳,疯狂地喊道:

"伙计们! 打我们的人了!"

这时,第一个铁匠从地上爬起来,他那受伤的脸上被抓得血肉模糊,他哭喊道:

"救命啊! 打死人了! ……打死人了! 伙计们……"

"哎呀,我的老天,打个半死,打死人了!"从隔壁大门走出一个老农妇厉声喊道。在那个血淋淋的铁匠周围聚了一大群人。

"你抢人抢得还少哇,连衬衣都给扒了,"不知谁的声音对酒馆老板说,"怎么,你打死人? 狗强盗!"

那个高个儿小伙子站在门廊上,翻着浑浊的眼睛时而看看酒馆老板,时而看看铁匠,好像在估量现在应当打哪一个。

"凶手!"他突然对酒馆老板大喝一声。"把他捆起来,伙计们!"

"怎么,要捆我吗!"酒馆老板推开向他扑过来的人们,喊了一声,从头上抓起帽子,扔到地上。似乎这个动作有某种神秘的恐吓作用似的,那些包围酒馆老板的工人犹疑不定的站住了。

"法律嘛,老兄,我最在行。我要到警察分局去。你以为我不会去? 现在不允许任何人抢劫!"酒馆老板喊道,拾起他的帽子。

"去就去,怎么! 去就去……怎么!"酒馆老板和高个小伙子都重复着说,于是他两人顺着大街向前走去。那个满脸鲜血的铁匠同他们并排一齐走。工人们和旁观的人们又说又嚷地跟在他们后面。

马罗谢卡街拐角,有一所挂着一块靴匠招牌、关着护窗板的大房子,对面站着二十多个穿工作服和破烂长外衣、面容消瘦并且疲倦的无精打采的靴匠。

"照规矩,他应该发给我们工资!"一个皱着眉头的瘦削工人说。"他吸了我们的血,就算完啦! 他哄啊、骗啊,骗了我们整整一星期。末了,他溜之大吉了。"

说话的工人看见来了一大群人和一个血流满面的人,就不出声了,所有的靴匠都带着急不可耐的好奇心向那群移动的人们走去。

"这些人都到哪儿去?"

"那还用问,到警察局去。"

"怎么说咱们的人真打败啦?"

"你认为怎么啦! 你听听人家都说什么来着。"

人们有的问,有的答。酒馆老板趁人群越来越多的时机,落到人群后面,溜回他的酒馆去了。

高个儿小伙子没发现他把敌人——酒馆老板弄丢了,他挥舞着裸露的胳膊,不断地说话,惹得大家都注意他。大多数人都挤在他跟前,想从他嘴里得到大家所关心的问题的答案。

"他应该维护秩序,维护法律,官府就是干这个的嘛! 我说得对吗,正教徒们?"高个儿小伙子露着笑意说。

"他以为没有官府了? 没有官府怎么行呢? 不然抢案不是更多了。"

"净说空话!"人群中有人搭话了。"怎么,莫斯科就这样被放弃了! 人家和你说笑话,你就当起真来。我们的军队多得很。就这样放他们进来! 官府管干什么的。你听听老百姓都是怎样说的,"一些人指着高个儿小伙子说。

在中国城的城墙附近,有一小群人围着一个身穿厚呢大衣、手拿文件的人。

"告示,在宣读告示啦! 在宣读告示啦!"人群中有人说,人们向宣读的人涌了过去。

那个穿厚呢大衣的人在读八月三十一日的告示。人们围住他时,他有点窘,但是在挤到他跟前的高个儿小伙子的要求下,他开始读告示,声音有点发抖。

"明天一早我就去见公爵阁下,"他读道"跟他商量,行动起来,协助军队消灭那些匪徒;我们也要把他们……"朗读的人接着读下去,然后停顿一下"把他们消灭干净,叫那些不速之客全见鬼去吧;我要回来吃中饭,随后我们就干起来,一定要干,干到底,把匪徒消灭光。"

朗读的人读最后的几句时,听的人都鸦雀无声。高个儿小伙子忧愁的低下头。很明显,谁也不理解这最后几句话的意思。尤其是那一句:"我要回来吃中饭,"看来,甚至使读的人和听的人都感到不是味儿。人们的情绪正激昂慷慨,而这种话未免太简单,太粗浅了;这是谁都会说的话,最高当局的告示不该说这种话。

大家都闷不作声的站在那儿。高个儿小伙子动着嘴唇,摇晃着身子。

"应该问他! ……那就是他? ……当然要问他! 干吗不问……他会给指点的……"后排人群中忽然有人说,所有人的注意力都转向驶进广场的警察局长的轻便马车,马车后面跟着两个龙骑兵。

这位警察局长今天出行,是奉伯爵的指示前往烧毁货船的,他趁机捞了一把,这时钱正揣在他的腰包里。看见向他拥来的人群,他吩咐车夫停了下来。

"这是什么人?"他向那些三三两两地向马车走来的人们喝道。"这是什么人? 我问你们呢?"

"他们,大人,"穿厚呢大衣的小职员说,"按照伯爵大人的告示,愿意舍命效劳,并不是什么暴动,而是像伯爵大人所说的……"

"伯爵没有走,他在这儿,他会对你们发出指示的,"警察局长说。"走!"他对车夫说,人群停在那儿,围在听到警察局长说话的人们周围眼望着离去的马车。

警察局长这时慌张地回头看了一眼,对车夫说了句什么,于是他的马加快步子跑了。

"他糊弄人,伙计们! 追他!"高个儿小伙子大喝一声。"不要放走他,伙计们! 让他回答我们! 截住他!"几个声音同时喊道,因此人们跑去追马车。

追赶警察局长的人群喧哗着向卢比扬卡大街跑去。

"怎么啦,老爷们和商人们全逃跑了,留下我们等死啊! 我们是狗还是怎么的!"人们话越说越多了。

二十四

　　九月一日晚上,拉斯托普钦伯爵见过库图佐夫后心中烦恼,觉得受了侮辱,由于他未被邀请参加军事会议,还由于库图佐夫对他所提出保卫首都的建议完全不予理睬,而且他新近才发现的大本营的态度令他吃惊——大本营对于首都的治安和首都人民的爱国情绪这么一个问题,不单认为是次要的,并且认为是不屑于理会的区区小事,——为这些事感到烦恼、受辱和惊讶的拉斯托普钦伯爵回到了莫斯科。伯爵吃过晚饭,和衣躺在长沙发上,刚过半夜,库图佐夫的信使便把他叫醒,交给他一封库图佐夫给他的信。信中说,军队经过莫斯科往梁赞大路撤退,请伯爵派警官给通过城里的军队引路。这个消息对拉斯托普钦来说,已经不是新闻了。不但从昨天的波克隆山会见库图佐夫那时起,而且从波罗底诺战役那时起拉斯托普钦伯爵已经知道莫斯科要放弃了;但是这个消息以附有库图佐夫的命令的简单的便函形式传来,而且是在半夜、睡了一觉的时候收到的,这使伯爵感到惊讶和气愤。

　　被叫醒的拉斯托普钦接到库图佐夫那封冷淡的便函以后,觉得更加可恼,觉得自己更加不对了。所有托付他的东西,所有他应当运走的公共财物,依旧留在莫斯科。全部运走已经不可能了。

　　"这是谁的过错,是谁弄成这个样子的?"他想。当然不是我。我把一切都准备好了,看我把莫斯科掌管得多么好!可是他们竟然把莫斯科弄成这个样子!坏蛋,叛徒!"他想究竟谁是坏蛋、谁是叛徒,他并不十分清楚,但是他觉得有恨某些叛徒的必要,因为他们的过错,他才落到这种荒唐可笑的地步。

　　拉斯托普钦伯爵整夜都在发指示,人们从莫斯科四面八方来他这里听候指示。他左右的人从来没见过伯爵如此不快活,容易发脾气。

　　伯爵对所有的问题都给以简短而愤怒的回答,以表示现在已经无须他来指示了,他费尽心思准备好的一切都给某人破坏了,这个人对现在发生的一切要负全部责任。

　　"你告诉那个蠢货,"他对世袭领地管理局的询问回答说,"他应当留下来保管文件。你干什么要问消防队这么无聊的问题?他们有马,叫他们到弗拉基米尔去。不能留给法国人。"

　　"大人,疯人院的监督来了,您有什么指示?"

　　"我能有什么指示?放他们出去就是了……让那些疯子全到城里去。现在是疯子指挥军队的时候,这是上帝的安排。"

　　对于监狱里的囚犯问题,伯爵向监狱长嚷道:

　　"怎么,你要两营人护送吗?没有!放掉他们不就完了!"

"大人,还有政治犯梅什科夫,韦列夏金。"

"韦列夏金!他还没被绞死吗?"拉斯托普钦大声喊道。"把他带到我这儿来。"

二十五

早晨九点,当军队已经通过莫斯科时,再没有人来向伯爵请示了。能走的人全自动地走了;留下的自己看着办吧。

伯爵吩咐备马,打算到索科尔尼茨去,他紧皱着眉头,面色姜黄,抱着胳膊,一声不吭地坐在办公室里。

每个行政官,在太平的年月,都觉得只是因为他的努力,在他管理下的百姓才动起来,每个行政官都非我莫属的感觉作为自己辛劳的报酬。作为统治者的行政官,乘着破旧的小船,用篙杆钩着人民的大船自动地行驶着,当然觉得被他钩着的那艘大船是靠他的努力才前进的,这样的理解,只是在历史的海洋风平浪静的时候。可是一旦海上起了大风暴,波涛汹涌,大船自动行驶起来,那时就不会产生这种错觉了。大船以空前的、不依赖任何外力的速度行驶着,篙杆已经够不到行进着的大船,于是统治者突然从主宰者、力量的源泉的地位变为一个微不足道、软弱无力、无用的人。

拉斯托普钦感到了这一点,而这正是使他觉得可恼的。

那个曾被群众拦阻过的警察局长,和一个已经把马套好的副官,一同来见伯爵。他们两人都脸色苍白,警察局长报告他已经完成交给他的任务,然后又说,有一大群老百姓聚在伯爵的院子里,希望见他。

拉斯托普钦一声不吭,站起身来,迅速向他那豪华、敞亮的客厅走去,走到阳台门口,抓住门柄,又放开了,向窗口走过去,从那里能更清楚地看到整个人群,那个高个儿小伙子在前排站着,面色冷峻,挥动着一只胳膊,在讲着什么。那个满脸是血的铁匠带着阴沉的神情站在他旁边。透过关着的窗户,可以听到嗡嗡的人声。

"马车准备好了吗?"拉斯托普钦离开窗口,说。

"准备好了,大人,"副官说。

"他们想怎么样?"他问警察局长。

"他们说,大人,他们遵照您的命令准备去打法国人,喊叫着要叛乱。我好容易才逃脱了。大人,我斗胆向您建议……"

"走你的吧,没有你,我也知道应该怎么办,"拉斯托普钦怒喝道。他站在阳台门口望着人群。"就是他们把俄国弄糟了!就是他们把我弄成这个样子!"拉斯托普钦想,对那个他认为招致一切灾祸的人,他觉得一股控制不住的怒火涌上心头。正像一般火气大的人常有的情形,怒气已经支配了他,可他还在寻找更激发怒气的对象。"这就是平民百姓,人类的败类,"他望着人群想道,"由于他们的愚蠢,把这帮败类鼓动起来了。"他望着那个挥舞着胳膊的高个儿小伙子忽然起了这个念头。他之所以有这个念头,因为他需要一个牺牲,一个发泄怒气的对象。

"马车准备好了吗?"他又问。

"准备好了,大人。对于韦列夏金,您有什么吩咐? 他在门廊下等着呢,"副官回答说。

"啊!"拉斯托普钦叫了一声,似乎被一个意外的记忆吓了一跳。

他很快地打开门,迈着坚决的步子走上阳台。人声突然停止了,各种各样的帽子一齐摘了下来,所有的眼睛全抬起来望着走出来的伯爵。

"你们好,小伙子们!"他的声音又快又高。"谢谢你们到这儿来。我这就要到你们那儿去,可我们得先处理一个坏蛋。我们要惩办一个毁掉莫斯科的坏蛋。等着我!"于是伯爵用力把门带紧,同样迅速地走回房间。

人群里响起一片赞许和满意的低语声。"就要收拾所有的坏蛋了! 你说收拾一个法国人……他会让你明白是怎么回事的!"人们说,似乎互相责备缺乏信心似的。

几分钟后,从正门匆匆走出一个军官,他发出一句什么命令,接着龙骑兵排成了长队。人群争先恐后从阳台前面向门廊涌去。拉斯托普钦迈着急速的步子走到门廊上,匆匆地四顾了一下,似乎在找什么人。

"他在哪儿?"伯爵说,正在他说这话时,他看见两个龙骑兵押着一个年轻人拐过屋角走出来,那个年轻人脖子细长,剃光的半边头皮上又长出了短发。他上身穿一件曾经很讲究的蓝呢面的破旧狐皮袄,下身穿一条肮脏的犯人穿的麻布裤子,裤脚塞到一双瘦小的、脏污的靴筒里。那个年轻人两条无力的细腿,拖着沉重的脚镣,艰难地迈着犹疑的步子。

"啊!"拉斯托普钦说,立刻把目光从那个穿狐皮袄的年轻人移开,指了指门廊的底层台阶。"把他带到这里来!"年轻人拖着哗啦作响的脚镣,艰难地迈上了指定的台阶,用一个手指撑着发紧的皮袄领子,转动了两下细长的脖子,叹了口气,把那双不干活的瘦手顺从的交叠在肚子上。

有那个年轻人在台阶上站定的几秒钟,全场死一样寂静。只有在后排,人们都往一处挤的地方,发出了哼哼声、呻吟声、推碰声和脚步移动声。

拉斯托普钦在等待犯人站到指定位置的时候,皱着眉,用手搓了搓脸。

"小伙子们!"拉斯托普钦声如洪钟地说,"这个人,韦列夏金——就是毁掉莫斯科的坏蛋。"

穿狐皮袄的年轻人,顺从地站在那里,两只手交叠在肚子上,微弯着身子。他那憔悴的、带着绝望神情的年轻的脸向下低着。听了伯爵头几句话,他慢慢抬起头来,向上看了看伯爵,好像想对他说什么,或者至少碰到他的目光。但是拉斯托普钦没有看他。年轻人的细长脖子上,在耳后胀起一根像绳子似的青筋,他的脸忽然涨红了。

所有的眼睛都注视着他。他看了看人群,似乎从人们脸上的表情看到希望,他悲哀地、胆怯地笑了笑,随后又低下头,在台阶上倒换了一下两只脚。

"他背叛了沙皇和祖国,他效忠波拿巴,俄国人当中仅有他一个人玷污了俄国人的名字,莫斯科就是从他的手里毁掉的,"拉斯托普钦用平稳的、尖厉的声调说;他突然向那个仍然老老实实站在下面的韦列夏金瞪了一眼。似乎这一瞥使他冒火了,他举起一只手,对人群几乎是狂吼道:"你们自己来处置他吧!把他交给你们!"

人群沉默不语,只是挤得更紧了。他们在等待一种不知道也不明白的可怕事情,气氛变得难以忍受。站在前排的人,看见并且听见他面前所发生的一切,都吓得目瞪口呆,用尽全身的力量顶住背后拥上来的人。

"把叛徒打死,不让他玷污俄国人的名字!"拉斯托普钦喊道。"砍他,我命令!"人群听到的不是拉斯托普钦说的话,而是他的愤怒的声音,人群骚动起来,拥上去,但是又停住了。

"伯爵!……"在又开始的片刻的寂静中,韦列夏金用怯懦的、不自然的声调说。"伯爵,我们上头有上帝……韦列夏金抬起头来说,脖子上的粗筋又充血了,脸上立刻泛起红晕,接着就消失了。他没说完他要说的话。

"砍他!我命令!"拉斯托普钦突然脸变得煞白,喊道。

"刀出鞘!"龙骑兵军官一边喊,一边拔出自己的马刀。

又一个最强的浪头冲击着人群,这个浪头冲到前几排,把前排的人群推动了,人们晃晃悠悠地被推到门廊的台阶跟前。那个高个儿小伙子脸上的表情就像化石一样,一动不动地举着一只胳膊,站在韦列夏金身边。

"砍!"军官低声对龙骑兵说,一个士兵突然气歪了脸,用一把很钝的大马刀向韦列夏金的头上砍去。

"啊!"韦列夏金急促地惊呼了一声,惊慌地环顾周围,似乎不明白为什么这样对待他。人群发出同样恐惧的惊叹。

但是,在韦列夏金忽然发出那声惊呼之后,接着发出一声痛楚的哀号,这声哀号可就毁了他了,那道紧张到了极点的人类感情的闸门,刹那间崩溃了。罪行已经开始了,就不得不进行到底。责难的哀吟淹没在人群可怕的怒吼之中。正像击碎船只的七级浪,这不可遏止的最后一个浪头从后排腾空而起,一直涌到前排,把人们推倒,吞没了一切。那个龙骑兵打算再砍一刀。韦列夏金吓得狂叫,抱头向人群中跑去。他撞到高个儿小伙子身上,小伙子借势掐住韦列夏金细长的脖子,狂叫着和他一起倒在拥挤着猛冲过来的人们脚下。

一些人扭打韦列夏金,另一些扭打高个儿小伙子。被压在下面的人的喊叫和尽力搭救高个儿小伙子的人们的喊叫，只能更激发人群的狂怒。龙骑兵好长时间才把那个被打得半死的、血淋淋的工人救出来。又过了好久，虽然人群狂热地、努力完成已经开始的事情，那些对韦列夏金又是打，又是拧，又是撕的人们，却没能把他整治死；但是人群，从四面八方挤他们，把他们裹在中间，形成一个巨大的物体，来回动荡着，使他们既不能把他打死，也无法把他放走。

"用斧头砍，怎么样？……掐死……叛徒，出卖基督的叛徒！……还活着……真能活……狗强盗活该受罪，拿门闩来！……还活着吗？"

直到那个牺牲者不再挣扎，他那凄厉的号叫变为均匀的、拉长的、嘶哑的喘息时，人群才赶紧从这具躺在地上的血淋淋的尸体旁走开，每个走到跟前的人，看到做出的事情，都带着恐怖、责备和惊讶的神情转身挤了回去。

"主啊，人跟野兽一样，还能活得了！"人群中传出这样的声音。"小伙子很年轻……可能是买卖人的孩子，这帮人真行！……另一个人也挨打了，据说，只剩一口气……咳，这些人啊……真不怕罪过……"现在说这些话的人，瞅着那具脸色发青，满脸血污的尸体，全露出痛苦的怜悯的表情。

一个勤勉的警官，觉得大人院子里放着一具死尸不成体统，命令龙骑兵把尸体拖走。两个龙骑兵抓起被打残的腿，把尸体拖走了。那个长在细长脖子上的血淋淋的脑袋，被拖得在地上左右地扭动。人群拥挤着离开了尸体。

就在韦列夏金倒下去，人群狂吼着围住他拥来拥去时，拉斯托普钦突然脸色煞白，他没有去有马车等候着他的后门，却沿着通到房间的楼下走廊走去，他低着头，迈着快步，自己也不知道去什么地方，为什么这么走。伯爵脸色苍白，下巴像发疟子似的止不住地打哆嗦。

"大人，向这边走，您上哪儿去？……请走这边，"一个颤抖的声音在他背后说。拉斯托普钦伯爵无力回答，顺从地转身向指给他的方向走去。在房后门廊前停着一辆马车。远处人群的吼声在这里也听得见。拉斯托普钦伯爵急忙上了马车，吩咐车夫赶到索科尔尼茨他的郊外住宅。来到肉商街，已经听不见人群的喊声，伯爵开始后悔了。他不满地想起自己在下属面前露出的激动和恐惧。"伯爵！我们头上有上帝！"他忽然想起韦列夏金对他说的话，一阵不快乐的寒战掠过拉斯托普钦伯爵的脊背。但是这种感觉转瞬即逝，拉斯托普钦伯爵轻蔑地对自己一笑。"我另有责任，应当满足民众的要求"。他想到。"别的许多牺牲，为了公共福利，有的已经死去，有的行将近死去。"于是他开始想自己对他的家庭，对托付给他的首都，以及对他自己所负的责任——他想他自己，并不是想费多尔·瓦西里耶维奇·拉斯托普钦，而是想那个作为总督、作为政权代表和沙皇的全权代表的他。"假如我是费多尔·瓦西里耶维奇，我的做法就绝对不同了，但是我应该保护我这个总督的生命和尊严。"

拉斯托普钦坐在马车柔软的弹簧座上轻微地摇晃着，不再听到人群的可怕声音，他肉体上安静了，随着肉体的安静，头脑就开始为他寻找精神安静的理由。

"韦列夏金受了审判,被判处了死刑,"拉斯托普钦想,虽然枢密院只判韦列夏金苦役。"他是卖国贼,叛徒;我无法饶恕他;并且是一石两鸟;我给老百姓一个牺牲以示安抚,同时也惩罚了一个坏人。"

伯爵来到郊外的宅邸,料理一下家务,心情彻底安静了。

半小时后,伯爵坐着飞快地马车驰过索科尔尼茨田野,这时他已经再不想过去的事,只考虑将要发生的事。他现在是去雅乌兹桥,他听说库图佐夫在那里。拉斯托普钦伯爵准备对库图佐夫发出愤怒的、尖刻的责备,由于库图佐夫欺骗了他。他要让这个宫廷的老狐狸知道,放弃首都和毁灭俄国所带来的一切不幸结果,全部要由他这个老糊涂负责。拉斯托普钦预先想好对库佐夫要说的话,他一边想,一边怒气冲冲地在马车里来回转身,怒目向四外张望。

索科尔尼茨田野空空荡荡。只是在它的尽头,在养老院和疯人院旁边,有一群穿白衣服的人,还有几个相似的人在田野里走动,他们喊叫着,挥动着臂膀。

其中一人跑过来拦拉斯托普钦伯爵的马车。拉斯托普钦伯爵本人,还有他的车夫和龙骑兵,望着这些放出来的疯子,尤其是望着那个向他们跑过来的人,全有一种模糊的恐惧和好奇的感觉。

那个疯子拐着两条细长的瘦腿,飘动着长衫,飞快地跑,眼睛盯着拉斯托普钦,声音嘶哑地向他喊叫着,打着手势让他停下来。那个长着模样阴森、严峻的疯子,脸色又瘦又黄。他的瞳仁在红里透黄的眼白里低垂地、慌乱地转动着。

"站住! 停住! 听到没有!"他尖叫着,随后又用威严的声调喘息着吆喝什么。

他追上了马车,跟马车并排奔跑。

"我被杀过三次,三次都从死里再生,他们用石头砸我,把我钉到十字架上……我要复活……要复活……要复活。他们把我撕了个粉碎。天国塌陷了……塌陷了三次重建了三次,"他喊道,声音越来越高。拉斯托普钦伯爵突然面色苍白了,就像群众扑向韦列夏金时那么苍白。他转过身去。

"快,快点儿走!"他声音哆嗦着对车夫喊道。

几匹马拉着马车飞快奔驰起来;但是拉斯托普钦伯爵好久还听到后面越来越远的疯狂的、绝望的喊声,他眼前老浮现出那个穿皮袄的叛徒血淋淋的、吓得面无人色的脸。

虽然这个记忆还非常新,但是拉斯托普钦现在总觉得,这个记忆已经深深地铭刻在心里,成了他血肉的一部分。他现在清楚地感觉到,这个血淋淋的记忆不仅永远忘不了,而且相反,时间愈久,这个可怕的记忆就愈厉害地、痛苦地在他心中活跃着。他现在似乎听见自己的说话声:"砍他,你们要用脑袋对我负责!"——"我为什么要说这些话! 仿佛是无意中说的……我本来可以不说这些话(他想):那就什么都不会发生了。但是我不是为自己做这件事。我必然这么办",他想。

雅乌兹桥头依然挤满了军队。天气炎热,库图佐夫紧皱着眉头,神情颓丧,坐在桥旁一条长凳上,当一辆马车咕隆隆向他跑来时,他正拿着一根鞭子在玩弄沙土。一个身穿将军服,头戴羽饰帽的人走到库图佐夫面前对他说了几句话,他不知是在发怒还是受到惊吓,眼睛一个劲地乱转。此人就是拉斯托普钦伯爵。他对库图佐夫说,他到这儿来,是因为首都莫斯科没有了,只剩下军队了。

"如果阁下没对我说,你不会不再打一仗就放弃莫斯科,那情形就会两样了!"他说。

库图佐夫望着拉斯托普钦,似乎不明白他的意思,尽力想看出对方脸上这时流露的某种特别的意味。拉斯托普钦有点难为情,不作声了。库图佐夫略微摇摇头,没有从拉斯托普钦脸上挪开他那探究的目光,轻轻地说:

"是的,不打一仗,我是不会放弃莫斯科的。"

库图佐夫说这话时,不知是心里完全想着另处的事,还是虽然知道这话没有意义,故意这么说,不管怎样,拉斯托普钦伯爵没有再回答什么,就急忙离开了库图佐夫。真是怪事! 莫斯科的总督,骄傲的拉斯托普钦伯爵,拿起一根短皮鞭,走到桥头,大喊大叫地想赶走那些挤在一起的大车。

二十六

下午三点多钟,缪拉的部队进入莫斯科。走在前边的是一队符腾堡骠骑兵,后边是带着一大群侍从、骑着马的那不勒斯王本人。

在阿尔巴特街中间,尼古拉圣像礼拜堂附近,缪拉停下来,等候先头部队报告克里姆林城堡的情况。

缪拉周围围着一小群留在莫斯科的居民。他们都带着胆怯的神情观看那个模样古怪、头插羽毛、身佩金饰、留着长发的长官。

"那就是他们的沙皇吧? 还挺好嘛!"人们小声说。

翻译官骑马来到那群人跟前。

"脱帽……把帽子脱下来。"人群互相告诫着。那个翻译官向一个年老的看门人打听克里姆林宫还有多远。看门人迷惑地听着陌生的波兰口音,认为翻译官说的不是俄语,不懂对他说的什么,便躲到别人背后去了。

缪拉走近翻译,叫他问一问俄国军队在什么地方。其中有一个俄国人弄懂了他问什么,几个声音忽然齐声向翻译官回答。先头部队的一个军官来到缪拉跟前,报告说城堡的大门堵上了,可能那里有埋伏。

"好的，"缪拉说，随即命令一个侍从传令调四尊轻炮，轰击那座大门。

炮兵从缪拉后面的纵队中快步走出来，顺着阿尔巴特街前进。走到弗兹德维仁卡街尽头时，炮兵停住了，在广场上排好队，几名法国军官指挥布置炮位，随后用望远镜瞭望克里姆林宫。

克里姆林宫晚祷的钟声响了，这使法国人惊慌起来。他们误认为那是准备战斗的信号。几个步兵向库塔菲耶夫门跑去。这座门已经堆上圆木，挡上了板墙。一个军官带着一小队人刚开始往那儿跑，就从门里射出两枪。站在大炮旁边的将军向那个军官喊了声口令，军官和士兵就跑回来了。

门里又打了三枪。

一发子弹打中了一个法国兵的脚，木墙后面一齐传出几个声音的怪叫。法国将军、军官和士兵，脸上原来那种快活、安静的表情，好像听到口令似的，马上都变成了顽强、专注、准备战斗和受难的表情。他们所有的人，从元帅到小兵，都觉得，这个地方不是弗兹德维仁卡街、莫霍夫街、库塔菲耶夫街或者特罗伊茨门，而是一个新地方，可能是一个流血的新战场。因此大家都为这场战斗进行准备。门里的喊叫声停了。大炮推了出来。炮兵们吹掉火绳上的灰。一个军官发出口令："放——接着两颗炮弹一个接一个呼啸着飞了出去。霰弹打在大门的石墙上、圆木上和挡板上，发出了噼噼啪啪的爆炸声；两朵烟云在广场上空飘荡。

隆隆的炮声在克里姆林宫的石墙上刚刚平息，不大一会儿，在法国人头上响起了一阵奇怪地声音。一大群乌鸦飞到城墙上空，叫着，拍打着成千只翅膀，在空中盘旋。在这种声音中间，从那座门里传出一个人的喊叫声，接着从烟尘里出来一个没戴帽子、身穿长衣的人影。这个人握着枪向法国人瞄准。"放"那个炮兵军官又发出了口令，紧接着，响了一下枪声和两下炮声。硝烟又遮蔽了那个门。

挡板后面再没有声音了，法国步兵和军官们向城门走去。城门里躺着三名伤员和四名打死的人。有两个穿长衣的人从下面顺着墙根向兹纳缅卡逃跑。

"把这些搬开，"一个军官指着圆木和尸体说；几个法国人把伤员打死，把尸体扔到围墙外的沟里。他们是谁，没有人知道。

缪拉得到报告说，道路早已扫清。法国人进了城门，在枢密院广场安营扎寨。士兵们从枢密院的窗户把椅子扔到广场上，在那里生起火来。

虽然衣衫褴褛、饥饿疲劳，人数减到原有的三分之一，但是法国士兵依然队形齐整地进入莫斯科。这是一支疲劳不堪、体力衰竭、但仍然是有战斗力的可畏的军队。可这只是这支军队在士兵没有分散在各民宅以前的情形。各个团队一旦住进一无所有或富有的民宅里，军队就永远毁灭了，就变成了既非老百姓也非士兵，而是一种非驴非马的东西，也就是所谓的匪兵。五个星期以后，依然是这帮人，可当他们离开莫斯科时，已经不成其为军队了。这是一帮匪兵，他们每人都运走或带走一些他们觉得贵重或有用的东西。离开莫斯科时,他们每人的目的不再像过去那样是要征服,而是要保住已经得到的东西。正如一只猴子,把手伸进小口罐子里,抓住一把硬果不愿松手,由于怕失掉已经抓到的东西,而这就毁了它自己,法国人离开莫斯科时,显然一定要遭到灭亡,因为他们带着抢到的东西,又不肯放弃,就像猴子不愿松开抓住硬果的手一样。法军每个团队不论进入哪条莫斯科街道,只要过非常钟,就再没有一个像士兵和军官的人了。从每家窗户里可以看见穿军大衣和半高腰皮靴的人嬉笑着在各个房间窜来窜去;在地窖里和地下室里,这些人在搞吃的;在院子里,这些人打开或撬开棚屋和马厩的门;在厨房里生起火,涴起袖子,烘烤食品,和面,做饭,调笑和抚爱妇女和儿童。这种人处处都有,店铺里、住宅里也有很多;但是军队已经没有了。

就在进城的那天,法国司令官们发出一道又一道命令,禁止军队在城里乱跑,严禁对居民施以暴力和抢劫,宣布当天晚上要总点名;尽管采取了许多措施,曾经作为军队成员的人们,仍旧不断散入那座富足的、拥有各种设备和大量物资的空城。正如一群饥饿的牲口,在不毛之地行走时,总是挤作一堆,可是,一到水草茂盛的牧场,就立刻无法遏止地分散开来,那支军队正是这样,一到富饶的城市,就不可控制地四散了。

莫斯科没有居民,士兵就像渗入沙土的水,从他们开始进入的克里姆林宫,就不可控制地向四面八方一点一点地渗透。骑兵们进入一所弃下一切财产的商人住宅,发现那儿的马厩足以容下他们的马而有余,可是他们还是占了旁边的一所,他们觉得那儿更好些。很多人占了好几处房子,用粉笔号上自己的名字,他们跟别的队争吵,甚至打架。士兵们还没有安顿好,就跑到街上去参观城市,一听说有被抛弃的东西,就赶忙地向可以白拿贵重东西的地方跑去。军官去阻止士兵,可他们自己不自觉地也干起同样的勾当。在马车市场里留下一些拥有车辆的店铺,一些将军们挤在那儿挑选四轮马车和轿式马车。留下来的居民邀请军官到自己家里,希望这样就可以不致遭劫。财富多得不可胜数;在法军占领的地区,到处还有没被发现、没被占据的地方,法国人觉得那儿还有更多的财富。于是莫斯科使他们愈陷愈深,正像浇到地上的水,结果水和干地都消失了;正是因为这样的原因,一支饥饿的军队进入一座拥有大量财宝的城市,结果都同归于尽;都化为泥污,化为火灾和掠夺。

二十七

法国人在莫斯科四处扩散,直到九月二日晚上,才扩散到皮埃尔现在居住的那个区。

皮埃尔过了两天孤独的生活后,现在正处于接近疯狂的状态。一种没法排遣的思绪占据了他整个的身心。他不明白这思绪是怎样和何时有的,但是现在他是处在这样的状况,他既记不起过去的事,也不清楚眼前的事;他的所见所闻,有如梦境。

皮埃尔从家里出走,只是为了逃避满脑子乱麻似的人生要求,按他目前的精神状态,解开这团乱麻是无能为力的。他借口整理死者的书籍和文件,到约瑟夫·阿列克谢耶维奇的寓所去,以便从人生的困扰中寻求慰藉,——每想起约瑟夫·阿列克谢耶维奇,他的心里就有一种永恒、宁静、庄严的感觉。他试图寻找安静的避风港,果然在约瑟夫·阿列克谢耶维奇的书房中找到了。当他把臂肘支在落满尘土的书桌上的时候,最近几天的回忆,尤其是对波罗底诺战役的回忆,就一件接着一件地在内心显现,他还模糊地感到,与那些使他铭记在心的真实、质朴和有力比起来,就显出他自己的渺小的虚伪。当格拉西姆把他从沉思中唤醒时,皮埃尔想起自己要参加原来预定的人民保卫莫斯科的战斗(他知道这件事)。于是,为了这个目的,他立刻叫格拉西姆给他弄一件农民的外衣和一支手枪,并且告诉他,他打算隐姓埋名留在约瑟夫·阿列克谢耶维奇家中。随后,在孤独而悠闲地度过的第一天当中,关于他的名字和波拿巴的名字相关连这种神秘的意义,以前这种想法现在又不止一次模糊地在他心中浮现了。

在皮埃尔买了农民的外衣后,遇到了罗斯托夫家里的人,娜塔莎对他说:"您留下来吗?啊,这好极了!"——当时在他头脑里闪过一个念头:甚至莫斯科陷落,他也留下来完成注定该由他来完成的事,那确实是太好了。

第二天,他跟着人群到三门去,心里只有一个念头,那就是不惜牺牲自己,不管怎样也不落在他们后边。但是在他从三山门回到家里后,他完全明白了,莫斯科不会再保卫了,他忽然觉得,他原来认为可能的事,现在成为必然的和不可避免的了,他应该隐姓埋名,留在莫斯科,去找拿破仑,把他杀掉,下定决心,或者让自己灭亡,或者结束全欧洲的灾难,皮埃尔认为欧洲的灾难完全是拿破仑独自造成的。

皮埃尔知道1809年一名德国大学生在维也纳谋杀波拿巴的详细经过,也知道那个学生被枪毙了。他在实现自己的意图所冒的生命危险,令他情绪更加激昂。

有两种一样强烈的感情不可抗拒地促使皮埃尔去实现他的意图。第一种感情是意识到在普遍不幸的时候,自己也有牺牲和受苦的必要,就是因为这种感情,二十五日他去莫扎伊斯克,来到战斗最激烈的地方,而现在他离开家,抛弃奢侈舒适的生活,和衣睡在硬沙发上,和格拉西姆吃一样的东西;另一种是那种模糊的、仅有俄国人才有的感情:蔑视一切虚伪的东西,蔑视一切大多数人认为是世界上最好的东西。皮埃尔在斯洛博达宫第一次体验到那种醉人的感情,当时他忽然觉得,财富、权力和生命,凡是人们努力争取和维护的一切,假如说这一切还有价值的话,那不过是由于能享受一下把它抛弃的快活罢了。

从皮埃尔在斯洛博达宫第一次体会到这种感情那一天起,他就不停受它的影响,可只有现在他才真正感到心满意足。此外,皮埃尔在这方面已经做过的事,使他非达到目的不可的意愿更加强了,而且使他割舍不下。他从家中出走,弄到农民外衣和手枪,而且对罗斯托夫家的人们宣称他要留在莫斯科之后,——假如他也像别人一样离开莫斯科,那么,他所做的这一切不仅没有意义,并且将成为可鄙、可笑的了。

就像常有的情形,皮埃尔的身体状况与精神状况是一致的。那种吃不惯的粗糙食物,他这几天喝的伏特加酒,没有葡萄酒和雪茄,没有换洗过的脏内衣,在没有被褥的短沙发上度过的两个几乎是不眠之夜,——这一切都让皮埃尔处于几乎疯狂的激动状态。

下午一点多钟,法国人已经进入莫斯科。皮埃尔了解到了这一点,但是他没有行动,只是想他的计划,把未来最细微的情节都考虑到了。皮埃尔在他的幻想中并没有生动地想象行刺的过程,也没想象拿破仑的死,只是带着感伤的享乐心情想象他的牺牲和英勇气概。

"是的,一人为大家,我一定要成功或者牺牲!"他想。"是的,我一定去……然后,出其不意……用手枪,还是用匕首呢?"皮埃尔想。"其实,都一样。处死你的并不是我,而是上帝,我说(皮埃尔在想他杀死拿破仑时他所说的话)。好吧,逮捕我,处死我吧,"皮埃尔自言自语地说下去,他低着头,神色忧郁,可非常坚决。

正当皮埃尔站在房中间私下思索的时候,房门开了,门槛上出现了马卡尔·阿列克谢耶维奇,他先前胆怯的样子彻底变了。他敞着长衫。脸通红,样子非常难看。他显然喝醉了。他看见皮埃尔,开始有点窘,可他一见皮埃尔脸上也有窘态,立刻来了勇气,迈着两条细腿,摇摇晃晃地走到屋子中间。

"他们害怕了,"他声音沙哑,带着信任对方的神情说。"我说:我不投降,我说……是不是这样,先生?"他沉吟起来,可一见桌上有一支手枪,就十分神速地抓起那支手枪,跑进了走廊。

跟在马卡尔·阿列克谢伊奇后面的格拉西姆和看门人在过道里拦住他,试图夺他的手枪。皮埃尔来到走廊,带着怜悯和厌恶的心情望着这个半疯的老人。马卡尔·阿列克谢伊奇皱着眉头,用力握着手枪,声音嘶哑地喊着,看来,他正在幻想一件庄严的事情。

"拿起武器!冲啊!你夺不走!"他喊道。

"行了,老爷子,行了。行行好,请您放下吧。好啦,我的老爷子……"格拉西姆说。他小心地抓住马卡尔·阿列克谢伊奇的臂肘,用力向门口推他。

"你是什么人?是波拿巴!……"马卡尔·阿列克谢伊奇喊道。

"这不好,老爷子。请您到屋里去吧,您休息一下。请把手枪给我。"

"滚,下贱奴才!别碰我!看见这个吗?"马卡尔·阿列克谢伊奇晃着手枪喊道。"冲啊!"

"抓住他,"格拉西姆低声对看门人说。

他们抓住马卡尔·阿列克谢伊奇的胳膊,把他拖到了门口。

过厅里响起一片乱糟糟的喧哗声和醉汉嘶哑的喘息声。

忽然从门廊里传来女人的尖叫声,紧跟着,一个厨娘跑进了过厅。

"他们来了!我的老天啊!……真的,他们来了。四个人骑着马!……"她喊道。

格拉西姆和看门人松开马卡尔·阿列克谢伊奇的胳膊,在寂静的走廊里清楚地听到几只手敲门的声音。

二十八

皮埃尔打算在实现他的志愿之前,既不公开他的身份,又不叫人知道他会法语,他站在半开半闭的走廊门里,打算法国人一进来,就躲起来。但是法国人进来了,皮埃尔依旧没从门口走开:一种无法克服的好奇心令他站住没动。

来了两个人。一个是军官,高个儿,英武俊秀,另一个显然是士兵或者勤务兵,又矮又瘦,两眼下陷,晒得黝黑,神情呆滞。那个军官挂着棍子,微跛着向前走来。他走了几步,好像已经认定这所住宅不错,就停住,向站在门口的士兵们转过身去,用长官的口吻,大声招呼他们把马牵进来。那个军官吩咐过后,姿势优美地高高抬起臂肘,捋了捋小胡子,用手碰了碰帽檐行礼。

"各位好!"他微笑着向周围望了望,快活地说。

没有一个人回答。

"你是这里的主人吗?"那个军官对格拉西姆说。

格拉西姆犹疑地望着那个军官。

"住处!"那个军官说,他露出傲慢、和蔼的微笑,上下打量那个小老头。"我们会相处得非常好的!"他拍着默不作声的格拉西姆肩膀说。

"这儿没有懂法语的吗?他又说,同时向周围看看,遇见了皮埃尔的目光。皮埃尔正想从门旁躲开。

那个军官又转向格拉西姆。他要格拉西姆带他去看看房间。

"主人不在——你的……我的不懂……"格拉西姆换个办法说,尽量把话说得清楚点。

法国军官微笑着,在格拉西姆鼻子面前伸开两臂,表示他也不明白他的话,他瘸着腿向皮埃尔站在那儿的门口走去。皮埃尔正想躲开他,但是这时他看见马卡尔·阿列克谢伊奇拿着手枪,从开着的厨房门里探出头来。马卡尔·阿列克谢伊奇露出疯子的狡诈神情窥视法国人，正举起手枪瞄准。

"冲啊!!!"那个醉汉一面喊，一面扳动枪机。法国军官向喊声转过身来，就在这一刹那，皮埃尔向醉汉扑过去。就在皮埃尔抓住手枪向上举时，马卡尔·阿列克谢伊奇的手指扣动了扳机，发出一声震耳的枪声，硝烟弥漫，盖住了所有的人。那个法国人面无人色，转身向门口跑去。

皮埃尔忘记了自己不暴露他会法语的打算，他夺过手枪，把它扔掉，跑到那个军官面前，用法语同他说起来。

"你受伤了吗?"他说。

"好像没有，"那个军官摸了摸自己，回答道，"不过这次差点送命，"他指着打掉的墙上的灰土，又说。"他是什么人?"那个军官严厉地看了皮埃尔一眼，说。

"刚才发生的事，确实让人不快乐，"皮埃尔赶快说，完全忘记了他所扮演的角色，"他是个不幸的疯子，不知道他在做什么。"

那个军官走到马卡尔·阿列克谢伊奇面前，抓住了他的脖领。

马卡尔·阿列克谢伊奇张着嘴，好像要睡着了，摇摇晃晃地靠到墙上。

皮埃尔继续用法语劝那个军官不要追究喝醉酒的疯子。那个法国人依旧带着阴沉的神情，沉默地听着，可是他忽然面带微笑转向皮埃尔。他沉默地看了他几秒钟。他那俊秀的脸上摆出一副悲剧式的温柔表情，他伸出手来。

"你救了我的命! 你是法国人，"他说。在一个法国人看来，这个结论是毫无问题的。只有法国人才能完成伟大的事业，而救他的命，无疑是一件最伟大的事业。

但是，尽管这个结论和那个军官根据这个结论建立的信念都毫无疑问，皮埃尔依然认为有使他失望的必要。

"我是俄国人，"皮埃尔纠正道。

"得-得-得，"那个法国人在自己的鼻子前摇着一个指头，微笑着说。"遇见了同胞，真让人兴奋，"他说"我们怎样处置这个人?"他又问，他对皮埃尔就像对亲弟兄一样说话。法国军官脸上的表情和声调表明，纵然皮埃尔不是法国人，既然已经得到这个世界上最崇高的称号，他也无法拒绝的。皮埃尔对最后一个问题又一次做了解释，他说明马卡尔·阿列克谢伊奇是怎样一个人，又说，他们刚进来时，看见这个喝醉酒的疯子拿走一支实弹手枪，没来得及从他手里夺下来，他请求别计较他的行为，饶恕他。

那个法国人挺起胸脯，打了一个庄严的手势。

"你救了我的命。你要我原谅他吗? 好，我原谅他。把这个人带走!"法国军官迅速而有力地说，因此挽起因为救了他的命而被他提升为法国人的皮埃尔的胳膊，和他一起走进屋里。

站在门口的士兵听到枪声，走进过厅，询问出了什么事，表示要惩罚那个罪犯；但是军官严厉地制止了他们。

"用得着你们的时候，会叫你们的，"他说。士兵们出去了。

二十九

法国军官和皮埃尔一起进了屋，皮埃尔认为他必须再让上尉相信他不是法国人，并且想离开，但是法国军官连听都不愿听。他是那么谦恭、亲热、和蔼，真心诚意地感激皮埃尔救了他，弄得皮埃尔无法拒绝，就同他一起在大厅里（就是他们一起走进的那间屋）坐下。上尉对于皮埃尔坚持说他是俄国人，显然不理解为什么一个人会拒绝这么光荣的称号，他耸了耸肩说，如果他一定认为自己是俄国人，那也只好这样，可他依然永远不忘他的救命恩情。

假如这个人哪怕有一点了解别人感情的能力，就会看出皮埃尔的情绪，而皮埃尔也便会离开他了；但这个人对他身外的一切是那么天真，迟钝，使皮埃尔消除了戒心。

"第十三轻骑兵团朗巴上尉因九月七日波罗底诺战役被授予荣誉团骑士头衔。"这个法国军官自我介绍说，抑制不住得意的微笑。

皮埃尔回答说，他不能说出自己的姓名，于是他红着脸想胡诌一个姓名，说明他隐瞒姓名的原因，可是那个法国人连忙拦住他。

"好了，"他说。"您是和我们作战的。这与我不相干。我承受您救命的恩情，对我来说，这就够了。"

端来羊肉、煎蛋、茶炊、伏特加酒，和从俄国人地窖里抢来随身带着的葡萄酒，朗巴请皮埃尔一起进餐，随后他就像一个年富力强的饥饿的人那样，用他那有力的牙齿，狼吞虎咽地大嚼起来，一面不停地吧嗒嘴，一面说："美极了！"他的脸通红满头大汗。皮埃尔也饿了，兴奋地一同吃起来。勤务兵莫雷尔端来一锅热水，把一瓶红葡萄酒放在锅里温着。此外，他从厨房里还拿来一瓶克瓦斯给他们品尝品尝。莫雷尔赞赏他在厨房里找到的这个克瓦斯。但是，因为上尉在莫斯科已经搞到葡萄酒，他就把克瓦斯让给莫雷尔，只喝那瓶波尔多红葡萄酒。他用餐巾包着瓶颈，给他自己和皮埃尔斟酒。上尉饱餐了一顿，又过了酒瘾，更加高兴了，整顿饭不断地絮叨。

他们的谈话被大门口的喧闹声和勤务兵莫雷尔的闯入打断了，莫雷尔进来向上尉报告说，有几个符腾堡的骠骑兵要把马安放在上尉放马的院子里。主要麻烦的是，那些骠骑兵不懂法国话。

上尉把那个骠骑兵上士叫来，严厉地问他凭什么竟敢占已经有人住的地方。那个不大懂法语的德意志人用掺杂着德语的法语回答说，他是团队的军需，长官命令他把这一带的房子全部占下。皮埃尔懂德语，就给上尉翻译，再把上尉的回答用德语转达给符腾堡的骠骑兵。那个德意志人搞清楚了对他说的话,就屈服了,把他的人带走了。上尉走到门廊上,大声发了一通命令。

当他回到屋里时,皮埃尔仍旧坐在原来的地方,双手托腮。他脸上露出痛苦的表情。他这时确实非常痛苦。当上尉出去,只剩他一个人时,他突然醒悟过来,意识到了自己的处境。并不是莫斯科的陷落,也不是这些幸运的胜利者在这里为所欲为而且庇护他。目前使他痛苦的是他意识到了自己的软弱。几杯酒下肚,和这个脾气随和的人的谈话,完全破坏了皮埃尔这几天满怀郁闷的心情,而这种郁闷心情在执行他的计划时是必要的。手枪和匕首,以及农民的服装都准备好了,拿破仑明天就要进城了。皮埃尔仍然认为杀死那个恶棍是有益的,值得的;但是他觉得他现在办不到了。为什么?——他不知道,但是预感到他不会去执行他的计划了。他跟自己软弱的意识做斗争,可模糊地觉得他无法克服它,先前那种复仇、杀人、自我牺牲的郁闷情绪,一接触第一个法国人,就烟消云散了。

那个上尉微跛着,吹着口哨走进屋来。

刚才使皮埃尔感到有趣的法国人的絮叨,现在令他厌烦了。他吹的曲子、步伐、他的手势、他捻胡子的样子——这一切似乎都是对皮埃尔的侮辱。

"我这就走,我再不和他谈一句话,"皮埃尔想。他一面想,一面坐在那里不动。一种奇怪的软弱感觉把他钉在那里,他想站起来走开,但是做不到。

相反,上尉却非常快活。他在屋里来回走了两趟。他的眼睛闪着亮光,胡子微微扭动着,他仿佛对一个有趣的想法觉得好笑似的。

莫雷尔拿来了蜡烛和一瓶葡萄酒,上尉借着烛光看了看皮埃尔,皮埃尔灰心丧气的面色显然令他吃了一惊。朗巴脸上带着真诚的同情走到皮埃尔跟前,向他弯下身来。

"怎么犯愁了,"他一边说,一边摸了摸皮埃尔的手。"是我让你厌烦了吗?你是不是对我有意见?"他再三地追问。

皮埃尔什么也没有回答,只是温情地看了看那个法国人的眼睛。那个法国人的同情使他非常快乐。

"我认为你这个人很可交,"他把手放在胸口上说。

"谢谢,"皮埃尔说。上尉朝皮埃尔的脸望了一下,他的脸突然容光焕发。

"为我们的友谊干杯!"他快活地喊道,倒满两杯酒。皮埃尔端起杯子一饮而尽。朗巴也干了自己的一杯,又一次握住了皮埃尔的手,随后,带着沉思而忧郁的神情把臂肘支在桌上。

上尉以他那法国人轻率而天真的坦率态度对皮埃尔讲了他祖先的历史,他的童年、少年时代和青年时代,讲了他的亲戚、财产和家庭的一切事情。当然,他可怜的母亲在他讲述的故事中扮演一个重要角色。

"可这一切不过是人生的序幕,人生实质是爱情。你说对不对! 皮埃尔先生?"他兴高采烈地说。

皮埃尔又干了一杯,给自己斟上第三杯。

"噢!女人!"上尉用泛起油光的眼睛看着皮埃尔,开始讲爱情,讲他的恋爱故事。他的恋爱故事很多很多,只要看看这个军官得意、漂亮的面孔,看看他讲到女人时那份兴奋劲儿,你就非常容易相信他的话。虽然朗巴的恋爱故事都带有淫秽的性质,但在法国人看来,只有那种爱情才具有魅力和诗意,但是上尉在讲故事时那么真诚地相信,只有他尝到并且懂得爱情的魅力,他在描绘女人时是那么撩人,皮埃尔不由得好奇地听下去。

很明显,那个法国人所向往的爱情,既不是那种低级、一般的爱情,这种爱情,皮埃尔在他的妻子身上曾经尝到过,也不是被皮埃尔夸大了的浪漫的爱情,就像皮埃尔对娜塔莎的那种爱情,这个法国人所崇拜的爱情,主倘若和女人发生不正常的关系,以及给感官以最大享受的各种畸形结合的杂烩。

上尉讲了一桩他的动人的爱情故事,他爱上了一个迷人的三十五岁的侯爵夫人,同时又爱上侯爵夫人的女儿,一个非常可爱、天真、十七岁的小姑娘。母女之间互相谦让的结果是母亲作了自我牺牲,把女儿让给自己的情人做妻子,虽然这是一段早已过去的往事,可至今回忆起来仍使他激动。然后他又讲了一段故事——丈夫当了情夫的角色,而他(情夫)当了丈夫的角色。

最后,他讲了一段最近发生的在波兰的奇遇,他眉飞色舞说,他救了一个波兰人,那个波兰人把他那迷人的妻子托付他照顾,而他本人到法国军队服役去了。上尉是幸福的,那个迷人的波兰女人要跟他逃跑;但是,上尉宽大为怀,把妻子还给了丈夫,并且对他说:"我救了你的性命,也救了你的名誉!"上尉重复了这句话后,擦了擦眼睛,抖了一下,似乎要抖掉回忆这段动人的故事时满怀的温情。

皮埃尔听上尉讲故事,同时也注意自己心中不知为什么突然出现一连串回忆。当他听这些爱情故事时,出人意料地忽然回忆起自己对娜塔莎的爱情。皮埃尔一边倾听爱情和义务的矛盾,一边清楚地想起上次在苏哈列夫塔楼旁和他的所爱的人相遇的最细微的情节。那次见面当时对他并没发生什么影响;他甚至连一次也没回想它。但是现在他觉得,那次见面有一种非常重要的、诗意的东西。

"彼得·基里雷奇,到这儿来,我已经认出您了,"他现在似乎听到她说的话,看见了她的眼睛、微笑、旅行帽和帽子下露出的一绺头发……他觉得这一切含有一种动人的、令人怜爱的东西。

上尉讲完了迷人的波兰女人的故事,问皮埃尔有没有那种为爱情而牺牲自己和嫉妒合法丈夫的感情。

经他这一问,皮埃尔抬起头来,觉得很想倾诉一下自己满怀的感想。他开始诉说,他对女人的爱情跟他稍有不同。他说他一生过去和现在只爱一个女人,而这个女人永远不会属于他。

"你这人!"上尉说。

随后,皮埃尔说,他很年轻的时候就爱这个女人;但是不敢想望她,由于她太年轻了,而他是一个没有名望的私生子。后来,当他有了名望和财产的时候,他不敢想望她,因为他太爱她,把她看得太高了。不用说,更高出他本人。皮埃尔讲到这里,问上尉是否懂他所说的。

上尉打了一个手势,表示纵使他不懂,他依旧请他继续说下去。

"柏拉图式的爱情,像梦一样……"他低声地说。皮埃尔的话头多起来了。他两眼泛起一层油光,凝视着远方,咕咕哝哝地讲了他的全部故事:他的婚姻、娜塔莎和他的最好的朋友的爱情、她的背信弃义,以及他自己对她的简单关系。在朗巴的追问下,他连原先隐瞒的事——他的社会地位,也说了出来,甚至向他说出了自己的真名实姓。

在皮埃尔的故事里,最令上尉吃惊的是,原来皮埃尔是个大富翁,在莫斯科有两处府邸,他竟抛弃一切,不离开莫斯科,隐名埋姓留在城里。

他们一起来到街上时,已经是深夜了。夜是温暖的,明亮的。宅子的左边彼得罗夫克大街,火光冲天,那是莫斯科第一批大火。在右边,高高地挂着一弯新月,新月对面悬着一颗在皮埃尔心目中把它和他的爱情联系在一起的明亮的彗星。格拉西姆、厨娘和两个法国人站在大门口,可以听见他们的笑声和彼此语言不通的谈话。他们全在观望照亮全城的火光。

在这座大城里,远处有一点火灾是没有什么可怕的。

皮埃尔望了望高高的星空、月亮、彗星和火光,感到赏心悦目。"瞧,多好啊,还需要什么呢?"他想,但是突然间,他想起了自己的计划,于是头晕了,意识迷糊了,他倚着栏杆以防跌倒。

皮埃尔没有和他的新朋友告别,就步履蹒跚地离开大门,回自己房里,躺在沙发上,立刻睡着了。

三十

步行和坐车逃走的居民,以及撤退的军队,怀着各种不同的心情,都在回头观看那九月二日第一次燃起的大火的火光。

罗斯托夫家的车辆这一夜停在离莫斯科二十俄里的梅季希村。当夜十点,罗斯托夫一家以及和他同行的伤员,全安置在这座大村子的各家宅院里和农舍里。罗斯托夫家的奴仆和车夫,伤员的勤务兵,服侍完主人以后,吃过晚饭,喂过马,就都到门外去了。

隔壁农舍里躺着一个受伤的副官,名叫拉耶夫斯基,他的手关节被打碎了。

疼得他不断发出可怜的呻吟,在这黑暗的秋夜,听来特别惨人。这个副官和罗斯托夫家第一夜都在一个院子住宿。伯爵夫人说,呻吟声使她全夜无法合眼,为了离这个伤员远些,就搬到了梅季希村较差的农舍里。

一个仆人从门前高高的马车顶上望去,看见了另一处不大的火光。原先看见的一处火光,大家都知道那是小梅季希村在着火,是马蒙诺夫的哥萨克放的火。

"弟兄们,这是另外一个地方在着火,"勤务兵说。

大家都注意地看那片火光。

"据说马蒙诺夫的哥萨克放火烧了小梅季希村。"

"他们胡说! 不,这不是梅季希村,这是更远的地方。"

"瞧,准是在莫斯科。"

有两个仆人从门廊台阶下来,转到马车另一边,在车梯上坐下来。

"这地方偏左! 梅季希村在那边,而这完全在另一边。"

有几个仆人凑到这两个仆人跟前。

"好大的火势,"一个人说,"老兄,这是莫斯科在着火:不是苏谢夫街就是罗戈日街。"

对这个说法没人搭腔。这些仆人对远方刚起的火沉默地看了很久。

伯爵的侍仆老头子丹尼洛·捷连季奇,向人群走过来,对米什卡大喝一声。

"你看什么,混小子……伯爵叫人,一个都不在;快去把衣服收好。"

"我是刚出来打水的,"米什卡说。

"您看怎么样,丹尼洛·捷连季奇,这似乎是莫斯科的火光吧?"一个仆人说。

丹尼洛·捷连季奇没作声,大家又沉默了很久。火光蔓延开来,悠悠荡荡地向更远的地方伸展。

"上帝保佑! ……有风,天又早……"又有一个声音说。

"瞧,多猛的火势。连飞着的乌鸦都能看见。主啊,可怜我们有罪的人吧!"

"想必正在救火。"

"谁去救火?"一直默不作声的丹尼洛·捷连季奇说话了。他的声音安静而缓慢。"那就是莫斯科,弟兄们,"他说,"莫斯科,圣洁的母亲……"他说不下去了,他突然像老年人那样抽抽搭搭地哭了。似乎大家正是期待着这个,这样,他们看见的那火光所具有的意义就清楚了。于是响起一片叹息声、祈祷声,伴随着伯爵的老侍仆抽抽搭搭的哭泣声。

三十一

侍仆回去向伯爵报告说,莫斯科起火了。伯爵穿上长衫,到外面去观看。和他一同出去的还有尚未脱衣就寝的索尼娅和肖斯太太。只有娜塔莎和伯爵夫人留在屋里。

伯爵夫人一听到莫斯科起火,就哭了。娜塔莎面色苍白,目光呆滞,坐在圣像下的长凳上,一点也没注意父亲说的话。她在倾听隔着三所房子传来的那个副官不停的呻吟声。

"哎呀,真可怕!"索尼娅打着冷战,慌张地从院子里回来说。"整个莫斯科都烧起来了,多么可怕的火光! 娜塔莎,现在你从窗口就可以看见,"她对表妹说这话,显然是想分散她的注意力。但是娜塔莎望着她,似乎不明白对她说的话,眼睛又盯着炉子的一角。从当天早上开始,也就是从索尼娅不知为什么竟把安德烈公爵受伤,现在同他们一块在车队里的事告诉娜塔莎之后,娜塔莎就陷入了呆滞的状态。伯爵夫人从未这样向索尼娅发过脾气。索尼娅哭了,请求原谅,现在她似乎竭力赎罪似的,一个劲儿地抚慰表妹。

"你瞧,娜塔莎,多么可怕的大火,"索尼娅说。

"什么大火?"娜塔莎问。"噢,对,是莫斯科。"

仿佛不愿违拗索尼娅和为了摆脱她,她把头移近窗口,向外望了望,显然什么也没有看见,又照原来的姿势坐了下来。

"你没看见吗?"

"不,我真的看见了,"她用祈求平静的声调说。

伯爵夫人和索尼娅都明白,莫斯科、莫斯科的大火,或任何别的什么,都无法引起娜塔莎的注意。

伯爵又回到套间躺下。伯爵夫人走到娜塔莎跟前,就像女儿生病时那样,用手背贴了贴她的头,随后又用嘴唇贴了一下她的前额,看看是否发烧,然后吻了吻她。

"你发冷了? 你最好躺下,"她说。

"躺下? 好的,我立刻就躺下,"娜塔莎说。

自从当天早上娜塔莎听说安德烈公爵伤势很重,现在和他们同行,只是在最初的时候,她问长问短,可人们告诉她,她不能看他,他的伤十分重,但是他的生命没有危险,她显然不相信人家对她说的话。虽然她磨破嘴皮,人家对她还是说那同样的话,自这以后,她就不再问,也不作声了。娜塔莎一路上眼睛睁得大大的坐在马车角落里一动不动,现在她就是这样坐在条凳上。她在考虑一件事,在决定一件事,或许现在在心中已经决定了。

"娜塔莎,把衣服脱了,睡到我床上来吧。"因为条件限制,只给伯爵夫人铺了一张床,肖斯太太和两位小姐全睡在地板上的干草上。

"不,妈妈,我就在地板上睡,"娜塔莎生气地说,她走到窗前把窗户打开。打开窗户后,那个副官的呻吟声听得更清楚了。她把头伸到夜间潮湿的空气里,她那细长的脖颈由于恸哭而颤抖着,碰着窗框。娜塔莎知道这不是安德烈公爵在呻吟。她知道,安德烈公爵就在他们住的这一排房子过厅对面的一间小屋里躺着;但是这可怕的不断的呻吟声使她恸哭。伯爵夫人和索尼娅对视了一下。

"睡吧,亲爱的,睡吧,我的好孩子,"伯爵夫人说,用手轻轻碰了碰娜塔莎的肩头。"我说,躺下吧。"

"我马上就睡,"娜塔莎说,她很快地脱衣服,解裙带。她换上短睡衣后,就屈起腿坐在地铺上,把她辫子甩到胸前,重新编起来。纤细灵巧的长手指利落地解开辫子,编上,扎好。娜塔莎的头习惯地时而向左,时而向右转动着,象发热病般地睁着的眼睛,动不动地向前望着。换好衣服后,娜塔莎悄悄躺到铺在门口的干草地铺上。

"娜塔莎,你睡在中间,"索尼娅说。

"我就睡在这儿,"娜塔莎说。"您也躺下吧,"她不快乐地又说。随后她把脸埋到枕头里。

伯爵夫人、肖斯太太和索尼亚急忙脱了衣服,也躺下了。屋里只有一盏圣像下的小灯。但是院子被两俄里外小梅季希村的火光照得十分亮,斜对面街上一家小酒馆里传来了夜间的喧闹声,同时也传来那个副官不停的呻吟声。

娜塔莎倾听着室内外的响声,一动不动地听了很久。开始她听见母亲的祈祷声和叹息声,她的床发出的轧轧声,耳熟的肖斯太太发出的呼噜声,索尼娅细微的呼吸声。然后,伯爵夫人呼唤娜塔莎。娜塔莎没有回答。

"似乎睡着了,妈妈,"索尼娅小声答道。停了一会儿,伯爵夫人又叫了一声,但是已经没有人回答她了。

不大会儿,娜塔莎听见母亲均匀的呼吸声。娜塔莎一动不动,虽然她那只从被子里伸出来的小小的赤脚在光光的地板上已经冻得冰凉。

蟋蟀仿佛庆祝它战胜了一切,在墙缝里歌唱。远处的雄鸡在啼叫,附近的在响应。酒馆的喊叫声消失了,只有副官的呻吟声还听得见。娜塔莎坐了起来。

"索尼娅,你睡着了吗? 妈妈?"她小声说。没有人回答。娜塔莎小心翼翼地站起来，画了十字，在又脏又凉的地板上悄悄迈开她那瘦长的光脚板。地板吱吱地响了一声。她很快地挪动脚步，像猫一样跑了几步就抓住了冰凉的门环。

她觉得，有一种沉重的东西在有节奏地敲打着小屋的四壁：这是她那颗由于惊慌、恐惧和爱情而紧紧收缩着的心在跳动。

她打开门，迈过门槛，在过厅又湿又冷的地上走过去。周围的冷空气令她感到神清气爽。她的一只赤脚碰到一个睡觉的人，她跨过他，推开安德烈公爵躺在那儿的小屋。那间小屋十分黑。在后面角落里，在床旁边的条凳上点着一支脂油蜡烛。

从早上一听说安德烈公爵受伤并且他就在这里，娜塔莎就决定去看看他。她不知道为什么应该这样做，虽然她知道这次会见一定非常痛苦，她还是决心非见他不可。

一整天她心中只有一个希望，那就是夜里去看他。可是，当这一刻现在已经到来的时候，她忽然又怕看见他。在她的想象中，他就是那可怕呻吟的化身。她看见角落里有一件模糊的东西，她把他在被子里屈起的膝盖当作他的肩头，她仿佛看见一个可怕的身体，吓得站住不动了。但是，一种不可抗拒的力量吸引她走上前去。她悄悄迈了一步，又迈一步，这样就走到堆满东西的屋子中间。在这间小屋圣像下面的长凳上，躺着另外一个人（这是季莫欣），地上还躺着医生和侍仆。

那个侍仆欠起身，咕哝了一句。季莫欣因为腿上受伤痛得不能入睡，他瞪大眼睛看着这个穿白衬衫和短上衣、戴着睡帽的奇怪的女精灵。睡意蒙眬的侍仆吃惊地说了一声："您有什么事？来干什么？"这使娜塔莎更快地向那个躺在墙角的东西走去。不论那个身体多么不像人的样子，她还是应该看看他。她从侍仆身边走过去，清楚地看见了躺在那儿的安德烈公爵，两只胳膊放在被子外面，他依旧像她过去一向见到的那个样子。

他仍然像他一向的样子，但是他那发烧的面色，狂喜地注视着她的发光的眼睛，尤其是那露在翻领衬衫外面的孩子般细嫩的脖颈，给她增添了一种独特的、天真的、孩子般的神情。她走到他面前，迅速跪了下来。

他露出笑容，向她伸出手来。

三十二

自从安德烈公爵在波罗底诺战场救护站清醒过来以后，已经过了七天了。在这期间他时常昏迷不醒。发高烧和受伤的肠子发炎，对他是致命的。但是在第七天，他很有兴致地吃了一片面包，喝了一点茶，医生发现他的烧退了一些。

安德烈公爵在次日早上恢复知觉。离开莫斯科的第一夜比较暖和,安德烈公爵就留在马车里过夜;但是在梅季希村,伤者亲自要求把他抬出马车,并且要喝茶。移他到农舍时,他疼得大声呻吟,又失去了知觉。把他放在行军床上后,他长时间闭着眼睛,躺着一动不动。后来他睁开眼睛,低声说:"茶呢?"他对生活细节的记忆力让医生吃惊。医生凭他自己的经验知道,他不可能活下去的,即便现在不死,那不过是带着更大的痛苦过些时候死去。和安德烈公爵一同运送的还有同团的红鼻子少校季莫欣,他是在波罗底诺战役受了腿伤后,在莫斯科和安德烈公爵会合的。跟随他们的有医生、公爵的侍仆、他的车夫和两名勤务兵。

给安德烈公爵端来了茶。他一面贪婪地喝着,一面用发烧的眼睛望着他面前的门,似乎在努力了解和记起什么事情。

"行了,不想喝了。季莫欣在这儿吗?"他问。季莫欣沿着长凳爬到他跟前。

"我在这儿,大人。"

"伤势怎么样?"

"我吗? 没事儿,您怎么样?"安德烈公爵又沉思起来,似乎记起一件事。

"能不能找到一本书?"他说。

"什么书?"

"《福音书》! 我没有。"

医生答应给他找到,随后问公爵觉得怎么样。安德烈公爵虽然勉强,却很有条理地回答了医生所有的问题,然后他说他要垫一个靠枕,不然觉得不舒服,非常痛苦。医生和侍仆掀开他盖着的军大衣,闻到伤口腐肉的恶臭,皱起眉头,开始检查那个可怕的地方。不知为什么医生十分不快活,他重新包扎了一下,给伤员翻了身,疼得他又呻吟起来,由于翻身引起的疼痛,又使他失去了知觉,而且开始说胡话。他老说快点给他找到那本书,把书放到身子下面。

医生到过厅里去洗手。

"咳,你们这些人真没心肝,"医生对往他手上倒水的侍仆说。"才一分钟没照顾到,你们便把他放得压住伤口。要知道这是非常疼的,我真奇怪他怎么受得了。"

"我们似乎在他身下垫了东西了,"侍仆说。

安德烈公爵第一次搞清楚了他在什么地方,出了什么事,记起他受了伤,还记起马车到达梅季希村时,他要求搬进小屋里的情景。后来又疼得神志不清了,当他在小屋里喝茶的时候,第二次苏醒过来,便又记起了他所经历的一切,他非常清楚地想起在救护站的时刻,当看见他所憎恶的人在受苦,他忽然产生他可能得到幸福的新念头。这些念头虽然模糊,不明确,此时又占据他的心灵。他想起他现在有了新的幸福,而这幸福与《福音书》有某种共同的地方。他要

《福音书》正是因为这个缘故。他的伤口被放在不合适的位置,以及给他翻身,又干扰了他的思绪,他第三次恢复知觉已经是夜深人静的时候了。周围的人全睡了。

"是的,在我面前展现一种新的幸福,一种与人不可分的幸福,"他躺在半明半暗的小屋里,眼睛睁得大大的,一动不动地望着前方。"一种超越物质的力量,一种纯粹精神的幸福,爱的幸福! 人人都能懂得它,但是只有上帝才能认识它和制定它。可是上帝怎样制定这个法则呢?"思路突然中断了,安德烈公爵听见一种轻轻的、有节奏的绵绵细语:"嚗哧-嚗哧-嚗哧,"随后,"哧-哧。"同时,在这低吟的音乐声中,安德烈公爵觉得,在他的脸的上方,在正中间,耸立着一个用细针或者薄木片建造的奇特的空中楼阁。他觉得他必须保持平衡,以免这座巍峨的楼阁坍塌下来;可它还是坍塌了,然后又随着均匀的低吟的音乐声慢慢地竖立起来。"伸展! 伸展! 伸展开来,不断地伸展!"安德烈公爵自言自语。安德烈公爵仔细地听着那低语声并感觉那不断伸展、不断用细针建造着的楼阁。另外,还有一件重要的东西。那就是门旁有一件白色的东西,那是使他感到压迫的斯芬克斯像。

"但是,那或许是我放在桌上的衬衫,"安德烈公爵想,"这是我的腿,这是门;然而为什么它总在伸长,在长高,并且嚗哧-嚗哧-嚗哧,哧-哧,嚗哧-嚗哧-嚗哧……""够了,请打住吧,别纠缠了,"安德烈公爵苦苦央求什么人。但是忽然间,思想和感情又十分清晰而有力地浮现出来。

"是的,爱,我体会到了那种作为灵魂本质的不需要对象的爱。我现在就体会到了这种幸福。爱邻人,爱自己的敌人。爱一个亲爱的人,用人类的爱来爱就行了;但是爱敌人,只有上帝的爱才办得到。所以,当我觉得我爱那个人的时候,我体会到了这种喜悦。他怎么样了? 他还活着吗? ……用人类的爱,这种爱可能转化为恨;但是上帝的爱,永不变化。没有任何东西,能破坏这种爱。它是灵魂的本质。在我一生中我曾恨过那么多的人。而在这所有的人中间,像对她那样爱和恨的人,一个也没有。"于是他生动地想起娜塔莎,然而不是像从前那样只想她使他喜悦的迷人魅力;而是第一次想到她的灵魂。于是他明白了她的感情、她的痛苦、耻辱和悔恨。他现在第一次懂得了他的拒绝是多么残忍,看出他和她决裂是多么无情。"我多么希望再见她一次。只要一次,看着那双眼睛,说……"

"嚗哧-嚗哧-嚗哧,哧-哧,嚗哧-嚗哧-嘣,"苍蝇碰击一下……他的注意力突然转到另一个发生了特别事故的、既是现实又是梦幻的世界。在这个世界里,那座楼阁依旧岿然不动,有一种东西依然不断地伸展,蜡烛依然带着红晕燃烧着那件衬衫——斯芬克斯依然在门旁蹲着;可除此之外,有一种东西响了一声,吹来一阵清凉的微风,一个新的白色斯芬克斯在门前出现了。这个斯芬克斯有一张苍白的脸和明亮的眼睛,那正是他现在想起的娜塔莎的脸和眼睛。

"哦,不停的梦幻多么折磨人!"安德烈公爵想,极力驱走这张幻想中的面孔。可是这张脸极为真实地出现在他面前,而且渐渐走近了。安德烈公爵想回到纯思想的世界,但是办不到,梦幻把他吸引到它的境界。那张奇怪的脸停在他面前。安德烈公爵用尽全身的力气来恢复知觉;他动了动,但是忽然间,他耳鸣眼花,昏迷不醒了。当他醒来时,娜塔莎,那个活生生的娜塔莎,在世界上所有的人中他最愿意用他刚得到启示的那种上帝的爱来爱的娜塔莎,跪在他面前。他明白这是真的、活的娜塔莎,他并不惊讶,只是感到安详的欢愉。娜塔莎跪在那里,吓呆了,忍着哭泣,望着他。她面色苍白,没有表情,只有脸的下部在颤抖。

安德烈公爵舒了一口气,微微一笑,把手伸给她。

"是您吗?"他说。"真幸运!"

娜塔莎迅速而小心地跪着向他移近,小心地握住他的手,低下头来吻它,用嘴唇轻轻碰了碰。

"原谅我吧!"她抬起头来看着他,低声说。"原谅我吧!"

"我爱您,"安德烈公爵说。

"原谅我……"

"原谅什么呀?"安德烈公爵问。

"原谅我做的……事,"娜塔莎用断断续续的低声说,开始更频繁地用嘴唇轻轻吻他的手。

"我比从前更爱你,更知道怎样爱你了,"安德烈公爵说,用手托起她的脸来看她的眼睛。

这双充满幸福泪水的眼睛,含着爱情的欢乐望着他。娜塔莎那张瘦削而苍白的脸,浮肿的嘴唇,实在不好看,而且显得可怕。但是安德烈公爵没看见这张脸,他只看见那双光辉的眼睛,那双眼睛是绝美的。在那眼睛后面可以听见说话的声音。

侍仆彼得这时完全从睡梦中醒来,他叫醒了医生。季莫欣由于腿疼始终没有入睡,早已看见了一切情形,他极力用被单盖上他那赤裸的身子,在长凳上蜷缩着。

"这是怎么回事?"医生从铺上欠起身来,说。"请您走吧,小姐。"

这时一个女仆敲门,这是伯爵夫人发现女儿不在,派来的女仆。

娜塔莎似乎从睡梦中惊醒的梦游患者,走出那间屋,回到自己的房间,趴在铺上放声大哭。

从那天起,在罗斯托夫一家后来的整个旅途中,不管是休息,还是过夜,娜塔莎都没有离开负伤的博尔孔斯基,医生不得不承认,他没料到一个姑娘竟然这么坚强,竟然这么擅长看护伤员。

伯爵夫人一想到安德烈公爵可能在途中死在娜塔莎的怀抱中,就觉得可怕,可是她无法劝阻娜塔莎。受伤的安德烈公爵和娜塔莎现在建立了亲密的关系,自然会令人想到,万一有一天他恢复健康,他们可能恢复先前的婚约,然而没有人提起这事,娜塔莎和安德烈公爵更不会提起:不但博尔孔斯基的、并且整个俄国的存亡问题都悬而未决,其他一切考虑都被掩盖了。

三十三

　　九月三日皮埃尔醒得很晚。他头痛,和衣而睡使他觉得不舒服,他模糊地觉得昨天做了一件可耻的事;这件可耻的事就是昨天同朗巴上尉的谈话。

　　时针指到十一点,但是外面显得特别阴暗。皮埃尔站起来,揉了揉眼睛,看见那支雕花枪托的手枪,于是记起自己这时在什么地方,今天要做什么事。

　　"我是不是太晚了?"皮埃尔想。"不,他大概不会在十二点以前进莫斯科的。"皮埃尔不再考虑他要做的事,应该马上行动起来。

　　皮埃尔整了整衣服,拿起手枪,就要出去了。这时他第一次想到,不能手持武器上街,但是怎么带着它呢。甚至宽大的外衣也很难藏下这支手枪。不论别在腰里,还是夹在腋下,都无法不被人注意。此外,那支枪已经放过,皮埃尔还没来得及装子弹。"匕首也一样,"皮埃尔自言自语,虽然他在考虑实行他的计划时,不止一次认定,1809年那个大学生的主要错误,就在于他想用匕首刺死拿破仑。但是,皮埃尔的主要目的好像不是要实行已经考虑好的事情,而是要向自己表明,他不放弃自己的计划,他做的一切不过是要实行它的准备,于是皮埃尔赶紧拿起和手枪一块买来的那把不快的、缺口的、带绿鞘的匕首,把它藏在背心下面。

　　皮埃尔束上腰带,压低帽子,尽力不弄出声响,避免碰见上尉,顺着走廊走到街上。

　　昨晚他曾是漠然视之的那场火,一夜之间却大大地扩展开来。莫斯科城里到处都起了火。同时着火的地方有马车市场、莫斯科河外区、商场、波瓦尔大街、莫斯科河上的帆船和多罗戈米洛夫桥旁的木材场。

　　皮埃尔的路线是穿过几条小巷到波瓦尔大街,随后到阿尔巴特街的圣尼古拉教堂,那是他早就决定举事的地点。大多数人家的门窗都上了锁。大街小巷空无一人。空气里散发着焦味和烟味。俄国人和法国人都惊奇地看皮埃尔。皮埃尔之所以引起了俄国人的注意,除了他那肥胖高大的体格,脸上带着奇特、阴沉、神情专注和痛苦的表情之外,还因为他们不清楚这个人属于哪个阶层。法国人之所以惊奇地目送他,是因为皮埃尔不和一般俄国人那样带着惊惧和好奇心看法国人,他对他们毫不在意。在一家大门前,有三个法国人对几个听不懂他们话的俄国人解释着什么,那三个法国人拦住皮埃尔,问他懂不懂法语。

皮埃尔摇摇头，继续向前走。在另一条胡同里，一个站在绿色弹药箱旁边的哨兵对他吆喝一声，可是，直到那个哨兵又大声吆喝和弄响手中的枪时，皮埃尔才明白他应该从旁边一条街绕过去。他对周围的一切既听不见也看不见。他匆匆地、惶恐地怀着他的计划，像怀着一件可怕而生疏的东西似的，由于有了昨天的经验，生怕失去他的决心。可是，皮埃尔注定不能完全怀着这种心情到达目的地。纵使他在路上不耽搁，他的意图也不能实现，因为四小时以前，拿破仑就从多罗戈米洛夫郊区经由阿尔巴特街来到了克里姆林宫，这时他正坐在克里姆林宫沙皇的书房里，心情十分恶劣，在发布详细并且严格的命令：马上扑灭火灾，严禁抢劫，安抚居民。但皮埃尔不知道这个；他全副精神都集中在当前要做的事上，他非常苦恼，那是一种固执地要做一件不可能的事的人的苦恼，——其所以不可能，是由于他的天性不适合做那件事，他感到苦恼是因为他害怕在关键时刻他变得软弱了，因而失去自豪感。

虽然他对周围的一切都看不见也听不见，可他凭本能摸索道路，在那些通往波瓦尔大街的小巷子里并没有走错路。

皮埃尔越走近波瓦尔大街，烟就越浓，大火甚至使空气变得暖和起来。从房顶不时冒出火舌。街上的人多起来，并且那些人更加惊慌了。皮埃尔虽然感觉到他周围发生了不寻常的事，但是他不明白他正走向火场。皮埃尔正沿着一条小路走过一边连接波瓦尔大街、另一边连接格鲁津斯基公爵府第的花园的一大片空地时，忽然听见身旁有个女人号啕大哭，他如梦初醒，停住脚步，抬起头来。

在小路旁干枯的、蒙着一层尘土的青草上，堆着一些家什：几只箱子旁边，一个瘦削的中年妇女坐在地上，一边念叨，一边抽抽搭搭地大哭。一个十一二岁的小女孩，穿着肮脏的短外衣，苍白、受惊的脸上带着疑惑的表情望着母亲。一个六七岁的小男孩穿一件厚呢外衣，戴一顶别人的大帽子，在老保姆怀里哭。一个全身肮脏的、赤脚的女仆坐在箱子上。那女人的丈夫是一个驼背的矮个子，穿着一件文官制服，从他那戴得端端正正的制帽下露出了圆形的颊发和梳得光滑的鬓角，他正在搬动摞起来的箱子，从箱子里取出一些衣服。

那女人一见皮埃尔就向他扑过来，就扑倒在他的脚下。

"救救我们吧，帮帮我们吧，好人呀……"她哭诉着说。"小心肝！……小女儿！我那小女儿把我们撇下了！……烧死了！我养你就落了这个下场……噢–噢–噢！"

"算了，玛丽亚·尼古拉耶夫娜，"丈夫对妻子低声说，显然是为了在生人面前替自己辩解。"一定是姐姐把她带到哪儿去了，不然她能到哪儿去呢！"他又说。

"你是木头人，坏蛋！"那女人突然止住哭，恶狠狠地说。"你没有心肝，不爱自己的孩子。如果是别人，就会从火里把她救出来。您是高贵的人，"那女人抽泣着匆忙地对皮埃尔说。"隔壁着了火,向我们烧来。女仆喊叫:失火了! 我们就抢着收拾东西。我们就这样逃了出来……这就是抢出来的东西……神像、陪嫁的床,其他的东西全丢了。抢救孩子的时候,才发现卡捷奇卡不见了。噢-噢-噢! 主啊! ……"她又大哭起来。"我的宝贝孩子,烧死了! 烧死了!"

"她到底在哪儿啊?"皮埃尔说。那女人从他脸上高兴的表情看出这个人能够帮助她。

"好先生! 好老爷!"她抱住他的腿喊道。"恩人,我总算安心了……阿尼斯卡,去,去给他领路,"她对女仆喝道,气愤地张开嘴,这样更露出她那长牙。

"领我去,领我去,我来办,"皮埃尔连忙说。

那个浑身肮脏的女仆从箱子后面走出来,迈开肥大的光脚板沿着小路向前走去。皮埃尔似乎从深沉的昏厥中苏醒过来。他昂起头,眼睛放出生命的光辉,快步追随女仆,赶过她,来到波瓦尔大街。整条街弥漫着乌云般的黑烟。这儿那儿时时从黑烟里冒出火舌。一大群人聚在火场前面。一个法国将军站在街中心,正在对周围的人讲话。皮埃尔和女仆向那个将军站着的地方走去;但是法国士兵拦住他。

"不准通行,"一个声音喊道。

"走这边,叔叔!"女仆喊道。"我们穿小巷,从尼库林街过去。"

皮埃尔转身往回走,不时地跳几步追上她。女仆跑过街,向左折入小巷,走过三家房子,进入右边的大门。

"这就到了,"女仆说,她跑进院子,打开木板围墙的小角门,停下来,向皮埃尔指指那所正烧得又热又亮的木头小厢房。厢房的一边已经倒塌了,另一边正在燃烧,火舌从窗口和房顶冒出来。

皮埃尔走进小角门,立刻被热气包围起来,他不由得停住了。

"哪一间是你们的房子?"他问。

女仆指着厢房哭起来,"那就是我们的住房。你给烧死了,我们的宝贝,卡捷奇卡,我可爱的小姑娘,噢-噢哟!"阿尼斯卡一看到正在着火,觉得她也应当表示一下她的感情,就哭起来。

皮埃尔朝厢房走去,但是热得那么厉害,他不由自主地围着厢房转了半圈,走到一所大房子跟前,这所房子的一边屋顶刚刚起火,附近聚着一群法国人。皮埃尔起初不明白法国人干什么在搬东西;但是当他看到一个法国人用不快的佩刀砍一个农民,从他手里夺一件狐皮大衣,皮埃尔模糊的觉得,他们是在抢东西,但是他没有工夫想这个。

墙壁和天花板倒塌的毕剥声和轰隆声,火焰的呼啸声和嗞嗞声,这一切在皮埃尔身上产生那种面临火场常有的高兴作用。这种高兴作用在皮埃尔身上非常强烈,因为皮埃尔一看见这场大火,就突然觉得自己从压抑的思绪中解脱出来。他觉得自己年轻、快活、灵巧和坚决。他从大房子旁绕着厢房跑,他刚要准备跑进那还未倒塌的部分，这时听见他头上面有几个声音在喊叫，接着，听见哗啦啦的响声，在他身旁咔嚓一声落下一个沉重的东西。

皮埃尔抬头一看，看见大房子窗口里有几个法国人，正在把满盛金器的抽屉往下扔。另一些站在下面的士兵向扔下的抽屉走过来。

"这家伙想干什么，"其中一个法国人向皮埃尔喝道。

"这所房子里有个小孩。你们看见一个孩子吗，"皮埃尔说。

"滚开。"几个声音同时喊道，有一个士兵气势汹汹地向他走过来，看样子显然怕他拿走抽屉里的银器和青铜器。

"找孩子？"一个法国人在楼上喊道。"我听见花园里有个小东西嘤嘤地哭。"

"在哪儿？"皮埃尔问。

"在那儿！"那个法国人指着屋后的花园，从窗口向他喊道。"我立刻就下来，等一下。"

一分钟后，那个黑眼睛、小个子、脸上有一颗黑痣只穿一件衬衫的法国人，果然从一层楼窗口跑出来，拍了拍皮埃尔的肩膀，和他一同向花园跑去。

他们跑到屋后的沙子小路上，法国人向他指了指前面的圆场子。长凳下边躺着一个穿粉红衣服的三岁小女孩。

皮埃尔兴奋得喘不上气来，向女孩跑过去想抱她。可是那女孩一见生人，大叫一声拔腿就跑。皮埃尔总算抓住了她，把她抱起来；她凶恶地拼命尖叫，用她的小手掰着皮埃尔的手，用她的小嘴咬他的手。皮埃尔就像摸着一只小动物时那样，产生了一种惊惧和憎恶的感情。但是他尽量强迫自己不扔下孩子，抱着她跑回那所大房子。但是原路已经不通了；女仆阿尼斯卡也不见了，皮埃尔怀着怜悯和憎恶的心情，尽可能温柔地搂紧那个大哭的、湿漉漉的女孩，跑过花园，寻找另一条出路。

三十四

当皮埃尔抱着女孩跑回波瓦尔大街拐角的格鲁津斯基花园时，他已经认不出刚才从那儿去找女孩的地方了。

在原来的地方，那个官吏和他妻子都不见了。

皮埃尔抱着一个小女孩那副样子，比从前更惹人注意，几个俄国男人和女人向他围拢过来。

"您在找人吗，朋友？您是贵族吧？这是谁的孩子？"人们问他。

皮埃尔说孩子是一个穿黑长衫的妇女的，她本来带着几个孩子坐在这儿的，他问有谁认识她，她到哪儿去了。

“这一定是安菲罗夫家的，”一个年老的助祭对一个麻脸的女人说。

“怎么会是安菲罗夫家的？”那个女人说。“安菲罗夫家大清早就走了。这不是玛丽亚·尼古拉耶夫娜家的，就是伊万诺夫家的。”

“他说是个普通女人，但玛丽亚·尼古拉耶夫娜是位太太，”一个像家奴的人说。

“你们肯定认识她，长得很瘦，牙很长，”皮埃尔说。

“那便是玛丽亚·尼古拉耶夫娜。那些豺狼跑过来的时候，他们到花园里去了，”那个女人指着法国兵说。

“您到那边去吧，他们在那儿。就是她，没错。她老在哭，哭得可伤心了，”那个女人又说。“就是她，就在那儿。”

但是皮埃尔没有听那个女人说话。他已经有好几秒钟目不转睛地看几步外发生的事。他在注意亚美尼亚人一家和两个跑到他们那儿去的法国兵。其中一个矮个的、轻佻的家伙，穿一件灰外套，用一根绳子扎着腰。他戴着睡帽，打着赤脚。另一个特别引起皮埃尔注意，他个子细高，驼背，头发淡黄，精瘦，动作迟钝，一脸白痴相。那家伙穿着一件厚呢女外衣，一双又大又破的骑兵长靴。那个穿灰外套、没穿靴子的小个子法国兵走到亚美尼亚人跟前，说了句什么，一下子抓住老人的腿，那老人就连忙脱靴子。另一个穿女外衣的人站在亚美尼亚美人面前，两手插在衣袋里，一动不动，沉默地瞅着她。

“你抱着孩子，你抱着，”皮埃尔一边把孩子递过去，一边用命令的口吻对那女人说。“你交给他们，交给他们！”他把哭叫着的女孩放在地上，近乎对那女人大声喊叫起来，随后又回头看那两个法国兵和亚美尼亚人一家。那个老人已经打着赤脚了，矮个法国兵从他脚上脱下另一只靴子，他拿着两只靴子正互相拍打。老人抽抽搭搭地说什么，皮埃尔对这只是看了一眼；他全部注意力都集中到那个穿厚呢女外衣的法国人身上，那家伙慢腾腾地走到那个年轻女人跟前，把两只手从袋里掏出来，抓住她的脖颈。

那个亚美尼亚美人依旧一动不动坐在那儿，垂下长长的睫毛，似乎没看见也没感觉到那士兵对她的举动。

当皮埃尔跑到两个法国兵跟前时，那个穿女外衣的高个子法国兵已经把亚美尼亚女人脖子上的项链扯了下来，那个年轻女人两手抱着脖子大声尖叫。

“放开这个女人！”皮埃尔用狂怒的声音喊道，他抓住那个驼背高个士兵的肩膀，把他扔了出去。那个士兵摔倒了，爬起来跑了。但是他的同伴扔掉靴子，拔出一柄短剑，气势汹汹地向他走过来。

“别胡闹！”他喊了一声。

皮埃尔在盛怒之下，什么都不记得了，他的力气一下子长了十倍。法国兵还没来得及拔出短剑，他已经向他扑了过去，把他摞倒，用拳头揍他。周围的人发出一阵喝彩声，恰好在这时，从街角出现一队骑马的枪骑兵巡逻队。枪骑兵快步跑到皮埃尔和法国兵跟前,把他们围了起来。皮埃尔一点也不记得以后的情形了。他只记得他在打一个人,人家也在打他,最后他觉得他的双手被绑起来,他周围站着一群法国兵,在搜他的身。

"中尉,他有匕首,"这是他听懂的第一句话。

"武器!"军官说,然后朝那个和皮埃尔一同被逮捕的光着脚的士兵转过身来。

皮埃尔瞪着充血的眼睛环顾四周。一定是他的面色非常可怕,那个军官低声说了点什么,于是又有四个枪骑兵离开了队伍,站在皮埃尔的两侧。

"你会说法语吗?"那个军官问,他站得离他远一点。"叫翻译来!"从队列里出来一个骑着马、穿俄国平民衣服的小个子。看他的衣着,听他的口音,皮埃尔立刻认出他是一家莫斯科商店的法国店员。

"他很像是放火的人,"军官说。"问他是干什么的?"他又说。

"你是干什么的?"翻译问。"你要好好回答长官,"他说。

"我不告诉你们我是什么人。既然你把我俘虏了,把我带走吧。"皮埃尔忽然用法语说。

"啊!"军官皱着眉头说。"开步走!"

枪骑兵周围聚了很多人。那个抱着小女孩的麻脸女人站得离皮埃尔最近;巡逻队要走的时候,她向前移动了几步。

"他们把你带到哪儿去,好心的人?"她说。"这个女孩,这个女孩,我往哪儿放啊,如果不是他们的孩子!"那个女人说。

"那个女人要干什么?"军官问。

皮埃尔一看见他救的小女孩,那兴奋劲儿更大了。

"她抱的是我的女儿,我刚把她从火里救出来,"他说。"再见!"连他自己也不明白为什么脱口就说出这句无目的的谎话,就迈着坚定、昂扬的步子,在法国兵中间走了。

这支法国巡逻队奉迪罗涅尔的命令到莫斯科各街道制止抢劫,尤其是捉拿纵火犯,据法国高级军官的一致意见,认为有放火的人。这支巡逻队巡逻了几条街道,又抓了五名俄国嫌疑犯:一个小店主,两个中学生,一个农民和一个家奴,此外还抓了几个抢劫犯。而在所有嫌疑犯中,皮埃尔最可疑。当他们都被带到祖波夫土围子过夜时,皮埃尔在严密的看守下被单独监禁起来。

第十二部

一

在彼得堡上层社会里,鲁缅采夫派、亲法派、玛丽亚·费奥多罗夫娜派、皇太子派,以及其他各派,正在进行非常激烈的复杂斗争,宫廷里吃闲饭的官僚们,依旧是在一边呐喊助威。可是安静的、奢侈的、只操心生活中的一些幻影的彼得堡生活,依旧如故;透过这种生活,要费很大的气力才能意识到俄国人民处境的危险和艰难。人们私下议论,时局这么困难,而两位皇后却各行其是。玛丽亚·费奥多罗夫娜皇后只关注她所管辖的慈善机构和教育机关,她命令这些机关疏散到喀桑,这些机构的东西早已包装停当。但是当人们向伊丽莎白·阿列克谢耶夫娜皇后请示命令的时候,她以她特有的俄罗斯爱国精神回答说,她不能给国家机关下命令,这是皇帝的事;而她个人所能做到的,那就是她将是最后一个离开彼得堡的人。

八月二十六日,在波罗底诺战役那一天,安娜·帕夫洛夫娜家举行晚会,晚会最精彩的节目是朗读主教向皇帝献圣谢尔吉依像时写的一封信。这封信被公认为是教会爱国的典范文稿。以朗诵闻名的瓦西里公爵将亲自读这封信。他的朗诵艺术在于声音高亢,好听,绝望的哀号和温柔的低诉交替出现,可以完全不顾字句的意义,忽而在一个字句上发出哀号,忽而在另一个字句上发出低诉。这次朗诵正像安娜·帕夫洛夫娜的所有晚会一样,具有政治的意义。那天晚会将有几个重要人物参加,她不但要使他们为了去法国剧院而害羞,并且要鼓舞他们的爱国情绪。已经到了很多人了,但是安娜·帕夫洛夫娜仍然不见所希望的人到来,因此还不忙朗读,暂且进行一般的谈话。

在彼得堡每日新闻中,当天的新闻是别祖霍娃伯爵夫人的病。伯爵夫人前几天突然病了,放弃了几次有她出席就为之增光的集会,据说她不接待任何人,而且不请一向给她治病的几位彼得堡的名医,而相信一个用一种不寻常的新方法给她治病的意大利医生。

人人都清楚,可爱的伯爵夫人的病是由于无法同时嫁给两个丈夫,意大利人的治疗方法就在于设法消除这种不便;可是在安娜·帕夫洛夫娜跟前不但谁也不敢这么想，并且似乎没有人知道这件事似的。

"听说可怜的伯爵夫人病得很重，大夫说她得的是心绞痛。"

"心绞痛？天哪，这是一种可怕的病！"

"听说，由于这个病，两个情敌和解了……"

情敌这个词儿，被人们以极大的兴趣说来说去。

"听说那个伯爵很感伤。当大夫告诉他病情危险时，他竟像小孩子一样哭了。"

"这真是一个极大的损失！一个十分迷人的女人。"

"你们是在谈论可怜的伯爵夫人吗？"安娜·帕夫洛夫娜走过来说。"我派人去探问过她的病情。据说已好了一点了。嗯，无可置疑，她是天下最迷人的女人，"安娜·帕夫洛夫娜怀着嘲弄自己的高兴心情的微笑说。"我们分属于不同的阵营，但是这不妨碍我对她表示应有的尊敬，她多么不幸呀，"安娜·帕夫洛夫娜又说。

一个不够慎重的年轻人认为安娜·帕夫洛夫娜的话多少泄漏了伯爵夫人病情的内情，他竟敢对伯爵夫人不请名医而由一个江湖郎中治疗表示惊讶。

"您的情报倒比我的更准确，"安娜·帕夫洛夫娜对这个未经世故的青年忽然发起恶毒的进攻。"但是，我从可靠方面了解到，那个大夫是一个医道高明的人。他但是西班牙皇后的御医呢！"把这个年轻人击败后，安娜·帕夫洛夫娜向比利宾那边转过去，他正在另一堆人里议论奥国人。

"我认为那妙极了！"他在谈一个外交文件，这个外交文件连同维特根施泰因所缴获的奥国旗帜一块儿送往维也纳。

"文件是怎么说的？"安娜·帕夫洛夫娜问他，场面立刻肃静起来。

于是比利宾又重说一遍由他起稿的文件的原文。

"皇帝将把奥国的旗帜，"比利宾说，"友好的，但不是从正路找来的旗帜奉还，"比利宾说完，脸上的皱纹舒展开了。

"十分妙，十分妙，"瓦西里公爵说。

"大概是在华沙的路上吧，"伊波利特公爵突然大声说。大家都转过脸来看他，不懂他这话是什么意思。伊波利特公爵露出快活的吃惊神气环顾四周。他同其他人一样不明白他在说什么。在他的外交生活中，他不止一次看出，就这样突如其来说出的话，显得很俏皮，所以他抓紧一切机会想到什么就说什么。在一阵难堪的冷场的时候，那个安娜·帕夫洛夫娜所期待的不够爱国的人进来了，于是她面带微笑伸出指头威胁伊波利特一下，就请瓦西里公爵就座，给他拿来两支蜡烛和手稿，让他开始朗读。顿时鸦雀无声。

"最仁慈的皇帝陛下！"瓦西里公爵严肃地朗读道，"最早成为国都的莫斯科，新的耶路撒冷，接待自己的基督，"他忽然加重朗读"自己的"这个词儿，"像母亲拥抱辛勤忠诚的儿子一样，透过弥漫的暮霭，预见你的国家光辉灿烂的荣耀,欢喜地唱道:'和撒纳,将来的人幸福了!'"瓦西里公爵用哭声朗读结束这句话。

比利宾仔细审视自己的指甲,许多人都露出胆怯的样子,似乎在问自己犯了什么罪过,安娜·帕夫洛夫娜像老太婆念祷词似的,预先低声说出下面的词句:"让他胆大妄为的歌利亚……"

瓦西里公爵继续朗读:

> "让那胆大妄为的歌利亚从法国边境向俄国的境内散播死亡的恐怖吧;温顺的信仰,俄国大卫的机弦,就要打穿他那骄傲的嗜血的脑袋。谨将我们祖国利益的保卫者、圣谢尔吉依这尊神像献给皇帝陛下。遗憾的是,我体弱多病,不能享受面圣的幸福。我只有情深意切地祈祷上苍,愿全能的主降福正义的民族,仁慈地实现陛下的意愿。"

"有力极了! 美妙极了!"客人众口一词地赞美道。极度高兴的客人们,对于祖国的情势又谈论了很久,对日内即将打响的战役的结果做出各种推测。

"你们能看到的"安娜·帕夫洛夫娜说,"明天皇帝的生日,我们就会得到消息。我有吉祥的预感。"

二

安娜·帕夫洛夫娜的预感真的应验了。第二天,在宫中为庆祝皇帝诞辰而做祈祷的时候,沃尔孔斯基公爵被叫出教堂,有人交给他库图佐夫公爵的一封信。这是库图佐夫在战斗的当天从塔塔里诺沃送来的报告。库图佐夫写道,俄军没有后退一步,法军的损失比我军大得多,这是他在战地仓促写成的,还没有收到最后的战报。由此可见,这是一次胜仗。于是,人们马上在教堂中对造物主表示了感谢,感谢他的帮助和这次胜利。

整个上午全城都充满了欢乐的节日气氛。人人都认为这是一次重大的胜利,甚至已经有人在谈论俘虏拿破仑本人,谈论废除他,另选法国新的元首。

远离战场,并且生活在宫廷之中,事情很难得到全面地反映。全部的事情不知不觉地只集中在某一个别的事情上。目前就是这样,朝臣们对胜利的喜悦,主要集中在这个胜利消息与皇帝生日的巧合上。这是一件意外的喜事。在库图佐夫的消息中也提到了俄军的损失,其中列出图奇科夫、巴格拉季翁、库泰索夫等人的名字。事件的这个悲惨的一面,在彼得堡这儿,不知不觉地仅剩下一件事情——库泰索夫的死。每个人都认识他,皇帝喜爱他,他既年轻又有趣。

但是,第二天没有得到军队的消息,大家都慌了。皇帝因为得不到消息而烦恼,朝臣们却因为皇帝烦恼而烦恼。

谈话集中在三件令人伤心的事情上:皇帝没有接到前线的消息,库泰索夫的阵亡和海伦的死。

接到库图佐夫报告的第三天,一个地主从莫斯科来到彼得堡,接着法国人占领莫斯科的消息在全城流传开来。这真可怕!皇帝的处境该是怎么样啊!库图佐夫是叛徒,瓦西里公爵的女儿死后,在人们前来哀悼的时候,他谈起从前他所赞扬的库图佐夫,他说,对一个腐化堕落的瞎眼老头子,还能指望他什么。

"我真奇怪,怎么能把俄国的命运交给这么一个人。"

这个消息临时还是非正式的,对它还有怀疑的余地,但是第二天,拉斯托普钦伯爵派人送来如下的报告:

"库图佐夫公爵的副官给我送来一封信,他让我派警官把军队领到梁赞大路。他说他对放弃莫斯科感到遗憾。陛下!库图佐夫的所作所为决定了首都和您的帝国的命运,只要得知全国伟大事物荟萃之地,您的祖先埋葬之地——那座城的失守,全国将为之震惊。我去追随军队。我已经把一切都运走了,我只有痛哭我祖国的命运。"接到这个报告之后,皇帝派沃尔孔斯基公爵带给库图佐夫如下的诏书:

"米哈伊尔·伊拉里奥诺维奇公爵!从八月二十九日以来,我没有接到您的任何报告。九月一日我接到莫斯科总督由雅罗斯拉夫尔送来的可怕的消息,说您决定带领军队放弃莫斯科。您自己可以想见这个消息对我的影响,而您的沉默更增加了我的惊异。我派侍从将军沃尔孔斯基公爵送去这份诏书,希望从您处听到军队的情况和使您采取如此可悲的决定的理由。"

三

放弃莫斯科九天之后,库图佐夫派一名信使带着放弃莫斯科的正式消息来到彼得堡。这个信使是一个名叫米绍的法国人,他不懂俄语,但据他自己说,虽然他是外国人,他的灵魂却是俄国的。

皇帝立刻在石岛行宫的书房里接见这个信使。虽然米绍在战前从来没到过莫斯科,也不懂俄语,当他带着莫斯科大火的消息朝见皇帝的时候,他仍然很感动。

虽然米绍先生的忧伤与俄国人的忧伤不是由于同一的原因,但米绍被引进皇帝的书房的时候,他是那么忧伤,以至于皇帝马上问他:

"您给我带来了什么消息？是坏消息吗，上校？"

"消息很坏,陛下"米绍叹了一口气,垂下眼睛回答道,"莫斯科放弃了。"

"为什么不打一仗就放弃了我的古都呢？"皇帝勃然大怒,很快地说。

米绍恭敬地转达了库图佐夫命令他转达的一切,——在莫斯科城下打一仗是不现实的,因为只有一种选择——要么失掉军队和莫斯科,要么只失掉莫斯科,作为元帅应该选择后者。

皇帝眼睛不看米绍,沉默地听着。

"敌人进城了吗？"他问。

"是的,陛下。我离开的时候,全城都起了火,"米绍果断地说;但是米绍看了皇帝一眼,对他所说的话害怕起来。皇帝深沉地不断地喘息,他的下唇颤抖着,秀美的蓝色眼睛立刻被泪水湿润了。

但是这只持续了一分钟。皇帝忽然皱紧眉头,似乎在责备自己的软弱。他抬起头来,用坚决的声音对米绍说:

"上校,从发生的情况看,"他说,"上帝要我们付出巨大的代价。我打算服从他的旨意;但是,米绍你说实话,军队的情况怎么样？他们士气低落吗？"

米绍看到皇上安静下来,他也安静了,但是对皇帝提出的这个开门见山的重要问题,需要毫不含糊的回答,而他还没来得及准备好答案。

"陛下,您要求我像一个直率的军人那样坦诚地说话吗？"为了赢得时间,他说。

"上校,这是我一贯的要求,"皇帝说。"一切都不要瞒我,我需要了解事情的真相。"

"陛下！"米绍说,嘴角含着微妙的、几乎看不见的笑意,他已经准备好一个恭敬地回答。"陛下,我离开的时候,从长官到士兵,都无一例外地陷入了绝望之中,恐怖之中……"

"怎么可能呢？"皇帝皱起眉头,严厉地打断了他的话。"难道我们俄国人在失败面前也会灰心吗？绝不可能！……"

这正是米绍所期望的,从而把他那巧妙的言辞插进来。

"陛下"他带着恭敬而调皮的表情说,"他们就害怕陛下和敌人签订和约。他们迫不及待地要再次投入战斗,"这位俄国人民的全权代表说,"不惜以自己的鲜血和生命来表达对陛下的忠诚……"

"好极了",皇帝放心了,眼里露出可亲的光辉,拍了拍米绍的肩膀,说。"你使我把心放到了肚子里,上校。"

皇帝低下头来,沉默了一会儿。

"好了,你回部队去吧,"他挺起胸膛站起来,打着和蔼而庄严的手势对米绍说。"告诉我们的勇士,告诉我们臣民,我死也不会签订有辱祖国和人民的和约。我知道怎样珍惜人民的牺牲。"米绍听了这番话,看着皇帝的眼神中的坚决的表情,觉得极为让人钦佩。

"陛下!"他说。"是您给予了俄国人民如此大的光荣,是您使欧洲得以拯救!"

皇帝低下头,让米绍走了。

四

当时,俄罗斯一半国土被占领,莫斯科居民逃到边远的省份,一批批的民兵起来捍卫祖国。所有有关那个时代的故事和记载,都无一例外地只讲俄国人的自我牺牲精神,热爱祖国和英勇行为。实际上远不是这样。我们之所以有这样的感觉,是因为我们从过去里面只看到当时一般历史的兴趣,没有看见人们所具有的一切个人的兴趣。但是实际上那些个人的眼前兴趣远比一般的兴趣来得大,甚而至于从那些个人兴趣中丝毫感觉不到一般的兴趣。当时大多数人并不注意国家大事,而只顾个人的眼前兴趣。但是,正是这些个人是那个时代最有用的活动家。

那些企图了解国家大事、并且抱有牺牲精神和英勇气概去参与国家大事的人,是最没用的社会成员;他们把一切都看颠倒了,他们做的所有好事,其结果都是瞎闹。甚至那些喜欢卖弄聪明的人们,一谈到当前俄国的局势,就不由自主地在言谈中带有装腔作势、扯谎的痕迹,或者对一些谁也负不了责的事徒劳无益地指责和痛恨某些人。仅有不自觉的行动才能带来结果,而在历史事件中扮演角色的人,永远不懂得历史事件的意义。假如他企图去理解它,也是毫无结果。

当时在俄国发生的事件,越是密切地参与其中的人,就越是无法了解它的意义。在彼得堡和远离莫斯科的省份,妇女们和穿着志愿军制服的男人们,全在为俄国和首都而痛哭,发誓要自我牺牲;但是退出莫斯科的军队,差不多不谈也不想莫斯科,眼望着莫斯科大火,没有人发誓向法国人报仇,他们所想的是下一旬的饷金,下一站的宿营地,随军女商贩玛特廖什卡,诸如此类的事情……

尼古拉·罗斯托夫并没有所谓的牺牲精神,而是恰巧在他服役期间发生了战争,于是就长期地参加了保卫祖国的战争,所以他对俄国当时的情况并没有悲观的想法。假如有人问他,他对当前的俄国形势有什么看法,他会说,这个问题用不着他考虑,自有库图佐夫和其他的人考虑,不过他听说,团队要补充编制,这场仗可能还要打很久,照这样下去,再过一两年他就可以当上团长了。

由于他有这种看法,因此当他听说为团队补充马匹派他到沃罗涅日的时候,他不仅不为失掉参加最近一次战斗的机会而难过,并且毫不掩饰他满心的兴奋,他的同事们也十分了解他这种心情。

在波罗底诺战役的前几天,尼古拉拿到了出差费和文件,打发一个骠骑兵先出发,随后他乘驿站的马向沃罗涅日出发了。

尼古拉怀着最愉快的心情夜间来到沃罗涅日一家旅馆,要来他在军队中长时间吃不到的东西,第二天,把脸刮得干干净净的,穿上很久没穿的检阅服装,去见当地的长官。

民军司令是一个年老的文职将军,他显然以自己的军衔和级别而得意。他怒冲冲地接待了尼古拉,装腔作势地盘问他,就似乎他有权力这样做,又似乎他在审议整个局势,以表示赞成和不赞成。尼古拉太快活了,这只令他觉得好笑。

他从民军司令那儿坐车去见省长。省长个子矮小,性情活泼,待人非常和蔼和朴实。他告诉了尼古拉几个可以买到马的养马场,又介绍给他一个城里的马贩子和离城二十俄里的一家地主,他们全养着好马,并答应给他种种帮助。

"您是伊利亚·安德烈耶维奇伯爵的儿子吗?我太太和您母亲很要好。我这里每星期四有个聚会;今天恰好是星期四,请随便到我这儿来玩玩吧,"省长送走他时说。

尼古拉从省长那里一出来,就坐上驿车,带着司务长,到二十俄里外地主家买马去了。初到沃罗涅日这段时间,尼古拉过得轻松快乐,正像一个人心情舒畅时常有的情形,事事都称心如意,一路顺风。

尼古拉去找的那个地主,是一个当过骑兵的老鳏夫,相马的老手,猎人。

尼古拉几句话过后就以六千卢布买下十七匹精选的种马作为补充马匹的样板。吃过饭,又多喝了两杯匈牙利葡萄酒,和那个已经和他"你我"相称的地主吻别后,就坐车回去了,一路上怀着最愉快的心情,不断地催促车夫,赶快去赴省长家的晚会。

尼古拉换了衣服,洒上香水,用冷水淋淋头,时间虽然晚了一点,但迟到总比不到好。尼古拉还是来到了省长家。

不是举行舞会,也没说要跳舞,可大家都知道,卡捷琳娜·彼得罗夫娜要在古钢琴上弹圆舞曲和苏格兰舞曲,肯定会跳起舞来,大家也盼着这个,因此都打扮得像赴舞会的样子。

1812年外省的生活,与过去一样,其不同的地方,只是因为有从莫斯科来了许多有钱的人家,城里显得特别热闹,此外,就像当时俄国在各方面所表现的那样,可以看出一种豪放不羁的作风,再就是,人们见面时那套庸俗的应酬,以前不是谈谈天气,便是议论共同的熟人,而现在的话题则是莫斯科、军队和拿破仑。

到省长家聚会的,全是沃罗涅日的上流人士。

太太小姐十分多,有几个是尼古拉在莫斯科的熟人;但是,可以与罗斯托夫伯爵相比较的男人,一个也没有。其中有一个俘虏,是在法军中当军官的意大利人,尼古拉觉得,有这个俘虏在场,更抬高了他这个俄国英雄的身价。这个意大利人就似乎是一件战利品。尼古拉自己有这种感觉,并且觉得所有的人也是这样看待那个意大利人,于是尼古拉带着尊严的态度和蔼地对待那个军官。

尼古拉穿着骠骑兵制服,散发着香水和酒的气味,刚走进来,就被包围了起来;所有的眼睛都转向他,他立刻感觉到,他得到了在一个外省应该得到的地位。不但在驿站、在旅馆、在地主的休息室,女仆们都以得到他的注意为荣;而且在这儿,在省长的晚会上,无数的年轻太太和漂亮的姑娘也都着急地等待尼古拉对他们的注意。太太小姐们和他调情,而老人们从第一天起就为他张罗婚事,以为他结了婚就会变得稳重起来。省长夫人本人便是后者之中的一个,她把罗斯托夫当作至亲。

卡捷琳娜·彼得罗夫娜果真弹起琴来,人们都开始跳舞。尼古拉潇洒的舞姿使这个省的上流人士更加倾倒了。他那独特的、毫不拘束的舞风,甚至使大家惊奇。尼古拉本人对他那天晚上的跳舞风度也有些惊异。他在莫斯科从来没有这样跳过,他甚至认为这种过于随便的舞姿是失礼的,粗俗的;在这儿,他觉得必须弄点新鲜花样使大家感到奇怪,他们一定会认为那在京城不过是普通的东西,而外省还不知道罢了。

整个晚上,尼古拉特别关注一个蓝眼睛、体态丰满、样子可爱的金发女人——省里一位文官的太太。有些正在兴头上的年轻人,竟然天真地相信,别人的妻子都是为他们准备的,罗斯托夫就是抱着这种信念寸步不离那位太太,并且友好地、神秘兮兮地同她的丈夫谈话,人们好像都不言而喻,这两个人——尼古拉和那位丈夫的妻子,交个朋友简直妙极了。但是丈夫似乎并不同意这种看法,他对罗斯托夫一味摆出一副阴森森的样子。可是尼古拉的善良和天真是无限的。有时那位丈夫也不自觉地受到尼古拉愉快心情的影响。然而,随着妻子的面孔更加红润,更加高兴,丈夫的面孔就更加阴郁,更加死板了,就似乎那一定数量的高兴剂是夫妻二人所共有的,在妻子身上增加一点,在丈夫身上就减少一点。

五

尼古拉笑容满面,坐在圈椅里稍微探着身子,贴近那个金发女人,天花乱坠地奉承她。

尼古拉麻利地变换着穿紧身马裤的两条腿的位置,欣赏着他的女友,欣赏着自己和他那穿着合脚的靴子的秀美的两只脚,他对那个金发女人说,他想在这儿,在沃罗涅日,拐走一个女人。

"拐走什么样的女人?"

"一个迷人的仙女。她的眼睛蓝莹莹的,嘴,像红珊瑚,……"他注视着她的肩膀说,"腰肢,像狄安娜的……"

那位丈夫向他们走来,阴郁地问妻子,她在说什么。

"啊!尼基塔·伊凡内奇,"尼古拉很有礼貌地站起来说。好像他想请尼基塔·伊凡内奇也来听一听这个玩笑似的,告诉他说,他要拐走一个金发女人。

丈夫苦涩地笑了笑,妻子兴奋地笑了。善良的省长夫人带着不以为然的神气向他们走来。

"安娜·伊格纳季耶夫娜要见你,尼古拉,"她说,她说安娜·伊格纳季耶夫娜这个名字的声调,令罗斯托夫一听就明白,安娜·伊格纳季耶夫娜是一个非常重要的人物。"咱们去吧,尼古拉。我可以这样叫你吗?"

"当然可以,伯母。谁要见我啊?"

"安娜·伊格纳季耶夫娜·马利温采娃。她从她外甥女那里听说过你,说你救过她……你想起来了吧?……"

"我救过的人多着呢!"尼古拉说。

"她的外甥女就是博尔孔斯卡娅公爵小姐。她在这儿,在沃罗涅日,和姨母住在一起。哟,看你脸红的!怎么啦,是不是……?"

"好了,别瞎琢磨,伯母。"

"好啦,好啦。你这个人哪!"

省长夫人把他领到一个戴着蓝色高筒帽、又高又胖的老太太那儿。她刚和城里最显赫人物打完牌。她是玛丽亚的姨母马利温采娃,是一个没有孩子的有钱的寡妇,常常住在沃罗涅日。当罗斯托夫走到她跟前时,她站起来结了牌账。她大模大样地眯起眼来,看了他一眼,继续咒骂那个赢了她钱的将军。

"看见你真兴奋,"她向他伸过手去。"请来看我吧。"

这位了不起的老太太谈到了玛丽亚公爵小姐和她的亡父,又向尼古拉询问了安德烈公爵的消息,说了几遍请他到她那儿去,随后就让他走了。

当尼古拉向马利温采娃告退的时候,答应她一定去拜访,又一次红了脸。一提起玛丽亚公爵小姐,就感到一种连自己也说不清楚的羞怯,甚至害怕。

罗斯托夫离开马利温采娃,本想再回去跳舞,可是省长夫人说她要和他谈一谈,就把他领到客厅里。为了不妨碍省长夫人,原先在那儿的人们马上走了出去。

"你可知道"省长夫人说,和善的小脸上带着认真的表情,"她和你真是天生的一对;你愿意我给你做媒吗?"

"谁啊,伯母"尼古拉问。

"我想给你说合公爵小姐。公爵小姐,你愿意吗?我相信你母亲一定会感谢我的。老实说,多么好的一个姑娘,多么可爱!她一点也不丑。"

"一点不丑,"尼古拉仿佛受了委屈。"伯母,作为一个军人,我什么也不强求,什么也不拒绝,"罗斯托夫在没想好如何说之前,说了这么一句。

"那么就记住吧,这可不是开玩笑。"

"自然不是玩笑!"

"好,好,"省长夫人似乎自言自语说。"还有,你对那个金发女人太殷勤了,弄得那位丈夫挺可怜的,真的……"

"咳,没事儿,我和他是朋友,"尼古拉心地单纯地说。他连想都没想,这样消磨时光对他很快活,而对另一个人会不快活。

"咳,我对省长夫人说的话多么荒唐!"吃晚饭的时候,他突然想。"她真地要做媒了。那索尼娅呢?……"在向省长夫人告辞时,她笑着又对他说:"你可要记住啊,"他把她领到一边:

"伯母,我要对您说实话……"

"怎么了,亲爱的;好,我们坐下来谈谈。"

尼古拉突然觉得有必要和这个差不多是陌生的女人说说知心话。后来,每当尼古拉一想起这次无缘无故的、突如其来的坦白热情,他就觉得这不过是一时的心血来潮罢了;可是,这次迸发的坦白热情,连同其他的小事,却给他也给他的全家带来了很大的后果。

"是这样,母亲一直盼着我娶一位有钱的小姐,可是我一想到为了金钱而结婚,心里就不是味儿。"

"不错,我了解,"省长夫人说。

"不过,博尔孔斯卡娅公爵小姐是另一回事了;第一,我十分喜欢她,她称我的心,第二,在那么一个情况下遇见她,简直是奇遇,自那以后,我经常想:这是命运。您想一想看吧:母亲早就惦记着这件事,可是先前总没有机会和她见面,总是碰不到一起。在我的妹妹娜塔莎做她哥哥未婚妻的时候,当然谈不到和她结婚,偏偏在娜塔莎的婚姻破裂的时候遇见她。是的,就是这样。这话我对谁也没说过,以后也不会说。我只对您说。"

省长夫人感激地握了握他的胳膊。

"您知道我的表妹索菲吗?我爱她,我答应娶她,我必须娶她……所以您知道,根本谈不上这个问题,"尼古拉颠三倒四地红着脸说。

"你是怎样想的?索菲一无所有,你自己也说,你爸爸的境地很不好。你妈妈会怎么样?那会要她的命的,这是一。再说,假如她是一个有心肝的女孩子,那日子她怎么过啊?母亲绝望,家道败落……不行,亲爱的,你和索菲应当懂得这个。"

尼古拉默不作声。他听了这些话,觉得很舒服。

"伯母,还是不行,"他停了一下,叹着气说。"公爵小姐会嫁给我吗?退一步说,她现在正在居丧。哪里顾得上这个?"

"你认为我立刻就叫你结婚吗?凡事都要按规矩办事。"省长夫人说。

"您真是个好媒人,伯母……"尼古拉说,吻了吻她那胖乎乎的小手。

六

　　玛丽亚公爵小姐在遇见罗斯托夫后，来到了莫斯科，见到了侄儿和他的家庭教师和安德烈公爵的信。在信里安德烈嘱咐他们到沃罗涅日去找马利温采娃姨母。操持搬迁、对哥哥的牵挂、在新的住处安排生活、认识新的人、教育侄儿——这一切把玛丽亚公爵小姐心里那种似乎受诱惑的感情给压了下去。在父亲生病期间和死后，尤其是在和罗斯托夫相遇之后，这种受诱惑的感情折磨着她。目前，在一个平静的环境中度过了一月之后，丧父和俄国遭到毁灭的印象，在她内心愈来愈强烈了。对正遭受着危险的哥哥的牵挂，使她经常感到不安。她关心侄儿的教育，她常常觉得她对这不能胜任；可在她内心深处还是安静的，因为她意识到，她已经把由于罗斯托夫的出现而一度唤起的幻想和希望抑制住了。

　　晚会的第二天，省长夫人拜访了马利温采娃，和这位姨母商谈了她的计划。在征得姨母的同意后，省长夫人在公爵小姐面前提起罗斯托夫，夸奖他，说当她提起公爵小姐时，他脸都红了，——而玛丽亚公爵小姐所感受的不是欢乐，而是痛苦：内心的和谐不复存在了，又生出了欲望、怀疑、谴责和希望。

　　在得到罗斯托夫要来拜访的消息之后的两天里，玛丽亚公爵小姐不断地思考着她对罗斯托夫应采取的态度。她一会儿决定，他来见姨母时，她不到客厅里去，她身穿重孝去会客不合适；一会儿又想，人家为我做过好事，我这样是否太无礼了；一会儿又觉得，姨母和省长夫人对她和罗斯托夫似乎有所企望；一会儿她又自言自语，只有像她这样有罪的人，才会这样猜疑她们：她们不会不知道，在她还没有脱去孝服之前，订婚对她和对她的亡父都是一种侮辱。如果她见到他，玛丽亚公爵小姐想象他对她会说什么话，她对他会说什么话；她想象的那些话，有时觉得未免太冷淡，有时又觉得太意味深长了。她最怕和他见面时心慌意乱，她觉得，见了他，准会惊慌失措，那就露了相了。

　　可是，星期日做过弥撒以后，当仆人到客厅通报罗斯托夫伯爵来访时，公爵小姐并没有惊慌；她脸上不过泛起一层红晕，眼睛闪闪发光。

　　"你见过他吗，姨妈"玛丽亚公爵小姐安静地说，连她自己也搞不清，她表面上怎么会这么自然。

　　当罗斯托夫走进屋时，公爵小姐把头低了一下，好像先让客人和姨母问好，然后，正好在尼古拉向她转过身来时，她抬起头来，用她那光辉明亮的眼睛迎接他的视线。她态度尊严，动作优雅，带着欣喜的笑容欠起身来，向他伸出她那纤细的柔嫩的手，用女人特有的深沉的声音说起话来。当时也在客厅里的布里安小姐带着不理解的神情望着玛丽亚公爵小姐。就连这个善于卖弄风情的女人，

世界传世藏书

世界十大名著

· 战争与和平 ·

图文珍藏版

也无法比这应付得更好。

"也许黑衣裳跟她更相称,也许她真的变漂亮了,不过我没有留意罢了。尤其是——举止适度,姿态优美!"布里安小姐想。

倘若玛丽亚公爵小姐此刻能思考一下的话,她会对自己所发生的变化比布里安小姐更感到惊奇。从她看见这张可亲可爱的面孔那一刻起,一种新的生命力就占有了她。就像一只精雕细绘的灯笼忽然点亮了,灯笼四壁那些复杂的精致的艺术品,原先看来好像是粗糙、灰暗、毫无意义的,这时却显出令人惊叹的美:玛丽亚公爵小姐就是忽然起了这样的变化。

罗斯托夫对这一切都看得清清楚楚,似乎他知道她全部的生活似的。他觉得,他面前这个人完全是另一种人,比他迄今遇见的所有的人都好,主要的,也比他本人好。

谈的话题是最普通,最无关紧要的。他们谈战争,像所有的人一样,不自觉地夸大他们为战事担忧,谈上次的相遇,一谈到这件事,尼古拉就极力把话题岔开。

玛丽亚公爵小姐避免谈自己的哥哥,她的姨母一提到安德烈,她就把话扯到别的事情上。很明显,谈俄国的不幸,她可以装得很关心,可是她的哥哥是她最贴心的人,她不愿也不能轻描淡写地提到他。尼古拉注意到这一点,以他从未有过的那种洞察力察觉玛丽亚公爵小姐每一种细微的性格,这更证实了他的看法:她是一个出类拔萃的人。尼古拉也和玛丽亚公爵小姐一样,别人一向他提起公爵小姐,甚至一想到她,他就脸红,就露出窘态,但是在她面前时,却觉得非常自如,说一些并非事先准备好的话,而是临时突然想到的话。

在尼古拉短暂的来访中间,遇到无话可说的时候,尼古拉就向安德烈公爵的小儿子求援,他抚爱他,问他是否愿意当骠骑兵? 他一面把孩子抱起来,快活地带他旋转,一面转脸看看玛丽亚公爵小姐。她用动了感情的、幸福的、怯生生的目光望着她所爱的人怀中的她所爱的孩子。尼古拉觉察到这目光,明白了它的意义,兴奋得涨红了脸,天真快活地吻孩子的脸。

玛丽亚公爵小姐在服丧期间不得外出,而尼古拉认为常去她们那儿不合适;可是省长夫人不断地从中撮合,把公爵小姐和尼古拉称赞对方的话传来传去,坚持要求罗斯托夫向玛丽亚公爵小姐表明态度。她为此安排两个年轻人在做弥撒前在主教那儿见面。

虽然罗斯托夫对省长夫人说，他没有什么要向玛丽亚公爵小姐表明的，然而他仍然答应前去。

在和玛丽亚公爵小姐会面以后，他的生活方式尽管表面上依然如故，但是先前那些玩乐在他已经失去兴味，他时常想玛丽亚公爵小姐；可他想她，从来不像他想那些他在上流社会所遇见的小姐们那样，也不像曾经长期地带着狂喜的心情想索尼娅那样。他在想所有的小姐时，总是把她们想象为未来的妻子，在他的想象中把夫妻生活的一切条件——雪白的长便衣、在茶炊旁的妻子、妻子的马车、孩子、妈妈和爸爸、她和公婆的关系，等等，拿来和她们比，看看是否合适；对未来的这些想象给他以快乐；但是他想到人家给他说合的玛丽亚公爵小姐时，他怎么也想象不出未来的夫妻生活。假如他硬要想，那结果会是不和谐的，虚假的。他只觉得可怕。

七

关于波罗底诺战役、关于我军伤亡的恐怖的消息，以及关于莫斯科失守的更令人恐怖的消息，九月中旬传到了沃罗涅日。玛丽亚公爵小姐只是从报上得知哥哥受伤，但是详情一无所知，尼古拉听说，她想去寻找安德烈公爵。

罗斯托夫在得到波罗底诺战役和放弃莫斯科的消息后，他突然觉得在沃罗涅日令人烦闷，懊丧，总有一种羞愧不安的感觉；在这儿所听到的一切谈话，在他看来都是装腔作势的；他不知道应该怎样看待这一切，他觉得，只有在团队里，一切才都是清清楚楚的。他急于结束买马的事务，经常毫无理由地对仆人和司务长发脾气。

在罗斯托夫动身的前几天，为了俄军的胜利，在大教堂举行了一次感恩祈祷，尼古拉也去参加了。他带着做祈祷的庄重神情，思考着各式各样的问题，一直站到祈祷完毕。当感恩祈祷完了的时候，省长夫人把他叫到跟前。

"你看见公爵小姐吗?"她说，用头指了指站在唱诗班后面穿黑衣服的女人。

尼古拉立刻认出了玛丽亚公爵小姐，他认出她与其说是因为她那在帽子下面露出的侧影，不如说是由于顿时抓住他的那种谨慎、恐惧和怜悯的感情。玛丽亚公爵小姐显然正陷入冥思之中，她在临出教堂前画最后一个十字。

尼古拉望着她的脸，感到惊奇。仍然是他先前所看见的那张脸，但是现在它却辉耀着不同的光彩。那脸上有一种忧伤、祈求和希望的动人的表情。就像过去有她在场时那样，尼古拉不等省长夫人示意，就向她走去。她刚一听到他的声音，她的脸突然燃起鲜明的亮光，同时照亮了她的忧伤和喜悦。

"我想告诉您一件事,公爵小姐,"罗斯托夫说,"假如安德烈·尼古拉耶维奇果真阵亡了,作为一个团长,会立刻见报的。"

公爵小姐望着他,不理解他的话,但是他那种愁容满面的同情表情,令她感到欣慰。

"我知道很多例子,弹片致伤,通常是要么立刻致命,要么相反,仅仅是轻微的伤,"尼古拉说。"应该往最好的情况想,我相信……"

玛丽亚公爵小姐没等他说完。

"这是多么可怕……"她激动得说不下去了,她动作文雅地低下头,感激地看了他一眼,就跟着姨母走了。

这天晚上,尼古拉哪儿也没去,待在家里跟马贩子结算几笔账。办完了事,要想出门已经晚了,但就寝还早了些,于是尼古拉在室内独自长时间地来回踱步,思考自己的生活。

在斯摩棱斯克,玛丽亚公爵小姐给他留下了快乐的印象。遇见她的时候,情况是那么特殊,再加上有一段时间母亲对他说的有钱的相宜配偶正是她,这两件事使得他对她特别注意。在沃罗涅日见到她的时候,这个印象不但快乐,并且非常强烈。这一次尼古拉在她身上发现特殊的精神美,这让他大为惊奇。在玛丽亚公爵小姐身上,这种尼古拉感到陌生的非常深刻的哀伤,对他有着无法抗拒的吸引力。

"一定是一个极好的姑娘!真正的天使!"他自言自语道。"我干什么要限制自己的自由呢?为什么那么匆忙就明确和索尼娅的关系?"于是他不由自主地在心里把两者做一个比较:论精神的天赋,一个是贫乏的,另一个是丰富的,而这种精神天赋正是尼古拉所缺少,因而对它是非常重视的。他在心里设想一下,如果他是自由的,他会怎么样。那样他就会向她求婚,她就会成为他的妻子吧?不,这件事不可想象。他想象不出他和玛丽亚公爵小姐未来的生活,因为他不了解她,只不过是爱她。

"她是怎样祈祷啊!"他想道。"看来,她整个灵魂都沉浸在祈祷里面了。是的,这就是那种可以移山填海的祈祷,她的祈求会实现的。我为什么不祈求我所希望的?""我希望什么呢?自由,解脱跟索尼娅的关系。她说得对,"他想起省长夫人的话,"我娶了索尼娅,除了落个不幸的结果外,什么也得不到。再说,我不爱她。是的,那不是真爱。我的上帝啊!把我从这可怕的、走投无路的境况里解救出来吧!"一想到玛丽亚公爵小姐,怜悯之情就油然而生。他开始祈祷,他长久没作过这样的祈祷了,泪水涌到眼睛和喉咙里。这时拉夫鲁什卡拿着信走进门来。

"蠢材!没叫你就进来!"尼古拉说,迅速地变换了一下姿势。

"省长那儿,"拉夫鲁什卡还用没睡醒觉的声音说,"来了一个信使,有信给您。"

"那好了,谢谢,去吧!"

尼古拉同时收到两封信。一封是母亲的,另一封是索尼娅的,他从笔迹认出来了。他先打开索尼娅的信。还没读几行,他的脸变得苍白,又惊又喜地睁大眼睛。

"不,这不可能!"他大声喊道。他捧着信,一边读一边在室内走来走去。他先把信浏览一下,然后读了一遍,又读一遍,目瞪口呆地站在屋子中央。他刚才怀着上帝一定会应许他的信心所祷告的事,果然实现了;可是尼古拉感到奇怪这事很不寻常,是他从来没料到的。这事来得太快,它的出现好像不是由于上帝应许了他的请求,而是由于平常的巧合。

那个看来无法解决的、束缚着罗斯托夫的自由的结子,却被这意外的、不招自来的索尼娅的信解开了。她写道,最近不幸的境遇——罗斯托夫家在莫斯科的财产几乎全部丧失,伯爵夫人多次表示希望尼古拉娶玛丽亚公爵小姐,以及他近来的沉默和冷淡,所有这一切都促使她放弃他的许诺,给他充分的自由。

伯爵夫人在信里叙述他们在莫斯科的最后几天,出走,大火和全部财产的毁灭。伯爵夫人还提到安德烈公爵同其他伤员一起和他们同路。他的伤势很危险,但是医生说,非常有希望。索尼娅和娜塔莎像护士似的看护他。

尼古拉第二天拿着这封去见玛丽亚公爵小姐。不论是尼古拉还是玛丽亚公爵小姐都缄口不提"娜塔莎看护他"这句话可能表示的意思,由于这封信,尼古拉和公爵小姐,突然变得亲如骨肉了。

第二天尼古拉送玛丽亚公爵小姐去雅罗斯拉夫尔,几天后他也回部队去了。

八

索尼娅写给尼古拉的那封应验了他的祈祷的信,是从特罗伊茨写来的。老伯爵夫人越来越盼着尼古拉娶一个有钱的姑娘。在这件事上索尼娅是主要的障碍。近来,尤其是在尼古拉来信说他在博古恰罗沃遇见玛丽亚公爵小姐以后,索尼娅在伯爵夫人家的日子就越来越不好过了。伯爵夫人一有机会就欺辱她,毫不留情地暗示她。

从莫斯科出走的前几天,当时的情况使伯爵夫人非常焦虑,她把索尼娅叫到跟前,含着眼泪请求她牺牲自己,和尼古拉断绝关系,以回报这个家庭为她所做的一切。

"你一天不给我这个许诺,我就一天得不到安宁。"

索尼娅号啕大哭,她哭着说,她什么都愿意,什么都准备承受,但是她没有直接地许诺,答应对她所要求的,她下不了决心。为了养育她的家庭的幸福,她应该牺牲自己。为了别人的幸福牺牲自己已成为索尼娅的习惯。在以前所做的一切牺牲行为中，她兴奋地意识到，她自我牺牲，以此在自己和在别人的心目中抬高自己的身价，从而更配得上她一辈子最爱的尼古拉；而现在所要求她的牺牲，是要她放弃她过去所做出的一切牺牲的代价，放弃生活的全部意义。索尼娅第一次感到，她对尼古拉的安静而纯洁的爱情，突然开始变为高于一切礼法、道德、宗教的强大热情；在这种热情影响下，索尼娅，用几句含含糊糊的话回答伯爵夫人后，就回避她，不再和她说话，决定等待着和尼古拉见面，那时不但不许他自由，而且和他永不分离。

罗斯托夫家在莫斯科最后几天的忙乱和恐慌，把索尼娅心头沉重的忧郁情绪给压下去了。她很愿意在实际的活动中忘掉那些烦恼。但是，当她知道安德烈公爵在他们家里的时候，虽然她真诚地可怜他和娜塔莎，她却非常欢喜。她知道娜塔莎从来只爱安德烈公爵一个人，现在仍然爱他。她知道，他们现在在这可怕的情况下碰到一起，又互相热恋起来，由于他们俩一定会成亲，尼古拉就不可能娶玛丽亚公爵小姐了。这种心情，这种认为上帝干预她个人私事的想法，使索尼娅满心欢喜。

在特罗伊茨修道院，罗斯托夫一家在旅途中第一次休息了一整天。

特罗伊茨修道院的招待所拨给罗斯托家三间大房间，一间归安德烈公爵使用。那天他的伤势大大好转。娜塔莎陪着他坐在那儿。在隔壁房间里，伯爵和伯爵夫人同前来看望老相识的修道院长正在谈话。索尼娅也坐在那儿，她很想知道安德烈公爵和娜塔莎在谈什么。她隔着门听他们说话的声音。安德烈公爵的房门开了。娜塔莎走出来，神情十分激动，她没看见欠身向她打招呼的修道院长，径直向索尼娅走去，抓住了她的手。

"娜塔莎，你怎么了？到这儿来，"伯爵夫人说。

娜塔莎走过去接受修道院长的祝福，修道院长劝她向上帝和他的圣徒祈求援助。

修道院长刚走，娜塔莎就又抓起女友的手，拉着她走进一个空房间。

"索尼娅，你说他能活吗？"她说。"索尼娅，我多么幸福，又多么不幸！只盼望他能活下去。他不能……因为……因……为……"娜塔莎大哭起来。

"是的，我明白，"索尼娅说。"他会活下去的！"

索尼娅的激动一点也不亚于她的女友——那一半由于女友的恐惧和痛苦，一半由于她个人的无人可诉的心事。她恸哭着吻娜塔莎，安慰她。两个女友哭了一会儿谈了一会儿，擦干眼泪，就向安德烈公爵门口走去了。娜塔莎小心地推开门，向屋里望了一眼。索尼娅在半开的门旁站在她身边。

安德烈公爵高高地躺在三个枕头上。他那苍白的脸望过去很平静，眼睛闭着，他的呼吸看来非常平稳。

"天哪，娜塔莎！"索尼娅忽然几乎大叫一声，她抓住表妹的手，向门外退出去。

"怎么了？你怎么了？"娜塔莎问。

"是那个，那个，瞧……"索尼娅说，她面色苍白，嘴唇哆嗦着。

娜塔莎轻轻地关上门，跟索尼娅走到窗前，还是弄不清楚她在说什么。

"你是否记得，"索尼娅带着惊慌和严肃的神情说，"有一次我为你占卦——照镜子……在奥特拉德诺耶，圣诞节的时候……你还记得我看见了什么吗？……"

"对，对！"娜塔莎眼睛睁得大大的，她模糊地记起索尼娅曾说过她在镜子里看见安德烈公爵躺在那儿。

"您记得吧？"索尼娅继续说。"我看见了，和你也和杜尼亚莎都说过。我看到他在床上躺着，"她说，每说一个细节，就用举起的一个指头比画一下，"他闭着眼，盖的也是粉红色的被子，两手也是交叉着，"索尼娅说。

"对了，对了，正是粉红色的，"娜塔莎说，她现在似乎也记得是说过是粉红色的。

"可是，这究竟预兆着什么呢？"娜塔莎沉思着。

"啊，我不知道，这件事多么不一般啊！"索尼娅抓着头说。

几分钟后，安德烈公爵打铃叫人，娜塔莎进去了；索尼娅感到一种很少感受过的激动和感动，站在窗前，继续思考着那件不寻常的事。

那天有个机会可以给军队发信，于是伯爵夫人就给儿子写了封信。

"索尼娅，"索尼娅从伯爵夫人身旁走过时，伯爵夫人抬起头来说。"你不给尼古连卡写信吗？"伯爵夫人说话的声音轻柔、颤抖，从她那疲倦的、隔着眼镜看人的眼睛里，索尼娅读懂了伯爵夫人这句话的全部含意。那眼神流露出恳求、怕被拒绝、为求人而感到羞愧，以及万一被拒绝就会结下的深仇大恨。

索尼娅走到伯爵夫人面前，跪下来，吻了吻她的手。

"我写，妈妈，"她说。

这一天所发生的事情，尤其是她亲眼看见预兆神秘的应验，这一切都使索尼娅激动。她知道，因为娜塔莎和安德烈公爵恢复了关系，尼古拉就不可能娶玛丽亚公爵小姐，她又恢复了那种她所欢喜和习惯的自我牺牲的心情。她含着泪，带着喜悦来完成那件慷慨的行为，因为泪水模糊了她那天鹅绒般的眼睛，中断了好几次才写完那封使尼古拉大为吃惊的信。

九

皮埃尔被送进了禁闭室，逮捕他的军官和士兵对他怀有敌意，同时也怀有敬意。此外，对他还有点疑心。

但是，第二天早上，看守换班以后，皮埃尔觉得，这些新的看守，对他的看法和逮捕他的那些人的看法已经不一样了。的确，第二天的看守已经不把这个穿着农民衣服的大胖子看作一个活生生的人，而不过看作一个被拘留起来的俄国犯人罢了。假如说皮埃尔还有什么特殊的地方，那就是他那面无畏惧的神情，以及使法国人惊奇的他那一口漂亮的法国话。虽然如此，那天皮埃尔和别的被捕的嫌疑犯关在一起，因为他原来住的那个单间被一个军官占用了。

第二天晚上，皮埃尔听说所有被拘留的人（大约他也在内），全将以放火罪论处。第三天，皮埃尔和别的犯人被带到一间屋子里，那儿坐着一位白胡子将军，两名上校和几个系肩带的法国人。他们用那在审问被告时通常使用的武断的口气向皮埃尔和其他被告提出一些同样的问题：你是什么人？到过什么地方？抱着什么目的？诸如此类。

这些问题，以及在法庭上提出的一切问题，其目的只有一个，那就是要设置一条沟渠，审讯人员希望被告的回答顺着这条渠道流下去，把被告引到预期的道上，也就是引到可以判他罪的道上。一旦他说出不合乎定罪目的的话，他们就把沟渠移动一下，让水白流。此外，皮埃尔感到莫名其妙：不知道为什么对他提出这些问题。他觉得只是由于宽大或是出于礼貌，才布下这个沟渠的圈套。他知道他是在这些人的权力中掌握着的，他们聚在一起唯一的目的就是判他的罪。因此，既然有权有势，又有判罪的意愿，那就用不着施展提问和审讯的诡计。显而易见，任何回答都可以作为罪状。问他被捕时在做什么，他带着几分悲惨的神情回答说，他正在把从火中救出的一个小女孩交给她的父母。问他为什么打那个抢劫的人，皮埃尔回答说，他是在保护一个受辱女人。人们拦住他：这样的回答不合乎要求。问他为什么留在着火的院里，有人看见他在那儿。他回答说，他出来看看莫斯科的情况如何。人们又拦住他：不是问他出来干什么，而是问他留在火场旁边的原因是什么。又问他是什么人？人们又提出他头一次不肯回答的问题，这次他又说他不能回答这个问题。

"记下来，这个不好。十分不好，"那个白胡子、红脸膛的将军严厉地说。

第四天，祖博夫斯基土城起火了。

皮埃尔和另外十三个人被解送到克里米亚浅滩一家商人的车棚里。在街上走着的时候，皮埃尔被烟呛得几乎喘不过气来，好像全城都弥漫着烟雾。到处都在着火。皮埃尔当时还不明白莫斯科被焚的意义，他恐惧地看着这烛天的大火。

皮埃尔在克里米亚浅滩旁那家车棚里又停留了四天，在这期间，从法国士兵谈话中得知，在这儿拘留的人每天都在等候元帅的决定。是哪个元帅，皮埃尔从士兵嘴里打听不出来。

在九月八日之前，即被拘留的人第二次受审之前的那几天，皮埃尔觉得最难熬。

十

九月八日,拘留人的棚屋里进来一个军官。他手里拿着一个名单,对所有俄国人逐个点了名,他管皮埃尔叫不愿说出姓名的人。他漠然地看了看所有被拘留的人,命令一个看守的军官,叫他在带他们去见元帅之前,给他们收拾干净一点。一小时后,来了一连士兵,把皮埃尔和其他十三个人带往圣母广场。那天雨后天晴,阳光灿烂,空气十分新鲜。整个莫斯科,皮埃尔所能看见的地方,全是一片火灾后的瓦砾场。处处可以看到烧剩下来的炉子和烟囱。皮埃尔望了望这片废墟,已经认不出熟悉的街道了。

显而易见,俄国人的巢被捣毁、消灭了;但是,在俄国生活秩序被消灭后,皮埃尔不自觉地感到,在这被捣毁的巢上,一个完全不同的、严峻的法国秩序建立起来了。

皮埃尔与别的犯人一起被带到圣母广场右边的一所大白房子里。这是谢尔巴托夫公爵住宅,皮埃尔从前常来这儿做客,他从士兵谈话中得知,现在是达乌元帅——艾克米尔公爵住在这儿。

他们被带到门廊前面,一个个地被领进去。皮埃尔是第六个进去的。

达乌伏身坐在屋子尽头的一张桌旁,鼻梁上架着一副眼镜。皮埃尔走到他跟前。达乌没有抬眼,轻声问:

"你是什么人?"

皮埃尔不作声,因为他说不出话来。对皮埃尔来说,达乌不可是一个法国将军;并且是一个以残忍闻名的人。皮埃尔望着达乌那张冰冷的面孔,他知道,每秒钟的迟延都可能付出生命的代价;可是他不知道怎样说。但是还没等皮埃尔拿定主张时,达乌抬起头来,把眼镜推到脑门上,眯着眼,仔细打量皮埃尔。

"我认得这个人,"他冷冰冰地说,很明显是想吓唬皮埃尔。一股顺着皮埃尔脊梁溜过的寒战,像一把钳子似的夹住了他的头。

"您绝不可能认识我,将军,我以前从未见过您……"

"这是一个俄国间谍"达乌打断了皮埃尔的话,转脸对室内的另一个将军说。达乌转过身去。皮埃尔突然用一种出人意料的颤动的声音说:

"不是的,大人,"他说,"我不是。你不可能认识我。我是民兵军官。"

"你叫什么名字"达乌又问。

"别祖霍夫"

"谁能证明你不是说谎?"

"大人!"皮埃尔大声恳求地喊道。

达乌抬起眼来,细细打量皮埃尔。他们对视了几秒钟,这相视的目光救了皮埃尔。在这目光中,一切战争和法庭的条件都消逝了,在这两人之间建立了人与人的关系。他们两个此刻都意识到他们俩都是人类的子孙,他们是兄弟。

"您怎样证明你说的是实话!"达乌冷冷地说。

皮埃尔想起了朗巴莱,于是说出朗巴莱所属团队、姓名和他住的街道。

"你并不是你所说的那个人,"达乌又说。

皮埃尔声音颤抖、时断时续地举出一些证据证明他的话是真的。

然而就在这时进来一个副官,向达乌报告了些什么。

达乌听了副官的报告,突然面露喜色,开始扣纽扣。他显然完全把皮埃尔忘记了。

当副官提醒他这里有个俘虏的时候,他皱起眉头,朝皮埃尔那里点了点头,说是把他带走。但是带到哪儿去,皮埃尔不知道:是回到那个棚子里去呢,还是带到刑场上去呢?

他回头看了看,看见副官在问什么。

"是的,那是自然!"达乌说。

皮埃尔记不起是怎么走的,走了多久,走到哪儿去。他迷离恍惚,对周围的一切都视而不见,只是随着别人迈步,别人停下来,他也停下来。在这段时间,皮埃尔头脑里只有一个思想。这个思想就是:究竟是谁,最后是谁判处他的死刑?皮埃尔觉得并没有人这样干。

这是制度,是各种情况的混合。

是一种制度在扼杀他皮埃尔,剥夺他的生命。

十一

这群俘虏被押着带到竖着一根柱子的菜园里。柱子后面有一个还带有新鲜泥土的大坑,在柱子和坑周围站着一大群人。这群人少数是俄国人,大多数是未站在队伍里的拿破仑的士兵。柱子两边站着几排法国兵。

犯人按照名单次序排好,然后被带到柱子跟前。两旁突然敲响了几只大鼓,皮埃尔感到他的魂儿似乎随着鼓声飞走了大半。他失去了思考和理解的能力。他只能看和听。他只有一个愿望——盼望那件必然要来的可怕的事快一点来。皮埃尔环顾他的同伴,仔细审视他们。

为首的两个是剃光了头的犯人,一个又高又瘦,另一个鼻子扁平。第三个是一个家奴,四十五岁左右,保养得十分好。第四个是一个农民,长得很清秀,留着一把浅褐色的大胡子,一对黑眼睛。第五个是一个工人,又瘦又黄,十八九岁,穿一身工作衫。

皮埃尔听到法国人在商量如何枪毙犯人——一次一个还是一次两个。"一次两个,"带队的军官冷酷又安静地说。士兵的行列调动了一下,显然他们都在忙合,忙着完成一件必需的、但是却是不快乐的、不可理解的事。

一个佩肩带的法国军官走到犯人行列的右边,用俄语和法语宣读判决书。

随后,两名法国兵走到犯人跟前,按照军官的指示带出来两个站在排头的犯人。这两个犯人走到柱子前面停下来,在法国人去取口袋的工夫,他们像被打伤了的野兽看走过来的猎人一样的,沉默地环顾四周。一个犯人不停地画十字,另一个在搔脊背,动了动嘴唇,仿佛在微笑一样。士兵手忙脚乱地蒙上他们的眼睛,用口袋套上他们的头,把他们捆在柱子上。

十二个持枪的步兵,迈着坚定的步子齐步走出队伍,在离柱子八步远的地方停了下来。皮埃尔转过脸去,不去看将要发生的事情。突然响起一阵噼噼啪啪和轰轰隆隆的声音,皮埃尔觉得比最可怕的雷还要响,皮埃尔环顾了一下。眼前是一团烟,那几个法国兵脸色苍白,两手颤抖着在坑旁边做什么。又有两个被带出去。

皮埃尔不想看,又转过身去;又响起一阵震耳欲聋的可怕的爆炸声,随着响声他看见了烟、血、法国兵苍白、惊慌的面孔,那些法国兵颤抖着双手互相碰撞着又在柱子旁做什么。皮埃尔沉重地喘息着,向周围看看,仿佛在问:这是怎么回事?和皮埃尔的眼神相遇的眼神都发出同样的疑问。

在所有俄国人的脸上,在法国士兵和军官脸上,没有一个例外,他都看到和他内心所感受的同样的惊慌、恐怖和斗争。

在皮埃尔身旁的第五个人被带出去,——只带他一个。皮埃尔还不知道他已经得救了,他和其余的人不过是被带来陪绑的。他越来越害怕,看着眼前发生的事,既不感到兴奋,也不感到宽慰。第五个是一个穿工作衫的工人。刚一碰着他,他就吓得向旁边一跳,抓住了皮埃尔。那个工人走不动了,被架着膀子拖着走,他喊叫着。一到柱子跟前,他突然不叫了。他似乎忽然有所领悟似的。不知道是因为他已经明白喊也无益呢,还是认为不会打死他,但是他在柱子旁站住了,等待着和别人一样蒙上眼睛,他也像一头被打伤的野兽,用发光的眼睛环视四周。

皮埃尔再也无法使自己转过脸去闭眼不看了。这第五次的屠杀,使得他和整个那群人的好奇心和激动的心情达到了极点。也和别人一样,这第五个似乎非常安静:他掩上衣襟,用一只光脚搔搔另一只光脚。

他被蒙上眼睛,他整了整脑后勒得太紧的结子;然后,有人让他靠到血迹斑斑的柱子上,他往后倒了一下,他觉得站的姿势不舒服,调整一下,摆齐两脚,靠稳了。皮埃尔目不转睛,不放过任何一个细微的动作。

随着口令应该响起八支枪的射击声了。但是,皮埃尔后来怎么也回忆不起哪怕极微弱的枪声。他只看见,那个工人忽然在绑他的绳子上坠了下来,身上有两处流出血来,绳子被身子坠得松散了,那个工人不自然地垂着头,弯着一条腿蹲坐着。皮埃尔跑到柱子跟前。没有人拦阻他。几张惊慌、苍白的脸在那个工人周围干着些什么。一个留大胡子的法国老兵，在解开绳子的时候下巴老打哆嗦。尸体放倒了。士兵们笨手笨脚地慌忙把尸首拖到柱子后面，推到坑里。

很明显，大家都明确地知道，那些人是罪犯，他们是在掩藏罪犯的痕迹。

皮埃尔往坑里看了一眼，他看见那个工人两膝贴近头朝上蜷着躺在那儿，一个肩膀比另一个高些，那个高一点的肩膀还在一上一下地抽搐着。可一锹一锹的土已经撒满了整个尸体。其中一个士兵愤怒地、凶狠地朝皮埃尔狂叫了一声，赶他回去。但是皮埃尔不理解他的意思，站在柱子旁不动，也再没有人撵他。

坑被填平后，皮埃尔被带回他原先的地方。站在柱子两旁的两排法国兵，作了一个半转弯，就迈着整齐的步子从柱子边走过去。站在圈子中间的二十四个手持空枪的步兵，当连队从他们身边经过时，全跑回他们原来的位置。

那一对对跑出圈子的步兵，除了一个，全都归队了。留下来的那个年轻士兵，脸色像死一样的苍白，高筒帽子歪到脑后，枪挂在地上，依旧在他从那儿射击的坑对面站着。他犹如喝醉了一样，踉踉跄跄地朝前走几步，后退几步，以保持不致跌倒。一个年龄大些的军士从队伍里跑出来，抓住那个年轻士兵的肩膀，把他拖到连队里。那群俄国人和法国人散开了。他们都低着头，默不作声地走着。

"这就是他们放火应得的教训，"一个法国人说。皮埃尔回头瞧了一下说话的人，那是一个士兵，他显然是想从刚才那件事情上找点聊以自慰的东西，但是找不到。他没有把话说完，就挥挥手，走开了。

十二

行刑以后，皮埃尔被单独关在一座破烂、肮脏的小教堂里。

傍晚时分，看守的军士带着两名士兵走进教堂，向皮埃尔宣布，他被赦免了，现在就去战俘营。皮埃尔还没弄清楚对他说的什么，便站起来跟着士兵走了。广场的坡上有一些用烧焦的木板、圆木和薄板搭起来的棚子，皮埃尔被领进了其中的一间。在黑暗中，有二十个各种各样的人把皮埃尔围了起来。皮埃尔看着他们，不明白他们都是些什么人，他们来干什么，又想要他干什么。他听见他们对他说话，但得不出任何结论和判断：不明白他们说的是什么意思。他在回答问题的时候，根本不看是谁问他，也不在乎人们是否了解他的回答。他看别人的面孔和身子，全都一样地没有意义。

皮埃尔自从看见那场屠杀以后，他心中那副赖以支持一切、并且一切靠它才有生气的弹簧，忽然被扭断了，于是一切都变成毫无意义的东西。在他心目中,那种对美好的世界以及对人类的和自己的灵魂以及对上帝的信仰,全都破灭了。他眼看着整个世界都垮了,只剩下一堆毫无意义的废墟。他觉得,要想恢复对人生的信仰,他已经无能为力了。

在黑暗中有些人站在他身边:他身上一定有什么使他们觉得有趣。人们对他讲了些什么,问了些什么,最后带他来到一间棚子的角落,他身旁的人们有说有笑。

"我说,伙计们……就是那个亲王……"对面角落里有个声音说。

皮埃尔一动不动地靠墙坐在一堆干草上,沉默不语,眼睛一会儿睁开,一会儿闭上。他一闭上眼,他面前就出现那个工人可怕的脸,还有那些身不由己的刽子手由于内心的不安更显得可怕的脸。他于是又睁开眼,在黑暗中茫然地四处看看。

有一个小个子弓着身子坐在他旁边,皮埃尔所以觉出他在旁边,是由于他一动弹就有一股强烈的汗味。这个人在黑暗中摆弄他的脚,尽管皮埃尔看不见他的脸,他却感觉这个人不住地审视他。在黑暗中习惯了一会儿,皮埃尔才搞清楚这个人是在脱靴子。他的动作、姿势引起皮埃尔的注意。

他解开一只脚上的绳子,仔细地把绳子缠好,马上又解另一只脚上的绳子,同时不住地端详皮埃尔。一只手刚把绳子挂上,另一只手已经在另一只脚上解绳子。他的动作不停地一个接着个:他细心地脱掉靴子,把它挂在头上边的橛子上,摸出一把小刀,割掉一点什么,又把小刀合起来,放到枕头下面,然后坐得舒服些,两手抱着膝盖,两眼盯着皮埃尔。从这些熟练的动作上,从他在这个角落放得井井有条的东西上,甚至这个人身上发出的气味上,使皮埃尔有一种快乐的、令人安心和从容不迫的感觉。

"老爷子,您不少吃苦吧? 是吧?"那个小个子忽然说。他那悦耳的声音十分亲切和纯朴,皮埃尔想回答,可是他的下巴颏颤抖了,他觉得眼泪涌了出来。就在这一瞬间,那个小个子为了不使皮埃尔受窘,就用那同样快乐的声音说下去。

"唉,朋友,别难过,"他用俄国乡下老太婆的口吻亲切地说。"别难过,朋友:忍受一时,长命百岁! 这是实话,亲爱的朋友。我们待在这儿,没人会欺负我们。人有好的,也有坏的,"他说,他一面说话,一面麻利地把身子弯到膝盖,站起来,咳嗽着到别处去了。

"嘿,好家伙,你来啦!"皮埃尔听见棚子尽头响起那一样亲切的声音。"你这个小坏蛋来了,还记得我! 行啦。"那个士兵推开向他扑上来的小狗,回到自己位置上坐下。他手里拿着一个破布包,里面包着什么东西。

"咳,吃点吧,老爷子,"他说,又恢复到刚才的恭敬的腔调,打开包,递给皮埃尔几个烧土豆。"中午我们喝稀汤来着。烧土豆可真美!"

皮埃尔一天没有吃饭了,他觉得土豆味儿非常好闻。他谢过那个士兵,就吃起来。

"怎么样,不错吧?"那个士兵笑着说。他拿起一块土豆,在手掌上切成两半,从破布里捏点盐撒上,递给皮埃尔。

"烧土豆可真美!"他重复道。"你尝尝这个。"

皮埃尔觉得,他真的从来没吃过如此好吃的东西。

"我嘛,怎么都无所谓,"皮埃尔说,"但是,他们为什么杀那些可怜的人呢!……最后一个受刑的才二十来岁。"

那个小个子说:"罪过,罪过……"他赶忙补上一句,好像他的话经常挂在嘴边,不自觉地脱口而出,他接着说:"怎么回事,老爷子,您怎么没有离开莫斯科?"

"我没想到他们来得这么快。我是无意之中留下来的,"皮埃尔说。

"他们是怎么抓住你的,亲爱的朋友,是在你家里抓住的吗?"

"不是,我去火场来着,他们在那儿抓住我的,说我是纵火犯。"

"哪里有法庭,哪里便有伤天害理的事,"那个小个子插了一句。

"你在这儿很长时间了吧?"皮埃尔嚼着最后一口土豆,问道。

"我吗? 我是上星期在莫斯科一家医院里给他们抓来的。"

"你是干什么的? 是当兵的吗?"

"我是阿普舍龙团的兵。打摆子,病得快死了。没有人告诉我们一点消息。我们有二十多个人躺在病院里。真是想不到。"

"怎么样,你在这儿闷得难受吗?"皮埃尔问。

"怎么会不闷,亲爱的朋友。我叫普拉东:姓卜拉塔耶夫,"他又补充说,显然为了使皮埃尔容易称呼他。"在部队里人家都叫我'雏鹰'"。

沉默了一会儿,普拉东站了起来。

"怎么样,我想你想睡了吧"他说,迅速地画着十字,念叨起来:

"主,耶稣·基督,"他结束了祈祷,深深一鞠躬,站起来,叹了口气,又在干草上坐下来。"主啊,把我像石头一样放下,像面包一样举起,"他口里念念有词地躺下来,把外套披到身上。

外边,远处传来哭声和喊声,从棚子的板缝里流露着火光;但是棚子里,却是一片寂静和黑暗。皮埃尔好久睡不着,睁着眼在黑暗中躺着,谛听他身旁普拉东均匀的鼾声,他觉得,原来那个被毁灭了的世界,现在在新的不可动摇的基础上,在他的灵魂里活动起来。

十三

皮埃尔在那个棚子里蹲了整整四个星期。棚子里有二十三名被俘虏的士兵、三名军官和两名文官。

这些人以后在皮埃尔的印象中都模糊了,但是普拉东·卡拉塔耶夫却作为最宝贵的记忆和作为一切俄罗斯的、善良的、圆满的东西的化身,永远铭刻在皮埃尔的心中。第二天天一亮,皮埃尔看见他的邻人,最初圆的印象绝对得到证实:普拉东整个身形全是圆的,脑袋滚圆滚圆的,背、胸、肩,甚至那两只经常要拥抱什么的手,都是圆圆的;快乐的笑脸和柔和的栗色的大眼睛也是圆的。

从普拉东·卡拉塔耶夫讲过的他以前当兵打仗的情况看来,他总有五十开外了。他本人不知道并且怎么也说不准他的岁数;他一笑,就露出两排半圆形、完整无缺的雪白坚固的牙齿,他的胡子和头发连一根白的都没有,他整个身体看来富有弹性,显得特别结实和耐劳。

他尽管满脸细小的皱纹,却有一派天真稚气的神情;他的声音甜美,悦耳。但是他说话主要的特点是直截了当,恰如其分。他显然从来不考虑他说过什么和要说什么;正因为这样,他那迅速而纯正的语气有一种特殊的不可抗拒的说服力。

在刚被监禁的时候,他的体力和干起活来那股子麻利劲儿,好像完全不知道什么是疲倦和病痛。每天早上和晚上,他总是躺在那儿说:"主啊,把我像石头一样放下,像面包一样举起;"每天一早起身的时候,他老是一面耸耸肩膀,一面说:"躺下——缩作一团,起来——抖擞一下。"真的,他只要一躺下,就马上像石头似地睡着了,只要一抖擞,连一秒钟也不耽误,马上干起活来,就像小孩子一起身就摆弄玩具一样。他什么事都会做,做得不好也不坏。他总是在忙,仅有在夜间才谈话和唱歌。他不像歌手那样唱歌,歌手知道有人在听他们唱,可他像鸟儿那样唱歌,显然他认为他必须发出这些声音,就像必须常常伸伸懒腰和散散步一样;他的歌声像女人唱歌的声音一样柔和,凄凉。他唱歌时,脸上的表情非常严肃。

他当了俘虏后,胡子长长了,他显然抛弃了那些强加在他身上的异己的、士兵的东西,而不自觉地恢复了先前的老百姓的生活习惯。

"士兵休假在外——衬衫散在裤腰外,"他时常这样说。他不喜欢谈他当兵的生活,虽然也不诉苦,他常说他在当兵期间没有挨过一次打。在他的言谈中,主倘若回忆他过去的、显然为他所珍贵的农民生活。他满口的俗语,不是大兵常常挂在嘴边的多半是猥亵的粗鲁的俗语,而是民间的格言,单独看来,这些格言似乎没有什么意义,但是一用到节骨眼上,就忽然显出精湛的智慧了。

他此时说的话时常和先前的话完全相反,但两种说法都有道理。他爱说,也会说,他用一些亲切的词句和谚语点缀他的话,皮埃尔觉得那些谚语都是他自己编的;可是他的话的主要魅力乃在于,一些最普通的事情,皮埃尔看见过但不注意的事情,经他一说,就具有堂堂正正的性质。

普拉东·卡拉塔耶夫在其他俘虏的眼里不过是一个最普通的兵;人们管他

叫"雏鹰"或者普拉托沙,善意地逗他,支派他。但是在皮埃尔看来,第一夜对他的印象永远也忘不掉。

十四

玛丽亚公爵小姐接到尼古拉寄来的消息,知道她的哥哥和罗斯托夫家人一起住在雅罗斯拉夫尔,她不顾姨母的劝阻,打算立刻动身,不只她一个人走,而且还带着侄儿。困难也好,不困难也好,可能也好,不可能也好,——她不打听,也不想知道:她的责任是不只她一个应该亲自守在她那个或许快要死去的哥哥身旁,还要尽可能把儿子给他带了去,于是她准备动身了。安德烈公爵没有亲自写信通知她,玛丽亚公爵小姐认为这要么是因为他身体虚弱得不能写信,要么是因为他觉得路途遥远,对于他和儿子过于困难,过于危险了。

玛丽亚公爵小姐用了几天的时间做好了上路的准备。同行的有布里安小姐、尼古卢什卡和他的家庭教师、老保姆、三个使女、吉洪、一个年轻的仆人和姨母派来护送她的跟班。

走那条能往莫斯科的平时的大道,已经不可能了,因此,玛丽亚公爵小姐不得不绕道而行。

在这艰难的旅程中,布里安小姐、德萨尔和仆人们都对玛丽亚公爵小姐的坚强毅力和积极的行动感到惊异。她比大家都睡得晚,起得早,什么困难也难不了她。因为她的积极和充沛的精力鼓舞了她的旅伴,到第二个周末,他们已经到了雅罗斯拉夫尔。

玛丽亚公爵小姐在沃罗涅日的最后几天是她一生中最幸福的日子。她对罗斯托夫的爱情已经不再令她痛苦和不安。这个爱情充溢了她整个灵魂,成了她本人不可分的一部分,她不再抗拒它。在最后那几天,玛丽亚公爵小姐尽管从来没有明确地对自己说出来,但是她坚信她是在恋爱。和尼古拉最后那次会面时,就是那次尼古拉来告诉她,她的哥哥和罗斯托夫家里的人住在一起的时候,她确信这一点。虽然尼古拉只字没提安德烈公爵和娜塔莎可能恢复原先的关系,但是玛丽亚公爵小姐从他脸上看出,他知道并且在考虑这一点。尽管如此,他对她的态度——谨慎、温存和抚爱——不但没有变,而且玛丽亚公爵小姐有时觉得,他反而兴奋他和玛丽亚公爵小姐现在有了这种亲戚关系,他就能更自由地向她表达自己的友情和爱情。玛丽亚公爵小姐知道,这是她生平第一次也是最后一次爱上一个人,而且感觉到她是被人爱着的,因此她是幸福的,心情是安静的。

但是,这种精神方面的幸福,不仅不妨碍她对哥哥感到强烈的悲伤,而且相反,精神方面的宁静,使她更能够对哥哥倾注全副的感情。从沃罗涅日刚动身的时候,这种感情是如此强烈,给她送行的人看见她那痛苦绝望的脸,都认为她一定会病倒在路上;但是玛丽亚公爵小姐竭尽全力地应付旅途中的那些困难和操心的事,反而使她暂时忘却了悲伤,而且给她以力量。

正如旅行时常有的情形,玛丽亚公爵小姐只关心旅途的事,却忘掉了旅行的目的。但是在快到雅罗斯拉夫尔,已经不是几天之后,而是当天晚上就要面临的情景又展现在眼前的时候,玛丽亚公爵小姐的激动达到了极点。

那个首先被派去雅罗斯拉夫尔打听一下罗斯托夫家的住处以及安德烈公爵的情形的跟班,在城门口迎见恰好进城的那辆大型轿式马车,看到公爵小姐从车窗向他探出的脸是如此惨白,他大吃一惊。

"全打听清楚了,公爵小姐:罗斯托夫一家住在广场附近商人布龙尼科夫家里。离这儿不远,就在伏尔加河岸上,"那个跟班说。

玛丽亚公爵小姐怀疑地望着他的脸,不理解他为什么没有回答主要的问题:哥哥怎么样了? 布里安小姐代替公爵小姐提出这个问题。

"公爵怎么样?"她问。

"公爵阁下和他们全住在那所房子里。"

"如此说来,他还活着,"公爵小姐想,并且低声问:"他怎么样?"

"仆人们说:还是那样。"

那辆笨重的马车隆隆地响着,走了一段路后停下来。车梯哐当一声放了下来。

车门打开了。左面是水——一条大河,右面是门廊;门廊上站着几个男仆、一个女仆和一个面孔红润、梳着又粗又黑的辫子的姑娘,玛丽亚公爵小姐觉得她含着不快活的勉强的微笑。公爵小姐跑上了台阶,那个装着笑脸的姑娘说:"这边走,这边走!"于是公爵小姐来到前厅,看到一个东方脸型的老妇人,她带着感动的表情快步向她迎来。这是老伯爵夫人。她拥抱玛丽亚公爵小姐,吻她。

"我的孩子!"她说,"我爱你,我早就知道你了。"

玛丽亚公爵小姐虽然心里很激动,但是她明白,这是伯爵夫人,要对她说点什么。她就没头没脑地说了几句客气话,而且腔调也跟人家对她说话的腔调一样,随后问:"他怎么样""医生说没有什么危险,"伯爵夫人说,但是她说这话时,却抬着眼睛叹了口气,这个姿势表达了和她的话相反的意思。

"他在哪里? 可以看看他吗? 可以吗?"公爵小姐问。

"这就去,公爵小姐,这就去,我的朋友。这是他的儿子吗?"她转身对和德萨尔一同进来的尼古卢什卡说。"大家都住得下,房子十分宽敞。唔,多么可爱的孩子!"

伯爵夫人把公爵小姐领到客厅里。索尼娅和布里安小姐在说话。伯爵夫人在抚爱那个孩子。老伯爵走进来,向公爵小姐表示欢迎。老伯爵从上次公爵小姐见到他以来,样子大变了。那时他是一个活泼、快活、自信的小老头,现在他看上去像一个孤苦伶仃、十分可怜的人。他一边和公爵小姐说话,一边东张西望,似乎在问大家,他做的是不是得体。从他的财产被毁以后,他从习惯的轨道被抛出来以后,他显然已经失去了对自己活着的意义的感觉,他认为在生活中不再有他的地位了。

虽然公爵小姐唯一的愿望是要快点见到她的哥哥,虽然她为在她一心只想看见他一个人的时候,却受人家的招待和听人家客套地夸奖她的侄子而感到厌烦,可公爵小姐观察周围的一切,觉得必须服从目前新的规矩。她知道这一切都是必不可少的,尽管她对这觉得不好受,可是她不抱怨他们。

"这是我的外甥女,"伯爵介绍索尼娅说,"你不认识她吗,公爵小姐?"

公爵小姐向她转过身去,尽量压下对这个姑娘的敌意,吻了吻她。使她感到难受的是,周围所有人的心情和她内心的情绪距离十分远。

"他在哪儿?"她再一次问大家。

"他在楼下,娜塔莎和他在一起,"索尼娅红着脸回答。"已经打发人问去了。我想您累了吧,公爵小姐?"

公爵小姐眼睛里涌出懊恼的泪水。她转身又想问伯爵夫人如何到他那儿去,这时门外传来轻快的、似乎快活的脚步声。公爵小姐回头一看,看见差不多是跑进来的娜塔莎。就是那个很久以前在莫斯科相会时为她所不喜欢的娜塔莎。

但是,还未等公爵小姐细看这个娜塔莎的脸,她已经明白,这是一个与她有共同忧伤的真挚的伙伴,因此是她的朋友。她紧走几步向她迎上去,拥抱她,趴在她肩上哭泣起来。

正坐在安德烈公爵床头的娜塔莎,一听到玛丽亚公爵小姐到来,就轻手轻脚地走出他的房间,迈着迅速的、玛丽亚公爵小姐觉得似乎快活的脚步向她跑去。

当她跑进客厅,在她那激动的脸上仅有一种表情——爱的表情,无比地爱他,爱她,爱一切与她所爱的人相接近的东西;怜悯的表情;为帮助他人渴望献出自己的一切的表情。很明显,此时在娜塔莎心中绝对没有想到自己,没有想到她和安德烈公爵的关系。

敏感的玛丽亚公爵小姐第一眼看到娜塔莎的脸,就一切都明白了,便又悲又喜地趴在她的肩上哭起来。

"走,我们到他那儿去,玛丽,"娜塔莎一面说,一面领她到另一个房间。

玛丽亚公爵小姐抬起头来,擦干了眼泪,面对着娜塔莎。她觉得从她那儿她能弄明白一切,能探听出一切。

"怎么样……"她刚要问,忽然停住了。她觉得用语言来问或回答是不可能的。娜塔莎的脸和眼睛肯定能把一切说得更明白、更深刻。

娜塔莎望着她,但是似乎在害怕,在疑虑。她似乎觉得,在这双透视到她内心最深处的明亮的眼睛面前,不能不把一切她所见到的真相说出来。娜塔莎嘴唇忽然颤抖了起来,她的嘴周围现出难看的皱纹,她哭了,手捂住脸大哭起来。

玛丽亚公爵小姐明白了一切。

但是她依然抱着希望,于是用那为自己所不相信的语言问道:

"他的伤势怎么样?总的看来,他的情况怎么样?"

"您,您……就会看到的,"娜塔莎仅能说这么一句。

她们在楼下他的房间附近坐了一会儿,停住哭泣,以便能安静地去看他。

"病情的全部经过怎么样?已经恶化很久了吗?这是何时发生的?"玛丽亚公爵小姐问。

娜塔莎说,开始,高烧和疼痛引起的危险期,在特罗伊茨的时候,过去了,医生只怕一样——坏疽病。但是这种危险也过去了。来到雅罗斯拉夫尔的时候,伤口就开始化脓(娜塔莎知道有关化脓等等一切情况),医生说,化脓是正常的现象。随后发冷发烧。医生说,这种发冷发烧也并不严重。

"可是两天前,"娜塔莎说,"一下子起了变化……"她忍住哭泣。"我不明白是什么缘故,您会看到他怎么样了。"

"他衰弱了?他瘦了?……"公爵小姐问。

"不,不是那个,更糟糕。你会看见的。唉,玛丽,他太好了,他不能,不能活,因为……"

十五

娜塔莎用习惯的动作推开他的门,让公爵小姐先进去,玛丽亚公爵小姐觉得痛哭早已哽住她的喉咙。不管她怎样事先作好准备,怎样极力镇静,可是她知道她见到他不能不流泪。

玛丽亚公爵小姐明白娜塔莎说的"两天之前他发生这种变化"到底是什么意思。她明白,这意思是说他忽然变得温和了,而这种温和,恰是临死的迹象。她在进屋时,就在想象中看到了她的童年时代就熟悉的安德烈那张温柔、和善、可爱的脸,他脸上这种表情不常有,因此每次都使她非常感动。她知道他将要和她说一些柔声细语、温存体贴的话,就像父亲临死时对她说的那些使她不禁放声痛哭的话。但是这迟早总要发生的,因而她走进屋去。当她用她那近视眼辨认他的外形和寻找他的面容时,哽咽愈来愈升到她喉头了,她终于看见了他的脸,和他的目光相遇了。

他靠着几个枕头躺在沙发上,穿着一件松鼠皮的长袍。他面容消瘦,面色苍白。他的一只白蜡似的透明的手,握着手绢,另一只手缓缓地移动手指抚摸玛丽亚公爵小姐一见他的脸,遇到他的目光,她突然放慢了脚步,觉得眼泪干了,哽咽停住了。她看出他脸上的表情和目光,突然胆怯了,觉得自己是有罪的。

"我有什么罪过呢?"她问自己。"你的罪过是你活着,而且想着活人的事,但是我呢!……"他那冷峻的目光回答。

他慢悠悠地向妹妹和娜塔莎瞥了一眼,在他那注视自己内心的深邃目光中,几乎含有敌意。

他和妹妹按照习惯互相吻了吻手。

"你好,玛丽,你怎么来了?"他说,他的声音和眼神一样安静而生疏。如果他绝望地尖叫,倒不那么令玛丽亚公爵小姐觉得恐怖。

"把尼古卢什卡也带来了?"他仍然那么安静而缓慢地、并且显然在努力回忆般地说。

"现在你的健康情况怎么样?"玛丽亚公爵小姐说。

"这个,亲爱的,得问医生,"他说,努力做出亲热的样子。"亲爱的,谢谢你来看我。"

玛丽亚公爵小姐握了握他的手。他微微皱起眉头。他不作声了,她也不知道该说什么好。她明白了前两天他发生的那种变化。在他的言语中、腔调中,尤其是在他的目光中,有一种使活人感到可怕的、对人世间的一切疏远的神情。

"你看,命运多么奇怪地又把我们牵到一起!"他打破沉寂,指着娜塔莎说。"她一直在看护我。"

玛丽亚公爵小姐不理解他说的话。他怎么能当着他曾爱过、也爱他的人的面说这种话呢!假如他想活下去,他就不会用这种冷漠的、令人难堪的腔调说这种话。如果他不知道他将要死,那么他就会可怜她,他怎么可能当她的面说这种话呢!这只能有一种解释,那就是他已经无所谓了,而无所谓是由于另外一种十分重要的东西给他以启示。

谈话很冷淡,而且时断时续。

"玛丽从梁赞经过,"娜塔莎说。安德烈公爵没注意到娜塔莎称呼他妹妹叫玛丽。而娜塔莎,当着他的面这样称呼她,也是第一次。

"怎么样呢?"他说。

"她听说整个莫斯科都烧光了,一点不剩,好像说……"

娜塔莎说不下去了。他显然非常费劲地在听,但是仍然听不下去。

"是的,听说烧光了,"他说。"太可惜了,"他心不在焉地说。

"玛丽,你见到了尼古拉伯爵啦?"安德烈公爵突然说,显然是想说点使她们兴奋的话。"来信说他十分喜欢你,"他随便、安静地说,他显然无法理解他的话对活人来说所具有的那所有复杂意义。"假如你也爱他,那就十分好……

世界传世藏书

世界十大名著

·战争与和平·

图文珍藏版

你们可以结婚，"他稍微加快地补充一句，好像他找了好久终于找到这么一句话而觉得兴奋。

"为什么要谈我啊！"她沉静地说，向娜塔莎看了一眼。娜塔莎感到向她投来的目光，没有去看她。大家又不作声了。

"安德烈，你是不是想……"玛丽亚公爵小姐突然用颤抖的声音说，"你不想见一见尼古卢什卡吗？他老念叨着你呢。"

安德烈公爵第一次露出几乎看不出的笑容，可是一向熟悉他的表情的玛丽亚公爵小姐，惶恐地看出，这是一种轻微的、温和的嘲笑，嘲笑玛丽亚公爵小姐为了激发他的感情使用了她最后的手段。

"当然了，我很喜欢尼古卢什卡。他好吗？"

尼古卢什卡被领到安德烈公爵跟前，他惊恐地望着父亲，可是没有哭，因为没有人在哭，安德烈公爵吻吻他，他显然不知道该和他说什么。

当尼古卢什卡被领走后，玛丽亚公爵小姐又走到哥哥跟前，吻了吻他，再也忍不住，哭起来。

他定睛凝视她。

"你是哭尼古卢什卡吗？"他问。

玛丽亚公爵小姐哭着点点头，表示承认。

"玛丽，你可知道《福音》……"可是他突然不作声了。

"你说什么？""没说什么。别在这儿哭，"他说，依旧用那冷漠的目光看着她。

安德烈公爵的小儿子才七岁，他刚学会认字，什么也不懂。在这天之后，他有了很多感受，增长了经验；可是，纵使他当时掌握了后来所得到那些能力，也不可能对他现在见到的场面的意义理解得更好，更深刻了。他全都懂了，没有哭，走出了房间，默默地向娜塔莎走过去，用沉思眼睛看了她一眼；他的上唇颤抖了一下，把头偎依着她，哭起来。

从这一天起，他就逃避德萨尔，逃避抚爱他的伯爵夫人，他不是一个人坐着，就是胆怯地走到玛丽亚公爵小姐和娜塔莎跟前平静地、腼腆地跟她们亲近。

玛丽亚公爵小姐从安德烈公爵身边走开后，完全理解了娜塔莎的脸上对她表明的一切。她不再试图和娜塔莎谈挽救他的生命的希望。她和娜塔莎轮流守候在他的沙发旁边，不再哭了，只是不断地向永恒的、不可思议的上帝祈祷，上帝降临到这个即将死亡的人身上，现在早已非常明显了。

十六

安德烈公爵不但知道他要死，而且感觉他正在死，已经死了一半了。他有一种超脱尘俗的感觉。他不慌不忙地等待着即将降临的事。在他一生中时常感觉到那种可怕的、遥远的东西，现在对于他已经近在眼前，并且——由于他有一种奇怪的轻松感——甚至是可以理解的，可以看见的了。

以前他害怕生命的终结。他有两次体会到那种令人痛苦的生命的终结的恐怖，而现在已经无法理解那种体会了。

他的病按照生理的规律在发展，但是娜塔莎所说的"他发生了那种变化"，是玛丽亚公爵小姐动身前两天的事。在这生与死之间最后的斗争中，死占了上风。这是一次意外的感觉：对娜塔莎的爱情唤起他对生命的珍惜，也是最后一次屈从于对未知世界的恐怖。

有一天晚上。他在饭后依旧发着低烧，他的思路异常清晰。索尼娅坐在桌旁。他在打盹儿。突然，他全身有一种幸福的感觉。

"啊，是她来了！"他想。

确实地，在索尼娅的座位上坐着刚刚轻轻地走进来的娜塔莎。

自从她开始看护他以来，他经常从生理上感到她的接近。她侧着身子坐在圈椅里，替他挡着烛光，在织袜子。她那纤细的手指很快地移动着，织针有时互相碰击着，他清楚地看见她那低头沉思的侧影。她移动一下——线团从她膝头滚了下去。她哆嗦一下，回头看了看他，用手挡住烛光，小心翼翼地弯下身，捡起线团，仍照原来的姿势坐了下来。

他一动不动地看着她，他看出她在做了这个动作之后需要做一个深呼吸，但是她没有这样做，只是轻轻地喘了口气。

在特罗伊茨修道院，他们谈到了过去，他对她说，如果他能活下去，将永远感谢上帝使他受了伤，正是因为这次受伤才能和她在一起；但是此后他们再也不谈将来的事。

"这事是否还可能实现？"他望着她，倾听着钢针轻轻地碰击声，心中想道。"难道命运这么神奇地使我和她相聚，就是为了让我死吗？……难道启示我以人生的真理只是为了让我在虚幻中生活吗？我爱她胜过世上的一切。我爱她，可是叫我怎么办呢？"他说，他下意识地忽然呻吟起来。

娜塔莎听见呻吟声，放下袜子，向他探过身去，突然看见他那发光的眼睛，她轻轻走到他面前，向他探下身来。

"您没睡着？"

"没睡着，我看您看了半天了；我感觉您进来了。除了您，还有谁给我这么轻柔的平静……给我这样的光。我欢喜得简直想痛哭一场。"

娜塔莎向他靠得更近些。由于狂喜，她的脸闪闪发光。

"娜塔莎，我太爱您了。我爱你胜过世上的一切。"

"那么我呢?"她把脸转了过去。"为什么说太爱了?"

"为什么说太爱了? ……您看怎么样呢,您打心眼里、整个心眼里觉得我能活吗? 您觉得怎么样?"

"我相信你能活,我相信!"娜塔莎几乎大声喊起来,狂热地握住他的两手。

他沉默了。

"那就好极了!"他拿起她的手吻了吻。

娜塔莎感到幸福,激动;然而她马上想起来,这样不行,他需要平静。

"但是您还没睡觉呢,"她抑制住狂喜的心情,说。"尽可能睡着……我求求您。"

他紧紧地握了一下她的手,松开了。她回到蜡烛前面,照原先的姿势坐下。她两次回头看看他,遇见他那发光的眼睛。她给自己一个课题——织袜子,她对自己说,不织完袜子,决不回头看他。

果然,在这之后他闭上眼睛,一会儿就睡着了。他睡了不久,忽然出一身冷汗,惊醒了。

他做了一个奇怪梦,梦见他躺在现在躺着的屋子里,但身体是健康的。许多漠不关心的人,出现在安德烈公爵面前。他和他们谈话,争论一个不必要的问题。安德烈公爵模糊地记起来。这一切都是瞎扯,他有别的最重要的事情要做,可是还继续在谈论,说一些空洞的俏皮话使他们惊奇。不知不觉地,所有这些人都一个个地消失了,取代这一切的,是关上那道门的问题。他站起来向门走去,把它闩起来,并且锁上。能不能把门锁起来关系着一切。他匆忙向前走去,然而他的两条腿动不得了,他知道来不及锁门了,于是他疯狂地使尽全身的力气。一种不堪忍受的恐惧折磨着他。这种恐惧是对死的恐惧:它站在门外。正当他无力地向门爬去的时候,那个令人毛骨悚然的东西在门外使劲地推。它就要破门而入了。那个非人的东西——死——要破门而入了,得把门堵住。他抓住门,使出最后力气,虽然上锁已经来不及,总得堵住它;可是他气力太小了,那个东西把门推开了,但门又关上了。

它又从外面推。最后的、超自然的努力也无济于事,于是两扇门无声地打开了。它进来了,它就是死。于是安德烈公爵死了。

但是就在安德烈公爵死的那一瞬间,他想起来他是在睡觉,就在他死的那一瞬间,他一努力,终于醒了。

"是的,这是死。我死了,于是我醒了。是的,死就是醒,"他心里突然亮起来。那张至今遮着未知世界的帷幔在他的灵魂视线前面揭开了。他觉得,先前束缚他内心的力量似乎解放了,那种奇异的轻松感从此不再离开他了。

当他出一身冷汗醒来时,在沙发上蠕动起来,娜塔莎到他跟前,问他怎么回事,他没回答,只是目光奇异地望着她。

这就是在玛丽亚公爵小姐到来前两天他发生的变化。自那天以后,据医生说，消耗体力的热度增高，病情更加恶化了，但是娜塔莎关心的并不是医生说的话：她看出了可怕的、更使她确信无疑的精神上的特征。

从那天开始，安德烈公爵在睡醒的同时，也从人的一生中醒来。他觉得人生的觉醒对人的一生来说并不比一觉醒来对睡梦来说更漫长。

在这种相对迟缓的觉醒中，并没有什么可怕的东西。

他最后的日子和时刻，就那样简单地过去了。玛丽亚公爵小姐和娜塔莎都感到了这一点。她们没有哭，没有发抖，在最后的那几天，连她们自己也觉得，她们已经不是在看护他，而是看护他的躯体。她们俩的感情是那么强烈，死亡表面的、可怕的一面，对她们已经不发生作用，并且她们认为没有必要去触动哀痛。她们当着他的面没有哭，背着他的时候也没有哭，她们彼此之间从来不谈论他。她们觉得用语言不能表达她们所理解的东西。

她们俩都看到，他越来越缓慢而安静地离开她们下沉到什么地方去了，她们俩也知道这是不可改变的，这并没有什么不好。

给他做了忏悔和圣餐礼；大家都来和他告别。人们把儿子领来见他，他用嘴唇贴他的脸，然后转过脸去。

当精神离开躯体，躯体发出最后一次颤抖的时候，玛丽亚公爵小姐和娜塔莎都在他的跟前。

"过去了吗?!"当他的躯体一动不动地躺着，慢慢变凉的时候，玛丽亚公爵小姐说。娜塔莎走上前来，看了看死去的眼睛，赶紧给他合上。她没有吻他的眼睛，而是把身子贴在那个引起她最亲切的回忆的他的躯体上。

"他到哪儿去了？他现在在哪儿？……"

当遗体躺在桌上的棺材里的时候，大家都过来和他告别，所有的人都哭了。

尼古卢什卡哭，是因为痛苦的困惑扯碎了他的心。伯爵夫人和索尼娅哭，是由于可怜娜塔莎，也由于他不在了。老伯爵哭，是因为他感到他自己也将要迈出这同样可怕的一步了。

娜塔莎和玛丽亚公爵小姐也在哭，可是她们哭并不是因为个人的不幸；她们哭是由于她们面对那简单而庄严的死亡奥秘而充满了崇敬的感情。

第十三部

一

在 1812 年战争中，除了波罗底诺战役、莫斯科被敌人占领及其被烧毁以外，最重要的插曲就是俄国军队从梁赞大路进入卡卢日斯卡雅大路，然后直趋塔鲁丁诺营地的运动，也就是所谓越过红帕赫拉的侧翼进军。

菲利的军事会议上俄军将领大都认为理所当然的沿着下城大路径直往后退却。

二

那次著名的侧翼进军实际不过是，俄国军队在敌人进攻下径直往后退，在法国人的进攻停止后，就离开当初采取的径直路线，自然地转向给养充足的地区罢了。

库图佐夫的功绩并不在于所谓天才的战略转移，而在于只有他一个人懂得所发生的事件的意义，仅有他一个人在当时就懂得法国军队无所事事的意义，仅有他一个人自始至终认为波罗底诺战役是一次胜利；只有他一个人竭力阻止俄国军队去做百弊而无一利的战斗。

那头在波罗底诺受伤的野兽躺在逃走的猎人把它扔下的地方；可是它是不是依旧活着，是不是仍旧有力量，或者它只是暂时隐藏起来，猎人全不知道。忽然传来那只野兽的呻吟声。

法国军队这只受伤的野兽的呻吟，是洛里斯顿被派到库图佐夫的营地求和，这是它行将灭亡的一个征兆。

拿破仑自信地相信，凡是他头脑想到的就是好的，他就是这样灵机一动用法语给库图佐夫写了下列几句毫无意义的话：

"库图佐夫公爵，现在我派一名将军同您谈判许多重要的问题。我请求您相信他说的话，特别是他向您表达我久已对您怀有的尊敬和景仰。祈祷上帝给您以神圣的庇护。

莫斯科　一八一二年十月三十日

拿破仑"

"假如我被看作和谈的主谋，我就会遗臭万年，"库图佐夫回答说，但是他依旧竭尽全力地阻止他的军队进攻。

法国军队在莫斯科抢劫了一个月，俄国军队在塔鲁丁诺附近安静地整整驻扎一个月，双方军队的力量对比发生了变化，优势已经转到俄国人方面了。虽然俄国人不清楚法国军队的情况和它的数量，对比一经发生变化，进攻的必然性马上从无数的迹象中表现了出来。每个士兵尽管不十分清楚，可是都意识到力量的对比现在起了变化，优势在我们方面。实际的力量对比一旦发生了变化，进攻就势在必行了。正如分针转完一圈，塔钟就自动鸣响一样，随着力量的重大变化，军队上层的活动频繁了，正像塔钟唑唑作响和敲打起来。

三

库图佐夫及其参谋部，彼得堡的皇帝，全在指挥俄国军队，远在接到莫斯科失守的消息之前，彼得堡就制定了一个全面作战计划，送给库图佐夫作为作战方针。尽管这个计划是假定莫斯科还在我们手里时制定的，但是它依旧得到参谋部的赞同，并准备执行。库图佐夫认为远方的作战指令很难执行。为了解决遇到的困难，彼得堡发出了新的指示，还派出监视库图佐夫的行动的新的人员。

此外，俄军的参谋部全部改组了。

在军队的参谋部里，因为库图佐夫和他的参谋长贝尼格林彼此敌视，还因为皇帝的心腹在场和人员的调动，复杂的派系斗争更加激烈了。

"米哈伊尔·伊拉里奥诺维奇公爵！"皇帝在十月二日的信中写道。"莫斯科是九月二日落入敌手的。您上次的报告是二十日发出的；在这中间，你不但没有采取行动对抗敌人，从您最后那次的报告看来，您依旧继续后退。谢尔普霍夫早已被敌人一支部队占领，图拉及其为军队不可缺少的兵工厂也面临着危机。敌人的一支万人兵团正在向彼得堡移动。另外一支几千人的军队也逼近德米特罗夫。第三支法军沿着弗拉基米尔大路向前推进。第四支相当庞大的兵团驻扎在鲁查和莫扎伊斯克之间。拿破仑本人截至二十五日止仍留在莫斯科。在这样的情况下，难道面临的敌人的力量大得使您无法出击吗？恰恰相反，可以断定，他极其可能用比您所率领的军队软弱得多的分队甚至至多用一个兵团追击您。利用这些情况，您可以有成效地进攻比您软弱的敌人，消灭它，或者至少促使它退却，收复现在被敌人占领的各省的主要部分，从而使图拉和其他内地城市脱离危险。假如敌人派出强大的兵团威胁这个剩下不多军队的首都彼得堡，那您要负责，因为您有托付给您的军队，只要采取坚决的行动，您一定有办法消除这个新的灾难。您要记住，因为莫斯科的失守，您要对我们受辱的祖国负责。我有嘉奖您的决心，关于这一点您是知道的。我这种决心从未动摇，不过我和俄国有权期待您全力以赴。您的智力、军事才能和您所统率的军队的英勇善战，都向我们预示您将不负我们的期望。"

但是，这封信还在路上的时候，库图佐夫已经不能阻止他所指挥的军队发动进攻了，战斗已经开始了。

十月二日，哥萨克沙波瓦洛夫在侦察的路上，射死一只兔子，另外一只受了伤。他在追逐被打伤的兔子时深入到树林里，碰到没有任何警戒措施的缪拉的左翼部队。后来这个哥萨克笑着向他的伙伴讲他差一点落在法国人手里。一个少尉听到件事，就报告了他的指挥官。

那个哥萨克被叫去询问；哥萨克的军官想利用这个机会夺回一些马，可是一个与高级将领认识的指挥官把这件事报告了参谋部的一位将军。

派出去的侦察兵证实了哥萨克的报告，这就表明时机已经成熟了。绷紧的发条被松开了，时钟在咝咝作响，开始鸣响了。库图佐夫虽然有他那徒有虚名的权力，有他的聪明才智、丰富经验和对人的识别能力，但是他不得不注意到贝尼格森亲自呈递给皇帝的报告、将军们的一致愿望、他所意想到的皇帝的旨意，以及哥萨克们的报告，他已经无法制止那不可避免的行动了，于是不得不下令干他认为有害无益的事了，——他认可了既成的事实。

四

贝尼格森递交的关于必须进攻的意见书，以及哥萨克的关于法军左翼不设防的情报，只不过是下达进攻令的最后迹象罢了，于是决定十月五日开始进攻。

十月四日早晨，库图佐夫在作战命令上签了字。托尔对叶尔莫洛夫宣读了作战命令，请他做进一步的部署。

"好的，我现在没有工夫，"叶尔莫洛夫说着就走出农舍小屋。作战命令是托尔拟的，写得非常漂亮。和奥斯特利茨作战命令的写法相同，只不过不用德语罢了。

将作战计划准备好应有的份数以后，一个军官把文件送给叶尔莫洛夫，让他去执行。这个骑兵青年军官，库图佐夫的传令官，对交给他的这个重要任务非常兴奋，就奔向叶尔莫洛夫的寓所去了。

"出去了，"叶尔莫洛夫的勤务兵回答说。骑兵军官就到叶尔莫洛夫常去的一位将军那儿去。

"将军也不在。"

骑兵军官骑上马,到另外一个人那儿去找。

"不在,出去了。"

"可别要我负迟延的责任!真烦人!"那个军官想道。他骑着马跑遍了整个营地。有人说看见叶尔莫洛夫同几位将军走过去,有人说大约他又回家去了。那个军官一直找到下午六点钟,连饭都没吃上。哪儿都没找到叶尔莫洛夫,谁也不知道他到哪儿去了。那个军官在同事那儿匆匆吃了点东西,又到前卫去找米洛拉多维奇。米洛拉多维奇也不在家,那里的人对他说,米洛拉多维奇去赴基金将军那儿的舞会去了,叶尔莫洛夫大概在那儿。

"舞会在哪儿?"

"在叶奇金,"一个哥萨克军官指着远处的一所地主的住宅,说。

"怎么过了前哨线?"

"前哨线上派了两团人。那儿正在大宴宾客,可了不得!有两个乐队,三个合唱团呢。"

那个军官跑往前哨线以外去找叶奇金。还离得老远他就听见和谐而欢乐的士兵舞曲。

"在草地上……在草地上!……"呼哨声和托尔班琴琴声伴着舞曲,不时地被喊叫声所淹没。那个军官听到这些声音,心中也欢畅起来,然而同时也有点怕,这么长时间没有把交给他的重要的命令送到,会因此获罪的。已经八点多钟了。他下了马,走进这所地处俄国人和法国人之间而仍然保存完整的地主的大宅院的门廊。在餐室和前厅，仆人正忙着端酒送菜。歌手们在窗外站着。那个军官被让进去，他一下子看见了军队中所有重要的将军，其中就有叶尔莫洛夫。将军们站成半圆形，都敞开常礼服，脸色通红，兴高采烈，高声大笑。在大厅中间，一个满脸通红、容貌俊秀的将军正热烈而灵活地跳特列帕克舞。

"哈，哈，哈！尼古拉·伊凡诺维奇，好哇！哈，哈，哈！……"

军官觉得，他带着这么重要的命令在这个时候进去，岂不是罪上加罪吗？他想等一等再说；但是有一位将军看见了他，问清楚他有什么事，就告诉了叶尔莫洛夫。叶尔莫洛夫沉着脸向那个军官走过来，听完军官的报告，从他手里接过文件，一句话也没对他说就让他走了。

"你以为他是碰巧走开的吗？"参谋部的一个同事那天晚上谈到叶尔莫洛夫时对那个骑兵军官说。"这是耍手腕，这全是有意的。跟科诺夫尼岑过不去。你看着吧，明天有好看的！"

五

第二天一早，年老的库图佐夫从床上起来，做了祈祷，穿上衣服，带着他必须指挥一场他不赞成的战争的不快乐心情，坐上马车，从列塔舍夫卡出发来到了担任进攻的各纵队集合的地点。库图佐夫坐在马车里睡睡醒醒，醒醒睡睡，谛听右方有没有枪声，战斗有没有打响，可是还没有一点动静。潮湿而阴郁的秋天刚刚露出熹微的晨光。快到塔鲁丁诺的时候，库图佐夫看见他的马车走过的路上骑兵牵着马去饮水。库图佐夫仔细看了看他们，停住马车询问他们是哪个团队的。那些骑兵所属的纵队本来应当早就到很远的前方去做埋伏。"也许是搞错了吧，"老总司令想道。然而，又走了一段路，库图佐夫看见步兵团队都架起枪，士兵们只穿着衬裤，有的在盛粥，有的在抱柴火。他叫来一个军官。那个军官报告说，并没有接到进攻的命令。

"怎么可能……"他刚要说，就立刻停住了，命令去叫一名高级军官来见他。他下了马车，低着头，喘着粗气，默默地走来走去，在等候着。总参谋部的军官艾兴被叫来了，库图佐夫气得脸发紫，并不是因为这个军官犯了什么错误，而是由于他是可以发泄怒气的对象。于是，老头子浑身发抖，喘息着，已经处在疯狂的状态。他挥舞着双手威吓他，喊叫着，用最粗野的话骂人。偶然闯来的布罗津上尉，也遭到同样的命运。

"你这个混蛋怎么这么坏？枪毙恶棍！"他挥舞着双手，身子摇晃，声音嘶哑地喊叫着。他感到生理上的痛楚。他这个总司令大人，谁都认为他拥有俄国从来未有人拥有的权力，竟落到这步田地——在全军面前闹了个大笑话。"我白白忙活着为今天祷告上帝，白白通宵不眠，白白伤脑筋考虑各种事情！"他在想自己。"当我还是小小的军官的时候,谁也不敢这么耍笑我……但是现在!"他像受了体罚似的,感到生理的痛楚,不能不以愤怒的喊叫表现出来;可是他很快就泄了气,他向周围望了望,觉得刚才说了太多难听的话,便上了马车,默默地回去了。

怒气发泄过后,库图佐夫无精打采地眨着眼听取那些辩解和袒护的话,以及贝尼格森、科诺夫尼岑和托尔关于这次难以成功的行动延至次日的坚决请求。库图佐夫只好又同意了。

六

第二天晚上,军队在指定的地点集合,当天夜里出发。秋天的夜空布满深紫色的云,然而没有下雨。地是潮湿的,但是并不泥泞,军队悄悄地行进着,只是偶尔听到炮兵的铿锵声。禁止高声谈话、吸烟、打火;不让马嘶叫。行动的诡秘,增加了它的魅力。人们快活地行进着。有些纵队以为他们已经到达了目的地,停下来,架起枪,在冰冷的土地上躺下来;有些纵队已经走了一整夜,显然走到了不该到的地方去了。

奥尔洛夫-杰尼索夫伯爵带领一支哥萨克按时到达地点。这个分队停在一座森林的边上——斯特罗米洛瓦村和德米特罗夫斯科耶村之间的一条小路上。

天刚蒙蒙亮,还在打瞌睡的奥尔洛夫伯爵被惊醒了。一个从法国阵营中逃过来的人被带进来。这人是波尼亚托夫斯基兵团的波兰籍中士。这个中士用波兰语解释说,他所以投奔过来,是因为在军队中受人欺负,他早就应当升为军官了,他比谁都勇敢,所以他抛开他们,还要报复他们一下。他说,缪拉就在离他们一俄里的地方过夜,只要给他一百人的卫队,他就可以把他活捉过来。奥尔洛夫-杰尼索夫伯爵和同事们商量了一下。这个建议太诱人了,简直令人难以拒绝。人人都自告奋勇要去,人人都说可以试一试。经过一通争论和考虑,决定由格列科夫带两团哥萨克跟那个中士一起去执行任务。

"你可要记住,"奥尔洛夫-杰尼索夫伯爵送走那个中士时,对他说,"你倘若撒谎,我就把你像一条狗一样吊死,倘若真的,就赏你一百金币。"

中士带着坚决的神情对这些话不予回答,骑上马,跟着很快集合起来的格列科夫的人马一起出发了。他们消失在森林里。奥尔洛夫伯爵送走了格列科夫,在黎明前的清凉空气中瑟缩着身子,由于这件事是他自作主张,心里很激动,他走出树林瞭望敌人的营地,这时在天际的鱼肚白和即将燃尽的篝火的微光中,敌人的营地影影绰绰可以看见。在奥尔洛夫-杰尼索夫伯爵右方,我们的纵队应该在那裸露的斜坡上出现了。奥尔洛夫伯爵向那边望去,但是没有看见。奥尔洛夫-杰尼索夫伯爵觉得,尤其是据一个眼尖的他的副官所说,法国营地动起来了。

"啊,晚了,的确晚了,"奥尔洛夫望了望敌营,说。他忽然觉得他完全明白了那个中士是个骗子,他撒了个大谎,不知他把两团人带到哪儿去了,因为这两团人不在,到底把我们的进攻给破坏了。如何能在这么庞大的军队中活捉一个总司令?

"的确,他撒谎,这个坏蛋,"伯爵说。

"可以把他追回来,"其中一个侍从说,这个侍从和奥尔洛夫-杰尼索夫伯爵有同感,在观察敌营时觉得这次行动不可靠。

"嗯? 是吗? ……您看怎么样,让他们去还是不让他们去?"

"您的意思是不是要追回来?"

"追回来,追回来!"奥尔洛夫伯爵看着表,突然坚决地说,

于是副官驰进树林去找格列科夫。当格列科夫回来的时候,奥尔洛夫-杰尼索夫伯爵因为这次尝试的被取消,因为老等不到步兵纵队的出现,还因为敌人近在咫尺,心情很激动,决定发动进攻。

他轻声发出口令:"上马!"于是哥萨克各就各位,画了十字……

"上帝保佑!"

"乌拉——!"喊声响彻了整个森林,哥萨克士兵们端起镖枪,很快地越过小溪,快活地向敌营冲去。

第一个看到哥萨克的法国人发出一声绝望的喊叫,全营的人未穿上衣服就睡眼蒙眬地落荒而逃了。

假如哥萨克不管他们身后和周围的一切,继续追击法国人,他们甚至可以捉住缪拉,把那儿所有的东西一齐缴获。指挥官们是要这么做的。但是哥萨克士兵得了战利品和俘虏,就挪不动脚了。谁也不听命令。这里的俘获共有:一千五百名战俘,三十八尊大炮,许多旗帜,还有哥萨克最为重视的马匹、鞍、被服,和其他各种东西。所有这一切都需要处理,俘虏、大炮得安置,战利品要分配,甚至要有一番你争我夺的斗殴:哥萨克都在忙合这些。

不再受追击的法国人清醒过来,整好队伍,开始射击起来。奥尔洛夫-杰尼索夫伯爵依然在等待所有纵队的到达,没有再继续进攻。

就在这时,按照布置,贝尼格森指挥的和托尔统率的那些迟到的步兵纵队照着应有的样子出发了,如同常有的情形那样,走到一个地方,然而那不是指定的地点。高兴奋兴出发的人们停下来;只听得怨声四起,一团混乱,又返回到什么地方。副官和将军们喊叫着,怒气冲天,互相指责,说是完全走错了道儿,要迟到了。最后,人们无可奈何地挥了挥手,又走了,只好走走再说。"不管怎么走,总会走到!"果然走到了,可不是应去的地方,有些纵队倒是到了应去的地方,但是太迟了,到了那儿毫无作用,只不过充当人家的射击靶子罢了。托尔在这次战斗中充当维罗特尔在奥斯特利茨战役扮演的角色,他骑着马一个劲儿地

奔忙,奔到一处又奔另一处,处处发现事与愿违。如此,天已大亮,他驰到停在树林里的巴戈乌特兵团那儿,而这个兵团早就应当和奥尔洛夫-杰尼索夫会合了。因为这个失误,托尔非常恼火,认为应当有人对此负责,他策马来到兵团司令跟前,严厉地申斥他,说为了这个应当枪毙他。巴戈乌特是一个沉着宁静、久经沙场的老将军,因为一路停滞、混乱不堪、错误百出,弄得他筋疲力尽,他一反平日温和的性格,也暴跳起来,对托尔说了一大堆难听的话。

"谁的教训我都不听,我和我的士兵去赴汤蹈火并不比别人差,"他说着,就带领一师人继续前进了。

勇敢的巴戈乌特冒着法国人的炮火向田野走去,也不在乎这时就进入战斗是否有好处,就带着一师人直冲上去,把军队带到炮火威胁之下。危险、炮弹、枪弹,正是处在愤怒中的他所需要的。在敌人的头几排枪弹中,一颗子弹把他打死了,接着几排枪弹,又打死了许多士兵。他的一师人冒着炮火毫无作用地坚持了一会儿。

七

就在此刻,另外一个纵队应当从正面进攻法国人。这个纵队里有库图佐夫。他十分清楚,这次违背他的意志打响的战斗,除了弄得一片混乱之外,什么也得不到,所以,就他的权力所及,尽量控制住军队。他按兵不动。

库图佐夫默不作声地骑着一匹浅灰色的马,懒洋洋地回答对他提出的发动进攻的建议。

"您总是把进攻挂在嘴上,而没有看见我们不会打复杂的运动战,"他对请求进军的米洛拉多维奇说。

"今天早上没能把缪拉捉住,未能按时到达阵地:现在毫无办法!"他对另一个人回答道。

人们向库图佐夫报告说,据哥萨克得到的情报,法军后方以前非常空虚,现在已经有两营波兰兵了,他向后转过脸去斜着眼睛看了看叶尔莫洛夫。

"您瞧,他们还想请战呢,提出各种作战方案,可是刚要交手,就什么都没准备好,而警觉的敌人却采取了措施。"

叶尔莫洛夫听到这些话,眯起眼睛,露出一丝微笑。他明白,对他来说,暴风雨已经过去了,库图佐夫只是轻描淡写地点了一下。

"他这是拿我开心呢,"叶尔莫洛夫碰了碰站在他身旁的拉耶夫斯基的膝盖,轻声说。

过了一小会儿,叶尔莫洛夫走向前去,向库图佐夫报告说:

"勋座,现在为时还未晚,敌人还没走。您是不是下令进攻?不然近卫军连硝烟都没瞧见。"

库图佐夫没有回答,可是当人们向他报告说缪拉的军队撤退的时候,他下了进攻令;然而每前进一百步就停三刻钟。

整个战役只有奥尔洛夫-杰尼索夫的哥萨克做的那点事情;其余的军队只是白白赔上了几百人。

因为这次战役,库图佐夫得到了一枚钻石勋章,贝尼格森也得到一些钻石勋章和十万卢布,其他人按照级别也得到许多令人快乐的好处,在这次战役之后,参谋部再次做了调整。

"我们总是搞成这个样子,颠三倒四的!"在塔鲁丁诺战役后,俄国军官们和将军们说,——现在依然有人这么说,让人觉得,似乎有一个蠢材把事情搞得颠三倒四的,倘若我们,就不会这样。但是说这话的人要么不了解他们所说的那件事情,要么就是自欺欺人。所有的战役——塔鲁丁诺、波罗底诺、奥斯特利茨等战役,都不是照战役的制定者所预期的那样进行的。这是实际情况。

无数自由的力量,影响着战斗发展的趋势,而这个趋势永远是不可知的,永远不会与某一个力量的趋势完全符合。

塔鲁丁诺战役很明显没有达到托尔所期望的目的:军队没有按照部署依次投入战斗;也没有达到奥尔洛夫伯爵可能有的目的:俘虏缪拉,也没有达到贝尼格森和别的人可能有的一举消灭整个师团的目的,军官也没有达到参加战斗而且荣立战功的目的,哥萨克也没有达到比他们已经得到的更多的战利品的目的。但是,如果那次战役的目的是实际上完成的那些事,是当时俄国人共同愿望的事,那么,问题就十分清楚,塔鲁丁诺战役正是由于它的矛盾百出,恰巧是那个时期所需要的战役。比这次战役的结果更合乎时宜的结果,很难而且不可能想象得出。费力最小、混乱最大、损失微不足道的整个战役所得到的最大结果,就是使退却转为进攻,暴露出法国人的弱点,对拿破仑军队的即将逃跑给以推动。

八

拿破仑在莫斯科河获得辉煌的胜利之后,进入了莫斯科;胜利是无可置疑的,因为战场是属于法国人的。俄国人退却了,放弃了首都。财富不可胜数的莫斯科,落在拿破仑手中了。仅有法国军队一半的俄国军队,整整一个月连进攻的尝试也未进行。拿破仑的境况是最辉煌的。假如要以双倍的兵力猛扑俄国残余的部队而且消灭它,假如要提出有利的讲和条件,万一讲和被拒绝,就进军威胁彼得堡,假如战事万一失利,就回到斯摩棱斯克或者维尔纳,或者留在莫斯科,总之,假设要保持法国军队当时所处的那种辉煌的境况,似乎并不需要特殊的天才就能办到，为了办到这一点，只要做一件极普通、极容易的事情，那就是禁止军队抢劫，准备过冬的服装，用正当的方法征集粮食，据法国史学家说，莫斯科有足够全军吃半年多的粮食。可是拿破仑，这个史学家誉为天才中最伟大的天才，掌握军政大权的人，竟然在这些方面什么也没做。

他不但什么也没做，而且恰恰相反，他把他的权力却用在从提供给他的所有道路中选择了一条最愚蠢、最有害的道路，沿着被毁坏了的斯摩棱斯克大路向莫扎伊斯克撤退。结果表明，再也想不出比这更愚蠢、对军队更有害的事了。就让最有经验的战略家暂且假设拿破仑的目的是要毁灭他的军队，也想不出另外一系列行动像拿破仑所做的那样确切无疑地、与俄国军队采取任何措施都无关地使法国军队毁灭得那么利落。

天才的拿破仑却做到了这一点。但是，说拿破仑毁灭他的军队是由于他愿意那样，或者说因为他太愚蠢，就像说拿破仑把军队带到莫斯科是因为他愿意那样，或者说因为他十分聪明和有天才，都一样地不公平。

在这种或那种情况下，他自己的行动并不比任何一个士兵的行动更有力，只不过他个人的行动符合在完成过程中的规律罢了。

史学家非常可笑地告诉我们说，拿破仑的天才在莫斯科衰退了。其实他跟先前、跟后来完全一样，用尽他的才智和力量为他自己、为他的军队谋求最大的利益。拿破仑在这一时期的行动令人叹为观止，比他在埃及、意大利、奥地利和普鲁士等地，并不略显逊色。我们无法确切知道拿破仑在埃及究竟怎么英明，因为所有那些丰功伟绩的描述都出自法国人之手。我们也无法准确无误地判断他在奥地利和在普鲁士的天才，因为他在那儿活动的报道得从法国和德国的文献里去找；兵团没有经过战斗就莫名其妙地一个个投降，要塞没有被包围就莫名其妙地一个个陷落，这一切使得德国人不能不把他的天才作为那场在德国进行的战争的唯一解释。然而我们，谢天谢地，没有必要承认他的天才来遮羞了。我们为了直截了当看问题的权利，已经付出了代价，我们决不放弃这种权利。

他在莫斯科的行动，也如同在所有的地方，同样令人叹为观止，天才辉煌。在他进入莫斯科到他退出莫斯科之间，他接二连三地发出了各种指示，制定了各种计划。莫斯科的居民走光了，没有代表团前来见他，甚至莫斯科大火，也没有使他惊慌。他从未忽视俄国人民的利益，从未忽视处理巴黎方面的政务，从未忽视关于即将缔结和约的外交方面的考虑。

九

在军事方面，刚进入莫斯科，拿破仑就命令塞巴斯蒂安尼将军注意俄国军队的行动,向各条道路派出兵团,命令缪拉寻找库图佐夫。其后大力加强克里姆林的防务;其后在全俄版图上制定今后战役的天才计划。在外交方面,拿破仑把那个遭到抢劫、服装破烂,不知如何才能逃出莫斯科的雅科夫列夫叫来,向他详细说明他的全部政策和宽大为怀,并且写了一封给亚历山大皇帝的信,说他有责任告诉他的朋友和兄弟,拉斯托普钦在莫斯科工作做得很糟,随后就打发雅科夫列夫去彼得堡。他又向图托尔明详细讲了他的想法和宽大政策,他就把这个老头子派往彼得堡去进行谈判。

在司法方面,在火灾后,拿破仑马上下令捉拿纵火犯,并处以极刑。对于坏蛋拉斯托普钦,下令烧掉他的住宅以示惩罚。

在行政方面,他赏给莫斯科一部宪法,成立了市政府,颁布了如下的告示:

"莫斯科的居民们!"

"你们的灾难是深重的,但是皇帝陛下和国王将要消除这些灾难。可怕的先例已经给你们以教训:他是怎样惩办那些违法行为的。采取严厉的措施是为了制止骚乱并恢复公共治安。由你们亲自选出的管理行政的父老们,将组成市政府,或者叫市政管理局。它将关心你们的需要,关心你们的利益。这些行政人员以肩挎红带为标记,市长则再加一条白腰带。在公余时间,他们左臂只佩一条红带子。"

"市警察局已经按原有的规章制度建立起来了,因为他们的活动,秩序已经好转。政府已经任命了两名总监或警察局长,市内各区任命了二十名区监或警察所长。你们看见左臂戴着白带子的就是他们。几个不同教派的教堂早已开放,可以自由地做礼拜。你们的同胞每天都有回来的,已经发出命令:这些不幸的人们回到家里能得到帮助和保护。这就是政府为了恢复秩序和改善你们的状况采取的措施;然而,为了做到这些,你们必须和他们联合起来共同努力,如果可能的话,忘掉你们遭到的不幸,寄希望于较好的命运,相信不可避免的可耻的死刑正在等待着那些胆敢侵犯你们的人身和剩余财产的人。最后,你们无须怀疑,你们的生命财产一定会得到保护,由于这是最伟大最公正的君主的旨意。不管属于哪个民族的士兵们和居民们,要亲如手足,互相帮助和保护,联合起来挫败坏人的企图,服从军政当局,不久你们就不再流泪了。"

在军队方面,拿破仑通知全体官兵,为了保证军队未来的给养,命令他们轮番洗劫莫斯科。

在宗教方面,拿破仑命令召回神父,教堂恢复了做礼拜。

关于商业和军队的食粮供应,各处也张贴了布告。

在鼓舞士气和民气方面,拿破仑不断地举行检阅和发奖。皇帝骑着马巡街,安抚居民;他尽管为国务操劳,依旧亲临他下令建立的剧院看戏。

在慈善事业方面,拿破仑也做了他所能做的一切。他吩咐在慈善院的建筑物上书写上"吾母之家"的字样,这样便把做儿子的孝敬之情和浩荡的皇恩结合起来。他参观孤儿院,让他所拯救的孤儿吻他那双白净的手,随和地与图托尔明谈话。然后,他命令把他伪造的俄国钞票发给他的部队作为薪饷。

在军纪方面,继续发出严惩玩忽职守和禁止抢劫的命令。

十

可奇怪的是,所有这些指示和计划,比在类似情况下发出的另外那些指示和计划并不差,可是并没有触及事情的本质,犹如脱离了机械的表盘上的指针,没有咬住齿轮,只是盲目地转动着。

在军事方面,梯也尔在谈到战役的天才计划时说:他的天才还从来未发挥过这么深刻的作用,梯也尔在和凡先生论战时,在这个问题上证明这个天才计划的制定是针对十月五日的,并不是针对十月四日的,这个计划从来没有也永不可能执行,因为它离实际太远了。为了克里姆林宫设防而夷平清真寺(拿破仑称之为圣瓦西里大教堂),这一举动毫无用处。在克里姆林布雷,仅仅是为了实现皇帝离开克里姆林宫以后炸掉它的愿望,正像小孩跌疼了后,要扑打那块跌痛他的地板一样。追击俄军是拿破仑最关心的事情,结果成为前所未闻的怪事。法国指挥官失掉了六万俄军的踪迹,据梯也尔说,只有缪拉用兵如神,才像找到一根针似的找到了六万俄国军队。

在外交方面,拿破仑向图托尔明和向那个主要想捞到一件军大衣和一辆大车的雅科夫列夫所提出的关于他的宽大和公正的论据,毫无用处,因为亚历山大不接见这两位使者,对他们的使命也并未做出反应。

在司法方面,处决了一些所谓的纵火犯后,莫斯科另一半也烧光了。

在行政方面,市政局的成立没能阻止抢劫,得到好处的仅有那些在市政局供职的人,他们以维持秩序为借口,不是抢劫莫斯科,就是保护自己不受抢劫。

在宗教方面,拿破仑在埃及造访一次清真寺,事情就轻易地搞好了,而在这儿,什么结果都没得到。

在商业方面,对勤劳的工匠和农民发出的告示没得到任何反响。城里已经没有勤劳的工匠了,农民抓住了带着告示出城走得太远的人员,并且杀掉了。

在建立剧院以娱乐民众和军队方面,也一样地失败了,在克里姆林宫和波兹尼亚科夫家设立的剧院,随即就关闭了,因为男女演员都遭到了抢劫。

连慈善事业也没有收到预期的效果。真的和假的钞票充斥莫斯科,钞票早已不值钱了。对于掠夺财物的法国人来说,只有黄金才是最需要的。不但拿破仑赐给灾民的假钞票不值钱,连白银的价值也跌价了。

当时最高指示的失败最令人吃惊的莫过于拿破仑制止抢劫和恢复纪律的努力。

这支军队活脱是无人放牧的牲口,践踏脚下可以使他们免于饿死的饲料,待在莫斯科无所事事,一天天地垮掉,灭亡。

然而,这支军队待着不动。

这支军队是在辎重队在斯摩棱斯克大路上被劫持,塔鲁丁诺发生战斗惊慌失措时才逃走的。拿破仑在阅兵时意外地获悉了塔鲁丁诺战役的消息,据梯也尔说,正是这个消息才引起了他要惩罚俄国人的念头,于是他发出了进军命令。

在逃出莫斯科时,这支军队人人都携带着抢来的东西。拿破仑也带走他个人的财宝。拿破仑发现行李车拖累军队,大吃一惊,但是根据他的战斗经验,他没有像快攻到莫斯科时处理元帅们的车辆那样下令烧毁多余的车辆;他望了望那些士兵驾驶的各种车辆说,这些车辆可以用来运粮草,运病号和伤员。

整个军队的景况,就像一头受伤的野兽,感到自己行将灭亡了,却不知怎么办。研究拿破仑和他的军队自从进入莫斯科直到这支军队毁灭这一期间的巧妙策略和目的,其实就是研究一头受了致命伤的野兽在临死前的抽搐的意义。一头受伤的野兽,一听见一点沙沙声,就向猎人射击的方向扑过去,东冲西撞一阵子,加速了自己末日的到来。拿破仑在全军的压力下,正是这么做的。塔鲁丁诺一阵沙沙声,惊动了这头野兽,它向射击的方向扑过去,追上了猎人,又掉头向后跑,最后,正如任何一头野兽一样,他沿着最不利、最危险、然而却又熟悉的旧脚印的道路往回逃窜了。

在我们心目中,拿破仑是这次全部军事活动中的领导者,然而拿破仑在他活动的全部时期就像一个孩子,他抓住拴在车内的带子,还以为他是在赶车呢。

十一

十月六日一大早,皮埃尔从棚子出来走回去,他在门口停下,逗弄了一下那只老在他身边转悠的小狗。这只毛色雪青、身长、腿又短又弯的小狗和他们一块儿住在棚子里,同卡拉塔耶夫睡在一起,有时它到城里去,然后又回来。大概它从来不属于任何人,现在它也没有一定的主人,也没有一定的名字。它那蓬松的尾巴像头盔羽饰似的硬邦邦直竖着,罗圈腿很听使唤,它似乎不屑于用四条腿走路,时常优美地抬起一条后腿,麻利地、飞快地用三条腿跑开了。什么都让它兴奋。它时而仰卧着愉快的尖叫,时而带着若有所思的神情晒太阳,时而活蹦乱跳地玩耍一个木片或者一根干草。

皮埃尔的衣服现在只有一件又脏又破的衬衫和一件士兵的裤子。皮埃尔这阵子身体变化很大。尽管看来依然具有他们家族遗传的魁梧并且有力的体魄，可是已经不那样胖了。脸的下部长满了胡子；生满虱子的又长又乱的头发，像一顶帽子一样盘曲在头上。目光显得坚定而充满活力，皮埃尔以前从未有过这样的表情。从前他那种松懈、散漫的眼神，现在却换上精力饱满，随时准备行动和反抗的奋发精神。

皮埃尔一会儿望望田野，一会儿望望河对岸的远方，一会儿望望那只装着真的要咬他的小狗，一会儿望望他的光脚板，他蛮有兴致地把一双光脚摆出各种姿势，扭动着粗大肮脏的脚趾头。他每次注视他的光脚的时候，脸上就露出高兴和得意的微笑。他一看见这双光脚板，就想起这段时间他所感受的和理解的一切，这段回忆令他感到快乐。

一连几日风和日丽，早上有薄霜，正是秋高气爽季节。

在露天的太阳地里暖洋洋的，这种温暖加上早上的凉意，特别让人快乐。

一个法军班长随便地敞着怀，戴着睡帽，叼着烟斗，从棚子角落里走出来，走到皮埃尔跟前，友好地朝他挤挤眼。

"多么好的太阳，基里尔先生，简直像春天。"于是那个班长倚着门，让皮埃尔也抽一袋烟，尽管每次让烟都被皮埃尔拒绝了。

"假如在这儿的天气行军……"他刚想说下去。

皮埃尔问他是否听到出发的消息，班长说所有的部队都出发了，今天就应该有处理俘虏的命令。皮埃尔住的那个棚子里有一个叫索科洛夫的士兵，病势垂危，皮埃尔告诉班长应该照管一下那个士兵。班长让皮埃尔只管放心，他说有流动医院和常设医院，全会照管病人的，总之，凡是可能发生的事，长官没有想不到的。

"基里尔先生，你只需对上尉说一声就行了，他这个人，什么都放在心上。他会替你办的。"

班长所说的那个上尉，经常和皮埃尔长谈，给他种种照顾。

那个班长又谈了一会儿就走开了。几个俘虏在听皮埃尔和班长谈话，立刻打听班长说了什么。皮埃尔对同伴说，班长说法军已经出发了，这时，一个面黄肌瘦、衣服破烂的法国士兵来到棚子门前，他迅速地把手指举到额角敬礼，他问皮埃尔，给他缝衬衫的士兵普拉托什是否在这个棚子里。

在一个星期前，法国人得到一批皮料和麻布，发给俘虏缝制靴子和衬衫。

"做好了，做好了，小伙子！"卡拉塔耶夫拿着叠得整整齐齐的衬衫走出来，说。

因为天气暖和，也为了便于干活，卡拉塔耶夫只穿一条裤子和一件很黑的破衬衫。他像工匠那样，用菩提树皮把头发箍起来，他的脸显得更圆更让人喜欢了。

"诺言是事业的亲兄弟。说星期五做好，就星期五做好，"普拉东说，他微笑着打开缝好的衬衫。

那个法国人不安地东张西望，似乎在竭力消除疑虑一般，很快地脱掉制服，穿上衬衫。在那个法国人制服下面没穿衬衫，他那赤裸、黄瘦的上身只穿着一件老长的、油渍斑斑的、带花点的绸背心。很明显，那个法国人怕俘虏看见会笑话他，因此赶紧把头套进衬衫里。俘虏没有人说话。

"看，正合适，"普拉东一面给他拽衬衫，一面说。那个法国人把头和胳膊都伸进去，眼皮也不抬，端详着身上的衬衫，仔细地看线缝。

"说实话，小伙子，这不是裁缝铺，没有正经的工具；常言说：没有家伙连虱子也抓不住，"普拉东说，他一笑脸更圆了，显然对自己的手艺非常欣赏。

"好，谢谢，但是剩下的布头呢？"法国人说。

"你贴身穿就更合适了，"卡拉塔耶夫说，他还在一个劲儿欣赏自己的手工。"那才舒服呢……"

"谢谢，可剩下的布头呢？"法国人微笑着又说，掏出钞票给卡拉塔耶夫，"把布头给我"

皮埃尔看见普拉东不想搞清楚那个法国人说的话，所以他望着他们不去干预。卡拉塔耶夫谢了谢给他的钱，依旧在欣赏他的手工。法国人却一定要剩下的布头，央求皮埃尔翻译他的话。

"他要布头有什么用？"卡拉塔耶夫说。"我们可以做一副很好的包脚布。好，主保佑他。"卡拉塔耶夫脸色突然阴沉起来了，从怀里掏出一卷碎布，看也不看那个法国人，递给了他。就往回走。法国人看了看碎布头，沉吟起来，疑惑地瞧了瞧皮埃尔，皮埃尔的目光仿佛在告诉他什么。

"普拉东，普拉东，"法国人突然脸红了，尖声喊道。"你拿去吧"他说着把碎布头递过去，转身就走了。

"你瞧多怪，"卡拉塔耶夫摇着头说，"虽说不是基督徒，也有心肝。自己光着身子，却把东西给别人"卡拉塔耶夫沉思地看着碎布头微笑，"可以做一副很像样的包脚布，"他说，然后走进棚子里。

十二

皮埃尔被俘已有四个星期了。虽然法国人提出要把他从士兵棚子转到军官棚子里，但是他依旧留在他第一天进的那个棚子。

在遭到破坏和烧毁的莫斯科，皮埃尔感受到一个人所能遭受到的极端困苦；但是，由于他那一直不自觉的强壮健康的体魄，尤其由于这种艰苦生活来得不知不觉，因此他不但轻松地度过，并且对自己的处境非常兴奋。正是在这一阵子，他得到了过去曾经追求而得不到的宁静和满足。

现在皮埃尔的一切幻想全部集中在他获得自由的一天。在那以后的日子里,皮埃尔总是带着狂喜的心情回味和谈论这一月当俘虏的生活,以及那些一去不复返的感触,主要的是回味和谈论只有在这个时期才感受到的内心极端的安宁和自由。

开始的一天,他早晨一起来,迎着朝霞走出棚子,第一眼就看见新圣母修道院的圆屋顶和十字架,看见落满尘土的草上的寒露,看见麻雀山的丘陵,看见河上蜿蜒着隐没在淡紫色的远方的长满树林的河岸,他觉得新鲜空气沁人肺腑,听见从莫斯科飞越田野的寒鸦啼叫,一会儿,东方突然喷洒出金光,太阳的边缘从云层里露了出来,于是,圆屋顶、十字架、露水、远方、河流——一切都在欢乐的阳光中游戏,当时,皮埃尔体会到一种从未体验过的新的生活的喜悦和浓厚的兴味。

这种感情在整个被俘期间不但没离开他,相反,随着他的处境困难的增多,愈加强烈了。

他进棚子不长时间就享有的极大声誉,使他更乐于助人和精神奋发。皮埃尔由于通晓语言,由于法国人对他的尊敬,由于他有求必应的纯朴性格,由于他的气力,由于他和蔼可亲,他在士兵心目中是一个有些神秘的超级人物。他这些特性——力大无比、蔑视舒适的生活、漫不经心、天真纯朴,在他过去所处的上流社会中纵然对他没有害,也使他感到拘束,然而在这儿,在这些人中间,却赢得了近乎英雄的地位。所以皮埃尔觉得,人家这种看法,使得他承担了义务。

十三

十月六日夜间法国人开始行动了:拆掉厨房和棚屋,装好车子,部队和辎重出发了。

七日早晨七时,在棚屋前面站着一队行军装束的押送队,于是,整个队伍人声鼎沸起来,中间夹着法国式的咒骂。

棚子里的人都准备好了,穿上衣服,扎上腰带,穿上靴子,等待着出发的命令了。那个生病的士兵索科洛夫,面色苍白、消瘦、眼圈乌青,在原先的地方坐着,两只瘦得鼓出的眼睛疑惑地望着不注意他的同伴们,发出均匀的低声呻吟。显然,使他呻吟的与其说是苦(他患赤痢),不如说是害怕把他一个人留下来。

皮埃尔用绳子束着腰,穿着一双卡拉塔耶夫用茶叶箱上撕下来的皮子做的鞋,走到病人跟前蹲下来。

"听我说,索科洛夫,他们并不全走!他们这儿有医院。或许,你比我们任何人都幸运呢,"皮埃尔说。

"主啊! 我要死了!"那个士兵呻吟得更高了。

"我马上再去央求他们，"皮埃尔说，他站起来朝棚子门口走去。正当皮埃尔朝门口走去时，昨天那个请皮埃尔抽烟的班长带着两个士兵从外面走来。班长和士兵都是行军装束，背着背包，戴着高筒帽，帽带的金饰光闪闪的，改变了他们平时的面貌。

班长是奉长官的命令前来关门的。在放出俘虏之前要清点人数。

"班长，病人怎么办？……"皮埃尔开始说；然而他刚开口，就犹豫了，这个人是不是他认识的那个班长，或者是另外一个不相识的人吧：因为此时那个班长不像他原来的样子了。另外，正在这一刻，两旁忽然响起咚咚的鼓声。班长听了皮埃尔的话，皱起眉头，骂了一句，就砰的一声把门关上了。棚子里变得昏暗起来；两边鼓声震耳，淹没了病人的呻吟声。

"来了，来了！……那个又来了！"皮埃尔自言自语着，背脊不由得冒出一股凉气。从班长变了表情的脸，从他的声音，从那越来越紧张的震耳欲聋的鼓声，皮埃尔领会到那种迫使人们违反自己的意志去屠杀自己的同类的神秘力量又在发生作用了。害怕、极力躲避这种力量，向那些作为这种力量的工具的人们哀求抑或规劝，都是无用的。皮埃尔现在知道这一点。只有等待和忍耐。皮埃尔不再到病人那儿去，也不再看他。他默不作声地皱着眉头站在棚子门口。

棚子的门打开了，俘虏像一群羊一样争先恐后地向门口挤去，皮埃尔挤到他们前面，走到上尉跟前。上尉也是行军装束，他那冰冷的脸上也露出了皮埃尔从班长的话中和鼓声中领会出的意思。

"快走，快走，"上尉严厉地皱着眉头，望着从他面前挤成一团走过去的俘虏，说。皮埃尔得知他的尝试一定不会成功，可是还是走到他面前。

"还有什么事？"上尉说，他冷淡地回头看了看，似乎不认识他似的。皮埃尔提起那个病人。

"他也得走！"上尉说。"快走，快走"他不停地说，眼睛根本不看皮埃尔。

"可是不行啊，他快死了"皮埃尔刚要说。

"去去去！……"上尉皱着眉头气冲冲地大喝一声。

咚咚咚，咚、咚、咚，军鼓擂得震天响。皮埃尔明白，神秘的力量已经彻底控制着这些人了，现在说什么都白费。

把军官俘虏从士兵里分了出来，让他们在前面走。军官有三十来人（皮埃尔也在其中），士兵有三百人左右。

从其他的棚子里放出来的被俘的军官都是一些生人，穿的比皮埃尔好多了，他们带着疏远的神情看了看皮埃尔，瞅了瞅他的鞋。离皮埃尔不远有一个肥胖的少校，身穿喀山长袍，腰系一条毛巾，焦黄、浮肿的脸上带有怒气，此人明显地受被俘的同伴们的普遍尊敬，他一只胳膊夹着烟口袋，另一只手挂着长烟袋管。少校气喘吁吁，呼呼地出气，对谁也发脾气，他好像觉得人人都在挤他，都在急急忙忙。此外一个又小又瘦的军官，总找人说话，做出种种推测：现在把他们带到哪儿去,今天能走多少路。一个穿毡靴和后勤制服的军官,跑来跑去地观看大火后的莫斯科,大声讲述他观察到的情况:什么给烧毁了,什么地方看出是莫斯科某某地区。还有一个军官,听口音是波兰人,跟那个后勤军官斗嘴,想证明他认错了莫斯科的街道。

"你们吵什么?"少校怒冲冲地说。"尼古拉也好,弗拉斯也好,反正都一样;瞧,都烧光了,就算完啦……你挤什么,道路窄还是怎么的,"他气愤地对他后面的人说,其实那个人并没有挤他。

"哎呀,竟弄成了这个样子!"俘虏们望着火场不停发出这样的声音。"还有莫斯科河南区,还有祖博沃区,还有克里姆林那儿……瞧,剩下不到一半了。我不是给你们说了,莫斯科河南区都完啦,就是这样。"

"你既然知道全烧掉了,还谈它干吗!"少校说。

在经过哈莫夫尼克区一所教堂时,这群俘虏忽然全都闪到一旁,发出惊恐和憎恶的喊声。

"唉哟,真是些没良心的! 那是个死人,是个死人……脸上还涂着什么。"

皮埃尔听到惊叫声,也向教堂走过去,模模糊糊地看见有个东西倚在教堂的墙上。从看得真切的同伴口中得知,那是一具尸体,直立着靠在垣墙上,脸上还涂着煤烟。

"走,走,你们这些魔鬼!"押送兵的咒骂声响起来,法国士兵又蛮横起来,拨出短剑赶走看死尸的俘虏。

十四

在通过哈莫夫尼克区的一些胡同时,仅有俘虏和押送队和跟在后面的属于押送队的各种车辆同行;但是一走到粮店那儿,他们就卷入中间有私人车辆的庞大而拥挤的炮兵队中间了。

所有的人全在桥头停下来,等待前面的人走过去。俘虏们站在桥头上四处张望,那些移动着的车队行列望不到头。右边,卡卢日斯卡雅大路经过涅斯库奇内转弯的地方,无数的部队和车队一直伸展到远方。这是先头部队博加尔涅兵团;后面在河岸上通过卡缅内桥的是内伊的部队和车队。

俘虏所在的达乌部队从克里米亚浅滩过河,一部分已经进入卡卢日斯卡雅大街了。然而车队拉得那么长,内伊的先头部队已经走出了奥尔登卡大路的时候,而博加尔涅的车队还没有走出莫斯科进入卡卢日斯卡雅大路。

过了克里米亚浅滩,俘虏每走几步就不得不停下来,然后再走。四面八方的车辆和人越来越拥挤。俘虏在桥和卡卢日斯卡雅大路之间走了一个多钟头,只走了几百步,来到莫斯科河南大街和卡卢日斯卡雅大路交叉的广场上,他们挤成了一堆,在交叉路口待了好几个小时。四面八方轰轰隆隆的车轮声就像海涛一样响个不停,中间夹杂着脚步声和不停的呵斥声和咒骂声。皮埃尔靠在烧毁的房屋的墙上,听着这些与他想象中的鼓声混合在一起的喧嚣声。

有几个军官俘虏试图看得更清楚些,爬到皮埃尔旁边一堵被烧毁房屋的墙上。

"好多的人!呀,人山人海!……连大炮上都堆满了东西!瞧:那些皮衣裳……"他们说。"瞧这些狗东西,抢了多少东西……瞧那辆车后面的东西……那是从圣像上拆下来的,真的!……那一定是德国人。还有一个咱们的庄稼汉,真的!……哎呀,这些坏蛋!……瞧那家伙背了那么多东西,几乎走不动了!瞧,真没想到,连轻便马车也抢走了!……瞧那家伙坐在一堆箱子上。我的天哪!……他们打起来了!……"

"好,往他狗脸上打,打他的狗脸!照这样,天黑也走不了。瞧,你们瞧……那一定是拿破仑。那些马多么好看!还有带花体字的皇冠呢。活像一所活动的房子。那个人丢了口袋也不知道。又打起来了……一个抱小孩的女人,长得很好。可不是嘛,像这样的人家就准通行嘛……瞧,没完没了。俄国姑娘,真的是俄国姑娘!坐在马车里满舒服的!"

就像在哈莫夫尼克的教堂附近那样,又有一股好奇的浪潮把所有的俘虏都涌向大路,皮埃尔凭着他的个高,越过别人的头看清了什么东西吸引着俘虏的好奇心。在许多弹药车之间,夹着三辆马车,车里紧挨着坐着一排服装鲜艳、涂脂抹粉、叽叽喳喳的妇女。

自从皮埃尔意识到那种神秘的力量出现以后,好像任何东西都不能使他感到惊奇和可怕了。皮埃尔现在见到的一切,没有在他心里留下丝毫的印象——似乎他的灵魂正准备着为一件艰巨的事情而奋斗,因此拒绝接受一切可能削弱它的印象。

载着妇女的车过去了。接着过来的又是大车,士兵;运货车,士兵;马车,士兵;弹药车,士兵,偶尔还有妇女。

皮埃尔看见的不是个别的人,而是不断的人流和车流。

所有这些人和马,似乎被一种无形的力量驱赶着。在皮埃尔连续观察的一小时,所有的人都怀着快些通过的愿望从各个街道涌出来;他们没有例外地都互相冲撞,大发雷霆,打架斗殴;他们龇着白牙,皱着眉头,彼此骂着同样的话,在所有人的脸上都露出同样的勇往直前和冷酷无情的表情,也就是那天早上在鼓声中班长脸上所露出的那种使皮埃尔吃惊的表情。

已经是傍晚时分了,押送队的官长把队伍集合起来,吵吵嚷嚷地挤进弹药车队里,俘虏们在四面包围中走上卡卢日斯卡雅大路。

不停歇的快速行进,到日落时才停下来。辎重车停在另外的地方,人们开始准备过夜。人人都在气头上,人人都满腹牢骚。好长一阵子都听到四面八方的咒骂声、凶恶的喊叫声、斗殴打架声。押送队后面有一辆轿式马车撞到押送队的大车上，把大车撞了个窟窿。几个士兵从四面跑到大车前；一些人把套在轿式马车上的马牵到一旁，朝着马头上打，另一些人互相打起来，皮埃尔看到一个德国人头上受了很重的刀伤。

在这寒冷的秋天傍晚，在田野中间停下来的时候，所有这些好像现在才从出发时那种匆促和不知往何处奔忙的气氛中醒悟过来的人，都同样怀着一种不快乐的感觉。停下来后，大家好像都明白，现在还不知往何处去，一路上不知要受多少困苦。

在这次休息时，押送队对待俘虏比出发时更坏了。在这次打尖时，第一次发给俘虏的肉食品是马肉。

很明显，从军官到士兵每个人对待俘虏好像都抱有私人的仇恨，出人意料地改变了先前友善的态度。

在俘虏点名时发现，从莫斯科出发时，一个俄国士兵假装肚子痛，在混乱中逃跑了，于是那股子仇恨劲儿就更火上加油。皮埃尔看见，一个法国人在毒打一个俄国兵，因为那个俄国兵离开道路远了一点儿，又听见上尉为了俄国兵的逃跑在申斥那个下级军官，而且吓唬他，说要把他交付军事法庭。那个下级军官借口说那个士兵因病走不动，军官说，上级有命令，掉队的就得枪毙。皮埃尔觉得，行刑时曾经使他惊慌失措的命运的力量，现在又掌握住他的生存了。他不寒而栗；然而他觉得，随着命运力量对他压力的增大，那不受命运约束的他灵魂中的生命力就更加增长和巩固。

皮埃尔就着马肉喝黑麦面汤，吃了一顿晚餐，和同伴们聊了聊天。

不管是皮埃尔还是他的同伴，谁也不谈他们在莫斯科所见到的一切，也不谈法国人态度粗暴，也不谈向他们宣布枪毙他们的命令：大家好像有意抵制目前的厄运似的，都特别地高兴和快活。他们回忆各自的经历，回忆行军途中可笑的场面，但是一谈到目前的处境，就把话题岔开了。

太阳早已落了。天空中有几颗明亮的星星开始闪烁；刚升起的满月在天际撒下一片绯红的火光，一个巨大的红球在灰闷闷的暮霭中神奇地荡悠着。天色发亮。暮色浓了，但是夜还未降临。皮埃尔站起来，离开新的同伴，穿过一堆堆篝火向路的另一边走去，他听说那儿有被俘虏的士兵。他想和他们谈谈。路上一个法国哨兵拦住他，命令他转回去。

皮埃尔回去了，但并未回到同伴们在那儿的篝火旁边，而是朝一辆卸了套的马车走去，那儿一个人也没有。他盘腿坐在车轮旁冰冷的土地上，垂着头，一动不动地沉思着。一个多小时过去了。没有人来打扰他。突然，他哈哈大笑起来，浑厚而和善的笑声是那么响亮，引得周围的人都惊讶地转脸看这古怪的笑声。

"哈，哈，哈！"皮埃尔在笑。他出声地自言自语："那个士兵不让我过去。

抓住我,把我关起来。把我当作俘虏。他们俘虏了谁,我吗?俘虏我,就是俘虏我不朽的灵魂!哈,哈,哈!……哈,哈,哈!……"他大声笑着,眼眶里涌出泪水。

有一个人站起来,走近去想看看这个古怪的大个子独自笑什么。皮埃尔止住了笑声,躲开那个好奇的人,走远一些,他向周围望了望。

这片大得无边、人声嘈杂的宿营地,现在静了下来。火红的篝火慢慢熄灭了,颜色变得苍白。一轮满月高挂在明朗的天空。营地以外的森林和田野,这时在远方展现了。穿过森林和田野,能看见明朗的、正在呼唤的无限的远方。皮埃尔仰视着天空,凝视着看那深远的天际渐渐远去的闪烁的繁星,"这一切都是我的,这一切都在我心里,这一切就是我!"皮埃尔想。"但是,他们抓住这一切,关进板棚里!"他笑了笑,就走回同伴那儿躺下睡了。

十五

十月初,又有一个军使带着拿破仑建议和谈的信来见库图佐夫,假称信是从莫斯科发出的,而当时拿破仑早已到了离库图佐夫前面不远的旧卡卢日斯卡雅大路。库图佐夫对这封信的答复和对洛里斯顿带来的第一封信的答复一样:他说,和谈绝对谈不上。

在这之后不久,在塔鲁丁诺左边一带行动的多洛霍夫的游击队送来一份报告,说在福明斯克出现布鲁西埃师的部队,这个师和其他部队失掉联系,很容易把它歼灭。士兵和军官又请求行动了。参谋部的将军们一想到在塔鲁丁诺轻易地就打了一个胜仗,就非常高兴,全在库图佐夫面前坚决主张执行多洛霍夫的建议。库图佐夫认为发动什么进攻都毫无必要。结果采取折中办法:应付一下应该做的事情;派了一支不大的部队到福明斯克去袭击布鲁西埃。

因为奇怪的机会,这个任务落到多赫图罗夫头上;那个谦虚、矮小的多赫图罗夫,谁也没有向我们描述过他制定作战计划、在团队前面跑来跑去、给炮兵连发十字勋章、诸如此类的事情,他被公认为是一个优柔寡断、没有洞察力的人,然而,就是这个多赫图罗夫,在所有俄法战争中哪儿吃紧,他就在哪儿出现。在奥斯特利茨战役中,全体官兵死的死,逃的逃,后卫连一个将军也没有了,他把军队集结起来,在奥格斯特大坝坚守到最后。他患着寒热病,率两万人奔赴斯摩棱斯克,抗击拿破仑全部军队来保卫那个城市。在斯摩棱斯克,在莫洛霍夫斯基城门,他在寒热病发作时刚昏睡过去,攻城的炮声就把他惊醒了,斯摩棱斯克坚守了整整一天。在波罗底诺战役,巴格拉季翁阵亡了,我们左翼的军队伤亡了非常之九,法国炮兵全力向那儿进攻,派到那儿去的正是这个优柔寡断、没有洞察力的多赫图罗夫,库图佐夫原来派别人到那儿去的,以后赶紧纠正了自己的错误。因此这个矮小、宁静的多赫图罗夫到那儿去了,波罗底诺成为俄国军队的最大光荣。

又是多赫图罗夫被派到福明斯克,从那里又到小雅罗斯拉维茨,在那里同法国人打了最后一仗,法国人的灭亡也正是从那儿开始的,在这次战役中,又有许多天才和英雄被颂扬,但是对多赫图罗夫却一字不提,要不就是一笔带过,或者含糊其词。关于多赫图罗夫这样避而不谈,反而是他的优点的最好的证明。

十月十日,多赫图罗夫在去福明斯克的途中,在阿里斯托沃村停下来,打算正确地执行所接受的命令,就在同一天,所有法国军队,仿佛得了癫痫抽风似的,来到缪拉的阵地,似乎准备打一仗,但是忽然毫无缘由地向左转到新卡卢日斯卡雅大路,进入原先只有布鲁西埃驻扎的福明斯克。当时多赫图罗夫所指挥的除了多洛霍夫游击队,只有菲格纳和谢斯拉温两支不大的游击队。

十月十一日晚,谢斯拉温带着一个法国近卫军俘虏到阿里斯托沃村来见司令官。俘虏说,那天进入福明斯克的军队,是整个大军的前卫,拿破仑就在里面,所有军队离开莫斯科已经第五天了。当天晚上,从博罗夫斯克来了一个家奴,他说看见大批军队进城。多洛霍夫游击队的哥萨克报告说,他们看到沿途的法国近卫军向博罗夫斯克进发。这些情报明显表明,原来认为那儿只有一个师,现在发现全部法军都在那里,他们从莫斯科出来后,走一条意想不到的路线——走旧卡卢日斯卡雅大路。多赫图罗夫没有采取什么行动,由于他现在还不清楚他的任务是什么。他奉命袭击福明斯克。但是原来福明斯克只有布鲁西埃一个师,现在却是所有法军。叶尔莫洛夫想便宜行事,但是多赫图罗夫坚持他必须等勋座的命令。于是决定给总部送一份报告。

为此选派一名精干的军官博尔霍维季诺夫,他除了把书面报告递上去,还要口头把全部情况说清楚。夜里十一点多钟,博尔霍维季诺夫接受了书面报告和口头指示,就带一名哥萨克和几匹替换的马,向总部驰去了。

十六

这是一个漆黑的秋夜。已经下了四天多的小雨。博尔霍维季诺夫换了两次马,在黏糊糊的泥路上一个半小时跑了三十俄里,凌晨一点多钟来到列塔舍夫卡。他在篱笆上挂着"总司令部"牌子的农舍前下了马,把马丢下就走进昏暗的农舍的过厅。

"快让我见一见值勤的将军! 有重要的事!"他在黑暗中对一个正在起身的哼哧着鼻子的人喊道。

"大人昨晚就非常不舒服,三天都没睡好觉了,"勤务兵低声求情说。"您还是先叫醒上尉吧。"

"公事非掌重要,是多赫图罗夫送来的,"博尔霍维季诺夫一面说,一面摸索着打开的门,走了进去。勤务兵走到他前面去叫醒一个什么人:

"大人,大人,来了一个信使。"

"什么?什么?是谁派来的?"一个人睡意阑地说。

"是从阿列克谢·彼得罗维奇那里来的。拿破仑在福明斯克,"博尔霍维季诺夫说,在黑暗中看不清楚是谁在问他,但是听声音似乎不是科诺夫尼岑。

被叫醒的人打着哈欠,伸了伸懒腰。

"我不想去叫醒他,"他说,一边摸什么东西。"他病啦!你们听到的可能是谣言吧。"

"这里有书面报告,"博尔霍维季诺夫说,"交代我立刻交给值勤将军。"

"等一等,我点上灯。该死的,你老是把它塞到什么地方去?"打哈欠的人对勤务兵说。这个人是科诺夫尼岑的副官谢尔比宁。"找到了,找到了"他又说。

勤务兵打着了火,谢尔比宁在摸索烛台。

"哼,肮脏的东西,"他厌恶地说。

借助星星点点的火光,博尔霍维季诺夫看见了拿着蜡烛的谢尔比宁年轻的面孔,在前面的角落里还睡着一个人。那就是科诺夫尼岑。

被火绒点着的硫黄木片冒出蓝色的、继而变成红色的火焰,谢尔比宁点着蜡烛,打量了一下信使。博尔霍维季诺夫全身都是泥,他用袖筒擦脸,抹了一脸的泥。

"是什么人报告的?"谢尔比宁接过文件,说。

"消息是可靠的,"博尔霍维季诺夫说。"俘虏、哥萨克、侦察兵,都异口同声地这么说。"

"没法子,只好叫醒了,"谢尔比宁站起来说,他走到那个头戴睡帽、盖着军大衣的人跟前。"彼得·彼得罗维奇!"他说。科诺夫尼岑不动弹。"到总司令部去!"他微笑着,知道这句话或许可以叫醒他。果然,戴睡帽的头立刻抬了起来。在科诺夫尼岑那张俊秀而坚定的脸上,一瞬间还残留着远离现实的表情,可是随即忽然抖擞了一下;他的脸上露出平常那种镇静而坚定的神情。

"什么事?谁派来的?"他不慌不忙地问,亮光照得他直眨眼睛。科诺夫尼岑听着军官的报告,拆开公文,读了一遍。他刚读完,就把穿毛袜的两只脚伸到地上,开始穿靴子。然后脱掉睡帽,拢了拢鬓角,戴上了军帽。

"你赶路了吧?咱们去见勋座。"

科诺夫尼岑立刻明白,送来的消息非常重要,不能迟延。这消息是好是坏,他不去想,也不问自己。他对这并不关心。他看待一切战事不是用智力,也不是用推论,而是用别的什么东西。在他内心深处藏着一个信念:一切都会好的;但是不去相信这个,尤其不去谈论这个,只去做本职的工作。他就是全力以赴做本职工作的。

　　走出农舍，走进潮湿的黑夜，科诺夫尼岑皱起眉头，这一半由于头痛更厉害了，一半由于头脑里浮现出一个不快乐的想法：那帮参谋部的当权者，特别是在塔鲁丁诺战役之后和库图佐夫针锋相对的贝尼格森，听了这个消息马上就要乱作一窝蜂；于是提出建议，争吵，下命令，取消命令。这个预感使他不快乐，虽然他知道这是不可避免的事。

　　不出所料，当他顺路到托尔那儿，把新消息通知他的时候，托尔立刻向和他住在一起的一位将军陈述自己的意见，科诺夫尼岑默默地、懒洋洋地听着，他提醒他，该去见勋座了。

十七

　　库图佐夫像一切老年人一样，夜里睡眠很少。白天他时常突然打起盹来；但是一到夜里，他和衣躺在床上，大部分时间睡不着，总在思考。

　　现在他就是这样躺在床上，用一只胖乎乎的手托着沉重的、因为受伤变得难看的脑袋，睁着一只眼睛向黑暗凝视着，他在思索。

　　贝尼格森自从和皇帝通过信，成为总部最有势力的人物以后，他总是躲着库图佐夫，库图佐夫却因而感到清静多了，因为他们不再逼他和他的军队发动无益的进攻。使库图佐夫感到痛苦的塔鲁丁诺战役和战役前夕的教训，一定也起着作用，他想道。

　　"他们应当明白，发动进攻，我们只有失败。忍耐和时间，才是我的无敌勇士！"库图佐夫想。他是一个有经验的猎人，知道野兽已经受了伤，只有全俄的力量才能使它受到那样的伤，然而伤势是否是致命的，还没有弄清楚。现在，根据洛里斯顿和别尔捷列米送来的情报，同时根据游击队的报告，库图佐夫几乎可以断定它是受了致命的伤。但是还需要证据，还要等一等。

　　"他们急着跑过去瞧瞧他们是怎么把野兽杀死的。还要等一等，会看到的。总是运动战，总是进攻！"他想。"都是为了什么？就是想露一手，好像打起仗来多么好玩似的。他们简直像一些不懂事的孩子，老想证明他们善于打仗。现在问题不在这儿。"

　　"倒向我提出了多少巧妙的运动战术啊！他们想对了两三件偶然的事，他们就以为他们什么都想到了。而实际偶然事件多得不可胜数！"

　　在波罗底诺战役那次受的伤，是致命的还是不致命的，这个还未解决的问题悬在库图佐夫心里已经整整一个月了。一方面，法国人占领了莫斯科，另一方面，库图佐夫整个身心都毋庸置疑地感觉到，他和全体俄国人民共同努力做出的可怕的一击，应当是致命的。然而无论如何需要一些证据，他已经等了一个月了，时间过得越久，他就越是不耐烦。他夜不成寐，躺在床上做年轻将军们所做的事，做他曾经为此责备他们的事。他想到各种可能发生的事，其中也想到拿破仑确实已经死亡，他像年轻人一样，想出了种种可能发生的事，不过不同的是，他不把这些设想作为根据，他所看到的不是两三件，而是上千件。他越想就越把偶然事件想得多。他想象拿破仑军队各种可能的动向——进军彼得堡、

向他进攻、包抄他，他想象可能发生他最害怕的事，那就是拿破仑以其人之道还治其人之身：留在莫斯科等待他。库图佐夫甚至想到拿破仑的军队可能退回梅德内和尤赫诺夫；然而他未能预见那件已经成为事实的事，也就是说拿破仑在离开莫斯科的头十一天疯狂地逃窜，库图佐夫当时还不敢想象拿破仑会逃窜，而逃窜之所以成为可能，是因为法国人已经被击败了。多洛霍夫关于布鲁西埃师的报告，游击队关于拿破仑军队遭到苦难的消息，来自各方面关于准备退出莫斯科的传闻——这一切都证实一个推测：法国军队已经溃败，而且准备逃跑；然而这仅仅是推测，看重它的是一些年轻人，而不是库图佐夫，他积六十年的经验知道这些传闻有多大的分量，知道那些抱有某种愿望的人们总有办法收集一些似乎可以证实他们愿望的消息，在这种情况下，他们总是忽略一些相反的消

息。库图佐夫越是希望那样,他就越是不允许自己相信那是真的。这个问题占了他全部的精力。而其他一切,只不过是日常例行事务。他和参谋人员谈话,他从塔鲁丁诺给斯塔埃尔夫人写信,读小说,颁发奖章,与彼得堡通信,都属于日常例行事务。但是,法国人的毁灭,只有他一个人预见到,才是他心中唯一的愿望。

十一月十一日夜里,他用手支着头躺着,就是在想这件事。

隔壁房间里发出动静,传来托尔、科诺夫尼岑和博尔霍维季诺夫的脚步声。

"喂,是谁在那儿?进来,进来!有什么消息吗?"大元帅对他们喊道。

听差在点蜡烛的时候,托尔讲了讲消息的内容。

"谁带来的消息?"库图佐夫问,点燃蜡烛后,他那冷峻的神情使托尔大吃一惊。

"这是毋庸置疑的,阁下大人。"

"把他叫来,叫来!"

库图佐夫耷拉着一条腿坐在床上,他那肥大的肚子歪在另一条蜷起来的腿上。他眯起那只好眼睛,把那个信使看得更清楚些,好像他想在他的脸上看出他所关心的事情。

"说吧,亲爱的,"他拢上敞着胸口的衬衫,用低沉的老年人的声音对博尔霍维季诺夫说。"过来,走近一些。你带给我什么消息?啊?拿破仑已经从莫斯科逃跑了?是真的吗?啊?"

博尔霍维季诺夫把他带来的指示详细地从头报告一遍。

"说吧,快说吧,别叫人着急,"库图佐夫打断他的话。

博尔霍维季诺夫讲完了,沉默地等待着指示。托尔刚要说点什么,库图佐夫打断了他。他想说话,但是他忽然眯起眼睛,脸皮皱了起来;他向托尔挥了挥手,转过脸去,朝向被神像遮暗了的门对面的角落。

"主啊,我的造物主啊!你实现了我们所祈祷的……"他合起掌,声音哆嗦着说。"俄国得救了。主啊,谢谢你!"他哭了。

十八

从得知法国人撤出莫斯科的消息直到战役结束这一期间,库图佐夫的全部活动仅限于使用权力来阻止自己的军队去进行无益的进攻、打运动战、与行将灭亡的敌人发生冲突。多赫图罗夫到小雅罗斯拉维茨去,可库图佐夫和他的全部军队却按兵不动,并且下令撤离卡卢加,他觉得退出卡卢加是可行的。

库图佐夫到处都在退却,但是敌人不等他退却,早已向相反的方向逃跑了。

拿破仑的史学家向我们描述他向塔鲁丁诺和小雅罗斯拉维茨巧妙的运动,

并且做出论断说,假如拿破仑深入富庶的南方各处,就会怎么样。

然而,且不论并没有什么东西妨碍拿破仑到那些富庶的省份去,史学家忘记了无论什么也救不了拿破仑的军队,因为它本身当时已经具备了不可避免的灭亡条件。这支军队既然在莫斯科拥有充足的给养而不能保住它,这支军队既然在斯摩棱斯克不是征集而是抢劫给养,那么,这支军队在卡卢加省怎么可能恢复元气呢?

这支军队在任何地方都无法恢复元气。它打从波罗底诺战役和洗劫莫斯科以后,它本身已经含有腐败的化学因素了。

这些曾经作为军人的人们,跟着他们的头头们逃跑,连他们自己也不知逃往何处,一心只想一件事:尽快逃离这个尽管不明确、可是谁都意识到的绝境。

正因为这样,在小雅罗斯拉维茨会议上,那些将军们装模作样地讨论,发表了各种意见,老实憨直的军人穆顿说出了大家心里的话——只有尽快逃跑,他这个最后的意见一下子堵住了大家的嘴,没有一个人,甚至拿破仑,能说出什么来反对这个大家都意识到的真理。

虽然大家都知道必须逃走,可是还羞于承认必须逃跑。还需要有一个克服这种羞辱感的外在动力。这个动力适时地出现了,那就是俄国军队冲锋时的喊声。

会议后的第二天,拿破仑装作要去视察军队与过去的以及未来的战场,一大早带着一群元帅和卫队,骑着马从军队中间走过去。到处寻找战利品的哥萨克碰到了这位皇帝,差点把他活捉了。假如说,哥萨克这次没有抓住拿破仑,那么,救了他同时也是毁了他的那个东西——战利品在这里起了作用,在塔鲁丁诺和在这儿,哥萨克没有去抓人,都向战利品扑了去。他们没有注意拿破仑,都扑向战利品,拿破仑就逃脱了。

哥萨克在拿破仑军队中间几乎把皇帝本人抓住,事情很显然,除了沿着最近的熟悉的道路逃走之外,再没有其他办法。拿破仑这个四十岁的人,已经没有昔日的灵活和勇敢了,他是懂得这个苗头的。在他受了哥萨克的惊吓之后,马上同意了穆顿的意见,如史学家所说,发出了向斯摩棱斯克大路撤退的命令。

拿破仑同意穆顿和撤退军队,并不证明他曾经下令要这样做,而是表明对全军起作用的那种力量,就是说,促使全军取道莫扎伊斯克大路那种力量,同时在拿破仑身上也起了作用。

十九

一个人在行动的时候,总怀有这种行动的目的。一个人要走一千里,他一定会想到千里之外有好的东西。为了汲取行动的力量,心中必须想着前方有天国乐土在等着他。

法国人在进攻的时候,天国乐土是莫斯科,在退却的时候,天国乐土是祖国。然而祖国太远了,一个千里之行的人就得忘掉最终的目的,他必须对自己说:我今天走四十俄里,到达休息和过夜的地方,于是第一个行程中的休息地点,把最终的目的遮掩住了,而且把一切愿望和希望集中起来。表现在个别人身上的意愿,往往在群众中间扩散开来。

对于沿着斯摩棱斯克旧道撤退的法国人,作为最终目标的祖国,是太遥远了,最近的目标就是斯摩棱斯克,去斯摩棱斯克的心愿和希望,在群众中间大大地加强了。并不是因为他们知道在斯摩棱斯克有很多的粮草和生力军,也不是因为对他们说过这话,而是因为只有这样才能够给他们行为以力量,才能忍受目前的困苦。他们,不论是知道的还是不知道的,都同样地欺骗自己,把斯摩棱斯克当作天国乐土,向那儿快速奔去。

法国人上了大路,以惊人的毅力和空前的速度,向他们假定的目标逃跑。除了共同的意愿这个原因把法国人结成一个整体和给他们以力量之外,还有另外一个把他们结合起来的原因。这个原因就在于他们的数量。就像物理学的引力定律一样,他们那巨大的体积本身就吸引着一个个原子一样的人。他们以千百万个集体像一个整体一样向前移动着。

他们每个人只希望一件事——当俘虏,摆脱一切恐怖和不幸。但是,一方面,奔赴目的地斯摩棱斯克这个共同意愿的力量把每个人吸引到同一的方向;另一方面,总不能一个兵团向一个连投降,虽然法国人利用一切可能的机会脱离队伍,借一点最微不足道的口实就投降,但是这种口实并不常有。他们的人数和密集的迅速的运动使他们失去了这种可能性,同时使俄国人不但困难,并且无法阻止这个大量的法国人全力以赴的运动。物体的机械断裂不可能超过一定的限度而加速完成腐朽的过程。

一团雪不可能一下子融化。存在着一定的时间限度,早于这个限度多么温暖的力量也不能把它融化。相反,气温愈高,残雪就愈坚固。

在俄国军事将领之中,除了库图佐夫,没有一个人能懂得这个道理。现在既然已判明法国是沿着斯摩棱斯克大路这个方向逃跑,那么,科诺夫尼岑在十月十一日预见的事情就开始实现了。所有高级军官都想立功,都想歼灭法国人,都要求发动进攻。

仅有库图佐夫一个人全力(凡是总司令的力量都不大)反对进攻。

他对他们说了一些从他老年人的智慧中引出的他们能够懂得的话,跟他们讲"网开三面"可是他们讥笑他,中伤他,他们暴跳如雷,在被打死的野兽面前逞威风。

在维亚济马附近,叶尔莫洛夫、米洛拉多维奇、普拉托夫及其他人等,离法国人非常近,按捺不住要切断和歼灭两个法国兵团的冲动。他们送给库图佐夫一封信,说明他们的意图,可信封里装的不是报告,而是一张白纸。

不管库图佐夫怎样约束军队,可是我们的军队依旧尽力堵截敌军,发动进攻。据说,一些步兵团队,冲锋时奏着乐,敲着鼓,杀死了几千人,可自己也损失了几千人。

然而,切断——并没有切断和歼灭任何人。法国军队在危险面前抱得更紧了,继续走着那条通往斯摩棱斯克的毁灭的道路,沿途不断地在减员。

世界传世藏书

世界十大名著

· 战争与和平 ·

图文珍藏版

第十四部

一

　　波罗底诺战役,紧接着莫斯科失陷和法军逃跑,以后再没有打仗,——这是一连串最富有教训意义的历史现象。

　　所有史学家都认为,国家和民族在对外活动时,彼此之间发生冲突的表现形式是战争;战争胜利的大小,直接影响着国家和民族的政治力量的消长。

　　出人意料,1812年法国人在莫斯科附近打了胜仗,占领了莫斯科,在这以后再没有打仗,然而毁灭的不是俄国,而是拿破仑的六十万军队,然后是拿破仑的法国。

　　在波罗底诺法国人战胜以后,不但没有打一次大仗,甚至连一次像样的战役也没发生,而法国军队就不复存在了。这是什么意思呢?

　　1812年从波罗底诺战役到赶走法国人的整个战争期间,证明了打胜仗不仅不是征服的原因,而且甚至不一定是征服的标志;证明了决定民族命运的力量不在于征服者,甚至不在于军队和战斗,而在于别的什么东西。

　　法国的史学家在描述法军退出莫斯科之前的情形时说,大军一切都很好,只有骑兵、炮兵和辎重兵除外,因为没有草料喂牲口。对付这种灾难没有任何办法,因为郊区的农民把干草烧掉了,不留给法国人。

　　打了胜仗并未带来通常的结果,农民卡尔普和弗拉斯在法军撤退之后赶着大车进莫斯科进行全城大抢劫,并未显出个人的英雄气概,因为像这样的农民多得不可数,他们不为能卖好价钱而把干草运到莫斯科,而是把它烧掉了。

　　从斯摩棱斯克大火起,就开始了一场不符合任何战争传统的战争。烧毁城市和村庄,且战且退,在波罗底诺打了一仗又撤退,莫斯科大火,搜捕法国抢掠兵,拦截运输队,游击战——所有这一切都是违反战争常规的。

　　拿破仑感觉到了这一点,自从他在莫斯科摆出正确的击剑姿势,看见对手举在他头上的不是剑而是棍子的时候起,就不断地抱怨库图佐夫和亚历山大皇帝,说这场战争违反了一切规则。虽然法国人埋怨不遵守规则,虽然俄国上层人士不知为什么觉得用棍子战斗是可耻的,希望按照规则站好姿势,来一个巧妙的冲刺,但是人民战争的棍子依旧以其可怕而威严的力量举了起来,不管是否合某人的口味和规则,以近乎愚鲁的纯朴,然而却以明确的目标,不问三七二十一地举起和落下人民战争的棍子,直至把法国人的侵略打退为止。

这个民族多么好呀,他不像 1813 年的法国人,按照击剑的规则行礼,调转剑柄,优雅地把剑交给了宽宏大量的胜利者;这个民族多么好啊,他在经受考验的时候,不管别人在这种情形下按规则是怎么行事的,却憨厚纯朴地、轻巧便利地举起随手拿起的棍子抢了过去,直打到把胸中屈辱和复仇的感情换成蔑视和怜悯的感情为止。

二

有一种背离所谓战争的规律最明显也最有利,那就是用分散的人群攻击缩成一团的人群的行动,这类行动常常具有人民战争的性质。这种行动在于并不是一群人打一群人,而是一群人分散开来,单独进行袭击,遇到大部队攻击时,立刻就跑,一有机会,又袭击。

这种战争叫作游击战,这个名称本身就说明了它的意义。这种战争不仅不符合任何法则,并且与公认为绝对正确的战术法则相违背。法则规定,攻击的一方要集中兵力,以便在战斗时比敌人更强大。

游击战争却完全违背这个法则。

进攻时要群体行动,退却时却要分散行动,这个战术法无形中肯定了一个道理,那就是军队的力量在于它的士气。带领军队冒着枪林弹雨行进,比打退进攻需要更严密的纪律,而这样的纪律只有在群体行动中才能得以实现。然而忽视士气的战术法则,不断地被证明是不正确的,尤其是在全民战争中军队士气高涨或者低落时,那种法则与事实相矛盾的现象,就显得更加突出。

1812 年法国人退却时,按照战术,本应分散进行防御,但是却缩成一团,因为军队的士气已经低落到只有抱在一起才能把军队维系着,而俄国人则相反,按战术本应当集结军队大举进攻,而实际上却分成小股,因为士气已经高涨到个别的人不需要命令就去打法国人,不需要强迫就不辞劳苦并甘冒危险。

三

这种称之为游击战的战争,从敌人进入斯摩棱斯克的时候起就开始了。

早在游击战尚未被我们政府正式认可之前,已经有数千敌军被哥萨克和农民打死了,他们打死这些人是不自觉的,就像狗不自觉地咬死乱窜的疯狗一样。

杰尼斯·达维多夫,第一个懂得了这个可怕武器的意义,初步使这种战争方式合法化的荣誉应归于他。

八月二十四日达维多夫的第一支游击队组成了,跟着别的游击队也组成了。战事越向前推进,游击队的数目就越扩大起来。

游击队分批消灭那支大军。他们专打那些从枯树上自动掉下的落叶,他们有时也摇晃这棵树。十月间,就是法国人往斯摩棱斯克逃跑的期间,这些人数不等和性质各异的游击队竟有几百个。有些游击队完全模仿军队,有步兵、骑兵、参谋部,带着生活用品;有些只有哥萨克骑兵。

十月底,是游击战争达到高潮的时期。游击战争的第一阶段已经过去了,在那个阶段,连游击队都为自己的大胆而吃惊,他们时刻担心被法国人捉住和包围,因此,总是马不卸鞍,人不下马,躲在树林里,总是提防着有人追击。现在这种战争已经明朗了,人人都懂得对法国人可以采取什么行动和不可以采取什么行动。

十月二十二日,正是游击队员杰尼索夫和他的伙伴们打游击的劲头火热的时候。一大早他和他那队人就开始行动了。他整天在靠近大路的树林里监视大队人马护送的骑兵运输队和俄国俘虏,这队人远离其他队伍,可加强了掩护,据侦察员和俘虏说,是开往斯摩棱斯克的。知道这支运输队的不但有杰尼索夫和在杰尼索夫附近活动的多洛霍夫并且还有几个设有参谋部的大支队:大家都知道这个运输队,都对它摩拳擦掌。其中有两个大支队的头头——一个是波兰人,另一个是德国人——差不多同时给杰尼索夫发来信,邀请他和他们的支队共同袭击运输队。

杰尼索夫写信答复德国人说,虽然他衷心地愿意在英勇善战、大名鼎鼎的将军麾下服务,可是他不得不放弃这个幸福,因为他已经在波兰将军指挥下了。他写了一封相同的信给波兰将军,通知他说,他已经归德国人指挥了。

杰尼索夫做了安排,打算不向上级报告,同多洛霍夫一块用自己不大的兵力袭击而且截获这个运输队。运输队十月二十二日从米库林纳村到沙姆舍沃村。杰尼索夫骑着马和伙伴们天天在树林里转悠,有时深入到树林中间,有时走到林边,视线始终不放过行动中的法国人。一大早,离米库林纳村不远的地方,有两辆陷进泥里的大车被杰尼索夫的游击队员们截获了,然后带到树林里。从这时直到晚上,游击队没有发动攻击,只是监视着法国人的行动。先不惊动他们,让他们平平安安地走到沙姆舍沃村,那时,再和多洛霍夫联合起来,像雪崩般的打他个劈头盖脸,一下子把他们全部缴获过来。

在后面,在离米库林纳村两俄里,树林靠近大路的地方,布置了六名哥萨克,只要有新的法国纵队出现,他们就立刻报告。

在沙姆舍沃村的前面,多洛霍夫也在监视着大路,要弄清楚在多么远的地方还有别的法国军队,运输队大约有一千五百人。杰尼索夫有二百人,多洛霍夫也不过有这么多人。人数不占优势并不能使杰尼索夫停止行动,他想知道的只有一件事,那就是这支部队究竟是什么兵种;为了这个目的,杰尼索夫需要捉一个俘虏。早上袭击那两辆大车,干得太急了,把跟车的法国人全给打死了,只活捉了一个小鼓手,这个孩子是掉队的,一点也说不清那个纵队是什么兵种。

进行第二次袭击,杰尼索夫认为是非常危险的,为了不惊动整个纵队,他派一名农民游击队员吉洪·谢尔巴特到前面沙姆舍沃村——假如可能的话,即使活捉一个在那里打前站的设营员也好。

四

这是一个温暖多雨的秋日,天空和地平线都是一色的混浊水气。一会儿似乎是下雾,一会儿突然飘下斜挂着的大雨点。

杰尼索夫骑着一匹精瘦的良种马,雨水从他的毡斗篷和皮帽子上流下来。他和他的马一样,歪着头,抿着耳朵,被斜挂着的雨点打得皱着眉头,焦虑地注视着前方。他那瘦削的、长满又短又黑的浓须的面孔满脸怒气。

杰尼索夫身旁是哥萨克上尉——杰尼索夫的助手,他骑着一匹肥大的顿河马,也披着毡斗篷,戴着高筒皮帽。

第三个是洛瓦伊斯基哥萨克大尉,也穿着毡斗篷,戴着高筒皮帽,这个人个子修长,身子像一块板似的平平整整,面色白皙,头发淡黄,眼睛细而亮,脸上的表情和骑马的姿势是安详的,怡然自得的。纵使说不出马和骑者有什么特点,但是只要一看哥萨克上尉和杰尼索夫,就可以看出,杰尼索夫浑身湿淋淋,样子挺别扭的,——杰尼索夫不过是一个骑在马背上的人;再看看那个哥萨克大尉,就可以看出,他像平常那样感到舒适、镇静,并且他不是骑在马背上的人,而是人和马合成一个整体,是一种力量倍增的生物。

在他们前边不远的地方,走着一个浑身湿透的农民向导。

在他们身后不远的地方,有一个身穿藏青色法国军大衣的军官骑着一匹瘦小的吉尔吉斯马。

和他们并排走着的是一个骠骑兵,在他背后马屁股上带着一个穿破烂法国军服、戴着蓝色小帽的孩子。这个孩子用冻得通红的双手抓住骠骑兵,不住地摆动着一双光脚板以取暖,他抬起眼来,惊讶地四外张望着。这就是早上俘虏的法国小鼓手。

在后面,沿着狭窄的林间小道三五成群地行走着骠骑兵,然后是哥萨克,有的披着毡斗篷,有的穿着法国军大衣,有的头上顶着马被。那些马,不管是火红色的还是枣红色的,由于淋了雨,一律变得乌黑。鬃毛淋湿了,马脖颈变得出奇地细。马身上散发着热气。衣服、马鞍、缰绳——全都打湿了,滑溜溜的,浸透了水,土地和路上落叶也是这样。人们缩颈耸肩骑在立刻,尽可能地一动不动,以便捂暖流到身上的水,同时不让新的水流进去。在拉得很长的哥萨克队伍中间,有两辆套着法国马的大车在树桩和枯树枝上颠簸着。

杰尼索夫的马为了绕过路上的水洼,向旁边一拐,把他的膝盖碰了一下。

"咳,该死的!"杰尼索夫恶狠狠地骂了一声,他龇着牙把马鞭抽了三、四下,溅了自己和同伴一身泥。杰尼索夫心情不好:由于雨也由于饿,主要的,由于到现在没有多洛霍夫的消息,派去捉"舌头"的人也没有回来。

"像这次袭击运输队的机会,恐怕不会有第二次了。单独的干很危险,但是延迟到第二天——那就会让某一支大游击队从我们鼻子尖下把战利品截了去,"杰尼索夫想,他不停地往前望去,希望看见多洛霍夫派来的人。

杰尼索夫跑到向右边可以远眺的林间小路上,停了下来。

"有个骑马的人,"他说。

哥萨克上尉朝杰尼索夫指的方向望去。

"两个骑马的人——一个军官,一个哥萨克,可是不敢确定是否是少校本人,"哥萨克上尉说。

两个骑马的人下了山坡,看不见了,几分钟后又出现了。前面那个军官衣服破烂,浑身都湿透了,裤脚卷到膝盖以上,他挥着鞭子,驱赶着那匹迈着疲倦的步子的马。他后面一个哥萨克站在马镫上奔驰着。这个军官是一个年轻的孩子,有一张红润的脸,一对快乐、灵活的眼睛,他跑到杰尼索夫跟前,递给他一个湿透了的信封。

"将军送来的,"那个军官说,"请原谅,不很干……"

杰尼索夫紧皱着眉头,接过信,开始拆开。

"人们老说危险,危险,"在杰尼索夫读信的时候,那个军官对哥萨克上尉说。"其实,我和科马罗夫,"他指了指那哥萨克,"都有准备。我们每人都带着两支手枪……这是什么人?"他看见法国小鼓手,问道,"是俘虏?你们已经打了一仗了?可以和他说话吗?"

"罗斯托夫!彼佳!杰尼索夫匆忙看过信,喊道:"你怎么不说你是谁?"杰尼索夫微笑着转身向那个军官伸过手去。

这个军官是彼佳·罗斯托夫。

彼佳一路上都在苦思冥想,他应当怎样才像一个大人和军官的样子,应该用什么态度见杰尼索夫,同时不露出过去曾经相识。但是杰尼索夫对他一露出微笑,彼佳立刻容光焕发,兴奋得满脸通红,去掉已经准备好的军官架子。

"我非常兴奋看见你,"杰尼索夫说,脸上又露出焦虑的表情。

"米哈伊尔·费奥克利特奇,"他对哥萨克上尉说,"原来这又是那个德国人送来的。他是他部下的。"杰尼索夫向哥萨克上尉讲述了信的内容:那个德国将军又一次提出联合袭击运输队的要求。"假如我们明天不把它拿下来,他就会在我们鼻子底下把它夺了去，"他下结论说。

在杰尼索夫和哥萨克上尉说话的时候，彼佳由于杰尼索夫口气冷淡而感到难堪，认为冷淡的原因可能是因为他的裤子不像样，他在军大衣底下偷偷地整了整卷上去的裤脚，尽可能摆出一副英武的样子。

"大人有何指示？"他对杰尼索夫说，把手举到帽檐上行礼，又玩起他准备好的副官和将军的游戏了，"我是否应该留在大人部下？"

"指示？……"杰尼索夫若有所思地说。"你能留到明天吗？"

"自然可以……我可以留在您的部下吗？"彼佳大声喊道。

"但是将军究竟怎么吩咐你的——要你马上返回吗？"杰尼索夫问。彼佳脸红了。

"他什么也没说。我想，应该是可以的吧？"他带着询问的口气说。

"那么，好吧，"杰尼索夫说。他对部下做了部署，派一队人到林中小屋休息地点，派那个骑吉尔吉斯马的军官去找多洛霍夫，搞清楚他在哪儿，晚上来不来。杰尼索夫本人带着哥萨克上尉和彼佳准备到那接近沙姆舍沃的树林边缘，以便观察明天将要发动袭击的那里的法军驻地。

"嘿，大胡子，"他对那个农民向导说，"带我们到沙姆舍沃去。"

杰尼索夫、彼佳和哥萨克上尉，几个跟随着的哥萨克和一个带着俘虏的骠骑兵，向左过了一道山沟，朝树林边沿上去了。

五

雨停了，不过又开始下雾了，树枝上滴着水珠。杰尼索夫、哥萨克上尉和彼佳沉默地跟着那个戴尖顶帽的农民，他迈着穿树皮鞋的八字脚，领着他们向林边走去。

那个农民走上一道长坡，四处张望一下，随后向树林稀少的地方走去。在一棵尚未落叶的大橡树下他站住了，神秘地招了招手。

杰尼索夫和彼佳向他走去。从农民站着的地方可以看到法国人。一出树林，半坡上有一片春播作物的田地。右边，陡峭的山谷对面，能看见一个小村子，那里有一所屋顶坍塌的地主住宅。在这个村子和地主的住宅里，在整个丘陵上，可以看见成群结队的人，可以清清楚楚地听见他们互相呼应的声音。

"把俘虏带过来，"杰尼索夫低声说，眼睛依旧盯着那些法国人。

那个哥萨克下了马，把那孩子抱下来，带他到杰尼索夫跟前。杰尼索夫指着那些法国人，问他那是些什么部队。那个孩子把一双冻僵的手插进衣袋里，抬起眼眉惊愕地望着杰尼索夫，他显然很愿意把他知道的都说出来，但是他回答得稀里糊涂，不管杰尼索夫问什么，他总是点头称是，杰尼索夫皱起眉头，转过身去,向哥萨克上尉谈了他的想法。

彼佳迅速地转动着头,一会儿看看小鼓手,一会儿看看杰尼索夫,一会儿看看哥萨克上尉,一会儿看看村里和大路上的法国人,生怕放过什么重要的东西。

"不管多洛霍夫来不来,我们都要拿下来!……啊?"杰尼索夫快活地闪了闪目光,说。

"这是一个很适当的地点,"哥萨克上尉说。

"我们派步兵从沼泽过去,"杰尼索夫接着说,"他们向花园那儿爬;您带着哥萨克骑兵从那儿出击,"杰尼索夫指着树林后的村庄,"我带着骠骑兵从这儿走。枪一响就行动……"

"那个洼地可不行,那里有泥潭,"哥萨克上尉说。"马会陷下去的,得从左边绕……"

正当他们低声说话的时候,在下边,在池塘那边的洼地上,响起一声枪声,又响了一声,冒起一团白烟,山坡上几百名法国人似乎很快活地齐声呐喊起来。枪声初起时,杰尼索夫和哥萨克上尉往后退了一下。他们离得这么近,他们以为枪声和喊声是他们引起的。可是枪声和喊声并不是冲着他来的。下面沼泽里有一个穿红衣服的人跑过。显然法国人是向他射击,向他呐喊。

"这不是我们的吉洪吗?"哥萨克上尉说。

"是他! 正是他!"

"这个臭小子,"杰尼索夫说。

"跑掉了!"哥萨克上尉眯缝着眼说。

他们称之为吉洪的那个人,跑到小河边,扑通一声跳进河里,在水下停了一会儿,手脚并用地爬了出来,又往前跑了。追他的法国人停住了。

"真麻利,"哥萨克上尉说。

"这个老油条!"杰尼索夫依旧带着气愤的神情说。"直到现在他都在干什么?"

"这是什么人?"彼佳问。

"这是我们的侦察员。我派他去捉'舌头'。"

"噢,原来这样,"彼佳刚听了头一句就点着头说,似乎他全懂了,其实他一点也不明白。

吉洪·谢尔巴特是一个全队最有用的人。他本是格扎特附近波克罗夫斯科耶村的农民。杰尼索夫在开始活动时来到波克罗夫斯科耶村,照例把村长找来,问他们是否知道法国人的情况,这个村长也像所有的村长一样,就像为保护自己似的回答,他毫无所知。杰尼索夫向他说明他们的目的就是要打死法国人,问他有没有法国人流窜到他们这儿,村长说,洋人的确来过,不过我们村里只有季什卡·谢尔巴特一个人对付他们。杰尼索夫吩咐把吉洪叫来,对他干的事夸奖了几句,又当着村长的面讲到祖国的儿子们应当效忠沙皇和祖国,仇视法国人。

"我们对法国人没有做坏事，"吉洪说，他听了杰尼索夫那番话，看样子有点胆怯。"我们不过同那些小伙子逗着玩罢了。不错，我是打死了二十来个洋人，可是我们没做坏事……"第二天，杰尼索夫完全忘了这个农民，当他已经离开那个村子的时候，人们向杰尼索夫报告说，吉洪跟着队伍不肯离开，请求收留他。杰尼索便吩咐把他留下来。

吉洪开始只做些粗活，生火、挑水、剥马皮，但他很快就对游击战表现出极大的爱好和才能。他常在夜间去找战利品，每次都带回法国人的衣服和武器，命令他去捉俘虏，他就把俘虏带回来。杰尼索夫免去了他的杂务，出去侦察时将他带在身边，并把他编入哥萨克队伍。

吉洪不爱骑马，经常步行，却从来不落在骑兵后面。他的武器是火枪、长矛和斧子；他带着长枪主倘若为了好玩，他使唤斧子就像狼使唤牙一样，狼用牙齿很容易从皮毛里找到虱子，而且可以咀嚼大块的骨头。吉洪抢起斧子劈木头，握着斧背削小橛子和雕小勺子，都一样地得心应手，吉洪在杰尼索夫队伍里占有一个独一无二的地位。每当要做某种困难和讨厌的活儿的时候，如用肩膀把大车从泥里拖出来，拽着马尾把马从泥潭里拉出来，偷偷地摸进法国人中间，一天要走五十俄里等活儿，人们总是笑嘻嘻地指着吉洪。

"这小子，拿他真没办法，身子骨像一头牛似的，"人们常常这样谈论他。

有一次，吉洪捉拿一个法国人，那人打了吉洪一手枪，打中他背后多肉的地方。吉洪只用伏特加内服外擦，便把伤治好了，这件事成为全队取笑打趣的对象，而吉洪也乐意让人开玩笑。

"怎么了，老兄，不干了？ 给人家打趴下了？"哥萨克们对他说，吉洪故意伛偻着腰，做个鬼脸，装出生气的样子，用最可笑的话骂法国人。这件事对吉洪唯一的影响是，他在受伤后很少去捉俘虏了。

吉洪是队里最有用、最勇敢的人。谁也没有他找到的袭击机会那么多，谁也没有他捉到的和打死的法国人那么多；正是由于这个原因，他成为全体哥萨克和骠骑兵寻开心的人物，他也情愿当这个角色。这次是杰尼索夫在头天夜里就派吉洪到沙姆舍沃村去捉"舌头"的。然而，不知是因为他不满足只捉一个俘虏呢，还是因为在夜里睡过了头，他在白天钻进灌木林里，落在法国人中间，于是，正像杰尼索夫从山上看见那样，被人家发现了。

六

杰尼索夫又和哥萨克上尉谈了一阵子明天的袭击，他望了望近在咫尺的法国人，好像下了最后决心，于是拨转马头，往回走了。

"喂,小兄弟,咱们现在去烘烘衣裳,"他对彼佳说。

在回守林小屋的途中,杰尼索夫停下来,向林子里张望着。在树林中间,有一个人迈着两条长腿,甩开两只长胳膊,步伐轻快地走过来。这个人看见杰尼索夫,匆忙把一件东西扔进灌木丛里,他脱下耷拉着帽檐的湿透的帽子,走到长官跟着。他就是吉洪。他那布满麻坑和皱纹的脸和又细又小的眼睛,焕发着得意、愉快的光彩。他高昂着头,仿佛忍住笑似的,注视着杰尼索夫。

"我问你,你到哪儿去了。"杰尼索夫说。

"到哪儿去了? 抓法国佬去了,"吉洪大胆、急速地回答,声音沙哑,然而却很悦耳。

"你为什么大白天往那儿钻? 蠢才! 怎么样,没抓到? ……"

"抓倒是抓到了,"吉洪说。

"他在哪儿?"

"天刚亮我就抓到一个,"吉洪接着说,他宽宽地叉开那双穿着树皮鞋、迈八字步的平脚,"我就把他带到树林里。我一看,不行。我想,我再去弄一个像样的来。"

"你瞧,这个坏家伙,就知道是这样,"杰尼索夫对哥萨克上尉说。"你为什么不把这个带来?"

"把他带来干什么?"吉洪气呼呼地插嘴说,"那是一个不中用的家伙,难道我不知道您要什么样的?"

"……后来呢? ……"

"我想再去抓一个,"吉洪接着说,"我就这个样子往林子里钻,然后卧倒。"吉洪突然麻利的卧倒,学自己是怎样做的。"来了一个,"他继续说。"我就这样猛不丁地搂住了他。"吉洪轻松快捷地跳起来,"跟我去见团长去吧,我说。那小子哇哇乱叫起来。他们一下扑来了四个。手持军刀向我扑来。我就这样拿着斧头向他们迎了上去:你们要干什么,见你们的上帝去吧,"吉洪大喝一声,舞动双手,威严地皱着眉毛。

"可不是嘛,我们从山上看见你跳过水洼逃跑的,"哥萨克上尉眯缝着眼睛,说。

彼佳很想笑,但是他看见大家都忍住笑。他快速地把眼睛从吉洪脸上移到杰尼索夫和哥萨克上尉脸上,不清楚这究竟是什么意思。

"你别装糊涂,"杰尼索夫生气咳嗽着。"为什么不把第一个带来?"

吉洪一只手搔着背,另一只手搔着头,忽然,他那麻脸拉长了,堆起了一副傻笑,露出一只有豁口的牙。杰尼索夫微笑了,因而彼佳愉快地大笑起来,吉洪本人也跟着笑了。

"咳,是个十足的废料,"吉洪说。"穿得破破烂烂的,怎么好把他带来。并且是个野杂种,大人。'不行,'他说,'我是将军的儿子,我不去,'他说。"

"蠢猪!"杰尼索夫说。"应该让我来盘问……"

"我问他了,"吉洪说。"他说:他不大清楚。他说,他们的人很多,可都是些孬种;他说,只不过挂个名儿罢了。他说,你只要大喝一声,全部束手就擒,"吉洪结束说,快活而又坚决地注视着杰尼索夫的眼睛。

"我狠狠揍你一百鞭子,看你是不是装糊涂,"杰尼索夫严厉地说。

"干什么生这么大的气啊,"吉洪说,"您要的法国人,我没见过还是怎么的?等到天黑,你要什么样的,我给你抓三个来。"

"好啦,咱们走吧,"杰尼索夫说。直走到看林小屋,他一直是气愤愤地皱紧眉头,默不作声。

吉洪在后面跟着,彼佳听见哥萨克们和他一起在笑,还嘲笑他把一双什么靴子扔到灌木林里。

彼佳听了吉洪的话,看到他的笑脸,不禁大笑,笑过以后,忽然明白了,原来吉洪杀了一个人,他心里十分不是滋味。他看了看那个被俘的小鼓手,似乎有什么东西刺痛他的心。但是这种不舒服的感觉只持续了一小会儿,他觉得必须把头抬高一些,振作精神,带着煞有介事的神情问问哥萨克上尉明天的计划,不要让大家觉得他配不上他所在的那个集体。

派去的那个军官在路上碰见杰尼索夫,带回消息说,多洛霍夫本人马上就到,他那方面一切都顺利。

杰尼索夫忽然兴奋起来,把彼佳叫到跟前。

"好,给我讲讲你的情况吧,"他说。

七

彼佳在全家要离开莫斯科的时候,便和他们分手回到自己的团队,在这里不久,他就到一个指挥一支大游击队的将军那里做传令兵。自从他升为军官,尤其是他到作战部队,参加过维亚济马战役后,彼佳为他已经是成年人而兴奋,经常处在幸福、激动的状态中,并且经常兴高采烈地忙碌着,不放过任何一个从事真正的英雄事业的机会。他很喜欢他在军队中看见的和经历过的事情,但是同时总觉得,他没去过的那个地方正在进行着真正的英雄事业。因而他总急着要到他没去过的地方。

十月二十一日,他的将军要派一个人到杰尼索夫的游击队去,彼佳请求派他去,他是那么苦苦哀求,使得将军无法拒绝。可是,那个将军在派他的时候,想起了彼佳在维亚济马战役中的疯狂行动,那次他不走指定的那条路,而是冒着法国人的炮火驰到散兵线上,在那儿放了两次手枪,因此这次将军特别交代彼佳,禁止他参加杰尼索夫的任何战斗。正是由于这个缘故,在杰尼索夫问他能不能留下来的时候,彼佳脸红了,心慌了。在到达树林边缘之前,彼佳原想一定严格执行任务,然后立刻回去。但是,他看见了法国人,看见了吉洪,听说当夜一定要搞袭击,他以年轻人改变观点的迅速,心里想,他向来十分尊敬的那个将军,不过是一个无能的德国人,而杰尼索夫是英雄,哥萨克上尉是英雄,吉洪是英雄,在这困难的关头离开他们是可鄙的。

杰尼索夫带领彼佳和哥萨克上尉来到看林小屋的时候,已经是黄昏时分了。在小屋的门厅里一个哥萨克挽着袖子正在切羊肉。屋里有三名杰尼索夫队里的军官在把一扇门板搭成桌子。彼佳脱掉湿衣服,交给人烘干,然后立刻帮助军官摆饭桌。

非常钟后,一张铺着桌布的饭桌准备好了,桌上摆着伏特加,军用水壶盛着甜酒,有白面包、烤羊肉,还有盐。

彼佳和军官们一块坐在桌旁用手撕着吃那喷香的肥羊肉,满手都流着油,他怀着孩子般兴奋的心情,温情地爱所有的人,因此相信别人也同样地爱他。

"您以为怎么样,瓦西里·费奥多罗维奇,"他对杰尼索夫说,"我在您这儿住一天,没事吧?"不待回答,他自己给自己回答了:"我是奉命来打听情况的,我这不是正在打听……不过,只求您让我参加最……参加最主要的……我不需要奖赏……我只希望……"彼佳咬咬牙,环顾了一下,头抬得高高的,挥了挥胳膊。

"参加最主要的……"杰尼索夫微笑着重复说。

"只求您给我一个小队,完全由我来指挥,"彼佳继续说,"这在您算不了什么吧?噢,您要小刀?"他对一个想切羊肉的军官说。他递给他一把折刀。

那个军官夸奖他的刀子。

"那就请留下自己用吧。我有很多这样的刀子……"彼佳红着脸,说。"哎哟,我的老天!我彻底忘了,"他突然喊了一声。"我有非常好的葡萄干,您知道吗,是那种无核的。我们那儿新近来了一个随军小贩,他的东西可好啦。我买了十斤。我习惯吃点甜的。你们要吃吗?……"彼佳跑到门厅里去找他的哥萨克,拿来几个口袋,里面装着五斤左右的葡萄干。"尝尝吧,诸位,尝尝吧。"

"您要不要咖啡壶?"他对哥萨克上尉说。"我在我们那个小贩那儿买一把,顶好的!他有非常好的东西,他人也很老实。我一定给您送来。还有,也许你们的火石用完了,磨损了,——这是常有的事,我带来了,就在这儿……"他指了指那些口袋,"一百块火石。我买的非常便宜,要多少,就请拿多少吧,都拿去也可以……"彼佳突然停住了,脸红了,心想他是不是扯得太远了。

他开始想他今天有没有做什么蠢事,他从头回忆今天的事,他的回忆停留在那个法国小鼓手身上。"我们倒挺自在的,不知他怎么样了?把他放在哪儿了?给他吃的没有?有没有欺负他?"他在想。他觉得自己胡扯了一些打火石的事,他现在有点怕了。

"问一问倒行，"他想"不过他们会说：'小孩怜惜小孩。'我明天让他们知道我是一个怎样的孩子！我倘若问他，是不是挺害羞的？"彼佳想。"嗨，管他的！"他一下红了脸，惊慌地望着那些军官，看他们脸上有没有嘲笑的表情，说：

"可不可以把那个抓来的俘虏——那个小孩叫来？给他点什么吃的……或许……"

"是啊，可怜的小家伙，"杰尼索夫说，他很明显并不认为这个提醒有什么可害羞的。"把他叫来。他叫樊尚·博斯。叫他来吧。"

"我去叫，"彼佳说。

"去叫，去叫。可怜的小家伙，"杰尼索夫重复道。

杰尼索夫说这话的时候，彼佳站在门旁。彼佳从军官们中间挤过去，来到杰尼索夫身边。

"让我吻吻你，亲爱的，"他说。"嘿，太好了！"他吻了吻杰尼索夫后，就跑到外面去了。

"博斯！樊尚！"彼佳在门口喊道。

"您找谁，小爷子？"黑暗中一个声音说。彼佳回答说，找那个今天抓获的法国孩子。

"噢！韦辛尼，是吗？"哥萨克说。

"他正在篝火那儿烤火呢。喂，韦辛纳！韦辛纳！韦辛尼！"黑暗中传出连续的呼唤声和笑声。

"那孩子机灵着呢，"站在彼佳身旁的骠骑兵说。"我们刚才给他东西吃了。可把他饿坏了！"

在黑暗中响起光脚板踏着泥水的声音，小鼓手来到门前。

"是你呀！"彼佳说。"要吃东西吗？进来吧，"他怯怯地、亲热地摸着他的手。

"谢谢，先生，"小鼓手用颤抖的、近乎是孩子的声音回答，他在门口把泥脚擦干净。彼佳有许多话要对小鼓手说，可是他不敢。他在门厅里站在他身边，不知怎样才好。然后，在黑暗中抓住他的手，握了握。

"进来吧，"他只是柔声细语地又说。

"咳，我应当为他做点什么！"彼佳自言自语着，他打开门，让那个孩子先进去。

小鼓手进到屋里，彼佳离他远一点坐下来，他觉得对他太注意是有失身份的。他只是手插进衣袋里摸着钱，踌躇地想，给小鼓手钱是不是怪害羞的事。

八

杰尼索夫吩咐给小鼓手伏特加酒和羊肉，叫他穿上俄国式的长衣，打算不把他和俘虏一起送走,而把他留在队里。这时,多洛霍夫的到来,把彼佳的注意力从小鼓手身上引开了。彼佳在部队里听到许多关于多洛霍夫异常的勇敢和残暴的故事,所以,多洛霍夫一进到屋里,彼佳就目不转睛地盯着他,更加振作起精神,高昂着头,以表示甚至像多洛霍夫这样的伙伴,他也配得上。

多洛霍夫外表的朴素,令彼佳非常惊奇。

杰尼索夫穿一身高加索式的上衣,留着胡子,胸前挂着显圣的尼古拉像,他的谈吐和举止都显出了他的特殊地位。多洛霍夫以前在莫斯科的时候,穿着一身波斯装,而现在的装束却有一副最标准的近卫军军官的派头。他的脸刮得非常干净,穿着近卫军棉大衣,纽扣上挂一枚圣乔治勋章,头上端正地戴一顶普通的军帽。他在墙角脱下毡斗篷,不跟任何人打招呼,走到杰尼索夫跟前,立刻谈起正事来。杰尼索夫对他讲了讲两只大游击队对袭击那个运输队的计划、彼佳送来的信件,以及他是怎样回答那两个将军的。然后,杰尼索夫把他所知道的法国部队的情况讲了一遍。

"事情就这样,但是必须知道是什么部队,有多少人,"多洛霍夫说,"得去一趟。不确切地了解他们有多少人,不能贸然从事。我做事喜欢认真。我说,诸位有谁愿意跟我一起到他们营盘去一趟,我把法国军服也带来了。"

"我,我……我跟您去!"彼佳喊道。

"根本用不着你去,"杰尼索夫对多洛霍夫说,"我无论如何也不会让他去。"

"我去好极了!"彼佳喊道,"为什么不让我去?……"

"因为没有必要。"

"请您原谅,但是……我一定去,就是这样。您带我去行吗?"他问多洛霍夫。

"有什么不可以……"多洛霍夫漫不经心地回答,他审视着那个小鼓手的脸。

"这个小东西早已在您这儿了?"他问杰尼索夫。

"今天才捉到的,可是他什么也不知道。我把他留下来了。"

"啊,您把其余的都弄哪儿去了?"多洛霍夫说。

"什么弄哪儿去了?我送走的都有收条!"杰尼索夫忽然红了脸,喊道。"我敢说,凭自己的良心,我没害过一条人命。难道把三十个或者三百个俘虏押送到城里,比玷污军人的名誉还难吗?"

"这番好心的话只适合这位十六岁的伯爵小少爷说,"多洛霍夫冷笑着,"你已经不是说这种话的年纪了。"

"我说什么来着,我什么也没说,我只说,一定要带我去,"彼佳胆怯地说。

"咱们是扔掉这种多情的时候了,"多洛霍夫继续说,仿佛他对这个刺激杰尼索夫的话题尤其感到兴味。"你留着这孩子干什么用?"他摇着头说。"是因为只可怜他吗？你的那些收条，我们太清楚了。你送走一百个，结果只收到三十个。都饿死了或者给打死了。反正是送不到，你说是不是？"

哥萨克上尉眯缝起眼睛，赞许地点点头。

"反正送不送都一个样，这没有什么可说的。我不愿意折磨自己的良心。你说——他们都会死掉的。就算那样吧。只要别死在我手里就行。"

多洛霍夫大笑起来。

"然而有谁劝阻他们不要二十次下令捉我呢？倘若给他们捉到的话——你我连同你那骑士风度，全都给吊到白杨树上。"他停了一下。"我们还是干正事吧。叫我的哥萨克把驮囊拿来！我有两套军服。怎么样，跟我去吗？"他问彼佳。

"我？对，对，一定去，"彼佳注视着杰尼索夫喊道，他激动得几乎流出泪来。

在多洛霍夫和杰尼索夫争论应当怎样对待俘虏的时候，彼佳又感到困窘和慌乱；可是他还是没搞清楚他们在说什么。"既然岁数大的，有名的人都是那么想的，那当然是对的，自然是好的，"他想。"主要的，不能让杰尼索夫认为我是听他的，他可以指挥我。我一定跟多洛霍夫到法国营盘去。他办得到，我也办得到！"

不论杰尼索夫怎样劝阻，彼佳总是回答说，他也有做事精细的习惯，而不总是毛手毛脚地碰运气，而且他从来不考虑个人的危险。

"因为，假如不确切知道他们有多少人，就可能关系到几百人的生命，而我们不过两个人。再说，我非常想去，我非去不可，您别拦阻我，"他说，"那样只有更糟……"

九

彼佳和多洛霍夫穿上法国军大衣和高筒军帽，就向杰尼索夫观察敌人营盘的林间小道驰去，在一片黑暗中走出树林，来到洼地。到了下面，多洛霍夫命令跟随他的哥萨克在那儿等候着，随后就沿着大路向桥头驰去。彼佳和他并马前进，激动得喘不过气来。

"假如咱们落入敌人手里，我决不让他抓住活的，我有手枪，"彼佳低语道。

"不要说俄语，"多洛霍夫悄悄说，就在此刻，从黑暗中传来呼问声："什么人？"并发出扳枪机的声音。

血立刻涌到彼佳脸上，他抓住了手枪。

"第六团的枪骑兵"多洛霍夫说，既不放慢也不加快马的步子。桥上站着哨兵的影子。

"口令?"多洛霍夫勒住马,缓步行进。

"热拉尔团长在吗?"他说。

"口令!"哨兵不回答,拦住他说。

"官长在巡逻,哨兵决不会问他口令。我问你团长在吗?……"多洛霍夫忽然发起火来,策马向哨兵走去。

不待那个让开路的哨兵回答,多洛霍夫缓步跑上山坡。

看到一个横过道路的黑影,多洛霍夫拦住那个人,问司令官和军官都在哪儿。那个背着口袋的士兵站住,走到多洛霍夫的马跟前,用手抚摸着马,友善地说,司令官和军官都在右边山坡农场上。

多洛霍夫沿着大路向前走,从路两边篝火那儿传来法国人的谈话声,走了一段路,他转入了地主住宅的院子里。进了大门,他下了马,走到一堆烧得正旺的篝火跟前,围着篝火坐着几个人正在大声说话。火上煮着满满一锅东西,一个头戴尖顶帽被火照得亮堂堂的士兵跪在那儿,用通条搅动着锅里的东西。

"你拿那家伙没办法,"坐在篝火对面阴影里的一个军官说。

"他把他们吓了一跳……"另一个军官大笑起来。听见多洛霍夫和彼佳牵着马向篝火走来的脚步声,两个军官停下谈话,向黑暗中张望。

"你们好,诸位!"多洛霍夫大声、清楚地说。

军官们在篝火的阴影里动了动,一个高个的、长脖子军官绕过火堆,走到多洛霍夫面前。

"你好吗,克莱芒?"他说。"从哪儿来……"他意识到认错了人,就没把话说完。轻轻地皱了皱眉,就像对一个陌生人似的,与多洛霍夫寒暄了一下,问有什么可以为他效劳的。多洛霍夫说,他和同伴在追赶自己的团队,他问在场的军官们,是否知道第六团的消息。他们都不知道;彼佳觉得那些军官怀着敌意和疑心审视着他和多洛霍夫。有几秒钟大家都不说话。

"假如你们是来赶晚饭的,那你们可来晚了。"篝火后面发出忍着笑的声音。

多洛霍夫说他们不饿,他们当晚还要赶路。

他把马交给那个搅和锅的士兵,随后在篝火旁挨着那个长脖子军官蹲了下来。那个军官目不转睛地瞪着他,又问他一遍:他是哪个团的。多洛霍夫没有回答,就像没有听见他的问话,他从衣袋里取出法国烟斗,抽起烟来,问那些军官前面的路上会不会有受哥萨克袭击的危险。

"那些强盗到处都是,"一个军官从篝火那边回答。

多洛霍夫说,仅有对他和他的同伴这样掉队的人,哥萨克才是可怕的,然而对大部队,哥萨克大概是不敢袭击的,他用探询的口气又说。没有人回答。

"他就要走了,"彼佳站在篝火前,听他们谈话,不时这么想。

但是多洛霍夫又再次开始那个中断了的谈话,直率地问他们有几个营,每

营有多少人,有多少俘虏。在问到他们部队中的俄国俘虏时,多洛霍夫说:

"带着这群家伙挺烦人的,还不如把他们都枪毙了,"接着,他怪声大笑起来,彼佳觉得,法国人马上就要识破骗局,他不自觉地从篝火边向后退了一步。没人回答多洛霍夫的话和笑,一个不见露面的法国军官探起身来和同伴嘀咕什么。多洛霍夫站起来,叫那个牵马的士兵。

"他们会把马牵来吗?"彼佳想,不由得靠近多洛霍夫。

马牵来了。

"再见,诸位,"多洛霍夫说。

彼佳想说晚安,但是说不出口。军官们交头接耳地在低语什么。多洛霍夫好半天才骑上那匹不肯站稳的马;然后缓缓走出了大门。彼佳骑着马和他并肩走,他十分想回头看看军官有没有追赶他们,然而他不敢。

来到大路上,多洛霍夫不从田野回去,而穿过村庄。走到一个地方,他停下侧耳谛听。

"你听见了吗?"他说。

彼佳听出俄国人说话的声音,看见了篝火旁俄国俘虏的黑影。彼佳和多洛霍夫下了山坡向桥上走去,随后朝着哥萨克在那儿等待着的洼地跑去。

"好啦,再见吧。告诉杰尼索夫,天亮的时候开第一枪,"多洛霍夫说完正要走,彼佳抓住了他的胳膊。

"嘿!"他喊道,"您真是伟大的英雄。啊,真好! 真棒! 我真爱您。"

"好啦,好啦,"多洛霍夫说,但是彼佳不放开他,多洛霍夫在黑暗中看出彼佳向他弯过身来。他想亲吻。多洛霍夫吻了吻他,笑起来,掉转马,在黑暗中消失了。

十

彼佳回到看林小屋,在过厅里碰见杰尼索夫。杰尼索夫心中正懊悔自己不该让彼佳去,激动不安地等候着他。

"谢天谢地!"他喊道。他听着彼佳欣喜若狂地讲述,反复地说。"你这个鬼东西,为了你,我连觉都没睡!"杰尼索夫说。"好啦,谢天谢地,现在可以睡了。天亮之前还可以打个盹儿。"

"好……不,"彼佳说。"我还不打算睡呢。我知道我的毛病,一睡就醒不过来了。在战斗前,我有不睡觉的习惯。"

彼佳在屋里坐了一会儿,快活地回忆这次出行的一桩桩细节,生动地想象着明天的情景。随后,他看见杰尼索夫睡着了,就站起来,走到外面。

外面依旧一片漆黑。雨已经停了,但树上还滴答着雨点。在看林小屋近旁,隐约可见哥萨克的窝棚和拴在一起的马的黑影。

彼佳走出过厅,在黑暗中四处看了看,然后向大车走去。车底下有人打鼾,几辆大车周围站着备鞍的马正在嚼燕麦。黑暗中彼佳认出他的马,于是他向那匹马走去。

"喂,明天咱们就要上阵了,"他说,闻闻它的鼻孔,吻了吻它。

"怎么啦,大人,没有睡啊?"坐在大车下的哥萨克说。

"没有;啊……你似乎叫利哈乔夫吧?我才回来。我们到法国人那去了。"于是彼佳不但详细讲了他这次出行,并且讲了他为什么出行,为什么他认为宁可冒生命危险,也比不管三七二十一瞎蒙好。

"您睡一会儿去吧,"那个哥萨克说。

"不,我已经习惯了,"彼佳回答。"你手枪里的火石都用完了吧?我带来一些。你拿去用吧。"

那个哥萨克从大车底下探出身子,离近仔细地看了看彼佳。

"对了,我求你一件事,朋友,你替我磨一磨佩刀吧;佩刀还没有开口呢。能办到吗?"

"有什么办不到的,当然可以。"

利哈乔夫站起来,在驮囊里摸索了一阵,不大工夫,彼佳就听见钢在磨刀石上发出霍霍的声音。

"怎么样,弟兄们都睡了吗?"彼佳说。

"有的睡了,有的就像咱们这样。"

"那个孩子怎么样?"

"韦辛尼吗?他在过厅里躺着呢。受惊以后困了。他现在可兴奋了。"

在这之后彼佳沉默了很久。黑暗中传来脚步声,一个黑影出现了。

"磨什么?"那个人走到大车跟前,问道。

"给这位小爷磨佩刀呢。"

"好事,"那人说,"我的茶杯是否忘在你这儿了?"

"就在车轴辘旁边。"

骠骑兵拿起杯子。

"天快亮了吧,"他打着哈欠说了一句,便到别处去了。

"霍哧,霍,霍哧,霍……"被磨的佩刀在呼啸。突然,彼佳听见一个很和谐的乐队在演奏一种不知名的、既庄严又悦耳的赞美歌。彼佳和娜塔莎都一样,比起尼古拉都更具有音乐的天赋,但他从没有学过音乐,从没有想过音乐,正因为这样,这些意外闯进他头脑的旋律,他觉得格外动人。

彼佳不知道持续了多久:他欣赏着,不断地为这种享受而惊奇,而且因为没有可共同欣赏的人而感到遗憾。利哈乔夫亲切的声音唤醒了他。

"大人,刀磨好了,您可以把法国人劈成两半了。"

彼佳醒了。

"已经天亮了,真的天亮了!"他喊道。

彼佳抖擞了一下,跳起来,从衣袋里取出一个卢布交给利哈乔夫,挥了一下军刀,试了试,插进了刀鞘里。

"司令来了,"利哈乔夫说。

杰尼索夫从看林小屋里走出来,把彼佳喊过去,就命令集合。

十一

在昏暗中各人很快就找到了自己的马,把马肚带勒紧,排成几个小队。杰尼索夫站在看林小屋旁边,发出了最后的命令。游击队的步兵几百只脚踏着泥地,沿着大路前进,很快就消失在晨雾弥漫的树林中间。哥萨克上尉对哥萨克们也发出了命令。彼佳牵着马缰绳,焦急地等着上马的命令。一阵寒战掠过他的背脊,全身迅速而有节奏地颤抖着。

"你们都准备好了吗?"杰尼索夫说。"带马来。"

马牵过来了。杰尼索夫为了马肚带没有勒紧十分恼火,把那个哥萨克大骂了一顿,然后骑上马。彼佳蹬上马镫。那匹马习惯地想咬他的脚,但是彼佳好像觉不出自己的重量似的,迅速跳到马鞍上,回头望了望身后在昏暗中出发的骠骑兵,就向杰尼索夫跑去。

"瓦西里·费奥多罗维奇,您交给我一个什么任务吧?求求您……看在上帝面上……"他说。杰尼索夫似乎把彼佳这个人的存在全给忘了。他转脸看了他一眼。

"我只命令你一件事,"他严厉地说,"听我的话,不要乱窜。"

杰尼索夫一路上再没有和彼佳说一句话,无语地走着。来到树林边缘的时候,田野上已经大亮了。杰尼索夫向哥萨克上尉低语了一会儿,哥萨克骑兵从彼佳和杰尼索夫身旁跑过。在他们都走过去的时候,杰尼索夫策马向山坡下驰去。马蹲着后腿,出溜着,驮着骑者下到洼地。彼佳和杰尼索夫并骑前进。他全身颤抖得越来越厉害。天逐渐亮了,只有雾还遮蔽着远方的物体。杰尼索夫下来后,向后面看了看,对站在他身边的哥萨克点了点头。

"打信号!"他说。

那个哥萨克举起手来放了一枪。就在这一瞬间,只听见四面响起奔腾的马蹄声、呐喊声和射击声。

就在刚一响起马蹄声和呐喊声的一瞬间,彼佳扬鞭抽了一下他的马,放松缰绳,不听杰尼索夫对他的训斥,直向前奔去。彼佳觉得,枪声一响,天色忽然像正午一样明亮起来。他向桥跑去。哥萨克们沿着大路在前边跑着。在桥上他碰见一个落到后面的哥萨克,然后再向前跑去。前面有一些法国人,正从大路右边向左边跑。有一个人倒在彼佳的马蹄下面的泥里。

在一所农舍旁围着一群哥萨克正在做什么。从人群的中间传来可怕的喊叫声。彼佳向那群人跑去,他第一眼看见的是一张苍白的、下巴颏打哆嗦的法国人的脸,那个法国人手中握住一杆对着他的长矛。

"乌拉! ……弟兄们……我们的人……"彼佳喊道,松开马的缰绳,顺着村子街道向前跑去。

前面传来枪声。从路两旁跑出来的哥萨克、骠骑兵和衣衫褴褛的俄国俘虏,都高声地喊叫。一个样子彪悍的法国人用刺刀抵抗骠骑兵。当彼佳驰到跟前的时候,那个法国人已经倒下了。又没赶上,彼佳头脑里闪了一下,于是他向那些枪声响得最密的地方驰去。他听到在他和多洛霍夫昨天夜里去过的地主家院子里响起枪声。法国人躲在灌木茂密的花园里,在篱笆后面向拥在大门口的哥萨克射击。彼佳向大门跑去的时候,在硝烟弥漫中看见多洛霍夫,正对人们吆喝。"迂回过去! 等一下步兵!"他喊道,这时彼佳跑到他跟前。

"等一等? ……乌拉! ……"彼佳喊道,他一刻不停地向那枪声和硝烟最密的地方驰去。哥萨克和多洛霍夫跟着彼佳跑进宅院的大门。在动荡的浓烟中,法国人有的扔掉武器,从灌木丛中迎着哥萨克跑出来,另一些往山下池塘跑去。彼佳骑着马穿过地主家的院子,然而他不握住缰绳,却奇怪地、迅速地挥舞着两只胳膊,身子越来越向鞍子的一边倾倒。马跑到在行将燃尽的篝火前站住了,彼佳沉重地倒在潮湿土地上。哥萨克们看见他的胳膊和腿很快地抖动着,而他的头却一动不动。子弹射穿了他的头。

一个法国高级军官从宅子里走出来,用刺刀挑着一块白手绢宣布投降,多洛霍夫和他谈判了一会儿随后下了马,走到一动不动、两臂伸开的彼佳跟前。

"完结了,"他皱着眉头说,然后向大门走去,迎着向他驰来的杰尼索夫。

"打死了吗?!"杰尼索夫喊道,他老远就看见彼佳的身子摆着那种确定无疑已经失去生命的姿势躺在那儿。

"完结了",多洛霍夫又说,好像说出这话使他感到什么乐趣似的,他匆忙向那被急忙赶来的哥萨克包围起来的俘虏走去。"不收容他们!"他向杰尼索夫喝了一声。

杰尼索夫没有答话;他来到彼佳身旁,下了马,用颤抖的双手托起彼佳被血和泥染污了的脸。

"我爱吃甜东西。上好的葡萄干,全拿去吧,"他想起彼佳的话。杰尼索夫像犬吠似的号哭起来,他转身走到篱笆跟前,紧紧地抓住篱笆。

杰尼索夫和多洛霍夫救出的俄国俘虏中,就有皮埃尔·别祖霍夫。

十二

皮埃尔所在的那个俘虏队,从离开莫斯科上路以来,从未接到法国长官任何新的命令。十月二十二日和这个俘虏队走在一起的早已不是从莫斯科出发时的那些军队和车队了。走在他们后面载着面包干的车队,在开始的几天有一半被哥萨克掳走了,另一半向前走远了;原先走在前面的没有骑马的骑兵,已经一个不剩了;他们都失踪了。头几天还看见前面是炮队,现在却是由威斯特法利亚人护送的朱诺元帅的庞大车队。走在俘虏后面的是骑兵的车队。

原来法国军队分成三个纵队,从维亚济马出发后,现在乱成一团了。在刚出莫斯科第一次休息时皮埃尔所见到的那些混乱迹象,现在达到了极点。

他们经过的那条路两旁,到处是死马;从各种部队掉队的穿着破烂衣服的人,有时加入行进中的纵队,有时又落在后面,不断地变换着。

在行军期间,闹了几次虚惊,那些护送兵举枪射击,拼命乱跑,互相冲撞,然后又集合起来,因为无缘无故的受惊互相咒骂。

这三股走在一块的人,——骑兵车队、俘虏押送队和朱诺的车队,——总还算得上是一个单独的完整的单位,虽然这群人很快地减少着。

原有一百二十辆大车的骑兵车队,现在剩下的已经不到六十辆了;其余的不是被抢走就是被抛弃。朱诺的车队也有的被丢掉或者被掳走。有三辆大车曾遭到达乌兵团的散兵游勇的抢劫。皮埃尔从德国籍士兵的谈话中得知,押送这个车队的人比押送俘虏的人多,他们的一个同伴,一个德国兵,被元帅亲自下令枪毙了,由于在这个士兵身上发现一个属于将军的银匙。

在这三股人中间,减员最多的要算俘虏押送队了。出莫斯科时三百三十人,现在只剩下不到一百人了。押送的士兵觉得,俘虏比骑兵车队的马鞍子和朱诺的行李车队更是一个负担。他们知道,马鞍子和朱诺的匙子还有点用,可是看守这些又冷又饿的俄国人,对于同样又冷又饿的士兵来说什么用也没有。那些处境可怜的押送士兵,好像害怕克制不住对俘虏的同情,那样会使自己的处境更坏,因此对待俘虏格外阴沉和严厉。

在多罗戈希日,押送的士兵把俘虏锁在马棚里,出去抢他们自己的仓库,有几个俘虏试图挖通墙脚逃走,可是被法国人捉住枪毙了。

在莫斯科出发时俘虏的军官和士兵是分开的,现在这个规定早已不存在了;凡是还能走动的,都掺在一起了,从第三天起,皮埃尔跟卡拉塔耶夫和那条认卡拉塔耶夫为自己主人的雪青色的短腿狗又会合了。

离开莫斯科的第三天,卡拉塔耶夫在莫斯科医院患的热病又发作了,卡拉塔耶夫身体渐渐衰弱,皮埃尔也逐渐地离开他了。皮埃尔不知为什么,但是,自从卡拉塔耶夫病得体弱以后,皮埃尔总要强迫自己才走到他身边。每次皮埃尔走近他和听见他低声呻吟,就闻见从他身上发出愈加强烈的气味,皮埃尔就远远地离开他,也不去想他了。

皮埃尔被关在棚子里当俘虏的时候,懂得了一个道理,人被创造出来是为了幸福,幸福就在于他本身,在于满足人的自然需要,而一切不幸福并不在于缺少什么,而在于过剩;但是现在,在最近三个星期的行军中,他又懂得了一个新的、令人欣慰的真理——世上并没有什么可怕的东西,世上没有哪个环境是人在其中过得幸福和完全自由的,也没有哪个环境人在其中过得不幸福和不自由的。他认识到,痛苦有一个界限,自由也有一个界限,而且这个界限十分接近;一个人为他的锦绣被褥折了一个角而感到苦恼,也正像他现在睡在光秃秃的湿地上,为一边身子冷一边身子热而感到苦恼一样;从前他曾为穿紧脚的舞鞋而感到痛苦,而现在他完全光着脚,用两只满是伤口的脚走路,也感到一样的痛苦。他认识到,当时他自以为自愿和妻子结婚,并不比目前夜里将他关在马棚里更自由。在所有他后来称作痛苦的事情中,最要命的是那双赤裸的、伤痕累累的脚。起初唯一让他难受的是那双脚。

上路的第二天,皮埃尔在篝火旁审视他光脚上的伤痕,心想,没法走路了;但是当大家都动身的时候,他也一拐一拐地走起来,走得身上发暖,也就不觉得疼了,尽管晚上那双脚看起来更使人觉得可怕。可是他不瞧它,想点别的什么。

皮埃尔现在才懂得一个人所具有的全部生命力以及人身上潜在的那种转移注意力的自救力量,它就像锅炉上的安全阀门,只要蒸气的密度超过一定的限度,它就把多余的蒸气释放出去。

他没有见到和听到枪毙那些掉队的俘虏,虽然已经有一百多人就这样被消灭了。他不去想日渐衰弱的卡拉塔耶夫,显然不久他也要遭到那可怕的命运,皮埃尔更少想他自己。他的境况越艰苦,前途越可怕,就愈在他心中出现那些令人欢快欣慰的回忆和想象。

十三

二十二日正午,皮埃尔沿着泥泞打滑的道路在爬坡,他望望自己的脚和崎岖不平的路。他有时看看周围熟悉的人群,然后又去看他那双脚。周围的人群和他那双脚都是他熟悉的。那条雪青色的罗圈腿的小狗快活地在路旁奔跑,有时,为了证明它的敏捷和满意,提起一只后腿,用三条腿跳跃前进,然后又撒开四条腿狂叫着向落在死尸上的乌鸦奔去。周围横陈着各种动物的肉——从人的到马的,不同程度地腐烂着;狼不敢走近有行人的地方,所以小狗可以任意地大嚼大吃。

一早就下雨,眼看就要雨过天晴,可是停了一阵子,下得更大了,道路湿透了,水已经渗不进去了,顺着车辙流成小水沟。

皮埃尔一边走一边向两旁张望,一边每数三步就弯起一个指头。他心里对雨念叨着:"下吧,再下吧,再加一把劲。"

他觉得他什么也不想;但是在那遥远、深邃的某个地方,他的灵魂却在想一件重要的和令人欣慰的东西。这是他从昨天跟卡拉塔耶夫的谈话中得出来的最奇妙的精神收获。

昨天在宿营的地方,皮埃尔在已经熄灭的篝火旁觉得非常冷,他站起来,挪到附近着得较旺的火堆旁。在他走过去的篝火旁,普拉东坐在那儿,他用军大衣连头一块包起来,像裹一件法衣似的,他正用他那快乐的、然而微弱的声音向士兵讲皮埃尔所熟悉的故事。已经过了午夜了。这通常是卡拉塔耶夫发过一阵疟疾后特别活跃的时候。皮埃尔走到篝火前面,听见普拉东微弱、病态的声音,看见他那被火光照亮的可怜的脸,心中感到一阵刺痛。他为自己对这个人的怜悯而感到吃惊,想走开,但是没有另外的篝火可去,因此皮埃尔极力不去看普拉东,在篝火旁坐下。

"你身子怎样?"他问道。

"身子怎么样?假如我们抱怨病,上帝就不赐我们死了,"卡拉塔耶夫说,马上又回到讲开了头的故事。

"……我说,老弟,"普拉东继续说,他那瘦削、苍白的脸带着笑容,眼睛闪着奇异的喜悦的光,"我说,我的老弟……"

皮埃尔早就知道这个故事了,卡拉塔耶夫单独对他一个人讲过五六次,而且每次讲这故事时总是怀着奇特的、喜悦的感情。但是,不管皮埃尔对这个故事多么熟悉,他现在听它,依旧觉得新鲜,卡拉塔耶夫讲故事时的那种恬静的欢喜同样感染着皮埃尔。这个故事是讲一个老商人,他和一家人过着规规矩矩、敬畏上帝的生活,有一次他和一个富商结伴儿到马卡里去。

两个商人在一家客店里住下,躺下睡了,第二天发现商人的同伴被人杀死了并且遭到抢劫。在那个老商人的枕头下面找到那把染血的刀子。这个商人受到审判,挨了鞭打,撕破鼻孔,卡拉塔耶夫说,——然后被流放去做苦役。

"就是这样,我的老弟,这件事过去了十来年。那个老头子过着服苦役的生活。他服服帖帖,不做一点非分的事。他只求上帝赐给他死。——好的。一天夜里,苦役犯人聚在一起,就像我们现在这样,那个老头也在里面。闲谈中,提起他们谁为啥受这份罪,如何冒犯了上帝。于是大家说起来,最后人们都问那个老头:'爷爷,你犯了什么罪?''我嘛,我是为别人的罪过在吃苦呢。我没害过一条命,没拿过别人的东西,不光这样,我还常常帮助贫寒的人。我是一个商人,有很多的财产。'如此这般,他从头到尾,详细地把事情讲述了一遍。'我不为自己难过。这是上帝惩罚我呢。不过只有一样,'他说,'我可怜我的老伴和孩子。'说到这儿,老头子哭起来。在他们一伙里有一个人,恰好就是杀死那个商人的人。'老爹,'那个人说,'那件事在何地、何年、何月发生的?'一切都问清了。他的心感到刺痛了。他扑通一声跪到他的脚下。'老爹,'他说,'你是为我遭的罪。弟兄们,他说的千真万确;这个人没有罪,毫无理由地受折磨。那件事是我干的,刀子是我趁你睡着时塞到你的头下面的。原谅我,老爹,'他说,'看在上帝的面上原谅我吧。'"

卡拉塔耶夫停住了,他望着火光,露出快乐的笑容,拨了拨劈柴。

"那个老头说:'上帝会饶恕你的,而我们所有的人对上帝都有罪,我是为我的罪过而受苦。'他哭了,热泪潸潸地流。"卡拉塔耶夫说,他那喜悦的笑容愈来愈焕发出光彩,似乎在他刚才所讲的里面,包含着一种最有魅力、最有意义的东西,"你想不到,亲爱的,这个凶手向官府自首了。他说:'我害过六条人命,我是一个大坏蛋,但是我最可怜那个老头子。再不要让那个老头子抱怨我了。'他自首了:人家记录下他的供词,发了公文。那地方非常远。要审了又审,要写一道道公文,要经一层层官府。这件案子终于到了沙皇那儿。沙皇的命令来了:释放那个商人,发还原判没收的财产。公文批来了,到处找那个老头。那个无辜受罪的老头在哪儿?"卡拉塔耶夫的下巴颏在哆嗦。"上帝已经饶恕了他——他死了。"卡拉塔耶夫结束说,他望着前方淡淡地微笑着,待了很久。

这时欢快地充满着皮埃尔灵魂的,不是这个故事本身,而是这个故事的神秘意义,是卡拉塔耶夫讲这个故事时在他脸上焕发出的那种极大的欢喜和这种极大的欢喜的神秘意义。

十四

"各就各位!"突然发出一个声音。

在俘虏和押送队中发生了一阵喜洋洋地混乱和对什么幸福而庄严的事情的期待。从四面响起了口令声,从左边绕过俘虏出现了一队服装华美、坐骑优良的骑兵。所有人的表情都很紧张。那是每当最高当局来临时人们常有的表情,俘虏被推到路边,挤作一堆。

"皇帝!皇帝!元帅!"身肥体壮的护送骑兵刚刚过去,接着驶过一辆几匹灰马纵列驾着的马车。皮埃尔看见一个神态安详、仪表秀美、白胖,头戴三角帽的人脸。这是一位元帅。元帅的目光向皮埃尔那引人注目的庞大躯体投来。从元帅那皱紧眉头和转过脸去的表情,皮埃尔好像感到一种有意掩饰起来的同情。

那个管理车队的将军,满脸通红,神色慌张,赶着他那匹瘦马,在马车后面奔跑。有几个军官聚在一起,士兵们围着他们。所有人的表情都是既高兴又紧张。

在元师走过的时候，俘虏们挤成一堆，皮埃尔看见了他那天早上还未见到的卡拉塔耶夫。卡拉塔耶夫穿着他那件瘦小的军大衣，靠着一棵白桦树坐在那儿。他的脸上除了昨天讲那个无辜受罪的商人的故事时所表现的那种欢喜和感动的表情外，还露出一种恬静和庄严。

卡拉塔耶夫睁着他那和善的、这时蒙着一层泪水的圆圆的眼睛看着皮埃尔，显然是在呼唤他，他有话要对他讲。皮埃尔怕自己会感受过于可怕的情景。他假装没有看见他的目光，赶快走开了。

当俘虏们又启程的时候，皮埃尔回头望了望。卡拉塔耶夫坐在路边的桦树旁；两个法国人站在他身旁商量着什么。皮埃尔没有再回头看。他一拐一拐地向山岗爬去。

从后面卡拉塔耶夫坐着的地方响起了枪声。皮埃尔清楚地听见了枪声，可是就在听见枪声的一瞬间，皮埃尔记起，他还没有算出到斯摩棱斯克还有多少站，那是在那位元帅走过来之前就开始计算的。因此他开始计算。那两个法国兵从皮埃尔面前跑过去，其中一个拎着一支冒烟的枪。他们俩都脸色苍白，其中一个胆怯地望了皮埃尔一眼，他们脸上的表情有点像他曾见过的那个行刑的年轻士兵的表情。皮埃尔看了看那个士兵，想起三天前他在篝火堆烘衬衫，把衬衫烧着了，大家都嘲笑他。

那条狗在后面——在卡拉塔耶夫坐过的那个地方哀号。"大笨蛋，它叫什么？"皮埃尔想。

和皮埃尔并排走的同伴们，也像皮埃尔一样，不回头看那发出枪声和后来狗叫的地方，可人人脸上的表情都是严峻的。

十五

军需车队、俘虏和元帅的大车队都停在沙姆舍沃村。大家都围在篝火旁。皮埃尔走到篝火旁，吃了烤马肉，背朝着火躺下来，马上睡着了。他又像在波罗底诺战役后在莫扎伊斯克那样睡着了。

现实的事件又和梦境合在一起了，又有人对他谈思想，甚至就是在莫扎伊斯克对他所谈的那些思想。

"生命就是一切。生命就是上帝。一切都在变迁和运动，这个运动便是上帝。只要有生命，就有自我意识的欢乐，爱生命，爱上帝。最困难同时也是最幸福的就是在苦难中、在无辜受苦时爱这个生命。"

"卡拉塔耶夫！"皮埃尔想起了他。

皮埃尔忽然很真切地想起他久已遗忘的、在瑞士教过他地理的老教师。

"等一下，"那个老头说。他给皮埃尔看一个地球仪。这是一个活动的圆球。在球的表面是密密麻麻的点子。这些点子总在运动，在变换位置，时而几个合成一个，时而一个分成若干个。每个点子都在极力扩张，以便占据最大的空间，但别的也极力扩张，排挤它，有时消灭它，有时和它合在一起。

"这便是生命，"老教师说。

"这是多么简单明了，"皮埃尔想。"我以前怎么就不知道这个呢？"

"上帝在那中间，每个点子都在扩大，以便最大限度地反映上帝。这就是他，就是卡拉塔耶夫，你看他扩散开来，又消失了。——你明白了，孩子，"教师说。

"你明白了，该死的，"一个声音喊道，于是皮埃尔醒了。

他欠身坐起来。篝火旁蹲着一个法国人，他才把一个俄国兵推开，正在烤穿在通条上的肉。他卷着袖子，两只青筋突出的手，灵活地转动着通条。在炭火的光亮中，可以清楚地看见他那紧皱眉头的褐色面孔。

"他反正是个土匪，没错！"他很快地转过身来对站在他身后的士兵说。

那个士兵转动着通条，阴沉地向皮埃尔瞅了一眼。皮埃尔转过脸去，望着黑暗的地方。有一个俄国俘虏，就是那个被法国人推开的人，用手在拍打着什么。皮埃尔凑近一看，认出了那只雪青色的小狗，它摇着尾巴坐在那个士兵身旁。

"啊，你来啦？"皮埃尔说。"啊，普拉东……"他刚开个头，没有把话说下去。突然，在他的想象中交替着出现一连串的回忆：他想起坐在树下的普拉东望着他的目光，想起从那个地方传来的枪声，想起狗的叫声，想起从他身旁跑过去的两个法国人的脸带着犯罪的神情，想起那支冒烟的枪，想起在这个休息站已经没有卡拉塔耶夫了，他正要弄明白卡拉塔耶夫已经被打死，可是就在这一刹那，不知为什么，他一下子想起他和一个波兰美女在基辅他的住宅阳台上度过的那个夏夜，皮埃尔依旧没有把这一天的回忆联系起来，以便从其中做出结论，他就闭起眼睛，于是夏天的自然风景和对洗澡以及对流动的液体球的回忆混在一起了，于是他慢慢向水里沉下去，水淹没了他的头顶。

在太阳出来之前，他被巨大而稠密的枪声和呐喊声吓醒了。法国人从他身旁跑过去。

"哥萨克!"其中一个法国人喊道。一分钟后,皮埃尔发现一群俄国人围着他。

皮埃尔好半天没有搞清楚是怎么回事。他听见周围都是同伴们欢喜的哭泣声。

"弟兄们!我的亲人,亲爱的!"那些老年士兵抱着哥萨克和骠骑兵,一面哭,一面喊。骠骑兵和哥萨克围着俘房们,忙着给他们东西,有人给衣服,有人给靴子,有人给面包。皮埃尔坐在他们中间,失声痛哭,一句话也说不出来;他抱住第一个走到他面前的士兵,一边哭,一边吻他。

多洛霍夫站在一座倒塌的房子大门旁边,从他面前走过缴了械的法国人。刚发生的事情使这些法国人非常激动,他们之间高声地谈论着;但是当他们从多洛霍夫面前走过时,看见他用那冷冰冰的丝毫慈善的意思也没有的目光望着他们,他们就不作声了。另一边站着多洛霍夫的一个哥萨克在数俘房,每数到一百就在门上画一个记号。

"多少了?"多洛霍夫问那个数俘房的哥萨克。

"二百了,"那个哥萨克回答。

"快走,快走,"多洛霍夫不住地说,这是他从法国人那里学来这么说的,他的目光一碰到俘房的目光,眼睛就突然爆发出残酷的光。

十六

自从十月二十八日开始上冻以后,法军的溃逃更加悲惨了:人们冻死和在篝火旁烤死,而皇帝、国王和公爵却穿着轻裘,驾着马车,带着抢来的财物,继续赶路;但是,法国军队从退出莫斯科就开始的溃逃和土崩瓦解的过程,实质上并没有丝毫的变化。

从莫斯科到维亚济马,法军原有七十三万人,而这七十三万人只剩下三万六千人了。这是数列的第一项,以后各项就不难确切地推算出来了。

从莫斯科到维亚济马,从维亚济马到斯摩棱斯克,从斯摩棱斯克到别列济纳,从别列济纳到维尔纳,法军就是按照这个比例不断削减着和毁灭着,他们的削减和毁灭与天气很冷或者不太冷、追击、道路的阻碍以及任何其他个别的条件都无关。到达维亚济马以后,原来分成三路的法军,已经混作一堆,一直走到最后都是这样。贝蒂埃向他的皇帝递了一个报告。他用法语写道:

"我应该向陛下报告最近三日我在各兵团行军中所见到的情况。这些兵团几乎彻底溃散了。跟着军旗行进的士兵只有四分之一,其余的随意四处窜逃,寻求食物和逃避军务。大家一心只想赶到斯摩棱斯克稍做喘息。近日许多士兵抛弃枪械弹药。不论陛下今后如何打算,可当务之急是必须在斯摩棱斯克集结军队,剔除其中徒步的骑兵、徒手的士兵和一部分炮兵,因为它与目前的兵力已经不相称了。士兵因为饥饿和劳累疲惫不堪;近日很多人死于途中和宿营地。这种情况仍在不断恶化,使人不得不担忧,如果不早日采取措施以防患未然,一旦有事,吾人手中将无可用之兵。十一月九日,距离斯摩棱斯克三十俄里。"

法国人拥入他们看作天堂的斯摩棱斯克后,为了争夺食物互相残杀,抢劫自己的仓库,一切东西都被抢光了以后,继续往前逃窜。

这些人一个劲儿往前走,谁也不知道到哪儿去,也不知道为什么走。天才拿破仑比别人知道得更少,因为没有人给他下命令。可是他和他周围的人仍然保持着一向的习惯:拟命令,发公函,写报告。但是这些命令和报告不过是纸上谈兵,并没有照办,因为不可能办到,他们虽然以陛下、殿下和贤弟相称,但是他们已经感觉到,他们不过是因为作恶多端现在正得到报应的丑恶的可怜虫。别看他们装作对军队非常关心,其实他们每个人心里只有自己,只想快一点逃命。

十七

在从莫斯科退回涅曼的战役中,俄法两军的行动就似乎捉迷藏,两个做游戏的人蒙着眼睛,其中一个不断地摇铃,告诉捉他的人。起初那个被捉的人不怕对方,敢摇铃,但是当他处境不妙的时候,极力悄悄地行动,躲着对方,但是常常以为躲开了,却一直撞入对方的怀里。

起先,拿破仑军队还让人知道他在哪儿,可是当后来走上斯摩棱斯克大路的时候,他们就按住铃舌逃跑了,常常他们以为逃开了,却迎面碰上了俄国人。

法国人和在后面跟踪的俄国人的奔跑是这么神速,而那些作为大体确定敌人位置的主要手段的马匹因而是那么精疲力竭,以至骑兵侦察已经不存在了。另外,由于双方军队位置的变动是如此频繁和迅速,即便得到情报也不能及时送达。二号有消息说敌人一号在某处,那么三号采取什么措施时,那支军队已经又走了两站地,完全换了另一个位置了。

一支军队在跑,另一支在追。从斯摩棱斯克出发,法国人面临许多不同的道路;表面看来,法国人停留了四天,本来可以搞清楚敌人在什么地方,想出什么有利的办法,采取什么新招儿的。然而停了四天之后,这群乌合之众却毫无机动和主见,又沿着那条熟道,向克拉斯诺耶和奥尔沙逃跑了。

　　法国人以为敌人在后面,而不是在前边,他们在逃跑中拉长了距离,彼此相距二十四小时的路程。跑在最前边的是皇帝,然后是国王,再后面是公爵。估计拿破仑一定会向右渡过第聂伯河,这是唯一合理的道路,因此俄军也向右转,沿着通往克拉斯诺耶的大道前进。就像捉迷藏游戏一样,法国人在这儿碰见了我们的前卫。法国人出乎意料地碰见了敌人,着慌了,由于出乎意料而吓得愣了片刻,然后扔下在后面追随着的同伴,又继续逃跑。在这儿,法军各个部队,先是总督的,其后达乌的、然后是内伊的,一个接着一个,似乎从俄军的队列中通过,一连走了三天。他们各不相顾,丢掉一切沉重的东西,抛弃了大炮和一半的人,他们只在夜间逃跑,向右绕着半圆形以躲开俄国人。

　　内伊走在最后,因为他要炸掉对任何人都没有妨碍的斯摩棱斯克城墙,内伊带领的那个兵团本来有一万人,等跑到拿破仑那儿,只剩下一千人了,他抛弃了所有的人和所有的大炮,夜间穿过树林偷偷渡过第聂伯河。

　　从奥尔沙沿着通往维尔纳的大路继续逃跑,还是那样,和追击的军队又玩起捉迷藏游戏来了。但是在别列济纳河又乱作一团,很多人淹死了,许多人投降了,那些渡过河的人继续往前逃。他们那位主将,穿着皮衣,坐着雪橇,撇下他的同伴,只身往前狂奔。能逃的就逃,不能逃的就投降或者死掉。

十八

　　法国人在全部逃跑期间,做尽了一切可以做到的毁灭自己的事情,从转向卡卢日斯卡雅大路到统帅抛军逃走,这群乌合之众的任何一个行动,可以说没有一丝一毫的意义;在这一阶段的战役中,那些把群众的行动归因于个人意志的史学家们,总无法按照他们的意思描述这次撤退了吧。其实不然。史学家连篇累牍地描写拿破仑的决策,他那深思远虑的计划——用兵的机动,以及他的元帅们天才的部署。

　　从小雅罗斯拉维茨退却的时候,他的面前摆着一条通往富饶地区的道路,供他选择的还有一条平行的道路,后来库图佐夫就是走这条路追击他的,而他却毫无道理地走那条被破坏了的道路,而史学家却以为这是深谋远虑的行动。他从斯摩棱斯克往奥尔沙撤退也同样被说成是深谋远虑之举。

　　其次,史学家向我们描述元帅们灵魂的伟大,特别是内伊灵魂伟大就在于,他在夜间绕道穿过森林偷渡第聂伯河,抛下军旗和非常之九的军队向奥尔沙逃去。

　　最后,史学家向我们说,那个伟大的皇帝最后离开英雄的军队也是伟大的天才的行动。这种连小孩子都以为耻辱的最后逃跑,在史学家的语言中竟然得到辩护。

每当历史论评这条富有弹性的线伸得不能再伸的时候，每当那种行动明显地违反人类称作善、甚至称作正义的时候，史学家就乞灵于"伟大"，就像"伟大"可以排除善和恶的标准一样。"伟人"无恶行。"伟人"无受责之虑。

然而谁也没有想一想，承认没有善恶标准的伟大，不过是承认其微不足道和无限的渺小罢了。

十九

俄国人每当读到关于 1812 年战争最后阶段的记述的时候，谁能不体验到懊恼和迷惑呢？既然三路大军以优势的兵力包围了法军，既然溃败的法国人又冷又饿成群地投降，既然俄国人的目的就是要阻止、切断和俘虏全部法国人，那么，为什么没有俘虏和消灭全体法国人呢？

数量少于法国人的俄国军队，怎么就能打一场波罗底诺战役，而这支军队已经三面包围了法国人，目的就是要俘虏他们，怎么却没有达到他这个目的呢？

历史回答这些问题说，之所以会有这种事，是因为库图佐夫、托尔马索夫、奇恰戈夫，以及某某，某某，没有执行某种策略。

但是他们为什么不执行这些策略呢？假如他们没有达到预定的目的而有罪，那么，为什么不审判他们，不处决他们呢？即使假设俄国人的失误是库图佐夫和奇恰戈夫等人的罪过，仍然不可思议的是，俄国军队在克拉斯诺耶和在别列济纳所拥有那些优越条件，为什么法国军队及其元帅们、国王们和皇帝没有被俘虏呢？

以库图佐夫阻碍进攻的说法来解释这个怪现象，是没有依据的，由于我们知道，在维亚济马和在塔鲁丁诺，库图佐夫的意志已经无法阻止军队的进攻了。

为什么俄军极弱的兵力在波罗底诺战胜了拥有全部兵力的敌人，而在克拉斯诺耶和在别列济纳以优势的兵力却败给法国的乌合之众呢。

假如俄国人的目的是要切断和俘虏拿破仑和元帅们，而这个目的不但没有达到，而且为达到这个目的的所有企图，每次都遭到最可耻的破坏，那么，法国人认为战争的最后阶段是他们一连串的胜利的说法，就绝对对了，俄国史学家认为是我们的胜利就完全错了。

俄国军史家，只要他们遵守逻辑的法则，自然就得出这个结论，虽然满怀激情地歌颂英勇和忠诚，也必须承认，法国人从莫斯科退却是拿破仑的一连串胜利，同时也是库图佐夫的一连串失败。

但是，完全把民族自尊心撇到一边，你会感觉到，这个结论自相矛盾，因为法国人一连串的胜利却带来了他们彻底的灭亡，俄国人一连串的失败却导致了他们完全消灭敌人和解放祖国。

这个矛盾的根源就在于,史学家根据两国的皇帝和将军们的通信、战报、报告诸如此类的文件来研究当时的事件,从而做出这样的假设:仿佛1812年战争最后阶段的目的,是要切断和活捉拿破仑及其元帅们和军队,而这个目的是虚构的,根本就不存在。

从来没有这样的目的,并且也不可能有,因为这样的目的是没有意义的,达到它也是绝对不可能的。

这个目的之所以没有意义,第一,因为拿破仑的溃败的军队以最快的速度逃出俄国,也就是说,它是在做每个俄国人所能希望的事情。对于那些跑得尽可能快的法国人,为什么要跟他们大动干戈呢?

第二,堵住那些用尽全力逃跑的人的道路,是毫无意义的。

第三,法国军队纵使没有外在的原因也在逐步自行消灭,用不着堵截,他们也不可能在十二月间,逃越国境,为了消灭这样的军队而使自己受损失是没有意义的。

第四,俘虏皇帝、国王和公爵们是没有意义的,当时最老练的外交家已经认识到,这帮人当了俘虏会给俄国人的行动带来十分大的困难。俘虏整个兵团的法国兵更无意义,因为俄国自己的军队到克拉斯诺耶已经减少了一半,而押送这些俘虏的兵团需要整师的人,而且自己的士兵已经不能经常领到足够的口粮,已有的俘虏也正在饿死。

关于切断和俘虏拿破仑及其军队这一老谋深算的计划,就像一个菜园主所制定的计划,他在驱逐践踏菜畦的牲口的时候,跑到菜园门口,迎头痛击那头牲口。唯一可以为那个菜园主辩护的理由,那就是他气昏了。但是,对于那些制定那个计划的人来说,连这个理由也不适用,因为受践踏菜畦之害的并不是他们。

但是,除了切断拿破仑的军队没有意义之外,而且这件事也是不可能的。

这件事之所以不可能,是因为第一,经验证明,在作战中,各纵队拉长五俄里的距离行动,永远无法与计划相符合,要奇恰戈夫、库图佐夫和维特根施泰因准时在指定的地点会师,其可能性小得近乎零,库图佐夫正是这样想的,他在接到这个计划时就说过,远距离的牵制作战是不会带来所希望的结果的。

第二,之所以不可能还因为,要破坏拿破仑的军队在撤退时所具有的那股惯性力量,必须要有比现有的俄军大得多的军队。

第三,之所以不可能还因为,"切断"这个军事名词是毫无意义的。面包可以切断,而军队是切不断的。切断军队——堵截它的去路——不管怎样是办不到的,因为周围可以迂回的地方总是很多的,并且有黑得什么都看不见的夜。只要被俘的人不愿就范,就无法俘虏,就像无法捉住一只燕子一样,虽然它落在你的手上,似乎能捉到它似的,只能俘虏那些按照战略和战术投降的人,就像俘虏德国人那样。但是法国人理所当然地认为这对他们不合适,因为不论是逃跑还是被俘都同样不是饿死就是冻死。

第四，也是主要的一点，之所以不可能，因为自开天辟地以来，从来没有像1812年的战争所处的条件那么恶劣，俄国军队全力以赴追击法国人，再做更多一点的事，就会自取灭亡。

俄国军队在从塔鲁丁诺至克拉斯诺耶行军途中，由于生病和掉队，减少了五万人，这等于一个大省城人口的数目。没有战斗就减员了一半。

在这一阶段的战役，军队没有靴子和皮衣，没有伏特加，给养短缺，接连几个月在零下十五度露宿在雪地里；那时，白天只有七、八小时，其余的时间都是无法维护纪律的黑夜；那时人们连续几个月每分钟都在和饥饿和寒冷做斗争；那时，一个月就有一半的军队死亡。

俄军已经有一半的人死掉了，但是他们为达到那个无愧于人民的目的，做了能够做和应当做的一切，至于其他的俄国人，坐在暖室里提出一些不可能办到的事，那不是他们的过失。

切断拿破仑军队这个目的，除了在十来个将军的空想中存在，实际上从来没有存在过。这个目的不可能有，由于它是没有意义的，达到它也是不可能的。

人民的目的只有一个，那就是把侵略者从自己国土上清除出去。这个目的达到了，第一，它是自然而然就达到的，因为法国人在逃跑，只要不阻拦这个运动就行了。第二，这个目的的达到，是靠消灭敌人的人民战争，第三，一支庞大的俄国军队在后面追赶法国人，只要法国人一停止逃跑，就使用这支力量。

俄国军队的作用，就像赶跑着的牲口的鞭子。有经验的赶牲口的人知道，最好是扬起鞭子恐吓奔跑的牲口，而不是迎头痛打它。

第十五部

一

人看见一只将要死去的动物,他会感到恐怖:一个本质与他相同的东西,眼看着将要消灭——再也不存在了。但是正在死亡的是人,而且是亲爱的人,那么,在生命的灭亡面前除了有恐怖感之外,还会感到五脏六腑的撕裂和精神的创伤,这种精神的创伤就像身体的创伤,有时致命,有时痊愈,但是永远疼痛,害怕外界刺激性的抚摸。

安德烈公爵死后,娜塔莎和玛丽亚公爵小姐都有这种感觉。她们精神低沉,对悬在她们头上的可怕的死亡闭上眼睛,不敢面对人生。她们小心地保护尚未愈合的伤口,以免受到带侮辱性的接触。街上疾驰而过的马车,该去用餐的提示,使女请示准备什么衣服;听到不诚恳的、轻描淡写的同情话,所有这一切,都刺痛着伤口,都似乎一种侮辱,破坏了她们俩极力倾听那在她们想象中还未停息的可怕而严肃的合唱所必需的宁静,妨碍她们凝视那在她们面前昙花一现的神秘的、无限的远方。

只有她们俩在一起时,才没有侮辱和痛苦的感觉。她们彼此极少谈话。纵使谈话,也只谈一些最无关紧要的琐事。两人都避免提到有关将来的事情。

承认有一个未来,她们认为是对他的纪念的侮辱。一切与死者可能有关的事,她们在谈话中都很小心地回避。她们觉得,她们所体验的事情,是不可能用语言来表达的。她们觉得,用任何语言提及他的生活细节,都会破坏那在她们眼前完成的奥秘的伟大和神圣。

不断地缄默不语,经常地努力回避可能引起谈他的话头:这样从各方面设下的禁忌,使她们所感到的一切,在她们的想象中更加纯洁和鲜明了。

然而,纯净而完全的悲哀正像纯净而完全的欢乐一样,都是不可能的。玛丽亚公爵小姐,作为能掌握自己命运的独立的主人,同时又是小侄子的监护人和教师,首先被现实生活从她头两个星期沉浸其中的悲伤世界呼唤出来。她接到一些家信;需要写回信;尼古卢什卡住的屋子很潮湿,害得他咳嗽了。阿尔帕特奇来雅罗斯拉夫尔报告家务,并且带来迁回莫斯科弗兹德维仁卡的住宅的建议和劝告,那所住宅还保持完整,只要略加修理一下就行了。生活没有停息,需要活下去。对于玛丽亚公爵小姐来说,离开那隐居冥想的世界,不管是多么令人难过,撇下孤单单的娜塔莎,不管是多么令人怜惜、甚至有点内疚,然而,生活上的事务要求她去操持,她也只好服从这种要求。她和阿尔帕特奇检查了账目,和德萨尔商量了小侄儿的事情,对迁往莫斯科的事情作了指示和准备。

娜塔莎剩下一个人了,自从玛丽亚公爵小姐忙着准备启程以后,娜塔莎总是躲着她。

玛丽亚公爵小姐向伯爵夫人提出,让娜塔莎和她一起到莫斯科去,娜塔莎的双亲快乐地同意,他们看着女儿的身体一天不如一天,认为换个环境,莫斯科的医生给她看看病,对她是有益的。

"我哪里也不去,"向娜塔莎提出这个建议时,她回答说,"只求你们不要管我,好不好,"说完她就跑出屋去,极力忍住气恼和愤恨的眼泪。

娜塔莎自从觉得被玛丽亚公爵小姐抛弃后,大部分时间一个人藏在屋里,把腿蜷起来坐在沙发角落里,用她那紧张的手指揉碎一件什么东西,眼睛碰到什么东西,就用一动不动的目光盯住它。这种孤独的生活耗损了她的体力,折磨着她的精神;可是这对她是必要的。只要一有人进来,她就赶紧站起来,改变了姿势和眼神的表情,拿起书来读或者做针线活儿,很明显,她是在急不可耐地等待那个打扰她的人走开。

她老感觉,眼看她就可以洞察出她内心的目光带着疑问所注视着的那件东西。

十二月底,娜塔莎穿一件毛料的衣裳,头发随便缩一个结,她蜷着腿坐在沙发的角落里,紧张地把衣带的末端揉成一团,随后又放开它,眼睛望着门的角落。

她向着他消逝的彼岸——人生的彼岸望去,她从前从未想过,并且从前觉得那么遥远和不相信它存在的那个人生彼岸,现在她觉得它比人生的此岸更亲也更可理解。

她向他到过的地方望去;但是她只能看见他到过那些地方的时候的样子,想象不出他其他的样子。她又看见他在梅季希、在特罗伊茨、在雅罗斯拉夫尔时候的样子。

就像在眼前一样,他穿着丝绒的皮衣躺在安乐椅里,头支在瘦削苍白的手上。他的胸脯深深地陷了下去,肩膀耸起来。嘴唇紧闭,眼睛发出亮光,额头上的皱纹不停地打折又展平。一条腿隐约可见地在很快地微微颤抖。娜塔莎知道,他是和折磨人的疼痛做斗争呢。"这是一种什么痛苦呢?为什么会有这种痛苦?他一定觉得非常疼!"娜塔莎想。他感到她在看着他,于是抬起眼睛,说起话来。

"有一件事最可怕，"他说，"这就是把我和一个受苦受难的人永远连在一起。这是永久的痛苦。"娜塔莎像往常一样，不等想好说什么，就答话了。她说："不会总是这样下去的，一定不会的，您会完全康复。"

她现在又看见他，她现在正体会着她当时所感受的一切。她回忆起他听到这番话时他的目光是那么忧郁和严厉，她知道，那长久的注视，含有责备和绝望的意味。

"我承认，"娜塔莎现在自言自语，"假如他成为永远受苦的人，那是可怕的。当时我那样说，只是由于那对于他是可怕的，可是他理解错了。他以为那对于我是可怕的。他当时还想活。而我对他说了愚蠢的话。我不是那样想的。我的想法完全不同。假如我把我所想的说出来，那我就会说：就让他慢慢地死去，就让我永远眼看着他慢慢死去，也比我现在幸福。现在……什么也没有了，什么人也没有了。他知道这个吗？不。他不知道，而且永远也不会知道了。而现在，已经永远无法弥补这一点了。"他又对她说那同样的话，但是现在娜塔莎在想象中给他的回答却不一样了。她阻拦他说："这在您觉得可怕，在我并不是这样。您要知道，没有了您我在生活中就什么也没有了，和您一同受苦，是我最大的幸福。"于是他拿起她的一只手，紧紧地握着，似乎他临死前四天那个可怕的晚上握它一样。于是，在她的想象中，对他说出当时她本来就可能说的温存、火热的话。"我爱你……爱你……爱你……"她痉挛地握紧双手，拼命地咬紧牙关，说。

一种甜蜜的悲伤充满她的全身，泪水涌出眼眶，但是她突然问自己：我这是对谁说话？他在哪儿？他现在是一个什么样的人？但是一切又被冷酷无情的困惑不解遮掩住了，她又紧皱着眉头，向他所在的方向注视着。她好像觉得，眼看她就要识破那个奥秘……但是，就在她觉得她已经解开那个不可理喻的事物的时刻，门环给敲得山响，女仆杜尼亚莎带着惊慌、不注意女主人的神情，一下子闯进门来。

"请您快到爸爸那儿去吧，"杜尼亚莎带着紧张的表情说。"彼得·伊利伊奇不幸的消息……有信来，"她抽泣了一下，说。

二

娜塔莎除了对所有的人都有种疏远感觉之外，这时她对家里人另有一种特殊的疏远感觉。所有的亲人：父亲、母亲、索尼娅，在她是那么亲近，那么习以为常，以至于他们的言谈、感情，她都觉得对她近来所处的那个世界是一种侮辱，她对他们不但淡漠，而且敌视。她听了杜尼亚莎传来的关于彼得·伊利伊奇不幸的消息，但是不明白她说的是什么意思。

"他们怎会有什么不幸,他们怎么可能有不幸,他们一切都是老样子,因循守旧,平安静静,"娜塔莎心里说。

她走进大厅的时候,父亲正匆匆地从伯爵夫人房里走出来。他看见娜塔莎,绝望地把两手一挥,突然痛苦地发出痉挛的哽咽声,他那柔和的圆脸都扭曲了。

"彼……佳……你去吧,去吧,她……她在叫你……"他像孩子一样大哭着,迅速挪动软弱无力的步子向椅子走去,他双手捂住脸,几乎是向椅子倒了下去。

似乎一股电流突然流过娜塔莎的全身。有一种东西朝着她的心口猛然痛击一下。她感到剧烈的疼痛;她仿佛觉得从她身上撕掉一块东西,她正在死去。可是,一阵疼痛过后,她顿时觉得她从内心的禁锢生活中解放了出来。她一见到父亲就立刻忘掉自己和自己的不幸。她向父亲跑过去,但是他无力的摆着手,指了指母亲的门。玛丽亚公爵小姐从门里走出来,她面色苍白,下颌颤抖,握起娜塔莎的手,对她说了点什么。娜塔莎对她视而不见,也没有听见她说的什么。她快步走进门里,停了一下,就像在跟自己做斗争一样,随后向母亲跑过去。

伯爵夫人躺在安乐椅里,扭曲着身子,在向墙上碰头,索尼娅和女仆们按住她的臂膀。

娜塔莎屈起一只膝跪在安乐椅上,俯下身来搂着她,以出人意料的力量抱起她,把她的脸转过来向着自己,紧紧偎依着她。

"妈妈! ……亲爱的! ……我在这儿,亲爱的。妈妈,"她一刻不停地向她低喊道。

她不放开母亲,温柔地和她挣扎着,要来枕头和水,解开了母亲的衣裳。

伯爵夫人紧握着女儿的手,闭上眼睛,平静了一会儿。她忽然以从未有过的动作迅速站起来,茫然四顾。她见到娜塔莎,就用尽全力搂着她的头。然后把她那疼得皱起眉头的脸转向自己,久久地盯着她。

"娜塔莎,你是爱我的,"她用信任的口气低声说。"娜塔莎,你不会骗我吧? 你把事情的真相告诉我吧。"

娜塔莎泪水涟涟地望着她,她的脸和眼睛,充满祈求宽恕的表情。

"我的好妈妈,妈妈,"她反复地说,她以全部爱的力量来分担压在她身上太多的悲哀。

母亲在同现实作软弱无力的斗争中,不肯相信在爱子丧生后自己还能活下去,她又从现实中逃往精神错乱的世界。

娜塔莎不记得那一天是怎样过的,也不记得那天夜里、第二天和第二天夜里是怎样过的。她没有睡觉,也没有离开母亲。娜塔莎的爱,顽强的、无限耐心的爱,对生的召唤,时时刻刻包围着伯爵夫人。第三天夜里,伯爵夫人平静了几

分钟,娜塔莎在安乐椅上手支着头闭一会儿眼睛。床响了一下。娜塔莎睁开眼睛,伯爵夫人坐在床上,兴奋地说:

"你回来了,我非常兴奋。你累了,要喝点茶吗?"娜塔莎走到她跟前。"你长得像个大男人了,"伯爵夫人握住娜塔莎的手,继续说。

"妈妈,您说什么啊!……"

"娜塔莎,他死了,再也看不到了!"伯爵夫人抱着女儿,第一次失声痛哭了。

三

玛丽亚公爵小姐推迟了她的行期。索尼娅、伯爵都很愿把娜塔莎替换下来,然而这不可能。只有她才能阻止母亲陷入疯狂的绝望。连续三个星期娜塔莎寸步不离母亲身边,在她屋里沙发上睡觉,给她喂水,喂饭。她不停地和她说话,因为只有她那温柔亲切的声音才能使伯爵夫人得到安慰。

母亲的精神创伤无法痊愈。彼佳的死夺去了她一半的生命。她本来是一个精力充沛、生气勃勃的五十岁的女人,从彼佳的死讯传来一个月后,她走出自己的卧室时,已经是一个半死不活的老太太了。而这个夺去伯爵夫人一半生命的新的创伤,却让娜塔莎复苏过来。

她本以为她的生命完结了。但是,对母亲的爱忽然向她证明,生命的本质——爱——仍然活在她的心中。爱复苏了,生命也复苏了。

安德烈公爵临死前的那些日子,把娜塔莎和玛丽亚公爵小姐结合起来了。新的不幸促使她们愈加接近了。玛丽亚公爵小姐推迟了启程时间,最近三个星期以来,她照看娜塔莎,就像照看有病的孩子一般。娜塔莎在母亲房里过的这几个星期,耗损了她的体力。

一天中午,玛丽亚公爵小姐看见娜塔莎在打哆嗦,就把她领到自己房里,让她躺在床上。娜塔莎躺下来,但是当玛丽亚公爵小姐放下窗帘想走的时候,娜塔莎把她叫到跟前。

"我不想睡。玛丽,陪我坐一会儿。"

"你累了,要迫使自己睡一下。"

"不,不。你为什么把我领到这儿来?妈妈会问起我的。"

"她好多了。她今天说话非常正常,"玛丽亚公爵小姐说。

娜塔莎躺在床上,在半明半暗的房间里仔细端详玛丽亚公爵小姐的脸。

"玛莎,"她怯生生地拉过她的手,说。"玛莎,你不要以为我傻里傻气的。你不会这么想吧? 玛莎,我很爱你。咱们做真正的好朋友吧。"

娜塔莎拥抱玛丽亚公爵小姐,亲吻她的手和脸。玛丽亚公爵小姐对娜塔莎的这种感情流露又惊又喜。

从这天起,玛丽亚公爵小姐和娜塔莎之间建立了那种只有女人之间才有的热情而温柔的友谊。她们不断地亲吻,彼此谈些温存的话,大部分时间都是一起度过的。假如一个出去了,另一个心里就很不安,赶快去找她。她们俩在一起比分开独自一人感到和谐。她们之间建立的感情比友谊更强烈:这是一种只有在一起才能活下去的独特感情。

有时她们一连几个小时默不作声;有时已经躺在床上了,又开始谈话,一直谈到清晨。她们多半谈早已过去的事。玛丽亚公爵小姐讲她的童年,讲她的母亲,讲她的父亲,讲她的梦想;娜塔莎过去因为不理会那种虔诚的生活,不理会基督教自我牺牲的诗意,现在由于她和玛丽亚公爵小姐被爱结合在一起,因此她也爱玛丽亚公爵小姐的过去,懂得了她过去不懂得的生活的另一面。她不想把这种顺从和自我牺牲精神使用在自己身上,因为她习惯寻求欢乐,但是她懂得了并且爱上了对方身上那种她过去所不理解的德行。而玛丽亚公爵小姐,听了娜塔莎讲她的童年和少年的故事,也发现了她先前所不了解的生活的另一面——相信生活,相信生活的乐趣。

她们照例仍然不提他,她们认为那些话会破坏她们心中崇高的感情,而闭口不谈他,她们竟然慢慢把他淡忘了。

娜塔莎瘦了,面色苍白,身子是那么弱,使得大家经常谈论她的健康,而她对这反而觉得愉快。可是有时她突然不仅害怕死,并且害怕生病,害怕衰弱,害怕失去美貌,她有时仔细地看自己裸露的手臂,瘦得令她感到惊奇,或者每天早上对着镜子看她那瘦长的、她觉得可怜巴巴的脸。她觉得,就应该这个样子,而同时又觉得可怕和悲哀。

有一次,她快步上楼,累得大口喘气。她立刻给自己想出下楼的理由,但是为了试试体力,看看自己怎么样,又往上爬。

又有一次,她呼唤杜尼亚莎,她的嗓子发出颤音。虽然她听见了杜尼亚莎的脚步声,但是又叫了她一声,用她那唱歌的胸音叫了一声,同时倾听自己的声音。

她不知道,也不相信,但是在她心中那层看来难以渗透的泥土中,已经钻出又细又嫩的幼芽,它一定会生根,用它那生气勃勃的嫩叶把她的悲哀遮盖起来,不久就再也看不见它,也觉不出它了。创伤从内部平复了。

一月底,玛丽亚公爵小姐动身去莫斯科,伯爵让娜塔莎和她同行,以便在莫斯科看病。

四

当时库图佐夫已经控制不住自己的军队要打垮敌人的愿望,在维亚济马打了一次遭遇战之后,逃跑的法国人和在其后追赶的俄国人依旧向前移动,在走到克拉斯诺耶之前,再也没有打仗。法国人逃得十分快,俄国军队怎么也追不上,骑兵和炮兵的马都累得停下来,关于法军行动的消息怎么也弄不确实。

俄国军队一昼夜不停地走四十俄里,人人都累得无法动弹,想再快一点也不可能了。

在塔鲁丁诺作战期间,俄军的伤亡不超过五千名,被俘的不到一百名,但是十万人从塔鲁丁诺出发,到达克拉斯诺耶只剩下五万人了。

俄国人追击法国人的急行军,就像法国人的仓皇窜逃,都给自己带来破坏性的作用,其不同仅仅在于,俄军有选择行动的自由,没有那悬在法军头上的死亡威胁,其次还在于法军掉队的病号落在了敌人手里,而掉队的俄国兵却留在本乡本土。拿破仑军队的减员,其主要原因在于行动过于迅速,俄军相应的减员也是这个原因的毋庸置疑的证明。

库图佐夫在塔鲁丁诺以及在维亚济马的全部活动都放在不去阻止那种自找灭亡的法国人的行动,而且促进这种行动,同时放慢自己军队的行动。

但是,除了由于行动过速而招致军队明显的疲劳和大量减员外,库图佐夫还理悟到放慢军队的行动以等待时机的另外理由。俄国军队的目的是追踪法国人。法国人逃跑的路线无法捉摸,因此,我们的军队越是步步紧跟着法国人,跑的路就越多。只有在跟踪时保持一定的距离,才能以最短的行程切断法国人所走的曲折的路线。唯一合理的目标就是减少军队的行程。在从莫斯科到维尔纳的所有战役中,库图佐夫的活动就是朝着这个目标努力的——不是偶然地,而是始终没有改变过这个目标。

库图佐夫不是靠智力或者科学,而是靠他作为一个俄罗斯人的全部存在,知道和感觉到每个俄国士兵所感觉到的东西,那就是:法国人战败了,敌人正在逃走,要把他们赶出去;但是,他也和士兵们一样,感到以那样空前的速度在那样的时节行军的所有艰难。

但是将军们,尤其是那些俄军中的外籍将军们,一心想要出风头,要让人大吃一惊,要为某种目的去俘虏某个公爵或者国王。目前任何战斗已经毫无意义了,这些将军们竟然认为正是现在是打几个战役、战胜某某人的时候。当库图佐夫接二连三接到那些作战计划时,他只是耸耸肩:要执行这些计划,就要使用那些饿得半死的士兵,而且,纵然在最好的条件下继续奔跑,要赶到边境,也要走比已经走过的路程更远的路程。

尤其是在我们的军队和法国军队遭遇的时候,就更表现出这种出风头、打运动战的愿望。

在克拉斯诺耶就发生这样的情况,他们在这个地方想找到法国人的三个纵队中的一个纵队,碰上了带领一万六千人的拿破仑本人,尽管库图佐夫千方百计避免那次毁灭性的遭遇战以保存自己军队的实力,然而疲惫不堪的俄国军队在克拉斯诺耶仍然一连三天屠杀筋疲力尽、溃不成军的法国人。

托尔拟了一项部署,结果全不是按照部署做的。符腾堡的叶夫根尼亲王从山上射击山下成群跑过去的法国人,他请求增援,但是援军没有来。法国人一到夜里就避开俄国人绕道儿分散逃遁,躲进树林里,能逃的就继续往前逃。

米洛拉多维奇派军使去要求法军投降,徒劳地浪费了时间,做了不是命令要他做的事。

"我把那个纵队交给你们了,弟兄们,"他骑马来到队伍跟前,指着法国人对骑兵说。于是骑兵们骑上快走不动的马,用马刺和佩刀赶着马奔跑,追上那支送给他们的纵队。于是那支送给他们的纵队放下武器投降了,他们早就希望这样做了。

在克拉斯诺耶捉到两万六千名俘虏,并得到几百门大炮和一根据称是"元帅杖"的棍子,因此人们在争论都是哪些人立了功,大家对这一仗都非常满意,可是很遗憾的是没有捉到拿破仑,哪怕一个什么英雄或者元帅也没有捉到,他们为此互相责备,尤其是责备库图佐夫。

这些狂热的人们,不过是最可悲的必然规律的盲目执行者;但是他们认为自己是英雄,想象他们的所作所为是最可敬、最高尚的事业。他们指责库图佐夫,说他从战争一开始就妨碍他们战胜拿破仑……

不但当时那些狂热的人们那么说,而且后代和历史都承认拿破仑伟大。至于库图佐夫,外国人说他狡诈、好色,是个不中用的宫廷官僚;俄国人说他是一个无法捉摸的家伙,是一个傀儡,有点用处不过是凭他有个俄国人的姓名而已……

五

1912 年和 1913 年,人们毫不顾忌地指责库图佐夫,说他犯了错误。皇帝对他也不满意。不久前奉上谕撰写的历史,说库图佐夫是一个老奸巨猾的宫廷骗子,他害怕拿破仑皇帝,由于他在克拉斯诺耶和别列济纳的错误,使得俄国军队失掉完全战胜法国人的殊荣。

拿破仑,这个微不足道的历史傀儡,在任何时候、任何地方都没表现出人类尊严的人,但是在俄国史学家看来,却是一个值得赞赏和令人欢喜的人物;他伟大。而库图佐夫,在 1812 年战争期间,从他开始活动到最后,他的一言一行从未违背初衷,始终是一个有史以来最不平凡的自我牺牲的典范,——就是这样一个库图佐夫,在有的人心目中,却是一个难以捉摸的可怜虫,一提起库图佐夫和 1812 年,他们就觉得羞愧似的。

但是,很难想象有这样的历史人物,他的活动目标始终如一。很难想象有这么更可贵、更符合全体人民意愿的目标。像库图佐夫这样的历史人物，1812年为达到既定的目标而全力以赴，终于完全达到那个目标，在历史上想找出另外的例子，那就更难了。

这个说话随便的人，在他全部活动中，始终未说过一句与他在整个战争期间所要达到的目的不相符的话。他怀着不为人谅解的沉重心情，下意识地在极其不同的情况下多次地表明了他的思想。从波罗底诺战役开始，他就和周围的人意见不合，他说，波罗底诺战役是胜利，直到老死，他在口头上，在报告和呈文中也是这么说。只有他一个人说，失掉莫斯科不等于失掉俄国。他在回答洛里斯顿提出的讲和时说，不能讲和，因为这是人民的意志；在法国人退却时，只有他一个人说，我军一切机动都不必要，一切顺其自然，比我们希望要完成的还要好，对敌人要网开三面，塔鲁丁诺、维亚济马、克拉斯诺耶等战役，都毫无必要，到达边境时应该保存一点实力，他说，用十个法国人换一个俄国人，他也不干。

只有他一个人在维尔纳曾说过，打出国门以外有害无益，因此惹得皇帝不快活。

只用语言还证明不了他当时对事件意义的理解。他的行动始终不变地朝向一个目标，从来不曾有丝毫的偏离，这目标包括三个方面：一、竭尽全力打法国人，二、击败他们，三、把他们赶出俄国，尽可能减少人民和军队的痛苦。

他以无与伦比的严肃态度做好了准备，然后发动了波罗底诺战役。他，就是那个在奥斯特利茨战役未打响之前就断定那次战役一定要失败的库图佐夫，而在波罗底诺，尽管将军们都认为那次战役打输了，虽然打赢了军队还要后撤，只有他一个人力排众议，直到老死都在断言波罗底诺战役是胜利。仅有他一个人，在整个退却期间坚持不进行当时已经成为无益的战斗，不再挑起新的战争，并且不打出俄国的边境。

只要不把十来个人头脑中的目的硬说成是群众活动的目的，现在来理解事件的意义已经很轻松了，因为全部事件及其结果都摆在我们面前了。

但是，这个老人——仅有他独自一人与众不同，怎么在当时就准确地看出了人民对事件的看法的重要意义，在他全部活动过程中始终没有改变这种看法呢？

对当时发生的现象的意义之所以如此洞若观火，其根本在于他拥有十分纯洁和强烈的人民感情。

正是因为人民承认他有这种感情，人民才通过一些奇特的方式，选择了这个不得宠的老头作为人民战争的代表。正是这种感情把他抬到人间最高的位置，他这个身居高位的总司令，把他的全副精力都用在不是去屠杀和迫害人们，而是去拯救和怜悯他们上面。

这个朴实、谦虚、真正伟大的形象，不能归入历史虚构的统治人民的欧洲英雄那种虚伪的模式。

六

十一月五日是所谓的克拉斯诺耶战役的第一天。傍晚时分,库图佐夫到总司令部那天已经迁到那儿的多布罗耶去了。

天气晴朗而寒冷。库图佐夫骑着一匹膘肥体壮的小白马去多布罗耶,身后跟着一群心怀不满的将军们。沿路都是当天俘虏的法国人(那天俘虏七千人),他们一堆堆地聚在篝火旁取暖。离多布罗耶不远的地方,一大群衣衫褴褛的俘虏站在路上一长列卸下来的大炮旁边,发出嗡嗡的谈话声。当总司令走过来的时候,谈话停止了,所有的眼睛都转向库图佐夫。库图佐夫头戴着一顶红箍白帽子,穿着隆起驼背的棉大衣,骑着马慢慢地走来。一个将军向他报告那些大炮和俘虏是在什么地方俘获的。

库图佐夫似乎在想心事,没有听见那个将军的话。他神情不悦地眯起眼睛,专注地凝视着那些样子显得特别可怜的俘虏。大多数法国士兵都冻坏了鼻子和腮帮,脸变了形,差不多所有人的眼睛都红肿、糜烂。

靠路边有一堆法国人,其中两个士兵正在用手撕一块生肉。在他们向过路的人一瞥的目光中有一种兽性的东西,那个满脸生疮的士兵也凶恶地向库图佐夫看了一眼,立刻转过身去接着干他的事。

库图佐夫向这两个士兵看了很久;他更皱紧了眉头,眯起眼睛,沉思地摇摇头。在另外一个地方他看见一个俄国士兵笑着拍一个法国人的肩膀,很可亲地和他说话。库图佐夫又带着同样的神情摇摇头。

"你说什么?"他问那个将军,将军一面继续报告,一面让他注意在普列奥布拉任斯基团队列前面缴获的军旗。

"啊,军旗!"库图佐夫说,他很费劲地打断了自己的思绪。他茫然地环视了一下。几千只眼睛从四面八方望着他,期待着他讲话。

他在普列奥布拉任斯基团前面停下来,深深舒了口气,闭上了眼睛。他的一个侍从向拿着法国军旗的士兵们招招手,让他们把军旗摆在总司令周围。库图佐夫沉默了几分钟,看来,他虽然不乐意,可是还是得服从他的地位要求他必须做的事情,于是抬起头来,开始讲话了。一大群军官围着他。他目光专注地扫了一下周围的军官,认出其中几个人。

"谢谢大家!"他朝士兵们、转脸又朝军官们,说。在周围一片寂静中,可以清楚地听见他那慢慢说出的话。"为了艰苦、忠诚的服务,感谢你们大家。我们彻底胜利了,俄国不会忘记你们,光荣永远属于你们!"他向周围看了看,停顿了片刻。

"把旗杆头放低,"他对那个无意间把手里的法国鹰旗在普列奥布拉任斯基军旗前放低的士兵说。"再低些,再低些,对了,就这样。乌拉！小伙子们,"她的下颌很快地向士兵们一摆,说。

"乌拉—拉—拉！"几千个声音响起了。

在士兵们大声欢呼的时候,库图佐夫在马鞍上俯下身,低下头来,眼睛闪出和蔼的、似乎讽刺的亮光。

"是这样的,弟兄们,"当喊声停了的时候,他说……

他的声音和脸上的表情忽然变了:已经不再是一个总司令、而是一个普通的老年人在说话,很明显他现在想对伙伴们说几句最想说的话。

在军官中间,在士兵行列中开始蠕动起来,想更清楚地听听他现在要说的话。

"是这样的,弟兄们。我知道你们够辛苦的,但是有什么办法呢！忍耐一下吧;不会很久了,等我们送走了客人,就可以休息了。沙皇会记住你们的功劳的。你们尽管辛苦,毕竟是在自己的国家里;但是他们,你们瞧瞧他们落到什么地步,"他指着那些俘虏说。"比最糟的叫花子还不如。当他们还是强大的时候,我们不可怜他们,现在可以怜悯他们了。他们也是人嘛。对不对,小伙子们?"

他向四周望去,在向他投来的那些惊疑的目光中,他看出对他的话的同情;他的嘴角和眼角皱起来,露出老年人温和的微笑,他的神采愈来愈有光辉了。他停顿了片刻,似乎迟疑不决似的低下头来。

"话说回来,是谁叫他们来我们这儿的? 这些猪狗们,活该……"他抬起头来,忽然说。他把鞭子一挥,在整个战争期间第一次策马疾驰,离开那些兴奋得哈哈大笑、狂叫"乌拉"的士兵们。

士兵们未必懂得库图佐夫说的话。谁也复述不出元帅那番开头庄严、结尾朴实的话;可是,那番推心置腹的话不但已经被理解,正是在老年人宽容大度的咒骂中所表现的那种伟大庄严的感情深藏在每个士兵心里,并且用兴高采烈的、经久不息的欢呼声表达出来。在这之后,一个将军问总司令是否要车,库图佐夫在回答时,出人意料地抽泣起来,很明显他内心非常激动。

七

十一月八日,克拉斯诺耶战役的最后一天,部队来到宿营地时,天已经黑了。整天飘着零星的雪花;傍晚天晴了。透过飘落的雪花,露出灰暗的星空,寒气愈加逼人了。

穆什卡捷尔斯基团离开塔鲁丁诺时三千人,现在只剩下九百人了。这个团首先到达了指定的宿营地——大路旁一个村子里。迎接这个团的打前站的人员说,所有房子都住满了法国骑兵和参谋人员。仅一所房子可以让团长住。

团长到他的住处去了。团队经过村子到村边路上把枪架起来。

那个团队像一只庞大的多足兽,开始建设洞穴和准备食物了。一部分士兵踏着没膝的雪走进村右边的桦树林里,立刻听见刀斧的砍斫声和愉快的谈笑声;另外一部分士兵在团队的大车和马匹集中的地方忙活着,取出大锅和面包干,喂马;第三部分士兵到村子里为参谋人员准备住处,把停放在各家的法国人的尸体清理出去,找来一些木板、干柴和屋顶上的禾草以备生篝火和做挡风的篱笆。

有十五、六个士兵在村头的房屋后面,快活地喊叫着推一道高大篱笆墙。

"一、二、三,推呀!"在黑夜中,那堵附着雪的大墙带着冰凌的响声晃来晃去,下面的桩子越来越喀喀哧哧地响,那堵墙终于连同推它的士兵们一块倒了下去。于是发出一阵欢乐的大笑声。

"两个人两个人地拽! 拿撬棍来!"

"来,一、二、三……停一停,伙计们! ……我们唱着歌儿吧!"

大家都不作声了,于是,一个人低声唱了起来,声音像天鹅绒一般悦耳。在唱到第三节结尾时,紧接着尾音,二十个声音一齐喊起来。但是,不论怎样一齐用力,那堵篱笆墙依旧不动,在大家停住换气的时候,可以听见沉重的喘息声。

"喂,你们六连的! 来帮一帮啊……你们也有用着我们的时候。"

正进村子的第六连二十来个人,全来帮助拖了;于是,那堵篱笆墙弯成了弓形,像刀割似的压在喘息着的士兵们的肩上,沿着村里的街道往前挪动了。

"走啊,怎么啦……倒了,咳……干吧停住了? 嗯……"

大家不停地说一些快活的、骂人的脏话。

"你们干什么?"突然听到一个向搬墙的人们跑来的人用命令的口吻说。

"长官大人都在这儿;将军就在这屋里,你们这帮魔鬼,搡死你们!"司务长喊道,挥起拳头就在首先遇到的士兵背上打了一下。"你们不能小点声吗?"

士兵们不作声了。那个挨了司务长打的士兵,撞到篱笆墙上,碰破了脸,他哼哼哧哧地擦脸上的血。

"瞧，打得多狠！满脸是血，"司务长走后，他胆怯地说。

"怎么，你不快活吧？"一个笑着的声音说；于是，士兵们压低嗓门，继续往前走了。走到村外，他们依旧大声说话，依旧说些无聊的骂人话。

在士兵们经过的那间农舍里，聚着一些高级官长，他们一面喝茶，一面热烈地讨论着当天的事和明天运动战的设想。打算向左翼行动，切断缪拉，活捉他。

士兵们把篱笆墙拖到地方的时候，周围各处做饭的篝火已经燃起来。木柴噼啪作响，雪在融化，在那片扎营的雪地上，到处都闪现着士兵们的黑影。

四面响起斧头和砍刀的声音。不等命令一切都做了。

八连拖来的篱笆墙在北面竖成了半圆形，用枪架支住，墙前面生起了篝火。点名的鼓声响起来了，吃过晚饭，在篝火旁安顿下来过夜——有人在补鞋，有人在抽烟，有人脱光了在火上烘虱子。

八

俄国士兵当时所处的生活条件之艰难，简直不可想象——没有保暖的靴子，没有皮袄，没有遮身的地方，在零下十八度的雪地里，甚至没有充分的口粮，——这样看来，士兵们本应当呈现一派极为悲惨和沮丧的景象。

恰恰相反，即使在最好的物质条件下，军队也从未表现出过这么愉快、这么活跃的景象。这是因为每天都从军队里淘汰一些意志消沉和体力不支的人。那些身体和精神软弱的人，早就落在后面了：剩下的全是军队的精华——不管在身体方面还是精神方面都是强者。

聚在挡风篱笆的八连那儿的人最多。两个司务长就坐在他们那儿，他们的篝火也烧得最旺。他们要求，带来木柴的人才有挨近篱笆坐的权利。

"喂，马克耶夫，你怎么啦……你死到哪儿去了？狼把你给吃啦？拿柴火去，"一个红脸膛的士兵喊道，他被烟熏得直眨巴眯细的眼睛，但是他还是凑近火。"你也去找点柴火来，乌鸦。"这个士兵对另一个人说。这个红脸膛的是一个壮汉子，所以能命令那些比他弱的人。那个瘦小、尖鼻子、外号叫"乌鸦"的士兵，顺从地站起来，正要去执行命令的时候，在篝火的光亮中出现了一个身材颀长的士兵的身影，他抱来一大捆木柴。

木柴劈开后放在火里，经过人们用嘴吹，用大衣的下摆扇，不久火苗开始发出咝咝声和爆炸声。士兵们坐近一些，抽起烟来。那个抱来柴火的士兵，双手叉着腰，在原地快速而敏捷地跺着冻僵的脚。

"啊，我的亲娘，露珠儿冰冷，多么好哇，我当上了火枪兵……"他边唱边跳，好像每个音节都打个嗝儿。

"喂，鞋底给跳飞了！"那个红脸膛地喊道，他看见跳舞的人的靴掌耷拉着。

"哟,好一个舞蹈家!"

跳舞的人停住了,把脱落的皮子撕下来,扔进火里。

他坐下来,从背包里掏出一块蓝灰色的法国呢绒来把他那只脚包上。"脚都冻木了,"他把脚向火伸过去。

"快发新的了。听说,打完了仗,每人都发双份的服装。"

"你瞧,狗崽子彼得罗夫,最终还是掉了队,"司务长说。

"我早就看出来了,"另一个说。

"听说,三连昨儿一天就减少了九个人。"

"那有什么办法,脚冻坏了,你叫他怎么走?"

"咳,废话!"司务长说。

"是不是你也想那样?"一个老兵责备地对那个说脚冻坏的人说。

"你以为怎么着?"那个外号叫"乌鸦"的尖鼻子士兵忽然从篝火旁站起来,用尖细而颤抖的声音说。"胖的给拖瘦了,瘦的给拖死了。就说我吧,就是这样。半点力气都没了,"他忽然坚决地对司务长说,"您叫人把我送到医院去吧,浑身骨头架子酸痛;不然早晚我也要掉队……"

"得了,得了,"司务长心平气和地说。

那个小个儿的士兵不说话了,谈话在继续。

"今天捉到的法国人可不少;但是,那些人穿的靴子,可以说,连一双像样的也没有,不过应个名儿罢了,"一个士兵开始了另一个话题。

"哥萨克把靴子全给脱走了。他们为了给团长腾房子,把死人都拖走。真叫人不忍看,伙计们,"那个跳舞的人说。"翻动他们的时候,有一个还活着,嘴里还嘟囔着法语呢。"

"他们人都白白净净的,"第一个说话的人说。"雪白的皮肤,就像桦树皮一样白,有的长相很威武,可能是贵族。"

"你当怎么着?他们什么人都得当兵。"

"他们不懂咱们的话,"那个跳舞的人带着迷惑不解的神气微笑说。"我问他:'你那军服上的符号——王冕是谁戴的?'他嘟囔着他们国的话。一个不可思议的民族!"

"在莫扎伊斯克附近,就是在那儿打过仗的地方,召来十来个村子的人,运了二十天,还没把死尸运完。喂饱了那些狼,他说……"

"那是一场真正的恶战,"那个老兵说。"只有这一仗令人难忘;可是以后那些……只不过是折磨人罢了。"

"可不是,大叔。昨天我们追他们,不等你追上,他们就赶快扔下枪,跪下,喊'饶命!'他们说。这仅仅是一个例子。听说,普拉托夫两次捉住拿破仑本人。他不懂法国话。捉是捉住了两次,他在他手里竟变成一只鸟;飞了,飞了。也没法儿杀死他。"

"我看,你是一个牛皮大王,基谢廖夫。"

"什么吹牛哇,的的确确如此。"

"倘若落在我的手里,我就把他埋在土里,再钉上一根杨木橛子。这个害人精。"

"反正快收场了,他横行不了啦,"那个老兵打着哈欠说。

谈话停止了,士兵们开始躺下睡了。

"瞧天上的星星,多亮! 你瞧,老娘们展她织的布了,"一个士兵欣赏着银河说。

"弟兄们,这是丰年的兆头。"

"背烤暖了,肚子又凉了,你说多奇怪。"

"你挤什么,火是你自个的,还是怎么的? 瞧……瞧他把手脚伸的。"

在谈话停下来时,可以听见几个入睡的人的鼾声;其余的人辗转翻着身子烤火,不时交谈几句。从百来步远的另一堆篝火旁传来一阵快活的齐声大笑。

"你听五连好热闹,"一个士兵说。"他们的人可真多!"

一个士兵站起来,到五连那儿去了。

"笑得真开心,"他回来时说。"来了两个法国人。一个冻得缩成一团,另一个闹腾得可厉害,还唱歌呢。"

"是吗? 去瞧瞧……"有几个士兵到五连去了。

九

五连的宿营地紧贴着树林的边缘。

半夜的时候,五连的士兵们听见树林里有踏雪的脚步声和树枝的断裂声。

大家都抬起头来仔细地听着。在篝火的亮光中,大家看见从森林里走出两个互相搀扶着、衣衫独特的人影。

这是两个藏在树林里的法国人。他们走到篝火跟前,声音嘶哑地说着士兵们不懂的话。一个身材高些,戴着军官帽,看样子已经筋疲力尽了。走近篝火,他想坐下,可是一下子倒在了地上。另一个兵矮小敦实,身子比较强壮。他扶起同伴,指着自己的嘴,说着什么。士兵们围着两个法国人,给病人铺上了军大衣,还给他们拿来了粥和伏特加。

那个生病的军官名叫朗巴莱;那个用手巾包着头的是他的勤务兵莫雷尔。

莫雷尔喝了伏特加,吃了一碗粥,忽然反常地快活起来,不停地说着士兵们听不懂的话。朗巴莱不吃不喝,默默地枕着臂肘躺在篝火旁边,用通红的眼睛望着俄国士兵。他不时地发出长声呻吟,随后又不出声了。莫雷尔指着他的肩,向士兵们示意,这是一个军官,应该让他暖和一下。一个走过来烤火的俄国军官派人去问团长，是否可以让一个法国军官到他那儿去取暖。回来的人说，团长吩咐把军官带过去，于是告诉了朗巴莱。他站起想走，但是他一晃悠，要不是站在他近旁的士兵扶着，他就摔倒了。

"怎么样？你再不敢来了吧？"一个士兵向朗巴莱嘲弄地挤挤眼，说。

"咳，你这个笨蛋！为什么说些难听的话！乡巴佬，真是乡巴佬，"响起一片责备那个开玩笑的士兵的声音。人们围着朗巴莱，把他架起来放到两个士兵交叉的手臂上，抬到屋里。朗巴莱搂着一个士兵的脖子，在人们抬着他的时候，他悲戚地说：

"唉，善良的朋友们哪！这才是真正的人！我的善良的朋友们！"他像个小孩似的，把头偎依在一个士兵的肩头上走了。

这时，莫雷尔坐在火旁最好的位置，士兵们都围着他。

莫雷尔是一个矮矮的法国人，他两眼红肿，流着泪水，像女人一般在军帽上扎一条手巾，穿着女人的皮袄。他显然喝醉了，一只手搂着坐在他身旁的士兵，声音嘶哑地、时断时续地唱着法国歌。士兵们望着他，笑得前仰后合。

"喂，喂，你教我们，怎么样？我立刻就能学会。怎么唱？……"莫雷尔搂着的那个滑稽鬼——歌唱家说。

　　　　亨利四世万岁，
　　　　勇敢的国王！
莫雷尔唱道，他不停地挤挤眼。

　　　　亨利四世那个魔鬼……

那个士兵呜呜哇哇跟着唱，真的合上了调子。

"好家伙！哈—哈—哈！"响起一片快活的大笑声。莫雷尔也皱着眉头笑起来。

"喂，再来，再来！"

　　　　他有三种本事，
　　　　喝酒，打仗，
　　　　还有当情夫……

"调子也很和谐。扎列塔耶夫！唱呀，唱呀！……"

"克哟……"扎列塔耶夫使劲发音。"克—哟—哟……"他极力撮着嘴唇，拉长声音唱，"勒特里普达啦，得—布，得—巴，伊得特拉瓦嘎啦！"

"好哇！跟法国人唱的一样！怎么样，你还要吃点吧？"

"再给他点粥；挨饿的肚子不容易填得饱。"

人们又给了他一碗粥；于是莫雷尔笑着吃了第三碗粥。所有的年轻士兵都带着愉快的神情望着莫雷尔。年老的士兵们认为干这种无聊的事是有失体面的，他们躺在篝火的另一边，但是也不时地支着臂肘欠起身来微笑着看看莫雷尔。

"他们也是人,"一个士兵用军大衣把身子裹紧,说。"苦艾也是在根上生长的。"

"噢哟!严寒就要来了……"周围静了下来。

星星似乎知道这时没有人在看它们,在黑暗的天空中玩得更欢了。

十

法国军队按照准确的数学级数等速地消失着。曾被大书特书的强渡别列济纳一战,不过是法国军队溃灭的过渡阶段。别列济纳河战役之所以被人写得那么多,而且将来还要写,在法国人方面,那不过是因为灾难在别列济纳河的破桥上集中地发生在顷刻之间,成为留在人们记忆里的悲惨景象。在俄国人方面,关于别列济纳河之所以被人们谈论得那么多,那不过因为在远离战场的彼得堡制定了一项在别列济纳河设下战略陷阱捉拿拿破仑的计划。人人都相信,一切都会按照计划实现的,因而坚持说,正是别列济纳河把法国人毁掉了。而统计数字表明,强渡别列济纳河的实际结果却表明,法国人所受的伤害,比起克拉斯诺耶战役受到的伤害,要轻得多。

强渡别列济纳河战役唯一的意义就在于,这次渡河毫无异议地证明所有切断敌军的计划都是错误的,而库图佐夫所主张的唯一可行的军事行动——只在敌人后面尾随着,是正确的。那群乌合之众的法国人不断加快速度,为到达目的地拼命逃跑。他们像一群受伤的野兽在狂奔,要想挡住他们的去路是不可能的。证明这一点的,是桥上发生的情况。当桥倒塌了的时候,徒手的士兵们、从莫斯科逃出的人们以及随从法国运输队带孩子的妇女们,都受惯力的影响向桥上拥去,向结冰的水中拥去。

这种拼命前冲的愿望是合乎情理的。逃跑的人和追赶的人的景况都很坏。落难的人留在自己的人中间,能够指望伙伴们的帮助,在自己的人中间能占有一定的地位。如果投降俄国人,他虽然仍然处在同样遭难的境况,可是在分配生活必需品时,他就得向后站了。法国人无须得到确切的情报,就知道俄国人对那半数的俘虏不知该怎么办,即使俄国人很想拯救他们免于冻饿而死;他们从感觉上知道事情只会是这个样子。最富有同情心的人,甚至在俄国军队中服务的法国人,对俘虏也爱莫能助。毁灭了法国人的灾难,也正是俄国军队经受的灾难。总不能从饥饿的、急需的士兵手里把面包和衣服夺去送给那些尽管无害、然而是无用的法国人吧。也有的俄国人这样做了;但是这只是例外。

后面是必然的灭亡;前面却有希望。已经是破釜沉舟,除了集体逃走,别无出路,于是法国人就拼命集体逃跑了。

法国人越是往前跑,他们的残余部队越是悲惨,尤其是在根据彼得堡的计划寄予特殊希望的别列济纳战役以后，那些互相怪罪、特别是怪罪库图佐夫的俄国司令官们的情绪，也就愈激昂了。他们认为，彼得堡的别列济纳计划一失败，一定是库图佐夫的失误，所以，对他的不满、蔑视和讥笑愈来愈强烈了。蔑视和讥笑是以恭敬的形式表现出来的，使库图佐夫无法质问他们责怪他什么，为什么责怪他。他们跟他说话并不认真；在向他报告和请他批准什么事的时候，他们做出执行一件可悲的仪式的样子，而背后却向他挤挤眼，尽可能到处都欺骗他。

正因为这些人不能了解他，因此都以为跟老头子没有什么可谈的；他永远无法理解他们计划的深刻用意；他要对他那些关于"网开三面"、不能带领一群乌合之众打出国门以外诸如此类的空话负责。他们的建议是十分复杂并且聪明，在他们看来那是很明显的，他既老且蠢，而他们是不当权的天才统帅。

尤其是在和显赫的海军上将和彼得堡的英雄维特根施泰因的军队会师以后，这种情绪和流言蜚语达到了极点。库图佐夫看出了这一点，但是他只是叹着气耸耸肩罢了。只有一次，在别列济纳战役以后，他发了脾气。

把贝尼格森打发走了。接着康士坦丁·帕夫洛维奇大公来到了军队，他在战争初期参加过战斗，后来被库图佐夫调离了军队。现在大公来到军队，通知库图佐夫说，皇上不满意我军的行动缓慢，皇上打算近些日子到军队中来。

就是这个库图佐夫，在本年 8 月被选为总司令，也就是他把皇储和大公调离了军队，也就是他，凭借自己的权力决定放弃了莫斯科，现在这个库图佐夫立刻了解到，他扮演的角色结束了。他了解这一点，不仅由于朝廷的态度。一方面，他看出，他在其中担任角色的军事活动已经结束了，因此他感到他的使命已经完成了。另一方面，就在这时他感到他那衰老的身体疲惫不堪，需要休息。

十一月二十九日，库图佐夫进驻维尔纳。在这里库图佐夫除了享受到他久已失去的那些舒适的生活条件外，还找到一些老朋友和可供回忆的事物。于是，他忽然撇开一切军务和政务的操劳，沉浸在周围沸腾着的生活所能给予他的平静生活，似乎历史进程中正在发生的以及可能发生的一切都和他毫无关系。

奇恰戈夫，这是最热衷于切断和击溃战术的人中的一个，第一个在库图佐夫进驻的城堡门前迎接他。奇恰戈夫穿着一身海军文职制服，佩着一把短剑。他递给了库图佐夫一份战列报告和城门的钥匙。这个了解到库图佐夫已经受到谴责的奇恰戈夫，在所有的言谈举止上都表现出一个年轻人对昏庸的老头子的在恭敬中包含着轻蔑的态度。

在跟奇恰戈夫谈话中，库图佐夫顺便告诉他，他在博里索夫的几车器皿已经夺了回来，很快就还给他。

在维尔纳，库图佐夫违背皇帝的意愿，拦阻着大部分军队。库图佐夫，据他周围的人说,在维尔纳逗留期间精神异常委顿,体力衰弱。他很少过问军队的事,什么事都交给他的将军们去办,整天过着悠闲的生活,等待着皇帝到来。

皇帝率领着侍从,十二月十一日来到维尔纳,坐着旅行雪橇直接驰往城堡。虽然天气非常寒冷,百十个穿着检阅服装的将军和参谋人员,以及谢苗诺夫团仪仗队守候在城堡门前。

一个急行信使在皇帝前面来到城堡,喊道:"驾到!"科诺夫尼岑跑进门厅,向在门房小屋里等候的库图佐夫通报。

一分钟后,老头子肥胖,庞大的身影缓慢地走出门廊,他身穿大礼服,胸前挂满了勋章,腰间缠着一条肚带。库图佐夫戴着遮檐朝两侧的帽子,手里拿着手套,侧着身子费力地走下台阶,下来后,他把准备呈给皇帝的报告拿在手里。

所有的眼睛都注视那辆渐渐驶近的雪橇,已经可以看到雪橇上皇帝和沃尔孔斯基的身影了。

由于五十年的习惯,所有这一切在这个老将军身上起了一种警觉的作用;他小心地摸摸身子,整整帽子,就在皇帝下了雪橇,抬起眼睛看他的一瞬间,他抖擞起精神,挺直身子,把报告递上去,开始用他那缓慢的、均匀的、讨人欢喜的声音说起话来。

皇帝目光疾速地把库图佐夫从头到脚打量了一下,皱了皱眉头,可是立刻克制住自己,向前走了两步,伸开两臂,抱住老将军。仍然由于长期习惯了的印象,由于他内心思想的关系,这拥抱照例对库图佐夫又起了作用;他抽泣起来。

皇帝向军官们和谢苗诺夫团仪仗队问好,随后又握住老头子的手,和他一起走进城堡。

同元帅单独在一起的时候,皇帝对追击的迟缓,对在克拉斯诺耶和别列济纳所犯的错误表示不满。库图佐夫不做辩解,也不发表意见。现在他脸上的表情,就是七年前在奥斯特里茨战场上聆听皇帝的命令时的那种顺从的表情。

当库图佐夫离开书房,垂着头,迈着沉重的步子走过大厅的时候,有一个声音喊住了他。

"阁下,"那个人说。

库图佐夫抬起头来,对着托尔斯泰伯爵的眼睛看了半天,后者托着一个银盘站在他面前。库图佐夫好像不明白要他干什么。

他一下子省悟过来,在他胖脸上闪过一丝差不多看不出的笑容,他恭敬地俯下身来拿起那件东西。那是一级圣乔治勋章。

十一

第二天,元帅举行宴会和舞会,皇帝亲自光临了。库图佐夫荣获一级圣乔治十字勋章；皇帝给予了他最高的荣誉；但是皇帝对这位元帅的不满是人人都知道的。礼节是要遵守的，皇帝做出了第一个榜样；然而人人都知道，老头子犯有过错，不中用了。皇帝走进舞厅的时候，库图佐夫遵照叶卡捷琳娜时代的老习惯，吩咐把缴获的军旗投掷在皇帝的脚下，皇帝不快活地皱了皱眉头，嘴里咕噜着，有人听见他说"老滑稽演员"。

在维尔纳期间，皇帝对库图佐夫的不满更强了，这尤其是因为库图佐夫显然不愿理解当前战役的意义。

第二天早上，皇帝对召集到他面前的军官们说："你们不但拯救了俄国；你们拯救了欧洲，"大家当时已经懂得，战争还没有结束。

只有库图佐夫一个人不愿理解这一点，他公开说出自己的意见，他说，新的战争不但不能改善俄国的处境和增加俄国的荣誉，还会使俄国的处境恶化，降低他认为俄国现在所取得的最高的荣誉。他极力向皇帝证明征募新兵是不可能的；他谈到人民的困苦，谈到我们有失败的可能。

怀有这种心情的元帅，当然成为当前战争的一个绊脚石了。

为了避免和老头子发生冲突，自然而然地找到了办法：像在奥斯特利茨对付他那样，不惊动他，也不向他宣布要把他的军权移交给皇帝本人。

库图佐夫的司令部的全部实权都被剥夺，移交给皇帝。托尔、科诺夫尼岑、叶尔莫洛夫等人另有任用。人们都大谈特谈元帅身体十分地衰弱，由于健康不佳而心灰意冷。

为了他的地位要交给接替他的人，他就得健康欠佳。并且他的健康也实在欠佳。

现在库图佐夫演完了自己的角色，会有必要的人来取代他的地位，是自然的、逐步的。

1812 年战争，除了俄国人所珍惜的民族的意义，还具有对欧洲的意义。

既然有由西而东的民族迁徙，那么就会有由东而西的民族迁徙，而这场新的战争，需要一个新的领导人，他得具有与库图佐夫不同的品质，为不同的动机所驱使。

为了由东而西的民族迁徙和为了恢复各国的国界，亚历山大一世是必需的，正如库图佐夫为了拯救俄国和俄国的光荣而必需一样。

库图佐夫不能理解欧洲、均势，以及拿破仑的意义。他无法理解这个。在敌人已经消灭，俄国已经解放，而且达到光荣的顶峰的时候，一个俄国人民的代表，就再也没有什么可以做的了。留给人民战争代表的只有一死。于是库图佐夫死了。

十二

正如多半的情形那样,只有在皮埃尔做俘虏时身体上所受的困苦和紧张过去以后,他才觉出那种困苦和紧张有多么沉重。从俘虏中被释放以后,他来到奥廖尔,到后第三天,他打算去基辅,但是他病了,在奥廖尔躺了三个月;据医生说,他的病是胆热引起的。经过医生给他治疗、放血、吃药,他康复了。

在恢复健康期间,皮埃尔才逐渐摆脱掉他过去几个月习惯了的印象,重新又习惯了新的生活。可是有很长一段时间,他还梦见他过俘虏的生活。皮埃尔也逐渐明白了他从俘虏中获释后所听到的那些消息。

自由的喜悦感觉在皮埃尔康复期间充溢了他整个的灵魂。使他惊奇的是,这种不受外界环境影响的内心自由,现在似乎外界的自由也过多地出现在他周围。他自己住在陌生的城市里,没有熟人。不会有人向他要求什么;也不会有人打发他到什么地方去。他所要的一切都有了;从前对于妻子的思虑老是折磨着他,现在没有了,因为她已经不在人世了。

以前使他苦恼的、他经常寻找的人生的目的,现在对于他已经不存在了。这个未知的人生目的,在他并不是现在偶然地不存在了,也并非此时此刻才不存在,但是他觉得,它是没有的,也不可能有。正是这目的的不存在,给了他彻底的、可喜的自由的感觉,此时他的幸福就在于这个自由的感觉。

他现在有了信仰,——不是信仰某种规章制度,或者某种言论,或者某种思想,而是信仰活生生的、经常可以感觉到的上帝。从前他是抱着他给自己提出的一些目的去寻求它。这种有目的的寻求实际上是寻求上帝;但是,他在被俘期间突然认识了保姆早就给他讲的那个道理:上帝就在眼前,就在这儿,它无所不在。他在被俘期间认识到,卡拉塔耶夫心目中的上帝比共济会员们所承认的造物主更伟大,更高深。一个人极目远望,结果却在自己的脚下找到了所要寻求的东西,他觉得他就是这样的人。他一生都在越过周围人们的头顶望过去,实际上用不着睁大眼睛往远处看,只看自己跟前就行了。

十三

皮埃尔的外表几乎没有什么改变。他依旧像先前那个样子。他像先前一样心不在焉,似乎他所关心的并不是眼前的事情,而是他自己的、某种特别的事情。他现在和过去的状态所不同的是:他先前忘掉了眼前的事、忘掉对他说过的话的时候,他总是皱紧眉头,似乎想看清楚而又不能看清楚那离他很远的东西。但是现在他带着几乎看不出的似乎嘲讽的微笑看待他面前的东西,倾听对他说的话,尽管他看见的和听见的显然完全是另外的事情。现在他嘴角常常挂着人生欢乐的微笑,眼睛闪着对人同情的亮光——似乎在问,他是不是跟我同样感到满足? 有他在场人们都感到快乐。

先前他说起话来滔滔不绝,不听对方说话;现在他对谈话不大热衷,善于听人家讲话,因而人家乐意把最秘密的心事告诉他。

这位公爵小姐从来不喜欢皮埃尔,自从老伯爵去世后,她觉得她受了皮埃尔的恩惠,所以对他特别地怀有敌意,可是,令她着恼和惊奇的是,在奥廖尔待了不久之后,公爵小姐很快就感觉到,她喜欢皮埃尔。皮埃尔并没有去讨公爵小姐的欢心。他只是带着好奇心去观察她。以前公爵小姐总觉得,他对她总是投以淡漠和嘲笑的目光,所以,她在他面前也像在别人面前一样,只摆出她天性中好斗的一面;而现在却相反,她觉得他似乎在探索她灵魂深处最隐秘的方面;开始她对他不信任,后来却怀着感激的心情对他表露出藏在她性格中善良的方面。

就是最狡诈的人也不能如此巧妙地取得公爵小姐的信任,唤起她对美好青春的回忆。而皮埃尔的所谓狡诈不过是在这位恶毒的、傲气的公爵小姐身上唤醒了人类的感情罢了。

"是的,他是一个十分好的人,只要在我的影响下,"公爵小姐这样想。

皮埃尔的变化也被他的仆人捷连季和瓦西卡发觉了。他们发觉他随和多了。捷连季经常帮他脱了衣服,道过晚安,拿着靴子和衣服,迟迟不离去,看看老爷是不是有话要说。皮埃尔看出他想聊一聊,大多就把他留住。

"给我讲讲……你们是怎么弄到吃的?"他问。于是捷连季就讲起莫斯科的破坏,讲起已故的老伯爵,拿着衣服谈了很长时间,有时也听皮埃尔的故事,然后,他怀着主人对他的亲近和他对主人的友好感觉回到了前厅。

给皮埃尔治病的医生每天都来看他,虽然这位医生按照一般医生的习惯,认为应该装出他的每分钟对于受磨难的人类都是宝贵的样子,但是他却常在皮埃尔处一连坐上几个小时,谈他喜爱的故事和他对一般病人、特别是对女人脾气的观察。

"是的,跟这个人谈谈是让人兴奋的,他跟我们外省人不一样,"他说。

奥廖尔有几个被俘的法国军官,有一天,这个医生带来了其中一个意大利青年军官。

这个军官常去看望皮埃尔,公爵小姐经常取笑这个意大利人对皮埃尔的温情。

看来,这个意大利人只有到皮埃尔那里谈谈,才感到幸福,他向皮埃尔讲起他的过去,他的家庭生活和他的爱情,向他发泄他对法国人、特别是对拿破仑的愤懑。

"假如所有的俄国人多少有点像您这样,"他对皮埃尔说,"和你这样的人民打仗,简直是罪过。法国人使您受了那么多罪,您却不怀恨他们。"

皮埃尔现在赢得了这个意大利人满腔的热情,只不过因为他在他身上唤醒了他灵魂中的优秀品质,而且欣赏这种品质。

皮埃尔在奥廖尔停留的最后一些日子,有一个他的老会友维拉尔斯基伯爵前来拜访他。维拉尔斯基伯爵娶了一个在奥廖尔省拥有几座大庄园的富有的俄罗斯女人,他本人在本城军用粮站谋得一个临时的职务。

维拉尔斯基听说别祖霍夫在奥廖尔,虽然一向和他不怎么交往,但是见了他却流露出只有在沙漠中人们相遇时才表现出的那种友好和亲切。维拉尔斯基在奥廖尔很孤单,能遇到和自己同一个圈子的人,感到非常兴奋。

然而,令维拉尔斯基吃惊的是,他很快就看出皮埃尔大大落后于现实生活,以他暗地里对皮埃尔的评价,皮埃尔陷入淡漠和自私中了。

"你过于消沉了,朋友,"他对他说。尽管如此,维拉尔斯基现在和皮埃尔在一起觉得比过去更快乐,他每天都到皮埃尔的住处,而皮埃尔现在看维拉尔斯基和听他说话,他觉得难以相信,自己不久前也是这个样子。

维拉尔斯基是一个有家室的人,他为妻子的田产、公务、家务而奔波。他认为这一切都是人生的障碍,都是可鄙的,因为这一切都是为了他个人和家庭的幸福。军事、行政、政治、共济会等等问题,常常吸引他的注意。皮埃尔并不试图改变他的观点,也不指责它,只是带着他现在常有的那种安静的讥笑欣赏这种奇怪的、他所非常熟悉的现象。

在一些实际问题上,皮埃尔意外地感觉到他有了先前所没有的主心骨儿。以前,每一桩金钱问题,尤其是他这个富人经常遇到的向他乞讨金钱的问题,总令他感到惶惑不安。"给还是不给?"他问自己。"我有钱,他需要钱。但是别人或许更需要钱。谁最需要呢? 或许他们俩都是骗子吧?"从前他对这些疑问找不到解决的办法,只要他有钱,谁要就给谁。

现在,令他惊奇的是,在所有这些问题上他都不再有什么犹疑和惶惑了。现在他心中有了一个审判官,根据他所不知的某些法则决定要做什么和不要做什么。

他依旧跟过去一样对待金钱漫不经心,不过现在他真的知道什么是应当做的和什么是不应当做的。这个审判官第一次为他服务的事例是应付一个被俘的法国上校的要求:这个上校在皮埃尔那里讲了很多他的功绩,最后,他差不多是正式提出要求,向皮埃尔要四千法郎寄给他的老婆孩子。皮埃尔毫不费力地就回绝了他,过后他感到惊奇,这件过去似乎无法解决的难题,原来是这么简单易行。在拒绝那个上校的同时,他暗自决定,在离开奥廖尔时,一定要想个办法让那个意大利军官接受他一些钱,很明显他是需要钱的。皮埃尔在处理他妻子的债务和修复莫斯科住宅和别墅的问题上,再一次证明他对实际问题确实有了主见。

他的总管到奥廖尔来,他同皮埃尔大体算了一下已经起了变化的收入。据总管估计,莫斯科大火使皮埃尔损失了差不多二百万卢布。

总管为了安慰皮埃尔,替皮埃尔算了一笔账,他说,只要皮埃尔拒绝偿还妻子的债务,他的收入不仅不减少,反而会增加。

"对,对,这是真的,"皮埃尔快活地笑着说。"对,对,那都是我用不着的。由于破产我更富有了。"

但是,正月萨韦利伊奇从莫斯科来,他讲了讲莫斯科的情况,讲了讲建筑师为修建莫斯科的住宅和近郊别墅所做的预算,他讲这件事似乎是在讲已经决定了的事似的。在这期间,皮埃尔接到瓦西里公爵和其他一些熟人从彼得堡的来信。这些信都提到他妻子的债务。于是皮埃尔决定了:总管的计划是不正确的,他必须去彼得堡了结妻子的债务,到莫斯科修建房屋。为什么要这样做,他不知道;可他确实知道,应该这样做。因为这个决定他的收入减少四分之三。可是应该这样做;他有这样的感觉。

维拉尔斯基要到莫斯科去,于是他们约定一道走。

皮埃尔在奥廖尔康复期间,感受到了自由和生活的喜悦;但当他在旅途上置身于自由的天地中间,看见成百的生人的面孔时,这种感觉就更加强烈了。在整个旅行期间,他感受到小学生度假般的喜悦。所有这些人在他看来都具有一种新的意义。维拉尔斯基一路上不断抱怨俄国的贫穷、愚昧,维拉尔斯基这些评论只能更提高皮埃尔的兴致。维拉尔斯基看见死气沉沉的地方,皮埃尔却在这辽阔的大地上看到非常强大的生命力,这种力量支持着这个完整的、独特的、统一的民族的生命。他不反驳维拉尔斯基,好像同意他的话,他带着愉快的微笑听他说话。

十四

很难解释为什么蚂蚁在被捣毁的洞穴进进出出那么忙碌,为什么它们会互相冲撞、追逐、争斗,同样,也很难解释是什么原因使得俄国人在法国人撤退后又在莫斯科聚集起来。但是当我们观看在被捣毁的洞穴周围爬满了蚂蚁的时候,洞穴虽然被彻底破坏了,可是从挖洞的昆虫那股子坚韧不拔的劲头和数量的众多可以看出,那构成蚁穴力量坚不可摧的东西依旧存在,——莫斯科也是这样,十月间,尽管没有官府,没有教堂,没有神圣的东西,没有财富,没有房屋,但是依然是八月间的那个莫斯科。一切都毁掉了,但那非物质的、坚不可摧的东西仍然存在。

莫斯科肃清了敌人以后,人们怀着复杂的个人动机从四面八方拥进了莫斯科。只有一种动机是人人都有的,那就是赶快到那从前叫作莫斯科的地方,在那儿进行他们的活动。

一个星期过后，莫斯科已经有一万五千居民，过了两个星期，就有两万五千了。这样不断地增加，到 1813 年秋天，就超过 1812 年的人口数字了。

第一批进入莫斯科的俄国人是温岑格罗德部队的哥萨克、邻近村庄的农民和从莫斯科逃出后藏在近郊的居民，进入莫斯科的俄国人，发觉莫斯科遭到抢劫，也开始抢劫起来。他们接着干法国人干过的事。农民赶着大车来到莫斯科，把丢在破屋里和街道上的一切都运到村子里。哥萨克把能搬走的东西都运回了他们的营地；房主抢走他们在人家屋里找到的一切东西，借口说是他们自己的。

但是，接着第一批抢劫者之后，又来了第二批、第三批，随着抢劫者的增加，抢劫一天天地更加困难了，并且形成一些更加确定的方式。

法国人的抢劫持续得越久，莫斯科的财富遭到的破坏就越厉害，抢劫者的力量也就消耗得越多。而俄国人占领首都初期开始的抢劫越是继续下去，参加抢劫的人数越多，莫斯科的财富和城市的正常生活就恢复得就越快。

除了抢劫者，还引来了各色人等，人们像血液流入心脏一样从四面八方流入莫斯科。

一个星期以后，那些赶着空车想来运走一些东西的农民，被政府扣留下来，被迫把死尸运出城外。其他农民听说伙伴们不得手，就把粮食、燕麦 干草运进城里，互相把价格削得比过去还低。木匠们为了挣点大钱，每天都来莫斯科，到处都在盖木头房子，修理被烧焦的房子。商人搭起棚子开始营业。饭馆和客栈在被火烧过的房子里开张起来。神父们在未遭火灾的教堂里恢复了礼拜。施主们捐献教堂被窃的东西。官吏们在小屋里安置铺着粗呢的桌子和文件柜。高级官吏和警察负责分配被法国人抢剩的财物。那些从别人家搬来许多财物的房主，抱怨把东西全搬运到多棱宫是不公平的，另有一些人则坚持说，法国人把东西集中到一个地方存放着，所以，把这些东西全分给在他家存放东西的房主是不公平的；人们诅咒警察；贿赂警察；对烧掉的东西作夸大了十倍的损失估价，要求补助；拉斯托普钦伯爵在写他的告示。

十五

一月底，皮埃尔到了莫斯科，在一处没有被烧毁的厢房住下来。他拜访了拉斯托普钦伯爵，拜访了几个回到莫斯科的熟人，打算第三天就去彼得堡。大家都欢迎皮埃尔，都想见见他，都想听听他的见闻。皮埃尔对所有遇到的人都怀有特殊的好感；但是他现在不由得对所有的人都怀有戒心，怕受到牵连。人家问他任何问题——不论是重要的还是无关紧要的，他总是回答："是的，也许，"

　　他听说罗斯托夫全家在科斯特罗马，他很少想到娜塔莎。即使想到，也不过是想到一件久已过去的让人兴奋的回忆罢了。他觉得自己不但摆脱了日常俗务，而且摆脱了那种他觉得是自作多情的情调。

　　到莫斯科的第三天，他听说玛丽亚公爵小姐在莫斯科。安德烈公爵的死和他临终的那些日子，经常占据皮埃尔的心，现在又形象地在他脑海里浮现了。午饭时他听说玛丽亚公爵小姐在莫斯科住在弗兹德维仁卡街她的一所未被烧掉的住宅里，他就决定当天便去拜访她。

　　在去拜访玛丽亚公爵小姐的路上，皮埃尔不停地思念安德烈公爵，怀念他们的友谊以及他们每次的会见，特别是最后那次在波罗底诺的会见。

　　"难道他真的当时在那种恶劣的情绪中死去的吗？难道他在临终前真的没有揭开人生的奥秘吗？"皮埃尔想。他想起了卡拉塔耶夫，想起了他的死，不由得把两个非常不同，而又非常相似的人做了比较，他们相似是由于他对两个人都怀有爱慕的心情，两个人都曾在世上生活过，两个人都死了。

　　皮埃尔怀着极严肃的心情驶往老公爵的住宅。这所住宅还算完整，可仍然有被破坏的痕迹，而住宅的整个面貌依然如故。一个年老的侍者神色严厉地出来迎着皮埃尔，好像给客人一个感觉：老公爵不在，家规依然照旧，他说公爵小姐已经回到自己的房间，每逢星期天才接见客人。

　　"你去通报一下吧，或许会接见的，"皮埃尔说。

　　"是，您老，"侍者回答说，"请到肖像室稍等。"

　　几分钟后，那个侍者和德萨尔走出来，德萨尔向皮埃尔传达公爵小姐的话说，她非常兴奋见他，假如皮埃尔原谅她的失礼，请他到楼上她的房间里去。

　　在一间点着一支蜡烛的矮小屋子里，坐着玛丽亚公爵小姐，和她在一块的还有一个黑衣女人。皮埃尔记起玛丽亚公爵小姐身边常常有女伴，但是女伴都是些什么人，皮埃尔不知道，也记不起了。"这是她的一个女伴，"他向那个黑衣女人看了一眼，心中想道。

　　公爵小姐赶快站起身来，向前迎着他，伸出了手。

　　在他吻过她的手，她审视着皮埃尔那张改变了的面孔，说，："咱们又见面了。他临终时时常提到您，"她一面说，一面带着使皮埃尔吃了一惊的羞怯神情把目光从皮埃尔移到女伴身上。

　　"听到您平安无事，我非常兴奋，这是很久以来接到的唯一好的消息了。"玛丽亚公爵小姐又不安地向女伴望了一眼，刚要说点什么，但是皮埃尔打断了她的话。

　　"您会想到的，我一点不知道他的情况，"他说。"我以为他阵亡了。我所知道的，都是从别人口中听说的。我听说他遇见了罗斯托夫一家人……多么巧的命运啊！"

世界传世藏书

世界十大名著

·战争与和平·

图文珍藏版

皮埃尔说得又快又高兴。他向那个女伴的脸看了一下,瞧见向他投来的不寻常的目光,就像在谈话时常有的情形,不知怎的他觉得这个黑衣女伴是一个可爱的、善良的人,她不会妨碍他和公爵小姐快乐地谈心。

但是,当他在最后一句话提到罗斯托夫一家的时候,玛丽亚公爵小姐脸上的窘态更加厉害了。她又把视线从皮埃尔移到那个黑衣女伴身上,她说:

"您真的没有认出来吗?"

皮埃尔又看了看那个女伴那张苍白的、有一对黑眼睛的面庞。在那双专注地望着他的眼睛里含有一种亲切的、他久已遗忘的、非常可爱的神态。

"不对,这不可能,"他想。"这张严肃、瘦削并且苍白、显得老了一些的脸?这不可能是她。不过与她相似罢了。"可是,这时玛丽亚公爵小姐说:"娜塔莎。"于是,那张眼神专注的面庞,困难地、就像一扇生锈的门打开了似的,露出了笑容。突然从这扇敞开的门里散出一阵芳香,使皮埃尔感觉到那久已忘却的、特别是这时意料不到的幸福。当她莞尔一笑时,已经不再有什么怀疑了:这正是娜塔莎,他爱她。

在开头的一瞬间,皮埃尔不自觉地泄露了连他本人也不清楚的那个秘密。他快活而又痛楚地涨红了脸。他试图掩饰自己的激动。但是他越是想掩饰,就越是明显地——比最明显无误的语言更为明显地对他自己、对她、对玛丽亚公爵小姐泄露了他爱她。

"是的,太出乎意外了,"。皮埃尔想。但是他刚想跟玛丽亚公爵小姐继续谈刚才谈开的话,就又向娜塔莎瞟了一眼,他脸上的一抹红云更加浓了,那充满他内心的愉快使他激动得愈加厉害了。他语无伦次,话说了半截就停住了。

皮埃尔起先没有注意到娜塔莎,那是因为他无论如何也没料到他会在这儿见到她,他后来没有认出她,那是因为自上次见到她以来,她的变化过于大了。她瘦削并且苍白。可是这还不足以让他认不出:他刚进来时认不出她,是因为以前在那双眼睛里总是隐隐闪耀着乐观的微笑,而现在,在他刚进来瞟了她一眼的时候,她脸上连一点笑意也没有;只有一双专注的、善良的、悲哀的眼睛。

皮埃尔的窘态并没有令娜塔莎窘迫不安,她脸上只露出一丝不易为人察觉的快乐。

十六

"她是来我这儿做客的,"玛丽亚公爵小姐说。"伯爵和伯爵夫人过一两天就到。伯爵夫人的健康状况非常不好。可娜塔莎自己也必须看医生。他们迫使她随同我来了。"

"是啊,没有遭到不幸的家庭恐怕没有吧?"皮埃尔对娜塔莎说。"您知道,就是在我得救的那天发生的事。我看到他了。一个多么可爱的孩子!"

娜塔莎望着他,只是用眼睛睁得更大更亮来回答他的话。

"能说出什么可安慰的话呢? 能想出什么值得安慰的事呢?"皮埃尔说。"什么也没有。一个多么可爱、生命力多么旺盛的孩子,为什么一定让他死呢?"

"是的,在我们这个时代,没有信仰极难活下去……"玛丽亚公爵小姐说。

"对,对。这是千真万确的,"皮埃尔连忙接过去说。

"为什么?"娜塔莎凝视着皮埃尔问道。

"怎么说为什么"玛丽亚公爵小姐说。"只要一想那等着我们的……"

娜塔莎不等听完玛丽亚公爵小姐的话,又用询问的目光看着皮埃尔。

"那是因为,"皮埃尔接过去说,"只有相信有一个主宰我们的上帝,才能忍受像她的……您的这样的损失,"皮埃尔说。

娜塔莎张了张嘴想说话,但是突然停住了。皮埃尔连忙背过脸去,又向玛丽亚公爵小姐问起他的朋友临终的情形。皮埃尔的窘迫不安现在差不多消失了;可是同时他觉得,他先前的自由感也消失了。他觉得,现在有一个法官在监视着他的一举一动,这个法官的裁判比世上任何人的裁判对他都可贵。他现在一说话,就考虑到他的话对她会产生什么印象。他并不说一些讨她欢喜的话;但是,他无论说什么,都从她的观点来评判自己。

像常有的情形那样,玛丽亚公爵小姐不大喜欢讲她见到安德烈公爵时的情形。但是皮埃尔提的一些问题,他那异常不安的眼神,他那激动得发抖的面颊,逐渐迫使她把她害怕回忆的那些情况越说越详细。

"是啊,是啊,对,对……"皮埃尔说,向玛丽亚公爵小姐俯过身去,贪婪地听她讲述。"是啊;那么,他安静了,变得柔顺了? 他就是这样用全副精力经常寻找一件东西:做一个尽美尽善的人,一个不怕死的人。如果说他有缺点的话,并不是由于他本人的缘故。那么说他变得柔顺了?"皮埃尔说。"他能见到您是多么幸福啊!"他突然转身对娜塔莎说,含着眼泪望着她。

娜塔莎的脸颤抖了一下。她皱起眉头,垂下眼睑。一时拿不定主意,是说话还是不说话。

"是的,这是幸福。"她用低沉的胸音说,"这对我可能是幸福。"她停顿了一下。"他……他说,在我刚进去见到他的时候,他说,他正盼着这个呢……"娜塔莎的声音突然中断了。她涨红了脸,紧握住两手按在膝盖上,忽然,她显然在努力控制自己,抬起头来,急忙说:

"我们从莫斯科出来,什么也不知道。我不敢问他怎么样了。忽然索尼娅对我说,他和我们同行。我什么也没想,我想象不出他的情况怎么样;我只是想看见他,和他在一起,"她喘息着说。她不让人打断她的话,讲起她从来还不曾对任何人讲过的事:讲她们在旅途中和在雅罗斯拉夫尔三个星期她所经历的一切。

皮埃尔张着嘴听她讲,他那双满含泪水的眼睛凝视着她。在他听她讲的时候,他根本没想到安德烈公爵,也没想到死,也没想她所讲的事情。在听她讲的时候,他只怜悯她现在讲述时所感受的痛苦。

公爵小姐为了忍住眼泪拧紧了眉头,她坐在娜塔莎身旁,第一次听到她哥哥临终前和娜塔莎的爱情故事。

这个既苦又甜的故事,显然是娜塔莎非常需要的。

她的讲述交织着最细的情节和内心最深处的秘密,好像可以永远讲不完。好几次她把已经讲过的又重复一遍。

门外传来德萨尔的声音,他问尼古卢什卡是否可以进来道晚安。

"就是这些,都说完了……"娜塔莎说。在尼古卢什卡进来的时候,她赶忙站起来,几乎朝门跑过去,头碰到挂着帘子的门上,不知是因为疼痛还是由于悲哀,她呻吟着跑出了房间。

皮埃尔望着她跑出去的那扇门,搞不清楚为什么忽然觉得在这个世界上只剩下他一个人了。

玛丽亚公爵小姐把他从木然的状态唤醒,让他看看进来的小侄子。

尼古卢什卡那张和父亲非常相像的脸,令这时心肠变软的皮埃尔深受感动,他吻了吻尼古卢什卡,就赶忙站起来,掏出手绢,向窗口走去。他想向玛丽亚公爵小姐告辞,但是她留住了他。

"别走,我和娜塔莎有时晚上两点多还不睡呢;请再坐一会儿。我去吩咐准备晚饭。下楼吧;我们就来。"

在皮埃尔走出房间之前,公爵小姐对他说:

"这是她第一次这样提起他。"

十七

皮埃尔被请到一间灯光通明的饭厅里;几分钟后,传来脚步声,公爵小姐和娜塔莎进来了。娜塔莎心情是安静的,虽然她脸上没有笑容,现在又露出严肃的表情。玛丽亚公爵小姐、娜塔莎和皮埃尔都感到在一场严肃的谈心后所常有的那种局促气氛。继续刚才的谈话已经不可能了;大家都很想说点什么,一言不发好像过于虚假了。他们沉默地走到饭桌前面。侍者拉开和移近椅子。皮埃尔打开冰凉的餐巾,很想打破沉默。

"您喝伏特加吗,伯爵?"玛丽亚小姐说,这句话一下子驱散了过去的阴影。

"讲一讲您的事吧,"玛丽亚公爵小姐说,"人家都在谈您那令人惊叹的奇迹呢。"

"是的，"皮埃尔答道。"人家甚至向我讲过我自己连做梦也没梦见的奇迹。我看出，做一个有趣的人是很舒适的；人家都请我，对我讲我的故事。"

娜塔莎微笑了。

"我们听说，"玛丽亚公爵小姐插进去说，"您在莫斯科损失了两百万。是真的吗？"

"可是我的财产却增加了三倍，"皮埃尔说。因为妻子的债务和必须重建房子，皮埃尔的家业改观了，但是他还是说他反而富了三倍。

"我确实得到的，"他说，"那就是自由……"他认真地说；但是他觉得这个话题太自私了，就停住了。

"您要盖房子吗？"

"是的，萨韦利伊奇想这么办。"

"我问您，您在莫斯科还没听说伯爵夫人去世吧？"玛丽亚公爵小姐说完，脸马上红了，她发觉在他说了他是自由的之后，她给他的话添上或许本来没有的意义。

"不知道，"皮埃尔回答说，他并不认为玛丽亚公爵小姐对他提到的自由的理解让他难为情。"我是在奥廖尔听说的，您想不到，这个消息让我多么震惊。我们不是模范夫妻，"他说得很快，向娜塔莎瞟了一眼，看出她对他给予妻子的评语很好奇。"可是这个噩耗使我非常震惊。两个人吵嘴，往往双方都有错。而我的过错，在一个去世的人面前忽然变得很严重。而且死得那么……没有朋友，没有安慰。我非常惋惜她，"他说完，看出娜塔莎脸上赞赏的表情，他感到快慰。

"是啊，您又是单身汉了，可以结婚了，"玛丽亚公爵小姐说。

皮埃尔忽然脸涨得紫红紫红的，半天不敢看娜塔莎。当他鼓起勇气向她瞥了一眼的时候，他发现她的脸色非常冷淡、严峻，甚至是轻蔑的。

"是不是像大家所讲的，您真的见过拿破仑，并且和他谈过话？"玛丽亚公爵小姐说。

皮埃尔忍不住笑了。

"没有的事。我不仅没见过他，甚至没听过人家提到他。我是和一群不走运的伙伴在一起的。"

晚饭后，皮埃尔起初不想讲他当俘虏的经历，可是，慢慢地就讲开了。

"您留在那儿是为了刺拿破仑，是真的吗"娜塔莎露出一丝笑容，问他。"我们在苏哈列夫塔见面的时候，我就猜到了；您记得吗？"

皮埃尔承认那是真的，于是从这个问题开始，在玛丽亚公爵小姐，尤其是在娜塔莎提问的引导下，他慢慢地详细讲起他的冒险故事。

他开始讲的时候，带着那种温和的讥讽的眼神；可是后来，当他讲到他所看见的恐怖和痛苦的情景时，他极力控制住人们在回忆那些感受强烈印象时常有的激动心情,不久便讲得入了神。

玛丽亚公爵小姐带着温和的微笑时而瞧瞧皮埃尔,时而瞧瞧娜塔莎。在整个讲述中,她只看见皮埃尔和他的好心肠。娜塔莎用手支着头,脸上的表情随着故事的讲述而不断地变化,她一刻不停地凝视着皮埃尔,显然,她同他一起感受着他所讲的一切。不可是她的眼神,她的叹息和简短的提问,都向皮埃尔表明,她从他的讲述中所体会的也正是他所要表达的。看来,她不仅体会了他所讲述的,并且体会到了他想表达而没能用言语表达出来的东西。在讲到他为保护妇女和孩子而被捕的那个插曲时,他说道:

"那是可怕的景象,孩子们被抛弃,有的在火里……我亲眼看见一个孩子被从火里拖出来……女人们,她们的东西被抢走,耳环被扯掉……"

皮埃尔脸红了,踌躇了一下。

"这时来了巡逻队,他们把所有不曾抢劫的人,所有的农民都抓走了。我也被抓了。"

"您一定没有都讲出来,您准做了什么……"娜塔莎停了一下,说,"做了好事。"

皮埃尔接着讲下去。当他讲到行刑的时候,他试图回避可怕的细节;可是娜塔莎要求他一点也不要遗漏。

皮埃尔开始讲卡拉塔耶夫的事,他站住了。

"不,你们无法理解我从这个从未受过教育的、憨厚的人学到多少东西。"

"能理解,您说吧,"娜塔莎说。"他在哪儿?"

"他几乎是在我面前被打死的。"于是皮埃尔开始讲他们撤退的最后的一些日子,讲卡拉塔耶夫的病和他的死。

皮埃尔讲那些历险故事,仿佛他从来没有回顾过似的。他现在觉得他的经历好像有了新的意义。现在他对娜塔莎讲这一切的时候,他尝到女人在听男人说话时给人以少有的愉快,——娜塔莎自己全然不觉得,她是那样投入:她不漏过皮埃尔的每个字,他的声音的每一颤动,目光的每一瞬,脸上肌肉的每一颤动,以及他的每个姿势。她在推测皮埃尔内心活动的秘密意义时,还顺手捕捉到了对方没有说出的话,马上收进她那开阔的胸怀。

玛丽亚公爵小姐领会他的故事,同情他,可是她现在看到那占有她全部注意力之外的东西;她看到娜塔莎和皮埃尔之间有爱情和幸福的可能。这个第一次闯进她头脑的想法,使她满心兴奋。

已经是早上三点钟了。侍者们带着忧郁、严峻的脸色进来换蜡烛,但是谁也没有注意他们。

皮埃尔讲完了他的故事,娜塔莎睁着亮晶晶的、高兴的眼睛,仍在出神地盯着皮埃尔,似乎想了解他也许还没有说出的话。皮埃尔露出了窘态和羞怯,但是他感到幸福,时不时地瞧她一眼,想说点什么转个话题。玛丽亚公爵小姐沉默不语。谁也没想到已经是三点钟,该是睡觉的时候了。

"人们都在说:不幸,苦难,"皮埃尔说。"如果这时,就在此刻有人问我:您愿意还像被俘之前那样呢,还是愿意把那一切重新经历一番? 我的上帝,千万别让我再当俘虏和吃马肉了。我们总认为,一旦我们被抛出我们走熟了的道儿,就一切都完了;实际上,美好的、新的东西才刚在开始。只要有生活,就有幸福。前面还有许多东西等着我们呢。我这是对您说的,"他转身对娜塔莎说。

"是的,是的,"她回答了一句恰恰相反的话,她说,"我什么都不希望,只希望重新把那一切再经历一次。"

皮埃尔定睛望着她。

"是的,我再不希望别的,"娜塔莎肯定地说。

"不对,不对,"皮埃尔喊道。"我活下来,而且还要活下去,这不是罪过;您也是一样。"

娜塔莎蓦地低下头,两手捂着脸哭起来。

"你怎么啦,娜塔莎?"玛丽亚公爵小姐说。

"没什么,没什么。"她含着泪水对皮埃尔露出了笑容。"再见吧,该睡了。"

皮埃尔起身告辞了。

玛丽亚公爵小姐和娜塔莎像平时一样,一起走进卧室。她们谈了一会儿皮埃尔讲的事情。两人都没有谈对皮埃尔的看法。

"好了,再见,玛丽,"娜塔莎说。"你可知道,我们不谈他(安德烈公爵),似乎一谈他就伤害了我们的感情,我十分害怕,我们这样就淡忘了。"

玛丽亚公爵小姐深深叹了口气,这声叹息表明娜塔莎的话是对的;可是她在口头上却不赞同她的意见。

"怎么能忘呢?"她说。

"我今天把一切都说出来了,觉得非常痛快;心里沉重、痛楚,可是痛快。非常痛快,"娜塔莎说,"我相信安德烈公爵的确爱他。所以我才讲给他听……我向他讲了,不要紧吧?"她突然红了脸,问道。

"对皮埃尔讲吗? 当然不要紧! 他这人太好了,"玛丽亚公爵小姐说。

"我说,玛丽,"娜塔莎说,她脸上忽然露出玛丽亚公爵小姐好久没看见的顽皮的笑容。"他变得是那么干净,新鲜,就似乎刚从浴室出来一样,你明白我的意思吗?"

"对,"玛丽亚公爵小姐说,"他变得好多了。"

"那短短的常礼服,那剪短了的头发,活脱刚从浴室出来……爸爸常常……"

"我明白他为什么最喜欢他了,"玛丽亚公爵小姐说。

"是的,他和他有不同的特点。听说,各有特点的两个男人容易交朋友。这话可能有道理。"

"是的,他人好极了。"

"好啦,再见吧,"娜塔莎说。那顽皮的微笑,仿佛被遗忘了一样,长时间地停留在她的脸上。

十八

皮埃尔这一天怎么也不能入睡;他在屋里走来走去,时而紧皱眉头,时而想起什么为难的事,时而露出幸福的微笑。

"应该怎么办;如果不得不这样的话? 怎么办才好呢?! 就是说,要这么办,"他匆匆脱了衣服,上床睡了。他感到幸福和激动,可是没有疑虑,也没有犹豫。

"不管这件事多么奇怪,也不管这幸福多么不可能,——为了和她结为夫妻,我要做到一切,"他自己下了决心。

皮埃尔早在几天之前就决定星期五去彼得堡。星期四他醒来时,萨韦利伊奇进来向他请示关于整装上路的事情。

"什么彼得堡? 彼得堡怎么啦? 谁在彼得堡?"他下意识地问,虽然是问自己。"仿佛好久以前,还在这件事没发生的时候,我不知为什么要去彼得堡,""为什么要去,或许我必须去。他多么细心,什么事都放在心上!"他望着萨韦利伊奇那张衰老的脸,想道。"他的微笑多么可亲!"他想。

"萨韦利伊奇,你为什么还不要求自由?"皮埃尔问。

"大人,我为什么要自由? 无论是老伯爵在世的时候,还是现在侍候您,我从来没受过气。"

"但是你的孩子们呢?"

"孩子们也讲得过去,大人,跟着这样的主人是讲得过去的。"

"但是,我的继承人会怎么样呢?"皮埃尔说。"我忽然结婚了……要知道这是完全可能的,"他不由得微笑着说。

"您有什么吩咐? 明天动身吗?"萨韦利伊奇问。

"不走了,我还要推迟几天。到时候我通知你。原谅我给你添麻烦了,"皮埃尔说,他望着萨韦利伊奇的笑脸,想道:"但是多么奇怪,他不知道现在谈不上什么彼得堡,首先要决定那件事。也许,他可能是知道的,只不过装糊涂罢了。跟他谈谈吗? 看看他是怎样想的?"皮埃尔想。"不,以后再谈吧。"

吃早饭的时候,皮埃尔对公爵小姐说,他昨天在玛丽亚公爵小姐那儿,"你猜我遇见了谁? 遇见了娜塔莎·罗斯托娃。"

公爵小姐那神气似乎说,她看不出这个消息跟皮埃尔见到安娜·谢苗诺夫娜有什么不同的地方。

"您认识她吗?"皮埃尔问。

"我见到公爵小姐了,"她回答。"我听说,人家给她和小罗斯托夫做媒呢。这对罗斯托夫家是一桩大好事;听说他们彻底破产了。"

"不是,我是问您认识罗斯托娃吗?"

"当时我只听说她出了那件事儿,非常可惜。"

"不,她不明白,或者不过是装糊涂,"皮埃尔想。"最好也不要对她说。"

公爵小姐也给皮埃尔准备好了旅行的食物。

"他们都那么好,"皮埃尔想,"他们现在做这些事,可能没有多大的兴趣。大家都是为了我;真叫人感到奇怪。"

这一天,警察局长来拜访皮埃尔,请他派人去多棱宫领回今天就要发还原主的财物。

"这个人也是这样,"皮埃尔望着警察局长的脸想道,"多么可爱、多么漂亮的军官,多么和善!现在还管这些小事。人家还说他不老实,贪财。一派胡言!再说,他干吗不贪呢?他就是那样被培养出来的嘛。而且人人都是那样干的。可他那张脸多么令人快乐,多么善良,他老望着我笑。"

皮埃尔去玛丽亚公爵小姐家吃饭。

他从两旁都是被烧毁的房屋的街道中间经过,他对这些废墟的美赞叹不已。那些使人生动地想起莱茵河和罗马大剧场的遗迹的烟囱、颓垣断壁,在遭过大火的市区内伸展着,互相遮掩着。他遇见的人都快活地看着皮埃尔,他们似乎在说:"瞧,他来了!让咱们瞧瞧会有什么结果吧。"

在走进玛丽亚公爵小姐家的时候,皮埃尔突然怀疑自己昨天是否真的到过这儿,是否真的见到过娜塔莎,并和她谈过话。但是刚要走进那个房间,他立刻失掉了自由,他整个身心都感觉她在那儿。她还是穿着那件软褶黑衣服,还是那样的发型,然而她完全换了一个人。如果他昨天进来时她就是现在这样,他哪怕一秒钟认不出她来也是不可能的。

她还是她在孩提时、后来做安德烈公爵未婚妻时他所知道的那个样子。她眼睛里闪着愉快的光彩;脸上露着一种温柔的、顽皮的神情。

皮埃尔吃过饭,本来是要坐一个晚上的;可是玛丽亚公爵小姐要去做晚祷,皮埃尔就跟她们一起去了。

第二天皮埃尔到得很早,吃过饭,消磨了整整一个晚上。虽然玛丽亚公爵小姐和娜塔莎对客人显然是欢迎的;尽管皮埃尔的生活兴趣全部集中在这个家里,但是刚到晚上,他们把一切都谈完了,谈话不断从一件琐事跳到另一件琐事,并且时常中断。这天晚上皮埃尔坐了很长时间,玛丽亚公爵小姐和娜塔莎互相看看,等待他走。皮埃尔看出了这个,可是他不能走。他心头沉重、窘迫,但他仍然坐着,因为他不能站起来,不能离开。

玛丽亚公爵小姐看不出何时结束,便第一个站起来,说是头痛,开始告辞了。

"那么,您明天要去彼得堡?"她说。

"不,我不去,"皮埃尔带着吃惊的神情,连忙说。"去彼得堡?明天;我还不准备辞行。我还要来看看有没有事要托我办的,"他站在玛丽亚公爵小姐面前说,脸涨得通红,还是不准备离开。

娜塔莎把手伸给他,然后走了出去。玛丽亚公爵小姐却不但不走,反而坐到圈椅里,她那深沉的目光严肃地望着皮埃尔。显然,刚才露出的倦意,这时完全消失了。她深深地长叹一声,好像要做一次长谈。

娜塔莎一离开,皮埃尔的窘迫和尴尬一下子全都消失了,换上急切的高兴心情。他连忙把椅子挪近玛丽亚公爵小姐。

"是的,我告诉您,"他就像在回答她的话回答她的眼神。说,"公爵小姐,帮助我吧。我应该怎么办?我能有希望吗?公爵小姐,您听我说。我知道我配不上她;我知道目前还不能谈这个问题。但是我要做她的兄长。不,不是那个……我不要,不可能……"

他停住了,用手搓搓脸和眼睛。

"我说,是这样,"他努力把话说得连贯些。"我不知道我是什么时候爱上她的。可是,我只爱她,我一生只爱她一个人,没有她,我就想象不出我怎么活下去。我现在不打算向她求婚;但是,一想到她也许会成为我的妻子,我失掉这个机会……机会……多么可怕。您说,我能有希望吗?您说,我应当怎么办?亲爱的公爵小姐,"沉默片刻之后,他碰碰她的手,因为她没有回答。

"我在琢磨您对我说的话呢,"玛丽亚公爵小姐回答说。"我告诉您,是这样,您现在向她表示爱情,您做得对……"公爵小姐停住了。她想说:现在向她表示爱情是不可能的;可是,她住了嘴,因为最近三天来她看出娜塔莎忽然变了,假如皮埃尔向她表示爱情,娜塔莎不仅不会感到屈辱,而且她正希望这个呢。

"现在向她表示……不行,"玛丽亚公爵小姐终于说。

"那么我该怎么办呢?"

"这件事交给我吧,"玛丽亚公爵小姐说,"我知道……"

皮埃尔望着玛丽亚公爵小姐的眼睛。

"您说……您说……"他说。

"我知道她会爱您的,"玛丽亚公爵小姐沉吟着说。

不待她说完这句话,皮埃尔就一跃而起,带着惊喜的神情抓住玛丽亚公爵小姐的手。

"您为什么这样想?您认为我有希望吗?……"

"是的,我认为,"玛丽亚公爵小姐说。"您给她父母写封信。您托付给我吧。到适当的时候我跟她说。我很愿成全这件事。我心里有一个感觉:这件事会成功。"

"不,这事不可能!我真幸福!可是,这不可能……我多幸福!不,不可能!"皮埃尔吻着玛丽亚公爵小姐的手,说。

"您到彼得堡去吧;这样好些。我给您写信,"她说。

"到彼得堡?好,走。可是明天我可以再来吗?"

第二天皮埃尔来辞行。娜塔莎不再像前几天那么活泼;可是这一天皮埃尔有时看看她的眼睛,感觉他自己在融化,不管是他,还是她,都不存在了,只留下一个幸福的感觉。她的每一顾盼,每个姿势,每句话,都使他的心灵充满喜悦的激情。

当他握住她那瘦削、纤细的手向她告别的时候,不由得久久地把它握在自己手里。

"再见,伯爵,"她大声对他说。"我一定等着您,"她低声补充了一句。

这句普通的话,以及说这句话时的眼神和脸上的表情,成了皮埃尔以后两个月回忆的材料。

十九

皮埃尔现在的心境,跟他在类似的情况下和海伦订婚时的心境,一点也没有相同的地方。

他从来不愿重复他当时带着十分羞愧的心情对海伦说出的那些话,相反,现在他在心中详细地回忆娜塔莎的表情和微笑,丝毫不改地重复着她和他说过的每句话:他总想不停地重复。他现在对所做的事是好还是坏,连一丝怀疑的影子也没有。不过,只有一团可怕的疑云不时地在他的头脑里浮现。这一切不是在做梦吧?玛丽亚公爵小姐没有弄错吧?我是不是太自负和自信了?我有信心;但是突然间说不定会发生这样的事:玛丽亚公爵小姐告诉了她,她淡淡一笑,回答说:"真是怪事!他准是误会了。难道他不知道他是什么人,一个普普通通的人,但是我呢?……我完全不同,我是另一种人,高尚的人。"

这团疑云不时地掠过皮埃尔的心头。他现在也没有做任何计划。他感到眼前这场幸福有点渺茫,但是只要它一旦实现,那以后就不会有什么事了。一切都了结了。

一种喜悦的、意外的疯狂支配着他。生活的全部意义,不但对他个人,并且对整个世界,他觉得就在于他的爱情,就在于她会不会爱他。有时他觉得所有的人都在为他未来的幸福而忙。有时他觉得,人人都跟他一样兴奋,不过他们极力隐瞒这种心情、假装忙别的事情罢了。人们的一言一行,他都看作是对他的幸福的暗示。他经常使遇见他的人对他那意味深长的表情以及他那幸福的目光和微笑感到惊讶。可是当他明白人家可能不了解他的幸福的时候,他就满心可怜他们,并且想对他们说,他们所忙合的事全是不值一提的小事。

当人们建议他出来供职,或者人们谈论某些公共的、国家的事务和战争,认为某个事件的结局影响着大家的幸福的时候,他总是带着温和的、同情的微笑听着,而且发表怪论使同他说话的人惊讶。皮埃尔觉得,那些懂得生活真谛的人,也就是懂得他的感情的人,以及那些显然不懂得这个的人。他觉得所有的人都被他的光辉感情照得透亮,不管遇见什么人,他都能马上毫不费力地从他们身上看出值得喜爱的东西。

他在处理亡妻的事务和文件的时候,对她没有半点怀念之情,只是惋惜她不知道他现在所体会到的那种幸福。瓦西里公爵现在由于谋得一个新差事和得到几枚勋章十分得意,而在皮埃尔心目中,他不过是一个可怜的老头子。

皮埃尔后来常常回忆这个时期幸福的疯狂。他在这个时期形成的对人和环境的见解,他认为永远是正确的。他后来不仅不抛弃这些对人对事的看法,恰恰相反,每当内心发生怀疑和矛盾的时候,他总是求助于在这个疯狂时期所形成的看法,并且总能证明这个看法的正确。

"也许,"他想,"当时我确实有点古怪和可笑;然而当时我并不像表面看起来那么疯狂。相反,我当时比任何时候都聪明,更能洞察一切。凡是生活中值得了解的一切,全都了解了,因为……当时我是幸福的。"

皮埃尔的疯狂就在于,现在他的内心充满了爱,他在下意识地爱人们的时候,总能找到值得爱他们的无法驳斥的理由。

二十

皮埃尔走后的第一天晚上,娜塔莎带着愉快的、讥讽的微笑对玛丽亚公爵小姐说,他就像从浴室走出来似的,穿着常礼服,头发剪得短短的,从那以后,在娜塔莎心中有一种难以克制的东西苏醒了。

她的一切,忽然都变了。连她自己也感到意外的那种生命力和对幸福的希望,冒到表面上来了,并且要求给予满足。从那天晚上起,娜塔莎仿佛忘了她所

世界传世藏书

世界十大名著

·战争与和平·

图文珍藏版

遭遇的一切。她从此不再抱怨她的处境,只字不提过去,已经不怕订未来的美好计划了。她极少谈皮埃尔,每当玛丽亚公爵小姐提起他时,她眼睛里早已熄灭的火光又燃了起来,嘴唇绽开了独特的微笑。

在娜塔莎身上发生的变化开始使玛丽亚公爵小姐吃惊;当她明白这种变化的意义时,她心里非常不痛快。"难道她对哥哥的爱情就这么淡漠,就忘得这么快吗?"玛丽亚公爵小姐独自考虑那种的变化时,心里这样想。但是她和娜塔莎在一起时,她不生她的气,也不责备她。在娜塔莎身上洋溢着复苏的生命力,显然是不可遏止的,玛丽亚公爵小姐觉得她没有理由哪怕是暗暗地责备娜塔莎。

娜塔莎把整个身心都沉浸在这个新的感情之中,她现在没有感伤,只有欢喜和愉快。

那天夜里,玛丽亚公爵小姐和皮埃尔谈过话后回自己的房间时,娜塔莎在门口迎住了她。

"他说了? 是吗? 他说了吗?"她反复地问。娜塔莎脸上露出欢喜的、为这种欢喜而请求原谅的表情。

"我本想在门口听;可是我知道你会告诉我的。"

对娜塔莎看她的那副眼神,尽管玛丽亚公爵小姐非常理解,十分感动;但是在最初的瞬间,仍然使玛丽亚公爵小姐感到屈辱。她想起了哥哥,想起了他的爱情。

玛丽亚公爵小姐带着忧郁的、有几分严厉的表情,把皮埃尔对她说的话全都告诉了娜塔莎。听说皮埃尔要去彼得堡,娜塔莎非常惊讶。

"去彼得堡!"她好像没有听懂,重复说。但是她一看玛丽亚公爵小姐脸上忧郁的神情,就猜到她难过的原因,她突然哭起来。"玛丽,"她说,"告诉我,我应当怎么办呢? 我怕我做出傻事。你告诉我怎么办我就怎么办:告诉我吧……"

"你爱他吗?"

"爱,"娜塔莎低声说。

"那你哭什么? 我为你兴奋,"因为她流了泪,她已经完全原谅娜塔莎的愉快了。

"这不会很快,但总有一天。你想想看,我做了他的妻子,你嫁给尼古拉,那该多么幸福。"

"娜塔莎,我不是求过你别谈这个吗? 咱们只谈你的事。"

她们沉默了一会儿。

"不过他为什么要去彼得堡!"娜塔莎忍不住说,随后她赶紧回答自己:"不,不,应该去……他应该去……"

尾 声

一

1812年过后,七年又过去了。奔腾澎湃的欧洲历史的海洋,在它的海岸内安静下来。它好像息止了;但那些推动人类的神秘力量却依旧起着作用。

虽然历史海洋表面似乎不在动,但人类却像时间的运行一样不停地活动。人们结成的各种集团成立了,又解散了;国家形成和瓦解以及民族迁徙的各种原因都在酝酿着。

历史的海洋,已不像以前那样从此岸向彼岸凶猛地冲击;但它却在深处翻滚沸腾。历史人物也不像先前那样被波涛从此岸向彼岸卷来卷去;现在,他们似乎在一个漩涡打转。这些早先是带着军队,用命令、战争、出征、战斗来回击民众运动,而现在,却从政治和外交方面想方设法和以法律、条约来抗击激昂澎湃的群众运动。

历史人物的这种活动,史学家称之为反动。

史学家在描述这些过去的历史人物的活动时,常常严厉地谴责他们,因为史学家认为那些历史人物就是他们所说的反动的根源。

在俄国,按照史学家的论述,这一时期也发生过反动,这次反动的罪魁祸首就是亚历山大一世,正是这个亚历山大一世,照史学家的论述,在其统治初期曾是提倡自由主义和拯救俄国的首要创业人。

在现在的俄国文献中,从中学生到博学的历史学家没有一个人不因为亚历山大在其当政时期那些失策而向他投掷石子的。

史学家们根据他们所具有的关于人类福利的知识,对亚历山大一世所做的所有的责备,如果要列举的话,差不多要用十多页纸才能写完。

这些责备是什么意思呢?

这些责备的实质在哪里呢?

它在于:像亚历山大一世这样的历史人物,处在人类权力可能达到的最高一级的阶梯之上,就像是处在当时所有耀眼夺目的历史光芒在他身上形成的焦点之中;像他这样的人物,理应受到那些伴随着权力而来的阴谋、诡诈、阿谀和

世界传世藏书

世界十大名著

·战争与和平·

图文珍藏版

自欺的影响;像他这样的人物,在他一生的每分钟都感到自己应该对欧洲所发生的一切负责;这个人物不是虚构的,而是活生生的,像每个人一样,有他自己的习惯,情欲,对真、善、美的渴求——这个人物在五十年前并不是缺乏美德,但是他却不具有当代教授对人的幸福所具有的那种看法,这些教授从青年时代起就钻研学问,体会讲义,把心得记在小本子里。

假定五十年前亚历山大一世对人的幸福的看法是错误的,那么,当然也应假定那个指责亚历山大的史学家在许多年后对人的幸福的看法也是不正确的。这个假定之所以非常自然并且必要,那是因为我们如果注意一下历史的发展,就会发现,随着时代的不同,随着著作家的不同,对于什么是人的幸福的看法不停地改变着;因此,本来是福,十年后却被认为是祸;反之亦然。不但如此,即便在同一时间,我们在历史上见到对祸与福的见解完全相反的观点:一些人认为给波兰以宪法和神圣同盟是亚历山大的功劳,但另一些人却为此而谴责亚历山大。

对亚历山大和拿破仑的活动无法说是有益还是有害,因为我们说不出它为什么有益和为什么有害。如果这种活动不为某些人所喜欢,其所以不被喜欢,那也不过是因为这种活动不符合他本人对好事的理解罢了。

可是,我们假定所谓科学有调和一切矛盾的可能性,它也有衡量历史人物和历史事件好坏的永不更改的尺度。

我们假定,亚历山大能把一切做得完全是另一个样子。假定他能按照那些指责他的、自命深知人类活动最终目的的一些人的指示办事,并按照那些现在责备他的人所给予他的民族性、自由、平等和进步的纲领来治理国家。我们假定,可能有这么一个纲领,而且已经拟好了,亚历山大也照办了。那么,那些反对当时政府方针政策的人们的活动——史学家认为那些活动是有益的,好的,会成为什么样呢? 这种活动就不会有了;实际的生活也不会有;一切都不会有。

假如设想人类生活是受理性支配的,那么,现实生活存在的可能性也就不存在了。

二

假如像史学家所设想的那样,伟大的人物领导人类去达到某些目的的话,那么,不理解偶然和天才这两个概念,就无法阐明历史现象。

如果本世纪初叶历次欧洲战争的目的,是为了俄国的强大,那么,纵使没有这些战争,这个目的也能达到。如果为了法国的强大,那么,不用革命,也不用建立帝国,同样也能达到这个目的。假如目的是为了传播思想,那么,出版书籍来完成这项工作要比军队好得多。如果目的是为了文明进步,那么,不用说,除了使用毁灭人的生命的手段外，还有其他更适于传播文明的途径。

可是，为什么事情是这样发生了，而不是以另一副样子发生呢？

历史告诉我们：事情之所以这样发生是由于"偶然创造了时势，天才利用了它。"

但是，什么是偶然？什么是天才呢？

偶然和天才这两个词并不表示任何实际存在的东西，所以是无法下定义的。这两个词仅只表示对现象的某种程度的理解。我不知道为什么发生了某种现象；我是无法知道的；我也不想知道；这是偶然使然。我看到一股力量，这股力量产生了与人类固有本性不相称的行为；我不理解为什么发生这样的事，因此我只好说：这是天才使然。

只要不去探求眼前的、容易理解的目的，并且承认最终目的是我们不能理解的，我们就可看出那些历史人物生活的一贯性和合理性；我们才能发觉他们那些不合人类本性的行为的原因，因而我们也就不需要偶然和天才这类名词了。

只有坦白地承认我们不清楚欧洲各国人民激荡骚动的目的是什么，我们就不仅不必在拿破仑和亚历山大二人的性格中去寻找他们独具的特点和天才，并且对这些人也不必另眼看待，认为跟其他人有什么不同；再者，不仅不需要用偶然性去解释造就这些人物的那些小事，而且将会明显地看出，这一切小事也是必然的。

放弃对最终目的的探索，我们就会清楚地看到，我们想不出有另外两个各有其经历的人，比拿破仑和亚历山大更适于完成这两个人所完成的使命，而且完成得那么细致和彻底。

三

本世纪初叶，许多欧洲事件中有一个重大事实，就是欧洲各国的民众自西而东后来又自东而西的黩武活动。这种活动的祸首，便是自西而东的行动。

从法国革命开始，那个不够强大的旧集团便崩溃了；旧习惯和旧传统毁灭了；新规模的集团、新习惯和新传统正在逐渐形成，同时，一个站在未来运动的前头，并要对行将发生的一切承担全部责任的人物，也应运而生。

一个没有信仰、没有名望、甚至也不是法国后裔的人，由于奇特的偶然性，在激荡着法国的各党派之间，不依附于其中任何党派，竟然出人头地，爬上了显赫的地位。

这个人的撒谎本领和他那自以为是的低能智力，使他成为军队的首脑。意大利军队的士兵们的优秀素质，给他赢得了军事声望。无数的偶然到处伴随着他。他在法国执政者面前失宠反而对他有利。他企图改变自己的命运,都没有成功。在意大利战争期间,他好几次濒于毁灭的边缘,可每次都出乎意外地得救了。俄国军队,就是那个能毁掉他声誉的俄国军队,由于外交方面的种种考虑,直到他离开欧洲时才进击欧洲。

他从意大利回来时,发现巴黎政府土崩瓦解,凡是与这个政府相关的人没有不遭到清洗和毁灭的。于是,对他就自然而然地出现了从这个危险境地脱身的出路,那就是无缘无故地派他去远征非洲。又是这个偶然性伴随着他。无法攻破的马耳他岛居然一枪未放便投降了;最轻率的指令却得了圆满的胜利。事后连一条船也不放行的敌方海军,当时却让拿破仑全军通过。在非洲,对手无寸铁的人民,干下了一系列暴行。这些干了暴行的人,尤其是他们的领导者,都尽量使自己相信,这么干十分好,这才是光荣,这才像古罗马的皇帝恺撒和马其顿君王亚历山大。

那个光荣与伟大的理想是:不仅完全不认为自己的行为恶劣,而且还为自己犯下的罪行自豪,并赋予它以莫名其妙的超自然的意义,——这种指导这个人及其随行的人们的理想,在非洲得到很好的发挥。不论他做什么都成功。瘟疫不传染他。屠杀俘虏的残暴行为也不归咎于他。他无缘无故、不光彩地撇下患难的伙伴从非洲逃走了,连这也算是他的功绩,并且,敌方的海军又两次放他通行。在他已经完全沉醉在他侥幸犯下的罪行并对他所要扮演的角色做好准备的时候,他漫无目的地来到巴黎,这时候,那个一年前可以毁灭他的共和国政府的分崩离析已达到顶点,他这个与各党派无关的新人的到来,这时只会抬高他的身价。

他没有任何计划;他什么都害怕;可是,各党派都试图拉拢他,要求他参加。

只有这个人——因为他有在意大利和非洲养成的对光荣和伟大的理想,有疯狂的自我崇拜,有犯罪的胆量以及撒谎的本事,只有他这个人才能为正在发生的事辩护。

那个等待他的地位需要他,因此,几乎并非出于他的意愿,他被拉去参与以攫取权力为目的的阴谋活动,而且这个阴谋获得了成功。

他被拉去出席政府的会议。他大惊失色,以为自己的末日到了;他假装晕倒,说了些可能送掉他的性命的没有意义的话。可是,从前精明而骄傲的法国统治者们,比他还狼狈,这些人现在说了一些不是他们为了保持权力和消灭他应该说的话。

偶然,成千上万的偶然,给他以权力;所有的人,像是商量好了似的,都来帮助确立这个权力。偶然使当时的法国统治者情愿服从他;偶然使保罗一世情愿承认他的权力;偶然使反对他的计谋对他不但没有损害,反而加强了他的权力。偶然使昂季安公爵落入他的手中,并意外地促使他杀掉了公爵,这比采用别的任何方法都更有力地使一般人信服他有势就有权。偶然使他把集中全力去远

征英国的意图突然转为进攻马克和不战而降的奥地利人。偶然和天才使他在奥斯特利茨取得了胜利,并且,偶然所有的人尽管对他的罪行还怀有以前的恐惧和厌恶,可这时也承认了他的权力,承认了他给自己加封的称号,承认了他对于光荣与伟大的理想,大家都觉得这个理想是一种美好、合理的东西。

仿佛是估量一下实力,对行将到来的运动做好准备似的,西方势力在1805、1806、1807、1809几年中好几次向东挺进,逐步地加强着,壮大着。1811年在法国组成的一伙人与中欧各国的人们汇成一个庞大的集团。随着人群的壮大,替领导运动的人进行辩护的力量也进一步强大起来。在即将发生的大规模运动来临之前进行准备的十年过程中,这个人纠结了欧洲所有头戴王冠的人。原形毕露的世界统治者们都没有力量对抗那毫无意义、毫无理性的拿破仑式的光荣与伟大的理想。他们一个接着一个地在他面前卑躬屈膝。普鲁士国王派他的妻子向这个伟人奉承邀宠;奥地利皇帝认为,此人倘若把帝王的女儿请进他的床帏,那则是莫大的恩遇;教皇,各国人民圣物的保护者,也利用宗教为抬高这个伟人的身价而服务。与其说拿破仑本人自己扮演角色,不如说他周围的人让他去对正在发生的和将要发生的事承担全部责任。他所犯下的每桩罪行,在他周围的人口中无不马上说成是伟大的楷模。日耳曼人为他想出了最好的庆典。不但他伟大,并且他的亲人全都伟大。一切事情的发生都是为了使他丧失最后一点理智,都是准备让他去扮演一个可怕的角色。当他准备好了的时候,兵力也就准备好了。

侵略的矛头指向东方,到达了最后的目的地——莫斯科。京城被占领了;俄国军队受到的损失比敌军先前从奥斯特利茨到瓦格拉木历次战争所受的损失还要惨重。但是,突然代替那些一贯使他获得不断胜利而达到既定目的的偶然和天才的,却是无数相反的偶然,天才变成了史无前例的愚蠢和卑劣。

侵略军逃跑了，向后跑了，一逃再逃，一切偶然，这时开始反对他了。

与前次自西而东的运动非常相像的自东而西的一次相反的运动发动了。

巴黎到达了。拿破仑的政府和军队失败了。拿破仑本人就没有任何意义了。可是，一个莫名其妙的偶然又出现了：同盟国仇恨拿破仑，认为他是令他们遭受灾难的原因；对这个被剥夺了权势并暴露出罪恶和奸诈的拿破仑，人们本应当像十年前和一年后那样，把他看作一个无法无天的强盗。但是，由于某种离奇的偶然机会，谁也没有看出这一点。他扮演的角色还没有完结。这个十年前和一年后被看作无法无天的强盗的家伙，带着拨给他的卫队，被遣送到划归他管辖的一个小岛上去了，不知为什么还付给他数百万钞票。

四

各国的人民运动在各自的岸边停了下来。大规模运动的浪头向后消退了，安静的海面上，形成了一个个漩涡，外交家们跟着漩涡打转儿，他们以为，正是他们才使得运动得以平息。

正如太阳和太空的每个原子都是自身完备的球形体，那个大得为人类所无法了解的整体也都是由原子组成的，——同样，人人有各自的目的，并且这些目的又是为人类无法理解的总目的服务的。

一只落在花上的蜜蜂，螫了一个小孩，于是，小孩怕蜜蜂，他就说，蜜蜂的目的就是螫人。诗人欣赏钻入花蕊的蜜蜂，于是，他就说，蜜蜂的目的是吸取花香。养蜂人看到蜜蜂采集花粉和糖汁带回蜂房，便说蜜蜂的目的是为了采集蜜糖。另一个养蜂人较仔细地观察了蜂群的生活，于是就说，蜜蜂采集花粉和糖汁是为了养育幼蜂和供奉蜂王，其目的是传宗接代，延续种族。植物学家看到蜜蜂飞来飞去把异株的花粉带到雌蕊上，给雌蕊受粉，于是便认为这才是蜜蜂的目的。另一个考察植物迁移的人，看见蜜蜂有助于这种迁移，于是，这位新的考察者就可能说，这才是蜜蜂的目的。但是，蜜蜂的最终目的，并不限于这个、那个、第三个等等这些人类的智慧所能揭示的目的。人类揭示这些目的的智慧发展得越高，最终目的的不可理解也就更加明显。

人类所能了解的，只是观察到蜜蜂的生活和别的生活现象相对应的关系而已。对历史人物的各族人民的目的，也应当这样看。

五

1813年娜塔莎和别祖霍夫结婚，是老罗斯托夫家最后一件喜事。就在同一年，伊利亚·罗斯托夫伯爵死了，他一死，那个旧家庭也就解体了。

过去一年发生的事，接二连三落在老伯爵头上，他好像不了解也不能了解这些事件的意义，在精神上他低下了他那老年人的头，仿佛俯首期待和请求新的打击以结束自己的生命。他有时丧魂失魄，有时却反常地活跃，对事业很热心。

他为娜塔莎的婚事忙了一阵子。他订午餐和晚餐的酒席，显然想露出愉快的样子；可是他的愉快已经不像先前那样富于感染力了，认识他的人反而觉得他很可怜。

皮埃尔带着妻子走后，他开始沉默寡言，感到烦闷。几天以后，他病倒在床上了。他从生病的头几天，虽然医生宽慰他，他知道他再也起不来了。伯爵夫人和衣坐在圈椅里，在他的床头守了两个星期。她每次递给他药，他都抽泣着，沉默地吻她的手。在最后一天，他痛哭失声，请求妻子和不在跟前的儿子宽恕他荡尽家产，——他觉得那是他主要的罪过。领过圣餐，行过涂敷礼后，他静静地死去了，第二天，在罗斯托夫家租来的住宅里，挤满了前来向死者最后致意的熟人们。所有这些常在他家吃饭、跳舞，而且常常嘲笑他的人们，现在都怀着内疚和感动的心情，像自我辩解似地说："不管怎么说，他是一个十分好的人。如今再难见到这样的人了……谁能一点缺点也没有呢？……"

正当伯爵的经济状况弄得一塌糊涂，如果再过一年的话结局简直无法设想的时候，他忽然死了。

尼古拉在接到父亲去世的消息时，正随着俄国军队驻在巴黎。他立刻辞掉职务，不待批准，就请假回莫斯科。伯爵死后一个月，经济情况已经弄清楚了，过去虽然知道一些零星债务，可是其数额之大却使大家吃惊。负债的总数比家产大一倍。

亲友们劝尼古拉放弃遗产。可是尼古拉认为拒绝接受遗产是对亡父的亵渎，所以他没有听从劝告，接受了遗产，负起还债的义务。

伯爵在世的时候，由于他这个滥好人，对那些债主们有一种难以名状的强大影响，债主们长时间没有开口，现在突然一齐来讨债了。正如常有的情形，大家都争着首先得到偿还，那些人不肯宽尼古拉的期限，不给他喘息的机会，无情地向那个显然不欠他们钱的年轻继承人逼上来了。

尼古拉所设想的周转办法，都没有成功的；产业以半价拍卖出去，依旧有一半债务未能偿还。尼古拉接受了他妹夫别祖霍夫借给他的三万卢布，以支付他认为借的是现款的真正的债务。他为了不致为其余的债务而坐牢，重新去谋差事。

虽然他回军队可以首先补上团长的空缺，可他不能回去，因为母亲现在把儿子当作生活中唯一的慰藉，抓住他不放；因此，虽然他不愿留在莫斯科回到先前的熟人中间，虽然他讨厌文职，他仍然在莫斯科找到一个文官的职务。他脱掉他心爱的军服，同母亲和索尼娅搬到西夫采夫·弗拉若克区一所小住宅里。

娜塔莎和皮埃尔此刻住在彼得堡，不大清楚尼古拉的境况。尼古拉向妹夫借钱，尽量瞒着他的窘迫境况。尼古拉的处境十分为难，因为他要用一千二百卢布养活自己、索尼娅和母亲，并且还不能让母亲知道他们家已经穷了。伯爵夫人简直无法想象如果没有那些奢侈的东西如何生活下去，她不知道儿子是多么困难，不断地提出要求——时而要马车去接朋友，时而为自己要佳肴美食或者为儿子要美酒，时而要钱买一件惊人的礼物。

索尼娅料理家务，侍奉姑母，念书给她听，忍受她的任性和内心对她的嫌恶，协助尼古拉向老公爵夫人隐瞒他们的窘况。尼古拉觉得，他对索尼娅为他母亲所做的一切的感激之情，是报答不尽的。他赞赏她的耐性和忠诚，但尽量躲避着她。

他心里为了她太完美而责备她。她有一切为人们所珍贵的品质；但是就缺少使他爱她的东西。他甚至觉得，他对她的评价越高，对她的爱就越少。他在她的信中得到她给他自由的诺言，现在他对她的态度，就像他们过去的一切老早老早以前就给忘记了，在任何情形下也不可能再恢复了。

尼古拉的景况愈来愈糟了。他没有任何企望，也不指望什么；他内心深处却有着一种忧郁而庄严的愉快。他尽可能避开旧日的熟人，避开他们的同情和令人屈辱的援助表示，甚至在家里也不干什么，只跟母亲玩玩牌，在室内无言地踱步，一袋接着一袋地吸烟。他似乎努力保持忧郁的心情，只有靠这种心情才能忍受他的处境。

六

初冬时分，玛丽亚公爵小姐来到莫斯科。她从城里的传闻得知罗斯托夫家的情况。

"我早知道他是这样的人了，"玛丽亚公爵小姐对自己说，她为确认自己是爱他的而感到愉快。她回顾她家和罗斯托夫全家的友情，似乎一家人似的亲密，她认为她应该去看望他们。但是一想起在沃罗涅日她和尼古拉的关系，她又害怕了。在到莫斯科几个星期以后，她还是鼓起了勇气去拜访罗斯托夫家去了。

迎着她的第一个人就是尼古拉，因为去伯爵夫人那儿必须经过他的房间。尼古拉看她头一眼脸上的表情，便是公爵小姐先前从未见到的冷淡、高傲的表情。尼古拉向她问候后，就把她送到母亲那儿，他坐了五六分钟，就出来了。

公爵小姐从伯爵夫人那儿出来，尼古拉又迎着她，他非常郑重而冷淡地把她送到前厅。她提起伯爵夫人的健康时，他一句也没回答。

"她想干什么？我简直受不了这些小姐和那些客套！"公爵小姐的马车驶

走后,他抑制不住自己的愤怒,当着索尼娅的面大声说。

"哎呀,怎么能这样说,尼古拉!"索尼娅喜形于色地愉快,说。"她多么善良,妈妈非常喜欢她。"

尼古拉没有回答,他根本不想再谈她。但是自从公爵小姐来访后,伯爵夫人每天都要提她好几次。

当母亲提起公爵小姐时,尼古拉只是不作声,他的沉默惹急了母亲。

"她是一个可爱的好姑娘,"她说,"你应该去看看她。你总得去见见人啊;不然,你老和我们在一起,你一定闷得慌。"

"我根本不想去见人,妈妈。"

"你原说要去见人来着,现在又不愿意了。亲爱的,我真不理解你。你一会儿闷得慌,一会儿不愿见任何人。"

"我并没有说我闷得慌。"

"怎么,你不是说过,你竟连见她也不愿见。她是一个很可敬的姑娘,你一直是喜欢她的;但是现在,不知忽然生出了什么缘由。你什么都瞒着我。"

"一点也没有,妈妈。"

"我倘若求你做什么不快乐的事,倒也罢了,但是,我不过求你回访一次。这是应尽的礼数……"

"您一定要我去的话,我去就是了。"

"我倒没关系;我是为你着想。"

尼古拉叹了口气,咬住髭须,发起牌来,极力引开母亲的注意力。

在受到尼古拉意外的冷遇以后,玛丽亚公爵小姐不得不承认,她不愿首先去罗斯托夫家是对的。

"我就知道事情一定会是这样的,"她自言自语说。"我和他没有什么关系,我不过是想看看老太太,她待我一向不错,我欠了她不少的情。"

可是这些想法并不能使她得到慰藉:当她回忆那次造访时,一种类似悔恨的感觉折磨着她。虽然她下定决心不再去罗斯托夫家,忘掉那一切,可她总觉得自己没着没落似的。当她自问是什么东西使她烦恼时,她不得不承认,那是她和尼古拉的关系。他那冷淡的、彬彬有礼的态度,不是出自他对她的感情,他这种态度掩盖着某种东西。这正是她要弄明白的;直到现在使她感到心情不能安静的正是这一点。

仲冬的一天,她正在教室里照看侄儿做功课,仆人来禀报罗斯托夫来访。她决心不泄漏自己的秘密并保持镇静,她请布里安小姐和她一同到客厅里去。

她一下子就在尼古拉脸上看出,他不过是来回拜的,因此她拿定主意也保持他对她的那种态度。

在布里安小姐的协助下,公爵小姐总算顺利地进行了这场谈话;但是就在最后一分钟,就在他站起来的时候,她由于谈一些与她无关的事而感到如此疲倦,她的精神突然恍惚起来,她那一对明亮的眼睛向前凝视着,没有注意他已经起身,依旧坐在那儿没有动。

尼古拉看了看她,他想装作没有注意她的走神,就跟布里安小姐谈了几句话,又向公爵小姐看了一眼。她仍然坐着不动,在她那温柔的脸上露出痛苦的表情。他忽然对她可怜起来,他模糊地觉得,他可能就是她脸上所表现的哀怨的原因。他很想帮助她,对她说些使她快乐的话,可他想不出对她说什么。

"再见,公爵小姐,"他说。她醒悟过来,涨红了脸,深深地叹了一口气。

"啊,对不起,"她如梦初醒似地说。"您要走了,伯爵;再见!送给伯爵夫人的枕头呢?"

"等一等,我这就去取,"布里安小姐说着走出了房间。

两个人都沉默了,时而彼此看一眼。

"是啊,公爵小姐,"尼古拉露出忧郁的微笑,终于说话了,"自从咱们第一次在博古恰罗沃见面以来,似乎过了不久,但是发生了多大的变化啊。我们都很不幸,——我愿意付出任何代价来挽回那个时光……但是挽回不来了。"

他说这话时,公爵小姐用她那明亮的目光凝神地望着他的眼睛。她仿佛极力在他的话里了解他向她表白感情的潜在的意思。

"是的,是的,"她说,"对于过去,您没有什么好惋惜的,伯爵。就我所了解的您现在的生活来说,您会永远带着愉快的心情来回忆它的,因为您现在是过着自我牺牲的生活……"

"我不愿接受您的称赞,"他连忙打断她的话,"恰恰相反,我每时每刻都在责备自己;不过,说这些话毫无意味,令人不快乐。"

他的目光又露出以前冷淡的表情。但是公爵小姐在他身上已经又看出她所熟悉、所爱的人,她现在就是同这个人谈话。

"我还以为您会同意我对您说这些话的,"她说。"我和您……和您全家都是如此亲近,所以我以为您不会以为我的同情用得不是地方;可是我想错了,"她说。她的声音忽然颤抖了。"我不知道为什么,"她镇定一下,继续说,"您从前不是这样的……"

"为什么——有上千种原因。谢谢您,公爵小姐,"他低声说。"有时特别难过啊。"

"原来就是为了这个! 就是为了这个!"公爵小姐内心的声音说。"不,我爱他,不仅爱他那快活的眼神,不仅爱他漂亮的外表;我看出他那一颗高尚的心,"她在心里自言自语。"是的,现在他穷了,我富……是的,就是为了这个……是的,假如没有这样的事情……"望着他那善良的、忧郁的脸,她突然明白了他为什么冷淡的原因。

"为什么,伯爵,究竟为什么?"她向前凑近他,不由得突然大声说。"告诉我,为什么? 您得告诉我。"他不吭声。"伯爵,我知道您为什么,"她继续说。

"我心里难过,我……我向您承认这一点。您为什么要舍弃我们过去的友谊呢?这使我痛心。"在她的眼睛里和声音里都含有眼泪。"我的生活很少有幸福,任何损失都令我难过……原谅我,再见。"她突然哭起来,走出屋去。

"公爵小姐! 看在上帝的分上,等一等!"他喊道,尽力拦阻她。"公爵小姐!"

她回头看了看。他们默默地注视了几秒钟,于是,那遥远的、不可能的东西,忽然成为眼前的、可能的和不可避免的东西了……

七

1814 年秋,尼古拉和玛丽亚公爵小姐结了婚,尼古拉带着妻子、母亲和索尼娅搬到童山居住。

在三年内,他没有变卖妻子的田产就还清了其余的债务,在一个表姐逝世后,他继承了一笔不算小的遗产,连皮埃尔的债务也还清了。

又过了三年,到 1820 年,尼古拉已经把他的财务整顿好了,他在童山附近买了一处不大的庄园,而且正谈判买回父亲的奥特拉德诺耶的住宅——这是他朝思暮想的事情。

当初由于需要而把庄园管理起来,不久,他对于经营庄园就入了迷,差不多成为他独一无二的爱好了。尼古拉是一个普通的地主,他不喜欢新的经营方法,尤其不喜欢当时流行的英国那套办法。他从不单独经营农业的某一部门。他的目光总是盯着整个庄园。他开始观察农民,向农民学习他们的工作方法、语言,以及对好坏是非的判断。只有当他了解了农民的兴趣和愿望、学会了用他们的语言说话、感到自己和他们已经亲密无间的时候,他才开始大胆地管理他们,也就是对农民尽他应尽的责任。于是尼古拉的农业经营也就取得了最辉煌的成就。

尼古拉着手管理庄园的时候,凭着他那天赋的洞察力,立刻准确无误地派定了村长和工长,并且他永远不调换他选定的头头。他首先要做的不是研究粪肥的化学成分,不是整天在借方和贷方中间打转,而是先弄清楚农民牲畜的头数,而且千方百计增加它。他赞助农民的家庭保持最大的规模,不赞成分家。他对懒汉、浪子和无用的人,决不宽恕,想尽一切办法把他们从集体驱逐出去。

在播种和收割干草和作物的时候,他对自己的田地和对农民的田地都一视同仁。很少有地主像尼古拉那样播种和收割得又早又好,而且收益又那么多。

他不爱管家奴的事,他说他们是寄生虫。当必须对某个家奴做出决定,特别是不得不予以惩罚的时候,他总是十分犹豫,同家里所有的人商量;只要能够用家奴代替农民去当兵,他总是毫不犹豫地让家奴去。在处理有关农民的问题上,他从来没有感到丝毫疑虑。他知道,他的每项决定都会得到全体农民的拥护,反对的不过一两个人。

他对那些不顺手或者乱七八糟的事,常愤慨地说:"咱们俄国农民真没办法,"他仿佛觉得他对农民简直难以容忍似的。

然而他却是用整个心灵爱"咱们俄国农民",爱他们的风俗习惯,正因为这样,他才能了解和吸取唯一富有成效的经营方法。

玛丽亚伯爵夫人嫉妒她丈夫对事业的热衷,而且惋惜她不能分享这种感情;但是,她不能了解他在那个对她说来是如此隔膜和生疏的世界里得到的乐趣和苦恼。她不能了解,他天一亮就起身,在田地里或者在打谷场上消磨整个早上,在播种、割草或者收庄稼回来同她喝茶的时候,他为什么总是那么特别地高兴和快活。当他兴高采烈地谈起富裕农户马特维·叶尔米什和他家里的人整夜运庄稼,别人还没有收割,他已经把禾捆垛起来了的时候,她不了解他为什么对这种事如此津津乐道。当他看见温暖的密雨落在干旱的燕麦幼苗上的时候,他从窗口走到阳台上,眨着眼,咧开嘴,为什么笑得那么兴奋,或者,在割草或者收庄稼的时候,满天乌云被风吹散,他那晒得又黑又红的脸流着汗,身上带着苦艾和矢车菊的气味,从打谷场回来,为什么兴奋地搓着手说:"再有一天,我们的和农民的粮食都要入仓了。"

更让她不了解的是,这个心地善良、处处迎合她的人,为什么听到她代农妇或者农夫请求免除一些劳役的时候,就露出近乎是绝望的神情,为什么好心肠的尼古拉坚决拒绝她,气愤地请她不要管与她无关的事。她觉得他有一个特殊的世界,他热烈地爱着那个世界,其中有一些东西是她所不理解的。

她有时想尽量了解他,对他谈起他的功绩就在于他给农奴做了好事,他一听就恼了,他回答说:"完全不是:我从来没有想这个;我所做的不是为他们谋福利。所有为他人谋幸福,全是胡诌的诗和老娘儿们的瞎扯。我是为了我们的子孙不至于去讨饭;我只好活着一天,就要把我们的家业安排好;如此而已。为了做到这一点,必须立个规矩,办事必须严格……就是这么回事!"他紧握着激动的拳头,说。"当然也要公平合理,"他又说,"因为假如农民缺吃少穿,只有一匹瘦马,不管是为他自己还是为我,都做不成事了。"

或许,正因为尼古拉不让自己有这样的想法——为了别人,为了行善等等,他所做的一切才颇有成效:他的财产很快增加起来;邻庄的农奴都来请求把他们买过去,他死后,农奴们长时间真诚地怀念着他的治理才能。

八

在管理家务时,尼古拉经常感到苦恼,他性子急,而且总按照骠骑兵的老习惯,动不动就挥拳头。开始,他并不觉得这有什么不好,但是婚后的第二年,他对这种惩罚方式突然改变了看法。

夏天,有一次他派人把顶替博古恰罗沃已故村长德龙的新村长叫来,因为有人控告他营私舞弊、玩忽职守。尼古拉到门口去见他,村长才回答了两句,就听见他在过道里大喊大叫,拳打脚踢。回家吃早饭时,他走到正在低头绣花的妻子跟前,照旧给她讲讲早上做过的事,顺便也提到博古恰罗沃村的村长。玛丽亚伯爵夫人脸上红一阵,白一阵,抿着嘴唇,始终低头坐着,没有搭腔。

"胆大妄为的恶棍,"他一想起来气就来了说。"他哪怕对我说一声他喝醉了,没见过……你怎么了,玛丽亚?"他忽然问。

玛丽亚伯爵夫人抬起头来想说话,可赶忙又低下头,抿紧嘴唇。

"你怎么了,亲爱的? ……"

玛丽亚伯爵夫人并不漂亮,可每次一哭就变得很好看。她从来没有因为痛苦和烦恼而哭过,却总因为忧伤和怜悯落泪。她一哭,那对明亮的眼睛就有一种迷人的魅力。

尼古拉刚握住她的手,她就忍不住哭起来。

"尼古拉,我知道……是他不对,可你,你为什么要那样! 尼古拉! ……"她说着,用双手捂着脸。

尼古拉一声不吭,脸色变得通红,他从她身旁走开,默默地在房里踱来踱去,他明白她为什么哭;可要他否认从小就习以为常的事,他一时还转不过弯来。

"是她热心快肠、婆婆妈妈,还是她是对的呢?"他反问自己。在回答这个问题之前,他又朝她那充满爱和痛苦的脸看了一眼,他忽然明白她是对的,而他很早就做错了。

"玛丽,"他朝她走过去,低声说,"以后再也不会发生这种事了,我保证。绝对不会了,"他像一个请求宽恕的孩子,用颤抖的声音重复着。

伯爵夫人的眼泪流得更多了。她拿起丈夫的手吻了吻。

"尼古拉,你什么时候把头像打碎了?"为了换一个话题,她望着他手上的拉奥孔头像戒指说。

"今天,就是那件事。玛丽,别提它了。"他脸又红了。"我向你发誓,绝对不会发生那样的事了。让它永远提醒我吧,"他指着打碎的戒指说。

从此以后,每当尼古拉同村长和管家们发生争执,血往他脸上涌,拳头也开始紧攥起来的时候,他就转动套在手指上的那枚被打碎的戒指,在惹他生气的人面前,垂下眼皮。但他一年总有一两次忘记自己的诺言,这时他就到妻子面前认错,并保证绝不再犯了。

"玛丽,你一定瞧不起我吧?"他对她说。"那是我活该。"

"倘若你感到控制不住自己,你就赶快走开,"玛丽亚伯爵夫人忧郁地说,尽量安慰丈夫。

在本省的贵族圈子里，尼古拉受到尊敬，却并不讨人喜欢。他对贵族的利益不感兴趣。所以，有些人认为他高傲，有些人认为他愚蠢。整个夏季，从春播到秋收，他都在忙农事。到秋天，他用从事农务那样认真的精神，带着猎人和猎犬外出打猎，一去就是一两个月。冬天他到其他庄子去转转，或是读书。他主要读历史书，每年在这上边花不少钱。正如他所说，他收藏了不少书，而且凡是他所购买的书，他都照例要读完。他一本正经地坐在书房里读书，开始他把这当作一种任务，后来成为一种习惯，读书变成他的一种特殊的乐趣，他觉得自己是在做一件正经的工作。冬天除外出办事以外，他大部分时间都待在家里，享受天伦之乐，参与母亲和孩子们的一些琐事。他同妻子的关系越来越密切，每天都从她身上发现新的精神宝藏。

尼古拉完婚以后，索尼娅就住在他家里。婚前，尼古拉就把他和索尼娅的关系全都告诉了自己的未婚妻，他一边责怪自己，一边称赞索尼娅。他请求玛丽亚公爵小姐好好看待他的表妹。玛丽亚伯爵夫人知道自己的丈夫对不起索尼娅，同时也感到自己对索尼娅有愧；她认为是她自己的家产影响了尼古拉的选择，她丝毫也不能责怪索尼娅，而是应该喜欢她，而实际上，她不仅不喜欢她，有时心里还产生一种无法克制的厌恶感。

有一次，她和娜塔莎说起索尼娅，说自己对她不公平。

"听我说，"娜塔莎说，"《福音书》你很熟；里边有一节正好讲的是索尼娅。"

"哪一节？"玛丽亚伯爵夫人惊讶地问。

"'凡有的，还要加给他，没有的，连他所有的，也要夺过来，'你记得吗？她是那个没有的；因为她没有私心，因此她所有的，全被夺走了。我有时候十分同情她；开始我很希望尼古拉跟她结婚。可我总有一种预感，认为不可能实现。她就像草莓上开的一朵谎花，不结果子，你知道吗？"

虽然玛丽亚伯爵夫人一见索尼娅，就同意了娜塔莎的解释。索尼娅似乎确实并不为自己的处境感到苦恼，对自己注定是一朵谎花的命泰然处之。看来，与其说她爱家中某些人，不如说她爱整个这个家。她像一只猫，恋的不是家里的主人，而是恋这个家。她照料老伯爵夫人，爱抚孩子们，她很愿意为别人做些力所能及的小事，别人竟也不知不觉地接受着她的关照，可并不怎么感激她……

童山庄园又翻修过了，只是规模与已故老公爵在世时不能比了。

在拮据的情况下动工，工程自然是很简陋的。在原有的石基上建起了一所木结构的大房子，内部抹了灰泥。房子很宽敞，地板没有油漆，家具都是家里的木匠用自己的桦木做的。房子很宽敞，有下房，也有客房。罗斯托夫家和博尔孔斯基家的亲戚，有时候带着马和仆人，全家来到童山，住上几个月。此外，一年四次，逢到主人的命名日和生日，就有成百的客人到童山来聚上一两天。一年中的其他时间,生活则一成不变,有日常的工作,有茶,有用庄园里自产的粮食做的早餐、午餐和晚餐。

九

1820 年 12 月 5 日,冬季圣尼古拉节前夕。这一年初秋,娜塔莎就和丈夫、孩子住在哥哥家。皮埃尔去彼得堡办私事去了,他说要去三个星期,可是现在他已经在他那里待了七个星期了。他随时都可能回来。

12 月 5 日,在罗斯托夫家做客的除了别祖霍夫一家外,还有尼古拉的老朋友,退役将军瓦西里·费奥多罗维奇·杰尼索夫。

六日是尼古拉的命名日,要来很多客人,他知道自己必须脱下短棉袄,换上常礼服,穿上尖头窄皮靴,坐车到他新建成的教堂去,随后接待贺客,请他们用点心,谈论贵族选举和年景;可他认为他有理由像平时一样度过节日的前夕。午饭前,他检查了内侄名下的梁赞庄园管家的账目,写了两封事务性的信,巡视了谷仓、牛栏和马厩。对明天过节可能普遍喝醉酒采取了预防措施,然后就去吃午饭。他还未来得及跟妻子私下谈几句就入席了,长餐桌上摆着二十副餐具,家里人都已围坐在桌旁。

玛丽亚伯爵夫人坐在餐桌的另一端。她丈夫刚则就座,就拿起餐巾,把面前的玻璃杯和酒杯推开,只凭这一举动,玛丽亚伯爵夫人就猜出她丈夫心情不佳,他有时候就是这样,特别是当他直接从农场回来吃饭,在没有喝汤之前。玛丽亚伯爵夫人深知他的脾气,她自己心情好的话,她就耐心等着,等他喝完汤,她再跟他说话,让他自己承认,他没有理由不快活;可今天她完全忘记了察言观色,她觉得他没有理由地对她发火,心里很难过。她问他到哪里去了。他答了话。她又问家务情况是否都好。他听出她的声调不自然,不快活地皱了皱眉头,漫不经心地答了一句。

"既然不是我的错,"玛丽亚伯爵夫人心里想,"他为什么要冲我发脾气呢?"从他答话的腔调,玛丽亚伯爵夫人听出他对她不满,不愿意和她说话。她也觉出自己说话不自然,可还是忍不住要提几个问题。

餐桌上多亏杰尼索夫,大家立刻就热烈地交谈起来,玛丽亚伯爵夫人也没再跟丈夫说话了。当他们离开餐桌,去向老伯爵夫人道谢时,玛丽亚伯爵夫人伸出手来,一面吻了吻丈夫,一面问他为什么对她发脾气。

"你总爱胡思乱想;我连想也没想过要发脾气,"他说。

然而玛丽亚伯爵夫人知道,这个"总"字就是说:不错,我是在生气,只是不想说罢了。

尼古拉夫妇和睦相处,以至于连索尼娅和老伯爵夫人出于嫉妒,也希望他们之间出现不和睦,可又无懈可击。不过他们的关系也有不融洽的时候。有时正当他们感到非常快乐的时候,会忽然觉得疏远、反感;这种感觉经常发生在玛丽亚伯爵夫人怀孕的时候。现在她正在孕期。

"好了,先生们,女士们,"尼古拉大声说,看起来很兴奋,"我从六点钟就没闲着。明天还得受罪,我现在要去休息一会儿了。"他对玛丽亚伯爵夫人没再说什么,就到小起居室去,躺到沙发上。

"他总是这样,"玛丽亚伯爵夫人想道,"他和谁都说话,就是不和我说话。我看得出他厌烦我。特别在我怀孕的时候。"她朝自己挺得高高的肚子瞟了一眼,对着镜子照了一下她那张苍白瘦削的脸,她的眼睛显得比平常更大了。

杰尼索夫的喊声和笑声、娜塔莎的说话声,特别是索尼娅投向她的匆匆的一瞥,都让她感到厌烦。

她陪客人坐了一会儿,客人谈什么,她什么都听不进去,后来就悄悄到育儿室去了。

孩子们又把椅子摆成火车,玩到莫斯科去的游戏,也请她一起玩。她坐下陪孩子玩了一阵,可心里一直想着丈夫和他的无名怒火,她感到很烦恼。她站起来,艰难地踮起脚尖,到小起居室去了。

"也许,他没睡着,我想对他解释一下,"她想。她的大孩子安德留沙也踮着脚尖跟着她。玛丽亚伯爵夫人没有发现。

"玛丽,他似乎睡着了,他累了。"索尼娅在大起居室里说。"别让安德留沙把他吵醒了。"

玛丽亚伯爵夫人回头看见安德留沙尾随着,就觉得索尼娅的话说得对,因此,她满脸通红,强忍着没有说出难听的话。她一句话也没说,打了个手势,要安德留沙别出声,让他跟着她向门口走去。索尼娅从另一道门出去了。尼古拉睡觉的房间里传来均匀的呼吸声,这声音是他妻子非常熟悉的。她倾听着他的呼吸,端详着他那光滑漂亮的前额、胡须和整个面庞。每当夜深人静,他睡觉时,她往往长久地注视着这张脸。尼古拉忽然动了一下,咳了一声,就在这时,安德留沙在门口喊道:

"爸爸,妈妈在这儿站着呢。"

玛丽亚伯爵夫人脸都吓白了,忙向儿子打手势,他不说话了。接着是一阵沉默,玛丽亚感到害怕。她知道,尼古拉最不快活被人吵醒。房里又忽然传来咳嗽声。尼古拉很不快活地说:

"一分钟也不肯让我平静。玛丽,是你吗?你把他带到这里来干什么?"

"我只是来看看,可没注意……很对不起……"

尼古拉咳嗽了几声,不说话了。玛丽亚伯爵夫人离开门口,把儿子送回育儿室。过了五分钟,三岁的黑眼睛的小娜塔莎听哥哥说爸爸在小起居室里睡觉,就趁母亲不备,跑到爸爸这里来了。小姑娘大胆地吱推开房门,用结实的小腿有力地迈着小碎步,走到沙发边,见爸爸背对她躺着,就踮起脚尖吻了吻他枕在头下面的手。尼古拉露出温和的微笑,转过脸来。

"娜塔莎,娜塔莎!"玛丽亚伯爵夫人在门外急忙喊道,"爸爸要睡觉。"

"不,妈妈,他不想睡了,"小娜塔莎坚定地回答说,"他在笑呢。"

尼古拉从床上垂下腿,站起来,抱起女儿。

"进来吧,玛莎,"他对妻子说。玛丽亚伯爵夫人进来,在丈夫身边坐下。

"我没看见他在我背后跟着。"她怯生生地说。"我只是……"

尼古拉用一只手臂抱着女儿,发现妻子脸上带着歉意,就用另一只手臂把她搂过来,吻了吻她的头发。

"我能亲亲妈妈吗?"他问娜塔莎。

娜塔莎害羞地笑了。

"再吻一下,"她打了个手势,指着尼古拉吻过的地方命令说。

"我不明白,你怎么觉得我心情不好,"尼古拉知道他妻子心里有这么个问题,于是说。

"每当你这样,你想象不出我心里有多难过,多么孤单。我总觉得……"

"玛丽,你真糊涂。你也不害羞,"他快活地说。

"我总觉得,你不可能爱我,;因为我太丑了……从来就……而现在……又是这么个样……"

"哎呀,你真可笑! 一个人并不是因为漂亮才可爱,而是因为可爱才漂亮。我爱我的妻子吗? 不爱,我也不明白该怎么对你说。没有你,或是我们之间发生了什么不快乐的事,我就会六神无主,什么事也做不下去。你说,我爱自己的手指吗? 不爱,可你把手指割掉试试……"

"不,我可不那么做,不过我理解。这么说,你没生我的气了?"

"生气极了,"他含笑说,站起来掠了掠头发,在屋里踱步。

"你知道,玛丽,我在想什么?"他们和解了,他又在妻子面前谈自己的打算。他也不管她爱不爱听,听不听他都无所谓。他说,他想劝皮埃尔在他们家待到开春再走。

玛丽亚伯爵夫人听丈夫说完之后,发表了自己的意见,随后就说起自己的打算来。她考虑的是孩子们的事。

"她现在已经像大人了,"她指着娜塔莎,说。"你们总责怪我们女人逻辑性差。我们的逻辑学家在这儿呢。我说:爸爸要睡觉,可她说:不,他在笑。还是她说对了,"玛丽亚伯爵夫人快活地笑着说。

"是呀,是呀!"尼古拉用强壮的手臂抱起女儿,高高举起来,放到肩上,抓住她的两只小腿,扛着她在屋里踱步。父女俩脸上都露出非常幸福的神情。

"你知道,或许你不公道,你太宠爱她了,"玛丽亚伯爵夫人用法语低声说。

"是啊,可有什么办法? ……我尽量不表露出来……"

就在此刻，门廊和前厅传来滑轮声和脚步声，像是有人来了。

"是有人来了。"

"我看一定是皮埃尔，我去看看，"玛丽亚伯爵夫人说着走出房去。

尼古拉趁她出去，就扛起女儿在房间里飞快地兜圈子。他气喘吁吁，赶紧把乐不可支的小女孩放下来，紧紧搂到怀里。他注视着女儿圆圆的、幸福的小脸，心里想，等他自己变成了老头，带她去参加舞会，跳玛祖尔卡舞，就像他已故的父亲当初带女儿跳丹尼拉·库波尔舞那样，到那时，她会长成什么样子呢。

"是他，尼古拉，"几分钟后，玛丽亚伯爵夫人回来说。"这一下咱们的娜塔莎可兴奋了。你该看看她多开心，看看皮埃尔因为姗姗来迟，挨了多少埋怨。好了，快点去吧，快点！你们也该分手了，"她含笑望着小女儿偎依着爸爸。尼古拉牵着女儿的手走出屋去。

玛丽亚伯爵夫人待在起居室里。

"我总也不相信，"她自言自语地低声说，"会这么幸福。"她脸上露出笑容，但立刻叹了一口气，深邃的目光里露出淡淡的悲哀。

十

娜塔莎是 1813 年初春结婚的，到 1820 年她已生了三位千金，还有一个她长期盼望，现在由她亲自喂奶的儿子。她发胖了，身体变宽了，从现在这个健壮的母亲身上，已经很难找到当年那个苗条活泼的娜塔莎来了。她的面部轮廓分明了，露出一种宁静的表情。她脸上再也没有以前那种熊熊燃烧的青春活力了。现在只能看到她的躯体，再也看不到她的灵魂了，看到的是一个健壮、美丽的女人。过去的热情现在也很少燃烧了。只有像现在她丈夫回来了，或者儿子的病见好，或是她跟玛丽亚伯爵夫人一道回忆安德烈公爵，或者她不知为什么突然唱起歌来的时候，只有这些时候，她昔日的热情才会重新燃烧。当昔日的热情在她那丰满、美丽的身体里重新燃烧起来的时候，她就变得比以前更加迷人了。

娜塔莎婚后，他们夫妇在莫斯科、彼得堡，在莫斯科郊外的村庄、在尼古拉家，都住过。年轻的别祖霍夫伯爵夫人极少在交际场中露面，那些在交际场中见过她的人，也都对她没有好感。她既不可亲、也不可爱。娜塔莎也许不喜欢孤独，但她接二连三地怀孕，生孩子，喂奶，时时刻刻参与丈夫的生活，她只好谢绝社交活动，才能完成这些事。所有娜塔莎婚前就认识的人，看到她这种变化，无不像看到一件新奇事那样感到吃惊。只有老伯爵夫人凭着母性的本能看出娜塔莎的全部热情都起源于她对家庭和丈夫的需要。她在奥特拉德诺耶曾经认真地、并非玩笑地说过这样的话。母亲见别人对娜塔莎不理解，也觉得惊讶。

她反复地说，她始终认为娜塔莎会做一个贤妻良母。

"她把全部的爱都用到了丈夫和孩子们身上，"伯爵夫人说，"甚至到了愚蠢的程度。"

娜塔莎所专心致志的，就是她的家庭，也就是她的丈夫，她必须使他整个属于她，属于这个家。

她不但从思想上，而且全身心投入到她所关心的这件事上，她陷得越深，这件事就越扩大，使她越发显得势单力薄，难于胜任，似乎她投入全副精力，还是做不完她该做的事。

有关妇女权利、夫妻关系、夫妻间的自由以及权利的种种议论，在当时尽管还不像现在这样被视为问题，但在当时和现在完全一样；娜塔莎对这些问题不但毫无兴趣，并且也不理解。

一般说来，娜塔莎并不爱交际，可她很重视亲属的来往。她穿着睡袍，大步从育儿室跑出来，把不再沾着绿色屎斑的尿布指给他们看，听他们安抚她说孩子已经好多了。

娜塔莎不修边幅，她的衣着、发型，随便的谈吐和嫉妒心，都成了她周围的人常常取笑的话题。大家都认为皮埃尔怕老婆，事实也确实如此，娜塔莎一过门就提出了自己的要求。皮埃尔听了妻子的话，不免大吃一惊，他的生活中的每一刻都要属于她，属于这个家庭，这个要求确实太新奇了；皮埃尔对妻子的这一要求感到吃惊，但也颇为得意，因此就接受了。

皮埃尔言听计从，他不仅不敢向别的女人献殷勤，纵使说话也不敢露出一丝笑容，他不敢去俱乐部用餐，借以消磨时间，不敢随便花钱，除非办正经事，他不敢长时间外出，妻子把他做学问也看作做正经事，她对科学一窍不通，她却很重视。作为交换条件，皮埃尔在家里有权按照自己的意志处理自己的事，也可以按照自己的意思处理家务。娜塔莎在家里甘当丈夫的奴仆；只要皮埃尔在书房里读书或写字，全家人都踮着脚尖走路。一旦皮埃尔表示喜欢什么，大家就马上满足他的要求。他一有所表示，娜塔莎就立刻跑去完成。

全家都按照实际上并不存在的皮埃尔的吩咐，也就是按照娜塔莎极力推测出的他的意图行事。他们的生活方式、居住地点、社交、娜塔莎的工作，孩子们的教养，都不但遵照皮埃尔的示意办理，而且遵照娜塔莎从皮埃尔言谈中揣摩出来的意图办理。她能准确地揣摩皮埃尔的意图，一旦猜出，她就坚决照办。倘若皮埃尔想改变主意，她就以其人之道还治其人之身。

皮埃尔永远也不会忘记，有一个时期很困难，娜塔莎生下头一个孩子，十分瘦弱，他们被迫连续换了三个乳母，娜塔莎都急病了。一次，皮埃尔把他信奉的卢梭思想讲给她听，说乳母哺乳不仅是反常的事而且有害。于是在生第二个孩子的时候，娜塔莎不顾母亲、医生和丈夫极力反对，她自己哺乳，而且娜塔莎从那时起就坚持自己哺乳所有的孩子。

有时在气头上，两口子争吵起来，这是常有的事，但在争吵过后很久，皮埃尔突然发现妻子不但在言谈中，而且在行动中会表现出她原本反对的那个想法，这让皮埃尔感到兴奋，他在争吵中间说过的偏激、过头的话，她却全不再提了。

十一

两个月前，皮埃尔就在罗斯托夫家住下，他收到费奥多尔公爵的信，让他去彼得堡商议当地一个协会的成员们正在研讨的重要问题。

娜塔莎看丈夫所有的信件。当她看完公爵的来信，就主动建议丈夫去彼得堡，尽管丈夫不在家会给她带来负担，尽管她对丈夫抽象的脑力劳动一窍不通，可她非常重视，生怕在这方面耽误了丈夫的工作。皮埃尔读完信，用探询的目光看了看娜塔莎。娜塔莎要他去，但是要定下回来的日子。皮埃尔获得了四周的假期。

两星期前，皮埃尔的假期便满了，在这两周里，娜塔莎常常处于忧郁不安的状态。

不满现状的退役军官杰尼索夫恰好在这两星期中来了，他一见娜塔莎就像看到一幅绝对不像他过去爱过的人的画像一样，又吃惊，又难过。她以前是那么可爱，但现在她的眼神是那么忧郁、空虚。

这段时间娜塔莎总是心情郁闷，烦躁不安，特别是母亲、哥哥或玛丽亚伯爵夫人宽慰她，为皮埃尔的迟迟不归找借口，尽量为他辩解时，她心情更坏。

"都是废话，胡说八道，"娜塔莎说，"他那些想法绝对不会有任何结果，那些团体也都愚蠢，"娜塔莎对自己原来以为很重要的事下了这样的断语说。然后她就到育儿室去喂她的独子佩佳去了。

她把出生刚满三个月的小家伙抱在怀里，感到他的小嘴在翕动，小鼻子在呼哧，她感到了莫大的安慰。这个小东西似乎在说："你生气了，嫉妒了，你想报复，你害怕了。可我就是他。我就是他……"她没有话回答他，因为他说的是真话。

在烦躁不安的两星期里，娜塔莎常常跑到儿子那里寻求安慰，摆弄孩子，结果奶喂多了，把孩子弄病了。孩子病了，她很惊慌，可同时她也希望孩子生病。由于照顾孩子，她对丈夫的牵挂就比较容易忍受了。

当大门口传来皮埃尔的雪橇声时，娜塔莎正在给孩子喂奶，保姆面带喜色，悄悄地走进屋来。

"是他回来了吗？"娜塔莎赶紧低声问，她不敢动弹，怕吵醒熟睡的孩子。

"回来了，太太，"保姆低声说。

血涌上了娜塔莎的脸,她的脚也不由自主地动起来,但是她不能跳起来跑出屋去。孩子又睁眼看了一下。"你在这儿,"他似乎说,然后又懒洋洋地咂起嘴来。

娜塔莎轻轻地抽出奶头,摇了摇孩子,把他递给保姆,快步向门口走去。可她在门中又停下来。似乎因为心里兴奋而急忙放下孩子,这使她良心受到责备,于是她又回头看了一眼。保姆正抬起臂肘,把孩子往床栏杆里抱。

"去吧,太太,您放心去吧,"保姆含笑说。

娜塔莎飞快地跑进前厅。

杰尼索夫拿着烟斗从书房来到大厅,这时,他才第一次认出娜塔莎来。她使人的眼睛都为之一亮。她容光焕发,光彩照人,喜上眉梢。

"他回来了!"她一边跑,一边说。杰尼索夫并不怎么喜欢皮埃尔,可他这时却因为皮埃尔回来而兴奋。娜塔莎一跑进前厅就看见一个身材魁伟的人正在解围巾。

"是他!是他!真的!他回来了!"她朝他跑过去,拥抱他,把他的头贴在胸前,然后又推开他,瞟了一眼他那结着霜花的、通红、快乐的脸。

这时娜塔莎突然想到自己受了两个星期等待的折磨,于是喜色顿消。她眉头一皱,就朝皮埃尔发起火来。

"你倒很自在!很快活,很开心……但是我呢?你至少也该关心关心孩子。我喂孩子,可是我的奶坏了。佩佳差点没死掉。你倒开心。是啊,你十分开心。"

皮埃尔知道自己没有错,因为他无法提前回来,他知道她这样发脾气不合适,也知道过两分钟她就会消气;而主要的是他知道自己非常快活。他本来想笑,可又不敢。于是他露出一副惊慌的可怜相,拱下身来。

"我没办法回来呀,真的!佩佳怎么样?"

"如今好了,走吧。你真不害羞!你真该看看,你不在家我成什么样子了,我难过极了……"

"你身体好吗?"

"走吧,走吧,"她说着却没有松开他的手,和他一起到卧室去了。

尼古拉夫妇来访皮埃尔时,他正在育儿室里,用他那宽大的右手抱着刚睡醒的儿子,抚摸着。孩子咧着大嘴,宽宽的脸上露出了快乐的笑容。一阵疾风骤雨已经过去,娜塔莎脸上闪耀着明朗、欢快的阳光,亲切地望着丈夫和孩子。

"你跟费奥多尔公爵谈妥了吗?"娜塔莎问。

"是的,谈得好极了。"

"你看,他的头抬起来了。他可把我吓坏了!"

"你看见公爵夫人了吗?她真会爱上他了……"

"是啊,你可以想象到……"

这时,尼古拉和玛丽亚伯爵夫人走进屋来。皮埃尔没有放下孩子,俯身吻了吻他们,回答了他们的问话。尽管有许多可谈的趣事,皮埃尔却完全被戴着小帽、晃着脑袋的儿子吸引住了。

"多么可爱啊!"玛丽亚伯爵夫人望着孩子,逗着他说。"我真不理解,尼古拉,"她对丈夫说。"你怎么就看不出这些小家伙有多迷人呢。"

"我也不明白,我怎么就是看不出,"尼古拉冷淡地看着孩子说。"一块肉罢了。走吧,皮埃尔。"

"不过,他这个当父亲的还是十分温存的,"玛丽亚伯爵夫人替丈夫辩白说,"不过要等到孩子满了周岁就是了……"

"皮埃尔但是很会带孩子的,"娜塔莎说,"他说,他的胳膊天生就是给孩子坐的。你瞧。"

"可偏偏不是给他坐的,"皮埃尔突然笑着把孩子抱起来,交给保姆。

十二

像任何一个真正的家庭一样,童山的庄园里也同时存在着几个不同的圈子。它们各具特点,可由于互让互谅,成了一个和谐的整体。家里不论发生喜事或是不幸,对几个圈子都一样重要,不过他们对某件事表示忧伤或喜悦都有各自不同的理由。

比如皮埃尔的归来是一件重要的事,大家都感到欣慰。

仆人对主人的判断总是最准确,因为他们凭主人的行动和生活方式做出判断,他们对皮埃尔的归来感到兴奋,他们知道,只要皮埃尔在家,伯爵就不会每天去察看田庄的事务,而且伯爵的心绪和脾气都会好些,另外,大家都能得到很多节日的礼物。

别祖霍夫回来,孩子们和女教师也很兴奋,由于谁也不会像皮埃尔那样,带他们参加社交活动,只有他才会在小钢琴上弹那只苏格兰舞曲,他说在这只舞曲伴奏下能跳各种舞,而且,他肯定会给大家都带来礼物。

尼古连卡今年十五岁,他长着一头淡褐色的鬃发和一双美丽的眼睛,他是个聪慧的少年,皮埃尔回来,他也很兴奋,因为他很爱皮埃尔叔叔,总说他好。实际上,谁也没要他去特别喜欢皮埃尔,而且他见到皮埃尔的机会也不多。抚养他的玛丽亚伯爵夫人则想方设法要尼古连卡像她那样爱她的丈夫,尼古连卡也的确爱姑父,不过他爱姑父,多少带着些轻蔑的意味。尼古连卡不想当尼古拉姑父那样的骠骑兵,也不想得圣乔治十字勋章,他想跟皮埃尔一样有学问、聪明、善良。在皮埃尔面前尼古连卡总是喜气洋洋,皮埃尔一跟他说话,他就满脸通红,喘不上气来。他不放过皮埃尔说过的每一句话,过后就独自一人仔细体会皮埃尔每句话的意思。皮埃尔过去的生活,他在 1812 年以前的不幸遭遇,皮埃尔在莫斯科的经历,他的被俘生活,尼古连卡听皮埃尔说起的普拉东·卡拉达耶夫,他对娜塔莎的爱情,尤其是皮埃尔与尼古连卡已经忘记了的父亲的友谊,这一切都使皮埃尔在孩子的心目中成了英雄和圣人。

从尼古连卡听到皮埃尔谈起他父亲以及娜塔莎的零星谈话,从皮埃尔一提起尼古连卡亡父时的激动心情,从娜塔莎提到他时谨慎而又虔诚的态度,情窦初开的尼古连卡推测他父亲一定爱过娜塔莎,临终时又把她托付给他的朋友。尼古连卡尽管不记得父亲了,可他觉得不可思议,而且对他很崇拜,他一想到父亲,就悲喜交集,泪水夺眶而出。所以,皮埃尔的归来,使孩子们也很兴奋。

客人也很欢迎皮埃尔,因为只要有他在场,大家在一起就显得十分热闹、和谐。

家里的成年人,他的妻子就更甭提了,也很喜欢他,因为有他在,生活就更轻松、安静。

老太太们也非常喜欢他带给她们的礼物,而更重要的,是他使娜塔莎又活跃起来。

皮埃尔意识到不同的人对他持有不同的看法,就尽力想满足他们的愿望。

皮埃尔本来是没有记性的人,可这次他根据妻子开的单子,全都买齐了。他刚结婚时,妻子嘱咐他别忘了买该买的东西,他还觉得奇怪,可他第一次出门,就把什么都忘了。妻子为此非常不快,他感到很吃惊。以后他就习惯了。他知道娜塔莎什么也不要,只有他提出来,她才让他给别人买东西,现在他从给全家人买礼物感到一种意外的、孩子似的乐趣,并且他再也不会忘记要买的东西了。假设娜塔莎责怪他,那只是因为他买的东西太多或太贵。娜塔莎除了不修边幅、漫不经心这两个缺点外,现在又增加了吝啬。

皮埃尔自从有了一大家子人口,开销很大,但皮埃尔自己也觉得奇怪,他发现开销的数目竟比原先减少了一半。

生活有了节制,钱用得也就少了,皮埃尔再也不愿像过去那样挥金如土,那样会使他随时倾家荡产。他认为他的生活方式现在已经永远确定下来,至死也不会变更了;并且他也无权改变这种节约的生活方式。

皮埃尔露出快乐的笑容,整理着他买回来的东西。

“多么漂亮!”他像售货员一样抖开一块衣料,说。娜塔莎连忙把炯炯的目光从丈夫身上移到他买的那块衣料上。

“是给别洛娃的吗?太好了。”她摸了摸衣料的质地。

皮埃尔说出了价格。

“太贵了,”娜塔莎说。“孩子们会非常兴奋,妈妈也会开心的。只是你不必给我买这个,”她忍不住笑,欣赏着当时刚流行的一把镶嵌着珍珠和金丝的梳子。

"是阿杰莉鼓动我买的,她一个劲儿地说,买吧,买吧,"皮埃尔说。

"我什么时候戴呢?"娜塔莎把梳子插到发辫上。"等玛申卡在舞会上抛头露面的时候吧,说不定到那时候又时兴这个了。好了,我们走吧。"

他们把礼品收拾好,先去育儿室,随后去见老伯爵夫人。

皮埃尔和娜塔莎带着一包包礼品来到客厅时,老伯爵夫人正在跟别洛娃玩牌。

老伯爵夫人已六十多了,满头白发,戴着一顶压发帽,荷叶边围住了整个脸。她的脸上满是皱纹,上嘴唇瘪着,两眼无神。

她的儿子和丈夫接连去世,她感到自己像是被遗忘在这个世界上,没有了存在的价值和意义。她吃饭,喝水,有时睡觉,有时不睡觉,她没有活着。生活没有给她留下一点印象。她只图清静,别无他求,而只有死亡才能给她带来宁静。可在死神降临之前,她还得活下去,还得消耗她的时间和生命。她的生活没有任何客观的要求,仅有运用各种机能的主观需要。她不是由于外界的推动而做这一切。她说话纯粹是由于生理上她需要运动她的肺部和舌头。她像婴儿一样哭,由于她需要擤鼻涕,诸如此类。那些被精力旺盛的人视为目的的,在她显然只是一种借口。

因此,清晨,特别是当她头一天吃过油腻的东西,她就想发脾气,于是别洛娃的耳背往往成了她最好的借口。

她在房间的另一头低声对别洛娃说了句什么。

"今天好像暖和些,我亲爱的,"她低声说。别洛娃回答说:"他们已经来了,"她就生气了,抱怨说:"天哪,她聋得够呛,真蠢!"

另一个借口就是她的鼻烟,不是嫌太干,就是嫌太湿,再不就嫌研得不够细。发过脾气,她的脸就蜡黄。因此使女们一看她的脸色就知道准是别洛娃耳朵又背了,或是鼻烟又太湿了。正像她需要发泄肝火一样,她有时也需要活动一下她变得迟钝的脑筋,这时她的借口就是玩牌。如果她需要哭,那么去世的伯爵就成了她的借口。她需要大惊小怪,尼古拉和他的健康状况就成了借口。她需要说刻毒话,她就找玛丽亚伯爵夫人的事。

老太太的情况全家人都知道,尽管谁也不说,而且大家都尽力满足她的要求。只有尼古拉、皮埃尔、娜塔莎和玛丽亚之间偶尔交换一下眼色,彼此心照不宣。

不过这些眼色,还含有另外一层意思,那就是说明她已尽了自己做人的义务,他们此时所见到的已不是完整的她,我们有朝一日也都会变得像她现在这样,因此人人都肯将就她,肯为了这个曾经很可爱,曾经也像我们一样充满活力,而如今变得一副可怜相的人而克制自己。

全家只有那些冷酷的人、蠢材和孩子才不明白这一点,因而避开她。

十三

　　皮埃尔夫妇来到客厅，恰好碰上老伯爵夫人在玩牌。她虽然照常说了："也该回来了，该回来了，我亲爱的；大家都等急了。这下好了，谢天谢地。"每次皮埃尔或她的儿子回来，她都如此说。把礼物递给她时，她也还是那几句老话："可贵的不是礼物，谢谢你还惦记着我这么个老太婆……"但皮埃尔来得不是时候，她的牌刚打到一半，分了她的心，使她十分不快活。她打完了牌才去看礼物。送给她的礼物有一只做工精巧的牌匣、一只淡蓝色的塞佛尔盖杯，一只绘有老伯爵肖像的鼻烟壶。她这时不想哭，于是冷冷地看了一眼那肖像，就专心摆弄起牌匣来了。

　　"谢谢你，亲爱的，你让我心里兴奋，"她像以往一样，说。"不过你总算回来了，这十分好了，闹得太不像话，你真该说说你媳妇。成什么体统？你不在家，她简直像发了疯。什么都看不见，什么都忘了。"她又说她常说的话。"你看，安娜季莫菲耶夫娜，"她又说，"女婿给咱的牌匣多么精致。"

　　别洛娃把礼物称赞了一番，她也非常喜欢皮埃尔送给她的那块衣料。

　　皮埃尔、娜塔莎、尼古拉和玛丽亚伯爵夫人，还有杰尼索夫，有许多话要说，但是当着老伯爵夫人的面又不能说，他们倒不是有什么事要瞒着她，而是因为老伯爵夫人已经大大地落伍了，假如当着她的面谈话，就得回答她提出的一些早已过时的问题，不断重复他们说过的话，告诉她某人去世了，某人结婚了，但她还是记不住；不过他们还是照例在客厅里围着茶炊喝茶。

　　喝茶的时候，他们始终在谈这种谁也不感兴趣，可又无法避免的话题。家里的成年人全围坐在圆桌的茶炊旁，索尼娅也坐在这里。孩子们和男女家庭教师早已喝过茶了，隔壁起居室传来他们的谈笑声。喝茶时，大家都坐在自己的老地方；尼古拉坐在炉边的小桌旁，茶也给他端到桌上了。老米尔卡是原先的猎犬米尔卡的女儿，这时卧在他身旁的安乐椅里，满脸白毛，两只乌黑的大眼睛显得比平常更鼓了。杰尼索夫敞着将军服，坐在玛丽亚伯爵夫人身旁。皮埃尔坐在妻子和老伯爵夫人中间。他谈了许多他认为老太太会感兴趣，并且能听得懂的事。他谈到外界社会，谈到老伯爵夫人的同辈人，他们也确实活跃过一阵子，但如今却天各一方，一辈子将要完了，正在收藏他们早年种下的庄稼的最后的谷穗。老伯爵夫人认为她那一代才真正是正儿八经的一代。娜塔莎看出皮埃尔兴致勃勃，知道他这次出门一定很有趣，会有许多话要说，但是当着老伯爵夫人的面无法启齿。杰尼索夫不是这个家庭里的成员，他搞不清楚皮埃尔为什么这么谨小慎微，同时，由于他对现状不满，很想知道彼得堡的情况，所以他不断地怂恿皮埃尔讲讲谢苗诺夫团刚刚发生的事，讲讲阿拉克切耶夫，讲讲圣经会。皮埃尔有时得意忘形，就讲起来，尼古拉和娜塔莎则把话题转到伊万公爵和玛丽亚·安东诺夫娜伯爵夫人的健康上来。

"嗨，戈斯涅尔，塔塔利诺娃，那全是疯子干的事，怎么样，他们还继续干吗？"杰尼索夫问。

"继续干？"皮埃尔大声喊叫起来。"他们干得比任何时候都卖劲儿。圣经会如今成了政府了。"

"那是什么，我亲爱的朋友？"老伯爵夫人问，她已经喝完茶了，想在饭后找一个借口发脾气。"你说政府是什么意思，我不理解。"

"您知道，妈妈，"尼古拉插话说，他知道怎样才能翻译成母亲能听懂的话，"亚历山大·尼古拉耶维奇·戈里津公爵创办了一个团体，听说，他很得势。"

"阿拉克切耶夫和戈里津，"皮埃尔冲口而出，"现在当权了。但他们怎么样呢？认为处处是阴谋，草木皆兵。"

"咳，亚历山大·尼古拉耶维奇有什么错？他德高望重。我从前常在玛丽亚·安东诺夫娜家见到他，"伯爵夫人怒冲冲地说，大家沉默不语，她更感到气恼，于是接着说："现在大家都说长道短。圣经会有什么不好？"她站起身来，板着脸，朝起居室她的桌旁走去。

在一阵令人难堪的沉默中，邻室传来孩子们的欢声笑语。他们那里一定有什么值得兴奋的事。

"完了，完了！"小娜塔莎快乐的喊声盖过了所有的人。皮埃尔和玛丽亚伯爵夫人，和尼古拉交换了一下眼色，会心地笑了。

"真是悦耳的音乐啊！"他说。

"准是安娜·玛卡罗夫娜的袜子织好了，"玛丽亚伯爵夫人说。

"走，我们去看看，"皮埃尔一跃而起，说。"你知道，"他在门口停住了脚步，"我为什么很喜欢这种音乐吗？因为我一听到这种音乐就知道孩子们全很好。我今天回家，一路上离家越近，就越担心。一来到前厅，听见安德留沙朗朗的笑声，我就知道，孩子们都好……"

"我懂，我懂这种感觉，尼古拉赞同地说。""不过，我不去，她织的袜子太神奇了。"

皮埃尔到孩子们房里去了，喊声更高，笑得也更欢了。"安娜·玛卡罗夫娜，"皮埃尔说。"你到中间来，听口令：一，二，我说三，你就站到这里来。我来抱你。好，一，二……"皮埃尔说，接着一阵沉默。"三！"房间里传来孩子们高兴地喊叫声。

"两只，两只！"孩子们喊道。

他们说的是两只袜子。安娜·玛卡罗夫娜有一个绝招，能用一副针一次织出一双袜子。每次织好以后，她总是得意扬扬地当着孩子们的面，把一只袜子从另一只里抽出来。

十四

过了一会,孩子们来道晚安。他们一一吻过在座的人,男女家庭教师行过礼,就告退了。只有德萨尔和尼古连卡没有走,老师小声让他的学生下楼去。

"不,德萨尔先生,我请求姑妈让我留在这儿"尼古连卡·博尔孔斯基也同样小声回答说。

"姑妈,让我待在这儿吧,"尼古连卡走到姑母面前,说。他又高兴,又激动,露出央求的神色。玛丽亚伯爵夫人看了他一眼,对皮埃尔说:

"只要您在这儿他就不乐意走了……"

"我立刻就把他送到您哪儿去",皮埃尔把手伸给那个瑞士人,接着含笑转向尼古连卡。"咱们还没来得及见面呢。玛丽亚,他长得真像,"他对玛丽亚伯爵夫人又说。

"是像爸爸吗?"孩子的脸红了,他用敬慕的眼睛仰视着皮埃尔。皮埃尔点点头,又接着谈被孩子们打断的话题。玛丽亚伯爵夫人在十字布上绣花;娜塔莎目不转睛地盯着丈夫。尼古拉和杰尼索夫站起来要烟斗抽烟,索尼娅无精打采,却一直守着茶炊,他们从索尼娅手里接过茶,又询问起皮埃尔来。

话题转到当时对最高当局的一些流言。杰尼索夫因为在军界失意而对政府不满,现在听说彼得堡出了丑闻,感到十分兴奋,对皮埃尔的话发表了一通强烈而尖刻的议论。

尼古拉虽然不像杰尼索夫那样专门挑毛病,可他仍然认为议论政府是件大事,他认为甲出任某部大臣,乙出任某地总督,皇帝说什么话,大臣说什么话,全都十分重要。他认为对这一切都应该关心,于是他也向皮埃尔探问。只是他们两人问到的不外乎一些有关政府高级部门的逸闻。

娜塔莎摸透了丈夫的脾气,她早就看出皮埃尔想换换话题了,看出他很想倾吐自己心里的想法,他正因为这才到彼得堡去跟他的新交费奥多尔公爵磋商的;但是他现在没有办法,只好由贤内助来帮忙。于是娜塔莎问他跟费奥多尔公爵的事怎么样了。

"什么事?"尼古拉问。

"还是那些事,"皮埃尔环视了一下,说。"大家都看出,情况已经很糟了,力挽狂澜,匹夫有责。"

"那么正直的人能做什么呢?"尼古拉微微皱了皱眉,说。"他们能做什么呢?"

"是这样……"

"我们到书房里去吧,"尼古拉说。

娜塔莎早就觉得该喂孩子了,听见保姆唤她,就到育儿室去了。玛丽亚伯爵夫人也跟着她走了。男人们走进书房去,尼古连卡·博尔孔斯基乘姑父不注意,也跟了进去,躲到窗口写字桌旁幽暗的角落里。

"你说怎么办?"杰尼索夫说。

"都是些空想,"尼古拉说。

"是这样,"皮埃尔没有就座,他一边在房间里踱来踱去,一边含混不清地说。"是这样。彼得堡的情况是这样,皇帝什么也不过问。他彻底陷入神秘主义之中了。他只图清静。而只有那些丧尽天良的人,不问青红皂白,乱砍乱杀,像马格尼茨基、阿拉克切耶夫之流,才能使他清静……假设你不管家业,只图清静,那么你的管家越厉害,你的目的就越容易达到,你同意吗?"他对尼古拉说。

"你这话是什么意思?"尼古拉说。

"要全面崩溃了。凡是正常的事物都遭到扼杀!众所周知,不能再这样继续下去了。弦绷得太紧,肯定要绷断的,"皮埃尔说"我在彼得堡,对他们只讲了一件事。"

"对谁呢?"杰尼索夫问。

"这您知道,"皮埃尔皱着眉,意味深长地望着他说。"对费奥多尔公爵和他们那一帮。奖励教育事业、慈善事业,这固然不错。而目前的状况,需要另外的东西。"

尼古拉这时才发觉他的小侄子在场,他沉下脸,朝他走过去。

"你在这儿干什么?"

"让他待在这儿吧,"皮埃尔抓住尼古拉的手臂,又说:"那样是不够的,我对他们说:现在还需要另外的东西。那根弦绷得很紧,随时可能断,当大家都在等待着不可避免的变革时,就应该有更多的人紧密地携起手来,同心协力来抵御那场灾难。年富力强的都已经被拉过去了,蜕变了。像你我这样独立的自由人已经没有了。应该扩大我们的社会圈子;我们的口号不应该是道德,而应该是独立和行动。"

尼古拉从内侄身边走开,气愤地挪过一把扶手椅坐下,听皮埃尔谈话,他不以为然地咳嗽着,不断地皱眉。

"那么,行动的目的是什么呢?"他喊道。"您对政府采取什么立场呢?"

"采取这样的立场!协助的立场。假设政府允许,那么组织也无须保密。这个组织不但不和政府作对,还是一个地地道道的保皇派。一个地地道道的士绅的组织。我们的目的是防止明天普加乔夫来杀害你我的子孙,防止我被送往屯垦区去。我们是为了公众的利益,为了公众的安全才携起手来的。"

"是的,但是一个秘密组织只能产生恶果,"尼古拉说。

"为什么?难道拯救欧洲的道德联盟(当时还不敢妄想俄国能拯救欧洲)有什么害处吗?道德联盟是一种美德的联盟,那就是爱,就是互助,就是基督在十字架上所宣扬的东西。"

谈话间，娜塔莎走进来，快乐地看着她丈夫。并不是丈夫的谈话使她兴奋。她甚至对丈夫谈的事不感兴趣，他讲的这些，她早就知道了，但是她见他兴高采烈的样子，她十分兴奋。

那个被大家遗忘了的、从翻领里伸出细脖子的孩子，更是望着皮埃尔出神。皮埃尔的每一句话都深深地印在他的心上，他的手指在不停地动，他不自觉地竟从姑父桌上拿起火漆和鹅毛笔，并且把它们弄断了。

"绝对不是你想象的那样，这就是德意志的道德联盟以及我的建议。"

"老兄，道德联盟对于吃腊肠的人固然是好，但是我不了解它，甚至连这个字的音都读不出来，"杰尼索夫用响亮的声音断然说。"到处都很腐败，糟糕，这我承认，不过对道德联盟我不了解，不满意，暴动就是了！到时候我就是你的人了。"

皮埃尔笑了，娜塔莎也大笑起来，尼古拉却把眉头皱得更紧，他开始对皮埃尔阐明不会发生任何变革，他所说的危险只存在于他的幻想之中。皮埃尔却认为恰恰相反，因为他的想象力更强，思想更活跃，尼古拉深感自己一筹莫展。这令他更加气恼，因为他凭一种比推理更强的东西断定他的看法绝对正确。

"我要说的是，"他站起来说，手指神经质地抽搐着。"我无法向你证明。你说我们的一切都腐朽了，要进行一次变革；我看不出有什么必要；你说，宣誓是有条件的，关于这一点，我要说明：你我是至交，这你也知道，但是假设你们组织一个秘密团体反对政府，不管是什么样的政府吧，我的职责是拥护政府。如果阿拉克切耶夫现在下命令，要我率一个骑兵连讨伐你们，我将毫不踌躇，立刻出发。至于你爱怎么说，就怎么说吧。"

他说完话，出现了一阵难堪的沉默。娜塔莎首先开口替丈夫辩护，攻击她哥哥。她的辩解笨拙无力，可她却达到了目的。交谈又开始了，不过尼古拉刚才说完话时那种敌对的气氛已经消失了。

当大家都站起来准备去吃晚饭时，尼古连卡·博尔孔斯基脸色苍白，忽闪着明亮的眼睛，向皮埃尔走过来。

"皮埃尔叔叔……您……说……倘若爸爸活着……他会赞成您说的话吗？"他问。

皮埃尔突然意识到他在谈话时，这孩子头脑里一定展开过一场复杂而强烈的感情波澜和思想活动。他想起自己说过的话，后悔不该让孩子听见。可他还得回答他。

"我想会的，"他勉强答了一句，就走出书房去了。

孩子低下头，好像这时他才意识到自己在桌上闯下祸了。他涨红了脸，向尼古拉走去。

"姑父，原谅我，我不是故意的，"他指着折断的火漆和鹅毛笔说。

尼古拉气得浑身发抖。

"算了,算了,"他把折断的火漆和鹅毛笔扔到桌子底下,说。他强压着怒火,转过脸去。

"你本来就不该进来,"他说。

十五

吃晚饭时,他们不再谈论政治和社团,反而回忆起 1812 年来了,这是尼古拉最喜欢的话题。杰尼索夫开的头,皮埃尔也十分起劲。随后这几个亲戚在友好的气氛中散去了。

吃过晚饭,尼古拉在书房里宽衣,对久已等候的管家吩咐了几句,就换上睡衣,走进卧室,他发现妻子还在桌前写着什么。

"你在写什么,玛丽?"尼古拉问。玛丽亚伯爵夫人脸一下子红了。她害怕丈夫不会理解,也不赞成她写的东西。

她本来不愿让他看她写的日记,现在既然被他发现,能告诉他,她也觉得兴奋。

"这是日记,尼古拉,"她把一本写满了坚定有力的大字的蓝笔记本递给他。

"日记?……"尼古拉含着嘲讽的意味说,接过笔记本。笔记本里用法语写道:

> "十二月四日。今天大儿子安德留沙睡醒觉不肯穿衣服,路易小姐派人来找我。孩子既任性,又固执。我想吓唬吓唬他,可他的火气更大了。我只好把他撇在一边,让保姆帮别的孩子穿衣服,并对他说,我不喜欢他。他似乎大吃一惊,一直沉默不语;接着,他只穿一件内衣跑到我跟前,哇地一声大哭起来,我哄了他好半天也没用。看来,他因为伤了我的心而感到十分难过;后来,晚上我给他分数单的时候,他吻着我,又难过地哭了。只要对他温存体贴,他就能听话。"

"分数单是什么?"尼古拉问。

"我每天晚上根据孩子们的表现,给他们打分数。"

尼古拉看了一眼盯着他的那双闪光的眼睛,又接着看看日记。日记记下了母亲认为孩子们生活中值得注意的情况,反映出孩子们的性格,并提出了教育方法的一般意见。虽然记的大部分都是鸡毛蒜皮的琐事,母亲却不这样认为,连第一次读关于孩子们情况的日记的父亲,也不如此认为。

十二月五日写道：

"米佳吃饭时淘气。爸爸说不给他馅饼吃，就没有给他吃，别人吃馅饼，他眼巴巴地看着，口水都快流出来了！我想，罚孩子们，不让他们吃甜馅饼，只会增强他们的贪欲。应该告诉尼古拉。"

尼古拉放下日记，看了妻子一眼，她那双闪光的眼睛询问地望着丈夫。毫无疑问，尼古拉不仅赞成妻子写日记，而且很称赞她。

"也许用不着这样过于认真；也许根本不用这样做，"尼古拉想；但为培养孩子们的道德品质所做的孜孜不倦的努力和精神，使他钦佩。如果尼古拉对自己的感情能够理解的话，那么，他会吃惊地发现，他爱妻子爱得如此忠贞、温存、自豪，主倘若因为她那真诚、永远存在内心的崇高精神境界，使他惊叹不已。

他深爱妻子的聪明才智，而自己的精神世界与妻子相比，又是十分逊色，她不但身心属于他，并且成为他的一部分，这使他越发感到欣慰。

"我十分赞成，十分赞成，我的亲爱的，"他意味深长地说："我今天表现很不好。当时你不在书房里。我跟皮埃尔争执起来，我发脾气了。没法不发脾气，他太幼稚了。要不是娜塔莎管着他，我真不知道他要变成什么样子。你知道他去彼得堡干什么……他们在那里组织了……"

"这我知道，"玛丽亚伯爵夫人说。"娜塔莎告诉我了。"

"那么，你知道，"尼古拉想起他们的争论非常激动，他接着说。"他试图说服我，反政府是每个正直人的职责，因此宣誓效忠……可惜你当时不在场。他们共同围攻我，包括杰尼索夫和娜达莎……娜塔莎真可笑，管他管得那么严，可一争论，她就没话说了，只能重复他的话，"尼古拉又说，抑制不住要议论自己的亲属。他没料到他说娜塔莎的这番话可以原封不动地用到他们自己的夫妻关系上。

"是的，我也注意到了，"玛丽亚伯爵夫人说。

"我对他说忠于职守高于一切时，他想说服我，说那都是胡扯。可惜你不在场，否则你会怎么说呢？"

"依我看，你是对的。我对娜塔莎也是这么说的。皮埃尔说人人都在受苦受难，我们有义务帮助亲人。当然，他的话不错，"玛丽亚伯爵夫人说，"但是他忘记了，我们还有更迫切的责任，那是上帝的旨意，我们自己可以去冒险，但绝不可以让孩子们也去冒险。"

"是啊，是啊，我对他就是这么说的，"尼古拉赞同地说，他真以为自己这么说过。"可他还是说要爱他人和基督教，并且都是当着尼古连卡的面说的，这孩子偷偷溜进书房，把东西都弄坏了。"

"唉，你知道，尼古拉，这孩子时常叫我担心，"玛丽亚伯爵夫人说。"他不是一个普通的孩子。我怕由于自己的孩子而冷落了他。我们都有孩子,有亲人;他却什么亲人也没有,总一个人呆着想心事。"

"我看你根本用不着为他而自责。一个最慈爱的母亲为自己的儿子能做的一切,你都为他做到了,而且还在做。这当然使我感到兴奋。他是个十分好的孩子。今天他听皮埃尔讲话都听出了神。我们去吃晚饭的时候,他把我桌上的东西都弄坏了,而且立刻向我承认错误。我从来没听他说过一句谎话。真是个好孩子!"尼古拉又说,他向来不喜欢尼古连卡,但承认他是个好孩子。

"我跟他的生母毕竟不一样,"玛丽亚伯爵夫人说,"我感觉到这中间的差别,我很难过。一个很好的孩子,可我真替他担心。他倘若有个伴就好了。"

"没关系,时间不会太长了;明年夏天我带他到彼得堡去,"尼古拉说。"是啊,皮埃尔一向都是梦想家,而且永远是个梦想家。"他接着说,又回到书房里的话题上,这显然让他很激动。"阿拉克切耶夫好与不好,以及其他种种,与我有什么相干? 我结婚时,负债累累,随时都有坐牢的危险,母亲看不到,也不了解,这跟我又有什么相干。后来有了你,有了孩子和家业。我从早到晚在事务所里,忙着工作,难道是为了满足我个人的兴趣吗? 不是的,我明白自己应当工作,以便赡养老母,报答你,不让孩子们像我过去那样受穷。"

玛丽亚伯爵夫人打算对他说,人活着不单靠面包,他太看重家业了;但她知道说也没有用。她只拿起他的手吻了一下。他把妻子这一举动当成是赞同他的想法的表示,他沉吟了一会,继续大声自言自语。

"玛丽亚,"他说,"今天伊利亚·米特罗凡内奇(他的管家)从唐波夫乡下回来说,已经有人出八万卢布要买那片林子了。"尼古拉还兴冲冲地说很快就可能买下奥特拉德诺耶。"再过十来年,我就能给孩子们留下上万卢布,景况会非常优裕的。"

玛丽亚伯爵夫人一听就明白丈夫所说的一切。她知道,每当他自言自语,有时会问她他说了些什么,假如发现她在想别的事,他会生气的。她总努力听,因为她对他说的毫无兴趣。她对这个永远不会理解她所想的一切的人百依百顺,怀着无限柔情,并且她的爱与日俱增。她全部沉溺在这种感情之中,使她无法深入细致地考察丈夫的想法,与此同时,她头脑里还闪过一些与丈夫的想法毫无共同之处的念头。她想起她的侄儿,她想到他温文尔雅、过于敏感的个性;她想到侄儿,也想到她自己的孩子们。她并没有把侄儿和她的孩子们作比较,但她比较了自己对他们的感情,发现对尼古连卡的感情中缺少了点什么,这使她感到心情沉重。

有时她觉得,这种区别是年龄的差异造成的;可她感到自己对不起他,私下保证一定改正,做她做不到的事,也就是今生今世一定要爱丈夫,爱孩子,也爱尼古连卡,爱一切人,像基督爱人类那样。玛丽亚伯爵夫人总在不断地追求永恒、永生和完美无缺,所以她的灵魂永远得不到安宁。她脸上常常露出一种受肉体之累的灵魂所感受到的隐秘、崇高,而且痛苦的严峻表情。尼古拉看了看她。

"我的上帝! 每当她脸上流露出这样的表情,我就觉得她会死的,倘若她死了,我该怎么办呢?"他想,然后来到圣像前作晚祷。

十六

娜塔莎和皮埃尔单独在一起时,谈话也和一般夫妻之间无异,也就是彼此直截了当交换思想,用一种很特别的方式交谈。娜塔莎习惯了用此种方式与丈夫交流,为此,只要皮埃尔谈话时一运用逻辑推理,就无比准确地表明他们夫妻之间出现问题了。只要他一开始平心静气地说理,而她也学他的样,她就明白,他们即将吵架了。

他们单独在一起时,娜塔莎会马上把幸福的眼睛睁得大大的,突然安静地走到丈夫旁边,把他的头紧搂在自己胸前,说:"你现在完全属于我了! 你走不掉了!"接着他们就交谈起来,两人同时谈完全不同的话题。他们同时探讨许多问题,非但不妨碍彼此理解,反而准确地说明他们彼此完全理解。

娜塔莎对皮埃尔讲起他不在家时她的烦恼,感觉生活没意思,讲她比过去更喜欢玛丽,讲玛丽在任何方面都比她强。娜塔莎在说这些话时,十分认真地认为自己没有玛丽好,与此同时她希望皮埃尔更喜欢她,而不时喜欢玛丽或别的女人,尤其是当皮埃尔又在彼得堡见识过许多别的女人,她必须再一次向他阐明这一点。

皮埃尔在答复娜塔莎时对她说,在彼得堡的晚会和宴会上的夫人小姐们,让人难以忍受。

"我几乎忘记了和那些夫人小姐们说过些什么,"他说,"无聊透顶。况且我又很忙。"

娜塔莎认真看了他一眼,又说:

"玛丽实在太好了!"她说。"她十分了解孩子们。她好像把他们的心思都看透了。就拿昨天米坚卡淘气……"

"唉,他和他父亲太像了,"皮埃尔插话。

娜塔莎心里清楚皮埃尔为什么说米坚卡像尼古拉,他只要想到自己跟内兄之间的争执就不高兴,他想知道娜塔莎的观点。

"尼古拉的确有这个弱点,只要大家没有承认的,他不会表示同意。不过,我明白,你很重视扩展新视野的,"她重复了皮埃尔之前说过的一句话。

"不,主假使,"皮埃尔说,"尼古拉认为思考和推理是一种排遣,哪怕是消磨时间。比如,他收藏图书,并且立下了一条规定,不把他所买的西斯蒙第、卢梭、孟德斯鸠的著作读完,决不再买新书,"皮埃尔含笑又说。"你知道,我……"他开始缓和自己的口气;娜塔莎打断他,让他感到自己不必那样做。

"你说,他以为思考是种消遣……"

"是的,可我以为其他的一切才是消遣。我在彼得堡时,会见每个人,都如同在做梦一般。只要陷入沉思,我会感到其余的一切仅仅是消遣而已。"

"啊,你去看孩子们的那会儿,抱歉我不在场,"娜塔莎说。"你觉得哪个更可爱? 是丽莎吗?"

"是的,"皮埃尔说,还接着说他的心事。"尼古拉说,我们不应去思考。可我做不到。在彼得堡就更别说了,我感觉假设没有我,那就全完了,大家都固执己见。但我却可以把大家拢到一起,我的想法十分简单有效。要明白,我不说我们应该去反对什么,那样会出现差错的。我说:好善者都携起手来,我们的旗帜是——踊跃行善。谢尔盖公爵是个好人,十分聪慧。"

娜塔莎确信皮埃尔的思想是伟大的,但是有一点使她心绪不安。那就是,他是她的丈夫。"如此重要的,对社会有用的人,难道也可以同时做我的丈夫吗? 根本没有可能。"她想把自己的想法告诉他。"谁能确信他的确比其他人都聪明呢?"她扪心自问,而且在脑子里都想了一遍皮埃尔最尊崇的人。以他的话去判断,他最崇拜的只能是普拉东·卡拉塔耶夫了。

"你想明白我在想什么吗?"她说,"我在想普拉东·卡拉塔耶夫。他够资格吗? 现在他会赞成你吗?"

"普拉东·卡拉塔耶夫?"他说,沉思半晌,明显在认真思考卡拉塔耶夫对这个问题的观点。"他会不明白,但是,我想,他会赞成的。"

"我爱死你了!"娜塔莎突然说。"非常,非常爱你!"

"不,他会反对的,"皮埃尔停顿了一下说。"他不会反对咱们的家庭生活。他希望任何事都井然有序,我可以自豪地让他看看咱们。你说到分开,你不会相信,咱俩分开后,我对你怀有一种特别的感情……"

"对,那是愈加……"娜塔莎说。

"不,我说的不是那个。我一刻不停都在爱着你,这爱已然到了极致;但这却是相当……没错,肯定……"他的话没有说完,相遇的目光说明了其余的一切。

"什么蜜月啦,什么开头最甜蜜啦,"娜塔莎忽然说,"都是瞎扯。恰恰相反,现在才是黄金时刻。只要你不出远门的话。你还记得咱们吵架吗? 总是我不对,总是我。可咱们为什么争吵,我已经不记得了。"

"总是为一件事,"皮埃尔微笑说,"嫉……"

"停下来,我不想听,"娜塔莎喊道,冰冷的目光含着怒气。"你见到她了吗?"她沉思了半晌,接着薯片。

"没有,哪怕见到也不认识了。"

他们沉默了片刻。

"啊,你明白吗?你在书房里讲话那会儿,我一直看着你,"娜塔莎说,只想尽快驱散向他们袭来的阴云。"你跟我们的小儿子长得太像了,简直一般无二。啊,该到孩子那里去了……该下来了……但我不舍得走开。"

他们又沉默了片刻,突然四目相对,一齐开口说话。皮埃尔感到满足,娜塔莎也露出安静而幸福的微笑。他俩几乎同时开口,又同时停下来,让对方先说。

"不,你想说什么?说吧,说吧。"

"不,还是你说吧,我不过随便一说,"娜塔莎说。

接着皮埃尔说开了。他无比得意地继续讲他在彼得堡取得的成绩。他以向全俄和全世界指明新方向为自己的使命。

"我只是想说,大凡具有伟大影响的思想总是很简单的。我感觉假使坏人可以聚集在一起形成一种势力,那么好人也同样可以那样做。仅此而已。"

"是啊。"

"你想说什么呢?"

"我不过随口一说。"

"没问题,说吧。"

"没什么,简直不值一提,"娜塔莎说,她的笑容显得愈加愉悦了,"我是想说佩佳,今天保姆要把他从我手里接过去的时候,他大小连声,眯起眼睛,紧紧地搂住我,他可能以为这样就把自己藏了起来呢。可爱到极点了。你听,他在哭呢。行了,再见吧!"她走出房门。

这时,在尼古连卡·博尔孔斯基的卧室里,如同以前模样点着一盏小灯。德塞尔高高地枕着四个枕头睡着了,均匀的鼾声从大鼻子发出。尼古连卡被噩梦惊醒了。他梦见自己和皮埃尔头戴普鲁塔赫小说里的那种头盔。他和皮埃尔叔叔亲率一支大军。这支大军是由秋天飘荡的蛛网组成的。前面是光荣,与那些斜线相似,不过略显粗些。他和皮埃尔愉悦高兴地被牵引着向前走去,离目标不远了。突然,牵引他们的线断了,乱成一团,拉不动了。尼古拉·伊利伊奇姑父正颜厉色地站在他们面前。

他指着碎火漆和折断的鹅毛笔说。"这是你们干的吧,我曾爱你们,可阿拉克切耶夫命令我,谁继续往前走,就杀掉谁。"尼古连卡回头看皮埃尔,皮埃尔早已不见。皮埃尔变成他父亲安德烈公爵,父亲虽然模模糊糊,却分明站在那里,尼古连卡一看就明白他相当爱他。父亲疼爱他。可尼古拉·伊利伊奇姑父离他们越来越近了。尼古连卡一害怕,就吓醒了。

"我父亲,"他想。"我父亲来过了,还爱抚过我。他赞成我,也赞成皮埃尔叔叔。不管他怎么说,我都照办。我明白,他们让我学习。我必须学习。但总有一天,我的学习终将结束,到那时我会大有作为。我只求上帝让我遇到如同